中国女性文学研究

（1900—1919）

郭延礼　郭蓁　著

山东教育出版社

图书在版编目（CIP）数据

中国女性文学研究：1900~1919 / 郭延礼，郭蓁著.
—济南：山东教育出版社，2016
ISBN 978-7-5328-9426-0

Ⅰ.①中… Ⅱ.①郭… ②郭… Ⅲ.①妇女文学—
文学研究—中国—近现代 Ⅳ.① I206.5

中国版本图书馆 CIP 数据核字（2016）第 100017 号

中国女性文学研究

郭延礼　郭　蓁　著

主　管：山东出版传媒股份有限公司
出版者：山东教育出版社
（济南市纬一路321号　邮编：250001）
电　话：（0531）82092664　传　真：（0531）82092625
网　址：www.sjs.com.cn
发行者：山东教育出版社
印　刷：山东新华印务有限责任公司
版　次：2016年7月第1版第1次印刷
规　格：710mm×1000mm　16开本
印　张：25.25印张
字　数：449千字
书　号：ISBN 978-7-5328-9426-0
定　价：50.00元

目录

绪论

20世纪第一个二十年（1900~1919）中国女性文学的转型及其文学史意义

中国向称诗礼之邦，妇女以吟咏著称于世者代不乏人，女性文学遗产极其丰富。我们不必上溯到上古时代的涂山氏之女和有娀氏之女的史料记载[①]，至迟从《诗经》开始，就有了许多女性作者，写《载驰》的许穆夫人、歌唱爱情欢乐和悲哀的民间女子，稍后，蔡文姬、左棻、鲍令晖、鱼玄机、薛涛、李清照、朱淑真，明清以降，女性作家更以数千计，中国的女性文学应当说是十分丰富的。但从文体上来分，近代（1840）之前，女性文学主要是诗词文赋，偏重于抒情文学；叙事性的小说、戏剧、游记及政论散文则较少，这也是时代和女性所处的社会地位所决定的。

说到女性文学，我们必须对它作一界说，即什么是女性文学？目前学术界大体有三种意见：一种认为凡是有关描写女性题材的作品均属女性文学；第二种意见认为只有女性书写的文学文本才是女性文学；第三种意见认为作者是女性而又具备女性视角、表达女性意识和女性感情的作品，才能称为女性文学。我们觉得第一种界说太宽泛，也不科学，因为按照这种界定，凡是写女性题材的文本都是女性文学的话，诸如《西厢记》、《牡丹亭》、《红楼梦》，爱情诗、艳体词、

①《吕氏春秋·音初》。

言情小说，其中有女性形象，以及书写女性美、女性婚恋生活的，便都可视为女性文学。这样一来，半部中国文学史便成为女性文学史了。第三种意见对女性文学的界定比较严格，主要问题是操作起来，标准很难统一。故我们采用第二种意见，女性文学是指女性作者书写的全部文学文本。

一、女性文学由古典向现代的转型及其四大作家群体的出现

20世纪初，随着历史的前进和西学东渐，女子教育快速发展，女权运动迅猛崛起，与此相呼应，中国女性文学也开始发生变化，即由古典向现代的转型。如果我们从20世纪初算起的话，它距离现代文学开端的“五四”，还不到20年。但就这短短的20年，中国女性文学却发生了巨大的变化。

根据我对中国女性文学的梳理和认识，近代女性文学在20世纪之前较之古代（主要指明末及清代初、中期）女性文学变化不大，创作主体都是闺中才女，文体类型也主要是诗词，这时期有成就的女作家，除了剧作家刘清韵外，主要的还是诗人/词人，著名的有吴藻（1799~1862）、顾太清（1799~1877）、沈善宝（1808~1862）、左锡璇（1829~？）、左锡嘉（1831~1894）、曾彦（1860~1888）、沈鹊应（1878~1898）等，对这些女作家，当然应作深入的研究。但我以为研究近代女性文学，重点应放在近代后期，即1900~1919年。因为这二十年是中国女性文学的转型期，从创造主体（亦即创作主体）、文体类型、文学主题、艺术表现到传播媒介均发生了巨大变化。特别值得关注的，是20世纪初中国女性文学四大作家群体[①]的出现，它改变了传统的女性文学创造主体——女诗人/女词人独霸文坛的局面，而出现了新的四大方面军：女性小说家群、女性翻译文学家群、女性政论文学家群、南社女性作家群。这四大群体，更为这时段的女性文学增添了特有的光辉。但由于这时段的女性文学文本长期被尘封在

①2007年5月，我在复旦大学中国古代文学研究中心演讲时，首次提出了“20世纪第一个二十年（1900~1919）中国女性文学四大作家群体”这一文学史概念。

近百年发黄变脆的报刊中，资料极度匮乏，过去少有人问津。本书将对20世纪初（1900~1919）的女性文学作一系统的研讨，其研讨重心仍在20世纪初女性文学四大作家群体，这是需要说明的。

二、女性文学转型的标志

20世纪初，随着西方女权理论传入中国，[①]金一《女界钟》的问世，女性报刊的出现，女子教育的发展，以及中国女权运动的崛起，近代女性文学也开始转型，其转型的标志如下。

（一）中国第一代知识女性成为文学创造主体的主力军

20世纪之前，女性文学作家，包括戊戌维新时期的女性作家，由于她们大多出身于名门或书香门第，我们可以笼统地称之为闺秀作家。20世纪初，随着女性教育和女权运动的发展，女性文学创造主体发生了变化：由闺秀嬗变为第一代知识女性。后者成为20 世纪初期女性文学家的主体部分。

时代列车驶入20世纪后，女性作家开始步入了一个新的层次。她们不仅与明清闺秀作家有着 显著的区别，而且较之戊戌维新时期的女性作家也有不同。我们在这里首先讨论闺秀作家与第一代知识女性的区别，应当是一个有意义的话题。[②]

---

① 马君武是20世纪初有意识地译介西方女权理论的第一人，1902年10月，他译了斯宾塞尔的《女权篇》，1903年1月又翻译了约翰·穆勒的《自由原理》，又在《弥勒约翰之学说》（1903年4月）中摘要译介了穆勒的《女人压制论》，在这篇文章中还介绍了第二国际和德国社会民主党人有关妇女解放的主张。

② 关于20世纪初第一代知识女性很值得我们关注，它的内涵十分丰富，不仅指文学家，而且还包括从事其他专业的知识女性。它主要包括两部分人：一是在国内各类学校受过新式教育的女性，二是女留学生。国内女学（含教会学校）培养了大批知识女性，虽学历层次不高（多系中学程度），其杰出者亦大有人在。就其知识水平而言，女留学生普遍较高，它是一个庞大的群体。1919年前，留学欧美和日本的女性，保守的估计当在1 500人以上（据二见刚史、佑藤尚子：《中国人日本留学史关系统计》，1906~1919年，中国留日女生就有1 217人；又据梅贻琦、程其保《百年来中国留美学生调查录》：1902~1919年留美女生有168人；同期留欧女生不详），其中在国外获得过学位的女性也不罕见，如柯金英（1826~1929）、金韵梅（1864~1934）、石美玉（1873~1954）、康爱德（1872~1931），均留美，四人都获医学学士学位；郑毓秀（1891~1959），留法，获法学博士；曾宝荪（1894~1978），留英，获理学学士学位；至于回国后成为作家、学者、教授、科学家、政治活动家的女性更是不胜枚举。

闺秀作家与第一代知识女性的区别并不在她们的家庭出身，若就这点来讲，二者基本相同。因为第一代知识女性也大半出身于名门或书香门第，二者的主要区别有如下四点：

第一，接受教育体制的不同。经元善在上海创办的第一所中国女学堂（又名经正女学）始于1898年5月31日，此前中国女子所接受的教育，大体说，还是中国传统的旧式教育，即家族女塾或家庭女塾，也有的不入女塾，在家中接受父母教育。20世纪后，在上海、天津、北京、长沙、南京、汉口、杭州、绍兴、嘉兴、福州、广州、重庆、济南、潍县等地，开始设立女学，再加上19世纪后半期在中国开办的教会女子学校①，因此，在1900~1919年间，女子新式学堂教育已遍地开花；②与此同时，出国留学的女性也日渐增多，于是便出现了中国第一代知识女性。书中将要论述的20世纪初中国女性文学四大作家群体中的主要成员都属于第一代知识女性。

第二，教育内容的不同。20世纪前闺秀所接受的教育属传统教育，其内容主要是刘向的《列女传》、班昭的《女诫》、吕坤的《闺范》、宋若华的《女论语》，以及古典诗词和历史典籍。第一代知识女性的教育内容则和前者有很大的不同。她们除了接受中国古代历史文化知识的教育外，还有自然科学、社会科学、外国语和音体美等方面的知识。③后面的这几项教育内容，是旧式女塾所未

①20世纪初，教会在中国所办的女学已形成系统，有中小学校、师范学校、医科学校、女子大学等。1902年，教会女校的学生约占全国女校学生总数的43%，见司德敷：《中华归主（中国基督教事业统计1901~1921）》下册，中国社会科学出版社1987年版，第1066页。在近代女性教育方面，我们应当充分估计教会学校的作用。

②1907年清政府学部总务司：《第一次教育统计表》中显示，全国共有各类女学436所，女学生15 496人。见廖秀真：《清末女学在学制上的演进及女子小学教育的发展》（1897~1911年），转引自李又宁、张玉法编：《中国妇女史论文集》第2辑，台湾商务印书馆1988年版，第252~253页。另见本书附录四：《辛亥革命前全国女学一览表》。

③上海爱国女学本科分文科、理科两部，文科部的课程有：伦理、国文、外国文、数学、历史、地理、家事、教育、唱歌、图画、体操等；理科部的课程有：伦理、国文、外国文、数学、历史、地理、博物、物理、化学、教育、裁缝、唱歌、图画、体操等（见东京出版的《女学报》第4期，1903年）。公立杭州女学校分寻常科、高等科两类，高等科的课程有：修身、国文、英语、算术、中国历史、地理、理科、图画、唱歌、裁缝、体操等（见《浙江潮》第10期）。

有的。这种新的知识结构和新的信息系统，为第一代知识女性的文学创作带来了新的思想内容和新的艺术表现形式。

第三，参与女权运动自觉程度的差别。20世纪前的闺秀作家，包括戊戌维新时期的女性精英，她们介入女性解放和女权运动，主要是受到她们的父兄和丈夫的影响。如康同薇主要受其父亲康有为的影响，薛绍徽受其丈夫陈寿彭和夫兄陈季同的影响，裘毓芳是受其叔父裘廷梁的影响，李端蕙、魏媖均受其丈夫梁启超、经元善的影响；她们并不像20世纪初的第一代知识女性精英（如秋瑾、唐群英、张昭汉、燕斌）那样，自觉地、主动地、全身心地投入女权运动，她们多半还是男性维新政治家倡导妇女解放的附庸，还是踏着父兄的思想路线前行。而第一代知识女性则站在女权运动的第一线，用自己的实践活动和她们那支生花妙笔来批判父权文化和男尊女卑的毒害。

第四，思想的差距。戊戌维新时期的闺秀与第一代知识女性在思想上也有一定的差距。以兴女学而论，前者的指导思想还是梁启超的“复前代之遗规，采泰西之美制，仪先圣之明训，急保种之远谋”[①]。她们在讨论有关女学的宗旨及教育内容时仍然遵循古代先王先圣的遗教。她们尊崇的偶像，除孔子外，仍然是封建女教的女圣贤，如班昭之类。薛绍徽在《寓沪晋安薛女士上女学堂董条议并叙》中主张女学堂中应奉祀班昭，“以为妇女楷模”，“其德其学足为千古表率”；刘纫兰则把刘向的《列女传》、班昭的《女诫》、宋若华的《女论语》、吕坤的《闺范》、陈宏谋的《教女遗规》等列为女学堂的主干教材，[②]当然，她们也主张女学生要学点西学、手工、医学等；但这和新式女学堂中以数理化、史地、修身、语文、外国语、音体美为主要教学内容仍有很大的不同。再如，从二者对待班昭《女诫》的态度，也可区分她们不同的思想倾向。闺秀作家，包括康同薇、裘毓芳、薛绍徽、潘道芳、蒋畹芳等戊戌女性精英，对以集封建女教之大

①梁启超：《倡设女学堂启》，《时务报》第45册，1897年11月。

②刘纫兰：《劝兴女学启》，《女学报》第4期，1898年8月20日。

成的《女诫》都持敬重与赞扬态度，而第一代知识女性对班昭的《女诫》则口诛笔伐，最有代表性的是诗人、政论文学家张昭汉的《班昭论》，此文把班昭视为女界的千古罪人，她说："身为女宗，乃亦鼓吹其倾波之邪说，自居于卑下，复导国民而从之，吾又不知与冯道、张宏范辈何以异也？一言不智，昭之罪不容逭矣，吾安敢随流俗人之后，昧昧焉施其崇拜哉！"①

无独有偶，对班昭批判尤为激烈的是近代著名政论文学家何震，她在《女子复仇论》中，把班昭直呼为"班贼"，并严厉批判《女诫》：

> 呜呼！此说一昌，而为女子者，遂以受制于男为定分。名曰礼教，实则羞辱而已；名曰义礼，实则无耻而已。此非所谓"妾妇之道"耶？夫班贼身为女子，竟惑于儒家之邪说，自戕同类，以贻女界之羞，作男子之奴隶，为女子之大贼。女界而有此人，盖不啻汉人中之有曾国藩也。②

由对待女学和批评班昭《女诫》这两个案例，戊戌闺秀与第一代知识女性的思想倾向及高下已昭然矣。

（二）女性创作文体由单一走向多元

中国传统女性文学的数量十分可观，这已是不争的事实。清初王士禄（1626~1673）曾辑有一部古代女性文学总集《然脂集》，收上古至清初的女性著作数千种，数量多达230卷，可惜此书今已散佚，难以窥其全璧。我们从存世的《然脂集》自序、集例看，它所收文学类的作品主要是诗词文赋。单士厘编的《清闺秀艺文略》也只收清代女性诗文，近人胡文楷的《历代妇女著作考》，收录时间范围更广，上自先秦，下迄民初，所收女性著作四千余种，然仍以诗词为主，几不收女性小说，③更不必说女性翻译文学了。可见在女性文学研究者的心

---

①张昭汉：《班昭论》，《女子世界》第2年第4、5期，1906年。

②《天义》第3卷，1907年7月。

③仔细翻检《历代妇女著作考》，女性小说只收了胡适所提到的邵振华的《侠义佳人》一种，连中国第一部女性小说《红楼梦影》都未收。

目中，也是轻视女性小说、视之为低级文类的。然而在20世纪第一个二十年，不但出现了女性小说（长篇、中篇、短篇均有），而且还形成了一个女性小说家群体。女性小说这一文体的出现，便标示着女性作家对男权文化的挑战与反叛，也意味着她们对文学形式更加自由的选择，在文体上这种反传统的突破，正是中国第一代知识女性主体意识强化的具现。

此外，翻译文学，它虽然不是一种狭义的文体，但也可视为中国传统文学领域中的新品种。女性作家敢于第一次闯入翻译文学领域这块"禁区"，这也充分说明中国近代女性在选择文体上的胆识和勇气。这时段的女性翻译文学，在文类上有多方面的尝试：有长篇小说、短篇小说，也有戏剧，还有寓言、童话。男性译家所进入的领域，她们几乎都有涉猎。再一点，政论文学，虽属"文"的一种，但是在古代女性文学中并不多见，尤其是以批判父权文化和提倡女权为主题的新体政论文学，20世纪之前是少见的。20世纪初，以秋瑾、燕斌、陈撷芬、林宗素、何震为代表的这批锋芒初露的新锐作家，她们自觉地选择政论这一新文体作为推进女权运动、建构民族国家的战斗武器，正是适应了女性文学发展的这一历史诉求。此外，还有女性游记[①]。女性文体由单一的诗词为主体，扩展到诗歌、小说、戏剧、散文等现代文体结构，亦可视为20世纪初的女性文学由古典向现代转型的一个重要标志。

（三）审美范围的扩大、思想意蕴的深化与书写上的模拟西方

古代女性文学由于创造主体生活空间的封闭与狭窄，她们书写的主题大多是婚恋情爱和闺内生活，以及由此而产生的春恨秋愁，离情别绪。这类主题正为闺秀、才女们所擅长的抒情性的诗词创作提供了最佳素材。20世纪初，女性作家队伍的主体已由闺秀嬗变为第一代知识女性，后者已走出深闺，走向社会，走向世界，生活空间发生了巨大的变化。随着女性作家生活视野的扩大，对社会现实

①20世纪初女性写的游记很多，既有国内游记，也有国外游记：前者如殷蕙珍《灵岩游记》、汪杰梁的《如皋旅行记》、王洁的《游石龙寺记》、计宗兰的《游虞山记》、杨雪琼的《京津游记》；后者如单士厘的《癸卯旅行记》等。

的关注及随之而来的忧患意识，成为女性文学转型期诗词创作的一个亮点。南社诗人/词人徐自华、徐蕴华、吕碧城、张昭汉、唐群英，以及秋瑾的诗词，都具有丰富的时代内容，在艺术表现上也由传统诗词含蓄蕴藉、委婉清丽而变为词情激越、雄壮豪放的风格。这时段的女性小说家也开始突破以爱情婚姻为主调的题材选择，而从思想文化和政治、经济层面来剖析现实社会，开始把目光转向现实人生，秀英女士的《髯翁之遗产》[①]，杨令茀的《瓦解银行》[②]可作为这方面的代表作。前者选择世人所关注的遗产问题，旨在阐明父辈留给子女的“遗产”并非就是金钱和家产，更重要的还有精神遗产。小说写一位父亲把对儿子进行热爱祖国、报效国家的教育视为留给子女的宝贵的精神遗产。在这里，小说颠覆了世俗观念中“遗产”的概念，把“精神遗产”视为比万贯家产更加珍贵的遗产。这种书写，一方面表现了家庭教育的新观念，另一方面，也正是建构民族国家所必需的精神资源。杨令茀的《瓦解银行》写北京上流社会的一个诈骗案。作者旨在揭露民初社会的混乱，法律松弛，投机者趁此诈骗民财，然后借洋人的庇护逃之夭夭。这类的题材，在过去的女性文学中还无人涉及。杨令茀早年即长住北京、上海，又曾留学欧美，广阔的公共空间，为她对上层社会及金融界的了解提供了更多的机遇，所以才能写出这种揭露性、批判性的小说。

幻影女士，是这一时段的多产作家，她写有短篇小说18篇。她的小说面向现实社会，关注民间疾苦，把视线移向农村。她以农村贫困、不重视兴办教育和缺医少药为主题，写了小说《贫儿教育所》和《农妇》[③]，后者描写一农妇生小孩时，因乡村接生员无卫生知识，接生时产妇感染，以是丧命。作者说，“一年中以此病来院者，不可胜计，得救者虽多，不及治者亦过半，大可怜也”。小说揭示出农村缺医、缺乏卫生知识是导致产妇死亡过半的根本原因。幻影女士的意图

①《礼拜六》第94期，1916年3月18日。

②《小说时报》第18期，1913年5月1日。

③分别见《礼拜六》第61期（1915年7月3日）、83期（1916年1月1日）。

仍是在强调农村教育的重要，这篇小说在整个20世纪都具有强烈的现实意义。由此正可看出幻影女士的卓识远见。

这时期女性小说在艺术上也有若干创新处（如叙事模式、心理描写、诗化文本等），这将在第四章第二节中详谈。这里只谈女性小说在写作上借鉴西方小说的倾向。

这时段的女性小说家，有些既从事创作，又兼作翻译，她们大多能读外国文学的原著，如黄翠凝、黄静英、毛秀英、陈翠娜等。黄翠凝的处女作《猴刺客》（1908）[①]就有模拟西方小说的倾向。小说写因两男一女的三角恋爱而导致的一个恶性案件。其中一男子被杀，经侦探王敏卿侦破，杀手乃是其情敌、美术家林国材训练有素的一只猴子。这篇小说明显地受到侦探小说鼻祖、美国作家埃德加·爱伦·坡（Edgar Allan Poe，1809~1849）的《莫格街血案》的影响。这部侦探名篇中的凶手就是一只凶猛的大猩猩。值得注意的是，黄翠凝的这篇小说，发表在1908年的《月月小说》上，据我的考察，此时，爱伦·坡的《莫格街血案》尚未译入中国，于此可见黄翠凝是从阅读这篇小说原著中受到的启示。

类似的情况，在另一位作家黄静英身上也有表现。黄静英是教会学校毕业的女学生，后来在苏州宏志女学教外语，英文、法文水平都很好，她是继胡适之后另一位最早全文翻译法国都德小说*La Derniere Classe*（译为《最后之授课》，今通译《最后一课》）的女译者[②]，在中国翻译文学史上具有重要的意义，这里暂且不论。由于她阅读过较多的外国文学作品，在她创作小说中也有明显地模拟外国小说的倾向。如她的小说《钓丝姻缘》[③]，不仅故事中的结婚仪式（教堂牧师主婚、读礼文，男女双方问答）具有西方宗教的色彩，而且小说中的人物名

---

①《月月小说》总第21号“周年纪念大增刊”。

②胡适译《最后一课》有删节，黄静英译文则为全译本，在翻译史上具有重要的意义，见郭延礼《都德〈最后一课〉的首译、伪译及其全译文本》，《中华读书报》2008年4月16日19版。

③《小说月报》第6卷第10号。

字（男名华尔脱利立、女名阿塞来史）、外貌（“双瞳作蔚蓝色”、“黄金之发”）、场景、餐具（刀叉）均是西方化的。读后让人感到作者就是演绎一个西方的婚恋故事。

再如，陈翠娜的《新妇化为犬》[①]，标“滑稽短篇”，小说名为创作，实则是演绎的一个外国故事。小说中的主要人物：少年（新郎）名麦克·司林达，侍者名阿塞。司林达为骗取其叔父答应给他的结婚财礼两万法郎，让他的侍者阿塞假扮成新娘赴教堂举行婚礼，并答应事成后给假新娘一百法郎作酬谢。结婚仪式结束后，假新娘拿到一百法郎，便急欲逃脱，众人追之，阿塞跑回新郎家中，躺在床上，以被蒙头，假装生病。少年的叔父和来宾均以为“新娘”病了，众皆散。稍后，“新娘”忽然跃窗而逃。此时少年的叔父正进喜房询问“新娘”的病情，司林达怕暴露马脚，情急之下，将桌下熟睡之犬抱起，置于床上“新娘”被中。后其叔父发现床上被中是一条犬，他误以为“新娘”原是一女妖幻化为犬。于是便请人捉妖，并悬赏一百法郎，后闹出一连串的笑话。这是一出闹剧，其讽刺意味是不言自明的，出语幽默，风格滑稽，明显地可以看出作者是根据过去读过的或留存在阅读记忆中的一个西方滑稽故事（其文本是西语原文）而改写的。类此色彩的创作小说在20世纪第二个十年（1910~1919）并不罕见。

如前所述，这个时期一些女性作家，她们既写小说，又从事翻译。由于她们精通外语或学过外语，加之所受的又是西方教育（特别是教会学校的学生和留学生），她们对模拟—学习西方小说有一种特别的感情冲动和审美需求。她们大多读过一定数量的西方文学原著。当她们进行创作时，以前读过的西方小说中的故事情节、人物形象，乃至文化背景、环境描写的片断/碎片就进入了她们的思维活动。经过她们的移植、过滤和改造，生成一种新的文本，并表现出本土化的特点和审美情趣。对这类新生成的小说文本，女作者们既不署原著作者的名字，也

① 《礼拜六》第78期，1915年11月27日。

不注明谁是译者，而直接把它视为自己的小说创作。我把这种文学现象称为女性小说创作中的“以译代作”①。

这种“以译代作”的小说创作，在以高剑华为代表的《眉语》②派作家群体中十分活跃。在出版的18期《眉语》中，至少有10位以上的女性作者写了这类“以译代作”的小说。高剑华的长篇小说《梅雪争春记》③、短篇《刘郎胜阮郎》、《蝶影》④，马嗣梅的《绣鞋儿刚半折》⑤，姚淑孟的《郎欤盗欤》⑥，柳佩瑜的《郎情如水》⑦，孙青未的《侬之心》⑧，李惠珠的《菩萨心肠》⑨等均是此类小说的代表作。女性小说中“以译代作”的出现，既是中国女性文学在转型的语境中新文体诞生初期的一种文学产物，又是在中西文化交流与碰撞中女性作家积极、主动地学习西方文学的一种书写方式，值得我们关注（详参本书附录二）。

（四）传播方式由木刻印刷到机器复制

传播方式的变化是20世纪中国文学与此前文学最大的不同，女性文学亦不例外。20世纪前，文学的传播主要是靠手抄和手工木刻印刷；20世纪后，随着印刷术的进步，活字铅印、石印和机器复制的近代印刷体系已经形成，印刷效率空前提高。以女性诗词而论，20世纪后，大都采用铅印或石印的平装，这和此前的手工木刻线装有了很大不同。20世纪传媒的另一大变化是报刊的出现。报纸和杂

①详见本书附录《20世纪初女性小说书写中的“以译代作”》。

②《眉语》是1914年在上海创刊的女性小说杂志，以“消闲”、“游戏”为主旨。主编是高剑华，编辑全系女性，作者群体也以女性为主。

③《眉语》第13至18号，1915年10月至1916年3月，未完。

④分别刊《眉语》第7号（1915年4月）、第10号（1915年7月）。

⑤《眉语》创刊号（1914年10月）。

⑥《眉语》第3号（1914年12月）。

⑦《眉语》第12号（1915年9月）。

⑧《眉语》第3号。

⑨《眉语》创刊号。

志刊登文学作品虽然并不始于20世纪，但报刊普遍地、大量地刊载诗词，特别是小说，则是20世纪的事。20世纪初，继《新小说》（1902）之后，小说杂志如雨后春笋，发展很快。到“五四”前，小说杂志不下50种。它们既刊登创作小说，也刊登翻译小说。1900~1919年的女性小说，特别是短篇小说，几乎是全部发表在报刊上。比如幻影女士，据不完全统计，她发表短篇小说18篇，全部都刊登在《礼拜六》、《小说丛报》和《游戏杂志》等期刊上；吕韵清发表短篇小说15篇，也全部都刊登在《小说丛报》、《小说大观》、《七襄》、《申报》等报刊上。女性翻译的外国小说（某些长篇除外）和西方戏剧，也都首先在报刊上发表。女性发表作品，和20世纪前相较，不仅不需要支付印刷费用，而且还可以得到稿酬。因此，报刊的出现并作为文学作品的主要载体，对于缺乏经济来源的女性作者来说是一个很大的支持和促进力量。至于新兴的女性政论，报刊是其唯一的载体，它借助现代传媒，很快流播到全国四面八方。其数量之多，覆盖之广，传播之速，影响之大，是中国女性文学史和传播史上前所未有的现象。传媒的变化是女性文学由古典向现代转型的又一标志。

（五）由个人书写变为公共的文学资源

由于近代传播媒介的改变，女性文学创作由私人化的书写变为公共传播的文学资源。

在报刊未成为文学载体前，女性作家的创作（特别是诗词）主要还是私人化的行为，多数闺秀作者都是自己创作，自己欣赏，所谓“自娱”和“消闲”，有的还秘不示人，所谓“内言不出”，更有的临终前焚其诗稿，以防流传后世。处此语境下的女性文学，其读者面至多扩大到自己的丈夫、闺中的姊妹、好友，家庭和乡里的世交、亲戚等，其传播范围是极其有限的。明末和清代曾出现女性的文学结社，如明末桐城的“名媛诗社”、清代的“蕉园诗社”、“清溪吟社”、“秋红吟社”等，除后者的成员多是来自江南诸省的居京官员的夫人、女儿、儿媳外，其他的诗社基本上是以家庭（“名媛诗社”）和当地的亲朋女友（“蕉园诗社”）为成员的松散形式的联合，她们作品的传播范围仍十分有限。1900~1919年的文学背景与此前则大不相同。由于第一代知识女性的文学创作，不论是诗词、政论、小说、戏剧，还是翻译作品，大多是发表在当时的报刊上。作品一发表，即传播到全国各地的公共空间，这些作品也就成了人人都可阅读的公共文学资源，具有一定的示范作用，它可以引导更多的女性尝试写作并最终走上文学的道路，这是毋庸置疑的。比如女性短篇小说，20世纪最初几年还较少见①。1910年前后，女性短篇小说大量出现，遍布当时的文学期刊，如《月月小说》、《中国女报》、《小说时报》、《小说月报》、《小说丛报》、《眉语》、《七襄》、《娱闲录》、《女子世界》、《礼拜六》、《欧洲风云周刊》、《中华小说界》、《小说海》、《小说大观》、《小说新报》、《中华妇女界》、商务版《妇女杂志》、《春声》、《小说画报》、《小说名画大观》等均有女性短篇小说发表。据目前不完全的统计，这一时段（1900~1919）发表的女性短篇小说在200篇以上②。之所以出现这种繁荣景象，在文学创作上，女性作家间的相互启迪和影响是十分明显的。

作为公共文学资源，这时段的女性政论的影响尤为突出。创造主体与接受主体的互动也表现得更加明显。特别是对有关弘扬女权、禁止缠足、倡导女学、批判男尊女卑的政论文章，二者的参与、互动意识更为强烈。吕碧城1904年5月20、21日在天津《大公报》上发表了《论提倡女学之宗旨》，她开宗明义：“女学之倡，其宗旨总不外普助国家之公益，激发个人之权利二端。国家之公益者，合群也；个人之权利者，独立也。然非具独立之气，无以收合群之效；非藉合群之力，无以保独立之权，其意似离而实合也……”此文发表后，在社会上颇有反

---

①据目前所见材料，较早问世的女性小说，有曼聪女士的《女儿叹》，刊《杭州白话报》第2年（1902年）第21期；金陵女士的《家庭乐》，刊秋瑾主编、在日本东京出版的《白话》第2期（1904年10月23日）。

②这是一个极保守的统计数字。许多女性小说家，因我们缺乏认定其性别的生平资料，有相当大的一部分女性小说，我们只能割爱。此外，近代数以千计的报刊杂志，我们也没有力量全部翻遍。遗漏不仅是难免的，且其数量肯定不在少数。

响。上海的《女子世界》第16、17期合刊马上转载，读者也多有评论（男性评论这里不谈），天津的刘孟扬女士即撰《书碧城女史〈论提倡女学之宗旨〉后》，以积极参与者的姿态，发表读后评论。文云：

今世明哲之士，亟思造就人才，以强国势，于是提倡女学，以立母教之基。乃顽谬之鄙夫，多因此怪诧惊疑，隐相挠阻。碧城女史忧之，爰为之抉柢披根，发明女学之益，其总纲为“普助国家之公益，激发个人之权利”二端。立言能见其大，析理不厌其详。以女子论女学，故亲切有味，耐人深思。至理名言，非同肤泛。最可佩者，以二旬之弱女子，竟能言人之所不能言，发人之所不能发。其词旨之条达，文气之充畅，直如激湍猛浪之奔流。而其不假思索，振笔直书，水到渠成，不事雕琢。此固目所亲见，而绝非假托者。吾因之不禁喜中国女界之有人，将来女学之兴当未可限量。吾敬碧城女史，因而不敢轻视中国之二万万女子焉。果有闻女史之言而兴起者，则女学昌明，女权大振，家庭中有好教育，国民中自有大英雄，尚虑国家不能强哉？[①]

刘孟扬这一段评论，不仅阐发了吕文的主旨，赞扬了吕文论述之条贯、深刻，特别指出“以女子论女学，故亲切有味，耐人深思”，注入了性别视角；而且对于女界也有一定的鼓舞作用。这种作者与读者的互动，以及如此旗帜鲜明的文学评论，是此前女性文坛所未曾出现过的文学现象。成为公共资源的女性文学，已不是“自娱”和“消闲”的话柄和谈资，而是推动女权运动和建构民族国家所必需的精神财富。

以上五点，是20世纪第一个二十年中国女性文学由古典向现代转型的主要标志。

---

①李保民笺注：《吕碧城诗文笺注》，上海古籍出版社2007年版，第132页。

三、女性文学转型的文学史意义

20世纪第一个二十年（1900~1919）标示着中国女性文学由古典向现代转型的基本确立，尽管这一转型还是不完善和不彻底的，但它却具有重要的文学史意义：

第一，20世纪第一个二十年女性文学的创造主体由闺秀嬗变为第一代知识女性，这一转变为中国女性文学走向现代迈出了第一步。由于第一代知识女性具有新的知识结构和开阔的视野，其文学观念、女性意识、人生理念，与闺秀作家相较也有更多的先进性和时代感，这便为此后女性文学的拓展和全面提升开辟了广阔的道路。

第二，20世纪初女性小说家群体的出现，不仅刷新了中国女性文学史上无小说家的纪录，而且也为“五四”女性小说家的成长奠定了基础，这就是为什么“五四”刚过，在现代文坛上便有一批优秀的小说家如卢隐、白薇、冰心、冯沅君、凌叔华等脱颖而出，其作品至今仍被视为经典。今天看来，原因已很清楚，正是20世纪初第一代女性小说家为她们提供了文体样板，竖起了攀登的阶梯。第一代女性作家的成功与失败，都成为“五四”女性作家腾飞的思想基础、文学资源和前车之鉴。

第三，20世纪初女性文学的转型，使文体由单一的诗词走向多样，出现了女性小说、戏剧、政论文、游记，以及异军突起的翻译文学，这便为“五四”后女性文学现代文体结构的确立提供了丰富的资源。

中国女性文学由古典向现代的转型，20世纪第一个二十年并没有彻底完成，从更完善的意义上来检视它，其转型的完成要到“五四”之后。但是，20世纪初中国女性文学转型的文学史意义却是不可忽视的。

第一章

17世纪至19世纪后期女性诗坛的辉煌

孟子在《尽心》篇中云："观水有术，必观其澜。"赵岐注："澜，水中有波也。"为什么观水必观其"澜"呢？用刘勰的话来解释，就是"振叶以寻根，观澜而索源"[①]，研究学问亦是如此，要把握问题的实质，必先寻根索源。梁启超在撰写《中国近三百年学术史》中说过："凡研究一个时代思潮，必须把前头的时代略为认清，才能知道那来龙去脉。"[②]研究女性文学史亦不例外。我们论述二十世纪第一个二十年的女性文学，必对其前三百年的女性文学有一个总体的认识。

20世纪第一个二十年的女性文学在中国女性文学历史长河中只是短暂的瞬间，但由于它正值中国女性文学由古典向现代的转型期，因此它具有重要的历史地位。为了更准确地认识这一时期的女性文学，我们必先对其前一时段，即16世纪后期至19世纪末的女性文学的总体风貌有一个概括的认识。

中国向称诗的王国，女诗人历代多有。然由于女性长期受到父权文化的压抑，又缺乏群体受教育的机会，女性文学创作始终处在一个边缘的位置，虽有蔡琰、左芬、鲍令晖、薛涛、李清照、朱淑真等明星照耀，但在光辉绚丽的文学史

---

①《文心雕龙・序志》，范文澜注：《文心雕龙注》，人民文学出版社1998年版，第726页。

②梁启超《中国近三百年学术史》第一章《反动与先驱》，《饮冰室合集》第10册，中华书局1989年影印本，专集之七十五，第2页。

上，女作家仍是寥若晨星。明中后期，特别是万历十八年（1590）之后，随着左派王学思想的传播，随着文学上公安、竟陵两派的兴起，也随着有卓识的文人有意识的提倡，更重要的，伴随着社会上自由、解放人文思潮的出现，女性主体意识日渐觉醒，女性文学创作也逐渐发展。清代以降，女性文学更呈繁荣趋势，其诗人数量之多，诗歌创作成就之高，在中国女性文学史上都是空前的。

马克思和恩格斯曾引述过傅立叶的一句名言："妇女解放的程度是衡量普遍解放的天然标准。"[①]对此我们不妨引申一下，女性自身发展的程度也标示着社会进步的程度。从这个意义上来讲，明清之后中国女性文学的发展，乃是中国社会进步的一个天然标志。因此，明清女性文学研究对于中国文学史和文化史的研究都具有重要的意义。

中国古代，妇女的社会地位很低，女性教育向来是被排斥在国家教育系统之外，女子接受教育的机会很少，加之古代印刷上的困难和其他社会因素，流传下来的女性作家和著作更少。这种情况，明代之后发生了变化。据胡文楷《历代妇女著作考》（以下简称《妇考》）著录，中国历代（20世纪前）女作家凡4 000余人，而明清两代就有3 750余人，占中国古代女性作家的百分之九十以上。特别是清代作家更多，约3 500余家，"超轶前代，数逾三千"[②]。其中江浙两省，又占80%。据《妇考》所收，江苏省清代女作家有1 425人，著作有1 707种。但胡氏所收并不完全，南京大学图书馆史梅女士又辑到《妇考》未收者118人，著作144种。这样，清代女作家江苏一省就有1 543人，著作1 851种[③]。现有材料表明，清代浙江省的女作家也不少于江苏省。这样算起来，在清代，仅江浙两省（狭义的江南）就有女作家约3 000人，著作约4 000种。这是一组十分可观的数

①马克思、恩格斯：《神圣家族，或对批判的批判所做的批判》，《马克思恩格斯全集》第2卷，人民出版社1962年版，第250页。

②胡文楷：《历代妇女著作考·自序》（增订本），上海古籍出版社1985年版，第5页。

③史梅：《清代江苏妇女文献的价值和意义》，《文学评论丛刊》第4卷第1期（2001年3月），第66页。

字。由此不难看出，明清女性文学是中国文学史上的一宗珍贵的遗产。另一方面，明清（这里的清代主要指20世纪之前的前期和中期）女性文学还出现了许多新的文学现象，尤值得我们特别关注。要而言之，有如下五点。

一、创作主体的家庭化

明清两代，由于经济的繁荣、文化的发展和社会的相对稳定，出现了许多文学世家，以一男性或女性为首，提倡指导，而后形成了该家庭中一代或数代的女性文学群体。一家之中，祖孙、母女、婆媳、姊妹、姑嫂、妯娌，均系诗人、词人、文学家。这种现象在明清两代的江南（主要指江浙两省）尤为多见，往往是一门风雅，作家辈出。最著名的自然要属明末清初的吴江叶氏午梦堂，一门珠联，相映生辉。叶绍袁妻沈宜修（1590~1635），字宛君，系著名曲家沈璟的侄女，工诗词，是吴江女性诗坛上的中坚人物，著有诗集《鹂吹》。沈家本是吴江望族，她与同邑文士叶绍袁（1589~1648）结婚后，生有五女八男，均有文采。著名的诗论家叶燮（1627~1703）就是她的第六子。长女叶纨纨（1610~1632）、次女叶小纨（1613~1657）、三女叶小鸾（1616~1632）、五女叶小繁（1626~？）、三儿媳沈宪英，以上女性均工诗词，并著有诗词集。后由叶绍袁编成《午梦堂集》，流芳后世。其中尤以小纨、小鸾姊妹，最有文名。小纨不但诗词清丽秀美，而且还是一位剧作家（详后）。小鸾，更是姊妹中的佼佼者。陈廷焯称其“词笔哀艳，不减朱淑真，求诸明代作者，尤不易觏也”[①]。他如桐城方氏（方孟式、方维仪、方维则姊妹、弟媳吴令仪及其姊吴令则等），杭州许氏（许宗彦妻梁德绳及其女许云林、云姜），吴江计氏（计嘉禾妻金兑、金兑母杨珊珊、金兑弟媳丁阮芝、沈清涵、宋静仪、金兑女计捷庆、趋庭、小鸾、侄女瑞英、同族女计七襄、计埰、计珠容），仪征阮氏（阮元妻孔璐华、妾刘文

---

①陈廷焯：《白雨斋词话》卷三，见《白雨斋词话足本校注》，齐鲁书社1983年版，第240页。

如、谢雪、唐庆云、女阮安、长媳刘蘩荣、次媳许云姜、女孙阮恩滦等），太仓毕氏（毕沅母张藻、妹毕汾、女毕慧、侧室周月尊、张绚霄），武进张氏（张琦女缙英、缃英、纶英、纨英和她的女儿王采苹），闽南郑氏（郑荔乡九女，除九女冰纨早亡、五女长庚无考外，其余七女：镜蓉、云荫、青苹、金銮、咏谢、玉贺、风调，均有诗集），贵州金筑许氏（许芝仙、其妹遇贞、淑贞、梦贞、侄女芳欣、芳晓、芳盈、芳素），山西太原张氏（张逸七女：学雅、学鲁、学仪、学典、学象、学圣、学贤，均有诗集），再如阳湖恽氏、阳湖庄氏，均是一门风雅，出了很多女诗人、女词人、女文学家。这种家庭文化的繁荣，既有其经济因素和社会因素，但更多地还是根基于人文氛围，即诗礼之邦、书香门第的文化传统，以及重视教育，特别是家庭教育对女性的熏陶。另一方面，家庭成员内部的诗学气息也催生了这些妙龄女性的灵感和诗性，诚如清代女诗人周际华在编辑贵州金筑许氏九才女诗集后所写的《序》中云："所谓一人善射，百夫决拾，其观摩者近也。况家传诗教，风雅宜人，有不目染耳濡，相率而起兴者耶？"[①]这种文学氛围极其浓郁的家庭，又对周围地区的文学生态产生辐射影响。钱谦益对"创作主体家庭化"这一文学现象的影响作过如下评述，他说："宛君（即沈宜修）与三女相与题花赋草，镂月裁云。中庭之咏，不逊谢家；娇女之篇，有逾左氏。于是诸如伯姊，先后娣姒，靡不屏刀尺而事篇章，弃组纴而工子墨。松陵之上，汾湖之滨，闺房之秀代兴，彤管之诒交作矣。"[②]"松陵之上，汾湖之滨"云云，可以看出叶氏/沈氏一门才女对于吴县及其周边一带女性文学创作的积极影响。从上面所举有代表性的女性诗人家庭/家族来看，它们除主要集中于江、浙外，也蔓延到安徽、福建、贵州、山西等地，几乎遍及除新疆、西藏之外的中国内地。在这种女性诗人家庭/家族的影响下，才女辈出，便形成了自明末近三百年女性文学的繁盛局面。

---

①转引自胡文楷著：《历代妇女著作考》（增订本），上海古籍出版社1985年版，第945页。

②钱谦益：《列朝诗集小传》下，闰集"沈氏宛君"，上海古籍出版社2008年4月2版，第753页。

二、女性多才多艺，其创作体裁丰富多彩

明清女性文学家由于接受过良好的家庭教育，加之女性自强意识的觉醒，她们刻苦学习，在操持家务之余，全身心地投入艺术与文学创作，除诗词外，她们还创作了各类体裁的文学作品，并取得了一定的成就。

明清之前的女性书写从文体形式上来看，比较单调，文学品种只限诗词文赋，没有其他文学形式，明清女性中出现了散曲作家、戏剧作家、弹词作家和小说家。

散曲是金元时代在北方新兴的一种文学形式，至元达到成熟阶段。元代女性写散曲的多是乐妓，闺秀写散曲者大约始于明代。著名的有明代文学家杨慎的妻子黄夫人、沈端惠、徐媛等人，至清代则有吴绡、顾贞立、孙云凤、吴逸香、方玉坤、朱恕等，最著名的当然是吴藻（1799~1862）。

杂剧虽然盛行于元，元代女性并未写过杂剧，第一位写杂剧的女性应当是明代马守真（1548~1604），字月娇，号湘兰子，江苏金陵（今南京）人，她写有《三生传》传奇①，此剧是写王魁故事的。现存剧本最完整的，应当是明代叶小纨写的《鸳鸯梦》杂剧。叶小纨（1613~1657），字蕙绸，她出生在一个文学气氛十分浓厚的书香之家，父亲叶绍袁工诗文词，母亲沈宜修，文学家，她是著名曲家沈璟的侄女，通音律，对小纨从事戏曲创作有一定的影响。小纨的姊妹，均工诗词，一门风雅，俱有文采（详见前）。自古红颜多薄命，小纨的姐姐纨纨、妹妹小鸾，均早逝，母亲也中年离世。小纨时时怀念亡母及姊妹之亲情，为此写了杂剧《鸳鸯梦》。这是中国文学史上保存下来的女性写的第一个完整的剧本，值得珍视。

小纨之后，女性写的戏剧还有一些，如明代姜玉儿的《合元记传奇》、梁孟昭的《相思砚传奇》，但这些戏曲今天已看不到了。明末清初的阮丽珍是一位对

---

①此剧已不全，现存者只是两出，即《玉簪赠别》和《学习歌舞》，见明人胡文焕编的《群音类选》，中华书局1980年影印本。

戏曲创作有贡献的女作家，传诵一时的《燕子笺》就是由她执笔撰写、又由其父阮大铖修改而成的。另外，她还写有《梦虎缘》、《鸾帕血》等剧，可惜文本已失传。

清代女性中，写过戏剧的人很多，据有关史料记载，近20人[①]，但多数剧作均已失传。而真正留下作品的，大约要算苏州张蘩的《双叩阍》、西安王筠的《繁华梦》和《全福记》、安徽歙县何珮珠的《梨花梦》、新安吴兰征的《绛蘅秋》、杭州吴藻的《乔影》、东海刘清韵的《小蓬莱仙馆传奇》十种了。

除戏剧外，明清女性文学家还写有弹词。弹词这种文体，从创作主体到接受主体多系女性，今天流传下来的名作如《天雨花》（陶贞怀撰）、《再生缘》（陈端生撰、梁德绳续）、《玉钏缘》（无名氏母女二人撰）、《笔生花》（邱心如撰）、《玉连环》（朱素仙撰）、《凤双飞》（程蕙英撰）、《梦影缘》（郑贞华撰）、《精忠传弹词》（周颖芳撰），其作者均系女性。

清代女性是否写过小说呢？这里应当作点说明。小说在古代是“不本经传”、“背丁儒术”、不登大雅之堂的“街谈巷议”。鲁迅先生就说过：“在中国，小说是向来不算文学的”[②]，是被封建统治阶级“向来看作邪宗的”[③]。因小说取材于民间，被上层文人视为“妖妄荧听”、“猥鄙荒诞”，有的更进而诋毁为“诲淫诲盗”。总之在古代，与传统的诗词文赋相比，小说被视为低级文类。开明的古代文士大多能认同女性写诗词，因温柔敦厚的诗教与女教为近，但不赞成女性写小说。在这种文化大环境下，女性很少有人敢写小说。严格地说，1840年（道光二十年）前中国女性无人写过小说。相传清代女诗人、女学者汪端（1793~1839）曾写过小说《元明佚史》，但我至今仍怀疑此书是否写完或出版

①清代女剧作家除文中提到的外，尚有李怀（著有《双鱼谱》）、李静芳（《丹晶串》）、曹鉴冰（《瑶台宴》）、孔继瑛（《鸳鸯佩》）、宋凌云（《瑶池宴》）、许燕珍（《保贞囊》和《红绡咏》）、姜玉洁（《鉴中天》）、姚氏（朱凤森妻，著有《才人福》），惜以上诸位的剧作已佚。

②《〈草鞋脚〉小引》，《鲁迅全集》第6卷，人民文学出版社1981年版，第20页。

③鲁迅：《徐懋庸作〈打杂集〉序》，《鲁迅全集》第6卷，人民文学出版社1981年版，第291页。

过（详见本书第四章）。

中国第一个写小说并有作品传世的女性是近代满族词人西林春（即顾太清），她晚年曾撰有《红楼梦影》，署名云槎外史。小说共24回，1877年出版。稍后有陈义臣（1873~1890）的《谪仙楼》、杭州王妙如（约1877~1903或1878~1904）的《女狱花》，绩溪邵振华（1881~1924）①的《侠义佳人》。这些小说均系章回体。中国文学史上第一个女性小说家群的出现是在1900~1919年，这已是近代后期的事了。

明清女性的文学活动，并未局限于文学创作，她们还介入文学评论。除女性自撰的诗话、词话、诗文序跋外（详后），还有一个值得关注的侧面，即明清女性的戏剧评论。这在中国文学批评史上是具有开创意义的。

就目前所知，明清女性参加戏剧评论的有50余人，其中著名的文学家有汪端、张襄、王端淑、王筠、张藻、林以宁、关锳、归懋仪、吴藻、许延礽、席慧文等人。从这个评论群体的人员构成看，表明明清闺秀对戏剧这种艺术形式已有了较强的参与意识。

从我们目前接触到的有限的资料看②，明清女性戏剧评论所触及的作品有20余种，其题材范围还多限于写爱情主题和女性题材的，如王实甫的《西厢记》、汤显祖的《还魂记》（《牡丹亭》）、朱素臣的《秦楼月》、李渔的《比目鱼》、徐渭《四声猿》中的《雌木兰替父从军》和《女状元辞凰得凤》、蒋士铨的《一片石》、钱肇修的《芙蓉峡》、潘照的《乌阑誓》、黄图珌的《百宝箱》、黄燮清的《帝女花》和《桃溪雪》、范亨的《空山梦》，还有些剧作是描写特殊的人生遭遇并有所感悟的，如纯夫的《离骚影》、查慎行的《阴阳判》、左潢的《桂花塔》等。

在整个戏剧评论中，尤让她们关注的是女性作家的剧作，如对吴藻的《乔影》、何珮珠的《梨花梦》、王筠的《繁华梦》三剧，有十多位女性为其题词，

---

①此据劳氏族谱《劳氏遗经堂支谱》。

②主要据蔡毅编辑的《中国古典戏曲序跋汇编》，齐鲁书社1989年版。

抒写观剧的感想，肯定剧作的成功，赞美作者的才华，表现了批评主体极大的热情。

明清女性戏剧评论，从整体看水平不太高，理论色彩也较同时代的男性评论要弱些。但它仍有自己的特点。一是对剧作中女性形象命运的特别关注，从而表达了评论主体对女性不幸遭遇的同情和对男尊女卑、两性不平等的愤慨，也借剧中人物赞颂了女性的聪慧、才智和远大的抱负，为女性扬眉吐气。二是明清女性戏剧评论的重心主要不是阐发剧作的思想意蕴，多数是借题发挥，借他人之酒杯，浇自己心中之块垒。三是重“人”轻“文”。她们的兴奋点主要凝固在剧中人物形象上，所发表的意见也多是感悟性的，理性分析较少，对于戏剧艺术（“文”）几无论述。重“人情”而轻“文理”，大约是明清女性戏剧批评的一大特色，抑或是一个缺陷。[①]

由如上叙述可以看出，明清女性作家于诗、词、文、赋、散曲、戏剧、弹词，以及文学评论多种文学样式均有成功的尝试和写作。文体的完备，不仅显示了明清闺秀作家多方面的才华，而且也标志着明清女性文学已进入了成熟的阶段。

明清女性除文学创作外，她们中的许多人还擅长书法和绘画，乃至音乐。这方面的艺术修养又给她们的文学创作提供了丰富的营养源。浙派女词人关锳，她不仅工诗词，于书画也有很高的成就。她曾学书于魏滋伯，学画于杨渚白，学琴于李玉峰。女诗人金淑（字文沙）诗书画三绝，著名词人郭麐赠诗云：“似闻妙绘兼三绝，试画天风萝屋寒。”金坛女诗人吴规臣，能诗、工画、精医、善剑。钱莲因（名守璞）工诗善画，精音律。上虞女诗人徐昭华，“诗名噪一时，工楷隶，善丹青”[②]。毛奇龄题其画云：“书传王逸少，画类管夫人。”张英（1792~？）工书善画。此外，女诗人中工书善画者尚有柳如是、黄媛介、卞德基、柴静仪、朱柔则、徐灿、孙云鹤、张允滋等，这种多才多艺的现象在明清闺

---

①参见华玮：《性别与戏曲批评》，台湾“中研院”《中国文哲研究集刊》第九期（1996年9月）。

②施淑仪：《清代闺阁诗人征略》卷四。上海书店1987年影印本，本章所引该书，均为此版本，不再另注。

秀中是相当普遍的。明清女性文学之所以取得多方面的成就，是与创作主体深厚的、多方面的文学艺术素养分不开的。

三、女性结社的出现

女性从闺内吟咏走向闺外结社，这是女性文学创作由个体苦吟走向群体活动的重要一步，也标志着中国古代女性创作进入了一个新阶段。从政治文化渊源上来考察，明代结社的风气原本很浓厚。谢国桢先生说："结社这一件事，在明末已成风气，文有文社，诗有诗社，普遍了江、浙、福建、广东、江西、山东、河北各省，风行了百数十年。大江南北，结社的风气，犹如春潮怒上，应运勃兴。那时候，不但读书人要立社，就是女士们也要结起诗酒文社，提倡风雅，从事吟咏。"[①]明清两代诗社、文社很多。女子诗社，在明代有著名的桐城"名媛诗社"。该诗社以方维仪（1585~1668）[②]、姊方孟式（1582~1639）、妹方维则为骨干，另有方维仪弟媳吴令仪、吴令则[③]姊妹，围绕在她们周围的尚有其亲友眷属多人。降至清代，女性诗社更多，著名的有"蕉园诗社"（钱塘顾之琼[④]发起，骨干为柴静仪[⑤]、朱柔则[⑥]、钱凤纶[⑦]、林以宁[⑧]、徐灿[⑨]，后五人又称"蕉园

---

①谢国桢《明清之际党社运动考》，辽宁教育出版社1998年版，第7页。

②方仲贤，字维仪（1585~1668），明末清初桐城人，大理卿方大镇之次女，嫁诸生姚孙棨，十七而寡，大归守志，抚养侄儿方以智。著有《清芬阁集》等，其姊方孟式（1582~1639），字如耀，嫁山东布政使张秉文。济南城溃，同其夫殉节，著有《纫兰阁集》。其从妹方季准，字维则，著有《茂松阁集》。

③吴令仪，字棣倩，明末清初桐城人，方维仪之弟媳（兵部司郎方孔炤之妻）。吴令则，令仪之姊。

④顾之琼，字玉蕊，钱塘（今杭州）人，工诗词，首倡"焦园诗社"。吴振棫赞其"前后《北征》二赋，伤心家国，芬芳悱恻，有《离骚》之遗。"（《清闺秀正始再续集》卷四下）著有《亦政堂集》。

⑤柴静仪，字季娴，钱塘人，工诗，著有《凝香室诗钞》。

⑥朱柔则，字顺成，号道珠，浙江钱塘人，工诗善画，著有《嗣音轩诗钞》。

⑦钱凤纶，字云仪，浙江钱塘人，系清初著名诗人顾若璞曾孙女，工诗古文辞，著有《古香楼集》。

⑧林以宁（1655~约1692），字亚清，浙江钱塘人，洪昇表妹，监察御史钱肇修妻，诗人顾之琼的儿媳，工诗善画，著有《凤萧楼诗集》、《墨庄诗钞》，另有《芙蓉峡传奇》。

⑨徐灿（约1610~？），字明霞，号湘蘋，江苏长州（苏州）人，工诗词，精书画，陈维崧称其词"南宋后闺秀第一"（《清史稿·陈之遴妻传》），著有《拙政园诗余》三卷。

五子”）、“清溪吟社”（由吴江张允滋联合当地诸女诗人，诗社成员号称“吴中十子”，即张允滋[①]、张芬[②]、席蕙文[③]、沈纕[④]、陆瑛[⑤]、李媺[⑥]、沈持玉[⑦]、尤澹仙[⑧]、朱宗淑[⑨]、江珠[⑩]，以张允滋的号“清溪”命名），他如梅花诗社、消寒吟社、惜阴社、湘吟社等。她们或相约在节日（如清明、端阳、七夕、重阳）饮酒赏花，或闺中聚首谈论琴棋书画，或登山泛舟，或出游访古探幽，每次雅集，均有诗词唱和。她们相互切磋琢磨，不仅增进了女性的诗艺，而且也开阔了她们的视野，丰富了她们的生活，这对于提高女性的文学创作水平是很有积极意义的。

清前期、中期的诗社，其诗社主要成员，基本上还是以当地女性为基础兼及亲眷中的闺伴诗友，道光之后，女性诗社发展为异地结合，有的还跨区越省，比如北京著名词人顾太清曾与杭州的著名诗人沈善宝等人结成“秋红吟社”，即带有跨地区性质。这个诗社的主要成员是各地在京居官者的夫人、女儿、儿媳。据沈善宝《名媛诗话》卷六记载，“己亥（1839）秋日，余与太清、屏山、云林、伯芳结‘秋红吟社’”。这里的屏山，即项屏山，原名项紃（？~1869），改名緗章，字屏山，号緗卿，钱塘人，她是当时任兵部侍郎许乃普（号滇生）的继室。云林即当时任兵部主事的浙江德清人许宗彦的女儿。伯芳，即钱伯芳，字继芬，嘉兴人，阮元子阮祜的继室。这个诗社的成员还有满族诗人楝鄂武庄（辅

①张允滋，字滋兰，号清溪，苏州人，著有《潮生阁集》。

②张芬，字紫蘩，号月楼，张允滋从妹，著有《两面楼诗稿》。

③席蕙文，字兰枝，号芸芝，著有《采香楼诗草》、《自怡集》。

④沈纕，字蕙孙，号散花女史，著有《绣余集》、《翡翠楼诗集》、《浣沙词》。

⑤陆瑛，字素窗，江苏吴江人，工词，得宋人神韵，著有《赏奇楼吟草》、《蠹鱼稿》。

⑥李媺，字婉兮，江苏吴县人。著有《琴好楼小制》。

⑦沈持玉，字佩之，号皎如，江苏长洲人，著有《停云阁稿》。

⑧尤澹仙，字素兰，号寄湘，工词及骈体文，著有《晓春阁集》。

⑨朱宗淑，字翠娟，号德音，江苏长洲人，著有《修竹庐吟稿》。

⑩江珠（1764~1804），字碧岑，号小维摩，江苏甘泉人。工词赋，尤长骈体文，兼通经史之学，与其兄著名学者江藩时称“二江”。

国公祥竹轩夫人）、楝鄂少如（太清五儿媳秀塘之母）、富察蕊仙和太清妹西林霞仙，以及许云林、妹云姜（扬州阮元儿媳、阮福妻）、李纫兰（钱仪吉儿媳、钱子万妻）等。云姜、李纫兰诸人，也均因其父、其夫、其公爹在京为官而居京。如果从诗社成员来自五湖四海这一点看，“秋红吟社”则带有全国性的诗社性质。再如，江阴女子沈珂结婚后随丈夫赴任至江西会昌县，她便与当地的女诗人结成“湘吟社”，并刊有《探梅倡和集》[①]。这类诗社对于女性文学创作的交流、传播，较之前期以当地女诗人及其亲眷为基础组织的诗社（如桐城名媛诗社、吴县清溪诗社）又大大地前进了一步。我想，这类跨区越省的诗社在清代后期可能更多。

与诗社互为补充的是女性的联吟唱和或集会，它们虽无组织之名，但行结社之实。据《名媛诗话》卷六记载，金逸（1770~1794，字纤纤，江苏长洲人）与吴江汪玉珍（字宜秋）、沈纕、江珠等女友经常在一起联吟唱和。乡里老人美称之为“真灵会集”[②]。类似这种无社名的集会联吟，在当时各地肯定还有很多。至于家庭中诗歌联吟集会那更是女性经常的活动。阳湖刘琬怀在《问月楼草·自序》中记载：“昔年家园中红药数十丛，台榭参差，栏杆曲折，与诸昆仲及同堂姊妹常聚集其间，分题吟咏。”[③]再如山阴祁氏，祁彪佳之妻“商夫人又二媳、四女咸工诗，每暇日登临，则令媳女辈载笔床砚匣以随，角韵分题，一时传为盛事；而门墙院落，葡萄之树，芍药之花，题咏几遍，过梅市者，望之若十二瑶台焉”[④]。商夫人即女诗人商景兰（1605~1676，字媚生），她的二媳即张德蕙（字楚纕，浙江山阴人）、朱德容（字赵璧，山阴会稽人），四女即祁德渊（字弢英，浙江山阴人）、德琼（字昭华，号修嫣）、德茝（字湘君）和甥女徐昭华

①见江庆柏著：《明清苏南望族文化研究》，南京师范大学出版社1999年版，第160页。

②金逸等人虎丘集会，见施淑仪：《清代闺阁诗人征略》卷六。

③施淑仪：《清代闺阁诗人征略》卷五。

④见阮元编《两浙𬨎轩录》卷四十“商景兰”条，清光绪十六年（1890）浙江省局重刻本。

（商景兰妹、诗人商景徽之女，字伊璧，浙江上虞人），以上均为清初女诗人，亦有诗集问世。类此记载，在女性诗集和诗话中俯拾即是。由此不难看出明清两代女性文学社团众多和文学集会频繁的情况。还有一种女性集会是讨论学术或历史文化问题。据袁枚在《小仓山房文集》记载，金逸和吴门诸女士傍晚在虎丘剑池旁相与谈论《越绝书》、《吴越春秋》故事，洋洋千言，此往彼复，时有辩难，兼有缙绅先生或不解；但她们这种关注乡土历史文化及其自由探索精神颇为旁观者所钦佩。

四、女性诗人开始与男性文人交往

清代女性开始冲破“男女授受不亲”的藩篱，通过拜师学诗、撰序题跋、联吟唱和等形式与男性文人接触，并得到他们的指导和帮助。

清代女性的求知欲望越来越高，她们除接受传统的母教、家教外，女塾也多了起来，社会上已开始承认女子求学的重要。《女学言行纂》的编者李晚芳说：“有志女子自当从经史子传取益，几见哲后、圣母、贤妻、淑媛有一不从经史子传中来者乎？”除一般读书识字外，清代女性还注意学习写诗，借以抒怀写情，陶冶情操。中国古代诗论一向提倡的温柔敦厚的诗教也与女教为近，故古代女性文学以诗词为多。

清代女性诗歌的繁荣，除女性自身的努力外，还与当时的文化环境，特别是与男性的倡导、帮助有很大的关系，这点也不可忽视。

明清两代，介入女性写作活动的男性文人，有的是女性自己的父亲、丈夫和其他亲人；也有的是支持女性写作、具有卓识远见的文人。前者如午梦堂中的叶绍袁，清溪诗社中张允滋的丈夫任心斋（兆麟），常州张氏家中的张琦，广西梁氏家中的梁章钜；后者在清代则有袁枚、陈文述、郭麐、王渔洋、阮元、沈德潜、毕沅、杭世骏（堇甫）、陈维崧、俞樾等人。他们或收女弟子，教以诗学，或编辑女性诗集，或为女性诗集作序写跋。一方面，他们给女性以切实的指导，以扩展她们的知识视野，提高她们的诗艺；另一方面，也通过这些文化名人[①]的称赞、评论，扩大了女性文学的影响，大大地提高了女性作家的知名度。在这方面，袁枚、陈文述等人对女性诗人特别是对其女弟子的奖掖与帮助，已是有口皆碑，毋庸赘言。再如著名学者俞樾也曾为流落江南的东海女子刘清韵（1841~1916）的诗和戏剧撰序，并十分推许，他还请杭州的吴季英为其刊印《小蓬莱仙馆传奇》，由此使刘清韵的戏曲得以传世。再如，吴江汪玉轸，丰才啬遇，家境贫困，赖十指为生，她的诗也很少为人所知，后由于她的《题郭频伽水村第四图》中有“万梅花拥一柴门”句为著名文学家郭麐赞赏，郭氏请画师奚铁生为其名句补图，并请名士题咏，于是汪玉轸的诗名才为世人所知[②]，《苏州志》称其诗才迥异流俗。类此情况在女性文学的传播中还有一些。这均说明，男性名士的奖挹和帮助对于女性作家的成长具有重要的意义。

明清两代，特别是清代，随着社会的进步，有些闺阁才女把与男性文人的交往视为正当的文化社交活动，思想更加开放，心态也更加自由。据《两浙辅轩录》记载，诗人兼学者的王端淑（1621~1706，字玉映，浙江山阴人）曾在著名文学家徐渭的青藤书屋住过，后来又移居杭州的吴山，她在诗文著述之余，“与四方名流相唱和，对客挥毫，同堂角麈，所不吝也”[③]。王端淑是一位极有见地、极有个性的人物，她敢于挑战“男女有别”、“男女授受不亲”等封建礼仪，虽属个别现象，但由她的行动也可反映出当时社会风气的转变，以及社会对女性正当交往的宽容。由此我们还可看出，明清时代，文士、才女的这种亲和关系，在一定程度上表明男女有别、男尊女卑的传统观念正在逐步松散和走向瓦解。

当然也应看到，女性诗人与男性文士的交往也曾遭遇社会传统习惯势力的

①给女性诗人写序跋的文化名人很多。除上面提到的袁枚等人外，尚有钱谦益、吴伟业、厉鹗、毛奇龄、陈廷焯、江藩、赵翼、洪亮吉、包世臣、孙星衍、李兆洛、赵庆熺、况周颐、冒广生、柳亚子、陈去病等。

②施淑仪：《清代闺阁诗人征略》卷六。

③《两浙輶轩录》，转引自施淑仪：《清代闺阁诗人征略》卷一。

攻击和诋毁。袁枚招收女弟子就受到著名史学家章学诚的反对。章氏在《丁巳札记·妇学篇》中说：

> 近有无耻妄人，以风流自命，蛊惑士女，大率以优伶杂剧所演才子佳人惑人。大江以南，名门大家闺阁，多为所诱；征诗刻稿，标榜声名，无复男女之嫌，殆忘其身之雌矣。此等闺娃，妇学不修，岂有真才可取？而为邪人播弄，浸成风俗，人心世道，大可忧也。

其实，在袁枚、陈文述等人遭受攻击的同时，女性诗人所承受的精神压力更大。比如女诗人骆绮兰[①]因与“大江南北名流宿学觌面分韵”，被人攻击，以为女诗人与男性文人交往“尤非礼”也。历史进入了前近代，18、19世纪的中国闺阁才女已不同于中世纪的闺秀，她们面对传统旧势力的攻击并不畏缩，而是慷慨陈词，据理力争。骆绮兰批驳道：

> 随园、兰泉（王昶）、梦楼（王文治）三先生苍颜白发，品望之隆，与洛社诸公相伯仲，海内能诗之士，翕然以泰山北斗奉之。百世之后，犹有闻其风而私淑之者。兰深以亲炙门墙，得承训诲，为此生之幸。谓不宜与三先生追随赠答，是谓妇人不宜瞻泰山仰北斗也。为此说者，应亦哑然自笑矣。[②]

由此可见清代才女对与男性文士交往已有了相当的自觉与勇气。她们不畏流言蜚语，视与男性文人的交往为正常的文化交流和向名人求教的一种方式，这种观念表现了明清闺秀已逐渐冲破男女界沟的藩篱。而女性作家与男性文人的交往，又为女性走向社会、争取独立的人格和妇女自身的解放奠定了基础。

---

①骆绮兰（1755~1813），字佩香，江苏句容人，早寡，无子。工诗善画。其诗为袁枚、俞陛云等诗评家称赞，著有《听秋轩诗集》四卷，编有《听秋馆闺中同人集》。

②骆绮兰：《听秋馆闺中同人集·序》，转引自胡文楷：《历代妇女著作考》，上海古籍出版社1985年版，第940页。

五、女性作家开始否定“内言不出于阃”的传统观念，重视文学的传播功能

古代女性作家的作品流传下来的很少，特别是有专集的女性更是寥若晨星。这固然与印刷条件的限制有关，另一方面也受到“内言不出于阃”的旧观念的影响。明清之后，随着女性创作主体自觉意识的增强，这种观念有所改变。而有些家境富裕的女性还自愿出资推动女性文学的传播。女诗人张藻就曾帮助过长安王筠刊印传奇《繁华梦》。再如长洲金逸（字纤纤）死后，杨芸（字蕊渊）、李纫兰、陈雪兰三人为其捐金刊刻《瘦银楼诗稿》[①]。可见明清女性对文学传播的重视，诚如陈文述所说：“娥眉都有千秋意，肯使遗编付劫尘。”女性作家也希望自己的创作能广泛传播，流芳后世。这种理念正表明明清女性文学家自觉意识的成长，具有重要的文学史意义。

明清女性作家这种崭新的传播观念，使她们不甘于尘封自己的作品，一方面，她们通过唱和的途径使自己的诗词首先在文人社会得以流传，另一方面，为使自己的创作得到社会承认，她们又要求出版自己的作品。上海诗人赵棻（1788~1856，字仪姞，号子逸，）则公开声明“不避好名之谤”而出版自己的著作。她说：

> 文章吟咏诚非女子事，予之诗不能工，亦不求工也。也有自知其短而反暴之以求名者乎？盖疾夫世之讳匿而托于若夫若子以传者，故不避好名之谤，刊之于木。[②]

赵棻不愿自己的作品托若夫、若子之名以传[③]，而要靠自己的作品争取其文学地

①王蕴章:《然脂余韵》，见《民国诗话丛编》第5册，上海书店出版社2002年版，第34页。

②赵棻《滤月轩集·自序》，转引自史梅：《清代江苏妇女文献的价值和意义》，《文学评论丛刊》第4卷第1期，第79页。

③冼玉清在《广东女子艺文考》中总结了中国古代女性的文学作品得以传播的三个条件，即名父之女、才士之妻、令子之母。这是带有普遍意义的；但明清时代也有部分女性不愿借名父、丈夫、令子之名，而靠自己的文学才华赢得社会的承认。如黄媛介、吴岩子、贺双卿、陆小姑、纪映淮、汪玉轸、沈善宝、吴藻等。

位。这反映了明清闺秀主体意识的强化。不仅如此，“以才情学问自负”的女诗人王端淑[①]甚至为自己的作品未被选入女性诗文集而不满。据《莲坡诗话》载：“毛西河（奇龄）选浙江闺秀诗，独遗山阴王氏端淑，瑞淑寄西河诗结句云：‘王嫱未必无颜色，怎奈毛君下笔何。’”毛奇龄选女子诗，而遗王端淑之诗不选，故端淑寄此诗以毛延寿笔下作弊讽讥毛奇龄。由此也可看出明清女性对其文学才能的自信和强烈的传播欲。而这恰恰是女性的自尊、自强意识在文学观念上的反映。她们有能力评判自己的文学作品并冀求其能广泛传播，以期流传后世。在中国女性文学史上，除了李清照等个别女性作家外，还很少有闺秀作家在文学创作上有这样的自信和勇气，这一点是很值得我们珍视的。

古代女性书写的诗词文赋，开始只作为一种文本形态在闺内或诗友中流传、欣赏，还未能为社会所承认。要使女性创作广为流播，为社会所认同并影响社会，那必须进入传播渠道，通过编辑—出版—读者，步入社会。明清女性，特别是清代女性对文学传播有了较自觉的认识，开始重视文学的传播功能。她们开始编选、出版女性诗文总集、选集、别集，并自著诗话、诗评，以扩大女性文学在全社会的影响。这种新的传播观念，在女性文学史上具有划时代的意义。

大约在明代，女性选编妇女诗文集者还较少见，不少女性诗文总集、选集多由男性代劳，著名的有钟惺编的《名媛诗归》36卷[②]、郑文昂编的《名媛汇诗》20卷、张嘉和辑的《名姝文灿》10卷等等。到了清代，随着女性性别意识的觉醒和传播意识的强化，她们开始亲自动手编选历代女性诗文集和自己的集子，主要有吴江柳如是编的《古今名媛诗词选》（又名《历代女子诗选词选》）[③]，王端

①王端淑（1621~1706），清初著名的女文学家。字玉映，号映然子，浙江山阴人，惊才绝艳，不仅工诗文，且善书画，著有《吟红》、《留箧》、《恒心》诸集，辑有《名媛文纬》、《名媛诗纬》等。

②《四库全书总目提要》认为此书题钟惺编，不可靠。王士禛《居易录》亦谓系坊贾所托名。

③《古代名媛诗词选》，有1937年中西书局据传抄本排印本，选诗千余首，词四百余阕，“历代名媛聚于一帙，披诵把玩，不啻坐对古人也”。（柳如是《跋》）柳如是（1618~1664），明末清初著名诗人。本姓杨，名爱，后更今名，名是，字如是，人称河东君，浙江嘉兴人，钱谦益侧室。

淑辑的《名媛文纬》20卷、《名媛诗纬初编》40卷、《后集》2卷，武进恽珠编的《国朝闺秀正始集》20卷、《国朝闺秀正始续集》10卷①，兴化季娴辑的《闺秀集初编》5卷②，萧山单士厘编的《清闺秀正始再续集初编》4卷③等。以上诗文集，对于女性文学的传播和后世的研究工作均具有重要的价值。

明清女性除编选女性诗文集外，她们又自著诗话、词话，旨在弘扬女性文学，其中最有代表性的是沈善宝的《名媛诗话》。沈善宝（1807~1862），字湘佩，浙江钱塘（今杭州）人，工诗善画，著有《鸿雪楼诗集》、《词集》。她编著此书的目的，旨在促进女性文学的传播。她在《名媛诗话·自序》中说：

> 窃思闺秀之学与文士不同，而闺秀之传又较文士不易。盖文士自幼即肄习经史，旁及诗赋，有父兄教诲，师友讨论；闺秀则既无文士之师承，又不能专习诗文，故非聪慧绝伦者，万不能诗。生于名门巨族，遇父兄诗友知诗者，传扬尚易；倘生于蓬荜，嫁于村俗，则湮没无闻者，不知凡几。余有深感焉，故不辞摭拾搜辑而为是编。

正是有鉴于女性写作较之男性作家要难，而其传播更难，她才不辞辛苦，搜集女性作品并予以评论。《名媛诗话》15卷④，收清初至道光时期的女诗人千余家。

① 《国朝闺秀正始集》20卷、附录一卷、补遗一卷，应为22卷，有道光十一年辛卯（1831）红香馆刊本。书前有恽珠弁言，潘素心、黄友琴序，例言后有当时名媛许琼鹤、陆韵梅、汪纫兰等多人题词，又有石黛卿后序、长媳程孟梅跋。《国朝闺秀正始续集》十卷、附录一卷、补遗一卷，有道光十六年丙申（1836）红香馆刊本，卷首题“完颜恽珠（珍浦）选、女孙妙莲保、佛芸保编校”，《补遗》题“完颜程孟梅辑”。此二书收清初、清中期女诗人的作品很多，有较高的史料价值。

② 《闺秀集初编》，主要选明代闺秀之作，凡四卷，皆近体诗，后附词一卷，共五卷，编者季娴，字静姎，号元衣女子，江苏泰兴人。吏部主事季寓庸女，李长昂妻。

③ 《清闺秀正始再续集初编》，凡四卷，有归安钱氏聚珍仿宋印书局排印本。编者为单士厘（1858~1945），字受兹，浙江萧山人，她曾随丈夫钱恂到过日本、俄国和欧洲。编辑《清闺秀正始再续集初编》是在单士厘回国之后。她在该书卷首自序中云：“中国妇德，向守内言不出之戒，又不欲以才炫世。能诗者不知凡几，而有专集者盖尟，专集而刊以行世者尤尟。兹就箧衍所有专集而《正始》未采者三十二家，先为再续初编第一。以后搜采所得，续编续印。”四卷共收作家110家，因单氏所收为恽珠《正始集》所未收者，这便具有重要的史料价值。

④ 《名媛诗话》写于道光二十二年（1842）春，至道光二十六年（1846）冬，成十一卷，后又辑侧室、题壁、民间、方外、朝鲜之类为一卷，共十二卷，此后，沈善宝又作续集上中下三卷，凡十五卷。有鸿雪楼刻本，上海古籍出版社2002年版的《续修四库全书》［1706］集部·诗文评类收录此书。

这部诗话特别珍贵的是，它记录了作者与她同时代诗人的交往，为中国女性文学史保留了许多珍贵的女性生活和女性文学活动片断。沈善宝是嘉道时期一位重要的女诗人，与当时许多著名的女性文学家如顾太清、吴藻、梁德绳及其女儿（许云林、云姜）、汪端、郭润玉、龚自璋（龚自珍妹）、张纨英姊妹均有交往，这又给她的这部诗话带来了极其丰富、珍贵的内容，为后人提供了清代女诗人文学生活的第一手资料。另一方面，这部诗话对传播和弘扬女性文学也有其重要的价值。此外，兰州雪平著的《红梅花馆诗话》①，无锡杨芸（字蕊渊）辑著的《金箱荟说》（又名《古今闺秀诗话》）②，侯官陈芸著、陈荭注的《小黛轩论诗诗》③，丹徒王琼的《爱兰轩名媛诗话》④，京口张倩的《名媛诗话》⑤，及崇明施淑仪的《清代闺阁诗人征略》⑥等。这些诗话和征略，或保存了女性诗词的文本，或介绍其身世和文学活动，或评论其具体作品，对于女性文学的传播和研究，均有不可忽视的价值。

以上五点只是17世纪至19世纪后期女性文学外部特点的主要表征，至于这时期女性文学繁荣的原因、女性文学的思想意蕴和美学价值，及其对尔后女性文学的影响诸问题，将另有专文论述。

---

①《红梅花馆诗话》，甘肃兰州女士雪平著，雷缙、雷瑊的《闺秀诗话》著录，书存佚不详。

②杨芸的《金箱荟说》，八卷，一名《古今闺阁诗话》，又名《婵娟录》，所录诗话，均注出处，该书系稿本，据胡文楷先生说，1946年他在上海秀州书店中见传钞本，前有陈文述序。杨芸，字蕊渊，江苏金匮（今无锡）人，诗人，杨芳灿女，同知秦承霈妻，“丰容盛鬋，遗世独立。”（《西泠闺咏》）著有《琴清阁集》。

③《小黛轩论诗诗》，二卷，有宣统三年辛亥（1911）刊本，附于其母《黛韵楼诗集》后。陈芸，陈寿彭、薛绍徽女；陈荭，陈芸妹，福建侯官（今福州）人。

④《爱兰轩名媛诗话》八卷（据《丹徒县志》）。作者王琼，字碧云，晚号爱兰老人，江苏丹徒人。诸生王豫（1768~1826）妹，周维延妻，诗人，著有《爱兰书屋正续集》、《曲江亭倡和集》、《同音集》等。

⑤张倩《名媛诗话》，与沈善宝《名媛诗话》同名，前者载于张倩的《留香集》（有道光十二年壬辰刊本）中，共42则。张倩，字青人，号又亭，自号憨憨，京口人，丁鸿儒妻。另有苏兰畹《名媛诗话》，卷数不详。兰畹，字纫九，号香岩，浙江仁和人，诸生倪一敬妻。按《名媛诗话》同名者凡三种。

⑥施淑仪《清代闺阁诗人征略》十卷、补遗一卷，有1922年商务印书馆排印本。该书辑录清代1266名女诗人的生平资料，所录资料均注明出处，有较高的史料价值。施淑仪（1877~？），字学诗，江苏崇明人，蔡南平（字日曦）妻，早寡，后任崇明尚志女学校长。著有《湘痕吟草》、《冰魂阁诗存》，辑有《随园女弟子轶闻》二卷。

第二章

20世纪前夜的女性文学

鸦片战争后，随着中国社会的急剧变化，中西文化的交流，也随着近代启蒙思想的发展，中国文学开始由古典向现代转型。由于中国古代文学的历史悠久，它已形成一个超稳定的固定形态，因此，近代文学在此基础上的转型较之近代历史的转型要缓慢一些，而且转型的特征在其前期也不十分明显，但它还是在变化。不过这种变化在这时期的女性文学中就更加微乎其微，它基本上还是古典文学的延伸。究其原因有两点，一是女子教育还是传统型的，或是依靠家庭教育，或是读女私塾。在20世纪之前，新式女子教育几乎不存在。①没有新式女子教育，就不可能有第一代知识女性的出现，没有第一代知识女性作为创造主体，中国女性文学的转型就缺乏人才基础。第二，20世纪前，女性文学主要文体形式还是传统的诗词文赋，这种传统的文学体裁不足以促使女性文学的转型，另一方面，作为近代文学载体变革标志的近代报刊，特别是女性报刊还没有出现，②所以，20世纪之前，中国女性文学较之鸦片战争前虽然也有些变化（主要表现在内容上），但变化不大。所以讨论近代女性文学，其重心应当放在1900~1919年。对于20世纪前的女性文学只能以女性作家个体为单位进行简略的论述。

---

①从学制上来讲，女性教育体制的正式确立在1907年，清政府在这年颁布了女子学堂章程。此前在大城市虽有女学和教会女学，但大都是20世纪之后的事。20世纪之前有少量的教会女学，但规模、力量甚微。

②中国最早出现的女性报刊是上海中国女学堂（又称“经善女学”）的校刊《女学报》，时间是1898年，1899年陈撷芬在上海创刊了《女报》，出版了 4 期即停刊；女性报刊的出现主要在1902年之后。

20世纪前（1840~1900）的女性作家，特别是女性诗人和词人数量是很多的。钱仲联先生的《清诗纪事》收录这时段的女诗人（女词人）在百人以上。这里我不一一叙述。现将这时段影响较大的几位女性作家：词人顾太清、吴藻、戏剧家刘清韵、诗论家沈善宝作如下个案论述。

一、满族女词人：西林春（顾太清）

在满族闺秀中，以诗词著称者并不乏人，但像顾太清这样有影响的词人似不多见。近代词人和词学家王鹏运说："满洲词人，男中成容若，女中太清春。"[①]可见时人评价之高。

西林春（1799~1877），原姓西林觉罗氏，后改姓顾[②]，字梅仙，号太清，故一般人称为顾太清，满洲镶蓝旗人。才丰貌美，工诗词，善书画，系高宗乾隆玄孙贝勒奕绘之侧室。根据同时代的女词人沈善宝（1808~1862，字湘佩，钱塘人）回忆：太清"才气横溢，援笔立成。待人诚信，无骄矜习气。余入都，晤于云林处，蒙其刮目倾心，遂订交焉……此后倡和，皆即席挥毫，不待铜鉢声终，俱已脱稿"[③]。由此可见她的才思敏捷，聪慧过人。

太清的丈夫奕绘，系乾隆皇帝第五子荣纯亲王永祺之孙，自号太素道人、幻园居士，官至正白旗汉军都统。他也是一位文士兼诗人，著有诗集《流水编》[④]

①见况周颐：《兰云菱寝楼笔记》，张璋编校：《顾太清奕绘诗词合集》，上海古籍出版社1998年版，第765页。

②关于太清身世、姓氏传说不一。杨钟羲《雪桥诗话》："太清是西林鄂文端（尔泰）之曾孙女，幼经变故，养于顾氏。顾为荣邸侍卫，因而被选为幻园贝勒侧福晋。"文廷式《琴风余谭》稿本云："满族女史顾太清係尚书顾八代之曾孙女"。据太清的六世嫡孙女金适介绍：太清系乾隆年间受胡中藻《坚磨生诗钞》文字狱牵连而被赐自尽的甘肃巡抚鄂昌之孙女，雍正、乾隆两朝重臣鄂尔泰是太清的叔曾祖，不是太清的曾祖父。太清之所以又姓顾，是因为在她26岁与奕绘结婚时，为避罪臣之后之嫌，假托为荣王府护卫顾文星之女，后世称为"顾太清"本此（见金适：《从"清代第一女词人"顾太清的名号与身世说起》，载《北京晚报》2008年4月28日）。

③沈善宝：《名媛诗话》卷八。

④奕绘有《明善堂文集》，见张璋编校：《顾太清奕绘诗词合集》，前十五卷为诗，又名《流水编》；后十六至十八卷为词，即《南谷樵唱》，张璋本编为三卷。

和词集《南谷樵唱》。夫妇感情甚笃，唱和之作屡见于集中，时人以元代赵松雪、管仲姬夫妇目之。太清的诗集名《天游阁集》[①]，词集名《东海渔歌》。

1838年（道光十八年），奕绘逝世，太清四十岁，所谓“四十文君傥白头”[②]，即指此。根据清宗室规制：王公贵族死后，其侧室和所生子女均须迁出府邸外居住。这自然是封建等级观念的产物。太清迫于压力，于严冬携两对幼儿幼女，赁屋西城养马营居住[③]，孤儿寡妇，备受冷遇，其凄苦之心境可知。她有诗云：“仙人已化云间鹤，华表何年一再回。亡肉含冤谁代雪，牵萝补屋自应该。已看凤翅凌风去，剩有花光照眼来。兀坐不堪思往事，九回肠断寸心哀。”（《七月七日先夫子弃世……》）

太素死后，她失去靠山，加之与奕绘嫡长子载钧（袭固山贝子）不和，境遇倍艰，勉强过着“餐书或可疗清贫”（《庚子生日哭先夫子》）的日子。因此我们姑依太素逝世为界，将她的创作生活分为前后两期。前期作品调子欢快、明丽；后期作品则多抑郁凄苦之情。这在她的诗词中都有反映。“虚室东风冷，幽居泻泪泉”（《己亥清明……痛成一律》）；“此景此情言不尽，寒蝉老树哭西风”（《七月七日先夫子小祥率儿女谒南谷痛成二律》），可谓“此中日夕只以眼泪洗面”。这种悲痛欲绝的情感在她的词中倒是表现得比较含蓄深沉，像她的《水调歌头·中秋独酌》，就弥漫着一种凄苦的哀愁。再如她的《踏莎行》：

> 老境蹉跎，寄情缃素，闲身伴作书丛蠹。年来多病故人疏，生涯赖有山中兔。梦去慵寻，曲成自顾。唾壶击缺愁难赋。敢将沦谪怨灵修，虚名早被文章误。

---

①《天游阁集》五卷，有宣统二年（1910年）神州国光社排印本，刊入《风雨楼丛书》；《东海渔歌》四卷，有1914年西泠印社活字本，1941年王佳寿森竹西馆排印。日本人内藤炳卿所藏《天游阁集》抄本，诗七卷、词六卷，对照刻本，诗多出134题240余首，词多出140余阕，今人张璋所整理的《顾太清奕绘诗词合集》均已收入。

②冒鹤亭诗，见《天游阁集》钝宧注。

③《天游阁集》卷四有诗题曰《七月七日先夫子弃世，十月二十八日奉堂上命携钊、初两儿，叔文、以文两女移居邸外，无所栖迟，卖金凤钗购得宅一区，赋诗以纪之》。按：从太清《自先夫子薨逝后意不为诗……》篇自注知，太清迁至西城养马营居住。又，太清共生三男三女，男载钊、载初、载同，载同夭殇；女孟文已嫁，次叔文、以文。

这是词人晚年抑郁寡欢生活的反映。如果把这首词和她前期欢快生活的情景相比照，更可以看出词人前后期生活境遇变化之大了。太清有一首《春日同夫子慈溪纪游》的词：

花木自成溪，春与人宜。清流荇藻荡参差。小鸟避人栖不定，扑乱杨枝。

归骑踏香泥，山影沉西，鸳鸯冲破碧烟飞。三十六双花样好，同浴清溪。

这首《浪淘沙》收在《东海渔歌》补遗中。从她的《二十四日同夫子联骑渡慈溪……》诗知，是词作于1836年。夫妇联骑春游，春光明媚，一片生机，“春与人宜”，人的心境也像春天一样在欢唱。归途并辔齐飞，“鸳鸯冲破碧烟飞”，佳人才士，齐辉并美，何等令人欣羡的一对啊！这首词是她前期幸福生活的记录。倘把这首词中抒情主体的精神风貌和上阕的“老境蹉跎”、“年来多病故人疏，生涯赖有山中兔”的生活境遇相比，前后真是有天壤之别了。

西林春文学成就最高的是词。她的词得力于宋词，这从《东海渔歌》中《和黄山谷》、《和姜白石》、《和柳永乐章集》、《和张孝祥于湖词》、《和张元干芦州词》、《和周邦彦片玉词》、《和吴梦窗词》、《和李清照漱玉词》等诸名家词就可以看出。况周颐说：“太清词得力于周清真，旁参白石之清隽，深稳沈著，不琢不率，极合倚声消息。求其诣此之由，大概明以后词，未尝寓目，纯乎宋人法乳，故能不烦洗伐，绝无一毫纤艳涉其笔端。”[①]观其词作，此论颇中肯綮。

太清词中最引人注目的作品是写景、咏花之作。在咏花词中以咏海棠者最多，像《海棠春·海棠》、《临江仙·清明前一日种海棠》、《钗头凤·秋海棠》、《金缕曲·咏白海棠》、《定风波·雨中海棠》、《醉红妆·自题海棠折

①《东海渔歌·序》，民国三年（1914）六月刊本。

扇寄云林》、《西子粧·三月十日……看海棠用吴梦窗韵》、《瑶华·代许滇生六兄题海棠庵填词图》等，京城春季海棠盛开，在海棠中，显然有词人的形象在。

扶头怯怯娇如滴，照银烛，千金一刻。叶补翠云裘，花缀胭脂色。华清浴罢疑无力。更生受、东君护惜。亭北牡丹花，试问谁倾国？（《海棠春·海棠》）

这海棠花不正是美人的骄傲吗？再如：

万点猩红将吐萼，嫣然迥出凡尘。移来古寺种朱门，明朝寒食了，又是一年春。

细干柔条才数尺，千寻起自微因。绿云蔽日树轮囷。成阴结子后，记取种花人。（《临江仙·清明前一日种海棠》）

这首词将花喻人，寄情深挚。“成阴结子后，记取种花人。”含有封建社会贵族妇女对自己命运难以主宰的忧虑。

在顾太清的词中还有相当数量的送别、忆友之作。最多的是思念女友云林、云姜[①]的。如《浪淘沙·正月廿七闻雁忆云姜》、《一剪梅·闻云姜渡河信》、《更漏子·忆云林》、《阑干万里心·听雨忆云林》、《浪淘沙·送珊枝归武林》、《金缕曲·送纫兰妹往大梁》等，这类词写得情真意挚，委婉动人。请看她的《江城梅花引·雨中接云姜信》：

故人千里寄书来。快些开，慢些开，不知书中安否费疑猜。别后炎凉时序改，江南北，动离愁，自徘徊。　徘徊，徘徊，渺予怀。天一涯，水一涯。梦也，梦也，梦不见，当日裙钗。谁念西风翘首寸心灰。明岁君归重见我，应不似，别离时，旧形骸。

①云林、云姜：是续《再生缘》作者梁德绳之二女，其父是许宗彦，浙江德清人。许云林，名延礽，字云林，著有《福连室集》；其妹云姜，名延锦，字云姜，著有《鱼听轩诗钞》。

况周颐评此词曰："情文相生，自然合拍。"[①]这首词的特点就在于质朴、自然，写接信后的心理活动，相思不可见的焦灼，十分传神。其技法明显地看出受宋词，特别是周邦彦、姜夔、李清照等人的影响。

在她的上述这类词中，还表达了词人对友情的执着。她珍惜知己的友谊："惟有真知最高尚，一任他你争我让，把身心且自忘。"（《冉冉云·雨中张坤鹤过访》）因此，女友分别后，相思的苦痛时时叩击着词人的心扉。"回首当初，在众香国里花同惜。凭无端，雪来柳往，天天使人疏隔。知何时共剪西窗烛。万千言与语，叨叨向说，却还愁，说不尽从前相忆。"（《浪淘沙慢·久不接云姜信用柳耆卿韵》）在这类词中，尤值得注意的是太清的一首悼念婢女石榴的《鹊桥仙·梦石榴婢》：

> 一年死别，十年幽恨，尚忆垂髫初会。眼前难忘小腰身，侍儿里此儿为最。　悠悠往事，不堪回首，空堕伤心清泪。夜深时有梦魂来，梦觉后，话多难记。

石榴是太清的侍婢，十三岁来府，七年相处，主婢感情颇深，她另有《哭石榴婢》诗云："哀哉石榴婢，相随仅七年。十三初识面，问答两投缘。慧性深知我，痴心望学仙。略能探妙微，亦解诵诗篇。才见优昙现，旋罹恶疾缠。游魂返寥廓，湛露散风烟。切切怜新鬼，茫茫葬薄田。赐衣同挂剑，送汝镇长眠。""挂剑"，典出《史记·吴太伯世家》，后用于诗文中，为心许亡友、生死不渝意。太清对于婢女的死既有哀诗，又有悼词，并以亡友相视，这在封建社会等级森严的贵族之家，是极其难能可贵的。由此可见太清对女婢石榴的深情。这种感情存在于不同阶层的人们之间，尤值得珍视。

太清的词之所以为人喜爱，还在于她礼赞了人间的美。太清不仅是一位才华闪熠的词人，还是一位颜如玉的美人。她游西山，于马上弹铁琵琶，手白如

①见《东海渔歌》卷三第12页评。

玉，琵琶黑如墨，见者谓之犹王嫱出塞图也[①]。这样一位美人兼才女，她对美好生活满怀着向往。她喜爱山水，“后二十年家事少，相随此地共遨游”（《题南谷清风阁次夫子韵》）；她爱月夜的“清辉”，“良宵一刻千金”（《爱月夜眠迟》），爱“柳宠花娇”的春光（《蟾宫曲·立春》），爱雪的洁白、纯真，“岂为平生偏爱雪，为人间留取真眉目”（《金缕曲·自题听雪小照》）。她喜爱美，礼赞美，追求美，她担心美的消失、美的毁灭。这表现在创作中，她忧虑青春的易逝，容颜的衰老，尽管这是不可抗拒的生命规律。“青娥不是当初貌，更对着断肠衰草”（《垂杨·秋柳》），“流光似水，风花无定，欢乐记从前。羞向镜中看，衰容现，丝生鬓边”（《太常引·人日立春》），都表达了词人的这种心境。

在太清的词中，还有许多惜春和咏落花之作，其中倾注着词人对春的留恋和对落花的伤感，如《春去也·飞絮》、《南乡子·惜花词》、《寿楼春·送春》等词。请看她的《江城子·落花》：

花开花落一年中，惜残红，怨东风。恼煞纷纷，如雪扑帘栊。坐对飞花花事了，春又去，太匆匆。　惜花有恨与谁同？晓妆慵，特愁侬。燕子来时，红雨已濛濛。倚遍栏干（杆）难遣兴，无端底，是游蜂。

留恋春光，惋惜落花，以至怪东风无情。面对“如雪扑帘栊”的纷纷飞花，她由“惜”而“怨”，由“怨”而“恼”，由“恼”而“恨”，词作细腻而有层次地揭示了抒情主人公的心理活动，从而抒写了词人对青春年华易逝的伤感。她责怪风伯的狂颠，“风信莫狂颠，艳色能留几日鲜”（《南乡子·畅好看花天》）。甚至在梦中也感受到这种青春流失的愁苦：“欲写愁怀心已醉，憔悴，昏昏不是少年身。”（《定风波·恶梦》）这又从另一侧面表达了在“以色事他人”的封建社会中一位贵夫人的微妙心理。

① 见《天游阁集》卷三《春游》诗钝宦注。

女词人对生活和美的追求是执着的，她明知流年易逝、落花无情，但她仍然爱花、惜花，仍然关心她的命运。太清有一阕《惜花春起早》，其上片云：

晓禽鸣，透纱窗，黯黯淡淡花影。小楼昨宵听尽夜雨，为著花事惊醒。千红万紫，生怕他随风不定。便匆匆，自启绣帘看，寻遍芳径。

她为落花早起，生怕这五彩缤纷、千红万紫的落花"随风不定"，"今番为花早起，更不惜缕金鞋冷"（《惜花春起早》下片），这其中充满着青春的活力，以及对美执着的爱和追求。

太清的词具有一种通体的美。李商隐诗云："倾国宜通体，谁来独赏眉。"可借来评价顾词。近代著名词学家况周颐说："曩阅某词话，谓铁岭词人顾太清与纳兰容若齐名，窃疑称美之或过。今以两家词互校，欲求妍秀韶令，自是容若擅长，若以格调论，似乎容若不逮太清。太清词其佳处在气格，不在字句，当于全体大段求之，不能以一二阕为论定，一声一字为工拙。此等词无人能知，无人能爱，夫以绝代佳人而能填无人能爱之词，是亦奇矣。"①况氏的话说得不尽妥当，认为"此等词无人能知，无人能爱"，其实不然。太清词所显示的恰恰是艺术的整体美。她的词为一些名家和广大读者所喜爱，大约与此不无关系。可见这种整体美是能够为人所认识的，所谓"倾国宜通体，谁来独赏眉"是也。

太清的词表现得比较含蓄深沉，评论家谓"深稳沉着"，这话是对的。像她的《江城子·记梦》、《沁园春·桃花源次夫子韵》、《风入松·题王叔明听松图》，都耐人咀嚼，并诱发欣赏者丰富的联想，具有一种含蓄蕴藉的诗美。

太清词的精工巧丽，音律谐美，显然受周邦彦的影响，另外她的词又具有清新、流畅的优点：

淡淡轻烟，溶溶院落，月在梨花。（《早春怨·杨柳风斜》）

不染峰峦，不增泉石，一片青天光射。（《齐天乐·众香国里香风起》）

---

①《东海渔歌·序》，《东海渔歌》卷首。

一路琼瑶，一路没车痕，一路远山近树，妆点玉乾坤。（《喝火令·别久情尤热》）

后阕写漫天大雪，别出心裁，独具意境，不愧为写景能手。沈善宝评她的《东海渔歌》云："巧思慧想，出人意外。"[①]顾太清还是一位诗人，她的"《天游阁集》中诸作，全以神行，绝不拘拘绳墨"[②]。《借读石画诗三十二首》，诗情画意，清丽可诵，具唐人风韵。太清的诗还颇有豪气，《孝烈将军记》七绝十二首，诗笔雄健，有巾帼丈夫气。此外，像关心农事的《喜雨》："小窗一夜听冬雨，大地来年报麦秋。从此不须愁米贵，生民饱食复何忧。"字里行间，洋溢着对民生疾苦的关注。特别是1842年英军侵犯浙东时，她在诗中写道："盍效昆阳助战争，一为吾皇击群丑。"（《过访少如，座中忽值雷电交作……时壬寅夏四月二十二日也》）反映了诗人晚年对国事的关注，都是难能可贵的。

太清是一位封建时代的贵族家庭妇女，视野受到很大限制，集中的多数诗词，是一些书写诗友交往、咏花、题画和春怨秋愁的作品。这是生活范围带给她的局限，不必作过苛的要求。

太清多才多艺，也善书画，但传世者极少，今仅存一帧杏花，系1837年（道光十七年丁酉）追忆南山野渡杏花而作。上有自题《燕归梁》一阕：

得意东风快马蹄。细草沙堤。几枝丰艳照清溪。垂杨外，小桥西。

写来还恐神难似，肥和瘦、要相宜。碧纱窗下倩君题。聊记取，旧游时。（《自题画杏》）

书法秀丽超逸，题词、绘画、书法同出于太清之手，弥觉珍贵。

顾太清是满族女词人中的佼佼者，特别是在清代闺秀词纤弱文风的笼罩下，她能以清丽的风格独铸新词，"绝无一毫纤艳涉其笔端"，是难能可贵的。在中

---

①沈善宝：《名媛诗话》，《顾太清奕绘诗词合集》第756页。

②沈善宝：《名媛诗话》，《顾太清奕绘诗词合集》第755页。

国女性文学史上，顾太清的词应占有重要的地位。

二、空谷足音：吴藻的词

词在中国女性文学中是有其优良传统的，宋代杰出词人李清照提出了“别是一家”的词论，为词开拓了一个新天地。此后，女性词人，历代皆有。南宋的朱淑真，元初的张玉娘都已才华闪耀，明代万历之后，整个词坛更是百花争艳，叶小鸾姊妹、顾贞立、徐灿、熊琏、庄莲佩、顾太清，便是其中的佼佼者。在这些词人中，还有一位不能忘记，那就是特立独行、自成一家的词人吴藻。

吴藻（1799~1862①），字苹香，号玉岑子，浙江仁和人。她出身于富商之家，自幼聪慧，她不仅善倚声，而且工绘画，能鼓琴。她以自己卓异的天资和才华，赢得了一些文学家的青睐。在她相交的文学家中，女性有李纫兰、归懋仪、包之蕙、沈采石、张襄、许云林；男性有陈文述、赵庆熺、黄燮清、江秬香、魏滋伯、张应昌等人。她是碧城仙馆的女弟子，老师就是著名文学家陈文述。至于仅慕其名而不相识的才女、文士那就更多了，满族著名女词人顾太清就是其中的一位②。

吴藻在文学上主要的成就是词。她有词集《花帘词》（1829年刊）和《香南雪北词》（1844年刊），前者是她青年时代的作品，后者是她中年之后的结集。就创作时间来讲，都在鸦片战争前后。

吴藻是一位具有爱国思想的女性，她十分崇敬历史上的爱国志士和爱国诗人。她崇敬屈原，对体现诗人政治理想的抒情诗《离骚》异常喜爱，常年手不释卷，所谓“一卷《离骚》一卷经，十年心事十年灯”（《浣溪沙》）。她还绘有

①关于吴藻的生卒年，说法不一：陆侃如、冯沅君著的《中国诗史》作1800？~1855年？谭正璧编的《中国文学家大辞典》作“约公元1840年前后在世”；郑方泽编：《中国近代文学史事编年》，凌景埏、谢伯阳编：《全清散曲》均作1799~1862年，兹据后者。

②《东海渔歌》卷一有《金缕曲·题〈花帘词〉寄吴苹香女士用本集韵》，词中云：“何幸闻名早，……隔千里系人怀抱。欲见无由缘分浅，况卿乎与我年将老。”

《饮酒读骚图》，足见她对这位爱国诗人的景仰。

对于南宋的爱国将领岳飞、韩世忠、文天祥、谢枋得等人，也表示了深深的敬意。词人以谢枋得的遗琴为题，表达了她对这位孤军抗元的民族英雄的崇敬。看她的两首《满江红》：

半壁江山，浑不是、莺花故业。叹回首、萧条野寺，凄凉落月。乡国烽烟何处认，桥亭卜卦谁人识？记孤城、只手挽银河，心如铁！　才赋罢，无家别。早殉此，余生节。尽年年荼坂，杜鹃啼血。三尺焦桐遗古调，一抔黄土埋忠穴。想哀弦、泉底瘦蛟蟠，苔花热。

怨羽愁宫，算历劫、沉埋燕代。恸今古、电光石火，人亡琴在。南国穿云谁挈去，西台如意空敲坏。剩孤臣、尚有未灰心，垂千载！　冬青落，花无赖。梧桐活，天都快。试一弹再鼓，只增悲慨。凄烈似闻山寺泣，萧骚不减松风籁。叹伯牙、辛苦旧时情，知音解。

谢枋得（1226~1298），字君直，号叠山，南宋爱国志士和诗人。他曾率兵抗元，失败后，隐居卖卜，教书为生。后元朝迫其做官，他被拘送燕京，绝食而死，这种崇高的民族气节和铮铮铁骨令人为之赞叹。诗人借谢枋得的遗琴为题，“恸今古，电光石火，人亡琴在”，表达了她对爱国志士的景仰和怀念，赞扬了谢氏在极艰苦的条件下力图恢复故土、扭转乾坤的壮志：“记孤城、只手挽银河，心如铁！”追述了谢枋得在信州率兵抗元的战斗业绩：“剩孤臣、尚有未灰心，垂千载！”谢枋得和文天祥一样，英名流传千古。通过对民族英雄的礼赞，从而也表达了词人的爱国主义情思。“叹伯牙、辛苦旧时情，知音解。”这里，词人以钟子期自喻，千古有知音，谢枋得琴上的哀音，深深地打动了吴藻的心弦，引起了她的共鸣。这两首词，丝毫没有女性的纤细和柔弱；昂扬的旋律，激越的调子，使其成为独具一格的闺中绝唱。她的另外两阕《满江红》（《栖霞岭岳武穆王》、《翠微亭韩蕲王》）也是这类抒发爱国情思的佳作。

反对封建礼教、追求个性解放，在当时进步的思想界已见端倪。这在李汝珍的《镜花缘》、曹雪芹的《红楼梦》、俞正燮的《癸巳类稿》和龚自珍的诗文中都有鲜明的表现。与这种时代进步思潮相呼应，吴藻的词，一个突出的特点，即她极力想冲破封建制度对妇女的种种束缚，渴望个性解放，这便使她的词带有了近代色彩。吴藻有一首《洞仙歌·赠吴门青林校书》词，是写给一位妓女的。她把这位下层女子视为诗友、仙侣，丝毫没有一般闺秀对待风尘女子的傲慢态度。这是因为她首先把妓女视为人，也是一种有独立人格的人。词人还要和她泛舟五湖："待买个红船，载卿同去。"这里又进而把这位妓女作为知己看待了。从这首词中可以看出吴藻对传统观念、封建等级制度的蔑视，从而也正可窥见她反传统的人本主义思想。

要想打破种种封建的传统观念，作为一个女子，她躬身自问：认为应当首先从自我做起，这种自审意识是十分可贵的。她有《金缕曲》，其上片云：

> 生本青莲界，自翻来、几重愁案，替谁交代？愿掬银河三千丈，一洗女儿故态。收拾起、断脂零黛。莫学兰台悲秋语，但大言、打破乾坤隘。拔长剑，倚天外。

词人要求女子应从自身做起，收起脂粉，洗尽女儿故态，从"大言打破乾坤隘。拔长剑，倚天外"看，她是想有番作为的。但在当时的社会中，封建礼教的层层网罗，种种清规戒律，使一个民间女子很难施展其才能，在这方面，"英雄儿女原无别，叹千秋，收场一例，泪皆成血。"这种朦胧的反抗意识，使她也像屈原一样，对天发问："闷欲呼天说。问苍苍、生人在世，忍偏磨灭？从古难消豪士气，也只书空咄咄。"（《金缕曲·闷欲呼天说》）"书空咄咄"，这是用的南朝人空书"咄咄怪事"的典故，她在散曲中亦云："休怪我咄咄书空如殷浩。"（《自题饮酒读骚图》）从这里可以看出吴藻对封建专制制度压抑人才、摧残人才的痛恨。诗人的心情是悲愤的，她不愿再唱"杨柳岸晓风残月"来消磨自己的意志，而是"且整顿铜琶铁拨，读罢《离骚》还酹酒，向大江东去歌残阕"。她要高歌苏轼的《大江东去》和屈原的《离骚》，由此我们不难察觉蕴藏在她胸中的抑郁和悲愤，对现实的不满和怀才不遇的苦闷。

吴藻一生以不能作男子为憾，她曾写剧本《乔影》（又名《饮酒读骚图》），作男子装；又作《速变男子图》，这种“破体出位”是一种反常的心理态势，是她对男女不平等的一种反抗；也是对男性的一种羡慕，本质上还是女性弱势心态的反映。当然这只能是幻想。于是她又转而歌颂才女和侠女，她有《忆江南》八首，其中两首云：

江南忆，最忆碧城招。咏絮君应称谢女，买丝侬欲绣班昭。墨会记灵霄。（《忆江南》其七）

江南忆，最忆绿阴浓。东阁引杯看宝剑，西园联袂控花骢。儿女亦英雄。（《忆江南》其五）

前首礼赞才女谢道韫和班昭，后首写她与诗人张襄（字蔚卿，一字云裳，安徽蒙城人）饮酒看剑、骑马游园。文才和武功，二者在吴藻身上都有体现。她的同乡梁绍壬在题吴藻男装图时云：“南朝幕府黄崇嘏，北宋词宗李易安。”[①]就是赞美她的豪侠和文才。

吴藻的词确实受李清照一定的影响，这从她的作品中可以看出痕迹。吴藻多数的词以婉约为宗，她的《花帘词》被誉为“嗣响易安”。吴藻的词，大多用口语和白描的手法，写得如行云流水、自然流畅，体现出婉约清新的词风。在清代词人的作品中，她是独具一格的。请看她的《如梦令·燕子》：

燕子未随春去，飞到绣帘深处。软语话多时，莫是要和侬住。延伫，延伫，含笑回它不许。

这是词人和窗前小燕的喃喃对话，写得流利晓畅。造语平淡，而又极富情致。抒情主体欢快的情绪，洋溢于字里行间，富有浓郁的生活气息。我们再看她的另一首《祝英台近·影》：

①见《两般秋雨庵随笔》卷二。

曲栏底，深院锁，人晚倦梳裹。恨海茫茫，已觉此身堕。可堪多事青灯，黄昏才到，更添上、影儿一个。　　最无那。纵然著意怜卿，卿不解怜我。怎又书窗，依依伴行坐？算来驱去原难，避时尚易，索掩却、绣帏推卧。

这首词借描写自己的身影，抒发了抒情主体孤独、愁苦的情怀。我们从吴藻的全部词作中可以发现，词人的生活境遇是不太如意的，我们看不到她爱情的幸福和欢乐，而精神上的抑郁和愁苦，倒是她词中中心的主题。

几家银烛金荷，几人檀板笙歌。一样黄昏院落，伤心不似侬多。（《清平乐·弯弯月子》）

愁也难抛，梦也难招。拥寒衾、睡也无聊。凄凉景况，齐作今宵。有漏声沉，铃声苦，雁声高。（《行香子·长夜迢迢》下片）

词人把她精神上的苦闷、愁情写得层层深化，真挚感人。试看上面这首《行香子》，在一个长夜迢迢、落叶萧萧的深夜，词人对孤灯，拥衾独坐而又毫无睡意，一种由精神上的抑郁和孤独感而形成的愁情，阴云密布般地笼罩着她的心头，而寂静的深夜中传来的漏声、铃声、雁声交相叩击着词人的心扉，这种凄凉的氛围，更加深了抒情主体精神上的愁。吴藻在描写上全用白描，又自抒胸臆，但表现得却十分深沉、细腻而又动人心弦。所以著名词曲家赵庆禧（1792~1847）说她“工愁”，并“善写愁者也”[①]。

值得注意的是，在吴藻的词中，这种抒发愁情的作品并非全是古典诗词中传统的春恨秋愁，而有它独特的内容，即描写了无法舒展的抑郁和苦闷，也带有追求个性解放的色彩。

据亲睹吴藻芳颜的同乡魏谦升记载：“女士神情散朗，有林下风，如济尼之评王夫人。”[②]所谓“王夫人”，这里指东晋王凝之之妻谢道韫，可见吴藻也是一位性情开朗、洒脱的才女。前面提到，吴藻已开始意识到妇女也要和男子一样

①赵庆禧：《花帘词·序》，《花帘词》，道光九年（1829）刊本。

②魏谦升：《花帘词·序》，《花帘词》，道光九年（1829）刊本。

具有独立的人格，这种自我意识的觉醒，与封建旧礼教对妇女的种种禁锢形成了难以解脱的矛盾，这便是吴藻作为一位近代词人在她作品中所抒发的愁的实质内容（当然我们也不完全排斥词人身上传统的因素：如青年女子的伤春悲秋、离愁别恨等）。请看她的《乳燕飞》，其上阕云：

不信愁来早。自生成、如形共影，依依相绕。一点灵根随处有，阅尽古今谁扫。问散作、几般怀抱？豪士悲歌儿女泪，更文园、善病河阳老。感斯意，即同调。

在这里，抒情主体对愁的感受，就不是单纯来自春恨秋愁，而是“自生成，如形共影，依依相绕”，或云“宿世种愁苗”（《自题饮酒读骚图》），即本性、天性使然。换言之，这种“愁苗”，正是抒情主体性格中固有的因素。其内容就是“豪士悲歌儿女泪，更文园、善病河阳老”①，“侠气豪情，问谁知道？”（《自题饮酒读骚图》）这种爽朗豪侠的性格、敏慧善感的天性，使词人深深感到个人“怀抱”与现实的矛盾，自然也就造成词人精神上的抑郁与愁苦。因此，吴藻词中的愁带有鲜明的反封建礼教和要求个性解放的色彩。

抛开吴藻豪侠的性格不说，仅就她作为一位富有才华的词人而言，就难与“女子无才便是德”的传统观念相容。她在词中反复吟咏：

天也何曾老，月也何曾好？眼底眉头，无情有恨，问谁知道？算生来、并未负清才，岂聪明误了！（《连理枝·不怕花枝恼》）

欲哭不成还强笑，讳愁无奈学忘情，误人犹自是聪明。（《浣溪沙·一卷离骚一卷经》）

吴藻在她的词中反复咏叹，正是聪明的才情误了自己，使她看透世情而愁情满怀。为了“讳愁”，她学“忘情”，乃至转为“无情有恨”，但这一切都无法驱散词人心头的愁云。这种精神上的痛苦，后来导致她奉道学佛，她在《香南雪

①文园，此指司马相如，因他做过孝文园令。

北词·自序》中云：

忧患余生，人事有不可言者，引商刻羽，吟事遂废。此后恐不更作，因检残丛剩稿，恕而存焉……自今以往，扫除文字，潜心奉道，香山南，雪山北，皈依净土。

她的学佛，正是为了排除精神上苦闷的自我解脱，唐代诗人王维有云："一生几许伤心事，不向空门何处销？"[①]大约就是吴藻晚年奉道学佛的原因吧！

在吴藻的作品中，还有感叹春不常在、年华易逝，以及笃于友情的词。她有《兰陵王》，其上片云：

怕春去，把酒和春对语。天涯路、花落水流，究竟韶华靠谁住？垂杨万万缕。何处，深藏杜宇？春归也、无力挽留，一任东君自为主。

"怕春去"，"无力挽留"，正是词人对年华流失的感叹。"落花春色老，流水年华去。"（《千秋岁》）以落花流水喻年华流失，更易引起人们对青春的留恋和珍惜。

人去，人去，影也留他不住。晚来风卷帘旌，又见花前月明。明月，明月，何苦阴晴圆缺。

"何苦阴晴圆缺"，正是词人笃于友情的痴怨语。

关于吴藻的词，著名文学家陈文述（1771~1843）评曰："钱塘吴苹香女士，金粉仙心，烟霞逸品。彩鸾写罢，每多寓感之吟；灵凤歌中，恒有缘情之作。尝以所著《花帘（书屋）词》乞序于余。疏影暗香，不足比其清也；晓风残月，不足方其怨也；滴粉搓酥，不足写其缠绵也；衰草微云，不足宣其湮郁也。顾其豪宕，尤近苏辛。宝钗桃叶，写风雨之新声；铁板铜弦，发海天之高唱。不图弱质，足步芳徽，兼之妙解宫商，精通音律。"[②]陈氏对吴藻的词给予很高的评价。从风格上来讲，吴藻多数词作委婉清新，近于李清照，所谓"嗣响

①《叹白发》，《王右丞集笺注》（赵殿成注），上海古籍出版社1984年排印本。

②陈文述：《花帘词·序》，《花帘词》，道光九年刊本。

易安”；也有少数作品，豪健雄丽，接近苏辛，所谓“铁板铜弦，发海天之高唱”。著名词曲家黄燮清亦谓：“女士工诗，娴音律，尤嗜倚声。初刻《花帘词》，豪俊敏妙，兼而有之；续刻《香南雪北词》，以清微婉约为宗，亦久而愈醇也。尝与研订词学，辄多慧解创论，时下名流，往往不逮。其名噪大江南北，信不诬也。”[①]吴藻的词，在近代初期的女词人中是比较卓异的一位，她同时代的许多著名文学家为其词集作序、题词，可见其影响之大。

吴藻具有多方面的创作才能，除填词外，还写有杂剧《乔影》[②]。剧中托名谢道韫，寄托自己的理想，在当时颇为名流文士推许：“吴苹香女士，尝写《饮酒读骚图》，自制乐府，名曰《乔影》，吴中好事者，被之管弦，一时传唱，遂遍大江南北；几如有井水处必歌柳七词矣。”[③]《乔影》刊印时为这出杂剧题词的有许乃穀、齐颜槐、陈文述、葛庆曾、郭麐、许乃济、李筠嘉、胡敬、沈希辙、汪端、张襄、岳莲、归懋仪、徐钰等人，葛庆曾、吴载功还为剧本写了跋。由此可见它在当时的反响。

吴藻还写有散曲数种，附在《香南雪北词》后，今可见者有小令《楚江清》、套曲［双调］《自题饮酒读骚图》、［南南吕］《云裳妹邓尉探梅图》、［南越调］《题寒闺病趣图》数种。她的散曲有的时露豪气，有的缠绵哀艳，吴梅谓意境“雅近秋舲（赵庆禧）”，是指她其中的哀婉艳丽之作。看她［南越调］《题寒闺病趣图》中的一曲：

> 簪不上金钿翠钿，袅不尽茶烟药烟，挣得个长眠短眠。镇支离瘦骨香桃，厮守定愁边梦边。消受煞卿怜我怜，供养到情天恨天。不堤防一阵罡风，吹去了花仙月仙。（［黑麻令］）

作者将大量的口语入曲，并配之以双声叠韵，增强了曲子的音韵美和节

---

①《香南雪北词·序》，《小檀栾室汇刻闺秀词》，光绪二十三年南陵徐氏刊本。

②郑振铎编：《清人杂剧二集》收此剧，系据道光五年（1825年）莱山吴载功本影印。

③魏谦升：《花帘词·序》，《花帘词》，道光九年刊本。

奏感。

她散曲中的豪放之作，自当举那首著名的［双调］《自题饮酒读骚图》。再看她的［雁儿落带得胜令］一曲：

我待趁烟波泛画桡，我待御天风游蓬岛。我待拨铜琶向江上歌，我待看青萍在灯前啸。呀，我待拂长虹入海钓金鳌，我待吸长鲸贯酒解金貂。我待理朱弦作幽兰操，我待著宫袍把水月捞。我待吹箫比子晋还年少，我待题糕笑刘郎空自豪，笑刘郎空自豪！

此曲中的抒情主体侠骨豪情，跃然纸上。曲中气势磅礴，想象丰富，带有浓郁的浪漫主义艺术特色。

吴藻词的意义在于，生活在中国文学由古典向现代转型期前夜的这位女词人，她以反世俗、冲破藩篱的巨大勇气，力求摆脱封建礼教的重重禁锢，她执着地探索女性生命的意义和由爱情不幸而带来的情感体验，她渴望人的自由和个性解放，这使她的生命意识和精神追求带有了近代性质，成为19世纪中叶追求女性解放的先驱者。吴藻想背离传统女性角色，从外形到精神，但事实上她又不可能超越，这种矛盾使她陷入深沉的痛苦之中，这是那个时代开始觉醒的女性共同的悲剧。吴藻的词早为词坛名家赞赏，它丰厚的思想意蕴，清新雅丽的语言，婉约而兼豪放的艺术风格，在中国女性词坛上，倘誉为“空谷足音”，似不为过。

三、沈善宝的《名媛诗话》

随着清代女性诗歌的繁荣，清代女性诗歌评论——女性诗话也开始出现。所谓“女性诗话”，是指由女性撰写并评论女性创造主体及其作品的诗话专著。如雪平著的《红梅花馆诗话》、杨芸辑录的《金箱荟说》（又名《古今闺秀诗话》）、王琼的《爱兰轩名媛诗话》、陈芸姊妹的《小黛轩论诗诗》等，这之中以沈善宝的《名媛诗话》最具代表性。

沈善宝（1804~1862），字湘佩，浙江钱塘（今杭州）人。她自幼受过良好的家庭教育和诗学熏陶，母亲吴世仁（字浣素）是著名的诗人，“一时名媛，才藻富丽”[①]，著有《箫引楼诗文集》。她的姨母吴世佑（字鬘云）也是一位诗人兼画家，“最耽吟咏，工画牡丹”。未嫁时“以诗画自娱，性情潇洒，吐属风雅”（《名媛诗话》卷六，以下只注卷数），也是沈善宝的诗学启蒙师。处在这样的家庭氛围中，再加上她的好学苦读，使她成为19世纪中期一位著名的诗人和诗评家。

《名媛诗话》的主体部分写于道咸年间，1842年（道光二十二年）春，沈善宝“遂假闺秀诗文各集并诸闺友投赠之作”（卷十一），编辑诗话。1846年冬，成十一卷，后辑题壁、方外、乩仙、朝鲜为末卷，计十二卷。此后，又陆续补充续集上中下三卷，凡十五卷。十五卷本才是该书完整的文本。[②]

沈善宝编写这部诗话有着明确的学术目的：第一，她认为，古代诗话虽多，有的也载有闺秀诗，“然搜采简略，体备而已”（《名媛诗话·自序》）。第二，这些诗话绝大多数为男性所写，缺少女性视角，其批评标准也完全是男性的美学观点。第三，更重要的她已明确地意识到，女性诗歌书写及其流传较男性为难：

> 窃思闺秀之学与文士不同，而闺秀之传又较文士不易。盖文士自幼即肄习经史，旁及诗赋，有父兄教诲，师友讨论；闺秀则既无文士之师承，又不能专习诗文，故非聪慧绝伦者，万不能诗。生于名门巨族，遇父兄师友知诗者，传扬尚易；倘生于蓬荜，嫁于村俗，则湮没无闻者，不知凡几。余有深感焉，故不辞摭拾搜辑而为是编。（卷一《自序》）

第四，即使是出于“名门巨族”，女性诗作的流传也较男性困难得多。沈善宝说：“余览宋尤延之《遂初书目》，有《徐夫人集》、女郎曹希蕴、谢希孟诗集，今皆无知者。由此知湮没者不知凡几。”（续集上）古代女性诗集大量的流

①李世治：《鸿雪楼诗集序》，道光十六年（1836）丙申刊本。

②今有2002年上海古籍出版社出版的《续修四库全书》1706集部/诗文评类，收有十五卷本的《名媛诗话》。

失，使沈善宝为之焦虑。她编著这部《名媛诗话》的目的正是为了女性诗歌的流传和弘扬。《名媛诗话》收集与保存了明末清初及作者同时代的千余名诗人的作品，特别是一些无诗集流传的作者的作品及一般诗人的断句零章由此得以保存，就更具有重要的文献意义。

《名媛诗话》特别值得关注的是，它记录了沈善宝与当时著名女诗人的交游及其文学活动，包括若干生活细节，为了解19世纪前期和中期女性诗坛的创作活动及诗人间的交往提供了第一手资料，具有重要的文学史价值。

众所周知，沈善宝是当时女性诗坛上的活跃人物，与许多女诗人都有交往，如吴藻、汪端、西林春、龚自璋、项紃、项纫、梁德绳及其女儿许云林、云姜、郭润玉、张孟缇姊妹。这些诗人们常聚集一起，或联袂出游，或分题吟咏，或切磋诗艺，或评论作品。《名媛诗话》所记述的这些生活片断，把当时女性诗人文学生活的原生态鲜活地展现在我们面前，为研究者进入女性的文学世界开启了门扉。有些记述，颇具情趣，类似抒情散文。

> 丙申初夏，蘋香（吴藻）、苣香姊妹，偕渑池席怡珊（慧文）、云林并余泛舟皋亭，看桃李绿阴，新翠如潮。水天一碧，小舟三叶，容与中流。较之春花烂漫、红紫芳菲时，别饶情趣。将近皋亭，泊舟桥畔，联步芳林，果香袭袂。村中妇女咸来看，以为春间或有看花者，至今则城中人罕有过此，盖从未见有赏绿叶者。余颂屈宛仙“惜花须惜叶，叶好花始茁。花有几时红，叶自经年碧”之句，相与一笑。导至村舍，桑麻遍地，鸡犬迎人，正缫丝煮茧之时。苣香曰：“此间风景不减桃源，只恐重来，又迷向路。”主人以黄梅赠客，情意殷殷。留连半晌，重上小船，推蓬笑语，隔舫联吟，归来已六街灯火上矣。

这段富有诗情画意的文字，可让我们了解清代闺秀诗人文化生活的一个侧面，她们并非足不出户，对外部世界（包括社会和大自然）毫无认识，而是有其一定的活动空间。特别是一些家境富裕和仕宦之家的闺秀，不少人随父兄、丈夫走遍天南海北，登山涉水、游览观光，更是常有之事，所谓“三十随夫四海游，江山奇处每勾留”①。这纠正了人们对古代女性生活过分狭窄的一些偏见。《名媛诗话》卷五记述诗人席慧文（字怡珊）随侍丈夫或父兄从四川来到山东，汤绣娟《喜席妹怡珊书至》云：“去从蜀道溯江行，今见齐烟九点轻。人览山川夸眼福，天教脂粉壮诗情。”从杭州等地来到北京的云林云姜姊妹、项屏山、余季瑛、石珊枝及沈善宝，她们与北京的西林春等结为师友，遍游北京西山及名胜古迹，可见当时女性诗人的活动空间还是比较宽阔和自由的。这种对名城古都及沿途各地自然风光、人文景观的欣赏和感受，对于扩大诗人的生活视野和艺术视野，对于女性诗歌思想意蕴的开拓与深化，所谓“天教脂粉壮诗情”，是有促进意义的。

《名媛诗话》还记载了若干生活细节，对了解女诗人的日常生活颇有助益。“庚子暮秋，同里余季颖（即季瑛，字庭璧）集太清、云林、云姜、张佩吉及余于寓园绿净山房赏菊，花容掩映，人意欢欣，形迹既忘，觥筹交错。惟余性不善饮，太清笑云：‘子既不胜涓滴，无袖手旁观之理，即以山房之山字为韵，可赋七律一章。逾刻不成，罚以金谷，勿能恕也。’时已薄暮，太清因城闉阻隔，车驾欲行，同人颇代为难，余即援笔索书云……”（卷六）这一记述可以了解女诗人生活侧面的三点信息：一是女诗友经常相会，或游园，或赏花；二是诗友相聚，心情愉快，无拘无束，饮酒助兴；三是沈善宝不能饮酒，罚以限时赋诗。此外还可知道顾太清住在北京城外。《名媛诗话》中有关这方面的信息量很大，对我们了解19世纪中期女诗人的交游、生活境遇、家庭背景提供了丰富的、鲜活的第一手资料，这是十分难得的。

清代社团盛行，女性亦有诗社。《名媛诗话》卷一记录了蕉园诗社并蕉园七子、卷四记录了吴中十子的清溪吟社，其后者云：

---

①钟守箴：《自题归舟安稳图》。

吴中十子诗钞者，张滋兰（允兹）与张紫蘩（芬）、陆素窗（瑛）、李婉兮、席兰枝（蕙文）、朱翠娟（宗淑）、江碧岑（珠）、沈蕙孙（纕）、尤寄湘（澹仙）、沈皎如（持玉）结清溪吟社，号吴中十子，媲美西泠。集中诗词文赋俱佳，洵可传也。

并介绍了吴中十子的生平和创作，有些介绍，虽寥寥数字，颇能抓住评论客体的特点。她说沈蕙孙“有‘听残红雨到清明’之句，脍炙人口，咸称‘红雨诗人’。”它如赞孙云凤、云鹤姊妹，其姊“诗笔苍老，为随园女弟子之翘楚”，其妹“诗格不让乃姊，可称闺阁二难”（卷四）。《名媛诗话》中还记述了沈善宝亲身参与在北京组织的一个全国性的诗社——秋红吟社：

己亥（1839）秋，余与太清、屏山、云林、伯芳结“秋红吟社”。

北京的“秋红吟社”除以上数位外，还有满族诗人栋鄂武庄（辅国公祥竹轩夫人）、栋鄂少如（太清五儿媳秀塘之母）、富察蕊仙和太清之妹西林霞仙，以及云林妹云姜（阮元儿媳）、李纫兰（钱仪吉儿媳）。她们中的多数都是江浙人，因其丈夫、父亲、公爹在北京做官随侍而来京。从诗社成员来自四面八方这一点看，“秋红吟社”则带有全国性的诗社性质。

《名媛诗话》另一点值得注意的是它对诗人的评论，言简意赅，颇中肯綮。她评长沙罗淑芳（字芸阁）《送父游粤西》云：“鬓白未消儿女债，年丰犹作稻粱谋。”卷四评：“‘年丰’句写贫士生涯入神。”赞吴县席佩兰（1760~1829，字韵芬）的《十四夜月》其结句“万事将圆未圆好，此情说与素娥听”是“刻画无痕，亦复新颖”（卷四）。评武进钱孟钿（1739~1806，字冠之）的诗，“集中五七古，纵横排奡，直入唐人之室”。称李因（字是庵）诗书画三绝：“余见其水墨花鸟，清妍苍古，书法似之，诗如长安”，“可谓闺中之郑虔也”（以上卷三）。这些评论，都一言中的。

尤值得注意的是，《名媛诗话》还记录了女诗人关注社会现实的资讯。清代知识闺秀不仅长于诗词，而且于实学亦有探究，经世之学外，天文、历法、数学、医学、音韵均有涉猎，顾若璞、王贞仪（1768~1797，江苏上元人）、王照园（1763~1851，山东福山人）是其代表。卷一记述顾若璞（1592~1681，字和知）："文多经济大篇，有西京风格。常与闺友宴坐，则讲究河漕、屯田、马政、边备诸大计。"又记述丁玉如（字连璧）"慷慨好大略，尝于酒间与夫论天下大事，以屯田法坏为恨，曰：'边屯则患戎马，官屯则患空言，鲜实事。妾与子戮力经营，倘得金钱二十万。便当北阙上书，请淮北闲田垦万亩。好义者出而助之，则粟贱而饷足，兵宿饱矣。然后仍举盐荚召商田塞下，则天下可平也。'"由以上两例足可看出清代女诗人对国家大事和民生疾苦的关注。

鸦片战争时期，沈善宝正居住北京，《名媛诗话》卷八记载："壬寅（1842），荷花生日（夏历六月二十四日），余过淡菊轩，时孟缇初病起，因论夷务未平，养痈成患，相对扼腕。"孟缇，即清代著名女诗人张绍英（1792~？），江苏阳湖（今常州）人，她随丈夫刑部员外郎吴廷鉁居京，于国事非常关注。在鸦片战争中，清王朝对英国殖民主义者始终采取妥协投降政策，不作认真的抵抗，孟缇认为这是"养痈成患"，与沈善宝"相对扼腕"，可见其政治热情和卓识。张孟缇和沈善宝还合填了一阕《念奴娇》，其下阕云：

> 闻说照海妖氛，沿江毒雾，战舰横瓜步。铜炮铁轮虽猛捷，岂少水犀强弩。壮士冲冠，书生投笔，谈笑擒夷虏。妙高台畔，蛾眉曾佐神武。

词的下阕系沈善宝所写，此时正值鸦片战争节节失败，吴淞口失陷，爱国将领陈化成壮烈牺牲。英军入长江，派兵船封锁瓜州，镇江陷落。词下片三句，正写此时形势。"壮士"三句，虽非完全写实，但有作者的爱国情怀在。结尾二句，用宋代女英雄梁红玉金山击鼓助战大败金兵的典故，更寓有巾帼从军杀敌的壮怀。这一切，对封建时代的闺秀来说，虽难以实现，其精神却是十分可贵的。

《名媛诗话》并非仅是一部摘抄女性诗词的总汇，其中寓有沈氏的文学观念。通过对所摘引诗作的评论，鲜明地表现了沈善宝的诗学观。沈善宝受清中叶诗坛袁枚性灵说的影响，加之女子自身重感情，崇尚性灵，故沈氏的批评标准首在重情。诗重性情，好诗系从天性中流出。她赞杨琼华（瑞芝）的诗皆“从性情中流出，一气卷舒，悲喜交集之神情毕现纸上”（卷五）。她又主张“诗本天籁”（卷七），“不假雕琢，自然清雅”（卷八）。从诗学渊源上来讲，她崇尚六朝神韵，认为六朝诗“性灵中来”，情深词婉，全以神行。沈善宝在论述其义母高密史太夫人的诗作时谓“太夫人诗学深得六朝神韵，感时叙事皆从性灵中来，无一毫柔靡之音”；又赞湘潭郭润玉（1797~1838，字笙愉）的诗“皆性灵结撰，无堆砌斧凿之痕为可贵也”（以上卷七）。沈善宝所崇尚的袁枚的“性灵说”，也正是她的诗学理想。天然、天籁、性情、性灵，是其诗学理想的关键词。正因为沈善宝属重情派，她对宋诗派所标榜的“学人之诗”不表赞同。她说：“风人之诗，长于言情，故得弦外之音；学人之诗，晦于用意，转少天然之韵。从古如斯，不仅闺阁。”（卷五）

沈善宝不仅崇尚“性灵说”，她也受到王渔洋“神韵说”的影响。在沈氏的诗学中，亦见“言近旨远”、“羚羊挂角”之论。她说：“诗笔真挚，言近旨远，天籁自鸣”（卷十一）；赞誉邱荪（字云漪）的书法“姿妍骨劲，秀色可餐”，“近年书法愈进，纵横变化，直有‘香象渡河、羚羊挂角’之致”（卷七）。再如《名媛诗话》中有大量的题画诗，又常以画论诗，谓画论通诗论，这也是神韵派常见的论诗手法。

沈善宝是一位胸襟开阔、感情丰富、见识卓绝的才女，她论诗不拘一格，所谓“从古风人各性情，不须一例拜先生”①。她论诗，以花为例，主张风格多样：

> 余常论诗犹花也。牡丹、芍药具国色天香，一望知其富贵；他如梅品孤高，水仙清洁，杏桃秾艳，兰菊幽贞。此外则或以香胜，或以色著，但具一致，皆足赏心，何必泥定一格也。然最怕如剪，为之毫无神韵，令人见之生倦。（卷七）

---

①袁枚：《周蓉衣因论中未及其诗有陶胡奴拔刀之意乃补三首以箴之》，《小仓山房诗集》卷二十七，《袁枚全集》第1册，南京：江苏古籍出版社1993年9月版，第597页。

自然界中，万紫千红，百花齐放，文学作品的艺术风格也应丰富多彩，不必拘泥一格。不论秾艳抑是淡雅，要在赏心悦目，富有神韵。这种多元的诗学观是可取的，也是使她编著的这部诗话得以各体兼备、风格多样的原因之一。

《名媛诗话》的出现具有重要的文学史意义，时人云："足下以闺秀诗坛盟主，编集海内同人之作而为诗话，自是不朽盛事"（卷七）。除其文献意义外，至少还有以下两点值得提及：一是《诗话》收集和评论了这么多女性诗人的优秀作品，充分显示了清代闺秀的文学才华和聪明智慧，这对于确立女性文学在中国文学史上的地位具有一定的积极意义。二是表现了女诗人自身的女性意识和性别苦闷。她们身有经世奇才、心怀报国壮志而却无法实现其宏愿，吴藻的"最伤心杯酒未能酬，黄龙府"（《满江红·栖霞岭岳武穆王》）；沈善宝的"肘后难悬苏李印，囊中剩有江淹笔。算古来、巾帼几英雄，愁难说"（《满江红·渡扬子江》），其性别苦闷与愤懑，流露于字里行间。这种性别意识，已带有自我觉醒、要求个性解放的近代色彩，为女性诗歌增添了新的时代内容，值得研究者作新的探讨。笔者深信，沈善宝的这部《名媛诗话》会引领众多的学人进入清代中前期女性诗歌的殿堂。

四、刘清韵及其《小蓬莱仙馆传奇》

在19世纪后期的女戏剧家中，东海刘清韵是现存创作最多、成就最突出的一位。

刘清韵（1841~1916）[①]字古香，小字观音，室名有瓣香阁、小蓬莱仙馆、林风阁、林风洞等，江苏海州（今东海）人，是近代一位女戏剧家。

刘清韵出身于盐商之家，生活十分优裕。父刘蕴堂系二品封鹾官，母王氏，

①傅惜华：《清代杂剧全目》第329页作"刘淑曾，字清韵，号古香，小字观音。"误。刘淑曾（1853~1891），字婉媛，是江苏仪征的另一位女诗人，著有《临风阁诗草》一卷。

清韵行三。她幼性聪慧，“甫四龄，即辨四声，父钟爱异他女。一日抱而戏于庭，值南枝初放，曰：‘梅为花第一’，即应声曰：‘人是玉无双’。由此益大奇之。六龄，遂延师教之读。子史百家，靡不淹贯，尤工诗词，兼擅书画”[①]。刘清韵青少年时代生活是很欢乐的，优裕的生活条件使她有了受教育和施展艺术才能的机会。

清韵年十八，适沭阳文士钱梅坡，字香岩。钱氏系沭阳大家，且耽风雅，“具郑燮三绝之才，然视古香则自愧不若，以故闺中相敬如宾”[②]。夫妇所居又别营一室，号“小蓬莱仙馆”。清韵即在此室吟诗绘画，过着幽雅的艺术生活。

刘清韵婚后多病，长久不育，这在封建社会中是女子之大忌。她因此典尽奁资为其夫纳妾，生一子。清韵时年48岁。

清韵母家、夫家本素封，1897年（光绪二十三年）因家乡大水，她流寓江南，靠卖画为生，生活颇困难。此时，赖同乡张西渠大令之介，得识著名学者俞樾。俞樾喜奖掖后进，为其诗词作序，又索她所作传奇十种观之[③]，撰序推许，并请杭州吴季英为其石印，以所得作为清韵夫妇返乡川资。刘氏夫妇对此异常感激。

清韵晚年，处境十分困难，“不独米无柴少，更屋欹墙倒，没计营巢。秋风昨夜卷衡茅，杜陵广厦同缥缈。瓶浆涸竭，炊烟寂寥，雏儿稚女，啼糜索糕。小狸奴也待哺将人绕”（《南宫吕·皂罗袍》），而且“新逋陈负，纷纷的把户敲，齐来讨”（《南宫吕·浣溪沙》）。但刘清韵在这种极度困境中，犹以春蚕吐丝的精神，从事文学创作，并取得可观的成绩，尤其值得称赞。

刘清韵的创作，今传世者有《小蓬莱仙馆诗钞》一卷，《瓣香阁词》一卷，

①周丹原：《刘古香女史传》，《著作林》第5期。

②周丹原：《刘古香女史传》，《著作林》第5期。

③刘清韵著有传奇24种，1897年（光绪二十三年）家乡因秋雨成灾，有14种传奇遭毁。她将其余10种带至江南，赖俞樾帮助得以保存、流传。

《补遗》一卷，《小蓬莱仙馆曲稿》一卷[①]，《小蓬莱仙馆传奇》[②]十种。可以这样说，她是此前我国戏剧史上仅见的一位多产的女作家。

关于她的诗词，俞樾在《刘古香女史诗序》中云："所为诗词，于花红玉白之中，有风逸烟高之致。"可惜多所散失，今所刊者，只是其中的一部分。下面主要论述她的戏剧。

《小蓬莱仙馆传奇》十种，按其题材可分为以下五类：（一）写才子佳人经历种种患难、最终团圆的，有《英雄配》、《氤氲钏》和《镜中圆》三种；（二）揭露选美（选民女入宫）罪恶的，有《鸳鸯梦》；（三）写世态炎凉的，有《炎凉券》；（四）写奖掖后进、推荐人才的，有《千秋泪》；（五）演《聊斋志异》故事的，有《丹青副》、《天风引》、《飞虹啸》三种；此外还有《黄碧签》。

由如上大致的题材分类可以看出，刘清韵的戏曲虽也写才子佳人，但具有较丰富的社会内容。

抨击世态炎凉、人情淡薄，是刘清韵剧作的主题之一，其代表作是《炎凉券》。

《炎凉券》共八出，是一部取材于社会现实生活的作品。书生任贵因性喜挥霍，不善治生，结果家道破落，虽有满腹才学，仍被人轻视。友人陈杰邀他前去看相，道士相得二人将来必大贵，乃一将一相，结果为当地财主贵公子、富大爷所讪笑。后值秋闱，李子虚约任贵同船赴试，任贵因付不出船钱，答应帮船上人料理杂务。但李子虚失信，却偕贵公子、富大爷同行。当任贵如约到达码头时，船已于三日前开走，他因受骗，愤欲投水。在危难之中，陈仁美代为筹划，让他搭货船前往，可以不花船钱，此时他的近邻旧友也闻讯前来送行，赠送盘缠，

①以上《诗钞》、《词》、《曲稿》三种，载陈栩（天虚我生）编《著作林》第5、6、7、8期，计诗100首、词100首、曲五套，又词《补遗》，载《著作林》第16期，收词27首。

②《小蓬莱仙馆传奇》有光绪庚子（1900）上海藻文书局石印本。

置酒饯行，任贵非常感动。后来，任贵果然联捷高中，又当了宰相。荣华富贵，最后告老还乡。当地官绅，鸣金伐鼓，跪接跪送，连当年任贵坐的一块等船的磐石也改名为登云石，赶考的士子人人争坐。闻此任贵感慨万端：“此日人犹争石坐，当年谁肯共舟行!”他又想起了当年的旧邻穷友，思以报恩，此剧也在任贵与众乡亲饮酒叙旧的欢乐气氛中结束。

《炎凉券》的主题主要抨击世态炎凉、人情淡薄，同时也宣传了善有善报的因果报应。任贵与陈杰果然都拜相封将，当年为任贵筹划行船的行主陈仁美，他的两个儿子也都成为少年举子，并由任贵帮其完婚。总起来看，这个剧本在当时尚有一定的教育意义。

封建社会的选美制度，实际上是对青少年女性的一种非常残酷的迫害。大批年少美貌女子被关入宫中，有的甚至终生未能见到皇帝一面。传奇《鸳鸯梦》通过张灵、崔莹故事，揭露了选美制度摧残女性、拆散民家婚姻的罪恶。此剧以悲剧终，较之蒋维乔写同一题材的《乞食图》最后破家回生更要高出一筹。但末出《闹诗》，实系画蛇添足。写唐寅留宿墓庐，崔、张梦中来谢，又让结欢使仙人大讲“人世婚姻，皆归月老执掌”等迷信说教，殊不知这样却破坏了全剧的悲剧基调，也降低了剧作的思想意义。

在刘清韵的全部剧作中，《千秋泪》一剧写得较好。

《千秋泪》共四出，写武林县官宋兆和为选拔人才沈嵘，结果反被罢官。但宋兆和毫不介意，欣然归乡。他自己说：“况我耿介性，久不合官场样，只好与渔翁樵叟相依傍。”剧中还说这里住的贾、莫二姓，其先人也是“因权奸当道，避地居此的”（《偕隐》）。这就从侧面反映了官场的黑暗与龌龊。宋兆和虽被迫退隐，但他态度是积极的。他苦劝沈嵘，不要同他偕隐，因为他正当风华之年，应当为国建功立业。宋兆和说：“小弟差矣，大丈夫处世，当磊磊落落，且人非鹿豕，焉能长聚。既具经世之才，必负苍生之望。”这种态度是正确的，也符合他推荐人才的本意。有的评论家指出：此剧系《小蓬莱仙馆传奇》中“后来居上的一种”[1]，是正确的。

刘清韵取材《聊斋》的剧作有三种。《丹青副》据《田七郎》改编，写贫苦猎户田七郎激于义愤手刃劣绅贪官的故事。官宦子弟武承休，轻财好士，结交田七郎。七郎因打死人命下狱，武氏多方解救。后武承休又被人陷害，七郎为报仇，杀死劣绅，而后自杀。《天风引》据《罗刹海市》改编。剧本以幻想中美丑不辨、是非颠倒的罗刹国影射现实社会，从而讽刺与抨击了封建社会的科举制度和官僚制度：

> 试看名场客，无非假面皮，上下互相欺，概如斯滔滔一例。真是司空见惯，习久自安之，有谁个说非宜也啰？（若没这副脸儿）不独文成绣虎，不足为奇，纵使技擅屠龙，也归无济。但得形同魑魅，榜头便题；迹邻魍魉，官班便跻。（《具掷》）

在这罗刹国中，有才之士，无用武之地；魑魅魍魉，金榜题名，步步高升。又说："花面逢迎，世情如鬼，举世皆然，又岂特一罗刹国乎！"这便使此剧的讽刺锋芒，指向更广阔的社会空间。

《飞虹啸》据《庚娘》改编。剧本写尤庚娘为报全家被害之仇，临危不惧，智杀仇人王十八的故事。

从这三个《聊斋》故事剧本看，作者在选材方面已注意到社会问题。田七郎为报答恩人杀劣绅贪官，尤庚娘为报仇杀恶棍王十八，在古代社会都是一种反强暴的斗争方式，至于《天风引》中的罗刹国更是现实社会的投影。作为那个时代的一位女作家，能将注意力集中到社会问题上，这确实是难能可贵的。

刘清韵的戏剧也有一些思想局限。

在刘清韵写爱情题材的剧作中，一夫二妻的结局很多，《氤氲钏》中的男主人公陶元璋最后并娶黄佩芬、白玉英为妻，《镜中圆》中的男主人公南楚材原娶

---

①严敦易：《刘古香的〈小蓬莱传奇十种〉》，《元明清戏曲论集》，中州书画社1982年版，第340页。

妻薛氏，后又娶赵氏。剧中这种构思并非偶然，它反映了作者思想中对一夫多妻的封建伦理观念的认同。

《小蓬莱仙馆传奇》中封建迷信色彩较重，生死轮回、因果报应、神幻仙境屡见于剧中。《氤氲钏》中，处处以氤氲使者牵合其间，并云剧中的陶元璋、黄佩芬、白玉英，为清代文学家张船山（问陶）及二友金棕亭、马云客转世（二男变二美女），白健乃监席使者转世，因与张船山有隙，故生此魔障。《英雄配》原本黄钧宰的《金壶七墨·遁墨·奇女子》，写奇女杜宪英和文士周孝的故事。山盗欲抢杜宪英，为杜所败，宪英未婚夫周孝弃文就武，经种种灾难，后升为提督，宪英察访寻探，凡十余年，夫妻始于江上相遇。然而作者又于剧末凭空添了《仙隐》一出，云剧中男女主人公周孝和杜宪英乃是天上金童、玉女谪世，这就给现实生活中的人物形象披上了一层虚幻神秘的外衣。这些地方均反映出作者思想中的封建迷信色彩。

关于刘清韵的《小蓬莱仙馆传奇》十种，俞樾有总评云："余就此十种观之，虽传述旧事，而时出新意，关目节拍，皆极灵动。至其词则不以涂泽为工，而以自然为美，颇得元人三昧，视李笠翁十种曲才气不及，而雅洁转似过之。"[①]观其剧作，此评大体是正确的。

清韵剧作，语言多本色，对白自然流畅，我们先看她的《镜中圆》中的两段白：

> [童向婢做鬼脸指旦说介]你好痴，你好痴，今日也要想，明日也要想。思思想想，想想思思，思想得自己的人儿，旁处去攀花枝，看你痴不痴。（《图形》）

这种韵白，由于四声的组合，形成了一种抑扬顿挫、铿锵有致的语调，极富节奏感和音韵美。她的对白，生活气息也很浓：

①俞樾：《小蓬莱仙馆传奇·序》。

[旦笑介]你也不要假惺惺了，我也进去收拾收拾，好早天陪你这新郎前去。不要等的赵小姐生了气，只怕下跪还不能饶呢！（《合璧》）

这类对话，其明白晓畅，几乎如同今天的口语，特别是出自剧中正旦之口尤值得注意。

在《小蓬莱仙馆传奇》中，作家笔下的市井小丑形象颇具特色，这说明刘清韵确实于世态人情是相当熟悉的。《炎凉券》写帮闲小丑夏才与张老伯的一段对话：

[丑摇摆上]语言即溜眼儿乖，大小人儿合得来。莫笑浑身饶媚骨，这是老天特付俺广招财。小子姓夏名才，是个极出色、极当行、第一等的帮闲是也。闻说贵公子、富大爷在玄庙看花饮酒，区区走去吃个闯席，有何不可？

[内]闲老官，今日穿着得这等体面，是到那里去赶喜席，赴寿筵？

[丑]不是，不是。

[内]敢是做媒？

[丑]有那些闲工夫呢？是贵公子、富大爷专人下帖子，特特请去玄庙看花饮酒，兼观象法。

[内]嘿！贵的是公子，富的是大爷，穷的呢？

[丑]那是小的。

[内]我相你必定做官。

[丑]何以见得？

[内]据你这等会巴结，还怕没官做吗？

[丑]呸！蠢才蠢才，无怪你穷断脊梁筋。

[内]不做官要做什么？

[丑满场摇摆笑说介]不愿为官做宰，但愿贵人提携，一荐荐与皇帝老子，封俺帮闲第一，拼着憨皮厚脸，挣得鲜衣美食，比他王侯将相，省多

少操心劳力。

[内] 从古说，成人不自在，自在不成人，这等说来，你竟是个天生的下才了。

[丑] 呀呀，你是谁?

[外白须拄拐上] 是老汉。

[丑连拱带揖介] 啊哟哟，原来是张伯伯，这边有个茶馆，请进来坐坐，好待小子陪话。

这一大段对白，对于夏才这类帮闲小丑，嘲讽讪笑，何等痛快淋漓。这些地方，都可看出作者的艺术功力。

刘清韵的剧作，词曲也很美，优雅简洁，传神饶情，请看《鸳鸯梦》中崔莹唱的一支曲子：

[罗江怨] 湘帘卷，翠烟风光靦覥，漫徘徊无语小栏前。花枝人面，相对斗婵娟也……（那雀儿叫的好不热闹）呖呖清圆，软语怜莺燕，爱飞英五色鲜，笼碧苔似绵毡，衬凌波小印莲痕浅。（《入选》）

这支曲子十分细腻地描绘了一位少女微妙的心情。时值初夏，春光虽敛，夏景方长。面对盛开的鲜花，莺歌燕舞，引起她对青春的珍惜和顾影自怜……

刘清韵能诗擅词，又工散曲，这对她的戏剧创作都有很大帮助；而女性特有的细腻、工笔，使她的传奇在抒情、写景和刻画人物心理活动诸方面都取得了一定的成就。综观她的《小蓬莱仙馆传奇》十种曲的思想和艺术成就，在中国近代戏剧史和女性文学史上都应当占有一定的地位。

第三章
20世纪第一个二十年（1900~1919）中国女性文学生成的历史文化语境

20世纪是中国女性争取自身解放的世纪，也是女权思潮开始传入中国的世纪，与此同时，中国女性文学也开始由古典向现代转型。20世纪第一个二十年（1900~1919）中国女性文学就呈现出与古代女性文学不同的内容与形式，并诞生了女性文学四大创作群体，展示了新的形态与风貌。创造主体的更新，主体意识的强化，文体样式的齐备，审美范围的扩大，思想意蕴的丰富，以及在艺术形式上的学习西方，建构了这时段女性文学新的体系与风貌。把1900~1919年的女性文学推上了一个发展的新阶段，创造了女性文学的一度辉煌。这时段的女性文学之所以能达到如此高的成就，这与20世纪初社会的进步、女权思潮的兴起、女性争取自由、平等的妇女解放运动是密不可分的。为了正确认识这一时段的女性文学，必须首先对该时段女性文学出现的历史文化背景作一简要的叙述。

一、女权思潮的出现与女性解放

柳亚子在1904年起草的《黎里不缠足会缘起》中云："西哲有言：'十九世纪民权时代，二十世纪其女权时代乎！'"[①]当时的文化精英也多以20世纪为女

---

①该文刊于《女子世界》第3期（1904年3月），发表时署名倪寿芝，实为柳亚子所写。现收入《磨剑室文集》上册，上海人民出版社1993年版，第88页。

权革命时代。

“女权”概念最早引入中国，据日本学者须藤瑞代的研究当始于1900年3月11日在日本出版的《清议报》第38号所刊登的福泽谕吉（1834~1901）的《男女交际论》一文，其“序言”中提到“（福泽）先生喜言女权”，稍后在《清议报》第47、48号（1900年6月7日、17日）上又刊登了日本石川半山的《论女权之渐盛》一文，于西方女权有所介绍。据夏晓虹教授考证，这篇介绍性的译文在当时的中国产生了一定的影响，并有进步人士陆续予以转载[①]。

随着《清议报》上这两篇日本译文的出现，“女权”一词传入中国，但对于女权这一新概念，人们还缺乏理性的认识。1902~1903年间，年轻的日本留学生马君武（1881~1940）受到日本思想界的启示，开始翻译西方有关女权的著作，旨在为中国妇女解放和女权运动提供理论资源。在这方面，马君武的贡献是开创性的，在中国妇女解放运动史上具有里程碑式的重要意义。

二、马君武的女权学说译介为中国女权运动奠定了理论基础

（一）马君武最早译介了斯宾塞的《女权篇》

斯宾塞（H.Spencer，1820~1903）是英国19世纪著名的思想家、哲学家，他早年写有《社会静学》（1850），其中有一章是《女性的权利》，马君武将其译为《女权篇》，详细地阐述了男女平权的理论。1902年，马君武将他译的《女权篇》与达尔文的《物竞篇》，合成一本，由上海少年中国学会印行。[②]把这两篇论著合成一本书同时出版是含有深意的。达尔文的物竞天择是近代中国救亡图存的核心理论；《女权篇》主张男女平权，是近代女权运动的奋斗目标，二者是当时中华民族解放运动的两大主题。

---

①详见夏晓虹：《晚清文人妇女观》，作家出版社1995年版，第67页。

②合刻本全名为《斯宾塞女权篇达尔文物竞篇合刻》，少年中国学会编，日本印刷，光绪二十八年（1902）十月初五印行。

《女权篇》开篇就说："公理固无男女之别也。人之为学也，实男女二类之总名，而无特别之意义。"故人生来就具有的"平等之自由"，男女都应当享有。不论从法律和道德的观点看，男女应当平等，是不容置疑的，这是"自然之真理"。

《女权篇》接着又批判了反对男女平权者的谬论，什么男尊女卑说，女子之聪明才智劣于男子说，男女之主外主内分工说，等等。斯宾塞认为这些谬论的起因均原于"自私"。"从己之欲，饰言以欺世，一切妄说，皆由自私而来也。"这真是一语破的。自私，贪图私利，满足私欲，是人性恶的一种表现，必须彻底清除。

《女权篇》还论述了什么是"权利"。他说："所谓权利者，即人人能自由练习其固有之能力是也。"今社会剥夺了女子的教育权，女子的社交权，也就剥夺了女子自由练习之权，使女子之能力劣于男子，这是不公平的。畜奴之主人"谓黑人非人类"，东方回教徒"谓女人无灵魂"，英国人也"莫不以男女同权之说为非"，这都是欺人之妄言，均不符合男女平等和天赋人权的原理。

斯宾塞还把妇女解放作为衡量社会进步的标尺。他说："欲知一国文明之程度如何，必以其国待遇女人的情形如何而断，此不易之定例也。"以对待女子之态度如何作为区分一个国家文明程度高低的标志，这是历史的一大进步，也是全球文化精英的共识。马克思、恩格斯就曾引述过傅立叶的一句名言："妇女解放的程度是衡量普遍解放的天然标准。"[①]斯宾塞又指出：一专制之国，而国中之家庭也必是一专制之家庭。他说这种情况，在土耳其、埃及、印度、中国、俄罗斯，以及欧洲的封建国均可作为明证。有专制之国必有专制之家，这在旧中国更为典型。

在《女权篇》中斯宾塞特别强调"平等自由"的原则。他说："人类而欲安

---

①马克思、恩格斯：《神圣家族，或对批判的批判所做的批判》，《马克思恩格斯全集》第2卷，人民出版社1962年版，第250页。

居相亲，非咸遵平等自由之法律不可也。”“以平等自由为原理，可断一切事理之是非。”如男女同为人类两大组成部分，本应平等，今“同类不平等，而以力相压服，乃悖乱之制，禽兽之道也”。再如女子的参政权问题，也应以平等自由之原则为准。他说：“依平等自由之例，则今日男人所有政治上之特权，亦将让之于女人。”一切权利均应男女平等同享，参政权亦不例外。故以女子之天职在主持家政，将女子排斥在参政权之外的论调都有悖于平等自由的原则。

马君武所译斯宾塞的《女权篇》出版后影响很大。1903年年轻的柳亚子在他的《放歌》中就把斯宾塞和卢梭合称为西方“二圣”。“继者斯宾塞，女界赖一匡。平权富想像，公理方翔翔。”①1949年柳亚子又在《为第一次全国妇代会志庆》诗中云：“少诵斯宾塞尔篇”，自注：“西哲斯宾塞尔著有《女权篇》，亡友马君武译本，余少时最喜诵之。”就连金一的《女界钟》也受到马君武所译《女权篇》的影响。

（二）翻译约翰·穆勒的《自由论》

马君武译完斯宾塞的《女权篇》之后，为了从根本上为中国女权理论建构奠定一个坚实的思想基础，他于同年（1902年）冬又着手翻译约翰·穆勒（J.S.Mill，1806~1873）的《自由论》（马君武译为弥勒约翰《自由原理》）。②约翰·穆勒是英国著名的哲学家，19世纪自由主义政治思想的代表。他的《论自由》是其政治学说的核心。此书马君武以《自由原理》为题于1903年2月由上海开明书局出版。该书被梁启超誉为严译《天演论》后“吾国得第二之善译本”③。

自由论是资产阶级政治学说中有关人身自由、个性解放、人人平等诸观念

①柳亚子：《磨剑室诗词集》上册，上海人民出版社1985年版，第17页。

②该书1902年12月于日本上野町译完，翌年出版，题为少年中国新丛书《弥勒约翰自由原理》，1903年2月上海开明书局印行。

③马君武译：《自由原理·梁启超序》，莫世祥编：《马君武集》，华东师范大学出版社1991年版，第28页。

的理论资源，也是女权理论的思想基础。女性解放的一个重要主题是批判封建专制制度和封建礼教对女性的摧残与迫害，因此恢复和实现妇女的自身自由是最重要的一环。穆勒在《自由论·总论》中开宗明义：他宣称"自由者，不可驳议之名义也"，换言之，每个人都拥有自由，这是不必讨论、无可怀疑的真理。而且判断一个国家的文明与野蛮，当视其国之人民享受自由之程度如何而定。穆勒进而论述在君权无限的社会中，未有不损害国人之自由的，故爱国志士，不忍目睹国家危亡和民生多艰，起而革命，推翻政府，目的就是限制统治者侵犯国人之权利，"是之谓能爱自由，能保自由"。他说政府对个人不能用强力压制，也不能侵犯个人的自由，政府的权利是："保人民平等之自由，而防止其有害于他人之行为而已。"穆勒极力阐述个人自由的重要，这对20世纪初处在封建专制统治之下的中国人民来说，无疑是一个极大的鼓舞；而对于身为专制制度下奴隶之奴隶，身受着君权、神权、族权、夫权多重压制的中国妇女，获得自由，尤具有重要的革命意义。《自由论》中特别指出男女不平等是一个世界性的问题，即使是欧洲诸国，夫妻问题也存在着权利不平等现象，"盖夫常有莫大专制之权，以制其妻，其莫大之恶也"。可见男女不平等现象的普遍性。他又说："妻亦当有同等之权，得法律上同等之保护，与一切人民无异。不然，是犹未真知自由之意。"马君武翻译穆勒的《自由论》，虽主要是从理论上阐释自由是"世界之魂"，是人生命之根本，旨在推动当时的思想启蒙和思想解放，但它又与妇女解放有极大的关系，对这一点我们应当珍视马氏的用心。

（三）译介约翰·穆勒的女权说

马君武在译介了斯宾塞《女权篇》的次年，他又在1903年的《新民丛报》上发表了题为《弥勒约翰之学说》的论文[①]，其中第二节介绍了穆勒的《女子压制论》。文章开端就亮出了自己的观点，他说：欧洲所以有今日之文明，来自两大

①此文分别刊于《新民丛报》第29、35号。

革命：君民革命和男女革命。君民革命之发动力来源于卢梭的《民约论》，男女革命之发动力来源于穆勒的《女子压制论》。由此也可见出马君武对穆勒《女子压制论》的评价之高。

《女子压制论》力主男女平权并阐述其合理性。为了便于读者接受，马君武化繁为简，概括为以下五点：

（1）女子与儿童之权不同。二者都有被政府保护之权，但儿童因未成年，受智力所限，他无监督政府、管理政府之权；女子则有之。

（2）女子在家有管理个人财产之私权，而无管理国家之公权，但国家却收女子的赋税。既然男女均向国家纳税，而参政权只给男子而不给女子，这是男女最大的不平等。

（3）女子可为一国之王（西方多女王），而不许国中之女子有管理国家之权，此事不可思议。

（4）家庭间的女子，常与其父、其夫享有同等之权利，而其父、其夫在外有被选举权，而女子却无被选举权，这也是不公。

（5）随着社会的进步，公理大明，未来之女子必有参政权。

以上是穆勒女权说的主要内容。穆勒主张男女平权，他不仅能言之，而且能行之。他作为英国议会中的议员，多次向国会提议案，力争付诸实践。所以马君武说："弥勒氏诚女权革命之伟人哉。"

在同一篇文章中，马君武还介绍了第二国际和德国社会民主党关于妇女解放的主张，这也是具有进步意义的。1891年的第二国际还是在恩格斯指导和影响下的国际组织。1891年在比利时首都布鲁塞尔发表的宣言中称："今日此会请通［告］世界之社会主义党人，定男女同等之细目。凡我会员，皆公认女人与男人有同等之人民权及政治权，尽力以废除世界各国所有不与女子以同等权利之法律。"德意志社会民主党1891年10月在埃尔福特会议宣称："废除屈女人以利男人之一切法律，尽力以保女人之公权私权。"这些宣言或纲领的共同点都是主张男女平等、男女平权，保护妇女的一切权利。社会民主党人所涉及的妇女权利主要有教育权、经济权、政治权、婚姻权和人民权。马君武的这些介绍虽然简单，也不够全面，但对当时的中国妇女解放运动仍具有很大的鼓舞作用。

（四）马君武译介女权学说的意义

上面我们对马君武所译介的西方女权理论作了简略的介绍，今天看来也许并无特别新奇之处，但在当时它的意义却是不可低估的。

其一，它为中国女权运动提供了理论根据。

戊戌变法前后，妇女解放的呼声虽然逐渐高涨，但整个运动仍缺乏理论的指导。在1905年之前，妇女解放的倡导者还多数为男性文化精英，女性自身的力量也较薄弱，这种情况更需理论上的指导。“今世之主张革命者，徒求效验而已，无造原因者。皆求为华盛顿、拿破仑，无甘为福禄特尔（伏尔泰）、卢梭者，此所以无功也。”[①]马君武正是有鉴于此，他对中国妇女解放运动的关注主要将精力用于译介西方女权理论上，以此来促进中国妇女解放运动的自觉，并为运动奠定理论基础。

其二，译介斯宾塞、穆勒女权论著的现实意义。

马君武译介《女权篇》等论著是在1902~1903年的日本。他到达日本后，有鉴于中国思想界对资产阶级女权理论的匮乏，他开始译介斯宾塞和穆勒的女权理论，并于1902~1903两年内译出，发表后受到好评。值得注意的是，马君武在日本译介斯宾塞的《女权篇》和约翰·穆勒的《女子压制论》等女权著作时，日本的女权运动已走入低谷。日本思想界热衷斯宾塞进步的女权理论是在明治早期，即19世纪的80年代，进入90年代后，随着日本的自由民权运动的衰退和军国主义势力的强化，日本关于男女平权的呼声已愈来愈低。特别是1898年（此年为中国“戊戌变法”之年），日本推出了《大日本帝国宪法》，对原本就已存在的男女

① 马君武：《女士张竹君传》，莫世祥编：《马君武集》，武汉：武汉大学出版社1991年版，第2页。

不平等现象因有此《宪法》而趋向合法化。因为《大日本帝国宪法》是一个旨在强化天皇统治下的家族制度、对家长制束缚下的女性权利不予承认的民法。也正在日本女权运动的低潮时期，马君武超越时空，译介了斯宾塞、穆勒的女权论和自由论，这是十分难能可贵的。还值得注意的是，马君武译介西方女权说的1902~1903年，正是中国资产阶级民主革命运动高潮来临的前夜，资产阶级革命派更加关注日渐发展的妇女解放运动，在中华民族存亡的危机时刻，马氏意识到呼唤占人口总数一半的妇女觉醒的必要和迫切。因此，马君武对西方资产阶级女权理论的译介，在随即而来的中国民族解放运动和妇女解放运动的高潮中就具有了重大的现实意义。

三、《女界钟》惊醒了沉睡中的中国妇女

马君武翻译的西方女权著作为20世纪初的中国女权运动奠定了理论基础，“天赋人权”、“男女平权”、“自由”、“平等”已成为青年知识男女最常用的话语。与此相呼应，一位刚满30岁的热血青年金一（1874~1947）[①]，伤清廷之腐败，痛女界之沦胥，感女权之方滋，以四周的时间，写成了一部影响至巨的《女界钟》，为刚刚兴起的中国女权运动注入了新鲜血液，其作用和意义是不可低估的。

《女界钟》一出版，立即受到人们的欢迎。女界志士日本留学生林宗素读此书后称其作者金天翮是“中国女界之卢骚”[②]，杨纫兰称此书“为美利坚之自由钟”和“批茶（即美国斯托夫人的近代译名）之《五月花》”[③]，可见此书对女界影响之大。

①金一（1874~1947），初名懋基，改名天翮，又名天羽，字松岑，笔名金一、爱自由者、麒麟，别署天放楼主人等，江苏吴江人，曾参加中国教育会和爱国学社。

②林宗素：《侯官林女士叙》，《女界钟》，上海古籍出版社2003年版，第4页。

③《同邑杨女士序》一文，将小说《五月花》（即斯托夫人著的《黑奴吁天录》）误为“九月花”。见《女界钟》，上海古籍出版社2003年版，第7页。不知是原误还是2003年重印时所误。

《女界钟》满怀悲愤地控诉了封建社会对妇女的束缚和迫害，批判了封建礼教“三从”、“七出”、“无才是德”的谬论，又抨击了妇女所遭受的“缠足之害”、“妆饰之害”、“迷信之害”、“拘束之害”，这些恶俗和封建余毒，把妇女紧紧地束缚在闺门之内，使广大妇女既无言论、外出、交友之自由，更无议政、参政、治国之权利。女子之聪明才智无从发挥，不仅埋没了无数才女，而且也给国家、给社会造成了极大损失，这是最令人痛心的事。

《女界钟》的意义并不止此，我觉得它的贡献至少有以下几点：

第一，它批判了传统思想中男尊女卑的荒谬，从而论证了男女平等之说的合理性。

关于男女平等问题，这并不是一个新话题，早在19世纪中后期，西方传教士基于“天赋人权”的原理，就开始宣传“男女平等”、“男女平权”的道理，[①]《万国公报》的发行，以及花之安的《自西徂东》（1884）、李提摩太的《泰西新史揽要》、林乐知的《五大洲女俗通考》等著作，更以西方资产阶级社会中女性普遍受教育、和男子同样参加社会工作的事例传播了男女平等的新观念。在西学东渐的影响下，中国知识界也开始对流行数千年的男尊女卑现象进行反思。康有为在《大同书》中从男女之聪明才智同、性情气质同、德义嗜欲同、外貌五官同，论证了“女子未有异于男子也，男子未有异于女子也”，“以公理言之，女子当与男子一切同之；以实效征之，女子当与男子一切同之。”由此，康有为提出了“男女平等”的命题，主张女子也应和男子一样享有各种权利。另一位思想家谭嗣同也是提倡男女平等之说的。他依据佛教无差别的平等说，在《仁学·界

①认真考察起来，西方国家也不是男女平等的。外国传教士鉴于中国传统儒教对女性的野蛮摧残以及他们自身的文化价值取向，加之传教的需要，他们对中国传统文化中的重男轻女、男女极度不平等提出批评，这是事实。但从本质上来说，西方国家也是重男轻女，以男性为中心的。基督教文化中就有若干轻视妇女或贬低妇女的观念，同样是一种以男性为中心的文化。所谓“基督教平等”只是一句门面话，其实质仍是男女有别、重男轻女。如所周知，他们所宣传的上帝“造人”时，女人是男人的“一根肋骨”所派生，这就象征着男女的绝对悬殊是基本的事实。详见刘慧英：《女权、启蒙与民族国家话语》，北京：人民文学出版社2013年版，第49页。

说》中开宗明义："仁以通为第一义"，"通以象为平等"，他以此为逻辑起点，论述君臣、父子、夫妇关系，于男女问题则力主平等之说（如"男女同为天地之菁英，同有无量之盛德大业，平等相均"等）。

在20世纪初的知识精英中，受到国内外先进思想的影响，持男女平等之说者大有人在，金天翮就是其中的佼佼者。

金天翮的《女界钟》从揭露封建礼教对妇女的迫害及批判人们意识中根深蒂固的重男轻女观念切入，大力主张男女平等。书中运用生理学的科学方法，以测量脑围大小来确定其人智力的高低。他说："能力者，智慧之果也；智慧者，脑之花也。据生理学而验脑力之优劣，以判人种之贵贱高下，此欧洲至精之学说也。"[①]又说："今女子体量之硕大或者不如男人，至于脑力程度直无差异，或更有优焉，此世界所公认也。"另一方面，人"脑髓之大小，与其身之长短重率有比例。凡身体愈大者，其脑之比例愈绌"。"然则女子身量弱小，正其能力决可以发达之证。"他还对举了西欧男女与日本男女之脑围，证明"女子者，天所赋使特优于男子者也"。金天翮从科学上论证男女的智力并无大的差别，且有的女优于男。这不仅有力地驳斥了男尊女卑的谬论，而且也为男女平等之说增加了科学依据。

第二，既然男女智力、人格上是平等的，并无尊卑、优劣、高下之分，如果女子能受到适当的教育，女性的品德、知识、素质肯定不低于男性。由于"男女有别"传统观念的作祟，女性长期处于隔离、防范的状态，故《女界钟》又主张男女交往的自由。金天翮认为禁锢女性是一种不文明的做法，他主张"以文明之法待人"，男女社交公开：

> 方今中国女权女学之发达，有重门铁锁最不可打破之一关，则应否交友之大问题也……吾今得断言之曰：使中国男子而如今日之奴隶鹿豕，蠢

①本节所引《女界钟》之文字，均见上海古籍出版社2003年版之文本。

蠢无知识，则虽有交通之资格，吾犹将设更严更峻之大防，据名教以叱之。苟不然而有新道德与文明之思想，诚求交换，则吾敢以百身保其无他。彼腐儒者，固不知道德为何物，其胸中直横亘“玩好殖民”四字，欲垄断之而以为利者也。夫男女之间，同此形气，同此智识，从容论道，慷慨抵掌。上下五千年，纵横一万里，“奇文共欣赏，疑义相与析”，交友之益也。束带矜庄，以礼自卫，何嫌何疑？又安有所谓隔墙花影、临去秋波，不道德、不名誉之称谓哉？夫名誉道德之养成，亦惟于教育上加之意而已！

金一认为：倘男女交往自由，视异性接触为平常之事，有助于新道德的建立，而封建社会把女子禁锢起来，严设大防，视女子为“玩好殖民”之对象，评头论足，邪念横生，这才是极不文明和极不道德的。金天翮的这一言说对冲破当时封建礼教所宣扬的男女有防、“男女授受不亲”、“内言不出阃”等邪说具有颠覆性的意义。

我们为什么特别关注这一点呢？这是因为传统道德中的男女有别、男女大防在人们思想观念中是根深蒂固的，实行男女交际之自由，在社会生活中是“重门铁锁最不可打破之一关”。

在20世纪初的中国社会上，虽然也高呼“女权”、“自由”、“平等”，各地也在呼吁大兴女学，倡导女性走向社会，但男女间的自由交往，不论是在观念上还是实践上都还受到极大的限制。这里只举一例，即可见出当时男女交往的困境。大约就在《女界钟》出版的当年或前一年，广东香山的少女薛锦琴因赴美留学路过上海，当时爱国女学发起人之一的蒋智由（1866~1929）设宴欢迎薛女士，作陪的三位全是女性①，而他本人未敢入席。由此即可以看出当时社会上男女界限之森严，连礼赞“力填平等路，血灌自由苗”②的社会精英人士蒋智由都不敢不避嫌。而金天翮在《女界钟》中提出男女交往自由的主张，这确实是具有

①三位女性是蔡元培夫人黄世振、林獬夫人和林獬妹妹林宗素。

②见蒋智由的《卢骚》诗，郭延礼：《近代六十家诗选》，山东文艺出版社1986年版，第438页。

卓识和勇气的。

第三，主张女性有参政权。女性参政问题，是中国近代女权运动史上重要的一幕。民国初年的女性参政在林宗素（1878~1944）、唐群英（1871~1937）、张汉英（1872~1915）、沈佩贞等女革命志士的奋争下一时搞得轰轰烈烈，但终因男权势力和袁世凯政府的阻挠与破坏而宣告失败。在此之前，以男性的身份，明确而具体地论述妇女参政问题并投入巨大热情者，应当要推《女界钟》的作者金天翮了。须知《女界钟》的问世是在民初女性参政运动发生的前八年，即1903年，这一点应当引起中国女权运动史研究者的特别关注。

在《女界钟》中，金天翮专节论述了“女子参予政治”问题。他开宗明义：“二十世纪女权之问题，议政之问题也。”又说，“议政者，肩有监督政府与组织政府之两大职任者也。”明确提出，所谓“女权”，其核心是女子应有参政权。而参政权的两大任务就是监督政府和组织政府。在20世纪初的1903年，正是清王朝的专制时代，国会未开，代议制度尚未实行，当然谈不到参政的问题。当时讨论这个问题，可能为时尚早，但“不可不预备之”。

男女既然平权，女性参政自是天经地义的事情，但在当时的社会上仍有各种反对女子参政的声音，诸如男女分工不同：男治外，女治内；女子不宜握大权；女子喜感情用事，难以权衡轻重。又说，妇女无公民权，为欧洲所公认等等。金氏逐条驳斥，他又针对后者说：欧洲历史上，女皇屡屡出现，既然不许世界女子参予其中之高等职务，却可一跃而为女皇、女王，又何说哉。总之，金天翮坚信，以女子之才智，再加上不屈不挠的斗争，必将能参予国家政治。他满怀信心与热情地说：“总之，二十世纪新中国、新政府不握于女子之手，吾死不瞑！”又说：

> 吾祝吾女子之得为议员，吾尤愿异日中国海军、陆军、大藏、参谋、外务省皆有吾女子之足迹也。吾更愿异日中国女子积其道德、学问、名誉、资格，而得举大总统之职也。

由此不难看出金天翮对未来女子参政问题所抱有的坚定信念和极大的热忱。

《女界钟》出现在当时，自然也有它的思想局限，如有学者指出：《女界钟》其实是“男界钟”，它表述了男性的一种主体欲望，而“中国男性的主体位置”正是“通过对女性的言说而建构起来的”，他们还是在“规训”女人[①]等等。以今天的观点来看一百年前的《女界钟》肯定有许多思想局限，但考虑到当时女性困难的处境：无自由、无人权，男女平等也只是一句空话。面对这样的现实，《女界钟》的出版，对推动当时的妇女解放运动和女权运动还是具有很大的积极意义的。

四、不缠足运动与兴女学

戊戌变法（1898）前后，在中国社会生活中出现了不缠足运动（或称天足运动），其始主要的推动力是外国传教士和中国知识精英中的男性。

随着西学东渐和戊戌前后维新思潮的发展，近代的妇女解放运动也进入了一个新阶段，反对缠足，主张天足是这个运动中的重要组成部分。

为什么要反对缠足呢？缠足残害女子的身体，给广大妇女肉体上、精神上带来极大创伤和痛苦。早在南宋晚期的车若水就对缠足的痛苦有所揭露。他在《脚气集》中说：“妇人缠足，不知始于何时，小儿未四五岁，无罪无辜，而使之受无限之苦，缠得小来，不知何用？”[②]明清后的李卓吾、袁枚、李汝珍、俞正燮、钱泳等，均有抨击缠足的言论。

在近代，梁启超、严复等人基于国族主义立场的考虑，主张天足，是为了强国强种，具有优生学的意义；林纾从人道主义出发，深感缠足给女子带来的痛苦和灾难；[③]秋瑾则从生理学的角度，认为缠足是对妇女身体和生命的摧残，

①王政、高彦颐、刘禾：《从〈女界钟〉到“男界钟”：男性主体、国族主义与现代性》，《百年中国女权思潮研究》，复旦大学出版社2005年版，第2、3页。

②车若水：《脚气集》，《笔记小说大观四编》卷七。

③林纾：《闽中新乐村·伤缠足》，曾宪辉选注：《林纾诗文选》，华东师范大学出版社1990年版，第126~127页。

是一种刖刑，痨病、难产，都是缠足留下的后遗症。[①]总之，反对缠足，主张天足，已成为近代社会知识阶层中开明人士的共识。对于缠足给妇女带来的伤害和摧残，康有为更有概括的、精辟的论述。他在维新变法高潮期间所写的《请禁妇女裹足折》（1898年8月13日）中说：缠足之害，遗患无穷："以国之政法论，则滥无辜之非刑；以家之慈恩论，则伤父母之仁爱；以人之卫生论，则折骨无用之致疾；以兵之竞强论，则弱种展转之谬传；以俗之美观论，则野蛮贻诮于邻国。"[②]真是其害无穷，其祸至烈，面此恶风败俗，缠足竟在中国流传至千年！

与反缠足的舆论宣传相呼应，全国各地成立了不缠足会或天足会。据目前所看到的资料，中国最早的不缠足会应当是1875年（光绪元年）厦门的教会牧师光照（Rev.John Macgowan）在厦门成立的"戒缠足会"，入会者80余家，相约不缠足。1883年（光绪九年）康有为和区谔良在广东成立了"不裹足会"，并带头不为其长女康同薇（1879~1974）缠足，这是国人最早成立的不缠足的组织。此会尔后虽因区氏的顾虑重重而不久解散，但不缠足的新观念却是破土而生。1897年（光绪二十三年）又有在上海设立总会，在各省设立分会的"不缠足会"，这个会的创办人几乎全是维新派人士中的社会名流，如康广仁、梁启超、谭嗣同、麦孟华、汪康年、张通典等。它规定入会之人新生的女孩，不得缠足，入会人所生男子，不得娶缠足之女。会中人所生女子，如在八岁以下者，必须放足等。此后，在广东、福建和江浙等地，不缠足会、天足会广泛建立。以1897年为例，这一年，仅在广东就有不缠足会九家。19~20世纪之交，不缠足会也在北方和西北地区兴起，如天津天足会（1898）、河北通州天足社（1904）、淮安不缠足会（1904）、烟台天足会，以及成都天足会（1903）、重庆天足会（1904）等。还有西方传教士英国立德大人在上海设立的天足会（1899），对推动不缠足运动，亦有重大影响。19世纪末20世纪初在中国大地上出现的这场不缠足运动，其时空

①秋瑾：弹词《精卫石》第一回，郭延礼、郭蓁选注：《秋瑾诗文选注》，人民文学出版社2011年9月版，第198页。
②汤志钧编：《康有为政论集》上册，中华书局1981年版，第336页。

顺序是先南方而后北方，先通商口岸大城市而后发展到一般城市或城镇[①]，而在广大的北方农村仍然盛行缠足[②]。在全国范围内真正彻底地废除缠足那是20世纪50年代之后的事了。

19世纪末、20世纪初这场不缠足运动的发起人虽然主要还是一些男性，但这些不缠足会、天足会、不裹足会、戒缠足会、放足会等组织，对推动中国妇女的放足运动，对解除妇女的痛苦、清除社会的陋习，乃至妇女解放运动，无疑起了很大的作用，这是应当充分肯定的。

不缠足运动进入20世纪之后，也出现了由女性组织的不缠足会，如杭州放足会（1903）、浏阳不缠足会（1903）、吴江黎里不缠足会（1904），皆为女子所发起组织并领衔。如黎里不缠足会的组织者为吴江王寿芝女士，并撰有《黎里不缠足会缘由》及章程十则[③]，刊于1904年第3期的《女子世界》，颇有影响。一部分知识女性还利用多种传媒进行宣传，撰评论、写报道、发表演说、写诗歌，批判缠足的危害，赞美天足的好处，在社会上形成了一个相当规模的反缠足运动。而女性的直接参与，不仅改变了女性被解救的被动状态，而且也使这次不缠足运动纳入了近代妇女解放运动的洪流。

不缠足运动解救的不仅是妇女的肢体，而且是她们的精神世界。首先在观念上，她们再不以三寸金莲为美的标志，也不再以脚小作为讨好、献媚男性的手段，而觉醒到赤趺天足、健步如飞才是妇女的幸福，才是文明的标志。其次，社会上的择偶标准直接影响了她们对天足的态度。过去女子缠足，很重要的原因之

---

①不缠足会、天足会以南方为多，在南方又以大都市为多，如上海不缠足会会员有5万人，各地还设有分会，厦门天足会有会友4 767人（《纪念辛亥革命七十周年学术讨论会论文集》下册，中华书局1983年版，第2033页）。

②《天足会兴盛述闻》："虽在直隶一省，上有皇太后之劝谕，下有袁制军之倡率，亦不过于省垣中略著小效，未能推行于外府州县也。照报单所述张家口外及蒙古各边地，其妇女皆缠足以作田工，虽足不能立而膝行于田中，其膝上皆用软枕以垫之。"（《万国公报》光绪三十年（1904）四月号，引自李又宁、张玉法主编：《近代中国女权运动史料》下册，台北龙文出版社股份有限公司1995年版，第871页）

③此文由柳亚子代王（倪）寿芝女士撰，见柳亚子：《磨剑室文录》上册，上海人民出版社1993年版，第88页。

一是上等人家选儿媳必须是缠过脚的，把不缠足的女子视为婢女和妾。如果女孩是天足，难以婚配；现在变了，“旧有缠足之妻，多成弃妇，纤小难放之足，每致离婚”，男子择婚必备的条件是天足。这种社会风尚对于女子主动地、自愿地不缠足起了决定性的作用。

20世纪初，由于传统观念的根深蒂固，社会习俗又非一日就可以改变，在这场不缠足运动中，也有带头放足的女子受到封建顽固势力的残酷迫害，甚至最后牺牲了自己的生命。江苏沭阳的胡仿兰因放足（还劝说娘家、婆家的其他姊妹放足）而遭婆家父母逼迫而死就是突出的一例。历史的潮流是不可抗拒的，随着时代风尚的改变和人们审美标准的变化，缠小脚的时代已成为过去。但近代历史上这一不缠足（或称天足）运动对于近代人的生活，特别是对女性生活和命运的改变确是十分巨大的，于此在这一时段的文学中也有真实的反映。

与不缠足有直接关联的是近代的兴女学。诚如《迁安遵化天足会序》中所云：“况乎缠足不变，则女学不兴；女学不兴，则民智不育；民智不育，则国势不昌。”[①]把不缠足、兴女学与国家命运直接联系了起来。从近代女学的章程来看，学生入学资格最基本的条件是“不缠足者”或已缠足而解缠的少女[②]；而有些不缠足会（或天足会）又把兴女学作为它们的主要的目标和任务。另有条件好的天足会亦附设女学堂，这就足以说明不缠足与兴女学的关系。梁启超甚至直接地表述为：“缠足一日不变，则女学一日不立。”[③]

中国古代虽有读书识字的女子，乃至诗人、词人和著作家，却无专门的女学。女子所受的教育或是由母亲教读，或是随兄弟伴读（女性的年龄界线一般在13或15岁之前），有钱、有地位的家族也有专门为女儿请家庭教师教读的，其体

①转引自姚灵犀：《采菲集》，上海书店出版社1998年版，第64页。

②如《公立杭州女学校章程》第十五条“学生入校资格”规定：“不得缠足（如缠足者，入校后需渐解放）。”载《浙江潮》第10期。

③梁启超：《变法通议·论女学》，《饮冰室合集》第1册文集之一，中华书局1989年影印本，第44页。

制基本上属于家庭教育。1903年（光绪二十九年）清政府颁布的“癸卯学制”还是把女子教育寓于家庭教育之中。次年，张百熙、荣庆、张之洞在《奏定蒙养院章程及家庭教育法章程》中明确说：“有子者母自教其子，以为入初等小学之基；有女者母自教其女，以知将来为人妇、为人母之道。是为人母者皆自行其教育于家庭之中；母不能教者或雇保姆以教之，是家家皆自有一蒙养院矣。”①而清政府正式提出和确立女子教育则是在1907年学部奏定的《女学堂章程》（包括《女子小学堂章程》和《女子师范学堂章程》），从此兴办女学才有了政府的正式法规。民国之后，壬子癸丑（1912~1913）学制，又规定初等小学男女可以同校，还可设立女子中学和女子职业学校，女子教育获得了进一步的发展。

虽然《女学堂章程》的正式出台在1907年，但中国的兴办女学早在1907年之前就开始了。应当说这主要是受了西学东渐的影响。西方传教士大力宣传女学，认为女学乃女权之根基，是女子争女权之始，他们在《万国公报》上发表文章，极力倡导兴办女学，开启妇女智慧，认为这是国富民强的基础。林乐知在《重视教育说》中指出：“女人无学，终不能得真实之兴盛。西国教化之文明，未始不由于振兴女学之功。此则尤有厚望于当国者也。”②在此影响下，中国的维新派人士为了国家的富强和民族的未来，适时地提出了兴办女学的问题。

早在维新变法时期，以康有为、梁启超、谭嗣同为代表的维新派人士，从“天赋人权”、“男女平等”出发，提出了女子应和男子受同等教育，以期为国家培养各类人才，并达到保种强国的目的。

对于女子教育，提倡最早、贡献最多的当属梁启超。他在《变法通议》中专门写了《论女学》一文，文章从批判“女子无才便是德”的传统观念出发，明确指出所谓“无才是德”之说乃系“瞀儒”之见，他们把不读书、不识字认为是“贤淑之正宗”。正因为女子不能进学校读书，缺乏文化知识，无谋生的本领和

①璩鑫圭、唐良炎编：《中国近代教育史资料汇编：学制演变》，上海教育出版社2006年版，第400页。

②李楚材编：《帝国主义侵华教育史资料》，教育科学出版社1987年版，第418~419页。

固定的职业，才无法资助家庭生计，由本可“生利”之劳动者变成依赖他人养活的“分利”者。女子无机会受教育，无知识和技能，内不能教子助夫，外不能为国家出力。但这并不是女子天生智力低下，而纯粹是由于女子缺乏正常受教育的机会而造成的恶果。根据生理学家的观点，男女之智商相去不远。故梁启超说：“男女之于学，各有所长，非有轩轾。”他又说，近日留学西洋之诸女子，学有专长，“虽西域耆宿，犹歆誉之”，岂有女子不能进学校受教育的道理呢？故梁氏主张，要想强国，必兴女学。女学与男学同等重要，二者必相合。他说，这种情况，“今之美国，殆将近之矣。是故女学最盛者，其国最强，不战而屈人之兵，美是也；女学次盛者，其国次强，英、法、德、日本是也；女学衰，母教失，无业众，智民少，国之所存者幸矣，印度、波斯、土耳其是也”[①]。而中国妇女，深居闺阁，足不出户，又不能入学接受教育，终日以缠足、修饰为业。其国家民族之命运亦当在印度、土耳其之下。梁氏兴办女学的主张，在当时影响很大，对后来女学的发展亦有积极的推动作用。此后不久，中国自办的第一所女学堂——“中国女学堂”（又称“经正女学”）便开始筹办并于1898年5月31日正式开学。虽然“中国女学堂”的主要创办人是经元善（1841~1903），但其舆论宣传主要是由梁启超策划和运作的，《倡设女学堂启》、《上海新设中国女学堂章程》均出自梁启超之手，因此梁氏对于“中国女学堂”的建立有着举足轻重的作用。

中国女学堂创办不久，1898年9月21日“戊戌政变”发生，1900年又因创办人经元善通电反对为废除光绪作准备的另立皇储之事而遭清廷通缉，被迫逃亡香港、澳门，办学经费失去支持，中国第一所女学堂也于1900年中秋之后停办了。

尽管“中国女学堂”被迫停办了，但它在中国广袤大地播下了女学的种子，诚如尔后经元善所说：“沪上初创女学，是下第一粒粟之萌芽，迩闻八闽两粤继

①以上所引，均见梁启超：《论女学》，《饮冰室合集·文集之一》，第1册，第37~44页。

起叠兴，是栽种一握稻子时代矣。”[①]此后虽有“戊戌政变”发生，女学遭遇保守势力的破坏，但“一粒粟种遍大千世界”之势已不可阻止，兴办女学的热潮也逐渐兴起。

在大兴女学的舆论导向下，有些开明士绅为破除陋俗、开启女智也在筹办女学堂，特别是清政府宣布实行新政后，朝野条陈请办女学者日渐增多。1902年（光绪二十八年）[②]时任上海地方官的开明士绅吴怀疚（吴馨）首先在上海创办了私立女学——务本女塾。这家位于上海西门生生里的女学，以“修明女教，开通风气”为办学宗旨，该女学颇受社会欢迎。同年冬又有上海爱国女学创建，创办者为著名学者蔡元培、蒋智由、林獬及其妹林宗素。这所女学表面上“以增进女子之智、德、体力，使有以副其爱国心为宗旨”，实则是含有“革命性质”[③]，该校培养了一大批的女革命志士，在尔后的资产阶级民主革命中发挥了重要的作用。成立于1904年6月的湖南第一女学堂，是由湖南后补知县龙绂瑞、留日归国学生俞蕃同创办的，在湖南开新风气之先。还有浙江嵊县的爱华女校（1905）、上海城东女学社（1903）、山东济南的山东女学堂（1904）、北京豫教女学堂（1905），这些女学堂大都是由地方上的开明士绅或地方官办的，创办者系男性，他们有一定的社会声望和号召力，这在女学发展初期，其功绩也是不可低估的。

与此同时，女子起来办学者也日渐增多。大约还在19世纪末，有一位常州太太就曾在苏州创办过一所女学[④]。20世纪初，随着大兴女学的舆论倡导和女性

---

①经元善：《在上海女学会第一次会议上的演说》，虞和平编：《经元善集》，华中师范大学出版社1988年版，第379页。

②有文章记载上海务本女塾创办于1898年，见俞庆棠：《三十五年来中国之女子教育》，载李又宁、张玉法编：《中国妇女史论文集》，台湾商务印书馆1988年版，第344页。

③蔡元培：《在爱国女学校之演说》，《蔡元培全集》第3卷，中华书局1984年版，第7页。

④褚季能在《第一次自办女学堂》中云：“而第一个国人自办的女学堂，就首先发现在苏州。那是一位常州太太办的。”转引自夏晓虹：《晚清女性与近代中国》，北京大学出版社2004年版，第30页。

自我意识的觉醒，一批女性精英更以主人的身份投入到创办女学的热潮中。1902年，广东的马励芸、杜清持（池）、张竹君在上海创办了广东私立公益女学；1903年陈撷芬于上海女学会中设立女学，招收女生；1904年，陈婉衍、童同雪在上海创办了宗孟女学堂，高白淑夫人在杭州创立公立女学堂，黄蘅女士筹办与主持了湖南第一女学堂，康爱德女士在南昌设立女学，惠兴女士在杭州创办贞文女校，后因经费短绌，惠兴女士更以身殉学；1905年，张竹君、李平书又在上海创办了女子中西医学院，山东栖霞的牟梅孙夫人在县城创立崔氏女学；1906年吕惠如女士在南京创办江南女子公学；1907年谢长远女士于苏州创办振华女学，杨玉如女士于无锡创办翼中女学。

虽然女学在1907年之前尚未进入清政府的教育系统，由于国人受到西学东渐和教会女学的影响，再加上全国各地开明士绅和知识精英为开启女智所做的努力，到1907年女学已遍布全国很多城镇。据清政府学部总务司编的《第一次教育统计图表》，当时全国除甘肃、新疆、吉林三个省尚没有女学外，其余21个省均有女学。[1]至1907年，全国共有女子学堂（主要是小学）428所（湖北省缺女学统计数字），女学生15 498人，而女子教育发达的江苏（包括江宁）省、四川省的女生总数分别为4 178人和2 246人。[2]辛亥革命前中国自办的女学堂详见本书附录四。

辛亥革命之后，南京临时政府更加重视女子教育，“壬子癸丑学制”的颁布，民国学制正式确立，它有力地推动了女子教育的发展，如首先在小学中废除了双轨教育制，实行男女同校；其次，女子高小以上，可以设立女子中学、女子师范及女子高等师范；第三，小学读经课程一律取消；第四，女子不另设课程标准，只就其各级学校需要增减其讲授课程。但所谓实行男女教育平等，在“五四”之前还未能做到。

①以上女学材料另见卢燕贞著：《中国近代女子教育史》，台北文史哲出版社1989年版，第30页。

②见杜学元著：《中国女子教育通史》，贵州教育出版社1995年版，第333页。

五四运动的爆发，这场由教育界所发起的思想启蒙运动，对破除旧礼教对妇女的种种束缚，对科学、民主、自由、平等思想的传播，对男女平等、女权意识的确立，都起了积极的推动作用；但仅就女子教育的发展而言，仍然落后于全民教育前进的步伐。据中华教育改进社1922~1923年的调查，在全国1 811个县中，无女子初等小学生者有423个县，无女子高等小学生者有1 161个县，[①]后者占全国总县的64%，也就是说，全国有大半数以上的县竟找不到一个在高小读书的女生。而中华教育改进社同年关于全国高等小学生数的调查是：男生546 308人，女生35 182人，男生是女生的16倍。[②]而全国读中学的女生只有3 249人，占中学生总数（103 385人）的3.14%，男性中学生数是女生的30倍，[③]至于大学和各类专科学校，女生的人数就更少得惊人了。这再次表明，至20世纪20年代初，女子教育还远远落后于全民教育的发展速度，真正的男女教育平等仍需女性先驱者的联袂争取和全国男女知识精英的共同努力。

五、女性传媒与女性团体

报刊，作为一种公共舆论空间的传媒，最早是由西方传入中国的。西方人创办的第一份近代化的中文报刊是由英国传教士马礼逊（Robert Morrison，1782~1834）和米怜（William Milne）于1815年8月5日在马六甲合办的中文期刊《察世俗每月统记传》（月刊），而传教士在中国境内创办的第一份中文期刊是《东西洋每月统记传》（1833年，广州）。鸦片战争后，传教士创办的中文报刊逐渐增多，重要的有《遐迩贯珍》（1853，月刊，香港）、《六合丛刊》（1857，月刊，上海）、《中外新报》（1858，半月刊，宁波）、《中外新闻七

①俞庆棠：《三十五年来中国之女子教育》，转引自李又宁、张玉法编：《中国妇女史论文集》，台湾商务印书馆1981年版，第350、351页。

②卢燕贞著：《中国近代女子教育史》第73页。

③卢燕贞著：《中国近代女子教育史》第82页。

日录》（1865，周刊，广州）、《中西闻见录》（1872，月刊，北京），而在传教士所办的报刊中，对传播西学和在中国知识界影响最大的是《万国公报》。《万国公报》的前身是《教会新报》，创刊于1868年9月5日，周报，由林乐知主编，1874年9月5日在《教会新报》出满300期时，更名为《万国公报》，仍系周刊。更名后的《万国公报》更加注意对西学的宣传，同时也加强了对中国事务、各国消息、时事述评、人物图像的内容，对当时的士大夫阶层，尤其是维新派知识精英影响很大。基于《万国公报》主编林乐知和其同伴们对男女平等、女权主义的确认，《万国公报》对19世纪末20世纪初的中国天足运动、兴办女学和倡导女权进行了广泛的、卓有成效的启蒙宣传，对正在进行中的中国女权运动给予有力的舆论支持。另一方面，在国人办的报刊中，像《清议报》、《新民丛报》、《知新报》、《湘报》、《时务报》、《民报》、《江苏》、《女子世界》、《中国女报》、《神州女报》（月刊，陈以益主编）等报刊，也均给予方兴未艾的女权运动以积极的支持。

随着知识女性步入历史舞台，中国也开始出现女记者、女编辑、女主编。康同薇是我国第一位女性新闻工作者。康同薇（1879~1974），字文僩，号微君，广东南海人，系康有为的长女。她不缠足，不穿耳，性聪慧，自幼受到良好的教育，并通日语和英语。她十五岁时据二十四史编纂《风俗制度考》，后助其父编《日本书目志》、《日本政变考》。1897年任澳门《知新报》翻译，后又成为该报的撰稿人，发表过《论中国之衰由于士气不振》、《女学利弊说》等文。1898年，她又在上海参与《女学报》的创刊，并为主笔之一。继康同薇之后，1898年5月11日，另一位女报人裘毓芳（1871~1902，字梅侣，江苏无锡人）协助其叔父裘廷梁创办《无锡白话报》，并以梅侣女士的笔名，在该报发表了大量的文章。她又倡导用白话写作，对当时和尔后的报刊（特别是女性报刊）采用白话都有积极的影响。裘梅侣还是中国第一所女学堂校刊《女学报》的主笔之一，并在该报发表了《论女学堂当与男学堂并重》[1]的文章。

与康同薇、裘毓芳前后相辉映的另一位女报人是陈撷芬。陈撷芬（1883~1923），是著名《苏报》馆主人陈范的长女，祖籍湖南衡山，生于江苏阳湖（今常州市）。她少年师从潘飞声学诗，文学颇有功底。后随其父陈范办《苏报》。陈撷芬1899年冬就创办过《女报》，半月刊，随《苏报》附送，大约只出了四期，因经费告绌而停刊。[2]1902年5月8日，她又续出《女报》第1期，共出9期（止于1902年12月30日）。翌年（1903年2月27日），《女报》改名《女学报》，在上海出版，并将报馆迁出《苏报》，成为完全独立的一份女报。刚出版了三期，"苏报案"发生，陈范匆忙带陈撷芬逃亡日本，又在日本东京出版了第4期后停刊。这份《女报·女学报》前后共出版17期，根据上海图书馆《中国近代期刊篇目汇录》的记载，1899年冬所出4期未见，现在存世的大约也只有1902年"续出的9期"和1903年改为《女学报》后出版的4期（前后共13期）了。

陈撷芬创办的这份《女报·女学报》的出版正值维新运动失败不久，第一所中国女学堂的校刊《女学报》停刊之后，此时中国妇女解放运动处于低潮期，陈撷芬不顾时局的重压，以个人之力，于1899年冬创办了《女报》，"以感发天下女子向学之心"、"劝导女学"为宗旨，在出版过程中，随着与读者的互动，目标更加明确，从专注于"女教女学"到"为海内唱平权之说"，再到"发国民之思想，伸女权之公理"[3]，说明陈撷芬毅然以"兴女学、复女权"为办报的主导思想。更可贵的是，她还提出要争取女权，女子必须要具有独立意识，即"不受男子之维持与干预"。陈撷芬说：所谓独立者，"脱压力，抗阻挠"尚在其次，重要的是在摆脱男子的"维持与干预"。只有跳出男子的范围，才能实现女性

①《女学报》第7期，1898年9月。

②陈撷芬：《续办〈女报〉事例》，见《时事采新汇选》第3卷，转引自夏晓虹：《晚清两份〈女学报〉的前生今世》，《现代中文学刊》（上海），2012年第1期。

③此处引文均见夏晓虹：《晚清两份〈女学报〉的前生今世》，《现代中文学刊》2012年第1期，第30页。在此向夏教授致谢。

的独立。这在当时不能不说是陈氏之卓见。如论《女学·女学报》之贡献，此其一。

其二，《女学·女学报》继承了裘毓芳重视白话的文学传统，陈撷芬在《女报·女学报》栏目的设计上，除“论说”外，她特别重视“演说”一栏，在《（续出）女报》第一期上，她特意发表了自己写的《白话演说的缘故》，文云：

> 我做这个《女报》，已经有了“论说”一门，又另外有《女子教育论》，又有“新闻”，又有各国各省女学的章程，为什么还要添这一门“白话演说”呢？因为论说、新闻、章程，都是书上的文理，有那些闺中同伴不愿意看的，还有那些小孩子，不会看的，所以添出这个白话演说，预备这不愿意看论说、新闻、章程的，和那些不会看论说、新闻、章程的，把只白话演说当做听戏，当做听说书，当做听讲闲话。一人传十，十人传百，无事时可以消消闲，瞌睡时可以消消瞌睡，又可以当做课本，教授那些女孩子。①

这说明陈撷芬已认识到白话在思想启蒙和普及教育上的积极作用。因为在当时文盲遍布的中国，尤其是在妇孺中，真正能看懂这“书（报）上的文理”的人并不多，陈撷芬为了扩大《女报》的读者面，“把只白话演说当做听戏，当做听说书，当做听讲闲话”，不识字的人也可晓得演说的内容。“又可以当做课本，教授那些女孩子。”由此可以看出陈撷芬倡导白话演说的良苦用心。后来许多妇女杂志大多设有“演说”一栏，未始不是受到陈撷芬《女报·女学报》的影响。②而陈撷芬的设想和近代白话文热潮这一文化语境的取向是一致的。

其三，陈撷芬的《女报》有《女苏报》之称，这固然与《女报》开始时随

---

①《白话演说的缘故》，《（续出）女报》第1期，1902年5月8日。

②陈撷芬的《女报·女学报》出版后，许多女性报刊均设有“演说”一栏，如《女子世界》（1904）、《中国女报》（1907）、《女铎报（上海·1912）》中有“演坛”专栏，《中国新女界杂志》（1907）、陈以益主编的《女报》（1911）中有“白话”专栏。北京的《北京女报》（1905，张筠芗主办）在《开办简章》中云：“本报之设，专用白话，以浅近文理，俾各等人皆可购阅”。《妇女日报》（上海·1911）亦设“妇女白话”专栏。

《苏报》发行有关，更重要的还在于陈撷芬激进的思想倾向。《苏报》聘请章士钊做主笔，又聘请上海爱国学社的蔡元培和吴稚晖为《苏报》写文章，据说都是出于陈撷芬的意愿，1903年之后《苏报》愈来愈倾向革命，当与陈撷芬的策划有一定的关系。陈撷芬从宣传女学和女权开始，进而把妇女解放和民族解放结合起来，这在1903年出版的《女学报》中已见端倪。就此而论，妇女报刊开始与民主革命相结合，当自陈撷芬的《女报·女学报》始，它开启了尔后妇女报刊与革命的联姻。辛亥革命前后出现的数十种妇女报刊多数都带有革命的色彩。

在辛亥前后出版的这70余种报刊中，其中系女性创办者大约占三分之一。著名的有秋瑾主办的《中国女报》（1907·上海）、燕斌主编的《中国新女界杂志》（1907·东京）、何震参与的《天义报》（1907·东京）、英淑仲主编的《中国妇女改良会会报》（1910·天津）、唐群英编辑的《留日女学会杂志》（1911·东京）、曾兰主编的《女界报》（1912·成都）、沈佩贞主编的《北京女学日报》（1912·北京）、张昭汉、杨季威、谈社英主编的《神州女报》（1912·上海）、唐群英、张汉英主办的《女权日报》（1913·长沙）、高剑华主编的《眉语》（1914·上海）。这些妇女报刊的主编、编辑大多是国内女学堂（包括教会女学）毕业的高才生或留学生，也有的系女权运动中的领军人物，她们属于近代第一代知识女性。她们具有一定的社会科学、自然科学知识，音体美的基本技能，有的还精通外语。她们的人生理想、女性意识、行为方式已和19世纪中后期的闺秀、才女有了很大的不同，她们大多以思想启蒙者和女权运动先驱者自居，通过报刊，这个公共舆论空间的载体进行思想宣传和启蒙教育。

这些女性报刊大体又可分为两类，一类是提倡女学、开启女智、重视女德、反对缠足、主张废除封建包办婚姻，但仍不敢触及封建的纲常伦理。如1905年张展云在北京创办的《北京女报》，1905年郭用逮、容巧倩在广州发行的《女镜报》，1911年在上海出版的《妇女日报》，1914年在成都出版的《妇女鉴》均属此类。第二类妇女报刊，除宣传女学、提倡女权和不缠足外，主要是批判封建礼教对妇女的束缚和奴役、摧残和迫害，破除男主外、女主内、“女子无才便是德”和“三从四德”等传统观念，号召妇女站起来自己解放自己，夺回被男权社会所剥夺的自由和权利，真正实现男女平等。另一方面，一些革命色彩较浓郁的妇女报刊，还号召妇女参加推翻清王朝的民主革命斗争，与男子一起共同完成光复祖国之大业，紧紧地把妇女解放与民族解放运动结合了起来，成为当时女性革命报刊的主旋律。秋瑾主编的《中国女报》创刊号署名“黄公”的《大魂篇》说：“吾之所祝于同胞姊妹者，为我女子辟大世界，为我祖国发大光明，为我女界编大历史，争已失之女权于四千年，造已死之国魂于万万世……还以助男子，共争主权于异族，不亦我女子之天职乎！尽我天职以效祖国。凡我女子志愿所及，即我女子权力所及。当仁不让，夫何吝于先着鞭！”[①]黄公主张男女要携起手来共同投入推翻清王朝的革命斗争，这一见解是十分正确的。秋瑾的弹词《精卫石》于此有更形象的描绘。秋瑾借瑶池王母说：

> 差遣尔等非为别，大家整顿旧江山。扫尽胡氛安社稷，由来男女要平权。人权天赋原无别，男女还须一例担。女的是生前未展胸中志，此去好各继前心世界间，务使光明新世界，休教那毒氛怨气再迷漫。男的是胡虏未灭遗恨在，今番好去报前冤。男和女同心协力方为美，四万万男女无分彼此焉。唤醒痴聋光睡国，和衷共济勿畏难。锦绣江山须整顿，休使那胡尘腥臊满中原。

辛亥革命时期，中国女子表现了极高的政治热情，先是女子从军热，后是参政热。武昌起义胜利后，20岁的武昌女学生曹道新率先“投军从戎”，得到湖北军政府大都督黎元洪的嘉许，接着19岁的汉阳女学生吴淑卿向黎元洪都督上“投军文”，表示“不畏男女之别”，“愿舍身而赴敌”，黎元洪授权她招募女子军，不数日女子军迅速组成。此后，江浙革命党人，为了发动上海起义，光复浙

---

①见《辛亥革命前十年间时论选集》第二卷下册，北京：生活·读书·新知三联书店1963年版，第843~844页。

江，进军南京，于是又组织了上海中华女国民军、上海女子国民军、上海女子北伐光复军、女子敢死队、浙江女子国民军，她们秉承铁血主义、军国民主义的信念，以及为民国流血的热诚，出生入死，英勇杀敌。南京女子张利侬的《女子北伐队缘起》云：

鄂军一怒，禹域皆归。胡运将终，袁某何济？唯是东南半壁，光复已成；须知西北一隅，沉沦可悯。枕戈待旦，健男儿既奏宏猷；市鞍从军，众姊妹宜申义愤。不见夫法兰西牧羊少女，力却英兵；吴宫中学战美人，气吞楚国。从可知奋身不顾，小娘子无让须眉；乘盾为荣，大国民休轻脂粉。于是倾奁倒箧，大集军资，扫穴犁庭，共除虏虐。乃看革命功成，克奏罗兰伟业；待到共和局定，聊慰秋瑾幽魂。斯诚吾汉族之光荣，岂第女同胞之幸福也哉。[①]

这篇传诵一时的《缘起》，慷慨悲壮，激情洋溢，充分体现了辛亥时期女革命志士的豪情壮怀。此外，有的女革命志士充当军事侦探，收集情报，还有的组织赤十字会，奔赴前线，冒着枪林弹雨，抢救伤病员。在推翻封建王朝、光复神州的革命斗争中，女革命党人做出了巨大的牺牲和贡献，于此，孙中山给予很高的评价："此次革命，女界亦与有功。"[②]又说："女界多才，其入同盟会奔走国事、百折不回者，已与各省志士媲美。至若勇往从戎，同仇北伐，或投身赤十字会，不辞艰险，或慷慨助饷，鼓吹舆论，振起国民精神，更彰彰在人耳目。"[③]孙中山的评价，女革命志士是当之无愧的。

辛亥革命后，原在战斗中浴血奋战的同壕战友，男女革命志士是应当不分性别享有同等权利的。一些具有女权意识的女士便提出了参政权的问题。

根据男女平等的原则，还女性以参政权，这本是天经地义的事，但却遭到男

①《民立报》1912年1月16日。

②《孙中山全集》第2卷，中华书局1986年版，第561页。

③中国第二历史档案馆编：《中华民国史档案资料汇编》（二），江苏人民出版社1981年版，第461页。

权主义者的反对。于是围绕女子参予政权问题，不仅成立了许多女子参政团体，而且还通过各种方式展开了激烈的论争。

女子要求参政权，在古代的女性文学想象中早就存在。清代的女学者、女诗人王贞仪在随父遣戍吉林时，就曾“学射于蒙古阿将军之夫人，发必中的，跨马如飞”，旨在实现将来报效祖国之大志，所谓“足行万里书万卷，常拟雄心似丈夫”[1]。但在现实社会中女子无法实现她们的报国热忱，于是便在文学想象中出现了女扮男装、进京赶考、状元高中、辅国安邦的女豪杰故事。《再生缘》中的孟丽君，《榴花梦》中的桂恒魁，都是通过自我奋斗，官居要津，或位极人臣，以达到她们安邦治国、拯救国家危亡的政治目的。实质上这也就是女子要求参政权的梦幻及其想象书写。

在我国政治思想史上最早明确提出妇女参政问题的是金天翮的《女界钟》（1903），当时还正值清王朝统治时期，中国还处在“国会不开，政党不立，选举不行，代议不出”的封建专制时代，此时“二百兆多数男子，方为政府之催眠歌，抑扬宛转，梦睡于恩科特科之中，狂吃大魇而不醒”，而这时谈论“女子参予政治”问题，确实为时尚早；但金氏受到西方政治思潮和女权运动的影响，明确而具体地提出了女子参政问题（详见本章第二节），联系八年后民国初建时出现的女子参政运动，不能不赞佩金天翮的这一卓识远见。

在20世纪初的女界，首先意识到女子参政问题的是林宗素。林宗素（1877~1944），福建闽县人，是一位品学皆优的知识女性。1902年，她曾赴上海参与创办爱国女学，并担任教员。1903年后，她先后两次赴日留学，参加过拒俄运动和实行共爱会，后又加入中国同盟会，系早期的女革命党人之一。与此同时，她在上海还参与过《中国白话报》、《俄事警闻》、《警钟日报》的编务工作，是当时非常活跃的女编辑、女记者。林宗素由于曾在日本留学，对欧美等国

①王贞仪：《题女中丈夫图》。

的女权思潮和参政运动有一定的了解，故较早萌生了女性参政意识。武昌起义初战告捷，作为中国社会党女党员的林宗素受到极大的鼓舞，她基于追求男女平权而产生的政治参与意识，逐渐强烈，并于1911年12月20日[①]，正式成立了“女子参政同志会”，林宗素任会长。该会“以普及女子之政治学识，养成女子之政治能力，期得国民完全参政权”为宗旨。[②]该会成立不久，南京临时政府成立，1912年1月5日，林宗素代表“女子参政同志会”全体会员，赴南京谒见临时大总统孙中山，汇报组织情况并呈上该会章程，要求给予女子参政权。蒙中山先生同意，并“面允国会成立女子有完全参政权”，此消息在报纸上公布后，女界为之欢欣鼓舞。孙中山基于他一贯主张男女平权而作出的“将来必予女子完全参政权”的承诺，引起了革命队伍中保守势力的男权主义者的不满和反对，说林宗素谒见总统系个人性质，不能代表女界，大总统所答复亦为“个人闲谈”等等，为此林宗素发表了《女子参政同志会会员林宗素宣言》，严加驳斥，以正视听。

女子参政权的要求是时代潮流的引导，也是女权运动发展的必然导向，诚如《林宗素宣言》中所说：“赖近世西学潮流灌注东亚，于是男女同胞中偶有高瞻远瞩之英，攘臂奋呼，欲为吾中华女界辟一新纪元。”20世纪是女性革命、女性解放的世纪，也是女权张扬的世纪。继林宗素成立的女子参政同志会之后，吴木兰在上海成立了女子同盟会，王昌国在长沙成立了女国民会，还有此前组建的女子后援会和女子尚武会。这些团体多是各自为政，缺乏统一的领导。在实际活动中，她们深感女性分散、力量的单薄与无助，于是1912年2月20日，女子参政同志会等五个组织决议联合起来，成立女子参政同盟会。其宗旨“在要求中央政府给还女子参政权”。此后女子参政同盟会便成为领导全国妇女争取参政权的总指挥部了。

---

①女子参政同志会成立时间说法不一，谈社英《中国妇女运动通史》谓系1911年11月12日成立（妇女共鸣社1936年版，第53页），今依刘巨才著：《中国近代妇女运动史》，中国妇女出版社1989年7月版，第356页。

②谈社英：《中国妇女运动通史》，妇女共鸣社1936年版，第52页。

1912年3月，南京临时参议院制定《临时约法》，唐群英、张汉英、张昭汉、王昌国等人上书孙中山大总统，求其将“女子与男子权利一律平等”一条，明文规定于《临时政府约法》之中。3月10日，待《中华民国临时约法》正式公布，对于妇女强烈要求的参政权一事却只字未提，也没有将女子与男子一律平等写入《临时约法》条文中。唐群英等人十分愤怒，于是有了众女士3月21日晨携带武器冲入参议院并与卫兵发生肢体冲突之事。但这些举动均无助于女子参政权问题的解决。

1912年4月1日，孙中山在南京正式辞去临时大总统之职，次日，民国临时参议院决议临时政府迁往北京。为了继续争取女子合法的参政权，唐群英等人排除障碍，联袂北上，并在北京成立了女子参政同盟会本部，联合北京的女子参政团体继续向临时政府上书，并要求参议院批准《女子选举法案》，但均遭否决。唐群英、王昌国等人从南京到北京，五次上书大总统和参议院，要求还妇女以参政权，均以失败告终。这说明在当时的历史条件下，在一个男权文化占统治地位的旧中国，实现女子参政还缺乏一定的思想基础和政治（法律）保障。

在争取女子参政权遭受挫折后，其领军人物唐群英、张汉英回到家乡长沙，成立了女子参政同盟会湖南支会，准备把湖南变成女子参政的活动基地。她们还创办《女权日报》，作为宣传女子参政和女权运动的喉舌。

民初的女子参政运动除广东省女界取得了一定的成绩外，全国其他省份的女子均未争取到参政权。但这次女子参政运动却培育了女子的参政意识，也教育了广大妇女，使她们认识到参政权的取得必须靠自己通过斗争来争取。同时也告诉人们：在封建专制和父权文化熏陶下成长起来的辛亥革命一代，他们是不甘心把参政权拱手分与长期被神权、君权、族权和夫权奴役下的妇女的。民初的这次女子参政运动虽然以失败告终，但它在中国女权运动史上仍具有重要的历史意义，这是毋庸置疑的。

女子争取参政权是一个艰苦而长期的斗争过程。一切男权主义者总是轻视、压制妇女，他们以种种理由为借口，反对给妇女以参政权，这是全世界范围内所遇到的一个共同性的问题，并非仅仅中国如此。

在法国大革命时期，著名的革命党人领袖米拉波就曾发表过主题为“妇女注定主内，不应该走出家庭”的演说[①]，为剥夺妇女走出家庭、参与社会政治的权利定下了基调。稍后，一些男权主义者总是千方百计地为妇女不宜参政寻找“理由”和“根据”。美国的男权主义者甚至用医学观点来为他们反对妇女有选举权作辩护。美国马萨诸塞州的立法者曾宣称：“如果给妇女选举权，你就得在每个县建立疯人院，在每座城镇建立离婚法庭。女人太神经质和歇斯底里，不能介入政治。”这说明反对妇女参政是在父权文化孕育下成长起来的一部分男权主义者共同的认识和主张。所以尽管妇女争取参政权的斗争早在法国大革命前后就开始了，但此后总是遇到各种各样的阻力和干扰。直到19世纪的60年代，欧洲的某些国家（如瑞典、芬兰和英国）的妇女才在地方议会中取得了参政权。至于妇女获得中央政府的参政权大约要到19世纪末或20世纪初（如新西兰、澳大利亚、芬兰、挪威、丹麦）。从世界妇女参政运动的历史来看，在中国知识女性积极争取参政权的1912~1913年间，除上面提到的欧洲少数几个国家外，当时主要资本主义国家的妇女都尚未获得完全的参政权。在这种历史背景下，民国初年，由中国少数知识女性所发动的这场争取参政权的运动以失败告终也就不难理解了。

---

①裔昭印等著：《西方妇女史》，商务印书馆2009年版，第317页。

第四章

20世纪第一个二十年（1900~1919）中国女性文学四大作家群体

20世纪是中国女性争取自身解放并取得彻底解放的世纪，同时也是她们在文学上显露才华并取得光辉成就的世纪。20世纪第一个二十年（1900~1919），就拉开了这一光辉的序幕，其突出表现就是诞生了中国女性文学四大作家群体：女性小说家群、女性翻译文学家群、女性政论文学家群和南社女性作家群。

一、概说

中国向称诗礼之邦，古代女性以文学著称于世者历代多有，但由于她们生活范围和社会阅历的局限，其创作主要集中在抒情文体方面（如诗、词、赋），而叙事文学相对较少。20世纪开始，中国女性文学创作跨入了一个新天地，这就是"20世纪第一个二十年中国女性文学四大作家群体"的出现。2007年5月应复旦大学邀请，笔者之一的郭延礼在演讲中首先提出了这一文学史概念。这四大作家群体，即女性小说家群、女性翻译文学家群、女性政论文学家群和南社女性作家群。它的出现是中国女性文学史上破天荒的文学现象，值得我们进行深入的研究。由于这一时段女性文学的主要载体是深藏在百年前发黄变脆的近代报刊中，学界少有人对此进行研究。但正如古希腊女诗人萨福（Sappho）所预言的：

> 我想将来总有一天
> 会有人记起我们……

（一）

中国古代女性没有写小说的，明清两代女作家很多，仅清代就有三千多人，她们虽大写诗词歌赋，面对明清小说创作十分繁荣的文化语境，却无人写小说①。这是一个十分值得人们深思的问题。

与中国封建等级制度相适应，古典文学的诸种文体的分类是有严格界限的。刘勰的《文心雕龙》所论述的文体很多，但他认为文学中最主要的文体是诗歌、词赋和富有文采的各体骈文散文。后来小说产生了，但文论家总是把小说视为“不本经传”、“背于儒术”、不登大雅之堂的东西。鲁迅先生就说过：“在中国，小说是向来不算文学的”②，是被封建统治阶级“向来看作邪宗的”③。又因小说多取材于民间，所谓“街谈巷语”之说，被上层文人视为“妖妄荧听”，有的更进而诋毁为“诲淫诲盗”。总之，在古代文学结构中，与传统的诗词文赋相比，小说被视为低级文类。开明的古代士大夫多能认同女性写诗词，因温柔敦厚的诗教与女教为近；但却不赞成女性写小说。比如，《再生缘》前十七卷的作者陈端生，其祖父陈句山是清代有点名气的文学家，他就主张女子可以写诗，但反对她们写弹词、小说之类。④这说明在父权文化占统治地位的封建社会中对女性

①这种文学现象与世界上其他国家的女性文学截然不同。上世纪初，英国著名的女作家兼评论家维吉尼亚·伍尔芙（Virginia woolf）说过，在18至19世纪的英国女性文学中，多数女作家喜欢写小说，女诗人则较少。

②鲁迅：《〈草鞋脚〉小引》，《鲁迅全集》第6卷，人民文学出版社1981年版，第20页。

③鲁迅：《徐懋庸作〈打杂集〉序》，《鲁迅全集》第6卷，第291页。

④陈句山：《才女说》，《紫竹山房文集》卷七，乾隆浙江陈氏刻本。父权文化轻视小说，尤其不认同女子阅读小说，即使在一部分近代知识女性精英中也有类此观点。康有为的长女康同薇在《女学利弊说》中就曾说过：“夫海内淑秀，知书识字者非无其人也，然其上者，则沉溺于词赋……其尤下者，且以小说弹词之事，陆沉于其间。”（载《知新报》第52册，1898年5月11日）也是把小说视为低级文类。稍后，中国早期的女报人陈撷芬，作为女界启蒙先驱也说过类似的话，她在《莫看小说》一文中说：“我们中国女人读书识字的很少，就有几个认得字的，就喜欢看小说”，如果“把这个看小说的功夫，看别样书或者看报，再不然做别样事，大小总有些益处”。这里寓意十分清楚：读书看报乃至做各种事情都比看“小说”好。陈撷芬甚至颇有劝导意味地说：“既然肯看我这个报的人，一定是不愿意看小说的。”（《女报》第3期，1902年7月，转引自夏晓虹：《晚清两份〈女学报〉的前生今世》，《现代中文学刊》2012年第1期）陈撷芬也是把小说视为“妖妄荧听”、“妇女不宜”的另类读物。福建才女陈槎仙虽自幼受过西学的影响，其母薛绍徽还是中国第一位西洋小说的女译者，但她对女性阅读也不赞成看小说，提醒识字的女性不可“分心溺志于稗官野史、盲词曲说”（《警告同志妇女文》，《女报》第4期，1902年8月）。这都说明时至20世纪初，在一部分知识女性精英中仍把小说目为“溺志”之“闲书”，视为有悖女教之低级文类。在这种文化语境中，女性连阅读小说都不允许，哪还能奢望女性创作小说呢？

的写作体裁是有限制的。这就是为什么直到近代前，女性诗集、词集数量可观，而独独未有女性小说问世，这个问题应当引起学界的思考。

世传清代女诗人、女学者汪端（1793~1839）曾写过小说《元明佚史》，但笔者至今仍怀疑这部小说是否写就或出版过。收罗可谓详尽的胡文楷的《历代妇女著作考》也未提及此书，由此亦可为笔者的怀疑提供一个佐证。[①]至此人们一定会问：为什么在封建社会没有出现女性创作的小说呢？这是一个十分值得探索的文学之谜。我们以为大体有如下几个原因。第一，女性生活天地的限制。封建时代的女子，尤其是上层社会的女性，主要生活天地是闺房以及与当地女友间的交往，生活范围相当狭窄。与这种生活相适应，抒发性灵、描写闺中友谊及爱情，以及随自然气候变化而感发的春恨秋愁、离情别绪，正是古典抒情诗词的最佳题材之一；而以广阔的社会生活为背景，以描写现实人生经历、感受为主要内容的小说，对于封建时代的女性来说则难以胜任。第二，受封建礼教的制约。在古代，女性话语权仅限闺内，故有“内言不出于阃（闺房）”之说，而写小说主要不是“自娱”，而是“娱人”、“教人”，是写给外人看的，这就犯了“内言不出”的“妇教”。第三，封建时代长期轻视小说的观念对女性的影响。小说自古被认为是“不登大雅之堂”的低级文类，它的内容或斥为“猥鄙荒诞”，或诬为“诲淫诲盗”，这些错误观念对生性“柔顺”、讲究“服从”的女性来说是一种极大的精神压力，故女性虽喜读小说却不敢写小说。

近代之后，随着社会的前进、文学观念的变化和西学东渐的影响，渐有女性

---

①《元明佚史》究为何种性质的著作，因世人未见原作文本，难有确论，故说法不一。较早提到此书的是谭正璧先生上世纪30年代出版的《中国女性的文学生活》和《中国女性文学史》，他在后来修订、改名为《中国女性文学史话》一书中说：汪端“因明太祖待青邱（即高启，元末明初著名诗人）暴酷，感吴王张士诚待士之贤，乃节录《明史》，搜采佚事，用评话体著成一书，即《元明佚史》，凡十八卷。此书曾否刊行，现已不可考。”（百花文艺出版社1984年版，第375页）谭氏是将《元明佚史》视为小说，但他并未见过原著。近又见台湾学者王力坚《清代才媛文学之文化考察》中说：“汪氏还深于史学，曾著《元明佚史》八十卷（？）”（台北文津出版社2006年版，第136页），王力坚将此书视为历史著作。何者为是，待考。

涉猎小说创作。近代第一个写小说的女性是满族词人顾太清（1799~1877），她晚年写了《红楼梦影》（1877年出版），署名云槎外史。我们知道，封建士大夫是不赞成女性写小说的，顾太清竟敢冒天下之大不韪，第一个带头写小说，这一破天荒的行为本身无异于"攻入男性堡垒的一次冒险"[①]，以致作者不敢署自己的名字[②]。但顾太清写《红楼梦影》确是历史事实，这有她自己写的诗和同时代的女文学家沈善宝（1804~1862）写的《序》为证。[③]

第一部女性书写的小说问世后，此后写小说的还有女作家陈义臣（1873~1890）（著有小说《谪仙楼》，文本未见），但仍是凤毛麟角。真正在中国文学史上出现一个女性小说家群是在20世纪第一个二十年。据初步考查，这个女性小说家群有60余人。其代表人物有王妙如、邵振华、黄翠凝、吕逸、幻影女士、黄静英、杨令茀、秀英女士、徐赋灵、曾兰、陈翠娜、高剑华等。这一作家群体所写的小说，有长篇，也有短篇，几乎全部发表在近代报刊上（长篇小说例外）。据不完全统计：有长篇17部，短篇200余篇，短篇小说集5种，[④]在中国文学史上出现了第一个女性小说家群。

这个女性小说家群还有一点值得注意的是，它已呈现了职业化的走向。诚然，在这60余人中，也有惊鸿一瞥的，但已有几位小说家发表的作品（包括长篇

---

①科拉·卡普兰：《〈奥罗拉·利〉与其他诗》，载玛丽·伊格尔顿编《女权主义文学理论》，湖南文艺出版社1989年版，第202页。

②日本杏雨书屋所藏顾太清的《天游阁集》，其《东海渔歌》卷四，《红楼梦影》署名"云槎外史"，即顾太清的笔名。

③顾太清在她的《哭湘佩三妹》其二云："红楼幻境原无据，偶耳拈毫续几回。长序一编承过誉，花笺频寄索书来。"自注云："余偶续《红楼梦》数回，名曰《红楼梦影》，湘佩为之序。不待脱稿即索看，尝责余性懒，戏谓曰：'姊年近七十，如不速成此书，恐不能成其功矣。'"（张璋编校：《顾太清奕绘诗词合集》，上海古籍出版社1998年版，第169页）

④薛海燕在《近代女性文学研究》中的统计，短篇小说约百余篇；上海南汇区教师进修学院沈燕女士统计，近代有女性长篇小说9部，短篇小说90余篇，短篇小说集两部（沈燕：《20世纪初（1900~1919）中国女性小说概述》，刘琦、杨萍主编：《中国近代文学研究》，吉林人民出版社2006年版，第97页）。关于女性短篇小说，我近年来又陆续有新的发现，当在200篇以上。

和短篇）都在10篇以上。据不完全统计，幻影女士发表小说18篇，吕逸发表小说18篇（包括长篇两部），刘韵琴发表小说15篇，毛秀英发表12篇，黄静英、高剑华发表小说均在10篇左右。

20世纪初这个女性小说家群的出现并不是偶然的。首先，它是清代女性文学空前繁荣的结果。清代女性文学较之前代更加繁荣，研究女性文学的著名专家胡文楷先生说："清代妇人之集，超轶前代，数逾三千。"[①]三千诗文集中虽然没有小说，但却有叙事文学性质的弹词，这对小说文体在女性文学中的出现无疑是有先导意义的。其次，近代社会的发展和文明的进步，特别是女权运动的发展，男女平等意识的普及，女性作家开始自觉地感悟到应当和男性作家一样使用小说文体。第三，20世纪初，小说界革命的召唤。为了推动小说界革命，以梁启超、夏曾佑、狄葆贤、陶祐曾为代表的文学家普遍地呼吁提高小说的社会地位和文学地位，把小说视为"文学之最上乘"，这种由过去视小说为"不本经传"、"背于儒术"的"街谈巷语"，提升为"小说为国民之魂"，是改良社会教科书的新观念，无疑对近代女性有着相当的影响。第四，随着西学东渐，翻译小说大量出现，与此同时，近代创作小说也呈现繁盛局面，这一切对女性小说家群的出现都有促进意义。以上四点，我们以为是20世纪第一个二十年中国女性小说家群体出现的社会文化背景和文学因素。

20世纪第一个二十年女性小说家群的出现具有重要的文学史意义。第一，它打破了中国文学史上无女性小说的纪录，开创了女性参与小说书写的新时代。第二，它为"五四"新文学女性小说家群的出现提供了文体样板，奠定了文学基础。这便是为什么"五四"刚过便有这么多的女性小说家脱颖而出，出现了像冰心、庐隐、白采、白薇、冯沅君、凌叔华这样一批优秀小说家。现在看来，答案已经十分清楚：正是20世纪初（1900~1919）第一代女性小说家群体的创作实

①胡文楷编著：《历代妇女著作考》，上海古籍出版社1985年版，第5页（自序）。

践，为“五四”时期的女性作家成功地登上小说文坛竖起了阶梯。这个问题的重要意义，至今少有人从学理上进行阐释。

关于这个群体的性别识别及其小说创作上的成就，将在下面提到。

（二）

随着西学东渐，近代开始译介外国小说，其翻译主体多为男性，但也有女性介入。中国最早的一位女翻译家当是法国儒勒·凡尔纳（Jules Verne，1828~1905）的科幻小说（时称科学小说）《八十日环游记》的首译者薛绍徽[1]。她是福建的一位女诗人，后来因为丈夫陈寿彭的关系，她开始喜欢外国小说，并与丈夫合译了中国第一部科幻小说《八十日环游记》。《八十日环游记》的翻译方式还是林译式，即由陈寿彭口译，薛绍徽笔述，这是近代文学翻译初期一种特殊的翻译方式。

这部翻译小说的出现，其意义是重大的，它开创了女性参与翻译文学活动的先河，刷新了中国翻译文学史上无女性介入的纪录。但薛绍徽在女界还属凤毛麟角，当时女性作翻译的人寥若晨星。

女性开始介入翻译文学，并形成一个女性翻译家群体，是在20世纪第一个二十年，这是中国文学史上一个破天荒的文学现象。

这个翻译家群体，人数不多，就今天所掌握的材料看大约有15至20人，其中留学生居多；有的虽无留学经历，但肯定受过新式教育，学过外语，有几位是教会学校毕业的。前者可以确指的有汤红绂、陈信芳[2]、薛琪瑛[3]、吴

①薛绍徽（1866~1911），字秀玉，又字男姒，福建侯官（今福州）人，嫁同乡陈寿彭，少有诗名，著有《黛韵楼诗集》，又与丈夫合译了《八十日环游记》、《双线记》等小说，编译了《外国列女传》7卷、《格致正规》10卷。

②陈信芳，湖南人，曾在日本读过书，她与黄翠凝合作自日文转译过西洋小说《地狱村》。关于她的身世，一说是《苏报》主人陈范的妾；一说是陈范的妹妹，待考。

③薛琪瑛，无锡人，薛福成的孙女，嫁安徽人朱氏，早寡，她是现代著名诗人朱湘的二嫂，于朱湘学习外文帮助和影响很大。她毕业于苏州景海女学英文高等专科，后留学法国，通英语、法语、拉丁语，译过英国王尔德的戏剧《意中人》（今译《理想丈夫》），又译过法国著名童话《杨柳风》（格莱亨著）等。

弱男[①]、张昭汉[②]、刘韵琴、沈性仁；后者可以确指的有黄翠凝、陈鸿璧、黄静英[③]、陈翠娜、杨季威、罗季芳、毛秀英等[④]。她们的译作，据我们初步统计，有长篇翻译小说20多部，以陈鸿璧译作最多，目前所知有8部，黄翠凝译有《牧羊少年》（上中下三册）和《地狱村》（与陈信芳合译），陈翠娜译有《薰莸录》（上下两册），汤红绂译有《旅顺勇士》，凤仙女史译有《美人手》（上中下三册）和《地中秘》，罗季芳译有《三玻璃眼》，杨季威译有《黄奴碧血录》，刘韵琴译有《乳姊妹》等；另有翻译短篇小说30余篇，翻译戏剧若干种等。

近代的戏剧翻译，虽然数量不多，但翻译质量较高，特别是“五四”前夕留学回国的三位女性薛琪瑛、吴弱男、沈性仁，她们翻译的外国戏剧，很有特色。首先，三位女译者选择的译入对象都是19世纪欧洲很有影响的优秀剧作家。她们分别选择了两位不同创作倾向和美学风格的作家，这三部剧作是英国戏剧家奥斯卡·王尔德的《意中人》（今译《理想的丈夫》，薛琪瑛译）和《遗扇记》（今译《温德米尔夫人的扇子》，沈性仁译）、挪威剧作家易卜生的《小爱友夫》（吴弱男译）。易卜生的戏剧以社会批判精神见称，具有强烈的社会现实意义，而王尔德则是英国戏剧唯美主义的代表作家，他的剧作构思巧妙，想象丰富，语言华美，颇为观众喜爱。两位作家虽然倾向和风格不同，但同样都是优秀的具有巨大影响的剧作家。其次，这三部剧作的译文均忠实于原著，应属于鲁迅先生所

---

①吴弱男（1886~1973），安徽庐江人，诗人吴保初的次女，章士钊的夫人。1905年先留学日本后又留学英国，日文、英文均好。她在《新青年》上发表译作易卜生的戏剧《小爱友夫》是在留英之前，可见她当时的英语程度已有相当的水平。此外她还译过日本押川春浪的小说《大魔窟》。

②张昭汉（1884~1965），字默君，湖南湘乡人。上海务本女学师范本科毕业，亦曾在上海汇文女学、圣约翰女子书院读书，英文很好，1918年赴美国哥伦比亚大学留学。在留学前，她曾翻译过英国沈威廉的小说《尸光记》（群益书局，1911），又和陈鸿璧合译过小说两种。

③黄静英，苏州人，嫁吴氏，系苏州宏志女学的教师，她大约是教会学校的毕业生，通英文、法文，在《小说月报》等刊物上发表短篇小说10多篇，有翻译，也有创作。

④以上数人翻译作品的详细情况，见郭延礼：《20世纪第一个二十年女性翻译家群体的脱颖》，《中华读书报》2002年5月8日。

倡导的直译，不仅剧中人物对话是逐字逐句的翻译，就连剧中每幕的布景，也都按原文对译，[①]未有丝毫马虎。第三，这三部剧作的译入语均是用白话，而且还是相当纯熟的白话，这在“五四”前夕的翻译文学中也是具有“报春花”的启示意义的。

（三）

在对1900~1919年的女性小说家群和女性翻译文学家群进行了描述之后，由于这两个群体成员的知名度很低，再加上女性长期遭受精神压抑和自卑所造成的从众心理，使她们不肯或不敢表露自己的身世，这便给研究者对这两个群体性别的识辨带来了很大的困难。而男权文化对研究主体的影响，使他们（或她们）在潜意识中又自觉或不自觉地存在着对女性才华的怀疑和忽视，这又在一定程度上给识别、考定作者的性别造成了混乱。这就是为什么中国一位很有成就的女翻译家陈鸿璧，竟被日本研究中国翻译文学的资深专家中村忠行先生说成是像周作人早期发表翻译文学作品时化名为“碧罗女士”一样，只不过是一位男性的“假借”[②]。事实证明，这个判断是完全错误的。但我们必须承认：女性小说家群和女性翻译文学家群这两大群体成员的性别识辨确实是女性文学研究中的一大难点。这里让我们先从陈鸿璧的性别识辨谈起。

陈鸿璧是近代翻译文学史上一位很有成就的女翻译家。她是当时《小说林》杂志主要的译者之一。如所周知，《小说林》是近代四大文学期刊之一，是一家高品位的杂志，在《小说林》创刊号上同时刊发了陈鸿璧的三种译作：即英国佳汉的科幻小说《电冠》，法国加宝尔奥（Emile Gaboriau，1832~1872）的侦探小说《第一百十三案》和佚名的历史小说《苏格兰独立记》，这是其一；其二，《小说林》共出版12期，每期都有陈鸿璧的翻译作品，连载以上三部长篇译作；其三，《小说林》又用8期的篇幅刊载她以《印雪簃簏屑》为总题的有关外国风

①详见郭延礼《中国近代翻译文学概论》（修订本），湖北教育出版社2003年版，第154~155页。

②〔日本〕中村忠行：《清末侦探小说史稿》，《清末小说研究》（日本）总第4号，1980年12月1日出版，第14页。

土民情的逸闻奇事（编译）；其四，在《小说林》杂志创刊前，上海的小说林社1906年还出版了她翻译的英国维多夫人著的短篇侦探小说集《印雪簃译丛》（共五篇）[①]；其五，因《小说林》停刊，陈鸿璧所译的两部长篇小说《苏格兰独立记》和《第一百十三案》未能刊完，前者由小说林社出版了单行本，后者1910年（庚戌年十月）由广智书局出版；其六，除以上译著外，陈鸿璧还译过美国葛德耳的《薛蕙霞》（1911年广智书局刊），并与张默君（即张昭汉）合译了美国白乃杰的《盗面》（1911年由广智书局、群益书局、千顷堂三家出版社同时推出）和英国查克的《斐乃杰奇案之一》（1911年广智书局出版）；其七，陈鸿璧所译作品质量较高，不仅文字通畅、优美，比较忠实于原著，而且更值得关注的是她的译文重视环境描写和心理描写。根据如上七点，人们一定会惊叹陈鸿璧的确是一位有成就的女翻译家。

由于国内学界对近代翻译文学研究的薄弱，这样一位女翻译家长期被人们所遗忘，更令人感到难堪的是：日本的一位资深学者中村忠行竟然说陈鸿璧是一位男性的“假借”。根据何在，未予说明。我测想中村氏认为：近代中国名不见史传的一个小女子，绝对不可能在文学翻译上有如此大的成绩，肯定是一位男性译者的化名。

十年前，本书著者之一的郭延礼首先对中村忠行的这一看法提出批评。文章发表在1998年6月17日的《中华读书报》上，其考辨的时间却经历了两年。笔者断断续续地找到了若干陈鸿璧系女性的资料，并终于在发黄变脆的近代报刊《妇女时报》第5期（1912年1月23日出版）上发现了陈鸿璧女士的照片，题为“苏州《大汉报》主笔陈鸿璧女士”，又在王蕴章编辑的《妇女杂志》第2卷第2号（1916年2月）上发现了另一幅国画，题“上海神州女学校校长陈鸿璧女士的

①丁未正月初十（1907年2月22日）的《时报》“广告”云：“宏文馆小说林新年初版《印雪簃译丛》，英国维多夫人著，陈鸿璧女士译。侦探小说短篇最难，因非失之简略，即失之粗浅，易令读者生厌。是书共五案，无案不离奇详尽，令人击节不置。定价二角。”

画”。陈鸿璧是一位女性，并非男性“假借”，总算可以下结论了吧（考辨经过从略）[①]！

由陈鸿璧这一个案，不难看出对以上这两大女性作家群体的性别识辨存在着多么大的困难。

性别识辨的困难是客观存在，我们不能回避。现在的问题是如何识别这两大群体成员的性别？

我们的认定方式大体有两种：一是凡署名“某某女士”而又能识别其非男性“假借”者；二是署名虽不带“女士”二字但可判定其确为女性者。

关于第一种情况，这是需要十分谨慎的。原因是20世纪初的文坛上有一种怪现象：男性作家发表著译作品时，故意署“某某女士”的名字。前面提到的周作人已是典型的一例。此外，日本留学生罗普（字孝高，号披发生，广东顺德人），他发表小说《东欧女豪杰》时署名羽衣女士，于此连研究近代文学的著名专家阿英都未识破其假象[②]。再如早年留日的张肇桐（字叶侯，号轶欧，江苏无锡人）写《自由结婚》时，曾署名震旦女士。香港《有所谓报》的主编陈树人（1883~1948，广东番禺人）发表文章署名美魂女士。近代小说家顾明道（1897~1944）发表小说时署名梅倩女士。南社诗人柳亚子在《女子世界》发表文章，署“松江女子潘小璜”等等。这说明冠“某某女士”者并不一定是女性，这便需要下一番识别功夫，即必须排除其男性“假借”的可能。然后才可定为女性小说家、女性翻译家。如上面所提到的这两个群体中的黄翠凝女士、黄静英女士、汤红绂女士、陈翠娜女士、吕韵清女士、朱怀珠女士、杨季威女士、杨令茀女士、徐赋灵女士等等，经考辨，均非男性“假借”（其排除“假借”的根据，从略），可以定为女性作家。

---

①详见郭延礼《陈鸿璧，一位被遗忘的近代女翻译家》，《中华读书报》1998年6月17日。

②阿英在《小说二谈·小说人物考略羽衣女士》中曾认为羽衣女士即广东人张竹君女士的笔名。详见《小说闲谈四种》，上海古籍出版社1985年版，第111~115页。

关于第二种情况，署名时虽未后缀“女士”二字，但确能断定其为女性。这需要通过考察其生平身世来断定其性别。如上面提到的陈鸿璧系画家陈抱一的姐姐，黄翠凝是近代小说家张毅汉（1895~1950，原名张其切，广东新会人）的母亲，林德育是文学史家林传甲的女儿，薛琪瑛是近代维新派思想家薛福成的孙女，吴弱男是章士钊的夫人，张昭汉是邵元冲的夫人，曾兰是吴虞的夫人，徐文系是冯升的女甥等。

依据以上两种性别认定方式，虽不敢说十分准确，但大体不致使男性混入，这是其成功的一面；但这两种认定方式也有一定的负面影响，那就是淘汰掉了许多女性作家。由于这两个文学群体的女性多是新式女学堂的女教师、女学生，也有一定数量的女留学生。一般说，知名度很低，绝大多数名不见史传，她们发表作品时的署名倘不标明“女士”，我们就不敢判定其为女性。仅我们在查阅部分近代报刊时，就发现有近百位署名女性色彩极浓的作者、译者，[1]但因未后缀“女士”二字，在选择女性小说和翻译文本时，便只能搁置。此外，也有另一种情况，某些女性作者在发表作品时故意署男性化的名字，让人难以识别。这在世界女性文学史上也有先例。英国著名小说《呼啸山庄》最初发表时即署了一个男性的名字。[2]以上两种情况，均使她们无法进入20世纪第一个二十年女性文学的领域。这是十分遗憾的事。

（四）

中国古代女性文学的文体主要是诗词，据胡适对明末、清代和民初三百年间女性作家创作的统计，“在近三千种女子作品之中，至少有百分之九十九是诗

①举例如：清芬、琼泣、碧霞、沁香阁、雪梅、雪莲、慧君、蕙芬、蕙如、蕙英、慧子、漱玉、漱英、漱馨、陈莲痕、陈梅君、陈梅卿、董哲香、董香岩、胡碧痕、胡嫣红、华琴珊等。

②英国女作家艾米莉·勃朗特在出版《呼啸山庄》时即署了一个男性的名字柯勒·贝尔。按：勃朗特姊妹（夏洛蒂、艾米莉和安妮）在最初发表小说时均署一男性名字：柯勒·贝尔。当她们的父亲问女儿为什么用这样古怪的名字时。她们回答道：“因为人们愚蠢，……谁也不相信女人能写出好书，所以我们就用男人的名字代替。”见［英］蒂姆·维克瑞著、李颂译：《勃朗特一家的故事》，外语教学与研究出版社、牛津大学出版社1998年版，第67页。

词”[①]。胡适的话有些言过其实，因为他的统计主要是在区分文学作品与学术著作。他在这三千种作品中，列举出属于算学、医学、史学、经学和音韵学的著作只有25种（还不到三千种的百分之一）。但需知，除了这25种学术著作外，还有些是属于“文”的范围。古代就有《妇人文章录》、《宫闺文史》、《名媛文纬》之类的女性文学总集。20世纪40年代王秀琴女士编有《历代名媛文苑简编》两卷，下卷即选有清代及民初著名女作家的文107篇，可见清代女性作家的创作中也是包含文的。不过在“文”中，记叙文、抒情文（我认为赋也是抒情文的一种）居多，而论说文则较少，这与古代女性的社会地位、生活视野和知识结构有关，暂可勿论。

近代后期，特别是20世纪初（如溯其源，大约在19世纪末），在女性文学中，出现了大量的政论文并涌现了一个女性政论文学家群体，这点则是戊戌维新时期之前所未有的文学现象。

1. 女性政论诞生的文化背景

19~20世纪之交，中国女权运动进展很快，特别是1903年之后，随着西方女权主义的介绍[②]和中国《女界钟》的敲响，中国女权运动进入了一个新阶段。与此前最大的不同是，这时期女权运动的主力已由戊戌变法时期的男性先觉者转换为中国第一代知识女性。为了推动女权运动的发展，女性知识精英们需要向男权社会挑战，批判男权文化中男尊女卑的传统观念，她们也需要唤醒二万万同胞姐妹，向她们宣传男女平等、提高女权的各种主张，诸如提倡天足、兴办女学、批判盲婚、批判贤母良妻、做女国民、从戎报国、争取参政权等等。她们意识到，为达此目的需要一种新的传媒，于是一批女性知识精英如陈撷芬、裘梅侣、燕

①胡适：《三百年中的女作家——〈清闺秀艺文略〉序》，黄保定等选编：《胡适书评序跋集》，岳麓书社1987年版，第229页。

②马君武是中国第一位有意识的翻译、介绍女权主义理论的学者，他译有斯宾塞尔的《女权篇》（1902年10月译）、约翰·穆勒的《自由原理》（1903年1月），又在《弥勒约翰之学说》（1903年4月）中摘要译介了穆勒的《女人压制论》，在这篇文章中还介绍了第二国际和德国社会民主党人有关妇女解放的主张。

斌、刘青霞、秋瑾、何震、唐群英、曾兰等开始办报，女性报刊应运而生。据不完全统计，仅1902~1912十年间就出现了女性报刊30余种。[①]

以宣传妇女解放为宗旨的女性报刊一出现，稿件问题就成为当务之急。报刊中不可或缺的社说、时评、论说、演说、谈丛等栏目所需要的文章又大多属于政论。因此政论便成为女性报刊最受欢迎的文体。借助现代传媒，女性政论很快流播到全国四面八方。其数量之多，传播之广，影响之大，是中国女性文学史上前所未有的现象。

2. 女性政论文学家群体的形成

20世纪第一个二十年女性政论文学家群体的成员是受过新式教育的第一代知识女性，但她们又不同于一般刚从新式学堂毕业或刚刚留学归国的女学生。这个群体中的主力都有较丰富的生活阅历和从事女权运动的工作实践。

中国女性政论文学家群由三部分人组成，其主力是前两部分：一是女权运动的领军人物和骨干，二是女性报刊的女主编、女主笔和女编辑、女记者；第三部分是一些尚在学校读书的女学生，后者是女性政论文学家群体的后备军。20世纪初中国女性政论文作家群是一个比女性小说家群和女性翻译文学家群都要庞大的创作群体。它的作者当在百人左右，成绩较突出者也有二三十人。她们（主要指前两部分成员）的知名度较上面提到的女性小说家群和女性翻译文学家群都要高。因为女性政论文作家群的主体，或是女权运动中的领军人物，或是新闻界女名人，其社会知名度自然较写小说或搞翻译的一般女学生或普通知识女性要高得多。正因为如此，对这个群体中有代表性作家的生平我们都有一定的了解。因此该群体成员的性别较容易识辨，这是与前两个作家群体不同的地方。

前面说过，女性政论文学家群体的主体是受过新式教育的第一代知识女性，

---

①影响较大者有《女学报》（1902）、《女子世界》（1904）、《中国新女界杂志》（1906）、《中国女报》（1907）、《神州女报》（1907）、《天义报》（1907）、《妇女时报》（1910）、《留日女学会杂志》（1911）、《女界报》（1912）等。

她们中有相当一部分人出国留过学，[①]故知识结构比较全面，她们既有较好的人文科学和社会科学知识，也具有一定的自然科学知识。她们多数思想新潮，有的还比较激进，思维敏捷，有较强的社会活动能力，其中有些作者还是同盟会、光复会的会员、妇女团体的领袖、新式女学的校长和创办人。这批女性政论家多数出身于书香门第，她们幼年接受过较好的家庭教育，具有一定的古典文学素养，其中不少人能写旧体诗词，再加上新式教育和西学的熏陶，她们见多识广，知识面宽，思想先进，又有革命工作和社会实践锻炼，这批政论作家既能滔滔雄辩，又具生花妙笔，她们在女权运动和民族解放运动中所写的政论文，包括社说、时评、论说、演说词、宣言书、请愿书、公启，通过现代传媒（报刊）传播到全国各地乃至海外，产生过巨大的宣传效应和积极影响。女性政论文的出现，满足了报刊对女权宣传的需求；报刊大量刊登女性政论，又促进了女性政论文的发展和成熟。这种双向依存互动，便形成了20世纪第一个二十年女性政论文创作的繁荣局面。

3. 女界“新文体”的诞生

20世纪初，梁启超提出了“文界革命”的口号，目的在倡导一种关注社会、关注人生并能为开启民智服务的文风。梁氏提倡“文界革命”的动因是受到日本明治维新时期的大文豪德富苏峰的影响。德富苏峰文章的好处，是“雄放隽快，善以欧西文思入日本文，实为文界别开一生面者”，梁氏由此感悟到“中国若有文界革命，当亦不可不起点于是也”[②]。文界革命的要点有二：一是“输入欧西文思”；二是改革文体。于是在20世纪初的散文界形成了一个文体改革的热潮，其代表性的成就是以梁启超为代表的流行于文坛的新文体。

梁氏“文界革命”这股春风也吹进20世纪初的女性文坛。在女性文学中，出

①这个群体的留学生比较多，其主体作者多有留学经历，如秋瑾、唐群英、张汉英、张昭汉（默君）、陈撷芬、林宗素、燕斌、吴弱男、胡彬夏、吕碧城、刘青霞、刘韵琴、何震等。

②梁启超：《夏威夷游记》，《饮冰室合集》第7册，北京：中华书局1989年影印本，“专集之二十二”，第191页。

现了新体散文，以体裁分既有政论文，也有记述文、传记、游记。从目前掌握的资料看，就数量和影响而论，以政论文的成就最高。

20世纪之后，随着女性教育的发展和女性报刊的出现，[①]在辛亥革命前后十余年中，女性政论得到了长足的发展，出现了许多政论文作家，其中的佼佼者有秋瑾（1877~1907）、陈撷芬（1883~1923）、林宗素（1877~1944）、燕斌（1870~？）、胡彬夏（1888~1931）、何震（1883~？）、吕碧城（1883~1943）、杨季威、张昭汉（1884~1965）、吴弱男（1886~1973）等。

前已提到，20世纪初的女性政论是伴随着近代女权运动和女性报刊的出现而登上文坛的。这便决定了女性政论最主要的两大特点：时代性和普适性。所谓时代性，主要指政论文的内容是服务于当时的女权运动和资产阶级民主革命的宣传需要，具有鲜明的民主主义、民族主义内容，犀利的批判精神和强烈的战斗色彩。所谓普适性，主要指女性政论为适应现代传媒的需要在形式上所产生的一些特点。以上两点将放在本章第四节论述。

（五）

南社是20世纪初成立的一个革命的文学团体，是伴随着近代资产阶级民主革命运动的蓬勃发展而成长壮大起来的。南社作为一个群体，它非常关注与支持近代的女权运动，这在南社三位发起人及其骨干成员中表现得十分突出。马君武是中国第一个西方女权理论的译介者，连《女界钟》的作者金一都受到他的影响；柳亚子更是支持女权运动最坚决的代表人物，他写有多种张扬女权的作品；陈去病、高旭、高燮、高增也是女权运动的支持者。因此，南社对于女性文学创作始终是支持和鼓励的，并热情地接纳她们参加南社。

据柳亚子《南社纪略》统计，南社有女社员68人。在这批女作家中有翻译

---

① 女性政论不仅发表在女性刊物上，当时的普通报刊也登载女性政论，如留学生刊物《江苏》第3、4、5、6期，以“女学论文”或“女学论丛”为总标题，连续发表了十三篇女性政论，文章的作者大多是留日女学生，其中有些人后来成为女性政论作家群中的骨干，如胡彬夏、林宗素等。

家（张昭汉）、小说家（曾兰）、政论文学家（唐群英），但主要是诗人和词人，亦可称南社女性诗人群。其创作成就较大者有徐自华、徐蕴华、吕碧城、张昭汉、唐群英，这几位均与秋瑾有一定的关系。此外，张汉英、曾兰，湖南的陈氏三姊妹（陈家英、家杰、家庆），四川的张光蕙、光萱姊妹，广东梅县的吴其英，江苏松江的顾保瑢、金山的王灿，也都是其中的佼佼者。

南社的女性多数是时代的精英，她们或是资产阶级民主革命战士，或是女权运动的领军人物，同时又是驰骋女性文坛的诗人/词人，如张昭汉、唐群英、张汉英、徐自华、徐蕴华、吕碧城、陈家庆等人。因此，在这批革命女杰的诗篇中，战斗的呼唤和革命壮志的抒发，仍是重要的主题。

辛亥革命后，胜利果实为袁世凯窃夺，资产阶级民主革命运动处于低潮，此时的张昭汉（1883~1965，字默君），报国献身的壮志仍不减当年，她有七律《秋夜有感》，其腹联云："花魂惨澹香弥永，剑影依稀血未干。"下注："是夕梦仗剑诛某民贼"。梦中仍不忘为民除害，其革命精神穿越纸背。她另有"茫茫家国恨，拼作醉吟诗"（《南社雅集徐园席间偶作》）的感叹。默君志高气盛，才华横溢，喜作长篇古诗。七古《自题美人倚马看剑图》、《癸丑暮秋偕璧子漫游长江，歌以纪事》、五古《甲寅春西湖小麦岭弔吴子一粟墓》，均洋洋千言，雄丽健迈，中有豪气，代表了南社女性诗风中豪放雄丽的一面。类此风格者，尚有唐群英、张汉英等人。

南社中的女性，作为先觉者，她们从改变自身命运和建构民族国家的需要出发，张扬女权，提倡男女平等、主张女性独立与解放，成为南社女性诗词中响遏行云的最强音。"谁起平权倡独立，普天尺蠖待同伸。"（吕碧城：《书怀》）"纤手江山扶得住，胭脂宝马任驱驰。"（王灿：《读〈妇女时报〉有感率成四章》）"从此奋精神，复我天赋权。"（张昭汉：《闻粤东某女士创办女报，命名〈女镜〉，喜而有作》）"试问头颅抛几许，可能换得自由花。"（张汉英：《哀江南八首》）从诗中不难看出20世纪初女性的觉醒和革命的豪情。

秋瑾1907年殉国，此时南社尚未成立，但南社的成立与秋瑾有一定的关系①。故秋瑾牺牲后，南社三巨头柳亚子、陈去病、高旭以及许多南社人均有诗悼念这位杰出的女革命家和女英雄。在南社女诗人中，悼念秋瑾，表彰女杰，继承其革命遗志成为她们重要的书写主题。这之中以徐自华、徐小淑姊妹写诗最多。自华为秋瑾莫逆，小淑乃是秋瑾的学生。对于秋瑾的牺牲，她们都是异常悲痛与愤怒的。徐自华写了《鉴湖女侠秋君墓表》、《祭秋女士文》、《挽秋女士》、《满江红·悼秋竞雄》等诗文介绍了秋瑾光辉的一生，对其丰貌英姿，豪侠的性格，娴于辞令、滔滔雄辩的才能，以及由此而形成的光彩四射、悲壮感人的英雄形象，作了十分生动的描写。自华又有诗赞秋瑾云："每疑仙子隔云端，何幸相逢握手欢。其志须眉咸莫及，此才巾帼见尤难。扶持祖国征同爱，遍历东瀛壮大观。多少蛾眉雌伏久，仗君收复自由权。"（《赠秋璇卿女士》二章之一）对于秋瑾的推许溢满词间。秋瑾牺牲后，徐自华异常悲痛，她有《哭鉴湖女侠》十二章，其第三章云：

慷慨雄谈意气高，拼流热血为同胞。忽遭谗谤无天日，竟作牺牲斩市曹。羞杀衣冠成败类，请看巾帼有英豪。冤魂岂肯甘心灭？飞入钱塘化怒涛。

这首诗赞扬了秋瑾"拼流热血为同胞"的革命精神，这一点颇有见地。因为秋瑾的牺牲不是为一家一姓之兴亡，也不是尽忠于某封建王朝，而是为了民族的解放和广大民众而献身，诚如明夷女史在《敬告女界同胞》中所云，在中国女

---

①1907年秋瑾牺牲后，为了悼念这位近代杰出的女革命家和女诗人，陈去病即准备在上海开追悼会，但为人所阻，追悼会未开成。陈去病改变计划，联络刘三、吴梅等人发起组织神交社，柳亚子、高旭对此均表支持，柳亚子在《南社纪略》中说：神交社"隐然是南社的楔子"，这样，神交社便成了南社的前身。同年冬，陈去病、高旭、柳亚子（即通常所说的南社的三位发起人）即在上海邀集东南文人准备成立南社，因陈去病在杭州举行秋瑾殉国一周年追悼会，被清政府追捕逃往汕头，南社未能成立，直至1909年11月3日，陈去病、柳亚子才在苏州虎丘召开南社第一次集会，也就是成立大会。故学术界认为神交社为南社之前身。

界，“间有一二如梁红玉、秦良玉者，千百年不得其选。然皆为一姓之兴亡，而非为人民谋公益。至于以国民之权利，民族之思想，牺牲其性命而为民流血者，求之吾中国四千年之女界，秋瑾殆为第一人焉”[①]。这正是秋瑾作为一位激进的资产阶级民主主义革命家区别于封建时代女英雄之所在和她的伟大之处。因此，南社女诗人悼念秋瑾的诗篇对其殉国的意义评价很高：“英雄儿女皆千古，毕竟秋坟照汗青。”“添个鉴湖秋侠墓，游人凭吊照夕阳。”[②]通过对先烈的悼念，使我们看到诗人革命的信念。徐蕴华写有《吊璇卿先生》七律二首。其二云：“历史千秋有伟名，果然虽死胜犹生。浊流纵处身仍洁，党祸横加气莫平。大抵英雄皆热性，断无家国不关情。他年铜像为师铸，含笑重泉事竟成。”对秋瑾表达了崇高的敬意。以秋瑾对中国革命和女权运动的巨大贡献，她的像是应当用黄金浇铸的。小淑还有词《金缕曲》，其下阕云：“残山剩水悲家国，最伤心、秋风秋雨，西泠埋骨。风雪山阴劳往返，今日只留残碣。叹一载，空喷热血。”词写徐自华，也是对其先师秋瑾沉痛的哀悼。

南社女性诗词在近代女性文学史上占有重要的地位。作为一个文学群体进行总体论述，还有很大的阐释空间，见本章第五节。

（六）

20世纪第一个二十年中国女性文学史上出现了女性小说家群、女性翻译文学家群、女性政论文学家群和南社女性作家群，这四大女性作家群体的出现也许会让人们感到惊奇，但它出现在中国女性高扬“独立、自由、平等三色之徽帜”、热烈欢呼“中国女权之万岁”（《女界钟》语）的20世纪初并不是偶然的。它是伴随着中国女权运动兴起和女性教育发展的必然产物，是在近代诗界革命、文

①见湘灵子编：《越恨》，1909年上海女报社刊。

②《戊申正月二十四日葬璿卿于西泠视窆既讫感而有作次巢南子原韵》四章，郭延礼辑校：《徐自华集》，北京：中华书局1990年版，第123页。

界革命和小说界革命的召唤下女性文学才华一次光辉的展现，也是中国近代女性文学转型中文学平民化、通俗化、多元化走向的一次集中地显示。这四大女性作家群体的出现具有划时代的意义。它不仅刷新了中国女性文学史上无小说、无翻译文学、无新体政论的纪录，打破了男性在某些文体上的垄断地位，从而显示了女性作家多方面的文学才华和创造力，开创了中国女性文学的新纪元，而且也直接催发并迎来了“五四”之后女性文学百花似锦的春天。但有一点我们不能忘记，女性四大文学作家群体的出现以及女性文学的繁荣，是与中国近代社会的进步、性别伦理观念（如“男尊女卑”、“女子无才便是德”）的改变，以及各类女学（包括女子出国留学）突飞的发展是分不开的。正是西学东渐、近代社会文明、进步、变革的土壤为20世纪第一个二十年的女性文学的崛起奠定了坚实的基础。

二、20世纪初中国女性小说家群体论

中国向称诗礼之邦，女性善吟咏者历代多有，在中国文学宝藏中，女性文学遗产十分丰富，但受诸多条件的制约，女性文学多是抒情性的诗词歌赋，而叙事性的小说，在具有两千年女性文学传统的中国古代却不曾出现。有之，自近代始；而形成一个女性小说家群体，则是在20世纪第一个二十年。

（一）

相传清代著名的女诗人、女学者汪端（1793~1839）曾写过小说《元明佚史》，于此我存两大疑点：一是我怀疑此书是否写就或出版过，收罗相当完备的胡文楷先生的《历代妇女著作考》也未提及此书，由此也可作为我怀疑的一个佐证。二是《元明佚史》既无文本存在，仅据某些只言片语的记载能否证明它就是一部小说[①]，尚值得商榷。

---

① 台湾学者王力坚说：“汪氏（汪端）还深于史学，曾著《元明佚史》八十卷（？）”，他将此书视为历史著作。见《清代才媛文学之文化考察》，台北文津出版社2006年版，第136页。

有文本可据的中国第一部女性小说的作者是著名的满族女词人顾太清（1799~1877），她晚年写了中国第一部女性小说《红楼梦影》（1877年出版），署名云槎外史。[①]我们知道，封建士大夫是不赞成女性写小说的，顾太清竟敢冒天下之大不韪，第一个带头写小说，这一颠覆性的行为本身无异于“攻入男性堡垒的一次冒险”[②]，以致作者都不敢署自己的真名。

中国第一部女性小说问世后，此后写小说的还有女作家陈义臣（1873~1890），著有小说《谪仙楼》，但文本存佚不可知。真正在中国文学史上出现一个女性小说家群则是在20世纪第一个二十年。据初步考查，这个女性小说家群有60余人。其代表作家有王妙如[③]、邵振华[④]、黄翠凝[⑤]、吕逸[⑥]、幻影女士[⑦]、

①《红楼梦影》于光绪丁丑（1877）年由“京都隆福寺路南聚珍堂书坊发兑”，署“云槎外史”初编，而原书每回前又题“西湖散人撰”，因此发生了二者是否一人的疑问；但据西湖散人写的《红楼梦影·序》中所谓“今者，云槎外史以新编《红楼梦影》若干回见示，披读之下，不禁叹绝”云云，则二者显然不是一人：云槎外史是小说的作者；西湖散人是小说的第一读者和评论者，即顾太清的好友、著名诗评家沈善宝（1808~1862）。这由顾太清的《哭湘佩三妹》诗可证：该诗其二云：“红楼幻境原无据，偶耳拈毫续几回。长序一编承过誉，花笺频寄索书来。”自注云：“余偶续《红楼梦》数回，名曰《红楼梦影》，湘佩为之序。不待脱稿即索看，尝责余性懒，戏谓曰：‘姊年近七十，如不速成此书，恐不能成其功矣。’”《红楼梦影·序》写于咸丰十一年（1861），此时沈善宝尚在世。而《红楼梦影》出版时（1877）每回前均署“西湖散人撰”，带有纪念生前鼓励她写作的好友沈善宝意。

②科拉·卡普兰：《〈奥罗拉·利〉与其他诗》，载玛丽·伊洛尔顿编《女权主义文学理论》，湖南文艺出版社1989年版，第202页。

③王妙如（1878~1904；另作1877~1903），名保福，字以行，号西湖女士，浙江钱塘（今杭州）人，著有长篇小说《女狱花》。

④邵振华（1881~1924），邵作舟之女，安徽绩溪人，嫁同乡劳乃宣长子劳𬊤文，著有《侠义佳人》，1909年出版，署名问渔女史。

⑤黄翠凝（1875~？），广东番禺人，嫁新会张氏，早寡，著有长篇小说《姊妹花》（1908年上海改良小说社出版），短篇《猴刺客》、《离雏记》等。另有译作《牧羊少年》和《地狱村》（后者与陈信芳合译）。

⑥吕逸，字韵清，浙江崇德人，曾在石门文明女塾和浔溪女学任教，年龄略长于徐自华（1873~1935）。著有长篇小说《石姻缘》和《返生香》两部，短篇《彩云来》、《狸奴感遇》、《花镜》等15篇。

⑦幻影女士，广东人，父为华侨，她曾肄业于教会女学。她是这一时段写作小说最多的女性小说家之一，仅目前所见就有18篇。主要的作品有《声声泪》、《贫儿教育所》、《农妇》、《侮辱》、《慈爱之花》、《别矣》等。

黄静英①、杨令茀②、秀英女士③、徐赋灵④、曾兰⑤、陈翠娜⑥、刘韵琴⑦、高剑华⑧等。这个作家群体所撰写的小说，有长篇，也有短篇，短篇小说几乎全部发表在近代报刊上。据不完全统计：有长篇17部，短篇200余篇，短篇小说集5种，在中国文学史上出现了第一个女性小说家群。还值得关注的是，20世纪初的这个女性小说家群已呈现出职业化的倾向。这个群体中的幻影女士、吕逸、刘韵琴、黄静英、毛秀英、高剑华等人发表的小说（长篇和短篇）均在10篇之上。20世纪初这个女性小说家群体的出现，不仅应当引起文学史界的重新审视；而且这一群体的"浮出历史地表"，也将使直到目前为止的所有《中国女性文学史》都要重新改写。长期被历史尘封的丰富的女性文学史料证明，在这一时段的女性文学园地中绝不只是少数几位女性精英在那里孤军奋战。

（二）

近代后期，以女权为主题的长篇小说并不算少，阿英在《晚清小说史》中提

① 黄静英，苏州人，通法文、英文，小说家兼翻译文学家，详见本书第73页注⑤。

② 杨令茀（1886~1978），无锡人，家住上海，系早期的欧美留学生，著有《瓦解银行》等小说。她另有诗集《莪怨诗吟》四卷。她还是画家，1914年入故宫为画师，上世纪二三十年代曾任东北特区美术专科学校校长。后在美国多所大学任教，直至逝世。

③ 秀英女士，即毛秀英，生年不详。她著有小说10篇，其代表作有《髯翁之遗产》、《杀妻》、《子骗》等。

④ 徐赋灵，生平不详，著有小说《桃花人面》、《德国诗集》等。从其已知作品看，她受过新式教育，并有较高的文学素养。

⑤ 曾兰（1875~1917），字仲殊，号祖香，四川华阳人，吴虞妻，1912年曾任《女界报》主笔。著有小说《孽缘》等。小说发表时，《小说月报》的编辑主任恽铁樵评该小说："叙事明晰，用笔犀利，甚佩甚佩！箴砭社会，洵小说之职志。间有力透纸背，而讽刺较着边际者，已僭加删节，尚祈谅之。"

⑥ 陈翠娜（1902~1968），又名小翠，字翠娜，杭州人，系陈栩（1879~1940）之女、陈小蝶之妹，受其父兄影响，十二岁即发表小说《新妇化为犬》，另有长篇小说《情天劫》（小翠原著，天虚我生润文），短篇《劫后花》、《美人影》，戏剧多种。

⑦ 刘韵琴（1883~1945），江苏兴化人，系近代著名文学批评家刘熙载的孙女，民初著名的新闻记者，曾游学日本，有翻译，亦有创作，著有《韵琴杂著》，有政论、诗词和小说。

⑧ 高剑华（1890~？），浙江杭州人。出身于书香门第，祖上几代均精朴学，又擅书画，喜金石学。1910年春间她曾在杭州女子师范学校工作，同年夏，为进一步深造，考入北京女子师范学堂简易科（二年制），1912年毕业。1914年与丈夫许则华（啸天）编辑《眉语》，高氏任主编。

到的就有20多种，[1]但其作者真正是女性的却很少。据考查只有王妙如的《女狱花》、邵振华的《侠义佳人》、南浦蕙珠女士的《最近女界现形记》等少数几种是女性写的小说。

王妙如的《女狱花》（又名《红闺泪》）是20世纪初第一部女性长篇小说。小说的作者王妙如（1878~1904），是一位20余岁的年轻女性，结婚四年后去世。她喜爱诗词，还著有《小桃园》传奇。今传世者，只有她的小说《女狱花》。

《女狱花》是一部十二回的长篇小说。小说以倡导女权为主题，描写了在恢复女权问题上的两种主张和态度：即以沙雪梅为代表的激烈派和以许平权为代表的平和派。

沙雪梅是一位“艳如桃李，却冷若冰霜，另有一种凛凛气概”（第二回）的女性，她自幼习武，有一身好武功，能飞檐走壁。她基于男女极度不平等的现实，仇恨一切男性，把他们称为“男贼”，因为不满丈夫的管束，一拳打死了丈夫，因此入狱。在狱中她仍然演说男女不平等、妇女受男权束缚、压制的事实。她说，男人“正是我们千世冤家百世仇，只可以杀，不可以嫁的”（第四回）。雪梅准备组织革命党，誓死夺回女权，变“专制夫妇”为“自由夫妇”，她主张用“铁血主义”打出女人的世界。她说：我想“组织一党，将男贼尽行杀死。胯下求降的，叫他服侍女人，做些龌龊的事业。国内种种权利，尽归我们女子掌握”（第八回）。

小说中的平和派以奇女子许平权为代表。许平权，幼年接受母亲良好教育。后来父母双亡，哥哥保国又因政府丧权辱国而自杀。从此许平权日夜研读大乘佛

---

①阿英在《晚清小说史》中提到的女权小说有颐琐《黄绣球》、静观子《六月霜》、思绮斋《女子权》和《中国新女豪》、南武静观自得斋主人《中国之女铜像》、程宗启《天足引》、王妙如《红闺泪》（即《女狱花》）、吕侠人《惨女界》、吕侠《中国女侦探》、红叶《十年游学记》、亚东破佛《闺中剑》、如如生《女举人传》、陆士谔《女子骗术奇谈》、八宝王郎《女界烂污史》、烟波钓徒《女滑头》、家政改良会《女界宝》、振落《游戏结婚》、南浦彗珠女士《最近女界现形记》等，见阿英：《晚清小说史》，人民文学出版社，1980年版，第104~115页。

经，主张“女界普救主的男女平等论”。她以兴办女学为己任，首先让女子学到文化知识，然后才可以自立。许平权为了实现自己的理想，与董奇簧相约去日本留学，到了东京，平权入师范学校，奇簧入医学校，毕业后又游历世界，使知识储备和社会实践更加丰富。她认为女子有了“自立”的本钱，有了“独立”的资格，才能谈到妇女解放，男女平等。回国后，许平权联合同事，开办女学，提倡女性独立。她又提出女子独立的方法有两条：一是除去外表的装饰，摘掉无形的枷锁；二是考究内里的学问，于德育、智育、体育三者不可缺一。这样一来，“女人自能自谋衣食，不必累及男人，又能知书达理，为男人闺房中之益友”（第十一回），则男女平等便可实现。从小说情节的发展可以看出，作者是赞同平和派许平权的主张的。小说结尾传出了女革命党沙雪梅等七十余人“因事不成”自焚而死的消息（第十二回），说明激烈派沙雪梅“杀尽天下男贼”的女权道路是走不通的。

20世纪初，女权思想虽已在先进的知识阶层中此呼彼应，但传统的父权文化和父权伦理、道德观念仍在社会中居主流地位。在当时的语境中，要引导女权运动沿着正确的路向前行，必先从女性自身的修炼做起，即首先要充实自己（包括文化科学知识、从业技能、社交能力等），使女子具备“自立的基础、自活的艺业”（秋瑾语）。这样看起来，《女狱花》中平和派许平权提出的女子独立、女性解放的主张，所谓“去外饰”、“修内功”[①]。还是一条可行之路。

小说在表现妇女解放两种不同的方式/道路时，叙事者采用了沙雪梅与许平权二人辩论的模式，这点明显受到梁启超《新中国未来记》中黄克强、李去病论辩体的影响。小说第八回中的这场论辩虽然主要是沙、许两人的对话，但并不显得呆板，倒是比较自然。作者的运笔构思也是比较讲究的，诚如小说的点评者罗景仁所说：“此回口战，最难下笔。一须各肖声口；二须各有道理；三须归重许

①小说第十一回原文是：“一条是除去外边的装饰，一条是研究内里的学问。”这里是笔者的简化。详见“中国近代小说大系”本《女狱花》（百花洲文艺出版社1993年版，第753页）。

平权；四须顾全沙雪梅。此四条中，惟第二条、第四条为尤难。因作小说者，无不知侧重主人翁。若笔无分寸，必使沙雪梅说话可以易剥轻击，则不成沙雪梅矣。必使许平权得胜，沙雪梅理缺势穷，则下回亦无激烈革命事矣。”（第八回评语）

比起《女狱花》来，更值得注意的是问渔女史的《侠义佳人》。小说原计划写六十回，分三集出版，现在我们看到的只有上集二十回（商务印书馆1909年6月出版），中集二十回（商务印书馆1910年9月出版），共四十回，下集没有写完，抑是虽写就而未能出版，不得而知。但从现存第四十回的情节看，显然为未完之作。《侠义佳人》现存上中二集四十回，约42万字。在现存女子长篇小说中，它是最长的一部。

《侠义佳人》署名“绩溪问渔女史”，问渔女史，即邵振华（1881~1924），原名在刚，字襄君，振华是她的笔名或后来自取的名字，邵作舟女，安徽绩溪人。邵振华作为一个已婚女子，她亲身感受到女性受封建旧礼教的束缚和迫害，多数女子被剥夺了受教育的权利，既没有文化，道德水准又低，逆来顺受，成为男性的奴隶，而又不思自拔和上进。振华有感于此，她像当时大多数知识精英一样，认为兴办女学是倡导男女平等、提高女权最重要、最有效的措施。她在《侠义佳人·自序》中说：之所以“演成今日之黑暗女界，其中男子虽为祸首，抑吾女子岂无过欤？谚云：‘木腐而后虫生。’果吾女子能如泰西女子之文明高尚，则男子方敬之、畏之、亲之、爱之之不暇，又何敢施其专制手段哉？”从作者性别群体内的自省也可以看出兴女学、提高女性素质的重要性。《侠义佳人》正是围绕全国各地兴办女学的线索[1]，大力批判女界麻木昏聩、愚昧落后的现状，倡导女性要走出闺门、接受教育，反对妇女缠足、涂脂抹粉，以及封建迷信、纳妾等恶风陋习。虽然作者并没有认识到不彻底消灭封建的社会制度和伦理制度，妇

① 小说中所描绘的兴办女学虽主要指江南诸省，如上海、江阴、镇江、梧城、杭州等地，但实在也代表了当时中国南北诸省的情况。

女就不可能得到彻底解放，但作者以晓光会为中心，通过全国各地兴办女学中的风波、困境和抗争，表现了近代女性的觉醒，形象地为妇女解放、提高女权指出了前进的路标。其主题在当时的女权运动中具有积极的意义。

《侠义佳人》中写了众多女性，其主旨在塑造新女性。作者塑造新女性是以中国女子晓光会为中心，辐射到与晓光会有关系的进步女性。写得比较丰满的有中国女子晓光会会长孟迪民，晓光会副会长、书记田蓉生，留学日本和美国的才女萧芷芬，“性情严冷、志趣高逸”的高剑尘，江阴启黄女学总教习白慧琴，大力鼓吹女权的杭州女报主笔毛真新，还有在美国纽约女子大学毕业、被晓光会任命为梧城蚕学会总理的孟淡如，这些新女性不仅具有不同程度的女权意识、自由平等的先进思想、艰苦创业的毅力，而且大多德才兼备，身体健康。综观《侠义佳人》中塑造的新女性形象，她们具有如下特点：

其一，这些新女性从外形到气质，和过去以温顺、柔美为主要标志的闺秀有了不同。从外貌上，小说中新女性大多具有两大显著特点：一是天足，二是不施脂粉。小说描写晓光会深入山东穷乡僻壤讲演的两位会员，被当地妇女称为“洋鬼子”的华涧泉、孟亚卿的出场：

> 此时羊氏已将那两个洋鬼子细细的看了一遍了，见那年长的是四方脸，皮色略黄，身材长大；那年少的，是圆脸，皮肤甚白腻，大眼长眉，身材不甚长。一色的都是黑衣裙，脚同男人的脚一样，那鞋不像布做的，又叫不出什么名色来。看他们的眼睛，也没有奇怪处，就是相貌，也不难看。

这里突出了她们的天足：“脚同男人的脚一样”[①]。对于不施脂粉，作者在描写新女性外貌时总要加上一笔。比如写女留学生萧芷芬，“面上虽无一丝脂粉，而美丽自有天然动人处”（第五回）。

对新女性的气质塑造也和旧式闺秀有所不同，如果说后者以阴柔美为尚，那

---

①新女性全是天足，如写留学生萧芷芬：“这芷芬生性不羁，洒脱异常，况双足不裹。越发可以行动自如。”（第五回）再如《女狱花》中的沙雪梅就是自幼不曾缠足且武艺高强的女子（第一回）。

么新女性形象在气质方而则突出其阳刚之美。比如女留学生萧芷芬的外形描写，作者特别交代：芷芬“娇媚中却含无限庄严的性质”（第五回）；写高剑尘：“以容貌而论，极其秀逸；以神采言之，甚觉英冷。”（第八回）“英冷”一词虽嫌生僻，但用在这里，有凸显高剑尘女丈夫气概中“冷若冰霜”、“不容侵犯”的一面。在人物外形上已不同于古典小说对闺秀、才女的描写，显示出一定程度的突破。

其二，在学历背景上，新女性特强调接受过新式教育（即学堂教育）。新女性和旧式闺秀的知识库存已有了很大的不同。清代中、前期的名门闺秀，她们所接受的教育主要还是中国传统教育，除了必读的《女训》、《女诫》、《女论语》、《列女传》外，还有历史书籍、文学经典，特别是诗词歌赋的解读与写作实践。而新女性为了适应兴办女学、选择职业和女权运动的需要，要求她们必须受过新式学堂（包括教会女学）教育，最理想的是出国留学。《侠义佳人》中，小说要求新女性在知识结构上应包括自然科学、社会科学、人文科学、音体美和外国语，倘能出国留学，这一切知识自然都可学到。小说中的才女萧芷芬的学历就令人羡慕：她因生性聪慧，幼年时，甚得父亲喜爱，曾“随侍父亲宦游各省，她父亲请了宿儒，教授子女读书……到了十三岁时，她父亲见她诸子百家均已略略读过，便命芷芬同她长兄一同到东洋去留学。芷芬到了东洋，不上一年，东文东语均已烂熟”。可是芷芬又“嫌东洋规模狭小，民风躁急，作书与她父亲，要到西洋去留学”，父亲欣然同意。“三年毕业后，又到各国游历一番”（第五回）。这样的学历背景，自然具有了不同于旧式闺秀的新的知识结构。故她一出场，就在一次与晓光会会员华涧泉、孟亚卿的辩论中显示出渊博的知识和非凡的才华（第五回）。再如，江阴启黄女学校长白慧琴也是留学生，外语特别好，以致连外国薛牧师的夫人都称赞“白小姐的英国话倒说得很好，这是很难的”（第十八回）。有“雪美人”之称的孟澹如之所以能在寇家那种封建大家庭中傲然自立，并与丈夫以办实业为名，住在清漪别墅，另组小家庭，与她具有美国纽约女子大学毕业这块金字后盾当不无关系。

其三，新女性重视辩才。在近代小说叙事中，辩论和讲演是常见的两种方式。梁启超的《新中国未来记》（1903）二者兼有，稍后的《东欧女豪杰》（1902~1903）、《自由结婚》（1903）、《女娲石》（1907）、《黄绣球》（1907）也都有讲演和论辩的场面。在《侠义佳人》中，讲演和论辩成为展示新女性知识和才能的一个重要面向。人称"才女"的留学生萧芷芬，其渊博的知识和卓识远见正是通过小说第五回与晓光会两位会员那场出人意料的辩论表现出来的。面对萧芷芬的神态自若、"如嘲如辩的滔滔不断"地侃侃而谈，华涧泉被她"驳得无言可辩"、"面红耳赤"，张亚卿"气得哑口无言，亚卿变做'哑卿'了"。从华、张二位小姐的表情和评论中可以看出萧芷芬高超的辩才。这一点连晓光会会长孟迪民也称赞："芷妹真有辩才"（第二十七回）。

近代新女性重视辩才，与她们的社交公开及开展各种社会活动有关。这些活动，或要她们在公共空间当众演说，或要她们以粲花舌与人论辩，抑或娓娓谈心，都需要耐心开导，讲明道理，所谓"开化愚顽、思想启蒙"，正是当时女权运动的教化需要。在《侠义佳人》中，孟迪民、高剑尘、田蓉生、白慧琴等人，在论辩中也都是思如泉涌、口若悬河的。小说第十五回描写在众人面前、从不显山露水的孟迪民与姊丈卢翼云就"自由"和"平等"问题的长篇论辩，第三十八回描写高剑尘与食古不化的女教习汪则古关于男女不宜相见以避嫌疑问题的争辩，均词锋犀利，滔滔雄辩，显示出新女性长于论辩的才能。就是整日寡言、有"雪美人"之称的孟澹如也颇能言善辩。迪民说："大家都说老姊寡言，怎么今天这样能辩。"（第二十九回）新女性对辩才的重视，这与传统女性德范所要求的"轻言寡语"、"不必辩口利辞"相比，的确是一个颠覆性的突破。

其四，新女性的尚武精神。新女性在重视德育、智育的同时，还重视体育。这与近代国族建构中关注尚武精神有关，也与在民族危亡面前担当女国民义务、争做女豪杰、女英雄的政治理想有内在的联系。不难理解，要想做一个合格的女国民，要当女英雄，必须有一个健康的身体。故在近代女权小说中，在塑造正面女性形象时往往涉及体育（体操）。《侠义佳人》中写白芷芬有力气，“芷芬是一只［双］完全脚（即天足），又学过体操……”（第六回），女学堂特别重视体操这一科目。《侠义佳人》第十七回就十分详细地描写了光明女学的体操场：

迪民同剑尘出了院门，偏东来到总会的大体操场，体操场的西南，墙旁边有一道回廊，回廊外，种的都是梧桐垂杨之类。迪民等沿着回廊走过去，有一八角门，从门中走进，就是光明女学的大体操场。比起总会的大体操场来，要小五分之四。这个操场，是女学堂寻常体操用的，总会的大体操场，是会员习练放枪，及每月各女学堂学生合操的时候用的。迪民等到了光明女学的操场，这操场也有一道回廊，依着回廊走了去，走进一门，是四间平厅，乃是学生们操后的休息厅。

由小说中体操场建构的描写，可见当时的女学堂对体操的重视。

再如，《女狱花》中的沙雪梅，她自幼习武，练就了一身好功夫，能飞檐走壁，这种情况在新女性中比较特殊；但能击剑、打枪、会武术的，在新女性中却不在少数。《侠义佳人》第十六回写孟迪民从睡梦中惊醒时，听到外边砸门声乱响，以为有“匪警”，她十分理智地摸出一只手枪，又带上“一杆五响快枪”，准备保护母亲。这说明在“尚武”的熏陶下，新女性已具有了临危应变、自卫和保卫他人的能力。小说中的高剑尘虽然一切都低调，但对于从军报国却有自己的理想。小说第十回，高剑尘说她的丈夫林飞白将来要从军报国，这是她“莫大的幸福”。但既然男子有这样的志气，女子也不应“坐守深闺”，而应当尽女国民的职责。她说：“我也想约合同志，联为一小队，等他们从军，我们也跟着他们行军，一同赴敌，替军人们裹创侍疾，以尽我们女子一份之能力。幸而国家得胜，我们也可从新聚首，做个强国的自由民。万一国家不胜，他们战死，我们也决定死于枪林弹雨，以偿我们平生之志，以谢我们女国民之责，不是很痛快的事吗？”高剑尘的建议立刻得到在座的萧芷芬、白慧琴等人的响应。由此可见新女性由崇仰尚武精神已发展到报效祖国了。

其五，职业选择。新女性在职业选择方面多倾向于能发挥女性特长的女教习、女记者、女编辑、女翻译等。女权运动中的重要举措之一就是兴办女学。进步舆论认为：这是女性得以“自立”、求得解放的重要一步。兴办女学，女教习是关键，而一般闺秀因未受过新式教育不能胜任，故只有从新女性中选择。小说《侠义佳人》在新女性所从事的职业中，最多、最理想的选择就是女教习。像白慧琴、黄汝真、汪则古、黎心如、邓冠亚、高剑尘、木本时、花影怜、柳飞琼等，都选择了在女子学校做教习的职业。有的还做了校长、总教习（白慧琴）的职务。创办女报，也是女权运动中的重要举措。随着女学的兴起，一批以弘扬女权、批判封建伦理和男尊女卑旧观念为主旨的女性报刊应运而生。女报的诞生，就需要一部分女主笔、女编辑、女记者，而这种工作也是新女性乐于承担而又力所能及的。这点在20世纪初的女权小说中并不罕见。《女狱花》中张柳娟就开设报馆，成了女报人。《侠义佳人》中的毛真新也做了杭州女报馆的主笔。这也反映了当时新女性职业选择的一个面向。

在女性写的长篇小说中，《女狱花》和《侠义佳人》在塑造新女性形象方面是写得比较集中、比较好的两部小说，尤其是后者。在这两部女性小说中，使我们对“新女性”形象的特点有一个总体性认识，同时，也可以看出，它较之古典小说中的传统女性，所谓“才女”、“佳人”，不论是在外貌、形体、气质，还是在知识结构、才能表现、行为方式、职业选择诸方面，均有不同程度的创新和突破。“新女性”在中国女性形象画廊中还是首次出现，这是20世纪初女性小说成就的一个重要方面。

值得注意的另一点，这两部长篇小说中的新女性，大多是作为正面形象来塑造的。尽管有些人物，如沙雪梅、木本时，作者对她们有所批评，但这和某些男性作家笔下所出现的在“自由”、“平等”幌子下越轨或堕落的“新式女子”大不相同。由此也可以看出女性作家对“新女性”的向往与期待，关注与爱护。把一些德才兼备的“新女性”作为生活中的榜样，有助于推动以男女平等、婚姻自由、社交公开、独立自主、做女国民为中心内容的女权运动的健康发展，营造一种两性平等、比翼齐飞的社会和谐氛围，像《侠义佳人》中的高剑尘、林飞白夫妇，孟澹如、寇迪沈夫妇；《女狱花》中的许平权、黄宗祥夫妇。从这个意义上来讲，女性作家所塑造的“新女性”，就具有开风气和树楷模的双重意义。

从目前所能看到的文本资料，可以确定为女性长篇小说者，除去《女狱花》和《侠义佳人》外，尚有黄翠凝的《姊妹花》（1918年上海改良小说社出版），陈小翠的《情天劫》（1917年2月上海文明书局出版）、刘韵清的《石姻缘》（1917年2月上海文明书局出版）和《返生香》（上海竞智图书馆出版）、次眉女士的《双泪痕》（1915年5月上海进步书局出版）等多部小说，这些作品多写婚姻悲剧，对揭露封建礼教以及传统旧观念、旧道德于男女婚姻的干涉与破坏有一定的进步意义，也值得关注。

（三）

在这时段的女性小说中，短篇小说是其主要艺术形式，它们几乎全部发表在近代报刊上。这种传播媒介的改变，使女性短篇小说创作取得了丰硕的成果，其中有若干作品也具有了新的意义。

其一，题材的扩大：面向现实社会和现实人生。

前已说过，20世纪之前，几无女性小说，印行于1877年的中国第一部女性小说《红楼梦影》，就其实质讲仍属古典小说的范畴，为《红楼梦》续书中的一种，其价值远逊于原著，这已有定评。而陈义臣的《谪仙楼》，文本已不可考，更难论其文学价值。故论女性小说，实应从20世纪开始。

20世纪第一个二十年，随着女性教育的发展和报刊的崛起，女性小说以崭新的面貌出现于文坛，这些小说主要是短篇小说。

从现存的女性短篇小说看，其作者主要是第一代知识女性，即受过新式教育或出国留学的女性。她们大部分是女子学校（包括教会女校）的教师和从女子学校毕业的高材生。这些女性由于多数出身书香门第，自幼受过较好的家庭教育，她们有较好的文学素养和较丰富的历史知识，她们在生活阅历和知识结构方面已不同于20世纪前的闺秀、才女。她们已走出家庭，步入了社会的公共领域，广阔的社会空间为她们的创作提供了丰富的文学素材。因此，她们的小说创作也由传统的伤春悼秋、悲欢离合转向社会现实和社会人生。这在女性短篇小说中有多侧面的反映。现我们以秀英女士的《髯翁之遗产》和杨令茀女士的《瓦解银行》为例作如下论析。

秀英女士的《髯翁之遗产》（刊《礼拜六》第94期，1916年3月18日），作者选择世人所关注的遗产问题，旨在阐明父辈留给子女的"遗产"并非就是金钱和家产，更重要的是精神遗产。小说写一位五十余岁的"髯翁"，他平时在家中十分重视对儿子进行热爱祖国、报效国家的教育。有一天，他对坐在自己膝上的儿子说："吾家固赤贫者也，遗产一无所有，吾之所畀汝者，惟此数言耳（即教育儿子的话）！"在这里，小说颠覆了世俗观念中"遗产"的概念，把"精神遗产"视为比万贯家产更加珍贵的遗产。小说写至此，将镜头推后二十年。二十年后，中国与强邻交战，苦战五年，中国胜利，全帅凯旋而归，坐在马上的一员大将，勋章灿烂，制服辉煌，神采奕奕，此人正是当年坐在髯翁膝上接受"精神遗产"的童子。这种书写，正是建构民族国家所必需的精神资源。

杨令茀的《瓦解银行》（《小说时报》第18期，1913年5月1日）是一篇在艺术上更加成熟的小说。小说写北京上流社会的一个金融诈骗案，旨在揭露民初社会的混乱，法律松弛，投机者趁此诈骗民财，最后借洋人的庇护，逃之夭夭。这类题材在此前的女性文学中还无人涉及。杨令茀（1887~1978）早年即长住北京、上海，又曾留学欧美，广阔的公共空间，为她了解上层社会及金融界提供了更多的机遇，故她才能写出这种揭露性、批判性的小说。

杨令茀的这篇《瓦解银行》，不仅主题新颖，而且该小说从形式上来讲，还是女性小说中的第一个中篇（1913）。《瓦解银行》颇为《小说时报》的编者青睐，在该刊发表时标“长篇名著”，但我以为它不能算“长篇”，是一个很典型的中篇小说。小说共12章，布局严谨，结构紧凑，故事情节线索比较单纯，人物设计也简单，主要人物实则只有两人：即贵人之弟五大人和银行代总理黄竹亭。在写法上，明写黄竹亭，由他在前台张罗一切；一号人物五大人虽居舞台中心，对他更多的是暗写和烘托，在表现手法上颇为巧妙。从篇幅（15 000字）和结构看应属中篇，类似于稍后出现的鲁迅先生的《阿Q正传》。当然，在20世纪初，对于小说文体中的中篇和长篇、中篇和短篇的界定还不十分严格，特别是对于中篇小说并无明确的定义。在这种情况下，《瓦解银行》的出现，对于现代中篇小说这一艺术形式倒有一种树立范式的意义。为进一步了解《瓦解银行》作为中篇小说的结构，这里再作如下分析。

《瓦解银行》的艺术结构，大体可分为六部分：（一）小说中的主角、某巨公之弟、一位西装革履的英俊少年五大人在众星捧月中出场，他自视清高，扬言不问商业事；但听到众人言及筹办商业银行，却极表赞成（第一、二章）。（二）借“青岛书来”，五大人召开“六国饭店会议”，开始以主人身份主持一切，但绝不居总理之位，此为他尔后金蝉脱壳之预谋，并暗中运筹帷幄（第三、四、五、六章）。（三）五大人谎称某总长任股三万元，以此为诱饵，并扬言驰书青岛，为银行招募股东，又令原在京筹办银行的诸公，均分赴各大城市召股。与此同时，五大人为掩人耳目，又乘机大造声势，于闹市建银行大楼，于报纸登广告，函电纷驰，车水马龙。果然集资进展顺利，任股者踊跃，不多几时，集资300余万，均存在英商某银行（第七、八章）。（四）银行正大展宏图，代总理黄竹亭日理万机，辛苦异常，但佳音频至，神气倍增。正在黄某春风得意之时，忽接急电，家中八十老母暴病，促黄归。黄某无奈，只得回家。拟将银行一切机要及所集资金委托五大人全权办理。五大人开始故作逊词，云事关重大，自身事务繁忙，实不能代理，请其另择贤者。经黄某再三恳求方允。于是黄某将母病事与在京诸股东说明，并将资本存折、股金收据、银行要件当晚均存放于五大人处。这恰中了五大人的调虎离山计，至此小说进入高潮（第九章）。（五）黄某离京，抵家后知电报有诈，遭人暗算，乃急返京，寻五大人。五大人在黄某离京后，将全部集股资金转移至国外，偕同某著名交际花逃之夭夭，赴瑞士消夏去了（第十、十一章）。（六）诸股东已知受骗，聚讼苦无良策，京津各报也争载此新闻。五大人胞兄、某巨公扬言：驰电瑞士，促其弟归国，剖白此事，以保家声。只是但闻风声不见雨点。此时，代总理黄某所延律师某西人又败诉，众股东必欲令其倾家产抵偿。黄某见势不妙，乃重金贿某英商，在其庇护下，黄某潜赴大连，迂道逃往英国（第十二章）。故事至此结束，至于政府与外国交涉、追拿逃犯云云，终将因循了结而已。由如上介绍可略知小说的故事梗概，亦可看出作为中篇小说，作者在结构运作上的独具匠心。

其二，面向农村，关注民间疾苦。

在女性短篇小说中也出现了面向农村、关注民间疾苦的作品。在这方面，广东女小说家幻影女士的作品具有代表性。幻影女士是这时期的多产作家，据目前所知，她写了18个短篇，其中多为同情民间疾苦之作。作家在深切关注民间疾苦（如描写水灾给广州人民带来巨大灾难的《噫惨哉》）的同时，她还提出了农村教育问题，她认为这是根治农村贫困落后、改良民风的根本措施。《贫民教育所》（刊《礼拜六》第61期），小说写一穷乡僻壤之地，名茜乡，居民数百，大多务农，因村民未受过教育，风俗愚顽，民不聊生，或以盗贼为业。城中某女士游其地，见此情况，决心兴办教育，设立贫儿教育所。开始参加者寥寥，后学生渐渐增多。某女士免贫儿学费，尤贫困者，育校中，食宿全免。数年后，茜乡大为改观，儿童学习四年后，有的升入县立小学、女学，知书达理，民风因之大变，茜乡也成为文明富庶之地。于是“富庶人知爱国济人，无奢靡之风。贫者富而富者仁，无赖盗贼以绝”。邻近各村，纷纷仿效。女性作家认识到教育的重要，并以此改造农村，最后实现教育救国的宏伟目标，这一点应当是十分可贵的。另有《农妇》（刊《礼拜六》第83期）一篇，描写一农妇生小孩时，因乡村接生员无卫生知识，接生时产妇感染，以是丧命。小说写道："一年中以此病来院者，不可胜计，得救者虽多，不及治者亦过半，大可怜也。"小说揭示出农村缺医、缺乏卫生知识是导致产妇死亡过半的根本原因，幻影女士的意图仍是在强调教育的重要。女子接受专门的医学教育，才有合格的妇科医生和接生员。这一思想在她写的其他小说（如《小学生语》[①]）中也有反映，由此正可看出幻影女士的卓识远见。

在重视农村教育方面，志隐女士的《卖花女》（刊《小说新报》1915年第10期）又把注意力引向对贫苦女子的教育。20世纪初兴办女学的呼声十分强烈，但这些女学多数设在城市，而学生来源主要是富家女子，广大的农村乃至城镇的贫穷女子是无经济力量交纳学费到城市女学来读书的。《卖花女》的作者就关注了这一社会问题。小说写卖花女阿秀，立志读书，她早晨卖花，卖完花就去上学，虽然她不能用全部时间学习，但由于她的聪慧和刻苦，学习成绩优秀，这便引起富家女学生的嫉妒。后来校长知道了阿秀的处境，对卖花女既坚持勤工俭学又能获得优秀的学习成绩极力称赞，使一些嫉妒的女学生不敢在阿秀面前嚣张。不久，校长去世，换了一位乡绅主持校政。这位新校长事事以贫富为界，卖花女因家贫处处受打击，嫉妒者也因此对阿秀冷嘲热讽，使她精神异常痛苦。不久，一件意外的事发生了，阿秀在园中树根下发现了一巨瓮，内中装满了钱，并接连发现了好几个同样的巨瓮。有了这么多钱，阿秀商得父亲同意，就用这些钱兴办女学，专门接受贫困女子入学。学校聘请的教师，皆一时才俊，阿秀也放弃卖花专门从事女子教育。小说的后半部分当然是作家的幻想，但由此也可看到贫苦女子读书问题已受到社会开明人士的关注。要提倡女权，实现男女平等，培养女国民，占女子绝大多数的贫穷女子的教育，乃是一个急需解决的关键问题。小说作

①《小学生语》（刊《礼拜六》第82期）借西人之口云："平心而论，中华人性情敏慧勤俭，坚忍耐劳，亦殊不弱于人，只以久处专制政体之下，受不完全之教育，养成依赖之习惯。当局者心存忌嫉，最恶人民高视远识，致有今日之衰弱。欲挽此弊，端在刷新教育。"

者的这种美好理想虽然与现实还有很大距离。但这篇小说所反映的问题无疑是有积极的启示和导向意义的。

其三，描写婚姻爱情的悲剧，揭示其根源在传统伦理观念的作祟和部分女性自身的懦弱。

关注男女婚姻问题，是这时段的女性小说家的兴奋点之一。作为女性，她们对性别群体内的婚恋问题特别关注。她们多数人赞同婚姻自由，希望自己笔下的女主人公有美满的婚姻，婚后生活幸福。但是，20世纪初的社会现实，并未能为男女婚姻自由提供一个可靠的物质基础和舆论支持。封建礼教的旧传统，乃至女作家头脑中的旧观念，以及在婚恋自由问题上新旧两种思想的矛盾和冲突，在这时段的爱情小说中均有反映。所以20世纪初的短篇小说，书写青年男女通过自由恋爱、喜结良缘的极少，多数是爱情悲剧。值得注意的是，这类爱情悲剧的女主人公又多是新式学堂中的女学生。这些女学生，多数天资聪慧，思想单纯，她们具有婚姻自由的新思想，也渴求婚姻的美满与幸福；但她们的家长多数封建思想严重，虽同意女儿入学，但在婚姻问题上仍主张“父母之命，媒妁之言”，不给她（他）们以自主权。结果不是女主人公家长听信媒人巧言，将女儿误嫁匪人，婚后琴瑟不合，终生寡欢（忏情女士：《小玉去矣》）；就是女主人公家长（多是其父早亡，由其伯叔做主）贪图男方富贵强迫其女嫁给伧父、无赖。其结果或以死抗争，或抑郁而亡（琴韵：《心印》）。这说明在20世纪初男女婚姻自由问题还面临着强大的封建势力的威胁和阻挠。不彻底铲除封建的社会制度，真正的婚姻自由就很难实现。

如果说，《小玉去矣》、《心印》等爱情悲剧造成的原因主要还归罪于封建旧礼教及其家长头脑中的旧观念的话，而另外一部分爱情悲剧则根源于女主人公自身的懦弱和旧的伦理道德观念。

镜花女士的《爱之果》（刊《礼拜六》第74期，1915年10月30日）中的女主角何冷香与男友宗寄凡相爱，当冷香母亲发现两人书信来往而不同意他们相爱、另将女儿许配给陈绅之子时，冷香不仅逆来顺受（“予从母命，予不能抗母，母之权也”），而且还想方设法劝男友宗寄凡另娶：“且汝必另娶，娶则免负不孝名。”甚至以死相威胁：“君必娶，娶则汝得一线之生机；否则予必死。予死，予母必悲，君忍令予为不孝女乎？”而小说丝毫没有描写男女主人公的抗争，浸透全篇的是女主人公的“泪水”、“哭声”和“惨痛”。这类悲剧的发生则完全出于女主人公对封建家长的妥协和她们头脑中的陈腐观念。小说《爱之果》，篇首描写男女主人公外出散步，何冷香却认为：“今日之会，虽自问无他，然终非少年男女所宜。君去休。”双方相爱，外出散步谈心，这本是恋爱中的青年男女正常的交往；她却认为“非男女少年所宜”。再如，后来冷香遵母命嫁给陈绅之子，临死前又对其丈夫陈某说什么“女子从一而终，古有明训”云云，均表明何冷香们浓重的封建意识，正是这些陈腐的旧观念才导致了她们婚姻上的悲剧。这类小说不论描写得多么悲，多么惨，客观上都大大地削弱了其反封建的思想意义，同时也反映出在20世纪初的少数女性作家头脑中残存的封建的旧观念。[①]

对封建礼教旧势力的妥协乃至痛苦忍受，仍是20世纪初的普通女性酿成婚姻悲剧的一个重要原因。纤红女士的小说《瞥见》（刊《礼拜六》第77期，1915年10月2日），作品中的女主人公既已脱难（男方以势强迫女主人公许婚，女乘机逃走，翌日恰巧发现湖中有女尸一具，传言是女投河自尽），就应与原来的恋人刘剑生离开家乡，成就此姻缘；但女主人公却选择了自杀的道路。此种悲剧的发生，固可说明在20世纪初封建礼教还有绝对的优势，“私奔”又为社会舆论所鄙视，男女婚姻自由还是可望而不可即；但在女性作家的笔下，青年男女（特别是女性）不敢或无力抗争也是一个不容忽视的因素。这类的婚姻悲剧从研究的角度

①这种旧观念在这时期的女性小说中并非仅见。毛秀英的《死缠绵》（刊《礼拜六》第66期），女主人公素贞说：“尝闻忠臣不事二主，烈女不更二夫，侬若偷生，再适他人，是负秦郎甚矣！”琴韵的《心印》（刊《礼拜六》第99期）女主人公刘纫兰说：“君心侬实信之，然吾国婚姻，素不自由，况吾两人均有老亲在，君可倩冰来，吾母素爱君，更得吾兄之助，当无不谐。若欲如现时女学士，率然以非礼自处者，想亦非君所许也。”

讲，对于认识那个时代的社会风气、道德观念、民俗文化倒也有一定的意义。

总起来看，这时段爱情小说中的女性视角仍呈现被动的态势，即仍然受到父权文化的制约与影响。作者虽身为女性，但其爱情观念、道德评价仍受到男性认知的支配。比如，创造主体对女学生/新女性自由婚姻的认知/态度，仍笼罩在父权文化的阴影中。所以当作家处理这类题材时，仍认为自由婚姻是一个陷阱，稍不经心，不是择人不善终遭遗弃（如幻影女士的《不堪回首》），就是婆媳不和，受尽种种折磨，抑郁而亡（黄静英：《阿凤》）。

其四，关注下层女性的命运，较成功地塑造了若干下层女性形象。

在这一时段的爱情小说中，书写对象主要是城市中产阶层的青年男女，其女主人公多半是在女子学校读书的女学生。也有些小说家视点下移，侧重书写社会下层女性婚姻的不幸遭遇，并对她们寄予更多的同情。

黄静英的短篇小说《拾翠》（刊《小说海》3卷8号，1917年8月5日）中女艺人拾翠就是这样的一位女性。《拾翠》是一个下九流出身的卖解的女艺人，她和青年陈九结为夫妇，双方情爱甚笃，婚后女艺人十分孝敬公婆，家庭相处和谐。后陈九赴上海入洋学堂，拾翠亦进本县女学。当地流氓徐某羡拾翠有姿色，想谋不轨，未逞其谋，于是徐某与同伙暗算，买通陈家女佣，将安神药置入拾翠茶杯中，待拾翠沉睡昏迷时，再将赌徒罗麻子于夜晚引入拾翠卧室，然后报告其婆母，诬拾翠与人奸宿，害得拾翠离开陈家。四个月后，怀有身孕的拾翠在吴门医院生下陈九的儿子，将其归还陈家。她离开医院后，亲手将陷害她的徐某等三人杀死，提着鲜血淋漓的首级去报官。小说塑造了一个聪慧、美丽、富有进取精神、知书达理而又具侠骨柔肠的下层女性形象。为了争取纯真的爱情，她忍辱负重，报仇雪耻后又重新走上江湖。女主人公拾翠虽带有传奇色彩，但这一艺术形象还是十分感人的。

蕙英女士《嫦儿》（刊《春声》第3集，1916年4月3日）中的嫦儿也是一位聪慧美丽、有见识、处事果断的下层女性。嫦儿是一个妓女，才貌出众。后有武陵一位陶公子，闻女艳名，设法求见，二人一见钟情。陶某实为骗钱骗色，故意谎称是慕嫦儿名而来。不久，陶某说要进京捐官，尚缺六千金。嫦儿出其私蓄赠之，临别时，又为陶某践行，嘱其早归。但陶某去后，杳无音信，后始知其骗钱到手即返乡。一天陶某正在家为其母祝寿，趁众亲友贺寿时，嫦儿严妆盛服登场，出见其家人亲友，言陶某诈骗经过，揭露其卑鄙伎俩。众亲友了解真相后，纷纷说情，想让二人践前盟。嫦儿谢曰“不可”，谓此种人不足托身，此次来的目的是为揭露其行为之可耻，以为殷鉴。众亲友听后肃然起敬，并议陶某应归还前所借六千金。嫦儿却之，掉首即去。嫦儿虽出身低贱，但品质高尚，当她识破陶某的诡计后，对其不存任何幻想，也没有一般女子旧情难割的眷恋，而采取了一种断然决绝的态度。小说结尾写“面对六千金，女却之，掉首竟去”的处理，使女主人公的形象得到进一步提升，一位聪慧机智、敢爱敢恨、沉着果断的女性形象站在了读者面前。

静英女士《割臂盟》（《礼拜六》第59期，1915年7月）中的章佩玉，在对待爱情问题上的新理念，也使人物形象具有了一定的思想深度。章佩玉决定自己赎身、嫁给留法归国的农部视察员唐润之后，随丈夫回到唐家。有“吴中牝虎”之称的唐润之母，却不承认独生子的自主婚姻，“以为勾栏中人可以随意弃取”，与儿子另定亲事。在这种封建观念的压力下，为了捍卫自己的尊严，章佩玉明确表示：“我之能偶润之与否，润之自有权衡，不烦汝横加干涉。”视男女双方的意愿为决定婚姻的先决条件，这种理念在当时的语境中还是具有一定的前卫性的。也使章佩玉的思想升华到一个新的高度。恩格斯说过：“只有以爱情为基础的婚姻才是合乎道德的。”章佩玉正是以“爱情”作为衡量自己婚姻的标准。章佩玉虽然最终离开了唐润之，这并非意味着佩玉向封建礼教的妥协，而是一种为爱情牺牲的精神。“我本无所恐怖，既爱润之，决不使润之为难耳！”为了表示自己对润之的爱，她曾割臂为盟；也是为了不使润之在“吴中牝虎”般的母亲面前“为难”，她才选择了自杀的道路。章佩玉为了婚姻自由所做出的牺牲固然表明封建旧势力的强大；但它对争取婚姻自由的青年男女无疑具有一种鼓舞力量。这也是章佩玉、嫦儿等艺术形象思想意义之所在。

在爱情婚姻问题上，社会下层女性较之名门闺秀的思想顾虑要少一些，她们低贱的社会身份在一定程度上淡化或缓解了她们冲决父权社会中旧礼教封建罗网的阻力，而世俗的、平民化的新道德观念更易于为她们所接受，并内化为一种动力。故女性作家从生活出发所塑造的这些社会下层女性形象就显得可亲可敬，闪耀着勇敢、智慧和自我牺牲的光辉。

总之，20世纪第一个二十年女性作家开阔的视野和新的价值观，给女性短篇小说创作带来了新的思想意蕴和鲜明的时代精神，从而开创了女性文学的新时代。

（四）

20世纪第一个二十年，女性小说虽已形成气候，但尚属起步阶段；同时，它又处于女性文学由古典向现代的转型期，在艺术上虽无重大的成就，但却留下了探索的足迹，表现了革新的勇气。

其一，小说体制上变革的趋向。

在形式方面，这时段的女性长篇小说基本上还是属于传统的章回体。如邵振华的《侠义佳人》、王妙如的《女狱花》、陈小翠的《情天劫》[①]、慧珠女士的《最近女界现形记》[②]，还都是分回，有整齐的七言回目，但这时段的某些长篇，如次眉女士的《双泪痕》[③]、《玉如意》[④]，已不分回，改为分章，接近于徐枕亚的《玉梨魂》的体制。次眉女士的这两部小说每章后不用标题[⑤]。这类作品多是写爱情的小说。从艺术上来讲，这类文言爱情长篇缺乏创新，其写景状物还

①《情天劫》，二十回，上海：中华图书馆铅印本，1917年。

②《最近女界现形记》，四十五回，新新小说社，1909~1910年。

③《双泪痕》，二十二章，上海：进步书局，1915年。

④《玉如意》，二十二章，上海：文明书局，1915年。

⑤ 徐枕亚的《玉梨魂》分章，每章有两字的标题；他的《雪鸿泪史》只分章，不加标题。

多是古典小说语汇中的套语。如次眉女士的《双泪痕》，小说写杭州西湖：“群峰耸秀，碧水潺湲，西湖胜景，实冠东南。”（第九章）而描写女主人公凌波的出场也颇类古典言情小说：

京师陶然亭之侧有二女郎，一年十七八，一才及笄，均服时式学生装，挽蝴蝶双飞髻，履巴黎贵妇人新式革。春葱纤指，约以金刚石，与太阳相辉映，光彩夺目，蹁跹袅娜，飘忽若仙，由亭之东款款而上，罗衣乍飘，兰麝馥郁。（《双泪痕》第一章）

虽“佳人”换成了女学生，衣着服饰亦较闺秀稍有不同，但套语居多，看不出大的变化。当然也有些长篇，当作家从生活出发真实地描写小说中的人物时，便会显现出这类女性小说与传统小说在描写上的不同。比如，邵振华的《侠义佳人》，书中描写新女性，就具有时代特色。小说第五回，写从国外留学归来的才女萧芷芬就是一例：

再见那人时，见是一个十八九岁，不认识的女子，见他雪白的瓜子脸儿，两颊微红，如同海棠初放，目如秋水，眉似远山，娇媚中却含无限庄严的性质。口如樱，齿如贝，发如云，齐额短发，黑如点漆。面上虽无一丝脂粉，而美丽自有天然动人处。身材不太长，腰肢纤细。穿一件妃色缎不镶滚的窄袖薄棉袄，披了一个白绒线的披肩，下身是否大脚，穿什么裙裤，却被前排的人遮住，看不见了。这人的丰姿，实为华洞泉生平所未经见的美人。

这段人物外形描写，从脸型、两颊、眼睛、眉毛、头发，乃至身材、衣着、气韵、风度均作了较细致的描写，文中虽仍有“目如秋水”、“齿如贝”之类的套语，但和传统小说中的人物描写，什么“沉鱼落雁之容，闭月羞花之貌”相比已有了若干进步。特别值得注意的，作者笔下的“新女性”，大多是脸上“无一丝脂粉”，或“天足”①。这两点也算是这一时段女性小说外形描写上的一个特

①《侠义佳人》第六回写萧芷芬是“天足”：“芷芬是一只完全脚，又学过体操……”

点。这在上面分析女性长篇小说时已经提到，兹不赘述。

较之长篇，20世纪初的女性短篇小说在体制上已有若干变化。这时段的200余篇短篇小说，均是发表在近代报刊上，载体的变化，使女性小说的预设读者也更加平民化、性别化。所以这时段的短篇小说内容多与女性的生活状况有密切的关系。这点上面已经谈到。在形式上，虽然少数文言短篇还是传统小说的结构模式：主干（故事）+评述（作者评论），像秀英女士、庆珍女士的某些文言短篇，结尾均有“秀英曰”、“红韵阁主曰”。但更应当看到的，是这时段的女性短篇，在形式上较之古代短篇小说已有了若干变化。

古代短篇小说很注意结构的工整、平稳，一篇小说往往以起承转合分为四部分，特别是古代的爱情小说，多表现悲欢离合，起承转合的结构模式更宜于短篇爱情小说体制。另一方面，起承转合的结构模式又与传统的原始要终的叙述顺序有关。近代女性短篇在叙事上已部分突破正常的叙述时空，而只是截取生活中的横断面并采取多种叙事方式。

其二，女性小说叙事模式变革的新尝试。

采用横截法，是近代短篇小说一大特点。胡适说：“短篇小说是用最经济的文学手段，描写事实中最精彩的一段，或一方面，而能使人充分满意的文章。”[①]这显然是在西方理论影响下而作出的新阐释。所谓“事实中最精彩的一段或一方面”，就是指生活中的“横截面”（亦称“横断面”）。作家截取生活中的某一横断面加以描写，这是与古代小说原始要终的结构方式最大的不同，也是近代短篇小说在叙事结构上的一种新的探索。如吴趼人的《查功课》，徐卓呆的《温泉浴》、《入场券》、《买路钱》，陶化安的《小足捐》均可作为代表作。但在考察近代短篇小说这一结构特点时，过去少有人关注女性小说。郭延礼曾在《20世纪初叶中国女性文学的转型及其文学史意义》[②]中指出：20世纪第一

①胡适：《论短篇小说》，《胡适古典文学研究论集》下册，上海古籍出版社1988年版，第678页。

②载《上海师范大学学报》2009年第6期。

个二十年，女性小说正处于转型期，它在艺术上有许多变化值得我们关注。女性小说结构上截取横断面以及下面还要谈到的叙事角度、叙事时间上的变革，正是女性（短篇）小说在艺术上由古典向现代转型的一个重要面向。

在结构方式上，女性短篇小说一出现就受到西方文化思潮的影响，从目前所见女性短篇，选择生活横断面的作品很多。幻影女士的《农妇》和《污辱》、秀英女士的《髯翁之遗产》和《杀妻》、佩瑛女士的《雄辩之女学生》、养晦女士的《遗憾》均可作为代表。

《农妇》通过“予”（一个医院实习生）的口讲述了一位农村难产妇女临死前的一幕。作者通过生活中的这一片断，反映了农村因缺医和缺乏卫生知识而导致的悲剧。农妇系难产，因村媪（接生婆）不懂卫生知识，毒苗及血，造成死亡。小说使用第一人称，让叙事者“予”讲述了这位产妇在临死前的沉着：她丝毫不考虑自己，却耐心诚挚地安慰婆母和丈夫：“阿姑勿忧，媳无所苦”，“汝宜自爱”，“勿伤母心”等。后来“予”又转述了她丈夫的话：病妇生前克勤克俭，孝敬公婆，家虽贫穷，但能得天伦之乐。这个故事很平常，没有惊心动魄的情节，作者也不追求情节的曲折，而是以近乎白描的笔法描述了病妇生前的恪守妇职和临死前的情景。作家所关注的是农妇的命运，以及因农村缺医给妇女带来的痛苦和悲剧，这无形中弱化了作家对故事情节的追求。

《农妇》值得注意的另一点是小说的第一人称叙事，它突破了古代小说中的全知叙事，而采用了第一人称的限知叙事，这对传统小说视角形成一定的冲击。虽然小说《农妇》还是叙事者（“予”）讲述别人的故事，但这已较古代小说中的全知叙事是一个变革。[1]至于由“我”讲述“我”自己的故事，在这时段的女性小说中还较少见。但也有例外，那就是吕碧城的《纽约病中七日记》（将在下面谈到）。[2]

①类此的小说，还有黄翠凝的《离雏记》、徐赋灵的《桃花人面》等。

②徐赋灵的《德国诗集》，也近于第一人称的自传体小说，因目前对其作者徐赋灵的生平了解甚少，故不敢确指。

秀英女士的《子骗》，作者选择社会上行骗中的一个罕见事例：骗子冒充“儿子”行骗思子心切的父亲。小说采用倒叙手法，首先写行骗得逞，再写族人的怀疑，然后再写真儿子和尚的同学张彪的回忆与询问，以及“儿子”在家的乖戾、恣情挥霍，骗子面目渐露原形。小说结尾部分才出现警察署审讯的场面，骗子交代了行骗经过。这篇小说采用倒叙手法，虽然运用得并不纯熟，但我们已看到作家在叙事时间上开始改变古代小说原始要终的自然时序，而根据情节发展的需要扭曲和改变叙事时间顺序，这应被视为女性小说在选择叙事时间上的一种新尝试。

其三，“诗化文本”的出现。

近代女性小说家不少人有较好的古典文学素养，大多能写古典诗词，像陈翠娜（著有《翠楼吟草》等）、曾兰（著有《定生慧室遗稿》）、杨令茀（著有《莪怨诗吟草》）、吕碧城（著有《信芳集》等）、温倩华（著有《黛吟楼诗稿》）、徐畹兰（著有《鬘华室诗选》）等人，也都是当时著名的诗人。因此，长于抒情的才华在这时期的小说中也有一定的显现。这就是20世纪初女性小说中所出现的诗化文本。于此，薛海燕教授曾指出：这时段的女性小说，如徐赋灵的《德国诗集》、吕韵清的《花镜》均具有“诗化文本”的特征。[①]

诗化文本不仅淡化了以情节为重心的小说结构模式，而且加强了小说的表现功能，特别是对于第一人称的自叙传小说更有重要的作用。

《德国诗集》是一部由“我”（女主人公婉姑）自述其丈夫有了外遇后内心的感受及其变化，带有自叙传的性质。

小说一开头就带有浓郁的诗意：

我丈夫是德国文学科出身的学生，他在德国诗人之中，最爱莱奈乌氏的诗，这一种皮面金边的小型诗集，常在他书桌之上。这位先生的诗，读了

①薛海燕：《近代女性文学研究》，中国社会科学出版社2000年版，第229页。

如见暮春落花，如闻少女夭逝。我丈夫时常讲给我听，这悲怆的诗味，最足令人感心。不想我有生以来的境遇，恰与莱奈乌氏的诗一般，世上再没有像我这般不幸的了。

这带有象征性的《德国诗集》多次出现在小说中，更加重了小说感伤的情调。小说故事很简单，也没有复杂的情节。故事中的“我”（即妻）经人提醒开始怀疑丈夫有了外遇，后来丈夫也向妻子承认了自己的感情出轨，并请求妻子的原谅。这个第三者珠儿又是一个病危的非常柔顺的、美丽的少女，很让人同情。临死，她连亲人都不想见，她说“只消死在你的眼前已能含笑入九泉了” 。“我”一方面想责备自己的丈夫，因为他是一个有妻有女的人；另一方面“我”又可怜这不幸的少女，思想极端矛盾。小说中的心理描写很成功，写妻子内心的痛苦与矛盾：

细雨之中，花朵也漫漫儿随着地落下，春光景色中最占重要主位的花，今葬入泥土中去。车子向前进行，我胸中种种感触，交替往来其间。丈夫虽向我忏悔，向我谢罪，我听了这一番话，心中究竟舒服不舒服。我丈夫竟忘了家中有妻有女咧。想到这种地方，确是心中生一种说不出来的难过……又想到那少女在春雨连绵之日，离乡背井，连安慰他的人也没有一个，我又悲伤不堪。现在又不能细想那种事。肺病是一定无救的。我为着这少女，我为着我丈夫，必排去所有杂念，真心发出同情来，非尽力替他看护不可。

这段内心独白非常细腻地、恰如其分地表达了一位心地善良的少妇所特有的感情及其内心矛盾，心理活动中融入了自然景色，更强化了小说的诗意。

这部充满感伤情趣的《德国诗集》不仅烘托、深化了“我”的伤感、哀愁，而且也给小说带来了浓郁的诗意，加上文本中成功的景色描写和心理描写，更增加了小说的抒情色彩。“到明年春间，在花明柳暗的时候，我靠在楼上窗口，眺望外面景色，觉得我家四面的景象，大有留春不住的样子。我一见暮春将去，不免又想起那久未提及的莱奈乌氏诗来，心中非常悲惨。可怜我欢乐的春日，已梦也似的过去了。”像这类的“诗化文本”在这时段的女性小说中虽然较少见，但这一新的艺术探索已见端倪。幻影女士书写奉献爱心的《慈爱之花》也当属此类作品。

在这时段的女性小说中尤值得关注的是吕碧城的白话日记体小说《纽约病中七日记》①，如果说，“五四”时期女作家的小说以“写我自己的生活”（庐隐语）作为一个特点来看待的话，那么，吕碧城的这篇日记体的小说就是书写她自己在纽约病中的生活与感受。小说因是日记体，没有什么完整的故事情节，它是“我”病中一周的日记。在这七天中，“我”虽有病，但从不卧床休息，而是每日必外出。“我”善于交际，认识了一些外国朋友，既有纽约富豪帕尔德夫人，也有国会议员塔末理，其中写得最富真挚情感的是一位在跳舞场认识的工人汤姆。汤姆是一位普通的工人，但很有礼貌，是在舞场认识的。一次，“我”已被人邀请跳舞，汤姆不知，又邀请“我”跳舞，“我”告诉他，很对不起，已有人邀请她。汤姆问舞伴是什么人，“我”告诉他是某银行总理、塞尔维亚首相的侄子。小说继续写道：

这天在跳舞场里，遇见汤姆，他依然很和蔼的，与我握手为礼。我本想散会之后寻他谈谈，因为每回他在跳舞场里和别的朋友跳舞，看见我来了，就舍了他们来陪伴我，散会后且送我回寓。所以，这天我必须周旋他。无奈我的记性太坏，散会时偏偏的忘记了。我很想见面时道歉，然而从此就没有见面。我屡次仍到这跳舞场来，再也遇不见他，他是从此绝迹了。在形迹上，显见得我得了富朋友，就立时舍了穷朋友，但我并无此心，然而无可辩白，就连自问，也不肯恕我自己。从此我也没有再和贝士林来往，可是要想补过，也来不及了。

---

①见李保民笺注：《吕碧城诗文笺注》，上海古籍出版社2007年版。此文为日记体小说，由李保民先生首次发见，拙著用此小说文本，特向李先生致谢！

叙事者在小说中营造的不是故事情节，而是“我”难忘的一些场景，侧重书写的也是“我”的感受和遗憾。再如，“我”写某一天的日记，叙事者关注的不是一天生活中的流水账，而重在人物的心理、情感变化和内心感受：

> 晚间睡的很早，仿佛身体在空中游行，有几株很高大树，开著细小的白花，我的身体，就拂擦著过去，看见这花已经半谢了。又走过一株小些树，白花盛开，极其芬芳细腻，我不知不觉的抱著这树哭起来，并且诵程芙亭女士《落花赋》“莫待西风古塞，青冢萧条；休教落日飞磷，红颜拌弃”的句子。但是我沉痛极了，哭不出声来，久而久之，才由心房里抽出一股酸劲的气，就一恸而绝。当时惊醒了，眼皮乍开，电灯的光芒如万缕金丝，密密四射成缬，因眼毛上有泪，对著灯光，就成此现象。

这里的描写已无情节可言，侧重的是“我”此刻的心理变化、“内心的纷争苦闷”（郁达夫语）。碧城是近代著名的诗人和词人，感伤又是古典诗词中最常见的抒写题材，这种抒情传统为她的小说营造了浓郁的诗化氛围。它无形中淡化了故事中的情节经营，而侧重于表现主人公的思想、性格、理想和感受。就此一点来说，它的出现又为“五四”时期女性自传体小说的脱颖而出开辟了航道。

20世纪第一个二十年，女性小说尚属于起步阶段，又处于女性文学由古典向现代的转型期，小说的艺术水准，从总体上来讲并不高，也没有出现震惊文坛的名著名篇，像上面提到的邵振华的《侠义佳人》、吕碧城的《纽约病中七日记》、杨令茀的《瓦解银行》、徐赋灵的《德国诗集》、秀英女士的《髯翁之遗产》已属凤毛麟角。又由于学术界对这一时段女性小说的隔膜，至今也少有学者关注；然而被尘封的女性小说家及其作品肯定还有，这需要学界从发现文本资料开始，认真地进行发掘、整理和研究，需要大家共同的努力。我们在这里只是初步勾勒了20世纪初女性小说发展的一个轮廓，旨在引起学界对20世纪女性文学中这一盲点的重新审视。至于对这一时段女性小说从思想意蕴到艺术变革的探索，还有很大的阐释空间，这只有留待来日了。

三、20世纪初中国女性翻译文学家群体论

中国古代女子虽有娴于诗词或满腹经纶者，并在中国文学史、文化史上留下了辉煌的业绩；但由于生活范围和传统思想的限制，毅然走出国门、学习并精通蟹行文字者，几乎无有一人。近代之后，随着西学东渐和女子教育的发展，中国渐有女子留学西洋者，如金韵梅（1864~1934）、柯金英（1866~1929）、康爱德（1872~1931）、石美玉（1873~1954）及稍后的曾宝荪（1894~1978）、郑毓秀（1891~1959）等，但这些留学生多是学习医学和自然科学的，对文学特别是从事文学翻译并不感兴趣。故在20世纪之前，中国女性无从事文学翻译者。有之，自20世纪开始。她是法国科幻小说家儒勒·凡尔纳（Jules Verne，1828~1905）的科学小说《八十日环游记》的首译者，也是西洋文学的第一位女翻译家。

（一）

据目前所掌握的史料，中国第一位女性翻译家是福建的文学家和诗人薛绍徽。薛绍徽（1866~1911），字秀玉，号男姒，福建侯官（今福州）人。她生活在一个书香门第，天资聪慧，年甫六龄，便跟母亲邵氏学画，八岁学诗，进步很快，在闺中时即以工诗擅画播名乡里。所幸的是，这位才女嫁给了一位志同道合、后曾出国留学的陈寿彭。陈寿彭（1855~？），字逸儒，是福州船政学堂的学生，1915~1919年，曾就职清政府邮传部，后任海军部军法司司长。他曾随其兄陈季同（1852~1907）游学英国、法国，以是通英文、法文。薛绍徽在丈夫的熏陶下，颇喜爱外国文学，夫妻合作，由寿彭口译，绍徽笔录，完成了《八十日环游记》的翻译。①

《八十日环游记》的翻译具双重的开创意义，它既是中国女性翻译的第一部小说，又是中国人翻译儒勒·凡尔纳科幻小说的第一部。《八十日环游记》原为

①需要说明的是，《八十日环游记》的翻译，不是译自法文本，而是根据桃尔（M. Towel）和邓浮士（N.D.Anvers）的英译本转译的，后者是一个严肃的译本。

37章，薛绍徽译为37回，1900年由上海经世文社出版，署“［法］房朱力士著、薛绍徽女士译”[1]，实则是由陈寿彭口译，薛绍徽笔述。

薛绍徽翻译的《八十日环游记》虽然在翻译方式上还属于“林译式”，但小说的翻译水平相当不错。译本忠实于原著。我曾将薛氏译本与原著、今译本对照过，除译文更加精练外，几乎是无瑕可寻。这在随意增删的译述之风盛行的当时尤其难能可贵。倘和稍后梁启超翻译的凡尔纳的另一部小说《十五小豪杰》相比，那简直是不可同日而语了。

《八十日环游记》（今译《八十天环游地球》），是凡尔纳系列科幻小说《在已知世界和未知世界中奇妙的旅行史》中的一种，小说写英国人非利士·福格与其仆人阿荣80天环游地球的故事。途中困难重重，历尽艰险，但终于在最后一秒钟出现在原先约定的、所有打赌者拭目以待的俱乐部里。故事惊险曲折，跌宕起伏，一波未平，一波又起，悬念迭生，引人入胜。

凡尔纳的科幻小说是其现实性与大胆幻想的结合，他笔下的情景和人物，既有出色的现实主义的描写，又有着浓郁的浪漫主义的幻想色彩。他是一位“奇异幻想的巨匠”，有的评论家说凡尔纳是“能想象出半个世纪以至于一个世纪之后才能出现的最惊人的科学成就的预言家”。有些著名的科学家和宇航员都受到过凡尔纳科幻小说的启示和影响[2]。薛绍徽所译的凡尔纳这部科幻小说《八十日环游记》一问世，就受到中国读者的欢迎也就不足为奇了。

《八十日环游记》的译入语系浅显的文言，语言洗练流畅，加之故事情节惊险曲折，扣人心弦，所以1900年首次出版后就深受读者欢迎。有鉴于市场的需求，1905年上海《时报》馆将小说更名为《寰球旅行记》在该报刊载（1905年

①见阿英编：《晚清戏曲小说目》，上海文艺联合出版社1954年版，第110页；另上海图书馆所藏此小说，正文页下署“逸儒口译，秀玉笔述。”

②前苏联宇宙航行的创始人、科学家齐奥尔科夫斯基（1857~1935）从事宇宙航行理论研究就是受到凡尔纳的科幻小说《环绕月球》（1869）的启示，美国的宇航员佛朗克·鲍曼乘美国阿波罗13号进入太空也受到过《环绕月球》这部小说的鼓舞。

12月20日至1906年1月28日），1906年上海小说林社和有正书局又分别将此书推出，题名同《时报》。短短数年间，该书转载、再版多次，由此不难看出这部翻译小说在近代中国的影响了。

《八十日环游记》的翻译也表现了一种本土化的倾向。小说中人物姓名的翻译大多还是中国化的名字，如将小说主人公的男仆Passe Partout（意为“路路通”）译为“阿荣”，印度女子Aouda（艾娥达），译为“阿黛”，这些名字显然载荷着译入语中某种约定俗成的文化内涵。

在《八十日环游记》的翻译中还有一点值得注意，是译文中加了若干注释，用双行小字置于正文下。这里为排印方便起见，笔者将文本中注释放在括号内，以示区别。如小说第一回开头：

> 一千八百七十二年（同治壬申），有非利士（名）福格（姓）者，居于摆林塘花园（原文，此处省略，下均同）沙非尔路（在伦敦城内）第七号门牌。是屋，乃一千八百十四年（嘉庆甲戌）许儿母利登（福格先代祖父之名）所遗。许儿母利登，为当时新党名人之一，常自逊抑，以避吸力之大，而时望所归，有识者咸钦仰之，诚浊世一守礼君子也。

译者加注的用意显然是为读者解难释疑，有助于不熟悉西方文化的受众阅读。至于在公历后加注清朝皇帝纪年，那也是将译入语文本本土化的一种符码形态。以上情况，在近代文学翻译中也并非仅见，但她却是始作俑者。

《八十日环游记》翻译的成功，给这位才女增添了译书的勇气，在丈夫陈寿彭的帮助下，她开始大规模的译书活动，并成为谋生的手段。陈寿彭为她写的《传略》云：“嗣从寿彭游上海、宁波、广东，以译书卖画佐生计，炊烟一缕，视笔墨为断续。”①

薛绍徽另译有英国女小说家厄冷的《双线记》（*A Double Thread*，又题《淡

①《福建女诗人传》，转引自钱仲联主编：《清诗纪事》第22卷，江苏古籍出版社1989年版，第16009页。

红金刚钻》)，上海中外日报馆1903年印行。小说标为“爱情小说”，24回，分订为3册。作者署“英儒厄冷”[①]，译者署“逸儒口译，秀玉笔述”。她还与陈寿彭合作编译《外国列女传》7卷[②]，《格致正规》10卷。

（二）

中国女性进入翻译文学领域，薛绍徽开其先声，随之在20世纪第一个二十年（1900~1919）形成了一个女性翻译文学家群体。这个女性翻译文学家群体有多少译者，目前还很难作精确的统计，主要原因有二：一是译者多是新式学堂（或国外留学）的教师和学生，在当时知名度很低，今天已难判其性别归属；二是署名虽系“某某女士”，但其中有若干可能是男性的“假借”[③]，并不一定就是女性。而排除其为“假借”、能以认定确系女性者又需要充分的史料根据。基于以上两种原因，有一些女性译者，由于我们尚不了解其生平，便只能搁置了。据目前的资料统计，这个群体大约有20人，[④]她们主要由两部分人构成：一是留学生，如汤红绂、陈信芳、薛琪瑛、吴弱男（1886~1973）、张昭汉（1884~1965）、沈性仁（1896~1943）、刘韵琴（1883~1945）；二是虽尚未发现其留学经历，但肯定受过新式教育（包括教会学校肄业者），如陈鸿璧（1884~1966）、黄静英、杨季威、凤仙女史、毛秀英、陈翠娜（1902~1968）等。尽管这个女性翻译家群人数不多，但它的出现却具有重要的文学史意义：它

---

①英儒厄冷，实为英国19世纪的女小说家和女诗人艾伦·福勒（Ellen Thorneycroft Fowler，1860~1929),《双线记》是她的成名作之一。作者系女性，陈寿彭夫妇署为“英儒”，说明他们对这位作者的性别、生平并不了解。

②南京金陵江楚编译总局1906年印行。三乘槎客（陈季同）为其题封面。

③近代文坛有一种怪现象：男性作家发表著译作品时，故意署“某某女士”的名字。详见本章第一节“概说”中的（三），第74~77页。

④朱静在《清末民初外国文学翻译的女译者研究》（刊《国外文学》2007年第3期）中说中国本土女译者有26人。但该文所举出的本土译者只有9人：即秋瑾、张默君、陈鸿璧、吴弱男、薛绍徽、裘毓芳、凤仙女史、高君珊、郑申华，但她的统计时段是1898至1922年，其下限比我的下限“五四”运动延长了三四年。另，朱静文中所指出的本土译者秋瑾和裘毓芳，二人均非文学翻译家。秋瑾只从日文译过医学著作《看护学教程》，后者裘毓芳的《海国妙喻》并不是翻译，而是将张赤山：《海国妙喻》中的译文，由文言改成白话。详见郭延礼著：《中国近代翻译文学概论》（修订本），湖北教育出版社2005年版，第163~164页。

不仅开创了中国女性参与翻译文学活动的先河，刷新了中国翻译文学史无女性介入的纪录；而且也显示了女性翻译文学的实绩，为“五四”后女性翻译文学的发展奠定了基础。

在20世纪初的女性翻译家中最值得重视的是活动于第一个十年的陈鸿璧。如果说，前面提到的开中国女性文学翻译先声的薛绍徽的翻译还是“林译式”（即还没有脱离通晓外语的丈夫的帮助）的；此后三五年，陈鸿璧登上译坛，则标志着女性文学翻译进入了一个独立的阶段。

陈鸿璧（1884~1966），原名陈碧珍，广东新会人。少年时代曾就读于上海中西女塾，后毕业于上海圣约瑟西童女校。1907年，她曾在上海女子中学和育贤女学校教英语，又担任过上海神州女学校校长。

大约在20世纪初，即1905年前后，她开始介入文学翻译活动。这从1906年上海小说林社在“小说林丛书”系列中出版她翻译的历史小说《苏格兰独立记》（上册）便可以寻求其活动线索。

陈鸿璧一开始步入翻译文学殿堂便受到近代著名文学批评家徐念慈（1875~1908）的青睐。徐氏是上海小说林（出版）社的发起人之一，并任编辑主任，他较早注意到陈鸿璧的翻译活动并给予支持。1907年，作为近代四大小说杂志之一的《小说林》创刊，徐念慈对陈鸿璧的翻译就颇为青睐，或润色，或评点，或推荐发表。大大地扩大了陈鸿璧翻译活动的影响，使她成为当时译坛上最活跃的女译者。这一切与徐念慈的关注与支持当有很大的关系。

陈鸿璧翻译的作品大多刊登在《小说林》杂志上，如她译的英国佳汉的科幻小说《电冠》，法国加宝尔奥（Emile Gaboriau，1832~1872）的侦探小说《第一百十三案》和佚名的历史小说《苏格兰独立记》，均刊登于《小说林》第1~12期，还有些译作，由小说林社和广智书局出版。陈鸿璧译过外国小说七八种，是当时的女译者中翻译最多的一位，其中有两部系与张默君（即张昭汉）合译，即美国白乃杰的奇情小说《盗面》（1911年7月由广智书局、群益书局、千顷堂三家出版社同时推出），英国查克的小说《斐乃杰奇案之一》（1911年广智书局出版）。

由如上简略的叙述，不难看出，陈鸿璧在20世纪初的译坛上确是一位卓有成就的女翻译家。

陈鸿璧翻译的作品，特别是几部长篇小说，如科幻小说《电冠》、侦探小说《第一百十三案》、历史小说《苏格兰独立记》，用浅近的文言作译入语，不仅语言洗练、流美，较忠实于原文，而且在艺术上也有值得称道之处。她重视译文的环境描写和心理描写，而在结构艺术上也与中国古典小说有异。小说中的叙事者已隐藏在幕后，"故事叙述中场景的转换不靠叙述者的明确提示，而是在跳跃的场景之间让读者自己体会其中的联系"[①]。这点对当时的中国小说创作想必会有一定的冲击和影响。

陈鸿璧除文学翻译外，据目前的材料所见，她还译过马腾著的《妇女与家庭》（1926年出版）和"万有文库本"《科学的训练儿童法》（上海商务印书馆出版），又译有马腾、马登著的《思想之伟能》（又题《人皆王者》，1926年5月上海国光印书局出版）。但，此后她的文学翻译却见不到了。以陈鸿璧的双语水平和她此前翻译的成绩，民国后，她倘继续从事文学翻译，那她在中国女性翻译文学史上会占有更重要的地位，也会为后世留下更多优秀的译作。这不能不说是一件十分遗憾的事情。

（三）

在这个时期的女翻译家中，除去上面提到的开风气之先的薛绍徽和卓有成就的陈鸿璧外，在小说翻译方面较有成就者还有黄翠凝（广东新会人、近代小说家兼翻译家张毅汉之母）、黄静英、杨季威、凤仙女史、汤红绂、刘韵琴、毛秀英等，这之中尤其值得称道的是黄静英。

---

①杜慧敏：《晚清主要小说期刊译作研究（1901~1911）》，上海人民出版社2007年12月版，第388页。

黄静英，苏州人，嫁吴氏，系苏州宏志女学的教师，她大约是教会学校的毕业生，通英文、法文，在《小说月报》等刊物上发表短篇小说10多篇，有创作，也有翻译，在她的翻译小说中最值得注意的是她的《最后之授课》。

《最后之授课》（*La DernIere Classe*，今译《最后一课》），是法国著名小说家都德（A.Daudet，1840~1897）的代表作之一，黄静英继胡适译出之后不久、首先以全译文本出现是非常值得珍视的，它在中国近代翻译文学史上具有重要的意义。

都德小说最早的中译本是胡适的《割地》，曾发表在1912年11月初的上海《大共和日报》上。后来由其友人、《留美学生季报》编辑任鸿隽转载于该刊2卷1号（1915年3月）上，仍题为《割地》。几乎与《割地》在《留美学生季报》转载的同时，黄静英的全译文本在《礼拜六》第42期（1915年3月20日）上发表，题名为《最后之授课》，而且是由一位名不见经传的女性译出，这实在是值得我们高兴和珍视的。正由于黄静英是一位名不见经传的普通知识女性，以致她的这篇成功的译作，一个世纪以来，几乎无人提及。

胡适是都德《最后一课》（先题名《割地》，后恢复原名）第一个中译者，其历史功绩必先肯定；又由于胡适在新文化运动中的领袖地位，他的这篇译作多次被选入教科书，极大地扩大了《最后一课》的传播空间及其影响，成为进行爱国主义教育的最佳教材之一。但有一点也应当说明，胡适这篇译作是有删节的，这也是中国翻译文学初期常见的现象。胡适为了照顾当时本土受众的欣赏习惯，他有几处对原文作了删节（详后）。但胡适的译作基本上未影响原著思想与艺术的完整性。读了黄静英的全译文本，感到译者十分忠实于原文，这在中国翻译文学初期是十分难得的。我将胡译、黄译与原文对照，发现胡适所删节、省略的地方，黄静英均照原文译出，而且在人名、地名的音译，以及个别词（如语法术语）的翻译上，黄译较胡译更接近今译。下面略举数例，以见黄译在中国近代翻译文学史上的地位。

第一，小说主人公弗朗茨（按：胡译通篇始终未出现小说主人公弗朗茨的名字，而是将其改为第一人称的“我”作为叙事者）去学校上课，途中遇到铁匠瓦克特尔的一段描写，胡译本删掉了，黄译本云：

路经村中衙署，铁栅上张一告示，予恐此为法兰西军队之败报，不敢近视，但疾趋而过（以上胡译本有，只是译文稍有不同；下面的文字，胡译本删节）。遇冶工阿鲁台，手携稚子立街沿读文告，谓予曰：“汝何亟亟，汝上学殊早，顾……”予恐上课时届，不及与语。疾驰入小运动场，入课堂。

黄译本将胡适删去的这一段文字译出来了。

第二，阿梅尔先生讲完课文，小学生练习写字，有一段关于弗朗茨的心理描写，胡适未译，黄译本照原文译出：

时室中寂寂，但闻笔尖着纸，苏苏有声。忽有黄金虫洞窗而入，苟在平时，小学生中必有张手欲扑者，顾兹时则绝无一人留意及此。予仰视窗外，屋上白鸽一群，方高下其首，作阁阁声。思及我辈，既因割地而沦为奴隶，国语且不之保矣。嗟此群鸽，其亦当作普鲁士语否？

这段译文对表现小学生弗朗茨的爱国情感和国家将要沦为异族统治时的心理活动非常重要，可惜被胡译本删去了。

第三，关于小说中人名、地名的音译，黄译较胡译更接近今译。小说中的老师，胡译为汉麦；黄译为恩梅尔（今译为哈梅尔）。法国割给普鲁士的两个省，胡译为阿色司、娜恋；黄译为阿尔萨司、罗林（今译为阿尔萨司、洛林），黄译与今译几乎完全相同。再如，胡译文本中省略的（即未译的）人名、地名，黄译也更接近今译，如普鲁士兵操练的地方，黄译为里泊尔牧场；今译为里贝尔牧场。由人名、地名与今译的接近程度，可以判断黄静英的法语水平是相当不错的。如果联系近代译坛有关人名、地名译音混乱的情况，[①]那更是不可同日而

①参见郭延礼著：《中国近代翻译文学概论》（修订本），湖北教育出版社2005年版，第33页。

语了。

第四，尤值得一提的是黄静英关于小说中法文语法术语“participe”的翻译。“participe”，胡适译为“动静词”不太准确，但考虑到20世纪初的中国语言学界其语法学尚属模糊阶段，很难有准确的翻译，胡译亦可理解。令人感到惊讶和高兴的是，黄静英竟然能将“participe”正确地译为“分词”（与今译同。译文：“恩梅尔先生课文法方及分词”），这说明这位女翻译家的法语确实达到了相当高的水准。

据如上四点，可知黄静英《最后一课》的翻译，水平是相当高的。她忠实于原著，基本上是逐词逐句的翻译，译入语用的是浅显的文言，自然流畅，富有表现力，在“五四”前文学翻译中应属上品。但这样一篇出色的译文，过去研究翻译文学的人几乎无人注意到它。这大约与它的译者是一位名不见经传的女性有关吧！

黄静英翻译的小说，据笔者所知，除《最后之授课》外，尚有《五万元》和《妒妇遗毒》[①]。《五万元》（刊《礼拜六》第41期），署“静英女士译”，未署原著作者名，这也是中国近代翻译文学初期常见的现象。《五万元》系一短篇侦探小说。小说写美国有一著名的金钱捷运公司，专门办理货币运送业务。一天，该公司于早饭前忽然发现：昨天运到的宾夕法尼亚铁路公司的薪金专款五万元在金库中被盗，而室内绝无痕迹。查被盗巨款之前夜守卫者名钦痕，此人诚笃可靠，忠于职守。公司只好请美国大侦探鲁巴德·宾根帮助破案。宾根考察现场后，金柜及钥匙开启处，无一损坏。宾根遣其助手，潜伏默察，无一人稍涉嫌疑。后偶然在旅客中发现一人，名桥巨，正旅行于巴发露，他曾在宾夕法尼亚做工，服装甚质朴；但一到巴发露，衣着风度颇类绅士，且大肆挥霍。侦探宾根暗中调查其财产，其人有一万六千元分存于三个银行，说者谓因煤油股份而暴富，

① 《妒妇遗毒》（又题《妻乎财乎》），上海商务印书馆1918年出版。

惟存款时间在捷运公司被盗之后数日。一天，桥巨饮酒后回寓所，大侦探宾根尾其后，逐渐接近，正与其寒暄时，突然剥去假面，厉声曰："桥巨，你认识我吗？"宾根告诉桥巨：你就是那五万元的盗窃犯时，桥巨始而惊讶，继而抵赖，但当宾根从怀中拿出罪犯丢在火炉中铸造钥匙的黏泥模具时，他才低头认罪，坦白了他如何骗取金库守卫钦痕的钥匙，如何用黏土制造钥匙模具，然后交代出与同伙实施盗窃的经过。是篇采用侦探小说惯用的倒叙手法，开头即出现捷运公司金库五万元被盗的场面，而又现场如旧，毫无作案痕迹。然后作者巧妙运用悬念，将读者引向"谁是盗贼"、"他如何作案"的思考。后经侦探多方暗访、排查，将犯罪嫌疑人缩小在一个来往旅客桥巨身上，在他自己留下的铸造钥匙模具的物证面前，只好认罪，交代了犯罪经过，至此读者才恍然大悟。小说译文系浅近的文言，洗练畅达，构思巧妙，引人入胜。

黄静英是20世纪初一位在文学翻译上崭露头角的女翻译家，但至今未引起女性文学研究界的注意。对于她的生平、学历，几乎一无所知，这是让我们感到十分遗憾的事。

除黄静英外，另外几位也有译作可述，如黄翠凝译的《牧羊少年》（英国却而斯著，上中下三册，上海中国图书公司和记1915年12月出版）和《地狱村》（与陈信芳合译，上海小说林社1908年出版），陈翠娜的《薰莸录》（上下两册，上海中华书局1917年6月出版），罗季芳的《三玻璃眼》（英国葛威廉著，上海群学社1903年出版），汤红绂的《旅顺双杰传》（日本押川春浪著，世界社1909年出版），凤仙女史的《美人手》（法国朱保高比[①]著，自黑岩泪香日译本转译，上中下三册，上海广智书局1906~1909年出版），刘韵琴的《乳姊妹》（日本菊池幽芳著，中国图书公司和记1916年6月出版），均是女性文学翻译的代表作，对翻译文学作出了一定的贡献。

---

①朱保高比，原名Fortuné du Boisgobey（1821~1891），法国19世纪著名的侦探小说家。

（四）

在近代女性翻译文学中有几位从事戏剧翻译的女性也少有人关注。就目前所掌握的材料知有如下六位，即薛琪瑛、吴弱男、沈性仁、郑申华、曾兰和高剑华。郑申华译有新剧《薏波》[①]。曾兰（1875~1917），字仲殊，号祖香，四川华阳人，吴虞妻，1912年曾任成都《女界报》主笔，著有小说《孽缘》，译有“西剧”《经国美谈第一部》（刊成都出版的《娱闲录》5至13期），但这部“西剧”属于译述和改编，不是严格意义上的翻译作品。另一位是高剑华（1890~？），她是杭州人，1910年曾在北京女子师范读书，毕业后，1914年在上海创办文学杂志《眉语》。同年，她和丈夫许啸天（1886~1946，名家恩，别署则华，浙江上虞人，文学家兼戏剧家），编译过戏剧《白牡丹》（未完）[②]，也不是严格意义上的译作。而在外国戏剧翻译方面最值得珍视的是 吴弱男、薛琪瑛和沈性仁所译的西洋戏剧。这三位译者均系外国留学生。吴弱男早年曾留学日本，译过日本押川春浪的小说《大魔窟》（上海小说林社1906年8月版），又列为“小说林丛书”，但她在翻译文学上的主要成就是戏剧翻译。

吴弱男（1886~1973），安徽庐江县南乡沙湖山人，出身于官宦世家。她的祖父是著名淮军将领吴长庆，其父吴保初（1869~1913）是近代诗人，与谭嗣同、陈三立、丁惠康并称清末“维新四公子”，著有《北山楼集》。吴弱男生

---

①郑申华（1898~？），广东香山县人。父亲郑汝骙系美国华盛顿大学毕业，曾任驻日本使馆参赞。申华幼年曾入南京洋务局模范小学读书，继入金陵汇文女校肄业。1913年入上海圣玛利亚书院深造，1915年毕业。她既写戏剧，也作翻译。前有“警世新剧”《知足不辱》，刊商务版《妇女杂志》4卷2号（1918年2月5日）；后者译有新剧《薏波》，署郑申华女士译，刊商务版《妇女杂志》3卷8号（1917年8月5日）。此外她在《女铎》上还发表了短剧《敏儿审判》（《女铎》5卷11号，1917年2月1日）、《因祸得福》（《女铎》5卷12号，1917年3月1日）、《施德拉》（《女铎》6卷1号，1917年4月1日）。另有其他体裁的译作《余之幼稚时代》（《女铎》6卷7号，1917年10月1日）、《猫与鼠》（《女铎》7卷10号，1919年1月1日）、《贪夫鉴》（《女铎》7卷11号，1919年2月1日）等。

②《白牡丹》原为英国小说，中文译本刊于陈以益主编的《女报》第1卷第1至3号（1909年），署“懊侬女史述意，啸天生笔记”（未署原著者名）。懊侬女史是高剑华的笔名，啸天生即许则华。1914年，高剑华夫妇又将此小说改编成戏剧，刊于《新剧杂志》第1期（1914年5月1日），未完。署“许啸天编，高剑华女士述”。

长在一个书香门第之家，自幼受到良好的教育。1902年，吴弱男来上海，在爱国女校读书。她1904年留学日本，入青山女子学校学习英语，1905年加入同盟会，曾任孙中山先生的英文秘书。后与章士钊同去英国留学，1909年与章氏结婚。吴弱男喜爱文学，才华横溢，她还是20世纪初著名的政论文学作家，编选过《二十世纪自由钟》，宣传革命和女权。吴弱男曾在日本青山女子学校攻读英语，英语水平很好。1905年，驻日本东京调查员称："中国女子在东京留学者百人许，而其中最著名者共三十人，就中长于英文者有吴弱男女士及陈撷芬女士。"[①]"五四"前，吴弱男译了易卜生的戏剧《小爱友夫》，刊《新青年》4卷6号和5卷3号。

易卜生（Henrik Ibsen，1828~1906）是北欧挪威最著名、也是影响最大的戏剧家，他一生创作并出版了25部剧作，被译成多种文字，并在德国、英国、法国、美国、丹麦、挪威、俄国、日本和中国等国舞台上演，受到不同肤色观众的热烈欢迎。易卜生是在欧洲革命浪潮的激荡下从事创作的，具有强烈的社会现实意识，提出了一系列有关女性解放、国民道德、法律等社会问题，所谓"社会问题剧"即由此而来；他的剧作又具有强烈的个性解放和批判精神。鲁迅早在《摩罗诗力说》中就称赞易卜生"愤世俗之昏迷，悲真理之匿跃，假《社会之敌》以立言……死守真理，以拒庸愚"。近代一位著名的戏剧活动家陆镜若（1885~1915）称易卜生为"剧界革命之健将"，"其文章魄力，亦足以惊人传世"。[②]"五四"前易卜生的剧作已译入中国。《新青年》4卷6号曾出"易卜生号"，刊出了易卜生的《娜拉》（罗家伦、胡适译）、《国民之敌》（陶履恭译）和《小爱友夫》，这后一种就是由女翻译家吴弱男所译。《小爱友夫》是易卜生后期的作品，发表于1894年。该剧侧重人物心理分析，在立意与语言上，具有更多的象征风格。

---

①见《女子世界》第2年（1905）第3期。

②陆镜若：《伊蒲生之剧》，《俳优杂志》第1期，1914年。

薛琪瑛，无锡人，她是薛福成的孙女，富商薛南溟（1862~1929）的女儿。琪瑛的母亲是桐城派大师吴汝纶的女儿，亦有文学功底。薛琪瑛幼聪慧，好学不倦，陈独秀赞她“幼承家学，蜚声乡里”。薛琪瑛受过新式教育，毕业于苏州景海女学英文高等专科，后留学法国，通英语、法语、拉丁语。薛琪瑛红颜薄命，嫁给湖南沅陵朱氏，婚后不久，丈夫朱文长（1891~1914）去世。她是现代诗人朱湘的二嫂，于朱湘学习外语及尔后的成长帮助和影响很大。朱湘在他的译作《英国近代小说集》出版时特地在该书扉页上写有这样的题词：“此书呈我的嫂嫂薛琪瑛女士，奖助我读英文的人。”薛琪瑛喜爱西洋文学，她翻译了英国唯美派代表作家奥斯卡·王尔德（Oscar Wilde，1856~1900）的剧作《意中人》（*The Ideal Husband*，今译《理想的丈夫》）。《意中人》刊于《青年杂志》[①]第1卷2、3、4、6号至《新青年》第2卷2号（1915年10月15日至1916年10月1日）。《理想丈夫》是王尔德的一部讽刺喜剧。它揭露了英国上流社会的官僚们投机诈骗、贪污贿赂的丑恶行径，讽刺了表面上道貌岸然、实则卑鄙龌龊的下院议员契尔突恩之流的虚伪，对资产阶级上流社会具有一定的批判意义，也是王尔德戏剧中最值得重视的一部喜剧。剧本构思巧妙，想象丰富，语言华美，带有唯美主义的倾向。

此外，薛琪瑛还翻译过法国作家肯尼斯·格雷厄姆（Kenneth Grahame，1859~1932）的长篇童话《杨柳风》[②]和田贝立（Temple Bailey，1889~1953）的长篇小说《蓝窗》[③]，这已是中国现代翻译文学史上的业绩了。

与薛琪瑛、吴弱男鼎足而三的是为美国著名学者费正清所欣赏的沈性仁（1896~1943），这是一位淑雅美丽的才女。著名哲学家金岳霖初见这位才女时曾以“性如竹影疏中日，仁是兰香静处风”（《悼沈性仁》）来形容她的丰采

①《新青年》原名《青年杂志》，第2卷起，改名为《新青年》。

②该书译者署名朱琪英，上海北新书局1936年3月出版。

③该书译者署名朱薛琪英，上海广学会1930（？）年出版。

神韵。

沈性仁，浙江嘉兴人（其先世由湖州府归安县迁至嘉兴），出身名门，姊妹三人：长性真，次性仁，三性元，俱惊才绝艳。性仁幼年喜欢数学，曾留学日本，在长崎活水女学读书，后因父病归国，再入北京女高师，1917年与北京大学教授陶孟和结婚。1937年抗日战争爆发后，沈性仁带一个孩子回上海，后又辗转前往桂林，与丈夫和其他几个孩子会合，并前往红十字会，报名看护抗日的伤病员。她劳累已极，身体难以支持，后又患上严重的肺结核，几度卧床不起，1943年病逝于兰州。①

沈性仁还是近代一位翻译文学家，“五四”前夕，她翻译了王尔德的《遗扇记》（今译《温德米尔夫人的扇子》，亦有人译为《少奶奶的扇子》），刊《新青年》5卷6号、6卷1、3号。《温德米尔夫人的扇子》（1892）是王尔德很著名的一部喜剧，它和上面提到的薛琪瑛译的《理想的丈夫》，是王尔德喜剧中的两部优秀之作。戏剧形象生动，语言华美，幽默中藏有锋芒，对19世纪的英国上流社会具有较强的讽刺力量。《温德米尔夫人的扇子》通过一位贵夫人因误会而几乎失足的故事，揭露了上流社会虚伪的体面和资产阶级道德观念的脆弱。“五四”后，王尔德的这一名剧曾多次搬上中国舞台，对中国现代话剧亦有影响。沈性仁还翻译过挪威戏剧家、诺贝尔文学奖获得者卞尔生（Bjornson，今译比昂松）的《新闻记者》（刊《新青年》7卷5号、8卷1号、9卷2号）。比昂松和易卜生都是挪威著名的戏剧家，又是同时代人，但比昂松在中国的影响比起易卜生来就小得多了。

沈性仁是一位极具才华的女性，此后她与徐志摩合译过小说《玛丽玛丽》，又与丈夫陶孟和共同翻译了英国坎斯著的《欧洲和议后的经济》，1925年，她还译了荷裔美国科普作家亨德里克·威廉·房龙的成名作《人类的故事》，由商务

①参见新浪博客：张丽梅的BLOG，《民国名媛沈性仁》。

印书馆出版。

以吴弱男、薛琪瑛和沈性仁为代表的近代女性戏剧翻译，标志着女性翻译的一种新的文体选择，这是20世纪第一个二十年的早期和中期都没有的现象。“五四”前夕，这三位留学外国的知识女性，首先将西洋戏剧介绍给国内读者，她们介绍的这两位西欧著名的戏剧家：一位是社会现实的关注者易卜生，一位是为艺术而艺术的唯美主义者王尔德。这两位戏剧家的艺术主张、旨趣虽不相同，但他们两人都是西欧剧坛有代表性、有成就的剧作家。他们对于“五四”时期中国的戏剧创作都有一定的影响。张闻天在“五四”期间称易卜生与王尔德是“为人生的艺术”与“为艺术的艺术”的“最Typical代表”。[①]这三位女性翻译家恰恰分别翻译了欧洲这两位美学理想和艺术风格迥然相异的剧作家的作品，在当时是具有文学史意义的。

吴弱男、薛琪瑛和沈性仁翻译的这三部戏剧另一点值得注意的，是译者忠实于原著，近于“五四”前周氏兄弟所提出的“直译”。薛琪瑛所译王尔德的《意中人》采取了英汉对照的方式。诚然，就当时国人的外语程度而言，能看懂原文并从而纠正译文错误者固然不多；但重要的是，它表明译者对原著的尊重。从最低意义上来讲，附上原文，也在一定程度上制约了译者随意增删与改动的自由。现将薛琪瑛译的《意中人》第一幕布景的原文与译文对照如下：

First Act

Scene

The octagon room at Sir Robert Chiltern's house in Grosvenor Square.

（*The room is brilliantly lighted and full of guests. At the top of the staircase stands lady Chiltern*，*a woman of grave Greek beauty*，*about twenty-seven years of age. She receives the guests as they come up. Over the well of the staircase*

①张闻天：《王尔德介绍》，上海：《民国日报》副刊《觉悟》，1920年4月3日。

hangs a great chandelier with wax lights, which illumine a large eighteenth-century French tapestry-representing the Triumph of Love, from a design by Boucher-that is stretched on the staircase wall. On the right is the entrance to the music-room. The sound of a string quartette is faintly heard. The entrance on the left leads to other reception-rooms. Mrs.Marchmont and Lady Basildon, two very pretty women, are seated together on a Louis Seize sofa. They are types of exquisite fragility. Their affectation of manner has a delicate charm. Watteau would have loved to paint them.）

译文：

第一幕

布景

郭露斯文诺街，纪尔泰家中，八角式房间。

（八角式室内，灯烛辉煌，宾客满座。纪尔泰夫人立于楼梯口，容貌端丽，如希腊美人。年事约廿七岁。立此迎接宾客。楼梯对面，悬一大枝形灯架，上置蜡烛数支，烛光正照一大幅十八世纪法兰西之图画，乃名画师布丘所绘，表明恋爱胜利之意。右首一门，通音乐室，微闻四声乐器之弦声。左首一门，通接待室，二美女马孟德夫人及裘锡敦夫人，并坐睡椅之上，楚楚动人，媚态欲仙。王陀［画师名］见之，当欲图入画中也。）

从原著与译文对照看，译者是忠实于原文的，这也避免了郑振铎先生在20世纪20年代初所指出的外国戏剧翻译中所经常出现的译者任意更改戏剧原著和增删原文的问题。[①]

这三位女性的戏剧翻译还有一点特别值得关注，即其翻译文体都是白话。上

①郑先生1921年曾在《现在的戏剧翻译界》中指出当时外国戏剧翻译中的五个问题：即更改原著的剧名；译文体例互异；译文不通；人物对话中的特别用语、俗语、成语翻译有误；借用英译本转译其他语种所出现的问题，以及任意删改原文等。详见《戏剧》第1卷第1期，1921年6月。

面我所引薛琪瑛译的王尔德：《意中人》第一幕布景说明，就是一段流畅优美的白话文。再看看另外两位女性翻译的剧本，其剧中的人物对话，在“五四”时期的白话文学中，应当算是相当口语化的。看沈性仁译的《遗扇记》第一幕中温德米尔夫人与达林顿勋爵的对话：

达：温夫人，你好呀！

温：你好，达林顿勋爵！不行，我不能同你握手，我的手都被这些玫瑰花弄湿了。你看，多可爱呀！那是今早从塞尔皮（地名）送来的。

达：真好看。（看见了桌上的一把扇子）那把扇子多少（多么）好看！可以给我看一看么？

温：可不是吗？请看罢。有我的名字和好些别的东西在上面咧。我自己也是才看见。这是我丈夫送给我的礼物。你知道吗？今天是我的生日呢。

达：不是罢？真的吗！

再看吴弱男所译《小爱友夫》中的一个片断：

爱（爱友夫）：我忘记告诉你，爸爸！鲍海给我买一张弓，他并且教我射。

阿（阿夫德）：那正是你应该玩耍的东西，爱友夫。

爱：他下次来的时候，我要他教我泅水。

阿：泅水么？你为什么要学泅水呢？

爱：呵呵，你知道海边上的小孩都会泅水，单单我一个人不会泅。

阿：（揽爱友夫入怀，以示抚爱）随你的意思，要学什么，就学什么。

爱：爸爸，你知道我最爱学的是什么？

阿：不知道，你告诉我。

爱：我最爱学的，就是当兵。

由如上举例可以看出，在“五四”前夕，这三位女性翻译家已选用白话作为她们的翻译文体；而且这些白话译文，在当时的语境下，应属于比较纯熟的白话。在中国女性文学由古典向现代的转型期间，对于如上三位女性的这类白话译文理当给以足够的重视。

在女性翻译文学中，翻译戏剧较翻译小说来得要迟一些，且数量也少；但就其翻译质量而言，前者高于后者。特别是薛琪瑛、吴弱男、沈性仁三位外国留学生所翻译的易卜生、王尔德的这三大名剧，在中国女性翻译文学史上尤具有重要的文学史意义。

（五）

20世纪第一个二十年中国女性翻译文学家群就目前所能确定的人数来看并不算多，只有20人；但其出现在中国文学史和中国翻译文学史上都是破天荒的文学现象，其意义亦非同小可。需要说明的，我们不能不考虑到在人数统计上的两大局限：一是性别识辨的困难，前已提到，兹不辞费；二是受到目前研究主体所掌握资料的限制。可以这样说，不翻遍20世纪初的全部杂志和报纸，就不敢说没有遗漏。现在只能就我们目前掌握和爬梳的资料，对这一群体的总体特征作如下讨论。

中国女性翻译文学家群体的总体特征有如下六点：

第一，女译者的地理分布：女翻译家的籍贯大多是江、浙、闽、粤、湘人。这与这些省份首先对外开放、接触西方文化较早有关，也与江南诸省商品经济繁荣、文化发达有关。随着新式教育的发展，女子教育在以上地区发展很快，早期女子中学、女子师范、女子专科学校，特别是女子教会学校主要分布在以上诸省。因此女性翻译文学家出现在以上地区，正与中国女子教育的发展程度相对应。据《光绪三十三年（1907）分学部第一次教育图表》显示，仅江苏省（包括江宁省）就有女学生4 198人[①]，占全国女学生总数的30%，而出国留学的女生，江、浙、闽、粤、湘五省几占全国的80%。

①转引自杜学元：《中国女子教育通史》，贵州教育出版社1995年版，第333页。

第二，女译者的学历：在这个女性翻译家群体中，留学生占一半，此外就是教会女学、各类中等或专科学校毕业的学生。前者可以确指的有汤红绂、凤仙女史、陈信芳、刘韵琴、张昭汉、吴弱男、薛琪瑛、沈性仁等；后者多是教会女学培养的高才生。近代最有成就的女翻译家陈鸿璧少年就读于上海中西女塾，后毕业于上海圣约瑟西童女校，黄翠凝、黄静英、杨季威、陈翠娜、郑申华，也都是教会女学的毕业生。就是有些留学生，她们在留学前所肄业的学校也多是教会女学，如薛琪瑛、吴弱男、沈性仁、张昭汉等人，她们少年时代都曾就读于教会女学。

第三，女译者的外语水平：20世纪初期的这批女性翻译文学家有良好的外语水平。

文学作品翻译质量的高低与翻译主体外语水平有直接的关系。当然，对外国文学、西方文化的了解与感悟，译者的汉语水平、表达能力也是一些重要的因素。但其主导因素还是译者的外语水平。20世纪初的这批女性翻译家，不论是国内新式学堂毕业的学生，还是外国留学生，都有很好的外语基础。

20世纪初，女子中学的课程普遍设有外国语。民国初年，女子中学学制为四年，女子学校重视外语教学，有的女学还聘请外教教英语。在四个学年中，外国语的授课课时均为周六学时，其总教学时数比国文还多。国文课四个学年的周学时分别为7、6、5、5，外语的对应课时为6、6、6、6。[1]在教会女子学校中，外语的要求更加严格，要求能听、会说、会写和翻译（英译汉、汉译英）。良好的外语基础是从事翻译最重要的条件之一，也决定着这一时段女性翻译文学的质量。

第四，女译者的双栖。这个群体中的女性，有部分人既做翻译，又从事文

①据《女子中学课程表》，见朱有瓛主编：《中国近代学制史料》第3辑，华东师范大学出版社1990年版，第373页。另，在教会小学中，58%的学校在四、五年级即开设英语课，见罗苏文著：《女性与近代中国社会》，上海人民出版社1996年12月版，第76页。

学创作。20世纪初的这批女性翻译者，她们大多出身于书香门第，不少人，自幼就受过严格的家学教育，有较好的古典文学素养和经史书画的训练。比如小说翻译家张默君（名昭汉，字默君，以字行），她出身于湖南湘乡的一个诗书之家，父亲张伯纯、母亲何懿生，均有文才，博古通今，擅诗工词，并有诗文集问世。默君天资颖悟，自幼接受古代经史和古典诗词的教育。深厚的文学素养，使默君出口成诵，她著有《白华草堂诗》、《玉尺楼诗》、《红树白云山馆词》，陈三立称默君的诗“天才超逸，格浑而韵远，为闺媛之卓荦不群、效古能自树立者”[①]。在她晚年（1960年），台湾中华丛书编审委员会刊印了她的诗文集《大凝堂集》，线装四大册，有诗、词、政论、书信等九大类。默君还工书法，陈衍称“其作书，行草神速，颇极南帖之美，尺牍寸楮，光彩照人，可不谓豪杰之士欤？”[②]在女翻译家中，类此情况者并不只张默君一人，以诗词著称者还有陈翠娜、刘韵琴。陈翠娜，名璻，字小翠，又字翠娜，后以字行。她出身于杭州的书香门第。父亲陈栩（1879~1940）是近代著名的小说家、戏剧家、实业家，文学家陈小蝶（1897~1989）是其长兄。小翠幼聪慧，工诗词曲，有《翠楼吟草》、《翠楼文草》、《翠楼曲稿》等。发表创作小说《新妇化为犬》时，“署十三龄女子陈小翠”。另有长短篇小说多种，她还创作戏剧，有杂剧《黛玉葬花》、《焚琴记》等六种，又善画，建国后，任上海画院画师。

20世纪初这支女性翻译家队伍，可称女中翘楚。她们多才多艺，既工诗词，又擅书画；既精翻译，又能创作，外语中文，样样精通。许多人还是女性小说家群体中的重要一员，刘韵琴有短篇小说15种，黄静英、毛秀英的创作小说也都在10篇以上，黄翠凝、汤红绂均发表小说多种，由此可见20世纪初这个女性翻译文

①《张默君〈玉尺楼诗〉题词》，潘益民、李开军辑注：《散原精舍诗文集补编》，江西人民出版社2007年1月版，第323页。

②《白华草堂诗·陈衍序》，余祖坤校点：《白华草堂诗》第15页（此书为《清代闺阁诗集萃编》中之一种，尚未出版），在此谨向编校者致谢。

学家群体的素质和实力。

第五，女译者的翻译方式已进入独立翻译。

在近代翻译文学中，一人口译，一人笔述的所谓“林译式”，并非只有林琴南一人。在中国翻译活动中，这种翻译方式是一种常见的现象。明末清初传教士与中国士人翻译科技读物的合作方式（一人口述，一人笔录）自不必说了，就是近代翻译文学初期，这种现象也并不罕见。比如近代初期《昕夕闲谈》的翻译，尽管大体已可断定其首译者蠡勺居士为蒋其章（1842~?，字芷湘，一字子让），但从他曾中过举人、做过县令的经历来看，他独立翻译小说恐有困难。如果1873年出版的《昕夕闲谈》真是蠡勺居士（蒋其章）翻译的话，那也是采用的“林译式”，蒋其章所担任的角色是笔述。虽然美国学者韩南教授所说的小说《昕夕闲谈》的口译者系《申报》的创办人美查尚缺乏确凿的证据；但倘说小说的口译者是一位在《申报》或在上海工作的外国人则是可信的。稍后，近代有些翻译小说也是“林译式”，其署名明确标出口译者和笔述者。如翻译小说《紫绒冠》，署英国许复古原著、兰言口译、巢人笔述；翻译小说《假币案》，署美国泥格辣斯原著、留氓口译、仪许笔述。这类署名的例子在近代翻译小说中还可找到若干。

20世纪初的这个女性翻译家群体，除薛绍徽的翻译是采用“林译式”外，其余的女译者均是独立翻译，这也是值得我们珍视的一点。这时期，女翻译家群体中的主干人物，像陈鸿璧、黄静英、黄翠凝、刘韵琴，汤红绂、凤仙女史、吴弱男、薛琪瑛、沈性仁、张默君，她们或是教会学校培养的高才生，或是浮槎海外的留学生，都有较好的外语水平，又加上她们受过较系统的新式教育，具有一定的外国文学和西方文化知识，从选择翻译文本到译文润色，均有能力自己独立完成。

第六，20世纪初女译者所使用的译入文体。女性翻译家的译入文体，主要还是文言或浅近的文言，这是因为她们自幼年读书，开始比较熟悉的语言符码就是文言，再加上当时社会上重文言轻白话的偏见，也影响了她们对译入语的抉择。包天笑回忆当时文坛的情况时说：“那时候的风气，白话小说不甚为读者所欢迎，还是以文言为贵，这不免受了林译小说熏染。”①影响所及，故女译者的译文还是停留在浅显的文言阶段。不过20世纪初这些女译者的文言译文一般用典不多，也较少艰涩的文字，读者还是比较容易看懂的。如罗季芳译的英国侦探小说《三玻璃眼》第十四章“深院拾遗”中的开头一段：

包内孝自进花园，一路行来，目光四射，初时以为无迹可查，颇为缺望。及后仔细看去，觉有许多事情苟得老于侦探者，必能见事生情，查出此夜濯洗血迹之人，而因以侦得凶手之踪迹。但此积微生著，在庸碌之侦探目中必不留神，遂彷徨四顾，不觉走至暖花房前。将门推开，进去查察，虽此处在侦探辈岂必未尝到过，而包内孝以为容或有别端证据为侦探辈所略不经心者，细察多时，仍无所见。方思向外，瞥见地板上有金光灿烂之一物。嘻！此何物耶？正待俯首去取，忽热水管内不期伸出一只大手，将此物一攫而入。旋有一最相熟之口音发于内曰：“包内孝君，此固我之物也。”包内孝才得此物，心中甚喜，不虚此行，以为与蒲爱梅之案必有关系。忽被此热水管内伸出之大手攫去，惊惶失措……

就近代翻译文学一般情况而言，文言译者较白话译者的态度更严谨一些，比较忠实于原著。它不像白话译者，由于受明清白话章回小说的影响，在译文中往往出现一个驾驭全局的“说话人”身影，他可以不受原著的制约，暗示读者，评头论足，甚至对原文多有增删。在近代女译者的小说翻译中，除了薛琪瑛等人的戏剧翻译，以及凤仙女史的《美人手》等少数几种小说为白话译文外，其他译作的译入语多为文言。正因为如此，20世纪初女译者的文学翻译比较忠实于原著，文字简洁流畅，在当时就受到读者的欢迎。

① 包天笑著：《钏影楼回忆录》，龙文出版社股份有限公司1990年版，第208页。

（六）

上面我们对20世纪初的女性翻译文学的生成、发展脉络、群体特点和翻译成就作了简要的论析，从中可以看出，正是由于近代中国社会的进步、西学东渐，以及中国沿海诸省女子教育的发展，特别是女子留学生的介入，使这一时段（1900~1919）的女性翻译文学一诞生便出现了可喜的成绩。尽管这个女性翻译家群人数不多，但它的出现却具有重要的文学史意义：第一，20世纪初所出现的这一女性翻译文学家群体，是中国文学史和中国翻译文学史上破天荒的文学现象；它开创了中国女性参与翻译文学活动的先河，刷新了中国翻译文学史无女性介入的纪录；第二，这一群体的出现及其成就再次证明了中国女性的聪慧及其多方面的文学才华，她们不仅在中国文学史，而且在中国翻译文学史上也占有不可或缺的地位。她们从尘封中被发现，使20世纪中国翻译文学史必将重新改写；第三，以上翻译成果显示了女性翻译文学的实绩，为“五四”后女性翻译文学的发展探明了路向、奠定了基础。但是长期以来，这时段的女性翻译文学几乎无人问津，连少数有成就、有代表性的女性翻译文学家如陈鸿璧、黄静英、黄翠凝、凤仙女史、薛琪瑛、吴弱男、沈性仁也少有人提起，更不必说研究了。但正如古希腊女诗人萨福（Sappho，约前630~前565）所预言的：“我想将来总有一天/会有人记起我们……”。是的，我深信，20世纪初的这批女性翻译文学家必将会受到全球更多研究者/读者的关注。

四、20世纪初中国女性政论文学家群体论

20世纪第一个二十年，中国女性文坛又出现了一道靓丽的风景线。其时，中国女权运动正在蓬勃发展，女性报刊也如雨后春笋般的应运而生。弘扬女权，批判男尊女卑等封建传统观念，反对缠足、倡导女学、宣传女性独立、争当女国民成为当时女权运动和女性报刊最紧迫、最重要的任务。面此现实，作为宣传女权的主要媒体，年青的女性报刊自然责无旁贷，而首先要解决的就是稿源问题。以

宣传效应而论，在各种文体中，政论文无疑是最佳选择。也正是在媒体与传播者互动下，20世纪初女性文坛上诞生了一个女性政论作家群体。

（一）

中国古代女性文学的文体主要是诗词，据胡适对明末、清代和民初三百年中女性作家创作的统计，“在近三千种女子作品之中，至少有百分之九十九是诗词”[①]。胡适的话有些言过其实，因为他的统计主要是在区分文学作品与学术著作。他在这三千种作品中，列举出属于算学、医学、史学、经学和音韵学的著作只有25种（还不到三千种的百分之一）。但需知，除了这25种学术著作外，还有些是属于“文”的范围。古代就有《妇人文章录》、《宫闺文史》、《名媛文纬》之类的女性文学总集。今人王秀琴编有《历代名媛文苑简编》两卷，下卷即选有清代及民初著名女作家的文107篇，可见清代女性作家也是有文的。再如清代福建女作家萧道管（1858~1907，陈衍妻），除诗词创作外，她还有《道安室杂文》、《平安室杂记》、《萧闲堂札记》、《然脂新话》、《列女传集解》、《说文重文管见》六种，可见在清代女性作品中，“文”（广义的散文）还是有的。不过在“文”中，记叙文、抒情文居多，而论说文则较少，这与古代女性生活环境和所处的卑贱地位有关。古代女性，足不出户，活动的天地主要是闺房，与外界接触很少，不可能有多少议论发表，且官方舆论还禁止女子议政。张之洞在《奏定学堂章程·蒙学家教合一章》中就说：女子“其干预外事，妄发关系重大之议论，更不可教”[②]，应严加禁止。女子发表自己的意见，官方舆论都视为“不可教”，有违“妇德”，当然更不允许她们把自己的议论、见解写成文章了。

①胡适：《三百年中的女作家——〈清闺秀艺文略〉序》，黄保定等选编：《胡适书评序跋集》，岳麓书社1987年版，第229页。

②廖秀真：《清末女学在学制上的演进及女子小学教育的发展》，李又宁、张玉法主编：《中国妇女史论文集》第2辑，台湾商务印书馆1988年版，第207页。

近代之后，特别是20世纪初（如溯其源，大约在19世纪末），在女性文学中，出现了大量的政论文并涌现了一个女性政论作家群体，这点则是戊戌维新时期之前所未有的文学现象。

1. 女性政论出现的文化背景及其动因

19~20世纪之交，中国女权运动进展很快，特别是1903年之后，随着马君武（1881~1940）对西方女权主义的介绍①和中国《女界钟》的敲响，中国女权运动进入了一个新阶段，提倡天足、兴办女学、批判盲婚、主张男女平权、批判贤母良妻、做女国民、从军报国、争取参政权，成为20世纪第一个二十年女权运动的中心话题。与此前不同的是，这时期女权运动的主力已由戊戌变法时期的男性先觉者换成了中国第一代知识女性。为了推动女权运动的发展，女性知识精英们需要向男权社会挑战，批判父权文化中男尊女卑的传统观念；也需要唤醒二万万同胞姐妹，向她们宣传男女平等、提高女权的道理，以及女权的主张和具体内容。女性精英们意识到，为达此目的需要一种新的传媒，于是陈撷芬、裘毓芳、燕斌、刘青霞、秋瑾、何震、唐群英、张汉英、曾兰等开始办报，女性报刊应运而生。据不完全统计，仅1902~1913十余年间就出现女性报刊50余种。②

以宣传妇女解放为宗旨的女性报刊一出现，稿件问题就成为当务之急。报刊需要大量的文章，就其舆论导向的直接性、明确性、快速性而论，政论文是女性报刊的最佳文体选择。于是女性报刊中便出现了社说、时评、论说、演说、谈丛等栏目，这些栏目的文章大多属于政论文体。借助现代传媒，女性政论很快流播

①马君武是中国第一位有意识的翻译、介绍女权主义理论的学者，他译有斯宾塞尔的《女权篇》（1902年10月）、约翰·穆勒的《自由原理》（1903年1月），又在《弥勒约翰之学说》（1903年4月）中摘要译介了穆勒的《女人压制论》，在这篇文章中还介绍了第二国际和德国社会民主党人有关妇女解放的主张。

②见简姿亚：《论辛亥革命时期知识女性的办报活动及其特点》，《湖南工程学院学报》2004年第4期。其中影响较大者有《女学报》（1902）、《女子世界》（1904）、《中国新女界》杂志（1907）、《中国女报》（1907）、《神州女报》（1907）、《天义报》（1907）、《妇女时报》（1910）、《留日女学会杂志》（1911）、《女界报》（1912）等。

到全国四面八方。其数量之多，传播之广，影响之大，是中国女性文学史上前所未有的现象。

20世纪第一个二十年为什么会出现如此数量众多的政论文呢？最主要的原因还是基于当时的思想文化背景，一是女权运动的发展，二是女性报刊的大量出现。这在上面我已提到。倘探索其具体原因，大约还有如下几点。

其一，各类报刊，特别是女性报刊有意的引导，是促进女性政论文学创作日趋繁荣的动因之一。为了适应女权宣传的需要，女性报刊在栏目的设置上开辟了"社说"、"论说"、"演说"等栏目，旨在鼓励女性作者撰写以宣传女权、批判男女不平等、抨击封建礼教为主题的政论文章。传媒的这种引导有不可忽视的作用。我们倘以《女子世界》（1904）和《妇女时报》（1910）两种女性报刊作一比较，就可以看出媒体的导向功能。

《女子世界》是20世纪初的一份女性刊物，出版时间是1904年1月17日至1906年。从这份报刊上发表的文章看，此时的女性政论数量还较少，而篇幅较长、水平较高的政论更少。《女子世界》共出版17期，发表"社说"（相当于今天报刊的"社论"）约22篇，而真正是女性所写的只有张昭汉的《争约劝告辞》一篇[①]，其他21篇，均出自支持女权运动的男性作者之手。在这家杂志上女性写的文章有40余篇，其中多是小评论、演说稿、书信等，就多数文章而论，都篇幅较短，思辨色彩也较弱。时间过了五年，1911年创刊的《妇女时报》，这种情况已大为改观。由该杂志21期的文本抽样分析，每期所刊登的重要政论（社说、论说），其80%均出于女性之手，此为变化之一。《妇女时报》上还出现了经常"亮相"的半职业性的女政论作家，除了吕碧城（1883~1943）、张竹君、林宗素（1878~1944）、杨季威等著名作家外，尚有汪杰梁、汤剑我、江纫兰、张郁芗、陈守真、祁瑞华等新秀。这说明女性政论作家队伍已日渐壮大，此其变化

①刊《女子世界》第2年第2期，1905年。

之二。

此外，《妇女时报》的编辑部还通过“启事”（相当于今天的“编后记”或“约稿说明”）策划组织富有现实性和舆论热点的政论文稿，也有一定的催生作用[①]。

其二，女学的发展不仅为女性政论作家培养了后备军，而且有些女学堂也有目的、有计划地通过作文练习促进女性政论文学的发展。1902年陈撷芬主编的《女报》在上海出版，社会反响强烈。上海务本女学堂就以《女报》为题，让学生作文，写阅读《女报》的读后感，并择其优者在《女报》上发表。《女报》第七、第八期曾连续刊登《论女报之有益》等七篇女学生的习作，[②]这一举措对女性政论的发展当不无影响。此外，务本女学堂的“课艺”内容丰富，命题多样，如《女报》第九期（1902年12月30日）便刊有务本女学堂学生的“课艺”，有王梦龄的《星期六赴爱国女学校举行校式，试拟祝词一通》、黄守渊的《问世人动称外患其说是否》、黄守蕖的《论中国之弱在于不知尚武》和吴若安的《问女人与男人有何轻重》。而且，黄守渊、黄守蕖姊妹（嘉定南翔人）还接连两次中选，乂可见出某些女学生的文学潜力。由如上情况不难看出务本女学堂的这一举措对女性政论文学发展的促进意义。

其三，女性报刊开辟专栏，广泛地吸收、刊登女学生的政论习作，对女性政论文学的发展更具促进意义。如果说陈撷芬主编的《女报》所刊登的女生习作还仅限于上海务本女学的话，那么民初的女性报刊则有意识、有计划地组织与发

---

①《妇女时报》第五期（1912年1月23日）上刊有组织演说稿件的“启事”：“军兴以来，恒有女子之关心国事者，到处演说。崇论宏议，足以启发女界同胞者，能录赐本志，尤感。”在《妇女时报》第六期（1912年5月1日）上又有组织“女子参政”问题讨论的“编者的话”云：“女子参政方有萌蘖，本报绝对承认之，惟恐非可以一蹴而就，凡关于参政及种种运动之文字，本报均欢迎登载，并为他日参政之预备，而关于女权之宣扬，尤望惠我大文。悬赏文：说女子参政之理由。”编辑部的这些组稿意向并对女权所持的赞同态度，对女性政论文的发展都有一定的促进意义。

②这七篇作文是：曹庆云、楼舜臣、周铸青、杨英、杨林和等五人的同题作文《论女报之有益》，以及黄守蕖的《读女报书后》、黄守渊的《论女报》。

表全国各地的女生政论，这种导向，其作用更不可低估。1915年初创刊的《中华妇女界》就是其中一例。该刊共出版18期，每期都辟有“成绩”（第4期起改为“国文成绩”）专栏，共发表全国各地女学生的政论习作304篇，除少量传记和游记外，90%以上是政论文，在内容上较之《女报》所刊登的女性政论更加广泛和充实。除了倡导女权的《重男轻女论》、《女子无才便是德辨》、《女子为国民之母论》、《女子宜求自立论》、《择偶自由论》、《论母教说》外，还有关于道德修养的，如《论立志》、《知耻论》、《惜时说》、《择交论》、《毋忘国耻论》、《合群与独立两主义是否冲突论》、《不能制己不能自由说》、《论学问与道德之关系》；讨论社会问题与国计民生的，如《民为邦国论》、《生于忧患说》、《国耻纪念论》、《论农桑为衣食之本》、《维持国货以重利权说》；关于读书和读后感的，如《说阅读之益》、《说读书贵有心得》、《读张溥〈五人墓碑记〉》、《读苏子瞻〈贾谊论〉书后》、《读棠棣诗书后》；有关文论的，如《与友人论文书》、《作文须由己出论》、《言语为交通之利器》；更值得注意的，民初的女性政论已触及历史人物评价，如《管仲论》、《秦始皇论》、《项羽失败论》、《蔡文姬论》、《漂母饭信说》、《王安石行新法论》，这在20世纪第一个十年（1900~1909）的女性政论中较为少见。至于以上政论作者当时就读学校所覆盖的地域之广，[①]也是此前所未有的。

其四，梁启超“文界革命”的召唤对女性政论文的发展和繁荣也有一定的影响（详后）。

2. 女性政论作家群体的形成

前已说过，20世纪第一个二十年女性政论作家群体的成员是受过新式教育的第一代知识女性，但她们又不同于一般刚从新式学堂毕业或刚刚留学归国的女学

①从上海、广州、福州、澳门、杭州、南京、奉天、无锡等大城市，到一些县城（如安徽桐城、江西吉安、浙江诸暨、嘉善、奉天凤城）女子学校中的女生，均有选录。当然，选择最多的女学还是集中在女子教育最发达的沿海各大城市。

生。这个群体中的主力都有较丰富的生活阅历和从事女权运动的工作实践。

中国女性政论作家群由三部分人组成，其主力是前两部分：一是女权运动的领军人物和骨干，二是女性报刊的女主编、女主笔和女编辑、女记者。前者如秋瑾、唐群英、张汉英、吴木兰、林宗素、江纫兰、张竹君等；后者如陈撷芬、燕斌、张昭汉、何震、潘朴、吴弱男、杨季威等。第三部分是一些尚在学校读书的女学生，这是女性政论文作家群体的后备军。如上海务本女学堂学生何亚希（后为南社社员、高旭妻），上海神州女学学生张侠魂，广东女学堂学生张肩任、彭维省，常熟女学学生曾竞雄①，美国留学女生薛锦琴等，都是当时政论文坛的新秀。②

20世纪初中国女性政论文作家群是一个比女性小说家群和女性翻译家群都要庞大的创作群体。它的作者当在百人左右，成绩较突出者也有二三十人。她们（主要指前两部分成员）的知名度较上面提到的女性小说家群和女性翻译家群都要高。因为女性政论文作家群的主体，或是女权运动中的领军人物，或是新闻界女名人，其社会知名度自然较写小说或搞翻译的一般女学生或普通知识女性要高得多。正因为如此，对这个群体中有代表性的作家生平，我们都有一定的了解。因此该群体成员的性别识别较容易，这是和前两个作家群体不同的地方。

前面说过，女性政论作家群体的主体是受过新式教育的第一代知识女性，

①曾竞雄，即曾朴的胞妹曾季肃，江苏常熟人，曾在上海爱国女校读书，后破格考入金陵女子大学。她还是这时段的一位女译者，翻译过法国作家嘉绿傅兰仪（1861~1956）的小说《影之花》（上海小说林社1905年出版）。详见本书附录二：《〈影之花〉的译者竞雄女士不是秋瑾》。

②丁初我编的《女子世界》设有“女学文丛”专栏，其中的部分政论文都是各地女学堂学生的作业。编者还特别注明其女学生身份：如广东女学堂十六龄女子张肩任、十四龄女子彭维省（以上第2期），城东女校三级生顾志坚、朱杰超（第10期），明华女学校学生张驾美（第13期），务本女学堂学生陈同福，女子蚕业学校学生陈以英（以上第2年第6期），苏苏女学校预科生冯宝珍、冯宝瑛（第2年第3期）等。另《妇女时报》也刊登部分女学堂学生的政论文章。如嘉禾高小女生张鹓瑛写有《吾所望于求学时代之女子》（《妇女时报》第12期）、私立城东女学本科生赵尚达有《记黄韧之先生游历皖赣浙三省之演说》（《妇女时报》第14期）、民立上海女中学堂三年级学生沈瑶有《送朱女士光史从军北伐序》（《妇女时报》第5期）等。以上女学生均是政论文坛的新秀。

她们中有相当一部分人出国留过学，故知识结构比较全面，她们既有较好的人文科学和社会科学知识，也具有一定的自然科学知识。她们多数思想较新，比较前卫，有的还相当激进。她们思维敏捷，有较强的社会活动能力，其中有些作者还是同盟会、光复会的会员、妇女团体的领袖、新式女学的校长和创办人。[①]这批女性政论作家多数出身于书香门第，她们幼年接受过较好的家庭教育，具有一定的古典文学素养，其中不少人能写旧体诗词，再加上新式教育和西学的熏陶，她们见多识广，知识面宽，思想新潮，又有革命工作和社会实践锻炼，这批政论作家既能滔滔雄辩，又具生花妙笔，她们在女权运动和民族解放运动中所写的政论文，包括社说、时评、演说词、宣言书、请愿书、公启，通过现代传媒（报刊）传播到全国各地乃至海外，产生过巨大的宣传效应和积极影响。女性政论文的出现，满足了报刊对女权宣传的需求，报刊大量刊登女性政论，又促进了女性政论文的发展和成熟，这种双向互动，便形成了20世纪第一个二十年女性政论文创作的繁荣局面。

（二）

近代女性政论的出现应溯源于戊戌变法前后。[②]随着维新运动的发展，一些女性先觉者也投入到康有为、梁启超等人所倡导的以批判封建伦理观念和倡导不缠足、兴女学为中心内容的女权运动的舆论宣传中来。她们开会演说，为报刊撰社论、写文章，这些言说的文本就是19世纪末出现的女性政论。其代表作家有康同薇（1879~1974）、薛绍徽（1866~1911）、裘毓芳（？~1902，字梅侣）、潘璇、刘纫兰、蒋畹芳等人。这批政论作家应属于闺秀型而具有新思想的女性先觉

① 如秋瑾是浙江光复会的主要领导人之一，也是同盟会会员。同盟会会员还有唐群英、张汉英、张昭汉、燕斌、吴弱男、吴木兰、林宗素、黄琴舫等人。陈婉衍既是宗孟女学校校长，又是上海女子北伐光复军的指挥；张竹君是中国赤十字会的会长，又是上海育贤女学的创办人；杜清池是广州公益女学和广州移风女学校的创办人等等。

② 女性政论文的出现，可上溯到19世纪末，除集中见于1898年出版的《女学报》诸期外，亦散见于《新知报》、《湘报》等。

者。[①]她们的政论不乏批判男尊女卑、三从四德和大力倡导天足，兴办女学的佳作，如康同薇的《女学利弊说》[②]、刘纫兰的《劝兴女学启》[③]、蒋畹芳的《论中国创兴女学实有裨于大局》[④]、潘璇的《上海〈女学报〉缘起》[⑤]、裘梅侣的《论女学堂当于男学堂并重》[⑥]、卢翠的《女学爱国说》[⑦]等，对当时的妇女解放起到了一定的推动作用，尤其是她们的性别优势，以女性身份参与妇女运动，其意义更是重大的。这点必须肯定。但由于早期的这批女性政论家，还属闺秀型作家，曾接受过较系统的封建教育，思想尚不够解放，故对问题的认识还杂有若干旧因素。我们仅以她们书写兴女学的政论为例，略作分析。

兴办女学，是戊戌时期妇女解放的重要内容之一，这批闺秀型作家在其父兄、丈夫等知识精英的影响下，开始登上历史舞台。她们大声疾呼，把兴办女学不仅视为女性独立、妇女解放的重要措施，而且把兴女学与国家的盛衰强弱联系起来。蒋畹芳在《论中国创兴女学实有裨于大局》中说："为今之计，女学诚不可不兴，尤不可不尽心极力，以图其成。苟其有成，则国家转贫为富、转弱为强之机，虽未必尽由于此，而要亦救弊扶衰之一大关键也。"[⑧]这些认识无疑都是正确的。但戊戌时期的女性在认识上又有局限：如上面蒋畹芳的文章中，蒋氏又

①我把戊戌前后这批女性作家视为闺秀型作家，而把20世纪第一个二十年的女性作家称为中国第一代知识女性，其根据不仅仅因为前者出身于书香门第，属名门闺秀（其实后者大部分人也出身书香门第）；其主要区别是：后者大多受过新式教育，有的还出国留过学；而前者基本上没有受过新式教育，她们新思想的来源主要是受其家庭中父亲、丈夫、兄弟及其他亲属的影响。证之薛绍徽（陈寿彭妻）、裘毓芳（裘廷梁侄女）数人，即十分明显。

②《知新报》第52册，1898年5月11日。

③《女学报》（中国女学会会报）第4期，1898年8月20日。

④《女学报》（中国女学会会报）第9期，1898年10月。

⑤《女学报》（中国女学会会报）第2期，1898年8月3日。

⑥《女学报》（中国女学会会报）第7期，1898年9月。

⑦《女学报》（中国女学会会报）第5期，1898年8月27日。

⑧《女学报》（中国女学会会报）第9期，1898年10月。类此认识的政论文很多，如裘梅侣的《论女学堂当与男学堂并重》云："一隅之地，育才有限，倘廿二行省，闻风兴起，遍开女塾，使为女子者，咸得广其学识，尽其才能。将中才者，可自谋生计，不必分男子之财，而智慧者且致力于格致制造以为国家用，化二百兆聋瞽而聪明之，其必大有益于强种富国之道。"《女学报》（中国女学会会报）第7期，1898年9月。

把兴办女学与古代的女教混同，将“古时班昭之《女诫》、刘向之《列女传》、郑氏之《女孝经》、《女训》、《女范》诸书……奉为女学之准绳”，而裘梅侣的《〈女诫〉注释》虽用的是“六经注我”的解读方式，旨在发挥新义，但她正面肯定班昭的《女诫》[①]，说什么“若要做四行齐全的贤惠好女子，只有读书一法。这曹大家的七篇《女诫》是第一种要读的书”[②]。吴芙女士在为裘梅侣的《〈女诫〉注释》所写的“序”中竟说：“曹大家是女人当中的孔夫子，《女诫》是女人最要紧念的书，真是一字值千金。”[③]从中不难看出戊戌时期女政论家们守旧的女学观。

再如，名列《女学报》[④]主笔之冠的薛绍徽（1866~1911），也是当时一位颇有名气的女诗人，她在讨论《中国女学堂章程》时，就提出女学堂应当供奉女先贤班昭，“祀于堂中，以为妇女模楷”[⑤]，这些地方都可看出戊戌时期女政论作家的局限。我们指出这点，丝毫无意贬低这时期女性政论创作的先驱意义。

20世纪之后，随着女性教育的发展和女性报刊的出现，在辛亥革命前后十余年中，女性政论得到了长足的发展，出现了许多政论文作家，其中的佼佼者有秋瑾（1877~1907）、陈撷芬（1883~1923）、燕斌（1870~？）、林宗素（1878~1944）、何震（1883~？）、吕碧城（1883~1943）、胡彬夏

①班昭的《女诫》是一部集封建女教之大成的教科书，影响很大，流毒很深。诚如一位学者所说：古代“男尊女卑的观念，夫为妻纲的道理，和三从四德的典型，虽然是早就有的，但很散漫，很浮泛，就是刘向的《列女传》也不过罗列一些事实，做妇女生活的标准。班昭《女诫》，才系统地把压抑妇女的思想编纂起来，使他成为铁锁一般的牢固，套上了妇女们的颈子。”（陈东原著：《中国妇女生活史》，商务印书馆1937年5月版，第47~48页）

②裘梅侣：《〈女诫〉注释·曲从第六》。

③吴芙：《班昭〈女诫〉注释序》，《无锡白话报》第3期，1898年5月。

④此为1898年7月24日在上海创办的中国第一份女性报刊，旬刊，系女学会的会报，它也是戊戌时期女性政论的主要发表园地。《女学报》仿《湘报》为报纸形式，出至第10期，后改为五日刊，不久即停刊。现在能看到的该刊最后一期为第12期（1898年10月29日出版）。

⑤《创设女学堂条议并叙》，《求是报》第9册，1897年12月。另，薛绍徽的某些观点更陈旧。比如在《覆沈女士书》中对放足一事似并不赞成。她说：“是缠之固属无妨，即不缠亦何不可耶！如谓既缠者俱宜一齐放却，换骨无丹，断头莫续。必欲矫情镇物，势成非马非驴，安能易俗移风？”（林怡点校：《薛绍徽集》，方志出版社2003年版，第145页）

（1888~1931）、张昭汉（1884~1965）、吴弱男（1886~1973）等人。

前已提到，20世纪初的女性政论是伴随着近代女权运动和女性报刊的大量出现而登上文坛的。这便决定了女性政论最主要的两大特点：时代性和普适性。所谓时代性指政论文的内容是服务于当时的女权运动和资产阶级民主革命的宣传需要，具有鲜明的自由平等和民族主义内容，犀利的批判精神和强烈的战斗色彩；所谓普适性，主要指女性政论为适应现代传媒的需要在形式上所产生的一些特点。这里先谈前者，后者将留在下一节论述。

随着西方女权主义思想的绍介和中国《女界钟》的问世，20世纪最初二十年的文坛，出现了一批“张女界之革命军，立于锦绣旗前，桃花马上，琅琅吐辞”[①]的女政论作家，她们在戊戌时期女性政论的基础上有了新的飞跃。这时期的政论文，开始拥有明确的女性意识、女权意识、独立意识和国家意识。

1. 独立意识

女界独立，是当时女权运动最主要的指归之一。由戊戌时期的男性参与、策划和领导一变而为女性站出来，自己解放自己，这是中国女权运动划时代的一大进步。还在金一的《女界钟》未敲响之前，当时倡导女权的先驱人物就开始意识到女界独立的重要，《女学报》[②]的主笔陈撷芬在《独立篇》中说：

> 今中国二万万女子，盲其目，刖其足，樊笼其身体，束缚其智慧，方且不能识字，何论读书？方且不能读书，何论学与权？……即有以兴女学、复女权为志者，亦必以提倡望之于男子。无论彼男子之无暇专此也，就其有暇焉，恐仍为便于男子之女学而已，仍为便于男子之女权而已，未必其为女子设身也；就其能设身焉，不能自谋其学与权之女子，能受彼明达男子之

①金一著：《女界钟》，上海古籍出版社2003年版，第5页。

②此处之《女学报》与薛绍徽、裘梅侣等女士为主笔而于1898年7月24日在上海出版的《女学报》是两种不同的早期妇女刊物。此处的《女学报》，本名为《女报》，1899年在上海创刊，陈撷芬主编，不久停刊。1902年5月8日复刊续出，月刊。1903年又改称《女学报》（与1898年创刊的上海女学会会报《女学报》重名），续出的第1期的刊出时期为1903年2月27日，编号为第2年第1期，后因“苏报案”发生，自第4期改在日本东京出版。

教乎？借日能之，则与其使彼受明达男子之教，毋宁得明达女子自教之矣，且今天下男子失教者，十人而九不啻也。彼明达者，方以兴女学，备教育后来国民之用，我岂可转以己之教育望之男子乎？我又何忍以二万万女子应尽之义务，责之彼明达男子乎？呜呼，吾再思之，吾三思之，殆非独立不可！

所谓独立者，脱压力、抗阻挠犹浅也，其要在不受男子之维持与干预。夫维持美名也，干预热心也，奈何却之？虽然，独不思吾女子所以受压力、困阻挠以致今日者，其始非皆由维持干预来乎？[①]

陈氏认为在中国二万万女子中，其中的大部分均“盲其目，刖其足，樊笼其身体，束缚其智慧”，这部分妇女既处于被奴役地位，又不识字、不能读书，当然更谈不到男女平权、妇女解放；而少数女子虽有“兴女学、复女权”之志，但却把希望寄托于男子，即便能实现，这女学也是“便于男子之女学”；这女权也是“便于男子之女权”。另一方面，作者又反躬自责，女子自己的事，“二万万女子应尽之义务”，也不应当委托于明达之男子。作者说：“呜呼！吾再思之，吾三思之，殆非独立不可。”陈氏进而指出：所谓独立者，“脱压力、抗阻挠”尚在其次，重要的“在不受男子之维持与干预”；而我们女子今天之所以“受压力、困阻挠”，其始未尝不是皆出于男子之“维持与干预”。陈撷芬明确地说：妇女要想真正求解放，必须摆脱男子的“维持与干预”[②]，跳出男子之范围，即要实现女性独立。

女子要想真正做到独立，必先取得经济的独立。秋瑾指出，男女的不平等，女子之所以受男子的束缚和压迫，除了受传统的旧习俗和封建纲常伦理的禁锢之外，主要是因为女子经济不能独立，用她的话来说，就是女子缺乏“自立的基础”、“自活的艺业”。[③]

---

①陈撷芬：《独立篇》，《女学报》第2年第1期（1903年2月27日）。

②关于妇女解放要摆脱男子的“维持与干预”问题，当时不少女性精英都有类此认识。留日女生龚圆常在《男女平权说》中也有此主张，详后。

③《敬告姊妹们》，《秋瑾集》，上海古籍出版社1979年新1版，第15页。

男女天生并无区别，妇女的聪明、才智原是和男子一样的，但为什么女子习惯地、本能地要依靠男子呢？秋瑾说："这都是女子不谋自己养活自己的学问艺业，反去讲究缠脚装扮去媚男子，一身唯知依靠男子，毫无自主的性质的缘故。"[①]为探讨妇女问题的根源，她又以一女性身份，反躬自问：认为女子自身放弃责任也是一个很重要的原因。

自己不争气，而安之曰"命"，这是当时妇女典型的精神状态之一。妇女们总爱说："我们女子不能自己挣钱，又没有本事，一生荣辱，皆要靠之夫子，任受诸般苦恼，也就无可奈何！"秋瑾尖锐地指出，这种安之曰"命也"的叹息，是一句"没志气的话"，是一种"听天由命"的旧观念。所以她说："但凡一个人，只怕自己没有志气；如有志气，何尝不可求一个自立的基础，自活的艺业呢？"[②]

妇女要摆脱奴隶地位，就必须要有志气，要谋求一个自己养活自己的经济基础，即所谓经济独立，故秋瑾在《致湖南第一女学堂书》中反复强调："欲脱男子之范围，非自立不可，欲自立，非求学艺不可"，这种从经济上寻求女性独立、妇女解放根源的观点在当时应属卓识远见。为了准确理解以秋瑾为代表的这一代女政论家持此观点所包含的深刻的思想意蕴，我们可将此与两部中外名著中的女主人公的悲剧结局加以观照。易卜生《玩偶之家》中的娜拉觉醒之后毅然离家出走，但从她深夜走出时，外面一片黑暗的背景，暗示着她尔后的前途是十分渺茫的。鲁迅《伤逝》中的子君在爱情破灭后又回到了她以前决然离开过的她父亲的家，"负着虚空的重担，在严威和冷眼中走着所谓人生的路"。二人的结局都是悲剧性的。为什么？就是两人都"没有经济权"，一句话，两人都没有可以自立的经济条件。如何从经济上寻求出路呢？秋瑾等政论家认为一是兴办女学，二是设立女工传习所；女子有了知识，便可以做教习、经营商业、做办事员。秋

①《秋瑾集》第128页。

②《敬告姊妹们》，《秋瑾集》第15页。

瑾曾依据西欧和日本等国妇女就业的情况，为中国女子的自立描绘了一个蓝图：

> 有许多女子经商或教习，电局司机亦玉颜。铁道售票皆女子，报馆医院更多焉，银行及各样商家店，开设经营女尽专，哲学理化师范等，普通教习尽婵娟。人人独立精神足，不用依人作靠山。[①]

马克思说："妇女解放的第一个先决条件，就是一切女性重新回到公共的劳动中去。"[②]秋瑾主张妇女参加社会劳动，她认为这种社会劳动就是"自立的基础，自活的艺业"，这个观点是十分正确的。鲁迅笔下子君的生活年代虽较秋瑾晚了一代（1905~1925），正是因为子君没有认识到经济独立的重要，所以在她回娘家之后才走上一条悲剧的路。由此，我们也可更感到以秋瑾为代表的辛亥前后这一代知识女性的卓识远见了。

2. 由贤妻良母到女国民

20世纪初，兴办女学风潮大起，关于女学的教育宗旨，较之戊戌前期也有变化，要而言之，女学的培养目标由贤妻良母（一作贤母良妻）而改为造就女国民。

戊戌时期的女性先觉者，她们倡导女学的宗旨基本上没有超出男性维新精英所定的"相夫教子"的主调。[③]还是以培养贤妻良母为指归，她们特别强调母教的重要意义，认为"有贤母教其子，淑妻相其夫，孝女事其父"，是家庭最理想的境界。20世纪后，这种女学思想逐渐受到质疑。天津北洋公学的总教习吕碧城在《论某督札幼稚园公文》中说："今之兴女学者，每以立母教、助夫训子为义务，虽然，女子者，国民之母也，安敢辞教子之责任？若谓降此之外，则女子之义务为已尽，则失之过甚矣。"她接着说："殊不知女子亦国家之一分子，即当

---

① 《秋瑾集》第159页。

② 《马克思恩格斯选集》第2卷，人民出版社1995年版，第70页。

③ 梁启超撰写的《倡设女学堂启》中说："上可相夫，下可教子，近可宜家，远可善种，妇道既昌，千室良善，岂不然哉！"（《饮冰室合集》第1册，文集之二，第19页）

尽国民义务，担国家之责任，具政治之思想，享公共之权利”[①]，而不能仅满足于做一个贤妻良母。苏英女士更明确地说：什么“贤妻良母”，不过“是男子的高衙奴隶、异族的双料奴隶罢了”。[②]

反对贤妻良母主义，主张做女国民，成为20世纪第一个二十年女性政论文的言说重心之一。“女国民”一词最早出现于1903年日本留学女生组织的《共爱会章程》：“本会以拯救二万万之女子；复其固有之特权、使之各具国家之思想、以行自尽女国民之天职为宗旨。”1907年燕斌主编的《中国新女界》杂志在日本出版，其《发刊辞》中再次提出“女国民”这一新概念。她说：“二万万中最多数之女子，既已如此，则是中国虽有多数女国民之形质，而无多数女国民之精神，则有民等于无民。”燕斌又特别强调，《中国新女界》最崇拜的就是“女子国民”四个大字，而且今后每期均以“解说”这四个大字为其宗旨。

“女国民”作为中国女权运动史上一个划时代的概念，它一出现就受到女性的礼赞。汪毓真女士赋《女国民歌》勉励“女国民，要自警”：“汝不闻马尼他，纤手立功业；汝不闻玛利侬，热血拯溺焚。颅趾同形脑同质，不过东西异地种异群。女国民，汝何长他人之志气，灭自己之才能？亡羊补牢尚未晚，今不努力痛陆沉。兴亡岂独匹夫责，自由权利贵自争。”[③]把救亡兴邦视为女国民的天职。

“女国民”，已不单纯是突破了传统的性别概念内涵，而是第一次把女子与国民身份联系起来，成为国民的一分子。即女子应承担国民的义务，也应享受国民的权利。诚为莫虎飞所说：“天生男女，未始有异，同具耳目，同具手足，同赋自由之权，同赋主人翁之责任。是故男子当尽爱国之责任，女子亦当尽爱国之责任；男子当尽国民之义务，女子亦当尽国民之义务。女子者，亦国中之一分子

①载《女子世界》第9期，1904年9月10日。

②苏英：《苏苏女校开学演说》，《女子世界》第12期，1905年4月。

③《女子世界》第9期，1904年9月。

也。”[①]中国女子，同男性一样，也是国民的一部分，这是天经地义、无可怀疑的。学界近年来所关注的“民族国家”建构，女国民当是其中重要的内容。

女性知识精英，从重塑女性形象出发，她们提出了“女国民”的指称，但从当时的女界的实际情况看，二万万女子中，具备“女国民”素质的却是极少数，所以崇拜“女国民”、并为培育“女国民”精神而创办《中国新女界》杂志的燕斌说：“我中国女界，数千年来，墨守古训，积重难返。处今日世界交通、竞争剧烈之时，而男女不平等之习惯，痼塞智慧、残贼肢体之恶魔，依然盘踞于社会上，根深蒂固，未易尽除。浅见者方谓此无妨于国运之进步也。岂知中国人口虽众，此二万万中最多数之女子，既已如此，则是中国虽有多数女国民之形质，而无多数女国民之精神，则有民等于无民。”[②]

燕斌的看法是符合当时实际的，中国虽有二万万女子，但其多数只具“女国民之形质”，而无“女国民之精神”。这种“女国民”是不合格的，也是不符合时代要求的。

要使“女国民”真正名副其实，关键的问题还是从女子教育入手。因为女子教育不但能奠定女子自立的基础，而且通过教育也可以培养女子的爱国主义、独立意识和女权观念。故燕斌在《中国新女界·发刊词》中以欧美女子教育之完备论其对女国民精神的影响：“欧美诸强国，深知其故，对于女界，实行开明主义，与男子受同等之教育，其爱国之理想，国民之义务，久令溉注于脑筋。故其女国民，惟日孜孜以国事为己责，至于个人私利，虽牺牲亦不之惜。斯其国始得谓有民。宜其国势发达，日益强盛，而莫之能侮。”在当时的时代背景下不兴办女学，尽快地发展女子教育，培养女子独立的人格和国家观念，“女国民”就只能是一个虚幻的美称。

---

①莫虎飞：《女中华》，《女子世界》第5期，1904年5月。

②炼石：《中国新女界·发刊词》，《中国新女界》第1期，1907年2月。

3. 争取女权与自省意识

20世纪是女权时代，“女权”[①]二字也成为时髦的新词，争取女权，便成为女政论家关注的焦点。20世纪初女权的先驱人物已普遍地意识到，争取女权，要靠自己，而不应当像戊戌时期那样，等待男子的赠予。日本留学生龚圆常在《男女平权说》中说：“朝闻倡平权，视其人，则曰伟丈夫；夕闻言平权，问其人，则曰非巾帼。”[②]这种由男性先觉者“代替”或“赠予”女性的“平权”，是不可靠的。作者分析道：“男子倡女权，因女子不知权利而欲以权相赠也。夫既有待于赠，则女子已任失自由民之资格，而长戴此提倡女权者为恩人，其身家则仍属于男子。”这位留日女生已认识到，要争取女权实现男女平权，必须靠女子自己争取，任何由他者（男性）“代替”、“赠予”的做法，都是女性未能独立、未脱男子之范围的表现。在这方面，何震的《妇女解放问题》一文，虽带有无政府主义的色彩，但对伸女权要靠妇女自身的观点还是说得相当精辟的：

近岁以来，中国之社会，亦渐谋女子之解放。然女子之解放，有真出于主动者，亦有出于被动者。何谓出于主动，即女子之力争解放是也。何谓出于被动？即男子与女子以解放是也。今观中国女子之解放，出于主动者少而出于被动者多。其主动之力出于男子而不出于女子，故其结果，女子所得之利益，不若男子所得之巨……

女权之伸，当由女子抗争，不当出于男子之付与。若所担责务，由男子强迫，是为失己身之自由；所得之权，由男子付与，是为仰男子之鼻息。名为解放，实则解放之权属于他人，不过为男子所利用，而终为其附属物而已。故吾谓女子欲获解放之幸福，必由女子之自求，决不以解放望之男子。

---

①“女权”一词源于西学东渐。最早传入中国，乃是《清议报》第47、48册上刊登的日本人石川半山写的一篇文章，题为《论女权之渐盛》，时间在1900年6月。此后，马君武又翻译了斯宾塞的《女权篇》，又撰文《弥勒约翰之学说》，介绍了约翰·穆勒的《女人压制论》和社会民主党人的《女权宣言书》，女权一词始在中国流行。《女界钟》的女权理论即受马君武翻译的影响。

②《江苏》第4期，1903年6月25日。

争取女权，要靠女子自身，而不当依靠他者的“赠予”、“恩赐”，何震在这个问题上的认识是清醒而深刻的。妇女在争女权中这种被动的姿态，以及依靠男性“付与”的心理，在当时社会环境中是一种较普遍的心态。

对于女子这种事事依靠男子、不想改变女子奴隶地位、自暴自弃的心态，有识者是持批判态度的。秋瑾在《敬告中国二万万女同胞》一文对此有深刻的剖析：

> 当初那些腐儒说甚么“男尊女卑”、“女子无才便是德”、“夫为妻纲”这些胡说，我们女子要是有志气的，就应当号召同志与他反对。陈后主兴了这缠足的例子，我们要是有羞耻的，就应当兴师问罪，即不然，难道他捆着我的腿，我不会不缠的吗？男子怕我们有知识，有学问，爬上他们的头，不准我们求学，我们难道不会和他分辩，就应了吗？这总是我们女子自己放弃责任，样样事体一见男子做了，自己就乐得偷懒，图安乐。男子说我没用，我就没用；说我不好，只要图着眼前舒服，就作奴隶也不问了。自己又看着无功受禄，恐怕行不长久，一听见男子喜欢脚小，就急急忙忙地把他缠了，使男人看见喜欢，庶可以藉此吃白饭。至于不叫我们读书习字，这更是求之不得的，有什么不赞成呢？诸位想想，天下有享现成福的吗？自然是有学问，有见识，出力做事的男人得了权利，我们作他的奴隶了。既做了他的奴隶，怎么不受压制呢？自作自受，又怎么怨得人呢？

秋瑾这种沉痛的批判，正是基于性别群体内部的自省。这种性别自省和反思，促使女性知识精英认识到唤醒广大尚未觉醒的女同胞的重要。香山女士刘瑞平在《敬告二万万女同胞姐妹》一文中明确把造成亡国灭种之危险的责任归诸全体女同胞：她沉痛地说：“吾不暇责专制之君主，吾不暇责贪酷之官吏，吾不暇责数千年伪儒之学说……我亦不暇责乞怜异族、甘心暴弃一般之男子，我惟责我种此恶因、产出贱种之二万万同胞姐妹。我今敢为一言以告我诸姐妹曰：今日国亡种奴之故，非他人之罪，而实我与诸君之罪也。”把“国亡种奴”之罪完全归咎于全国二万万女子，是有矫枉过正之蔽；但作者这种勇于反省、敢于承担的批判精神却是女界走向独立，走向成熟的标志。

刘瑞平又把自省引向女性反思自身的弱点和劣根性。女子自己放弃自由，自己放弃权利，咎由自取，恶果自负："诸君病在不读书，然而读书之权，非男子所能夺也；诸君病在不知卫生，然而卫生之权，非男子所能夺也；诸君病在无自立职业、无家庭教育，然而操职业、讲教育之权，又非男子所能夺也。至于一切缠足抹粉、拜神诵佛种种恶习，我操我权，更非他人之势力范围所能及焉者矣。"[①]

类此性别自省与批判，在这时期的女性政论中屡见不鲜[②]。

4. 女子从戎与争取参政

武昌起义的成功，鼓舞了全国人民推翻封建专制的革命热情，推翻清王朝，光复中华的烈火燃遍了神州大地。在这一革命浪潮中，以青年知识女性为主体的女界，她们热血沸腾，气壮山河，积极要求组织女子革命军奔赴前线。由于当时崇尚军国民主义和铁血主义，许多芳龄女子多以投身军旅为光荣和骄傲，她们"以纤弱女子身，具慷慨丈夫志"，在民族思想的感召下，她们"弃红粉冒白刃，舍针黹执干戈"[③]，一些学校的女学生投笔从戎，组织女子革命军，20芳龄的武昌女学生曹道新响应湖北军政府招兵文告，率先报名，投笔从戎；19岁的汉阳女学生吴淑卿首先组建女子军，并获得成功。

在革命大潮的推动下，江浙等地的青年知识女性尤为活跃。她们赞颂铁血主义，弘扬尚武精神，纷纷组织军事团体，著名的有上海女子国民军、上海女子北伐光复军、女子敢死队、女子尚武会、女界军事协进会等。这些军事团体，以

---

①以上均见《女子世界》第7期，1904年第7期。

②类此文章另有黄菱舫《女界钟序》（《江苏》第5期，1903年8月23日）、胡彬（胡彬夏）的《论中国之衰弱女子不得辞其责》（《江苏》3期，1903年6月25日）。

③以上见张访瀛：《书赠女子北伐队》，《民立报》1911年12月9日。

上海、江浙为中心，很快辐射到广东、福建、江西、湖北等地。其领导人大半是女权运动的领军人物，有唐群英、林宗雪、张昭汉、陈婉衍、吴木兰、尹锐志姊妹。她们散发公告公启、传单，发布宣言、请愿书、告同胞书，热情赞颂女子的爱国主义、军国民主义、尚武精神和牺牲精神。以上各种形式的书写，其中不乏很好的政论文本。如汪杰梁的《女子从军宣言书》[①]、沈佩贞的《创办女子尚武会绪言》[②]、陈婉衍的《女子北伐队宣言》，今举后者为例：

> 衍等自淞至宁，倏将二月，仆仆征途，风霜跋涉，终日辛苦，诸同志且均引以为乐也……愿我同志，戮力同心，和衷共济，扫前途之障蔽，求来日之自由。朔风戈壁，沙漠浩渺，助我尘马扬扬；积雪天山，碧草均银，增我旌旗皑皑。更柝忽闻，夜许之一灯运筹；马嘶塞畔，千军之铁甲晨行。班超之深入虎穴，李广之誓扫匈奴，当共历其境焉。兹将起程，谨宣其意，他日黄龙痛饮，凯歌南归，当与我同志共叙共和之幸福也。[③]

这篇宣言气势磅礴，豪气扑面而来，表现了当时知识女性昂扬的爱国精神和英雄气概，为了推翻清王朝，为了建立民主共和国，她们不惜抛头颅，洒热血，与辛亥健儿共同浴血奋战，此类文章在当时的女子军所发布的宣言、演说、檄文中并不罕见。在辛亥革命时期，革命女性焕发了一种前所未有的爱国激情和牺牲精神，涌现了一批数以百计的女军人、女革命家、女宣传家，她们的精神风貌、行为方式、实践活动已完全不同于戊戌之前的闺秀，成为“五四”之前中国历史上最有作为、最敢于挑战传统、最能彰显出性别生命光辉的第一代革命女性。

争取参政权，也是当时知识女性精英所关注的一个问题。参政权的观念，本起源于西方资产阶级民主国家。大约在戊戌前后十年间由康有为、梁启超等先进人士介绍到国内。1903年，金一（即金松岑，1874~1947）出版了振聋发聩的

①《妇女时报》第5期（1912年5月25日）。

②《天铎报》，1912年1月3～4日。

③载《时报》1912年1月16日。

《女界钟》，其中一节为“女子参予政治”，明确提出女子参政权问题。他说：“二十世纪女权之问题，议政之问题也。议政者，肩有监督政府与组织政府之两大职任者也。”女子有参政权，要言之，即在组织政府时女子同男子一样有选举权、被选举权和监督权。金一坚信这一点必能实现，他说：“总之，二十世纪新中国、新政府不握于女子之手，吾死不瞑，愿吾同胞亦死不瞑！”

在“中国女界之卢骚”金一的激励下，中国女性精英也开始介绍世界各国的女子参政问题，燕斌女士主编的《中国新女界》杂志便刊登专文介绍英国、美国和澳州妇女获得参政权的情况，给中国女性以很大的鼓舞。

辛亥革命前后，女权运动的精英人物，已逐步认识到妇女要想彻底解放，真正实现男女平等，必须要进入政权机构，必须与男子一样享有同等的参政权。其实，这本是一个无需争议的问题；但在辛亥前后的男权社会，要给女子以参政权并不容易。诚然，在资产阶级民主革命运动中，女子与男子并肩战斗，她们并以各种形式，支持革命，或“开解私囊，慨助军饷”；或组织红十字军，救助伤病员；或奔赴前线，与革命军并肩战斗，推翻了中国历史上最后一个封建王朝，女同胞同样功不可没。诚如孙中山先生所说：“此次革命，女界亦与有功。”[①]又说：“女界多才，其入同盟会奔走国事、百折不回者，已与各省志士媲美。至若勇往从戎，同仇北伐，或投身赤十字会，不辞艰险，或慷慨助饷，鼓吹舆论，振起国民精神，更彰彰在人耳目。”[②]及至革命告成，革命党人组织政府时，则将男女平权抛入大海。《中华民国临时约法》中并无“男女平等”之规定，女子无参政权，仍被排斥在革命政权之外。革命党这种践踏女权的行动理所当然地会引起女界的不满，于是女权运动的领军人物，如林宗素、唐群英、张昭汉、张汉英、王昌国、沈佩贞、吴木兰等，她们纷纷组织各种参政团体，并四处活动，结果仍以失败告终。尽管如此，妇女积极争取参政权，对于增强女性的女权意识、

①《孙中山全集》第2卷，中华书局1986年版，第561页。

②中国第二历史档案馆编：《中华民国史档案资料汇编》（二），江苏人民出版社1981年版，第461页。

国民意识及男女平权等观念都有积极的意义。林宗素在女子参政失利时仍持有坚定的信念，便可看出这次参政运动对于女界的积极影响。她在《宣言》中说：

欧美女子要求参政权，积月累年有进无退，至今或得或不得，犹未能全收圆满之效果，而寻其循环起伏之痕迹，大抵社会之诋诃居其半，政府之留难亦居其半，艰难险阻，备尝之矣，而彼都女界人士，未闻有恭然自馁者，再接再厉，愈挫愈奋，今则大有成绩，烂然放异彩于西方，所谓锲而不舍、金石为开也。若持有爱我者之相助，而胆粗气放，因有疑我者之相厄，而再衰三竭，柔靡不立，真个闺中无丈夫矣。参政重权，虽总统许之，国会许之，人民许之，群聋议乐，群盲议礼，自惭形秽，终亦退处于无权而已矣。不然，即总统自初无此承认，国会到底无此议决，而人民感于女同胞之力争上游，以屏诸政局以外为可惜，则大多数民人之陈情，国会终不能不议决，总统亦何力之有？[①]

在这篇宣言中，林宗素不仅表现了为争参政权，中国妇女应当具有锲而不舍、百折不挠的韧性战斗精神，而且要求女子加速提高自身的素质，否则“群聋议乐，群盲议礼”，有参政权而不能发挥其作用，“终亦退处于无权而已矣”。在女子参政运动失利的情况下，林宗素能有此清醒的、理智的态度和自省精神，正可透视这次参政运动的积极意义。

（三）

20世纪初，梁启超提出了“文界革命”的口号，目的在倡导一种关注社会、关注人生并能有助于开启民智的文风。梁氏提倡“文界革命”的动因是受到日本明治维新时期的大文豪德富苏峰的影响。德富苏峰文章的好处，是“雄放隽快，善以欧西文思入日本文，实为文界别开一生面者”，梁氏由此感悟到“中国若有文界革命，当亦不可不起点于是也”[②]。文界革命的要点有二：一是“输入欧西

①《女子参政同志会会员林宗素宣言》，《天铎报》1912年1月23~24日。

②梁启超：《夏威夷游记》，《饮冰室合集》第7册，中华书局1989年影印本，“专集之二十二”，第191页。

文思”；二是改革文体。于是在20世纪初的散文界形成了一个文体改革的热潮，其代表性的成就是以梁启超为代表的流行于文坛的新文体。

梁氏“文界革命”这股春风也吹进20世纪初的女性文坛。在女性文学中，出现了新体散文，以体裁分既有政论文，也有记述文（如游记、传记）。从目前掌握的资料看，就数量和影响而论，以政论文的成就最高。

女性政论是20世纪初女权运动的舆论产物，女权运动中的重要话语和热点，在女性政论中均有全方位的体现，诸如不缠足、兴女学、批判男尊女卑、封建礼教、盲婚和贤妻良母主义、做女国民、投身民主革命，以及争取妇女参政，均是女性政论所论述的重要主题。为了更好地表现这些主题，女性政论在艺术形式上也有一些特色。

其一，以“欧西文思”入文。

以“欧西文思”入文，是梁启超“文界革命”的基点之一，女性政论在取材范围和艺术构思上正是抓住了这一重心。所谓“欧西文思”，质言之，就是在文中要融入西方资产阶级的新理念、新思想。这时期的政论文，在取材上，女性作家有意以西方妇女运动史上有影响的人物或事件为范例，并运用西方女权理论的资源和话语进行阐释，在这点上它和古代的女性书写（包括论说文）是有很大不同的。在世纪初女性政论作家的笔下，虽也称引古代李贽、俞正燮、李汝珍、蒲松龄等著作中有关同情妇女、带有个性解放色彩的主张，但她们主要的理论武器已是西方的天赋人权论、男女平权说、婚姻自由论等，而西方女权理论家卢梭、伏尔泰、约翰·弥勒、斯宾塞的学说均成为中国女性政论家立论的根据。陈撷芬的《独立篇》[①]、燕斌的《女权平议》[②]、龚圆常的《男女平权说》[③]、鹃红的《哀女界》、莫虎飞的《女中华》[④]，均是这方面的代表作。请看《哀女界》：

---

①《女学报》第2年第1期，1903年2月27日。

②《中国新女界》第1号，1906年12月。发表时署名“炼石”。

③《江苏》第4期，1903年6月25日。

④《女子世界》第5期，1904年5月。

> 不自由毋宁死，不自立毋宁亡，精神所至，金石为开。起—起—起，我女界当树独立之帜，而争平等之幸福也。兴—兴—兴，我女界当撞自由之钟，而扫历世之秽史也。发大誓愿，结大团体，广设女学，改良教育，我国女界尚有生机之一线乎。[①]

许多女性政论，往往通篇充满了女权、自由、平等、独立、自强等新名词，以及“不自由毋宁死”、“树独立之帜”、“撞自由之钟”等西方话语。女性政论又时常援引西方历史和生活习俗为例，来诠释、论证自己的观点。汪毓真在批判封建包办婚姻“父母之命，媒妁之言”时，她以西方建立在双方相互了解基础上的自由婚姻习俗进行观照，便很有说服力。她说：“西洋各国子女结婚，必定是平日至亲极密的良友，或在学校同学，或在公园同游，或在茶会同跳舞，还要常常高谈密语。那学问的深浅，志趣的高卑，彼此考究得彻底了然，这才自思其可以永远和好的，就告明情节，订为婚配。”[②]这种男女自主选择的自由结婚与中国“男女授受不亲”、“父母之命，媒妁之言”的盲婚形成鲜明的对照，其优劣、利害不言自明。

潜诸的《读〈世界十女杰〉》一文，把美国的批茶、英国的南丁格尔、法国的如安（即贞德）和沙鲁士·格儿垤、俄国的苏菲亚、意大利的马尼他等西方女杰均视为中国女子的偶像，并号召中国女子“步诸女杰之后尘，逐群胡，雪国耻，为我汉族竞胜于二十世纪之大舞台，斯亦匹夫匹妇之责也，愿与二百兆同胞姊妹共勉之而已”[③]。学习西方女杰的爱国精神，积极投身于资产阶级民主革命，为救亡图存、建构民族国家、尽女国民的天职。作者所使用的这类西方话语，正是“欧西文思”思想内涵的组成部分之一。

其二，以情动人。

---

①鹃红：《哀女界》，《天铎报》1911年1月10日。

②汪毓真：《论婚姻自由的关系》，《女子世界》第9期（1904年9月）。

③《女子世界》第10期，1904年12月。

狄德罗说："没有感情这个品质，任何笔调都不可能打动人心。"[①]女性政论之所以受到当时文坛的青睐，尤其是深得女性受众的喜爱，原因之一，就是文中饱含着深厚而真挚的情感。许多女性政论使人感到它不是用笔，而是用沸腾的热血写成的，气势磅礴，情感充沛。秋瑾的《敬告姊妹们》、《敬告中国二万万女同胞》、陈撷芬的《独立篇》、燕斌的《女权平议》、陈婉衍的《女子北伐队宣言》都是这类政论文的代表作。

这类文字出现在女作家的笔下并不奇怪。女性本是最富感情的性别群体，感情的真诚和执着是女性文学的一大特点。由于中国女性长期处在封建礼教的高压之下，她们不敢吐露自己内心的真情。可是女性一旦得到解放，感情的闸门一旦打开，蕴藏在她们胸中的情愫，便如江涛海潮，滚滚而来，汹涌澎湃，一泻千里。试看一位松江女士莫虎飞的《女中华》：

> 呜呼！风潇雨晦，大地茫茫。悠悠苍天，曷其有极？女界昏濛之中华，不几有黍离麦秀之悲乎？乃无端而现一线光明，轰轰烈烈于暗室之中。吾是以馨香而祝之：自今以后，吾中华女学女权之发达，必若决江河，沛然莫之能御。人人皆下田之热心教育，人人皆贞德之为国舍身；撞独立之警钟，张自由之旗鼓。男子之层层网罗，一旦而烟销瓦解；男子之作威作福，一旦而势若冰山。巾帼队左旋右抽，雄飞世界；美人军一日三捷，杀尽胡儿。猛虎咆哮，百兽震恐；潜龙腾跃，万鬼寒心。

这段文字，热情奔放，气势恢宏，以先声夺人的气势，抒发女子追求自由、解放的豪情壮志，自然容易引起受众的强烈共鸣，也就是梁启超所说的"其文条理明晰，笔锋常带情感，对于读者，别有一种魔力焉"[②]。莫虎飞女士的这篇文章，就有明显的模仿梁启超新文体的痕迹，文中不仅杂有俚语、韵语及外国典故，而像文末的"猛虎咆哮，百兽震恐；潜龙腾跃，万鬼寒心"，就是套用梁

①狄德罗：《论戏剧艺术》，《文艺理论译丛》1958年第1期，第149页。
②《清代学术概论》，《饮冰室合集》第8册，专集之三十四，第62页。

启超《少年中国说》结尾的文句（“潜龙腾渊，鳞爪飞扬；乳虎啸谷，百兽震惶”），我们把女性政论称之为“女界新文体”，决非无的之言。

其三，女性政论的语言选择。

20世纪第一个二十年的女性政论，在语言上最突出的特色是白话文体。19、20世纪之交，以裘廷梁、陈子褒为首的知识精英掀起的白话文热潮，[①]其终极目的固然是在促进言文合一、为现代汉语/白话文学的诞生奠定语言基础，但近代白话的倡导者，其主旨还是为维新运动和思想文化启蒙提供服务的话语工具。当时思想文化启蒙的对象主要是社会下层的人民大众，即所谓“村竖野叟”和“妇孺”。一般识字不多的妇女，正是当时的白话文热潮预设的受众群体之一。诚如秋瑾所说：“我姊妹不懂文字又十居八九，若是粗浅的报，尚可同白话的念念；若太深了，简直不能明白呢。”[②]作为推动女权运动和思想启蒙的女性政论，选择“白话体”，也是势所必然。故20世纪有代表性的女政论家基于宣传女权和启迪妇女的需要，几乎人人都写过白话体的政论。其佳作琳琅满目，不胜枚举。这里我们只摘引秋瑾《敬告姊妹们》中的一段，就可以透视女性白话政论在艺术上所达到的高度。

> 唉！二万万的男子，是入了文明新世界，我的二万万女同胞，还依然黑暗沉沦在十八层地狱，一层也不想爬上来。足儿缠得小小的，头儿梳得光光的；花儿、朵儿，扎的、镶的，戴着；绸儿、缎儿，滚的、盘的，穿着；粉儿白白、脂儿红红的搽抹着。一生只晓得依傍男子，穿的、吃的全靠着男子。身儿是柔柔顺顺的媚着，气虐儿是闷闷的受着，泪珠是常常的滴着，生活是巴巴结结的做着：一世的囚徒，半生的牛马。试问诸位姊妹，为人一世，曾受着些自由自在的幸福未曾呢？还有那安富尊荣、家资广有的女同

① 一般文学史著作多称之为“近代白话文运动”，为了有别于“五四”白话文运动，笔者称之为“近代白话文热潮”，理由见高等教育出版社版《中国近代文学发展史》第2卷，第296~298页。

② 《敬告姊妹们》，《秋瑾集》，上海古籍出版社1979年版，第15页。

胞，一呼百诺，奴仆成群，一出门，真个是前呼后拥，荣耀得了不得；在家时，颐指气使，威阔得了不得。自己以为我的命好，前生修到，竟靠着好丈夫，有此尊享的日子。外人也就啧啧称羡，"某太太好命"、"某太太好福气"、"好荣耀"、"好尊贵"的赞美，却不晓得他在家里何尝不是受气受苦的！这些花儿、朵儿，好比玉的锁、金的枷，那些绸缎，好比锦的绳、绣的带，将你束缚的紧紧的。那些奴仆，直是牢头、禁子看守着，那丈夫不必说，就是问官、狱吏了，凡百命令皆要听他一人喜怒了。试问这些富贵的太太奶奶们，虽然安享，也有没有一毫自主的权柄咧？总是男的占主人的位子，女的处了奴隶的地位。为着要依靠别人，自己没有一毫独立的性质。这个幽禁闺中的囚犯，也就自己都不觉得苦了。

这段白话文，明白流畅，有声有色，对旧时代妇女奴性生活的描写十分生动、形象。文中词汇丰富，大量的形容词，极富生活气息；工整的对偶句，读起来音韵铿锵，抑扬悦耳，由此即可看出女性政论作家驾驭语言的才能，以及她们在白话文方面所取得的成绩。

重视白话书写，并不是个别女性作家的运思，基于宣传女权的需要，她们不少人都自觉地提倡和实践白话写作。著名的女性政论作家燕斌1907年在日本东京创办《中国新女界》杂志时，便有意识地倡导白话。该杂志创刊号刊登了白话体的女性政论六篇，除珮公的《男女平等的真理》和巾侠的《创设万国红十字看护妇队者奈挺格尔夫人传》两篇外，燕斌一个人就写了四篇，其着意倡导"白话"的意图是十分彰显的。《中国新女界》共出版了六期，注明"白话体"的文章就有近20篇，由此可以看出女性文化精英有意识地倡导白话文体的意向。①

①曾兰有《今语有益于教育论》，专文论述"今语"（即白话）有利于普及教育和思想启蒙。她特别指出"愿我诸姑姊妹莫笑文字浅俗鄙俚，心内存个轻视的念头，却要广为扶持传播。这就是《女界报》的大幸事"。而且曾兰还有把《女权宣言》、斯宾塞的《女权篇》、福泽谕吉的《男女交际论》"演成今语"在世界中传播的设想。见《吴虞集》附录，四川人民出版社1985年版，第416~418页；423页。

女性政论作家之所以青睐白话文体，是因为白话便于抒发自己的思想情感，表述自己的见解，有什么就说什么；另一方面，女性作家也考虑到受众的接受程度。由于多数女性读者受知识水准的限制，能看懂文言文的毕竟是少数，而浅显的白话政论则有较大的读者群，更容易为女性群体接受。秋瑾在办《中国女报》时说："我姊妹不懂文字又十居八九，若是粗浅的报，尚可同白话的念念；若太深了，简直不能明白呢。"[①]

从当时文界的整体来看，其话语工具主要还是文言，因此，女性政论中也有不少文言文，这是事实。但这部分文言文，并非桐城派古文，而是由女性政论家改造过的、富有弹性和表现力的一种浅显的文言。笔者在上面谈到女性政论作家群体时已指出，这批女性政论作家，多数出身于书香门第，幼年接受过良好的家庭教育，具有较好的古典文学素养，她们能写一手漂亮的文言文。秋瑾的《中国女报发刊词》、《普告同胞檄稿》[②]、吕碧城的《女子急宜结团体论》[③]，张昭汉的《争约劝告辞》[④]、陈撷芬的《中国女子之前途》[⑤]，已流播文坛，脍炙人口。今举崔羡元女士的《普告大汉同胞书》，以见女性文言政论的一斑。

> 吾大汉之同胞，天下无难事，有志事竟成，愚公可移山，卞和可归璧，国可亡不可辱，士可杀不可辱，同胞亦曾闻此语否乎？使人人有雪耻之卓识，时时操雪耻之方法，为工者造枪械制军衣，为农者广种植捐军粮，有智者献伟略出良谋，有力者舍生命投军伍，有财者慨捐款助军需。今日雪之不成，期之明日；今年雪之不成，期之来年；如是乃至十年、廿年、百年，务必达到目的而后已……同胞同胞，假各出其力，假各献其长，上下同志，

①《秋瑾集》第15页。另，《北京女报》主人张筠芗女士在《开办简章》中说："中国文字过于艰深，女学又极幼稚，本报之设，专用白话，以浅近文理，俾各等人皆可购阅。"

②均见《秋瑾集》第12~13页、20~21页。

③《中国女报》第2期，1907年3月4日。

④《女子世界》第2年第2期，1905年2月。

⑤《女学报》第2年第4期，1903年11月。

南北一心，宁血肉横飞以购自由，宁身首两断以买独立，宁血流［漂］杵以脱专制，宁求生于枪林弹雨，不安死于异族惨毒，则我故土可复为头等之国，与我同胞可跃为头等之民。同胞同胞，其成也在今日，其败也在今日，其存也在诸君，其败也在诸君，诸君其勉乎哉！①

这部分女性政论，虽尚属文言体，但语言浅显，无佶屈聱牙之句，用典通俗，易于为读者所理解。作者行文自由，自抒胸臆，文白交错，骈散相间，其中又融入了西方文化的色彩及外来语，诚为梁启超“新文体”之流亚。

五、南社女性作家群体论

南社是在近代资产阶级民主革命运动中成立的一个以诗歌为创作主体的文学团体。1908年（光绪三十四年）冬陈去病、高旭和柳亚子就提出组织南社②，1909年（宣统元年）11月13日在苏州虎丘成立。南社的名字，含有鲜明的政治色彩，南社发起人之一的陈去病说：“南者，对北而言，寓不向满清之意。”③高旭在《南社启》中说：“然则社以南名，何也？《乐》：‘操南音，不忘其旧。’”④后来柳亚子回顾南社时说：“旧南社成立在中华民国纪元前三年，它底宗旨是反抗满清，它底名字叫南社，就是反对北庭的标帜了。”⑤南社又与明末的复社、几社有一定的历史联系。宁调元在《南社诗序》中谈到明末崇祯之际的社团之后说：“流派虽别，大都以诗古文词相砥砺，而统归于复社。”⑥高旭也说：“窃尝考诸明季复社，颇极之一时之盛。其后国社既屋矣，而东南之义

①《民立报》，1911年12月25日。

②陈去病《高柳两君子传》：“至丁未（1907）冬，复与余结南社于海上，而天下豪俊咸欣然心喜，以为可藉文酒联盟，好图再举矣。”（《南社丛刻》第九集）。高旭《〈无尽庵遗集〉序》：“陈柳二子，深知乎往时人士入同盟会者，思想有余，而学问不足，故借南社以为沟通之具，殆不得已之苦思欤。”（《无尽庵遗集》）。

③《南社长沙雅集纪事》，《太平洋报》1912年10月10日。

④高旭：《南社启》，《神州日报》1907年12月2日。

⑤柳亚子：《南社纪略·新南社的始末》，《南社纪略》，上海人民出版社1983年版，第100页。

⑥《南社丛刻》第2集，江苏广陵古籍刻印社1996年影印本。

旗大举，事虽不成，未始非提倡复社诸公之功也。”[①]这说明南社又继承了明末复社、几社的传统。因此，以文学创作弘扬民族气节，反抗清王朝的封建专制制度，鼓吹资产阶级民主革命，就成为南社的政治目标和文学宗旨。

（一）

南社作为一个革命文学群体，它还有一个特点，就是十分关注当时正在蓬勃发展的女权运动，这在南社三位发起人及其骨干成员中表现得特别突出。南社领袖柳亚子对女权运动表现了极大的热情。早在1904年，柳亚子就创作了《松陵新女儿传奇》，这个传奇是一个案头剧本，是只有一“旦”的独角戏。主人公谢平权辫发西装，以“巾帼卢梭自比”，她号召广大妇女要“抖擞精神，实力运动，广开女智，收回女权，女权一昌，国势自盛，也不怕长蛇封豕的政府，雄狮猛鹫的强邻了。”通过剧中人物，表现了青年时代柳亚子的女权思想。这种女权思想，在柳亚子文学创作中有多方面的表现。首先，柳亚子十分敬佩中外女中豪杰，在他的诗中多次赞颂苏菲亚、罗兰夫人、贞德和秋瑾，还有一首《辑白莲军女首领王赛昭史料竟賸以二律》，对农民起义军的女首领王聪儿[②]给以热情的礼赞；又以“白莲”为题云：“猛忆神州光复史，白莲都为美人开。”（《白莲，为赵冕黄题扇》）他又在《女雄谈屑》、《为民族流血无名之女杰传》中颂扬了若干明末清初为拯救民族危亡而流血的女豪杰，赞曰：“女杰皎皎，以身擢饿虎之喙；形躯虽死，灵魂固千年而不灭矣。”其次，在柳亚子写的悼诗中，悼念女性（多是革命女性）的占很大比重，如《吊鉴湖女侠》、《茅丽英女烈士挽诗》、《海上重吊周湘云女士》、《姚自珍女士挽词》、《吴其德女士挽歌》、《满江红·吊蒋清烈女士》、《题王梦仙夫人遗稿》、《悼张秋石女士》，对近现代史上这些巾帼豪杰，诗人表示了由衷的敬佩。第三，他支持妇女刊物和

① 《南社启》，《神州日报》1907年12月2日。

② 王聪儿，湖北襄阳白莲教女首领，小名赛昭君，人呼为赛昭，她系齐林妻，故又称齐王氏。作战英勇，屡败清军，在卸花坡战斗中被清军包围，誓死力战，但因无法突围，后攀登山顶，义不受辱，与女战士相继跳崖，壮烈牺牲。

女学，曾为《神州女报》题词，鼓励革命女性献身民主革命，其题词之一云："俄都有党号虚无，韦露、苏菲尽圣徒。一掷甘同狂贼碎，红颜碧血好头颅。"第四，他写有很多反对重男轻女和弘扬女权之作，如《哀女界》、《非礼教》、《题〈云间张瑞兰女士传〉》[①]、《黎里不缠足会缘起》、《论女界之前途》、《革命与女权》、《神州女报·序》等。在他的诗文中，批判封建礼教对女性的迫害、主张男女平权、妇女解放更是常见的主题。他在《题留溪钦明女校写真》中说："扶阳抑阴谬论起，女权扫地三千年。三从七出等刍狗，篏凤囚鸾亦何有。遂令天下女子身，无端尽作牛马走。百年苦乐由他人，我闻此语心怦怦。圆颅方趾岂异类，燃萁煮豆诚何心。"倾诉女界之苦，真是句句血泪。封建礼教为了压制妇女，主张三从四德，培养贤妻良母。所谓"贤妻良母"，就是服从男权的女奴隶，柳亚子站在男女平权的立场上予以驳斥。他说："腐儒偏喜谈家政，贤母良妻论可嗤。是好女儿能独立，何须雌伏让须眉。"（《神州女报》题词）诗人以西方女杰为榜样，积极倡导妇女解放。他热情地赞颂女中豪杰，把她们比作"女卢梭"、苏菲亚和罗兰夫人，希望他们投身于妇女解放。"一例须眉雌伏久，热心尚有女卢梭。"（《闻冯遂方女士演说赋赠》）"鲛绡泪渍三千斛，染出同胞独立旗。"（《题犹太爱国女伶罗情传》）"献身应作苏菲亚，夺取民权与自由。"（《读山阴何孟厂得韩平卿女士为义女诗，和其原韵》）"素手抟成民族魂，红颜夺尽男儿气。"（《题留溪钦明女校写真》）批判旧礼教，提倡新道德，破除封建陋习，主张男女平权，柳亚子有关妇女解放这一主题的诗篇，大多渗透着西方资产阶级的民主、自由、平等和女权意识，带有鲜明的近代色彩。

高旭对女权运动也很关注，他反对妇女缠足，写有《解缠足歌》，又对陈撷

---

①柳亚子另有佚文《云间张女士传》，亦系提倡女权之作。文云："神州学术，黑暗惨毒，女界沉沉，女权扫地。有宋以来，数百有余年已。自欧化东渐，男女平等，同胞姊妹知不学之不足以自立，则相与谋读书，谋入学，而俗学阻之，家庭阻之，种种野蛮之压力又摧挫之。纤纤弱质，歌泣帷房，饮恨幽郁，光天化日之下，何戾气之昏昏也。"此文原载《复报》第2期（1906年出版），署名"焉是"。据有学者考证，系柳亚子佚文，柳无忌也认定系其父佚文（见白坚：《柳亚子和夏完淳》，载《国际南社学会丛刊》第1期，1990年香港出版）。

芬等女性知识精英创办以批判男尊女卑传统观念和弘扬女权为主旨的女性报刊，极表赞赏，他在《题〈女学报〉四绝》中云：“裙钗先觉撷芬君，吐出豪端异彩云。半（？）教名词太憔悴，女报振起大文明。”他又有悼念《无锡白话报》创办人裘梅侣的《吊裘女士梅侣三首》，对其花季早逝表示深深的惋惜。在《女青年歌》中说：“愿尔自由一杯酒，女权万岁更千秋。”这一切都说明高旭对近代女权运动的赞同和支持。此外，陈去病、高增、高燮都有支持女权运动的诗文。

在南社群体中，对于女权运动贡献最大的要属马君武，他的贡献主要不在他写有关于支持女权运动的诗文，而是因为他翻译了西方资产阶级上升时期的女权理论，为中国女权运动奠定了理论基础。1902年，马君武翻译了斯宾塞（H. Spencer，1820~1903）早年写的《社会静学》中的一章《女性的权利》，马君武把它译为《女权篇》，公开宣称人生来就是男女平等的，“平等之自由”，男女都应当享有。所谓男尊女卑说，乃是“从己之欲，饰言以欺世”。1903年，马君武又写了《弥勒约翰之学说》介绍了穆勒的《女子压制论》。《女子压制论》力主男女平权并阐释其合理性，认为一切权利，不论是财产权、教育权、婚姻自主权、言论自由权，乃至选举权、参政权，男女都应当平等享受。马君武关于西方女权理论的译介，不仅为中国女权运动提供了理论根据，而且在随即而来的妇女解放运动中也具有重大的现实意义。马君武有关女权理论的首次译介，对当时的中国影响巨大。柳亚子在《为第一次全国妇代会志庆》诗中云：“少诵斯宾塞尔篇”，自注：“西哲斯宾塞尔著有《女权篇》，亡友马君武译本，余少时最喜诵之。”金一的《女界钟》也受到它的启示，由此可见其影响之大。

（二）

南社中的领军人物是赞同女权的，她们对于女性加入南社表示了欢迎的态度。据柳亚子《南社纪略》统计，南社有女社员68人。在近千名的南社社员中，女性所占的比例并不算大，但在当时的文学社团中，能拥有60多位女作家的，恐怕还找不出第二个；而且明文规定男女有平等入社权的，除南社外，在近代文学史上恐怕也难找出第二个。之所以如此，我以为与南社中领军人物的女性观和女权意识是分不开的。

在南社68名女性作家中，有小说家（曾兰）、政论文学家（唐群英、吕碧城）、文学翻译家（张昭汉），但更多的是诗人、词人，成就较大者有徐自华、吕碧城、徐蕴华、张昭汉、唐群英，这几位均与秋瑾有一定的关系。此外，张汉英、何昭，湖南的陈家英、家杰、家庆三姊妹，四川的张光蕙、光萱姊妹，广东梅县的吴其英，江苏松江的顾保瑢、金山的王灿，也都是其中的佼佼者。

南社的女性大多是时代的精英，她们多数接受过新式教育，有的还是留学生[①]。她们或是资产阶级民主革命战士[②]，或是女权运动的领军人物，或是各地女学的创办者，同时又是驰骋女性文坛的诗人/词人，因此在这批革命女杰的诗篇中，战斗的呼唤和革命壮志的抒发，仍是重要的主题。

“头颅愧煞余还在，何处寻师黄石公。”（张汉英：《哀江南八首》）“不堪回首当年事，赢得功成战血来。”（唐群英：《过洞庭湖有感，兼赠陈汉元》）“横流日下忧民国，艰巨从知在藐躬。”（张昭汉：《秋日感怀和家君衡山舟中望月韵》）都是有代表性的名句。为了中华民族的解放事业，面对封建专制和黑暗势力，她们勇往直前，充满着革命乐观主义精神。一方面渴望出现“倚天出长剑，一举屠苍龙”的革命者与她们一起共同战斗，驱除鞑虏，恢复中华；另一方面又表现出英勇顽强、敢于自我牺牲的革命精神：“欲展平均新世界，安排先自躯捐”；“撷得罗兰真种子，灵苗催放九华巅。”（唐群英：《绝句八章》）表现了革命诗人的赤胆忠心和昂扬的战斗精神。

南社中的女性，作为先觉者，她们从改变自身命运和建构民族国家的需要出发，张扬女权，提倡男女平等、主张女性独立与解放，成为南社女性诗词中响遏行云的最强音。“谁起平权倡独立，普天尺蠖待同伸。”（吕碧城：《书怀》）

①唐群英、张汉英、陈家英、陈家杰、吴其英，留日；吕碧成、张昭汉，留美。

②唐群英、张汉英、徐自华、张昭汉、陈家英、陈家庆，都是同盟会员。

“从此奋精神，复我天赋权。”（张昭汉：《闻粤东某女士创办女报，命名〈女镜〉，喜而有作》）“人权本与同，无分女男身。幸有宏达士，平等谈津津”。（何昭：《某友虐待其妾，作诗规之》）“愿身化作丰城剑，斩尽奴根死也瞑。”（唐群英：《绝句八章》之一）“大好江山扶得住，胭脂宝马任驱驰。”（王灿：《读〈妇女时报〉有感率成四章》）“试问头颅抛几许，可能换得自由花。”（张汉英：《哀江南八首》）从诗中不难看出20世纪初女性的觉醒和革命的豪情。

秋瑾1907年殉国，此时南社尚未成立，但南社的成立与秋瑾有一定的关系。[①]故秋瑾牺牲后，南社三巨头柳亚子、陈去病、高旭以及许多南社社员均有诗悼念这位杰出的女革命家和女英雄。在南社女诗人中，悼念秋瑾，表彰女杰，继承其革命遗志成为她们重要的书写主题。[②]这之中以徐自华、徐小淑姊妹写诗最多。自华为秋瑾莫逆，小淑乃是秋瑾的学生。对于秋瑾的牺牲，她们都是异常悲痛与愤怒。徐自华写了《鉴湖女侠秋君墓表》、《祭秋女士文》、《挽秋女士》、《满江红·悼秋竞雄》等诗文介绍了秋瑾光辉的一生，对其丰貌英姿，豪侠的性格，娴于辞令、滔滔雄辩的才能，以及由此而形成的光彩四射、悲壮感人的英雄形象，作了十分生动的描写。自华又有诗赞秋瑾云：“每疑仙子隔云端，何幸相逢握手欢。其志须眉咸莫及，此才巾帼见尤难。扶持祖国征同爱，遍历东瀛壮大观。多少蛾眉雌伏久，仗君收复自由权。”对于秋瑾的推许溢满词间。秋瑾牺牲后，徐自华异常悲痛，她有《哭鉴湖女侠》十二章，其第三章云：

---

①1907年秋瑾牺牲后，为了悼念这位近代杰出的女革命家和女诗人，陈去病即准备在上海开追悼会，但为人所阻，追悼会未开成。陈去病改变计划，联络刘三、吴梅等人发起组织神交社，柳亚子、高旭对此均表支持。柳亚子在《南社纪略》中说：（神交社）“隐然是南社的楔子”（柳亚子：《南社纪略》，上海人民出版社1983年版，第6页），这样，神交社便成了南社的前身。同年冬，陈去病、高旭、柳亚子（即通常所说的南社的三位发起人）即在上海邀集东南文人准备成立南社，因陈去病在杭州举行秋瑾殉国一周年追悼会，被清政府追捕逃往汕头，南社未能成立，直至1909年11月13日，陈去病、柳亚子才在苏州虎丘召开南社第一次集会，也就是成立大会。故学术界认为神交社是南社之前身。

②在南社女诗人中先后写有悼念秋瑾诗篇的，除徐氏姊妹外，尚有唐群英、吕碧城、陈家英等。

慷慨雄谈意气高，拼流热血为同胞。忽遭谗谤无天日，竟作牺牲斩市曹。羞杀衣冠成败类，请看巾帼有英豪。冤魂岂肯甘心灭？飞入钱塘化怒涛。

这首诗赞扬了秋瑾“拼流热血为同胞”的革命精神，这一点颇有见地。因为秋瑾的牺牲不是为一家一姓之兴亡，也不是尽忠于某封建王朝，而是为了民族的解放和广大民众而献身，诚如明夷女史在《警告妇女界同胞》中所云，在中国女界，“间有一二如梁红玉、秦良玉者，千百年不得其选。然皆为一姓之兴亡，而非为人民谋公益。至于以国民之权利，民族之思想，牺牲其性命，而为民流血者，求之吾中国，四千年之女界，秋瑾殆为第一人焉”[①]。这正是秋瑾作为一位激进的资产阶级民主主义革命家区别于封建时代女英雄之所在和她的伟大之处。因此南社女诗人的悼念诗篇对秋瑾殉国的意义评价很高：“英雄儿女皆千古，毕竟秋坟照汗青。”“添个鉴湖秋侠墓，游人凭吊照夕阳。”[②]通过对先烈的悼念，使我们看到诗人革命的信念。徐蕴华写有《吊璇卿先生》七律二首。其二云：“历史千秋有伟名，果然虽死胜犹生。浊流纵处身仍洁，党祸横加气莫平。大抵英雄皆热性，断无家国不关情。他年铜像为帅铸，含笑重泉志竟成。”对秋瑾表示了崇高的敬意。以秋瑾对中国革命和女权运动的贡献，她的像是应当用黄金浇铸的。小淑还有词《金缕曲》，其下阕云：“残山剩水悲家国，最伤心、秋风秋雨，西泠埋骨。风雪山阴劳往返，今日只留残碣。叹一载，空喷热血。”词写徐自华的葬秋，也是对其先师秋瑾沉痛的哀悼。

唐群英也是秋瑾的好友，两人在湖南湘潭认识。1907年秋瑾在绍兴殉国，唐群英闻讯异常悲愤，撰《挽秋瑾》吊之：“革命潮流是秋风吹起；自由花蕊要血雨吹开。”[③]肯定了秋瑾对资产阶级民主革命和女权运动的贡献。

①见湘灵子编：《越恨》，1909年上海女报社刊。

②《戊申正月二十四日葬璿卿于西泠视窆既讫感而有作次巢南子原韵》四章，郭延礼辑校：《徐自华集》，中华书局1990年版，第123页。

③郭长海、秋经武主编：《秋瑾研究资料、文献集》，宁夏人民出版社2007年版，第219页。

吕碧城早年与秋瑾亦有交往，1904年初夏，秋瑾曾赴天津造访，二人在女权问题上有共识，谈话也很投机。秋瑾本拟邀吕碧城同赴日本留学，未成。在革命实践问题上，秋、吕二人有不同主张。吕碧城说："予持世界主义，同情于政体改革而无满汉之见。"[①]秋瑾殉国后，吕碧城游西湖，过秋瑾墓，回想起当日的交往，感慨良多，写有七律《西泠过秋女侠祠次寒云韵》：

松篁交籁和鸣泉，合向仙源泛舸眠。负廓有山皆见寺，绕堤无水不生莲。残钟断鼓今何世？翠羽明珰又一天。尘劫未销惭后死，俊游愁过墓门前。

诗表达了对先烈秋瑾的悼念与敬佩。

（三）

南社女性诗词在中国女性文学史上占有重要的地位，作为一个女性创作群体，目前学界几近无人关注，上面只是对其创作主题作了简要的说明。在南社女性诗人/词人中，影响较大的有前面提到的吕碧城、徐自华、徐蕴华、张昭汉等人。对于以上几位，学界已有所涉及，并曾有专文论述[②]。下面我们将侧重对南社女性群体中当时颇为活跃而今天已少有人关注的唐群英、张汉英、陈家英、家杰、家庆三姊妹、张光蕙、光萱两姊妹及何昭、吴其英、顾保瑢等作简略的评述。

在南社女诗人中，唐群英、张汉英、张昭汉三人是有代表性的"巾帼豪杰"型的诗人。她们一生主要是从事女权运动和资产阶级民主革命，她们三人均系湖南人，又都是日本留学生，在辛亥前后出生入死、积极投身推翻封建王朝的军事斗争和以提倡男女平权、争取参政权为主旨的女权运动。她们是上述斗争中坚强

①李保民：《吕碧城诗文笺注》，上海古籍出版社2007年版，第481页。

② 林杉：《香国奇才吕碧城》，长春：吉林出版集团有限责任公司2012年5月版；闻海鹰著：《忏慧词人徐自华》，北京：团结出版社2014年9月版；郭延礼：《南社女作家吕碧城的文学创作及其诗学观》，《文学遗产》2010年第3期；郭延礼、郭蓁：《南社女性作家论》，《学术研究》（广州）2011年第2期。

的革命战士或领军人物，在中国资产阶级民主革命史和女权运动史上留下了光辉的业绩。三人中，唐群英年长数岁，张汉英次之，张昭汉是小妹妹。

唐群英（1871~1937），原名恭懿，字希陶，湖南衡山人。她出身于官宦之家，父亲唐少垣系清末提督，封振威将军，群英豪侠的性格或许与其家庭有关。

唐群英自幼聪慧好学，善诗文，10余岁就曾吟有“邻烟连雾起，山鸟唤晴来”（《晓起》）的佳句，一时传诵乡里，被赞为“女中奇才”。

唐群英红颜薄命，丈夫早逝，独生女又夭折，给她的内心带来极大的痛苦。此时她在婆家和嫁到湘潭的秋瑾相识，彼此志趣相投，并有诗词唱和。秋瑾此时有《咏红莲》、《咏白莲》诸作，唐群英均有和诗。看她的《咏红莲步璇卿韵》：

> 浓抹淡妆玉镜台，红霞万朵水中栽。如痴若梦珠光闪，含笑凌波蓓蕾开。不羡长堤千树柳，偏崇峻岭一枝梅。各领风骚时各异，心灵相系送香来。

由腹联的独崇梅花，即可看出她和秋瑾共同的崇尚和爱好了。

1904年春，秋瑾去日本留学，行前曾致函邀请唐群英一同赴日，后来唐群英冲破一切阻力，也到了日本，先入东京青山实践女校学习日语。1905年，在东京加入同盟会，思想进步很快。次年在日本成女高等学校师范科毕业，1907年春返国。

辛亥革命前后，唐群英组织女子革命军、女子参政同盟会，有力地推动了当时的女权运动和资产阶级民主革命的发展，并主张用铁血主义争取女权和参政权。她在《女子参政同盟会代表唐群英宣言书》中召唤女子：“身可杀，此心不可死；头可断，此权不可亡”，我女同胞“将修我戈矛，整我甲兵，凭我一腔血与诸男子相见。”[①]1912年冬，她曾在北京创办《女子白话报》（原名《女子白

① 《女子参政同盟会代表唐群英宣言书》，《民国新闻》1912年9月4日至13日。

话旬报》，第8期起改此名）和《亚东丛报》，宣传女权和民主革命，在当时颇有影响。

唐群英的诗，刊于《南社丛刻》中的很少，大部分已佚失。她的诗风与秋瑾、张昭汉等人接近，多雄迈豪放之作。她有《舟泊岳州城下登岳阳楼晚眺》云："君山突起水潆洄，山色湖光照眼开。不访纯阳大仙吕，何当供我醉三回。"诗中豪气，扑面而来。再如，她有《归舟遇陈汉元有赠》："百战归来剩此身，同舟犹话劫余尘。老陈不是寻常客，曾率诸侯讨暴秦。"诗风雄浑，其立意措辞，俱有大丈夫气，不愧有"巾帼豪杰"之称。她的七绝《过洞庭湖有感兼赠陈汉元》二首，也是同一诗风的作品，诗云：

旭日初升晓雾开，洞庭波起断头台。不堪回首当年事，赢得功成战血来。

归心如箭系舟难，满载豪情渡岳关。此去长沙知未远，好携朋旧话家山。

诗人不论是对充满铁与血的战斗岁月的回忆，还是对阔别已久的亲朋好友的思念，在诗人的笔下都洋溢着豪情壮采，诗风奔腾激越，如长江滚滚波涛，汹涌澎湃。

唐群英还有《绝句八章》，系明志之作，如"欲展平均新世界，安排先自把躯捐"，"愿身化作丰城剑，斩尽奴根死也瞑"，"撮得罗兰真种子，绿苗催放九华巅"。诗蕴风云，语寓壮志，不啻为诗人写照也。

张汉英（1872~1916），字蕙芬，号惠风，湖南醴陵人。汉英曾肄业于长沙女子中学堂，1904年作为官派留学生赴日留学，同行的，还有她的丈夫、革命志士李发群。汉英入日本实践女学师范班，并在日本加入了同盟会。辛亥革命后，张汉英与同乡好友唐群英积极参与女权运动，两人都是女权运动的领军人物，并在上海组织万国女子参政会中国部会员，创办了《万国女子参政会旬报·月刊》，与唐群英相呼应，积极倡导妇女参政。1913年，张汉英由上海转战长沙，成立了女子参政同盟会湖南分会，与唐群英一起，创办了《女权日报》，非常活跃，拟以湖南为根据地将中国女权运动引向深入。

张汉英也是南社中“巾帼豪杰”型的诗人，她写诗不多，流传下来的更少，但内容充实。她的《哀江南》八首，从多侧面反映了民国建立后由于封建旧势力复辟，争权夺利，给人民带来的巨大灾难。“遍野哀鸿竟谁恤，当途豺虎自丰肥”；“繁华胜地今焦土，遥望孟津有所思。”当权者党同伐异，革命志士不为所用，无耻小人反倒位居要津：“猛虎依然困平野，沐猴今已遍朝班。”故诗人产生了这样的忧虑：“试问头颅抛几许，可能换得自由花！”

张汉英在留学日本时，她曾写《日本纪胜》七绝四首，咏日本名胜古迹，其中二首云：

樱花明媚陇川西，草地如茵一抹齐。最好风光无限处，泉声不断五云溪。

万里长江一望明，归舟无数自纵横。何时一击中流楫，顿息遥天巨浪生。

这两首小诗写得明快清丽，颇有唐诗风味，可见汉英幼年时受过古典诗歌的熏陶。组诗后一首寄寓着诗人的雄心壮怀。汉英一生献身于女权运动和革命事业。“何时一击中流楫”，这里是用中流击楫的典故。《晋书·祖逖传》：“仍将本流徙部曲百余家渡江，中流击楫而誓曰：‘祖逖不能清中原而复济者，有如大江！’”“何时”句，隐含着诗人“驱逐鞑虏，恢复中华”的革命理想，也是她加入同盟会后献身革命的自白。

汉英有的诗写得灵动自然，富有生活情趣。她有三首写小姑山的绝句，很有韵味，题曰《癸丑秋偕希陶诸子由沪返湘，阅〈参政报〉，得陈蜕翁诗，三复不忍释手，适同伴喧将近小姑山矣，因起视徘徊，口占三绝以志意》：

正读陈诗兴味酣，同侪呼看小姑山。波涛万顷风千折，鹄立中流独自闲。

撼触波涛年复年，发光眉黛总嫣然。群山大陆多尘垢，秋水江心别有天。

四面玲珑水作屏，夜阑风月不胜情。输他夫妇蓬壶里（日本海有夫妇石），潮来潮去醒未醒。

小姑山，原名小孤山，屹立于安徽宿松县城东南60公里的长江中，一峰独立，故名孤山。山系圆形，如古代妇女的椎髻。这首诗以拟人化的手法将小姑山写活了，好像一位“小姑”立于波涛万顷、湍激如沸的大江中，她神态自若，“年复年”地傲然自立，“发光眉黛”，向世人嫣然微笑。诗清新流畅，洋溢着浓郁的生活气息，这类诗篇，又可看出张汉英诗风清新秀丽的另一侧面。

在这三位“巾帼豪杰”中，以诗歌创作而论，张昭汉的成就最大。将留在第五章“20世纪第一个二十年女性精英的文学活动”中论述。

（四）

在南社女诗人中，湖南宁乡陈氏三姊妹也是小有名气的，姊家英，字定元，二妹家杰（原名家雄），字治元，三妹家庆，字秀元，如果再加上长兄陈家鼎（1875~1928，字汉元）、二哥陈家鼐（字寿元），陈氏一家中兄妹五人俱是南社社员。在南社中，夫妻、兄弟、姊妹俱为社员者不只一例，但像湖南宁乡陈氏五兄妹这种情况在南社诗人中也属罕见。

陈氏三姊妹，都受过新式学堂教育，又有咏絮才华。高旭称家英、家庆姊妹“绝代聪明绝妙词，璇闺诗卷几人知”[①]。陈家英曾赴北美留学，“吾将游北美，躬谒自由神”。（《寄怀家兄汉元》）她虽身在异国仍不忘国事，“夜起披衣感不禁，虫声唧唧晓钟沉。神州断送惟挥涕（时值中日协约成立），沧海横流独放吟。万里思亲游子梦，百年过客酒人心。眉山兄弟天涯别，应念慈帏老病侵”。（《秋夜次秀元三妹韵兼呈伯兄》）这首诗写于北美，从“时值中日协

①高旭：《赠陈汉元》之三，郭长海、金菊贞编：《高旭集》，社会科学文献出版社2003年版，第252页。

约成立”看，诗当写于1915年。诗人在国外听说袁世凯与日本签订亡国二十一条件时，不禁痛哭流涕。其爱国深情，不难想见。

民国之后，军阀混战，许多名城建筑、游览胜地被破坏，陈家英这首《次韵和秀元三妹见寄》就写了岳阳古城遭兵燹毁坏的情景。诗云：“万里关河一片霜，西楼征雁为谁忙。茅亭燕去知秋老，桐院虫鸣觉夜凉。红蓼滩头添画景，黄花时节斗山妆。故园不见又经岁，梦绕湖山过岳阳。”诗末自注：“岳州为南北战争重兵所集，北军盘踞以来，昔年觞咏胜地，今皆鞠为茂草矣。”末二句反映了诗人对战乱后故乡的怀念。

陈家英长兄家鼎，乃革命党人，随中山先生出生入死，壮志不悔，汉元赴广州，临行，家英有诗送行。《送长兄汉元重赴广东国会》二绝云：

破浪乘风万里程，天涯雁影只身轻。河山满目皆荆棘，好为人间铲不平。

仆仆风尘鬓欲斑，挥戈挽日未曾闲。大苏过岭无人识，独看天南几百山。

诗写辛亥后革命党人举步艰难的形势，1917年7月，张勋复辟，孙中山率海军南下广州，并电召陈家鼎赴广州，出席8月25日的国会非常会议，拥护孙中山为大元帅，组织护法政府。诗中“河山满目皆荆棘，好为人间铲不平”，指此。陈家鼎对中山先生的革命事业竭力支持，可谓鞠躬尽瘁，死而后已。护法政府虽名同虚设，但陈氏的功绩已写入历史。家英的这两首送行诗记录了陈家鼎对革命事业的贡献。陈家英著有《纫湘阁诗集》。

陈家杰（？~1917），家英妹，原名家雄，字治元。在陈氏姊妹中，她写诗不多。少女时代的家杰，专心读书，虽未能和长兄一起参加革命，但报国壮志长在。她有《酬家兄可毅见寄原韵》可窥其初衷：

生不逢时唐与虞，聊从学海探骊珠。如何不共兄投笔，却怪当年曹大姑。

时艰如此总堪怜，鹤唳风声又一年。良玉誓师当报国，燕支不买买龙泉。

从第一首末二句，可以看出家杰少女时代是受了传统教育的影响。曹大姑，即班昭，她的《女诫》，为旧时女子的必读教科书，自然家杰也受其闺训、妇教的影响。《女诫》要求女子要重妇德（以柔顺为尚），履行妇职（主中馈、侍奉姑舅），当然不可能教育女子投笔从戎。家杰后来看到国事日危，兵荒马乱，她也觉醒到女子应当尽国民的责任。第二首末二句便说："良玉誓师当报国，燕支不买买龙泉。"已表明了自己的心志。她的另一首诗，这种从军报国的心愿更加显豁。《南社丛刻》第九集刊有她的《近感寄伯兄汉元燕京》："飞鸿起天际，风雨忆诸兄。浮海思西渡，平边愿北征。欲安吐鲁寇，须仗木兰兵。不独超投笔，班昭亦请行。"诗人意识到女性也应报效祖国，末二句表明自己亦愿投笔从戎，与诸兄共赴国难。陈家杰的诗今天流传下来的不多，除见于《南社丛刻》者外，《留日女学会杂志》中亦有数章。[①]当年她也是一位才华横溢、挥洒成章的才女。南社诗人高旭称她是"汪端再世身"[②]，可见其文采翩翩的风貌了。

陈家庆（1903~1965），字秀元，号丽湘，她早年曾在天津北洋女师范读书，后曾任教于安徽大学，著有《汉魏六朝诗研究》（1934年安徽大学出版组排印本）。解放后任上海文史馆馆员。陈家英有诗《有怀秀元三妹北洋女师范即次其韵》："眉山兄弟各天涯，负笈从师愧未加。桃李相思春宴乐，芭蕉心卷故园花。湖湘词祖推骚体，江左门才数谢家。记得云燕烽火夜，旧游如梦说京华（复辟之乱，炮震京邸，屋瓦有声，余偕妹留考京校，时护家慈出险，赴津再回都门，往返京津重围中，日或数次）。"由张勋复辟，知该诗写于1917年，时家

①《留日女学生杂志》，1911年5月在日本东京创刊，季刊，陈家杰的诗四章刊于第1期。因该杂志较罕见，现将诗题抄录如下：《校中寄赠家兄可毅山东道中》、《次韵家兄可毅见寄二首》、《酬家兄可毅东京见寄四首原韵》、《用前韵寄呈父大人悔叟》。

②高旭：《赠陈家杰》："巾帼须眉大有人，翩翩文采迥天伦。忧时笑妹情难遣，疑是汪端再世身。"《高旭集》，社会科学文献出版社2003年版，第471页。

庆15岁。诗以谢道韫比家庆，可见其幼聪慧，擅诗词。家庆的诗，多书写军阀混战、兵荒马乱的现实，《感湘乱作次韵》云：

一炬咸阳三月火，无情湘水吊湘人。风潇雨晦悲流徙，月惨霜凄感苦辛。梦里聊存哀后感，客中只剩劫余身。故园寥落成焦土，忍看年年海上春。

民国初年的这次湘乱给湖南人民带来了巨大的灾难。“故园寥落成焦土”，可见战火破坏之严重。

她另有《自北洋女师范假归侍先慈疾，有感湘中兵燹之乱，偶忆录之，家忧国难，不知涕之何从也》，诗中也说“烽火连天哭万家”，反映了兵燹给湖南人民带来的灾难，与《感湘乱作次韵》为同一主题的作品。

陈家杰除《汉魏六朝诗研究》外，还著有《碧湘阁集》、《丽湘阁诗草》。

陈氏三姊妹的诗多系纪实之作，现实性、批判性较强，语言平实洗练，风格质朴。

何昭（1876~1966），字亚希，号亚君，江苏金山人。亚希自幼在上海读书，系务本女学的高才生。毕业后曾在无锡担任教师。1904年与高旭相识。1906年中秋节，与高旭结婚。南社成立，与高旭同时入会。

亚希的诗，清新流畅，诗有唐音。她有《追忆四妹》：

追忆垂髫两小时，咿唔窗畔学吟诗。含葩艳绝当春日，还道摧残第四枝。

诗语平淡，但含无限深情，回忆两小女儿咿唔学诗，尤为传神，今四妹已逝，倍感悲伤。她另有《题钝剑花前说剑图》云：“渠侬击剑我吹箫，愁涌心头把酒浇。便遇名花能解语，谈兵画地恨难消。”钝剑是高旭的别号，知是诗是题高旭《花前说剑图》的。渠侬，吴方言，即他，指高旭。丈夫击剑，妻子吹箫。“剑”、“箫”，本是龚自珍诗词中一对象征性的意象。剑，象征献身报国的雄心壮志；箫，象征忧国忧民的哀怨深情。末二句是说，即使遇到“名花”（指女性）能了解你（指高旭）的雄心壮志，其多年来郁积胸中的忧国忧民的幽恨也难以消除。诗含有安慰丈夫意。

作为南社诗人，何昭的诗又具有时代性和新意识。她写有《某友虐待其妾，作诗规之》[1]，诗系规劝其友应平等待人，不要虐待其妾，诗长不具引。诗中云："人权本与同，无分女男身。幸有宏达士，平等谈津津。""而况妻与妾，本乃并肩人。更宜去阶级，一视而同仁。"可以窥察亚希的平等观念和女权意识。呼唤男女平等，倡导女权，本是南社主流诗坛共同的主题，在南社女性的诗歌中更有较深入、具体的反映。

顾保瑢（一作葆瑢，1879~1966），字幼芙，号婉娟，一字怀鹃，江苏松江（今上海市松江）人，高燮的夫人。顾保瑢是一位词人，《南社丛刻》第18集，刊有她的词八阕[2]，多是写爱情的。她继承了婉约派的词风，写得柔美缠绵，她的《虞美人·谒月下老人祠》云："天下有情成眷属，愿已平生足。今朝未免似含羞，私与檀郎同拜祝温柔。相传此老钟情特，好合凭神力。痴心儿女古来多，更愿同携共浴爱河波。"谒拜月下老人祠，往往是青年男女，尤其是青年女性表达自己的心愿的公共空间。高燮、保瑢夫妇感情甚笃，词人已表明"愿已平生足"。夫妇间二人经常唱和，顾氏多数词都是"和外子韵"的。她的《减兰》题下注："题三潭泛舟照片和外子韵"，其下阕过片云："相偕游侣，柳郑姚王都自许。"这里的"柳郑姚王"是指柳亚子和夫人郑佩宜，姚光和夫人王灿，这两对夫妇和高燮、顾保瑢一样，都是南社的夫妻社员。她们的诗词往往是夫唱妇和，所抒发的主题也以爱情和亲情为多，这和南社诗词反对封建专制、宣传民主革命的主旋律有所不同，而从另一侧面说明南社诗词内容和风格的多样性。

吴其英，原名畸，字奇隐，广东梅县人。她曾东渡留学日本，《南社丛刻》第22集所刊吴其英的几首诗，大都是写于日本，时间约在1917年前后。她虽身在

① 《高旭集·附录》，社会科学文献出版社2003年版，第671页。

② 《高燮集》（中国人民大学出版社1999年版）附有《顾保瑢诗文选辑》收她的词14题。

日本，但对国事仍牢系心怀，《神户登岸游览有感》云：

> 凄绝余生到此游，不堪极目旧神州。沐猴冠冕争名利，逐鹿干戈自盾矛。秋隔沪滨千里月，旭红东海一孤舟。而今远揖江山去，离国离家离别愁。

诗写民国后政局多变，前有袁世凯洪宪称帝，后有张勋复辟，他们为争权夺利，大动干戈，内战不断，人民遭殃。末二句抒发了诗人在异国他乡忧国思家的愁情。

《舟泊神户夜卧静寂杂感》二绝，也表现了诗人远在异国那种无尽的乡思。其一云："沉沉心事有谁知，浪迹天涯岂耐思。慢说乘风还破浪，故园回首得书迟。"诗人这次东渡，正值中秋佳节，舟行太平洋，遇到暴风雨，僵卧三日，生死莫卜，恰在中秋前一天，怒涛忽息，风平浪静，舟中人俱得无恙。庆幸之余，诗人写《客舟逢中秋兼忆桂花》："佳节偏逢客里过，嫦娥应笑负名花。月明照我青衫湿，看海凭阑感岁华。"每逢佳节倍思亲，在中秋夜诗人想到千里外家乡的亲人，自然泪湿青衫、感慨多端了。吴其英还有《柬寄尘老姊》、《柬静姝妹索画山水》，前者是写给南社著名词人徐自华（字寄尘）的，感谢她临别时赠"暮云春树"图章；后者是向静姝妹妹索画的。两诗写日常生活事，俱情真意切，清丽可诵。

四川营山的张氏姊妹，加入南社较晚。据张光蕙《与柳亚子书》云：光蕙姊妹是经广东番禺朱克昌（字凤言）介绍而入会的。张光蕙，字稚兰，其妹光萱，字稚香，在闺中即受母亲朱太夫人的影响而喜爱古典诗词。光蕙姊妹的诗风相近，清丽流畅，就现存诗来看，多系近体，其书写内容以感时即事、自抒怀抱为主。有的感叹时光流逝、韶华难留："匆匆岁月去悠悠，堪叹韶光不我留。无怪少年容易老，一生经得几多愁。""怅我浮生碌碌过，空疏学问恨如何。而今有志难偿愿，只觉年来愁更多。"（以上张光萱：《感怀》）时光易逝，学问无成，有志难偿，愁城难破。由此可以看出抒情主体的人生态度还是积极向上的。

光萱另有《春归偶成》和《春残》，一是借惜春（怕春归、春残）表达韶光的易逝，这同上面两首诗的主旨是相同的；二是珍惜春天美好时光，对美的消失不由自主地产生一种焦虑。

上面这类诗虽然在思想意义和精神境界上并未超出古典女性诗歌的范畴，但从诗中我们仍可看到抒情主体的超俗和坚强。光蕙有《书怀》七律一首：

茫茫身世等浮鸥，愿与花书结侣俦。恨念难舒诗当哭，悲肠莫洗酒排愁。魂犹未散志犹在，烛不成灰泪不收。搔首天高何处问，月明愁上十三楼。

“搔首天高何处问”，这大约是旧时代知识女性共同的悲伤和哀怨吧！

光蕙诗中写得最感人、最动情的是母亲去世后她怀念亲人的几首诗。

凄凄月色夜迢迢，一盏残灯几度挑。无限思亲无限泪，断肠人度可怜宵。（《月夜感怀》）

修短难凭莫论年，几回搔首问苍天。伤心最是怀中妹，手抚灵床当母眠。（《伤心》）

悲风苦雨送黄昏，寺冷双山欲断魂。凄绝一棺谁是伴？人如春梦了无痕。（《夜雨忆山寺余母柩停双山寺》）

光蕙的母亲朱氏1915年旧历二月十六日病逝，年仅四十四岁。光蕙有三弟五妹凡九人，她为长姊，其最小妹尚在襁褓。母亲去世，光蕙血泪啼枯，自不待言，尤痛者是幼弟弱妹环绕母亲哭泣呼怆，而最小的妹妹竟以为母亲是睡着了。“伤心最是怀中妹，手抚灵床当母眠。”光蕙寸寸回肠为之几碎。她的这三首诗就是在这种语境下写出的，故情感沉痛真挚，写来倍加感人。

光蕙姊妹生在地处偏僻的川北地区、视野受到一定的局限，后来二人曾到过香港，这对当时内地女子来说已是难得的机遇，但不知是到香港读书，还是短期的旅游。光蕙有《香港旅次不寐感怀》、《香港月夜口占》，光萱有《香港夜游愉园》等诗，现在看光萱的七律《愉园》：

万灯深锁绿荫中，奇兽珍禽点缀工。山绿成池供冷棹，花光如海欲飞红。垂杨拂碎秋千月，虚谷能回弦管风。偏向夜分人散后，闲收幽景入吟筒。

诗写夜幕下的香港愉园，万灯笼罩，花光如海，这在百年前的内地公园是难有的景象。诗人描写夜晚的公园，其用意大约在此，这也可视为香港风光的一个侧面！由于诗人对香港缺乏深入的了解，她们姊妹的这类诗篇也就只能停留在浮光掠影的阶段了。

（五）

南社，作为一个文学社团，在文学创作上并没有完全统一的宗旨，虽然学界认为马君武所说的“鼓吹新学思潮，标榜爱国主义”[①]，可视为南社文学创作的一种倾向，但也并非全部尽然。如果说在思想内容上是这样，而在艺术风格上则更趋于多元，这也是符合文学规律的，风格的丰富性、多样性本是文学的基本面貌。

南社女作家虽然近70人，但今天有作品留传下来的并不太多。据初步调查，在《南社丛刻》上发表过诗词文的大约只占女社员总数的三分之一。在现有文本可据的二十几位诗人中，从艺术风格上大体可分为两派：一类是雄丽豪放派，以张昭汉为代表，类此风格者有唐群英、张汉英、何昭等；另一类是柔美婉约派，以徐自华、蕴华为代表，他如顾保瑢、吴其英、张光蕙、光萱、黄珮珊等。

张昭汉的诗是南社女诗人中雄丽豪放派的代表，默君志高气胜，才华横溢，她喜作长篇古诗，动辄数百乃至上千言。她的七古长篇《癸丑暮秋偕璧子漫游长江，歌以纪事》，洋洋千言，雄丽宏伟，中有豪气。今看她的另一七古长篇《自题〈美人倚马看剑图〉》，诗中写美人：“神州有美气如虹，天挺英姿起南服。阊风吹衣雾縠举，惊采飙发清以穆。”此写美人的飒爽英姿，接着写美人的眼睛

①《马君武诗稿·自序》，莫世祥编：《马君武集》，华中师范大学出版社1991年版，第395页。

和秀眉："曼睩神含天地灵，修眉秀夺山川绿。""曼睩"，指眼珠的灵动有神，《楚辞·招魂》："娥眉曼睩，目腾光些。""山川天地郁奇雄，孕毓斯人独迈俗。孤襟朗抱挐空冥，剑魄珠光迴斗宿。"此四句写美人的精神世界：人格超俗和胸襟开阔。诗人笔下的这位美人，实际上就是抒情主体的艺术化身。诗人又进一步写美人的报国壮怀："人如神兮骥如龙，我欲从之横海陆。大陆将沉海水阔，国耻未湔万古辱。忍以春秋度等闲，誓理苍生不平局。"美人要重整乾坤，洗雪国耻，绝不虚度年华，而决心"誓理苍生不平局"。"陵风倚马睆吴钩，凛凛秋霜逼寒玉。"美人倚马看剑，点出题画之旨。"乱红笑指血雨霏，丑虏望风咸慑服。与君敌忾赋同仇，咄嗟莫效新亭哭。"美人剑所指处，敌人望风披靡。大家要同仇敌忾，切莫效新亭对泣。报效祖国，男女有责，并非只是男儿的事，"滔滔眼底几须眉，强半辕驹徒局促"。这里可以看出这位美人的女权意识和英雄主义。这首诗很长，我们不能全引，它洋溢着的豪气却是扑面而来，这种雄丽豪放的风格，在南社几位"巾帼豪杰"型的女诗人的作品中是很明显的。

南社女诗人另一派，诗风柔美婉约。如果说雄丽豪放属于阳刚美，那么柔美婉约则属于阴柔美。其实，二者只是艺术风格中的一种，并无轩轻之分。在南社女诗人的作品中，多数还是属于这一类。有些写爱情、亲情、友情的诗词，像上文中提到的顾保瑢的爱情词，陈家英三姊妹、张光蕙姊妹、吴其英的亲情诗，都写得柔美婉丽，感人肺腑。即使是徐氏姊妹诗词的风格多数也属于柔美婉约的一类，看徐自华的一首小词：

> 髻挽慵来，两鬓斜簪茉莉。卷湘帘朱阑久倚。欲眠还未，却嫌他小婢频催：笑说宵深矣。（徐自华：《风月柳·花送芬芳》）

再看蕴华的一首《癸卯除夕寄怀寄尘姊》：

> 小别迢迢无限思，浔溪为底信音迟。儿家姊妹真无忤，同伴吟窗半是师。

这些诗词既情真意切，又饶有生活情趣，心中情愫，娓娓道来。都是柔美婉约派的代表作。

南社诗人，学龚成风，不仅许多社员的字号喜带“庵”字（龚自珍号“定庵”），而且在创作中“集定庵句”和化用龚自珍诗句的也很多。南社首领柳亚子就十分倾倒龚自珍，他有诗云：“三百年来第一流，飞仙剑客古无俦。”[①]又自称“我亦当年龚定庵”。柳诗中“箫心剑态”的意象就是由龚诗而来。这种学龚的倾向，在南社女性作品中也有反映。吕碧城诗中就有学龚的蛛丝马迹可寻，看她的《若有》一诗：

若有人兮不可招，九天风露任扶摇。纵横剑气排阊阖，撩孔琴心入海潮。来时冷云迷玉步，归途花雨著轻绡。梦回更唤青鸾语，为问沧桑几劫销。

这首诗的意旨，一般读者也许不易看懂。这是因为诗人吸取了龚定庵诗中艰涩深邃的一面，诗中朦胧的意象，让人很难把握；而扑朔迷离的若有若无，更增加了这首诗的神秘性。这都与龚诗的“东云露一鳞，西云露一爪”[②]的艺术表现有关。诗首联“若有”二句，是化用《秋心三首》中“我所思兮在何处”、“但有秋魂不可招”的意象。颔联“纵横”二句中的“剑气”、“琴心”是由龚自珍诗中“剑气”、“箫心”这对意象而来，腹联“来时”二句，是化用龚诗《又忏心一首》中的“来何汹涌须挥剑，去向缠绵可付箫”，了解了这首诗与龚诗的关系，也许就容易理解一些。

张昭汉同样也有学龚的倾向，她除写有《生日感赋集定公句》四首外，《辛亥暮春书感二律》中的“愁去吹箫咽孤鹤，狂来击剑舞潜虬”，也是由龚词《湘月》中变化而来：“怨去吹箫，狂来语剑，两样消魂味。”再如何昭，她在《题钝剑〈花前说剑图〉》中有“渠侬击剑我吹箫”句，也是用的龚自珍诗中的

①柳亚子：《论诗三截句》，《柳亚子诗词选》，人民文学出版社1981年版，第21页。

②《自春徂秋，偶有所触，拉杂书之，漫不诠次，得十五首》，《龚自珍全集》，中华书局上海编辑所1959年版，第488页。

意象。柳亚子的夫人、南社女诗人郑佩宜写有《就医吴门舟次酬外子安如次原韵》：

跂脚篷窗七字成，狂奴慧业自天生。画娥侬少三分媚，倚马君原一世惊。莫便披猖无检束，可能规劝听分明。锦束长吉呕心血，漫为多才殉绮情。

诗中的“狂奴”是龚自珍诗词中的常用语，系龚氏自指。龚自珍《驿鼓三首》之二：“吾生万事劳心意，嫁得狂奴孽已成。”又郑诗中“可能规劝听分明”句，也是源于龚自珍的“美人规劝听分明”[①]。南社在诗学风格上并无统一的艺术主张，在对待传统诗歌上，有的主张学唐，有的主张学宋；在艺术风格上，有的雄丽豪放，有的柔美婉约，但有一点是共同的，南社诗人不论是男性还是女性，多数推崇龚自珍并学习龚自珍，则是他们共同的倾向。

南社女性群体在中国近代乃至整个中国女性文学史上都是一个庞大的群体，虽然多数诗人的作品今天已很难看到，但其文学史意义仍是不可忽视的。

①龚自珍：《铁君惠书，有“玉想琼思”之语，衍成一诗答之》，《龚自珍全集》，中华书局上海编辑所1959年版，第451页。

第五章

20世纪第一个二十年（1900~1919）女性精英的文学活动

一、秋瑾的诗歌创作

在中国资产阶级民主革命史上，第一个献出了自己的青春和生命的是秋瑾，这已彪炳史册。在她短暂而闪光的一生中，她还写了许多文学作品，其中有诗、词、文和弹词，尤以诗歌的成就最高。在她这些抒情诗词中，响遏行云的声音是爱国忧民的悲歌，英勇战斗、献身革命的誓词，以及为争取女权和妇女解放而勇往直前的呐喊，诗中闪烁着爱国主义和革命英雄主义的光辉，风格雄丽、豪放，具有浓郁的浪漫主义色彩。秋瑾的文学创作内容丰富，色彩鲜明，有自己独特的风格，在中国近代女性文学史上占有重要的地位。

（一）

秋瑾（1877~1907），原名闺瑾，乳名玉姑，字璿卿，号旦吾，别署鉴湖女侠；留学日本时易名瑾，字竞雄，又署汉侠女儿、秋千，浙江山阴（今绍兴市）人。

秋瑾生活的时代，正是中国近代社会急剧变动、中华民族灾难空前深重的时代。这时清王朝的政治日益腐败，帝国主义的侵略步步加深，中华民族已濒临危亡的边沿。处在帝国主义和清王朝双重压迫下的中国人民，从痛苦的呻吟中逐渐觉醒；同时，改良主义的美梦也愈来愈显现出它的虚幻，革命的风暴已开始在全国蔓延。在这“山雨欲来风满楼”的革命前夜，一批关心祖国危亡的爱国志士，开始登上历史舞台，寻求、探索民族独立和民族解放的道路。他们怀着满腔义愤和真挚的爱国热忱，毅然以拯救中华民族为已任，披荆斩棘，冲锋陷阵，为革命不惜抛头颅、洒热血，秋瑾正是其中著名的和有代表性的一位女性。

1877年（光绪三年）夏历十月十一日，秋瑾诞生于福建南部某县。秋家是一个世代官宦的书香门第。她的祖父秋嘉禾是一位举人，长期在福建任知县、知州一类的地方官，为官正直清廉。1878年他调任云霄厅同知，“在任内省讼简政，治绩卓然”，1881年农历四月初十离开云霄时，“全城家家户户门口都悬挂‘官清民乐’的纸灯笼，沿途点燃爆竹欢送，并于五里亭立去思碑，以志甘棠遗爱。”[①]父亲秋寿南是一位举人，官至桂阳直隶州知州，也因他生性耿介，不善于钻营，仕途上并不十分得志，他还与朝鲜爱国志士金士龙有深厚的友情。母亲单氏，有一定的文化素养，且深晓大义，是一位慈母而兼师保。秋瑾生在这样的家庭环境里，逐渐养成了她正直、豪侠的性格，同时也培养了她爱诗书、喜吟咏的文学兴趣，再加上她秉性聪慧，十多岁即能吟咏，“偶成小诗，清丽可诵”[②]，“流播人间，一时有女才子之目”[③]。秋瑾幼年在家塾中读书时，塾师有“过目成诵”之誉。她如饥似渴地读书，孜孜不倦地学习，不仅增长了知识，加深了学业；更重要的，中国古代文化典籍中所阐发的那种爱国忧民、重侠尚义、坚贞不屈的优良传统，对于她日后豪侠性格和爱国思想的形成有着积极的影响，所以后来她曾教育自己的侄儿秋复说：“但凡爱国之心，人不可不有，若不知本国文字、历史，即不能生爱国心也。”（《致秋壬林书》）[④]

秋瑾生性豪爽，在她还是一位闺阁小姐时，她对封建礼教就深表不满，常常

---

①吴秀峰、张瑞莹：《关于秋瑾烈士出生地的考据》，见《云霄县文史资料》第3辑。

②秋宗章：《六六私乘》，见郭延礼编著《解读秋瑾》上册，山东教育出版社2013年版，第70页。

③陶在东：《苗山今昔谈·秋瑾遗闻》，刊《大风旬刊》第15期，见《解读秋瑾》上册，第64页。

④本节所引秋瑾诗文，均见中华书局上海编辑所编的《秋瑾集》，上海古籍出版社1979年新1版。此后所引仅注篇名。

为之不平，她写于少女时代的《题芝龛记》有云：

莫重男儿薄女儿，平台诗句赐蛾眉。吾侪得此添生色，始信英雄亦有雌。

今古争传女状头，红颜谁说不封侯？马家妇共沈家女，曾有威名振九州。

重男轻女、男尊女卑是封建社会中的传统偏见，秋瑾作为一位少女敢于向千百年来被视为天经地义的传统观念和旧习俗挑战，喊出“始信英雄亦有雌”、“红颜谁说不封侯”，这种女权主义的呼声，确实是极有胆识的。不仅如此，在另一首诗中她还批评被时人誉为男中豪杰的左良玉：

谪来尘世耻为男，翠鬓荷戈上将坛。忠孝而今归女子，千秋羞说左宁南。

诗中一方面歌颂了明代两位女将秦良玉、沈云英；另一方面对明末大将左良玉在大敌当前以个人恩怨为重、置清军于不顾而进攻南京讨伐马士英（所谓“清君侧”）的做法深表不满。“千秋羞说左宁南”，这种真知灼见，对于一位静处深闺的少女来说是何等难能可贵啊！正是从这里，我们窥见了秋瑾日后成长为一个革命家和女英雄的见识和才智。

在秋瑾少女时代的作品中，写风花雪月、离情别绪的作品占有较大的比重，而这也正是她少女时代闺秀生活的真实的艺术反映。但我们从中仍可鲜明地看出一位在封建礼教的束缚下想冲破藩篱的坚强女性的反抗精神，像她的某些咏物诗，并非单纯地歌咏花草虫鸟，大多是借物喻人，托物言志，由此可以察见诗人的人格和品德，诗人的苦闷和追求，诗人的理想和信仰。她称赞菊花的“铁骨霜姿有傲衷”（《菊》），“残菊犹能傲霜雪”（《残雪》）；又把自己比作出污泥而不染的荷花，“浊流纵处身原洁，合把前生拟水芝”。（《独对次清明韵》）更以梅花的“侠骨棱棱”喻自己崇高的人格：“自怜风骨难谐俗，到处逢迎百不售”；“标格原因独立好，肯教富贵负初心。”（《梅》）正是诗人高风亮节和美好理想的真实坦陈。

秋瑾美好的品德和崇高的人格，在当时世俗社会里很难为一般人所理解，尤其作为一个女子，她的奇才卓识和叛逆性格，正是被父权社会视为惊世骇俗的东西。她于是感慨自己“身不得，男儿列，心却比，男儿烈”（《满江红·小住京华》）；哀叹自己“襟怀自许同圆洁”（《满江红·客里中秋》），“俗子胸襟谁识我”（《满江红·小住京华》）。她一方面由愤世嫉俗进而借“苦奔忙”的燕子，讽刺那些趋炎附势的庸俗之辈：

飞向花间两翅翔，燕儿何用苦奔忙？谢王不是无茅屋，偏处卢家玳瑁梁！（《咏燕》）

另一方面，由鄙视世俗转而寻求知音，向往光明：“世俗惟趋利，人谁是赏音”（《咏琴志感》）；“却怜同调少，感此泪痕多”（《思亲兼柬大兄》）；她甚至为了寻求知音和理想，不惜以生命作代价：“不逢同调嗟何益，得遇知音死亦甘”（《偶有所感用鱼玄机……韵》），这是何等的勇气!

中日甲午战争这一年，秋瑾随父亲自台湾来湖南，当时她只有十八九岁，面对“东方烽火”，忧心忡忡，在她写给友人曾广铨（1871~1940，别署筱石，曾国藩之孙，外交家）的诗中云：

海气苍茫刁斗多，微闻绣幕动吴歌。绿娥蹙损因家国，系表名流竟若何？（《赠曾筱石》）

“绿蛾蹙损因家国”，她已深深地为国事担忧，这正是秋瑾爱国主义思想所迸发出来的火花，这星星之火，闪烁于一个“养在深闺人未识”的少女身上，是多么可贵啊!

1900年，八个帝国主义国家联合进攻中国，这时她已结婚四年，嫁给湘乡王子芳，住在湖南湘潭。她的丈夫是一个典型的纨绔子弟，夫妇不相得。她身处深闺，受着封建礼教的种种束缚和婚姻不美满的痛苦，但她并未忘怀国事，对祖国的安危仍寄以深深的忧虑，她此时写有《杞人忧》：

幽燕烽火几时收，闻道中洋战未休。漆室空怀忧国恨，难将巾帼易兜鍪。

诗人遥闻中外交战未休，终日为国事担忧，但迫于封建礼教对妇女的束缚，使她无法走出闺房，去征战杀敌，因此感到无限焦虑，其爱国情感是十分真挚动人的。诗中用了“漆室女”的典故：鲁国漆室邑有一女，整天倚柱叹息说：“鲁君老，太子幼。”当别人告诉她这是“卿大夫之忧”与她无关时，她说：“不然。昔有客马逸践吾国葵，使吾终岁不饱葵。鲁国有患，君臣父子被其辱，妇女独安所避乎？”[①]诗中秋瑾自比漆室女，而却赋予这首诗以新的思想意义：国家安危，人人有责，妇女也是国民中的一分子，焉能避其责乎？秋瑾认为，男女均有拯救祖国危亡之责，这一主张在她后来所从事的民族解放和女权运动中得到了更加光辉的发展。

（二）

1903年春，秋瑾随丈夫进京。北京是清代的国都，生活的奢侈，官场的丑恶，政治的腐败，以及下层人民的苦难与不幸，在这里都得到集中的表现。秋瑾入京后，专心致志地阅读新的书报，并结识了具有维新思想的吴芝瑛等人，她视野开阔了，也更加关心国事。有一天，她去“燕京八景”之一的黄金台游览，心有所感，写了《黄金台怀古》：

蓟州城筑燕王台，招士以财亦可哀！多少贤才成底事，黄金便可广招徕。

卖官鬻爵，是清朝后期吏治腐败的典型特征之一，同时代的李宝嘉在《官场现形记》中对此有真实而深刻的揭露。这里反用黄金台招贤的历史典故，辛辣而深刻地讽刺了清王朝卖官鬻爵的官吏制度：既然黄金可以买官晋爵，真正的贤才还有什么用呢？

①《列女传》卷三《仁智传·鲁漆室女》。

居京一年，使秋瑾对清王朝政治的腐败与黑暗有了更加深刻的了解，尤其是使她愈来愈清楚地认识到清政府投靠帝国主义、充当洋人走狗的反动本质，诚如她在弹词《精卫石》中所写："矿山铁路和海口，一齐奉送与洋人……年年赔款如斯巨，亦是搜罗百姓身。"在祖国危亡日深的现实面前，她开始考虑自己的生活道路：是屈服封建礼教之下做"官太太"，还是另找出路呢？她意识到："人生处世，当匡济艰危，以吐抱负，宁能米盐琐屑终其身乎？"①于是她从对封建家庭专制和社会黑暗现实的不满出发，毅然与封建家庭决裂，开始寻找一条新的生活道路，并迈出了第一步。

1904年夏历五月，秋瑾冲破种种阻力，典质簪珥，抛儿别母，毅然只身东渡扶桑留学。临行前，她写有《宝刀歌》，对灾难深重的祖国表示了深深的眷恋："几番回首京华望，亡国悲歌泪涕多。北上联军八国众，把我江山又赠送。"诗中概括地叙述了庚子事变以来祖国惨遭瓜分的现实，她决心联络革命志士，共同拯救祖国的危亡。途中她写有《日人石井君索和即用原韵》：

漫云女子不英雄，万里乘风独向东。诗思一帆海空阔，梦魂三岛月玲珑。铜驼已陷悲回首，汗马终惭未有功。如许伤心家国恨，那堪客里度春风？

她还有词《鹧鸪天》：

祖国沉沦感不禁，闲来海外觅知音。金瓯已缺总须补，为国牺牲敢惜身？嗟险阻，叹飘零，关山万里作雄行。休言女子非英物，夜夜龙泉壁上鸣！

这两首诗词一扫古典诗歌离别题材中哀伤悲凉的调子，在昂扬奋进的旋律中抒写了一位女革命志士只身万里、寻求真理的英雄气概，以及她献身祖国、甘赴国难的爱国精神。"金瓯已缺总须补，为国牺牲敢惜身"，"休言女子非英物，夜夜

① 徐自华：《鉴湖女侠秋君墓表》，见《秋瑾集》，上海古籍出版社1979年版，第188页。

龙泉壁上鸣”，一位英姿飒爽的女杰报国杀敌的豪气直冲云霄。调子朗丽高亢，风格豪放雄浑，和古代荆轲出使秦国前所唱的“风萧萧兮易水寒，壮士一去兮不复还”相比，笔者以为秋诗有其豪放悲壮，而没有它的伤感凄凉。诗中乐观昂扬的基调，正是秋瑾勇往直前、奋发进取的革命乐观主义和大无畏精神的艺术体现。

当时的日本是革命人才荟萃的地方，在这里，秋瑾一面在中国留学生会馆补习日语，一面积极参加各种政治活动。这年秋天，她在横滨参加了三合会，这是一个以“推翻清朝，恢复中华”为宗旨的洪帮组织。她此次加盟后被封为“白扇”（俗称军师），和同时被封为“草鞋”（俗称将军）的刘道一、被封为“洪棍”的刘复权，合称“洪门三及第”。秋瑾又结识了爱国志士鲁迅、陈天华、王时泽、冯自由、陶成章、宋教仁、何香凝等人。他们一起阅读书报、开会演说，探索拯救祖国危亡的真理。同时，秋瑾又组织演说练习会，主编《白话》杂志，宣传女权和民主革命，她的脍炙人口的散文《敬告中国二万万女同胞》、《警告我同胞》都是最初发表在这上面的。

这年冬天，她还与陈撷芬等人重组了共爱会，名之为“实行共爱会”，“宗旨是反抗清廷，恢复中原，主张女子从军，救护受伤战士，一面通信国内女学，要求推广”。她热切希望唤起国内的女同胞，共同走上革命的道路。

1905年春，秋瑾带着动员女生赴日留学的任务回到祖国，在上海，她持陶成章介绍函拜见了光复会会长蔡元培；不久她回绍兴省亲，又会见了徐锡麟，后由徐锡麟介绍在上海参加了光复会。

夏历六月，秋瑾冒着盛暑，乘三等舱，再次赴日，途中作《泛东海歌》，诗云：

> 登天骑白龙，走山跨猛虎。叱咤风云生，精神四飞舞。大人处世当与神物游，顾彼豚犬诸儿安足伍！不见项羽酣呼钜鹿战，刘秀雷震昆阳鼓，年约二十余，而能兴汉楚；杀人莫敢当，万世钦英武。愧我年廿七，于世尚无

补。空负时局忧，无策驱胡虏。所幸在风尘，志气终不腐。每闻鼓鼙声，心思辄震怒。其奈势力孤，群才不为助？因之泛东海，冀得壮士辅。

诗人以丰富的想象力，通过天上人间神奇非凡的境界，抒发自己的雄心壮志，从而联想到历史上的英雄豪杰，青年时代就功勋卓著，名震四海："不见项羽酣呼钜鹿战，刘秀雷震昆阳鼓，年约二十余，而能兴汉楚；杀人莫敢当，万世钦英武。"而自己年已廿七周岁，对祖国尚无贡献，思之惭愧。此时的秋瑾，主要活动于知识分子中，她看不到广大人民中蕴藏的革命力量，因之感到"其奈势力孤，群才不为助"，这是当时资产阶级革命家共同的认识局限。但秋瑾正像当时战斗的、激进的资产阶级革命派一样，意气风发，斗志昂扬，并毅然肩负起历史的使命，以拯救祖国危亡为己任。"每闻鼓鼙声，心思辄震怒"，正是诗人这种积极进取、奋发乐观的精神风貌的反映。于是再次东渡："因之泛东海，冀得壮士辅。"于此可见秋瑾留日旨在联络革命同志，从事推翻清王朝的革命斗争，这种思想在她二次赴东时已更加明确。

秋瑾再次抵日后，入青山实践女学校附设师范班学习，她在校异常用功，经常阅读革命书报，每每写作至深夜。同时，她还经常身着和服，手持倭刀，到东京麹町区神乐坂武术会练习剑击和射击技术，又学习制造炸药。此时她已预见到国内革命形势的发展，为日后从事武装斗争做必要的准备。

夏历六月二十八日（7月30日），同盟会成立，把过去分散的地方性组织兴中会、光复会、华兴会改建成为统一的全国性的近代资产阶级革命政党，提出了比较完整的资产阶级民主革命纲领，标志着资产阶级领导的民主革命运动进入了一个新阶段。这之后的半个月，秋瑾由冯自由介绍在黄兴寓所入会，并被推为同盟会浙江分会主盟人和评议部评议员。

秋瑾在短短的两个月内，先后参加了光复会和同盟会，政治水平有很大提高，她此时已由一个具有真挚的爱国热忱和勇敢抗争精神的知识女性，成长为坚强的资产阶级民主主义革命战士。反映在文学创作上，这之后她的诗文可以说篇篇都铭记着一个坚强的革命者勇往直前、献身革命的誓言；响彻着一个勇敢的革命战士为争取民族独立解放、号召人民起来战斗的呼唤。为了革命，为了推翻清王朝，她不惜牺牲一切，请听：

好将十万头颅血，一洗腥膻祖国尘。（《赠蒋鹿珊先生言志……》）

卢梭文笔波兰血，拼将头颅换凯歌。（《吊吴樾》）

噶来挂壁暂不用，夜夜鸣啸声疑鹗？英灵渴欲饮战血，也如块磊须酒浇。（《红毛刀歌》）

英雄身世飘零惯，惆怅龙泉夜夜鸣。（《柬志群》）

不论是直抒胸臆，还是托物言志、借物喻人，都表现了诗人与封建专制的清王朝势不两立的民族仇恨和大无畏的战斗精神。当然在这类诗篇中也杂有当时一般资产阶级革命家所存在的狭隘的民族主义倾向，这也是应当指出的。

1905年夏历十月，日本文部省颁布《取缔清韩留日学生规则》，留日学生对此异常气愤，并于十一月八日开始罢课。在当时的留学生中，对此事的意见明显地分成两派：一派主张退学回国，以示抗议；一派主张暂时妥协，忍辱求学。双方争论激烈，秋瑾属前一派。她大约在这年的十二月上旬回国。

秋瑾回国后，自上海写给尚留在日本的同学王时泽一信云："吾归国后，亦当尽力筹划，以期光复旧物，与君相见于中原。成败虽未可知，然苟留此未死之余生，则吾志不敢一日息也。吾自庚子以来，已置吾生命于不顾，即不获成功而死，亦吾所不悔也。"日本之行，更加提高了她的认识水平，坚定了她的革命信念，至此，她已把全部精力乃至生命，都献给了为争取民族解放和妇女解放的伟大事业。信中又说，"且光复之事，不可一日缓，而男子之死于谋光复者，则自唐才常以后，若沈荩、史坚如、吴樾诸君子，不乏其人，而女子则无闻焉，亦吾女界之羞也。愿与诸君交勉之。"（《与王时泽书》）很显然，她是想做中国第一个为资产阶级民主革命流血的女英雄，这种敢于首先发难、勇于为祖国自我牺牲的革命精神是永远值得我们赞扬和崇敬的。

（三）

秋瑾回国后，1906年夏历二月至四月，曾在湖州南浔镇浔溪女学任教，在这里她结识了浔溪女学校长徐自华（字寄尘，浙江石门人，女诗人），两人一见如旧相识，还有自华的妹妹蕴华（字小淑，号双韵，女诗人），当时是浔溪女学的学生，后徐氏姊妹均与秋瑾成莫逆交。在秋瑾的感召与帮助下，姊妹二人进步很快，徐自华后来还参加了同盟会；而在经济方面，徐氏姊妹于秋瑾所从事的革命事业也有很大帮助。尤其难能可贵的，秋瑾殉国后，在清王朝的淫威下，徐自华冒着种种风险为亡友秋瑾营葬，并成立“秋社”，秘密纪念秋瑾。辛亥革命之后，她又主持为纪念先烈而开设的“竞雄女学”，这已成为中国近代革命史上传诵已久的佳话。

秋瑾离开浔溪后，来到上海，在虹口祥庆里和虹口北四川路厚德里，以“蠡城学社”为名，联系会党首领，进行革命活动，并与陈伯平等人制造炸药。同时，她开始筹创《中国女报》。

《中国女报》是中国妇女早期刊物之一，它的宗旨是提倡男女平权，宣传民主革命，为创办《女报》，秋瑾不辞一切劳苦，在她的惨淡经营下，《中国女报》创刊号于是年夏历十二月初一问世。这份《女报》在当时的新闻界是独树一帜、别开生面的。它的进步的、革命的言论，在社会上产生了广泛的影响。秋瑾在《中国女报发刊辞》中说：

> 世间有最凄惨、最危险之二字曰：黑暗。黑暗则无是非，无闻见，无一切人世间应有之思想行为等等。黑暗界凄惨之状态，盖有万千不可思议之危险。危险而不知其危险，是乃真危险，危险而不知其危险，是乃大黑暗。

作者在这里指出，中国人民身处地狱，而不知其黑暗，身处危境，而不知祖国前途之危险。而年轻一代，又不思奋然自拔，以拯救祖国危亡为已任，他们不是“养成翻译、买办之材料”，就是以“东瀛为终南捷径”。秋瑾说，这种种坏风气，绝不能让它传染女界。为此全国妇女应当团结起来，努力奋斗，振兴女界。最后秋瑾充满信心地说：

……使我女子生机活泼，精神奋飞，绝尘而奔，以速进于大光明世界；为醒狮之前驱，为文明之先导，为迷津筏，为暗室灯，使我中国女界中放一光明灿烂之异彩，使全球人种，惊心夺目，拍手而欢呼。

这些激情洋溢的词句，表达了秋瑾对妇女解放的热切期望和坚定信念，尤其文中的要“使全球人种，惊心夺目，拍手而欢呼”，这是充满着多么强烈的民族自尊心、自信心、自强心的语言，这些话语出自一个旧中国的女性之口，是多么令人感到欣慰、振奋和鼓舞啊!联系她的歌《叹中国》所云：“我同胞赋性本完美，为何难把白人超？只因囚在这黑暗牢狱里，把这神圣遗裔尽磨销。”勇于自信，敢于超过列强，这些见解蕴寓着秋瑾强烈的爱国主义思想和民族自豪感，它出现在“国弱民贫而外侮迭起”的近代中国社会，具有突出的进步意义。

在《中国女报》第二期上，秋瑾发表了《勉女权歌》：

吾辈爱自由，勉励自由一杯酒。男女平权天赋就，岂甘居牛后？愿奋然自拔，一洗从前羞耻垢。若安作同俦，恢复江山劳素手。

旧习最堪羞，女子竟同牛马偶。曙光新放文明候，独立占头筹。愿奴隶根除，智识学问历练就。责任上肩头，国民女杰期无负。

秋瑾所主张的男女平权，不仅主张男女享有平等的权利，而且还要求男女担负同等的义务。“若安作同俦，恢复江山劳素手”；“责任上肩头，国民女杰期无负”，要做女国民，必尽女国民的天职，表达了秋瑾关于妇女解放的正确主张——投身于当前的革命洪流，为“驱除鞑虏，恢复中华”，与男子并肩战斗，做国民的一分子。这点在她的弹词《精卫石》中表现得尤为突出。弹词《精卫石》是她从事妇女解放运动的纲领，书中的主人公黄鞠瑞（后改名黄汉雄），就是秋瑾的艺术化身。《精卫石》鲜明地表露了她有关妇女解放的理论主张，即把妇女解放与民族解放结合起来。弹词第一回：

扫尽胡氛安社稷，由来男女要平权。人权天赋原无别，男女还须一例担。女的是生前未展胸中志，此去好各继前心世界间。务使光明新世界，休教那毒氛怨气再迷漫。男的是胡虏未灭遗恨在，今番好去报前冤。男和女同心协力方为美，四万万男女无分彼此焉。唤醒痴聋光睡国，和衷共济勿畏难。锦绣江山须整顿，休使那胡尘腥臊满中原。

秋瑾这一闪烁着时代光辉的高见卓识，不仅直接影响与推动了辛亥革命时期女子从军参政的热潮，而在中国乃至世界女权运动/妇女解放运动史上均有突出的进步意义。

秋瑾是一位真正的女英雄，在任何时候，她总是以革命利益为重，从不考虑自己。1907年夏，安庆起义失败，徐锡麟殉国。安庆起义失败的消息，秋瑾于夏历六月一日始从报上看到，这时距离清军围剿大通学堂还有三四天，秋瑾本来可以逃走，为了保存浙江数千义军的革命实力，在生死危机的关头，她没有首先考虑个人的安危，而是把安全让给同志，把艰险留给自己，表现了一个革命者临难不苟、甘赴国难的大无畏的自我牺牲精神。而这种精神不仅在当时达到了传统道德的最高境界，在今天乃至遥远的将来，都是光彩夺目、令人钦佩不已的。秋瑾这种崇高的精神境界，在她此时写的《致徐小淑绝命词》中也有充分的体现：

痛同胞之醉梦犹昏，悲祖国之陆沉谁挽。日暮穷途，徒下新亭之泪；残山剩水，谁招志士之魂？不须三尺孤坟，中国已无乾净土；好持一杯鲁酒，他年共唱摆仑歌。虽死犹生，牺牲尽我责任；即此永别，风潮取彼头颅。

壮志犹虚，雄心未渝，中原回首肠堪断！

秋瑾悲叹祖国危亡而无人拯救，甘愿用青春的鲜血唤醒尚未觉醒的同胞。“虽死犹生，牺牲尽我责任”，这是何等忘我的革命精神；“即此永别，风潮取彼头颅”，又是多么旺盛的革命斗志。这篇绝命词充分地表现了一个革命者无私无畏、勇于为国牺牲的高贵品质和崇高的思想境界。

秋瑾将《绝命词》寄给此时在上海爱国女学学习的徐小淑后，她便从容指挥大通师生掩藏武器，焚毁名册，疏散学生，而她自己和一部分愿共存亡的师生留在大通。六月四日下午，清军包围大通学校，学生劝秋瑾从后门逃走，瑾神色自若，不许。秋瑾与程毅等人被捕。六月六日晨四时，她英勇就义于绍兴古轩亭口。

秋瑾以战斗的青春和圣洁的鲜血，谱写了她革命的一生。她殉难后，赢得了中国人民普遍的悼念和崇敬。革命的、进步的诗人和文学家柳亚子、章太炎、陈去病、宁调元、吴梅、鲁迅、夏衍等人先后赋诗、撰文、编剧、写小说来歌颂秋瑾；许多著名的革命家和学者如孙中山、周恩来、吴玉章、郭沫若、范文澜、宋庆龄等人也都给予秋瑾很高的评价。吴玉章在《辛亥革命》一书中说："秋瑾是中国近代史上一位伟大的女英雄，她为民族解放和妇女解放事业付出了自己的生命，从而成为旧民主主义革命时期中国妇女的楷模。"[①]

（四）

秋瑾是中国近代史上一位杰出的女英雄和女革命家。她为了中华民族的解放事业，成仁取义，大义凛然，其业绩可与日月争辉，即不以诗人著称而足以不朽；然即以文学创作而论，她的作品，文辞雄丽，音调高亢，颇有渐离击筑之风，而一唱三叹，慷慨悲壮，宛如公孙大娘舞剑，光芒夺目，不可逼视。她的文学作品，特别是其诗词，具有相当高的艺术成就。

秋瑾诗词在艺术上突出的特色是革命浪漫主义。她的诗风格刚健遒劲、浑雄豪放，带有浓郁的浪漫主义色彩。像我们上面所举的脍炙人口的名篇《宝刀歌》、《红毛刀歌》、《黄海舟中日人索句……》、《赠蒋鹿珊先生言志……》，以及她的《秋风曲》，诗中那种献身祖国的爱国激情和她对革命理想的热烈追求，正是她作品中浪漫主义的灵魂；而诗中那种磅礴的气势，高亢激越的调子，又是这种风格的艺术体现。前者是内容，后者是形式，两者谐和地统一在秋瑾身上，构成了诗人独特的艺术风格。请看她的《秋风曲》：

①吴玉章：《辛亥革命》，人民出版社1978年版，第89页。

秋风起兮百草黄，秋风之性劲且刚，能使群花皆缩首，助他秋菊傲秋霜。秋菊枝枝本黄种，重楼叠瓣风云涌。秋月如镜照江明，一派清波敢摇动？昨夜风风雨雨秋，秋霜秋露尽含愁。青青有叶畏摇落，胡鸟悲鸣绕树头。自是秋来最萧瑟，汉塞唐关秋思发。塞外秋高马正肥，将军怒索黄金甲。

金甲披来战胡狗，胡奴百万回头走。将军大笑呼汉儿，痛饮黄龙自由酒。

诗人笔下的秋一扫过去封建文人萧瑟、悲凉之感，成为她抒发豪情壮志、寄托革命理想的好题材。在这幅“秋”的画面上，是“劲且刚”的秋风，“傲秋霜”的秋菊，“风云涌”的菊瓣，“照江明”的秋月、显得多么的生机盎然，虎虎有生气。诗人由此联想到“塞外秋高马正肥”，正是将军征战杀敌、报国雪耻的好机会。诗人驰骋着她丰富的想象力，期待与享受着未来“将军大笑呼汉儿，痛饮黄龙自由酒”时的幸福与欢愉。从这一幻想世界里，我们好像看到了一个雄姿英发的革命战士，披甲戴盔，驰骋疆场的动人场景：将军怒气冲冲的情态，金枪铁马、刀剑相击的音响，以及“胡奴百万”丢盔弃甲大败而逃的狼狈相，勾画得那样生动形象、诱人遐想。而这正是诗人革命理想的艺术体现。

秋瑾许多浪漫主义诗篇，简直很难令人想象到是出于旧时代女子的手笔。徐小淑赞秋瑾云：“隐娘侠气原仙客，良玉英风岂女儿。”[①]这两句诗不仅道出了秋瑾平生的仪采与人格，由此也颇可以说明秋诗的风骨。惊心动魄，汹涌澎湃，确可以概括地说明她诗词艺术风格的特点。我们再看她的一首短诗《对酒》：

不惜千金买宝刀，貂裘换酒也堪豪。一腔热血勤珍重，洒去犹能化碧涛。

这首诗大有“对酒当歌”、“拔剑起舞，叱咤不平”的英雄气势，全诗只四句，然而抒情主体豪侠的爱国者形象已跃然纸上。这类作品，我们只能在屈原、李白、龚自珍的诗中看到，在苏轼、辛弃疾的词中读到。然而秋瑾，她能以自己的

---

① 徐小淑：《逊清丙午春日呈鉴湖女侠秋瑾吾师》，周永珍编：《徐蕴华林寒碧诗文集》，社会科学文献出版社1999年版，第6页。

诗歌创作丰富了我国浪漫主义的艺术宝库，这是值得我们珍视的。

秋瑾诗词的语言豪爽明快而又清丽雄健，饱含着真挚的感情，具有很强的艺术感染力。

不俱仇人气焰高，频倾赤血救同胞。诲人思涌粲花舌，化作钱塘十丈涛。（《赠蒋鹿珊先生言志……》）

宝刀如雪光如电，精铁熔成经百炼。出匣铿然怒欲飞，夜深疑共蛟龙战。入手风雷绕腕生，眩睛射面色营营。山中猛虎闻应遁，海上长鲸见亦惊。（《日本铃木文学士宝刀歌》）

读这类诗句，深深感到语言的雄健有力，似觉豪气扑面而来，倘誉之为有“惊风雨”、“泣鬼神”之力，亦不为过。秋瑾有的诗句，即使是一般的豪言壮语，如“饥时欲啖仇人头，渴时欲饮匈奴血”（《宝剑歌》），“拼将十万头颅血，须把乾坤力挽回”（《黄海舟中日人索句……》）。但它出现在秋瑾的笔下，便令人感到它是诗人发自肺腑的深情，是她心声的真实流露。这是因为它饱含着诗人的爱憎，燃烧着诗人的感情；而这写在纸上的诗句又为她战斗的实践所证明。

秋诗形式系旧体，但灵活多变，革新的旧形式中注入了革命的内容，这些地方明显地看出她接受了“诗界革命”积极方面的影响。特别是她的七古，奔腾澎湃，一泻千里，随着激情的波涛，句式多变化，如《宝刀歌》、《宝剑歌》、《剑歌》等长篇，在七言中杂有四言、五言，以致十言、十二言的长句，读起来跌宕回旋，有一种起伏错落的节奏感和音韵美，请读：

宝刀侠骨孰与俦？平生了了旧恩仇。莫嫌尺铁非英物，救国奇功赖尔收。愿从兹以天地为炉、阴阳为炭兮，铁聚六洲。铸造出千柄万柄宝刀兮，澄清神州。上继我祖黄帝赫赫之威名兮，一洗数千数百年国史之奇羞！（《宝刀歌》）

综观秋诗，内容坚实，跳跃着时代的脉搏，吞吐着历史的风云，形式优美，具有强烈的艺术感染力；个别的急就章，虽难免有不够完美的地方，但白璧微瑕，丝毫也不影响她在中国近代文学史和中国女性文学史上应有的重要地位。

二、单士厘及其国外纪游

单士厘是中国近代史上较早走出国门并最先记述国外观感的一位女作家。单士厘（1858~1945）[①]，字受兹，浙江萧山人，她出身于书香门第，其外祖父家有人做过礼部尚书，舅父许壬伯是一位学者，有著作十余种。父亲单思溥（字棣华）官浙江嘉兴县学教谕，也擅诗文，家中藏书很多，这一切对单士厘的成长均具有积极的影响。单士厘幼遭不幸，失母，由舅父教读，使她在闺中得以涉猎群书，吟咏诗词。士厘聪慧好学，娴雅文静，为舅父所钟爱，这样一位才女和掌上明珠，自然择偶的标准很高。她29岁（虚龄）才出嫁，[②]这就当时的婚俗来说也是比较少见的。幸运的是她的婚姻十分美满，嫁给了一位知己。丈夫钱恂很能理解这位才女。钱恂（1853~1927），字念劬，浙江吴兴人。他也是一位文士，喜治“小学及韵学”，思想开通。他原系薛福成的门人，并受薛氏命编成宁波《天一阁见存书目》。1890年（光绪十六年）他曾以直隶后补县丞随薛福成出使欧洲（英、法、意、比），后又到过日本，并于1907~1908年先后出使西欧，做过驻荷兰和意大利的公使。单士厘因为丈夫的关系，曾先后到过日本和西欧，并写了《癸卯旅行记》和《归潜记》。

（一）

《癸卯旅行记》是1903年（光绪二十九年）自日本出发、经朝鲜釜山港入中国东北，最后到达俄国旧都圣彼得堡，历时八十日，行程二万余里。此为途中日

---

①此据单士厘的侄子钱秉雄、钱三强的《回忆伯母单士厘》一文，见《受兹室诗稿》，湖南文艺出版社1986年版，第1页。另作1856~1943，见钟叔河：《第一部女子出国记》，《癸卯旅行记》，“走向世界丛书”本，岳麓书社1985年版，第658页。

②单士厘有《己酉除夕步夫子原韵》：“结缡廿五载，今岁始营家。”己酉除夕，系公历1910年，上溯25年，她当于1886年结婚，时虚龄29岁。

记，凡三卷，三万余言。作者说："十余年来，予日有所记，未尝间断，顾琐细无足存者。惟此一段旅行日记，历日八十，行路逾二万，履国凡四，颇可以广闻见。"[①]中国妇女在此之前虽有游学国外者，但可惜均未留下文字记载（亦或尚未发现）。从这个意义上说，《癸卯旅行记》可称为中国第一部女子出国日记，所以钱恂在该书《题记》中称："以三万数千言，记二万数千里行程，得中国妇女未曾有。"这话并非过誉。

单士厘去日本已非一次，首次在1899年（光绪二十五年），1900年至1902年，她又连续多次赴日探望丈夫。她说："往复既频，寄居又久，视东国如乡井。"（《癸卯旅行记·自序》）可见她对日本的了解比较深，非一般观光游览者可比。因此在日记中，当她以中国的事情和日本、西欧诸国对比时，就显现出她的卓见。

《癸卯旅行记》系日记体，一切见闻，均可在记述之列；但这并不等于说作者没有选择。根据作者的构思和选材需要，《癸卯旅行记》的记述主要围绕以下几方面。

第一，记述日本明治维新后社会的进步，特别是日本重视教育的情况。

明治维新后，日本学习西方，进行社会改革，推行了一系列的新政策，在政治、经济、文化、军事诸方面均有飞速的进展。单士厘去日本时已是20世纪初，此时日本已成为一个很发达的资本主义国家，社会进步十分迅速。中国有志之士，已多次提出向日本派遣留学生，主张向日本学习，作者的丈夫钱恂也是其中之一。她说："外子自经历英法德俄而后，知道德育教育、精神教育、科学教育均无如日本之切实可法者，毅然命稚弱（孩子）留学此邦。"早在1899年（光绪二十五年），单士厘即送两个儿子赴日留学，后来又将儿媳和女婿送到日本[②]，

①以下所引《癸卯旅行记》均见长沙：岳麓书社"走向世界丛书"本，1985年出版。该文在"丛书"第683~755页。

②两个儿子指钱稻孙（1887~1966）和钱穟孙（1890~1936），儿媳指长子稻孙妻包丰保（1883~？），女婿是指次女钱润辉的丈夫董鸿祎（1878~1916）。

而在这之前的1898年（光绪二十三年丁酉冬，公历为1898年[①]）作者的夫弟钱幼楞即东渡留学，这样算起来，仅作者一家就有五人留学日本。于此足见钱恂、单士厘开风气之先的卓识与勇气。明治维新后的日本政府于教育极为重视。单士厘认为日本之强在于政府重视教育。

日本之所以立于今日世界，由免亡而跻于列强者，惟有教育故。即所以能设此第五回之博览会，亦以有教育故。馆中陈列文部及各公立私立学校之种种教育用品与各种新学术需用器械，于医学一门尤夥。更列种种比较品，俾览者得考见其卅年来进步程度。年来外子于教育界极有心得，故指示加详，始信国所由立在人，人所由立在教育。有教必有育，育亦即出于教，所谓德育、智育、体育者尽之矣。教之道，贵基之于十岁内外之数年中所谓小学校者。尤贵养之于小学校后五年中所谓中学校者，不过尚精深，不过劳脑力，而于人生需用科学，又无门不备。日本诚善教哉！（《二月十八日日记》）

日本能自立于世界，免亡而跻身列强者，全在政府重视教育，这是探究根本的卓见。日本于教育，尤重视中小学教育。单士厘认为：中小学教育，所学知识虽不太精深，但为人生和社会所必需。她特别提及此点，这与当时中国教育的落后有关。当时的中国，广大农村和城镇仍以私塾为主，个别大中城市虽有几处小学堂、中学堂，能入学者也多系上流社会子弟。就全中国的学龄儿童来讲，那实在是微乎其微了。作者特别强调日本重视中小学教育，也是有感于中国教育落后而发的。

①查舒新城：《近代中国留学生史·六十年留学生大事记》，1898年浙江派学生六人去日本习陆军，参照单士厘"幼楞东渡，及外子依托彼陆军少将神尾光臣而行（时神尾任大佐）"的记载，知钱幼楞当为1898年浙江派往日本学习陆军的六学生之一。单士厘所记"丁酉冬"，系公历1898年年初。按：清政府派遣学生赴日本留学始于1896年（光绪二十二年），由出使日本大臣嘉祐率学生13人东渡。单士厘所谓"盖留学日本之举为外子所创议，而以幼楞为先导"。"先导"二字，不甚确切。考钱恂生平，他只有胞弟一人，即钱玄同，1898年，玄同年12岁，随母居苏州，在家塾读书（见曹述敬：《钱玄同年谱》1898年条）。故此处夫弟幼楞当为钱恂之堂弟钱滮，即钱仲联的父亲。

日本政府实施教育，在培养国民，提高国民的素质，故主张男女教育并重。她说："要之教育之意，乃是为本国教育国民……故男女并重，且孩童无不先本母教。故论教育根本，女尤倍重于男。"（《二月十八日日记》）中国历来是重男轻女、男尊女卑，宣扬"女子无才便是德"，全是封建的落后的陈腐观念。单士厘生在中国南方的一个小县城，自幼不可能不受到这方面的影响。但她能抛弃传统偏见，提出妇女教育问题，这在当时是很不容易的事情。特别值得重视的，单士厘于教育着眼于培养国民，提高国民素质，这更为难能可贵。她说："中国近今亦论教育矣，但多从人材一边着想，而尚未注重国民，故谈女子教育者犹少；即男子教育，亦不过令多材多艺，大之备政府指使，小之为自谋生计，可叹！况无国民，安得有人材？无国民，且不成一社会！中国前途，晨鸡未唱。观彼教育馆，不胜感慨。"（《二月十八日日记》）

作者对于日本明治维新后的进步，时时流露出由衷的赞羡。她癸卯（1903）此次来日，正值日本举行博览会，每五年一次，展览近五年来的发明创造及各种新成果，"旨在唤起国民争竞之心"，共分十馆。《癸卯旅行记》重点记录了工艺馆和教育馆。她记工艺馆云：

> 曰工艺馆，为此会主中之主。栋宇连亘，品物充牣，较他馆为盛，无一非本国人工所成。此会每五年一回，以与其前次之会相较，验工作进步之程度，故精制固所共珍，即粗制亦在所不弃。更助以图画、模型、解说书等，务使览者了然于其发达状况，用意全在工商。（《二月十八日日记》）

单士厘认为日本的博览会在于"验工作（技术）进步之程度"，"使览者了然于其发达状况"，以"唤起国民争竞之心"，并非为了"赛珍"、"斗奇"。所以她对日本"务实"一点感受很深。她以日本宫殿建筑为例说："守官导游十余所之宫殿，尽广洁古雅，想见唐宋遗型。外子言，此与西国宫殿，华朴天渊。西国宫殿，一石之嵌，一牖之雕，动以千万金相夸，陈列品无非珠钻珍奇，予益知日本崇拜欧美，专务实用，不尚焜耀。"（《二月二十日日记》）"专务实用，不尚焜耀”，这正是一个奋发向上的民族、国家前进的因素和固有的品格。她由此又谈到日本所售西货情况：“入东京之市，所售西派品物，亦图籍为多，工艺为多，不如上海所谓洋行者之尽时计、指轮以及玩品也。”（《二月二十日日记》）进口先进国家的物品，原应以有助于发展本国民族工业和提高科技水平为准，一个国家大量销售外国的奢侈品和化妆品，正是殖民地、半殖民地商品经济的一种表现形式。九十年前，单士厘能虑及于此，不能不令人钦佩。即在大量进口化妆品的今天，仍具有现实针砭意义。

作者既然如此称赞明治维新后日本科技和社会的进步，自然对一些保守的、不能随时代前进的、故步自封、墨守成规的举止表示不满。单士厘足踏俄土后，以俄国历法与公历相差十余日，甚感不便。她记述此事，表面上是批评俄国的保守，实则是借此批判中国封建顽固派以“改正朔”为换代之谬论。

> 世界文明国，无不用格勒阳历（回教各国自用回历，安南国别有历），一岁之日有定数，一月之日有定数，岁整而月齐，于政治上得充分便利，关会计出入无论矣，凡学校、兵役、罪惩，均得齐一。故日本毅然改历，非好异也，欲得政治齐一，不得已也。予知家事经济而已，自履日本，于家中会计用阳历，便得无穷便利。闻外子述南皮张香涛之言曰：世人误以“改正朔”三字为易代之代名词，故相率讳言，不知此三代以前事耳。汉兴，承用秦历，代易矣，而正朔未改也。太初更历，正朔改矣，而代未易也。厥后凡易代仓皇之际，无暇改正朔；而统一稍久，修明制度，则往往修历，本朝亦以康熙之盛始修历。然则改正朔与易代不相干，何讳之有？诚名论也。（《四月六日日记》）

使用公历还是本国旧历，表面上看起来是一个习惯问题，实则是关系到国际政治生活与文化交流的大问题。明治维新后，日本率先改用公历，以为国际交往方便计，而清政府中的封建顽固派把“改正朔”视为改朝换代，坚持“道不变法亦不变”的陈腐观念，故清政府始终不用公历。单士厘虽自谦“予知家事经济而已”，但能见及于此，正表明她不凡的政治见识。

第二，揭露沙俄帝国主义的侵略野心是《癸卯旅行记》的另一重要主题。

作者此次旅行正值庚子事变后沙俄以“中东铁路公司”为大本营加紧侵略中国东北之际，单士厘乘火车进入“中东铁路公司”范围之后，所见一切，令人触目惊心，中国东北几乎成了俄国的殖民地。他们利用《中东铁路合同》的特权，任意霸占中国土地，在东北，仅“铁路用地”就占有13万余垧，而且还规定享有铁路沿线两侧30华里以内的煤矿开采权和200平方里的林区采伐权。在中国东北，沙俄的侵略恶迹，触目皆是。

作者首先从易地名写起。沙俄强占中国土地后，必将城市和车站改易名称。中国的海参崴，改为务拉的乌斯托克（符拉迪沃斯托克），双城子开始以“今帝（沙皇）之名名驿，所谓尼果赖司科（今乌苏里斯克）”，继又“改用东方海军大将之名，名曰司柯里乐夫（伏罗希洛夫）”。她说：“俄人割人土地，必易新名，欲使人无怀旧之感。”“欲使人无怀旧之感”，正是想让中国人民忘记对祖国故土的怀念，借以掩盖自己的侵略行径。

沙皇借筑路为名，随便强占我国土地。“俄人在哈尔滨购地，固以己意划界，不顾土宜，以己意给价，不问产主。”（《四月十四日日记》）他们还利用“满洲世职”掠夺当地人民的土地。满洲世职恩祥“持其世官之焰，本鱼肉一方，自俄人来此，更加一层气焰，每霸占附近民地，以售于俄人，冀获微价。恩祥又肆其霸力于傅家店，俄人利用之，故土人畏之，官宦又媚之”。（《四月十四日日记》）俄人和满洲官吏，狼狈为奸，残害当地华人。俄国士兵极其残暴，他们在东北肆意虐杀中国人民，作者揭露道：“俄人肆虐杀淫掠于东三省，自以海兰泡之杀我男妇老幼三千余人于一日为最著称。黑龙江沿岸，被杀者数十数百，不可枚举。”作者又说：“庚子事变后，中国人被杀事件，见之于三交涉局者以百计，不见备案者不知数”。“不知数”，其被杀者之多，正可以想见。至于“毁居屋，掠牲畜，夺种植，更小事矣。此在民间被害，初亦愤；愤而诉，诉而无效，亦姑忍耐，忍耐久，且以为非人力所能回矣”。（《四月十四日日记》）在以杀掠为能事的帝国主义铁蹄蹂躏之下，中国人民是无处伸冤的，诉之于官府，官府亦无能为力，更何况他们还是狼狈为奸啊！

在《癸卯旅行记》中类此的记述甚多。血泪斑斑，不胜枚举。在当时的东北境内，不仅一般百姓无故遭残杀污辱，就是一些高等华员亦常为俄警殴打辱骂。书中写道：

> 李君佑轩是日休假，自香坊乘车至秦家冈，在冈时久，以道远马疲之故，饭于肆，且命车夫就食，可谓毫无过误。忽有警察役，怒车之驻于肆门也，摔车夫殴之。车夫固俄人也，与辩是奉雇主之命。李君亦闻声趋出，向警役用俄语声说。讵警役骤加殴辱于李君，可谓奇极。李君以铁路公司之高等华员，且善俄语，竟以一车夫就食之故，大受警辱。事后诉于总监工，总监工虽极力抚慰，而不闻一惩警役。（《四月十四日日记》）

李佑轩以一个高等华员尚受此殴打辱骂，至于一般中国劳动人民那就更不必说了。他们或以“华工污秽，易肇疫气”为名，任意驱逐；或视为“盗贼”，格杀勿论。殖民地、半殖民地国家人民的命运于此可见一斑。他们把中国人视为俄国人的奴隶，在东北俄国的火车上，中国人不能坐一二等席位。“华客向皆三等位（西人惟劳动苦役者三等），间有二等位者，则指定某车以区别之，不许入他二等室，其‘优待’如此。”（《四月十五日日记》）入二等室，这里是指作者和其丈夫一行受人关照，所以她有“其‘优待’如此”的感慨。一般中国人，那是不能坐二等席的。

沙俄作为一个军事封建帝国主义国家，它一贯奉行军事扩张主义，对外侵略弱小民族，对内实行民族歧视和民族压迫。作者举芬兰民族为例说：

> 芬兰本瑞典国之一部，百年前俄人灭取之，照例施种种苛例（俄待他种如芬兰，如波兰，如犹太，皆有种种不思议之苛例，罄竹难尽。大意无非欲遏民智，俾就夷灭。安知他日不有三四皇而六五帝者乎）。芬兰人心不

死，暗行其自治，暗行其教育，且不甘学俄语，不甘行俄币，不甘遵俄历；而于俄之苛例，究不能逃也。昔年外子在俄，曾役使芬兰夫妇二人为仆，亦曾助资俾往美洲（壬辰年事）。今闻俄例更严，不允给出境凭纸，且设种种苛例，不遵例者 不给准婚凭纸。其禁设学校（俄设高等学校，亦禁不准入），断其入仕之途（俄官无一芬人），在武备尤禁。又强设医院（选极下等之医生设院于芬，俾收不杀而杀之效），无非欲塞其智慧，绝其种嗣（禁婚嫁），又不欲留种他土，故禁不使出境。（《四月二十九日日记》）

这种民族歧视、民族压迫，对其境内的少数民族也是如此。所以列宁称沙皇俄国为民族的大监狱。

第三，沿途风俗民情和日、俄历史文化，也是作者注目的一个重要面向。

作者自日本出发，经朝鲜，又自中国再乘舟至东北，入俄境，沿途见闻，均随时摄入作者笔端，其中有不少记述异国风俗民情和文化教育的，这对当时处于封闭状态下与外国接触甚少的中国读者来说，不仅可以开阔视野，而且也可以从中获得不少知识。如记日本堺（距大阪不远）之水族馆水族百数十种，均储于玻璃厢中："玻璃内流水汩汩，沙石荇草，各就其所畜水族之本性以为配置，俾游泳其中者，一如旧所习惯，以遂其生趣。巨大水族，别畜以水池水槽，各标其名与产地。"（《二月二十一日日记》）当时读来，确实一新耳目。作者在船泊釜山港时，因风雨阻行，便想一睹朝鲜土风，乃觅人导至土村："望去尽宽博白衣，污成灰色，坐立颓倚，口衔烟管，土舍板屋，所售烟草、草履及不洁之食物而已。食进以匕，盛于铜器，食毕即以此器盥面，甚或他用。"（《四月一日日记》）当时朝鲜农村之贫困于此可见。

俄国社会生活中宗教色彩很浓重，到处是教堂。单士厘记述道："晨闻教堂钟声，如远雷，如聚蜂。相传此处教堂锐顶万数。东教教堂，其式样不但与新教异，并与旧教异。满洲线上，数已百十，屡见之矣（日本东京有东教教堂一所，乃维新前所建，至今追悔失策，指目痛愤）。俄意务欲使人迷信宗教，则一切社会不发达与蒙政治上之压迫损害，悉悉诿于天神之不佑，而不复生行政诉愿、行政改良之思想，颇见效验。”（《四月二十八日日记》）

在这些记述中颇值得注意的是关于俄国著名大文学家列夫·托尔斯泰（1828~1910）的介绍。

托为俄国大名小说家，名震欧美。一度病气，欧美电询起居者日以百数，其见重世界可知。所著小说，多曲肖各种社会情状，最足开启民智，故俄政府禁之甚严。其行于俄境者，乃寻常笔墨，而精撰则行于外国，禁入俄境。俄廷待托极酷，剥其公权，摈于教外（摈教为人生莫大辱事，而托淡然）。徒以各国钦重，且但有笔墨而无实事，故虽恨之入骨，不敢杀也。曾受芬兰人之苦诉：欲逃无资。托悯之，穷日夜力，撰一小说，售其版权，得十万卢布，尽畀芬兰人之欲逃者，藉资入美洲，其豪如此。（《四月二十九日日记》）

这段记述比较简略，而且主要是介绍托尔斯泰其人和影响，于文学成就谈得无多。尽管如此，恐怕这要算中国知识分子介绍托尔斯泰较早的文字了。[①]

《癸卯旅行记》系日记体裁，主要记旅途见闻，但作者并非有闻必录，散漫无章，而是记述有中心，有组织。全书按旅途分上、中、下三卷，上卷自日本东京出发至俄之海参崴，所记以日本为主；中卷自海参崴出发，经哈尔滨至满洲里，所记以中国东北境内为主；下卷自满洲里至俄都森堡（彼得堡），所记以俄国为主。不同的国度，作者记述的侧重点也有所不同。上卷主要记述日本明治维新后社会各方面飞速之进步；中卷则重点记述沙皇俄国庚子事变后在中国东北的侵略活动；下卷多记述俄国沿途的风物民情以及宗教、文化方面的情况。作者围绕这三个中心写成三卷，重点突出，主题鲜明，结构散而不乱，内容繁富而有条理。作者并非信笔所记，而是有自己的艺术构思。

① 中国人最早介绍列夫·托尔斯泰的文字是梁启超1902年写的《论学术之势力左右世界》，刊《新小说》创刊号。

《癸卯旅行记》文笔洗练简洁，记事有序，其中不少片断文字优美，富有文学色彩。作者在日本横滨乘船至神户，写此一段海行云：

> 此一段海程，左右皆山，浓树扶疏，耕渔错落，为风景绝佳处。入夜，渔火隐现如繁星，尤称绝景。西人过此，每坐甲板上眺望不忍去。予八度经此，亦观览不厌。（《二月二十三日日记》）

寥寥数语，读之令人神往。再如写贝加尔湖上风光亦具特色：

> 环湖尽山（峭立四周，无一隅之缺），苍树白雪，错映眼帘。时已初夏，而全湖皆冰，尚厚二三尺（湖面拔海凡千五百六十英尺），排冰行舟，仿佛在极大白色平原上，不知其为水池。别有天地，何幸见之。或谓此世界上水最清澈之湖，惜今日之见冰不见水也。（《四月十九日日记》）

贝加尔湖，中国古代称北海，苏武牧羊于此。此湖群山环抱，是世界上最深的淡水湖。每年冰封期五个多月，作者初夏过此，尚是千里冰封。经作者一点染，顿成奇丽世界，诱人遐想，并以不能身临其境为憾。

单士厘是一位富有启蒙思想的女性，且具卓识。有时寥寥数语，或轻轻一点，即能表现作者的思想和见解。她在参观日本第五次博览会时写道："馆中执役人，尚女少于男，窃度第六回之会，必女多于男矣。"（《二月十八日日记》）五年之后，馆中服务者必女多于男，表现了作者追求男女平等、妇女解放的思想。单士厘有时又借眼前风物，表达自己的爱憎和政治见解。她在渡松花江桥时写道："松花江不准行船，为同、光以来中俄一大问题。一水之航，昔 以争；万里之域，今慨以赠。"（《四月十五日日记》）短短数语，表达了作者对清政府出卖东三省的愤慨。

《癸卯旅行记》以记叙为主，也有议论和抒情，夹叙夹议之处屡见。作者表现手法灵活多样，充分发挥了日记体不受拘束的优势。

（二）

《归潜记》是作者游西欧时的作品，书成于1910年（宣统二年），内容主要记述意大利和古希腊、罗马的宗教和文学艺术。《归潜记》共分十二章，倘就其记述内容大约可以分为如下四部分：（一）关于景教的教义及其传入中国的情况，有《彼得寺》、《新释宫·景寺之属》、《景教流行中国碑跋》、《景教流行中国表》诸篇。后两篇，系钱恂所撰。另一篇《摩西教流行中国记》，是讲犹太旧派教流入中国的情况，具文献价值。（二）介绍古希腊罗马神话的，有《章华庭四室》和《育斯》两篇。（三）记意大利人马可·波罗之事，有《马哥博罗事》。（四）记钱恂出使欧洲期间获意大利和荷兰佩章事，有《义国佩章记》、《奥兰琦——拿埽族章》等。单士厘的这些记述，不仅可以开阔国人的文化视野，而且对于研究古代西方文化史和中西文化交流史也具有一定的史料价值。下面介绍其中主要的几篇。

《彼得寺》是《归潜记》中的第一篇，也是文字最长的一篇。此文通过描述其内部建筑、陈列、绘画以反映景教（唐代称传入中国的基督教聂斯托利派）的历史概况，及其教规、教俗，其中如建寺历史、耶稣十二使徒、“开圣门”及其开之仪式、弥撒之内容、关于十字架刑、最后晚餐、彼得坐像、忏悔亭、歌路刹埤、神奥等，由这些片断，使读者对天主教文化有一个形象的认识。《新释宫·景寺之属》，叙述天主教各派教堂的格式，而在罗马以腊丁十字寺为多，对教堂中的祭坛、华盖、讲道坛、刹埤、洗礼所、均作了生动的描述。这两篇作品对研究西方宗教文化具有一定的史料价值。

《章华庭四室》和《育斯》是我国介绍古希腊罗马神话较早的两篇文章。古希腊、罗马是欧洲文学的发源地，其文学形式主要是神话和英雄史诗，对后世欧洲文学产生了很大影响。诚如恩格斯所说：“没有希腊文化和罗马帝国所奠定的基础，也就没有现代的欧洲。”[①]希腊神话是古代希腊人民的口头文学，它产生于原始氏族社会，是人类社会的童年时代社会生活及意识形态的艺术反映。希

① 恩格斯：《反杜林论》，《马克思恩格斯选集》第3卷，第220页。

腊神话最初见于荷马的两部史诗《伊里亚特》和《奥德赛》，稍后在赫希俄德的《神谱》以及希腊古典时期的文学、历史和哲学著作中均有记载。《章华庭四室》在介绍拉奥孔雕像时对这种情况亦有记述。她说："希事在景前1100年以内者，有史可征，过此以前，惟凭古诗。古诗所叙，实事中参以幻想，既令读者多迷，而选词尚奇，用意务隐，尤非别具会心，不能得其真谛。后世诗人，续为神话，寓中有寓，玄之又玄矣……然事迹奇古，含蓄深奥，每为艺术家所爱不忍舍，而著名之文艺美术品，遂八九渊源乎神话。"单士厘在这里所揭示的希腊神话对于后世文学艺术的影响是颇有见地的。

希腊神话主要由神的故事和英雄传说两大部分组成。关于神的故事，单士厘记述了开天辟地、神的产生、神的谱系等主题的神话。作者以众神之首育斯（宙斯）为中心，记述了十二天神，亦称婀令不堪亚（奥林匹亚）十二神。希腊人特崇拜宙斯，有关一切天候现象、一切人道秩序、一切农获果实，均以宙斯为神，故在希腊神话中，"育斯越天人二界之限，为万能神"。（《育斯》）英雄传说是希腊人民对远古历史、社会生活以及人们对自然斗争的回忆。这部分传说中的英雄被视为神和人的后代，实则是远古人民集体力量和智慧的代表。《章华庭四室》中所记述的特洛伊战争就属此类英雄传说。其中献木马计的阿迭色斯（即奥德赛，今译作奥德修斯），就是这类英雄之一。单士厘于奥德修斯有这样的记述：

> 是役（指十年而城不破的特洛伊之战）也，希将多丧，而城仍未破。乃选勇士，征战策，以图一决。再不胜，舍之去矣。时有阿迭色斯者，巧制木马，藏机自动。挺然应募，且布流言，谓此物为女战神密讷尔佛所授，苟供神前，神立福之。私隐军士于马腹，往还营阵间。脱罗耶兵睹此巨大之物，徘徊城下，又闻流言而信，羡欲得之。独劳贡洞窥诡谲，固执不可；而脱人迷信，终不可释。脱兵固守，十年于兹，军气衰颓，民不聊生，乃大合市民为海神祭。适祭官死，继者无人，循例拈阄，阄得劳贡。劳贡本曙神阿

博隆庙及海神讷都诺庙僧也，有被选权利。既被选，乃率长次二子，登祭坛，屠牺牲，行例礼。礼未毕，而海上徒见二蛇，金目白躯，神飞而来，攫二子环之。劳贡驰救，同陷其害。蛇围重叠，呼吸不通，肢体牵系，密勿得逃，劳贡大呼而死，二蛇片裂三尸，逸去无踪。脱人见此，益信木马有神，以为劳贡之死，神明惩戒也。用请于希人，入木马于城，献之密讷尔佛之堂，再拜而祷焉。是夜，脱市人欢乐无极，满意城围从此解矣，故军民盛宴，相庆贺而散。夜深人静，希人之匿于马腹者，持械突出，举火燔城，内外袭击，脱军大溃。一夕欢乐，弃尽十年苦守之功。[①]

希腊神话充分表现了奥德修斯的智慧和勇敢。其中的另一个人物劳贡（今通译作拉奥孔）也是希腊神话中的特洛伊英雄。

此外，《育斯》一文还论述了神话与宗教仪式、神话与历史，以及罗马神话与希腊神话的关系，这是我国近代较早的一篇研究古希腊神话的文章。

《马哥博罗事》是作者论述威尼斯人马可·波罗的故事。马可·波罗（1254~1324），曾在元朝时来中国上都（今内蒙古自治区多伦县西北），受到元世祖忽必烈的优待，在元朝居官17年，回国后口述东方见闻，由鲁思梯谦笔录成《马可·波罗行纪》一书，盛道东方文明之昌盛、物产之富庶，在西方广为传诵。作者曾在闺中听丈夫谈起此事，十分称羡，不料20年后作者亲赴马可·波罗故乡。她在《马哥博罗事·题记》中说："积跬步主人于二十年前，初次从西欧回来，为予道元世祖时维尼斯人马哥博罗仕中国事，即艳羡马哥之为人。越十有九年，予亲履维尼斯之乡，访问马哥之故居，瞻马哥之石像，既记游事，并记马哥父子叔侄来华之踪迹及行事大略。"此文记述马可·波罗父子之经历及马可·波罗因护送元朝公主远嫁而归国事，颇为详尽，是研究中西文化交流史的参考资料。

---

①《归潜记》，"走向世界丛书"，岳麓书社1985年版，第822页。

《罗马之犹太区——格笃》，写犹太人备受罗马人的歧视与压迫，作者对犹太人的悲惨命运寄予同情。文中记述亦寓深意。

景宗之最与犹太人为敌者，乃欧勤四（一四三一至三九年在位），禁景徒与犹太人贸易，及共食同居，禁犹太人新建希那鄂克，及服一切公家事。保罗二（一四六八年）又迫令犹太人于喀尼乏尔节日，竞走于群民嘲讪之中，如竞马然，此虐习行二百年而后已。竞走者，驴驱于前，犹太人逐驴后，仅许围一缕布于腰下，四肢尽裸，犹太人后为水牛，牛后为野马（即阿非利加产之劣斑马），几不以人类视犹太人也。犹太人忍辱不敢违，至克雷门九时，始许以金赎免。[①]

文中记述古罗马污辱、迫害犹太人之律令甚多，作者在记述时，充满了不平与愤慨。作者写此文的目的，在“以示亡国遗黎受辖于白人治权下之情况”。又在文末云：“此格笃记，阅者宜细心味之。数百年后，吾人当共知之。”大约单士厘有感于中华民族正遭受帝国主义侵略，亡国灭种的危险日甚一日，倘不奋发图强，中国人未来也会遭遇犹太人同等的命运。

从《癸卯旅行记》和《归潜记》可以看出，作者单士厘是擅长文学的。她文笔简洁洗练、平易自然，记述详略得当、浓淡有度，于叙事中寓褒贬，别善恶，所谓“寓主意于客位，允称微秒”[②]。她的这两部纪游性的散文集，不仅大大开拓了读者的文化艺术视野，而且也具有较浓的文学色彩，它出自近代一位女子的手笔，尤属难能可贵。

（三）

单士厘还是一位女诗人，有诗集《受兹室诗稿》[③]。收诗183题、302首，在单士厘的诗中，海外诗占有一定的比重，这是她海外生活的留影。20世纪初，她

---

①《归潜记》，“走向世界丛书”，岳麓书社1985年版，第878页。

②刘熙载：《艺概·文概》，王气中笺注：《艺概笺注》，贵州人民出版社1986年版，第35页。

③陈鸿祥点校：《受兹室诗稿》，湖南文艺出版社1986年版。

居住日本多年，又到过俄国和西欧诸国，抒情言志，自然不能不寄之于诗。

她首次赴日在1899年，此后数年，多次往返，又寄居数年，“视东国如乡井”（《癸卯旅行记·自序》）。在日本，她有书写东国风光的诗多题，“霞烘霜染轻千卉，岩际松间见一班”（《日光山红叶》），“山光迎面翠欲滴，忻然意惬心先投”（《庚子四月十八日舟泊神户》）。明治维新后，日本向西方学习，科技进步很快，她写汽车穿越涵洞，高山也可变为通途：“聊蹁过山洞，有如蛇赴壑。豁然更开朗，天地何寥廓。”（《庚子秋津田老者约夫子偕予同游金泽及横须贺》）她在写日本自然景色时，也在关注着日本社会的进步。她首次在日本看到电车，惊呼为“云軿”（云中神仙乘的车），赋《偕夫子游箱根（初见电车）》四首之一云：“云軿自昔语无稽，竟有机车路不迷。电掣汽蒸安且速，毋劳挽鹿过前溪。”她在游玩欢乐之时，又常常想起祖国的同胞姊妹：“寄语深闺侣，疗俗急需药。劬学当斯纪（英人论十九世纪为妇女世界，今已二十世纪，吾华妇女可不勉旃！），良时再来莫。”单士厘在日本看到女学之盛况，故劝勉中国妇女欲求自身的解放必先大力兴办女学，以求得女性自立的基础。她羡慕夏夫人之女夏循兰九岁就在日本华族女学读书，又借赏花、惜花寄托她对广大同胞姊妹不能求学读书的惋惜。“不忍落英轻践蹂，惜花心事花知否？相邀胜侣神仙偶，旧俗拘牵宁墨守。我邦女学嗟未有，辟故开新解枢纽。”（《辛丑春日偕夫子陪夏君地山伉俪重游江岛再步前韵》）诗中都可看出抒情主体的思想和见解。

诗人具有启蒙思想，于日本教育多关注，这在《癸卯旅行记》中有多处记述。她还写有《汽车中闻儿童唱歌》，诗云：

> 天籁纯然出自由，清音嘹呖发童讴；中华孩稚生何厄？埋首芸窗学楚囚。

这首诗从日本儿童所受新式教育，想到中国学童的处境：“埋首芸窗学楚囚”。十年寒窗，无异于楚囚。诗人关注日本教育，旨在改良中国的旧式教育。

1903年，单士厘随丈夫自我国东北去俄国，过乌拉岭，经西伯利亚至俄国旧都圣彼得堡，诗集中有《光绪癸卯春过乌拉岭》、《西伯里亚道中观野烧》、《游俄都博物馆》，后诗在书写博物馆里存放的“头犹十余丈”的巨鲸、各种奇兽珍禽的标本之后，诗末云：“只今新世界，生理益繁广。欧美竞文明，宜思所以抗。露虽非立宪，民志籍开暘。”可以看出百年之前这位女性的卓识。

单士厘一生勤于著述，除上面提到的《癸卯旅行记》、《归潜记》和《受兹室诗稿》外，尚有《家之宜育儿简谈》一卷、《清闺秀正始再续集初编》五卷，译著《家政学》二卷（以上均已刊印），未刊印者有《清闺秀艺文略》五卷、《发难遭逢记》、《懿范闻见录》、《噍杀集》。其《清闺秀正始再续集初编》、《清闺秀艺文略》有功于清代女性文学文献，尤值得珍视。

三、徐自华的诗词

南社诗人陈去病《题忏慧诗集》六首之一云：“天生风雅是吾师，拜倒榴裙敢异词。为约同人扫南社，替君传布廿年诗。”被陈去病如此推崇的这位女诗人，就是全力赞助革命并义葬秋瑾的南社著名女诗人徐自华。

徐自华（1873~1935），字寄尘，号忏慧，浙江石门（今桐乡市）人。她幼性聪慧，年甫五龄，即与诸兄姊从舅父马彝卿先生读，日受书六七行，过目不忘，常先诸兄姊背诵，[①]自幼养成了勤读好学的习惯。且幼喜吟咏，所谓“髫龄性便爱吟诗”（《谢剑山人惠诗》）。十岁时，师试以五言八韵诗，构思新巧，清丽可诵。笄年出学，改学唐人近体，“愈长愈好，愈好愈专”[②]。自华为祖父亚陶公[③]所钟爱，曾随侍于庐阳郡廨。亚陶公见自华诗，以为可教，于是公余退食之顷，指点润色，诗益大进。每言自华诗胜诸孙，可惜非男儿也。[④]

---

①《听竹楼诗稿·自序》，郭延礼辑校：《徐自华诗文集》，中华书局1990年版，第1页。

②《听竹楼诗稿·自序》，《徐自华诗文集》第1页。

③自华祖父徐宝谦，字亚陶，光绪进士，官安徽庐州府知府。

④《哭祖父大人》，《徐自华诗文集》第77页。

自华出身于书香门第，祖父、祖母、父亲、叔父均能诗词，一门风雅，故自华幼受熏陶，脱口吟出，即旖旖可诵。人称道韫，其叔父有“闺秀侬家真道韫”（《哭三叔父蓉史公》诗中自注）之赞。她早年诗词学唐宋诸贤，尤受李清照的影响，诗词风格委婉清丽；然红颜薄命，青年即遭文君之痛，后又逢女殇，故诗词多悲苦之音；结识秋瑾后，思想进步很快，后来还参加了同盟会和南社，诗的题材也由伤春悲秋、生离死别转向社会现实的内容，特别是她与秋瑾唱和，以及秋瑾殉国后悼念烈士之作，不仅是研究秋瑾和近代革命史的重要史料，而且在诗的思想与艺术上也有较高成就，尤值得珍视。

（一）

吟咏自己高洁的情怀，反对世俗之见，是徐自华早期诗词的主要内容之一。

如前所述，自华出身于书香门第，幼年就受过良好的家庭教育。笄年之后，仍喜爱读书，好似一介书生，其祖父有赠诗云：“果然一介比书生，修到梅花骨格清。我已三更幽梦醒，楼头犹听读书声。”[①]

自华自幼喜好读书而讨厌脂粉，这在“女子无才便是德”的封建社会里，正是一种反世俗的表现。

自华不喜铅粉，她有诗云：“自嗤性僻本天生，不御铅华意始清。”（《大父赐一介书生翠章并诗敬步元韵》）她的祖父也说：“常谓孙女雅好读书，性厌脂粉。”艳妆浓抹本是封建社会中一般女子的喜好，也被视为一种美的标志。诗人却喜爱本色，讨厌脂粉，她有《咏白牡丹》云：“污于脂黛非其意，妆以绮罗不称身。国色原宜看月夜，天香岂肯染红尘。”由此我们可以看出自华的美学观点。

自华对于时俗妇女喜脂粉、好珠翠颇含微词，她有诗云：

巧工涂泽驻红颜，林下清风一概删。失却本来真面目，空留色相在人

①见《徐自华诗文集》第67页。

间。（《女伴中以香奁诗见示戏和四首·脂粉》）

一钗岂止值千金，镂玉雕琼太费心。试问梁家椎髻妇，几曾珠翠上头簪。（《女伴中以香奁诗见示戏和四首·珠饰》）

诗人认为妇女脂粉气太重，使“林下风致”遗失殆尽，损害了女性的天然美。她另有诗云：“竞将粉黛斗妆新，失却天然面目真。”（《浔溪风俗闺人竞好珠翠，互斗奢华，口占自嘲》）也是这个意思。妇女失去了天然美，而“空留色相在人间”。只会使民风不淳。同时她认为：满头珠翠，并非古风，“试问梁家椎髻妇，几曾珠翠上头簪”。诗人重视本色，即所谓女性的天然美；喜爱素雅，即所谓女性的朴素美。诗人这种审美趋向和审美趣味，在封建社会中是一种不同世俗的审美观点。

自华是一位名门闺秀，她所受的教育，当然也主要是封建教育。在当时以“三寸金莲”为标准美人的社会中，诗人能够冲破世俗，反对缠足，这更是值得提及的。她有诗云：

消魂浪说在双钩，花好金莲步步留。恨煞南唐李后主，一朝作俑祸千秋。（《女伴中以香奁诗见示戏和四首·缠足》）

从诗首二句可以看出，诗人并不认为“三寸金莲”是美的，而且女性的美也绝不表现在小脚上。末二句，自华对南唐李后主为供自己寻欢作乐、令宫嫔缠足，遗祸千秋，表示深恶痛绝。

更值得注意的，自华在某些诗篇中还表现了她对奴役妇女的封建道德的批判。她写有长诗《读袁机女士遗稿及其兄随园太史〈女弟素文传〉感而有作》，在这首长诗中，她除书写了封建婚姻给妇女带来的痛苦外，诗人还通过袁素文屈从封建传统观念而遭受终身痛苦的悲剧，批判了封建伦理道德对妇女精神上的毒害。

袁机，字素文，是清代诗人袁枚的女弟，著有《素文女子遗稿》一卷。袁机自幼与高氏结娃娃亲，及婚配之年，男方父母以其子不良，“来书愿以前言戏”，解除婚约。可是素文不同意：“儿家素性慕贞节，万死相随誓不改。”婚后其夫倍加虐待，狎邪寻欢，狂赌成性，不仅将妻子的嫁妆全部输光，而且“呼卢一掷千百钱，欲鬻细君偿所负”。甚至想把妻子卖掉还赌债。素文君舅视其子胡作非为，讼之于官，她始含泪归娘家，后郁郁而死。从这一婚姻悲剧，诗人看到了封建礼教和旧道德对妇女的精神摧残。诗末云：“我读遗诗感难已，痛君迂执乃如此。惜将宝剑赠庸奴，不如终作婴儿子。”这种“迂执”，并非袁机个人的性格，而是封建社会中传统道德观念对妇女毒害的结果；这也不仅仅是袁机一人的不幸，而是封建社会中许多妇女的婚姻悲剧。

在自华的诗词中，还有一些歌咏花草之作，从中我们也可窥察诗人的志趣和品格。自华志趣高洁，不慕势利，于百花中独喜梅、菊和水仙。她诗中咏梅之作最多，如《梅花》、《绿梅》、《腊梅》、《红梅》、《墨梅》、《种梅》、《问梅》等，又有《咏水仙》、《水仙花》、《题梅花水仙便面》等。她爱梅的素雅、高洁，自称梅的“清友”（《问梅》），赞梅的坚贞，“拼得几生历冰雪”、“不同桃李斗春光”（《白梅》）；又赞梅的傲骨棱棱，“几生修到卿能傲”（《吟梅》），“不从俗笔染胭脂”（《墨梅》）。她咏水仙，也是爱其“涤粉涴脂超俗艳，镂冰团雪绝尘埃”。（《水仙花》）她咏菊：“莫怪花中偏爱，别有孤标高格。”（《水调歌头·和苣苳董子观菊》）这些诗虽是咏物，实是借物言志，从而表现了诗人坚贞的品格和高洁的情怀。诗人后来与秋瑾成为莫逆，特别是在秋瑾殉国后冒着生命危险，葬烈士于西泠，正是她这种不怕霜侵雪压、敢于傲然挺立的高贵品格最生动的体现。

（二）

崇敬古代英雄豪杰，歌颂爱国志士、爱国诗人，是徐自华诗词的又一内容。

自华于爱国诗人十分怀念，她有诗云：“汨罗千古吊忠臣，谁鼓龙舟到海滨。”（《午日碧江竞渡》）“蕉萃已非国士比，沅湘犹吊逐臣吟。”（《叹兰倒叠前韵》）对屈原忠于祖国、忠于人民的爱国主义精神极表景仰。

诗人还写有《宕渠山》、《濡须坞》、《采石矶》、《朱仙镇》等诗，通过这些诗篇，自华歌颂与赞扬了古代的英雄豪杰，尤其后二首，具有更高的思想意义。

《采石矶》是歌颂大败金兵的虞允文的，诗云：

石壁惊看百丈崖，将军报主竟忘骸。浪翻牛渚戈船拥，风振螺山战鼓排。健臂疾挥飞众弩，雄躯奋跃挽千牌。横行十万谁能及，无际长江骋壮怀。

南宋绍兴三十年（1160），虞允文奉命赴金，见金兵大举运粮造船，知有进犯南宋之意，返京后请朝廷加强防备。次年，完颜亮果然强征各族人民，大举攻宋。此时虞允文以中书舍人参予军事，至采石镇大犒将士。适主将王权罢职、三军无主。为了反对金贵族的侵略、保卫祖国的领土，他毅然挂帅督战，在采石大败金兵。自华的《采石矶》即咏此事。诗首句写采石形势之险。采石矶，在安徽马鞍山市区西南七公里的翠螺山麓。原名牛渚矶，在长江东岸，为牛渚山突出长江而成。矶悬崖百丈，兀立江流，因受对面千门山夹江对峙所阻，水流湍急，形势异常险要，为历来兵家必争之地。“浪翻牛渚戈船拥，风振螺山战鼓排”，写当时水上激战场面。当时金兵和宋师都拥有大量战船，江面上真是浪翻船拥，近处的螺山上战鼓声声，助威迎战。颈联是歌颂战斗的将士，他们健臂疾挥，万箭齐发，手执盾牌，奋战杀敌。当时完颜亮派遣五百兵士，驾船入江，并亲自督战指挥，首先被当涂民兵用海鳅船将金兵船队冲成两半，宋军英勇奋战，把金兵大部分杀死在江中。虞允文又命令宋师至杨林河口阻击金兵，在上游放火烧毁其余敌船，取得了抗金的胜利。“横行十万谁能及，无际长江骋壮怀”，尾联既是对这次抗金胜利的歌颂，也是对主将虞允文的赞扬。在敌军压境、三军无主的情况下，虞允文毅然督战迎敌并大败金军，他这种为反对侵略、不顾个人得失的爱国主义精神是值得赞扬的。林则徐有诗云：“苟利国家生死以，岂因祸福避趋之。”[1]于此虞氏有焉。诗中说虞允文“将军报主竟忘骸”，这里的“主”当然还是指的宋朝天子，但在当时国难当头、外敌入侵的情况下，皇帝也就成了国家的象征和代表。“报主”也就是报国的意思。

自华还有一首咏《朱仙镇》的诗：

> 誓扫胡尘种族争，撼山难撼岳家兵。不甘割地朝廷小，未许成功宰相惊。忍见攀辕悲父老，何来叩马有书生。伤心三字冤流血，痛饮黄龙志未成。

朱仙镇在河南省开封县西南，南宋绍兴十年（1140），抗金名将岳飞大败金军于郾城，曾进军至朱仙镇，因此闻名于世。这首诗就是咏这次抗金大战的。“誓扫胡尘种族争，撼山难撼岳家兵”，郾城一战，金兵被岳家军打得闻风丧胆，以致金国头子宗弼叹息说：“自我起兵北方以来，没有像今日这样挫败过。”就在这抗金节节胜利、捷报频传的情况下，以高宗、秦桧为首的投降派却阴谋求和，岳飞向高宗报告：宗弼已准备令其老小向北撤退，并说这正是“陛下中兴之机”、“金贼必亡之日”，请求向金人发动总攻，收复南宋大好河山；然而高宗在一天之内竟向岳飞连发十二道金牌，迫令岳飞撤兵。闻讯后当地人民拦着岳飞的马放声痛哭，请求岳飞留下，领导人民抗金，诗中“忍见攀辕悲父老”二句指此。岳飞有诏书“不敢擅留”，回朝后被高宗和秦桧以“莫须有”之罪杀害，使岳飞消灭金兵、“还我河山”的愿望未能实现。“伤心三字冤流血，痛饮黄龙志未成”，这既是对岳飞报国之志未能实现的惋惜，也是对以高宗、秦桧为首的南宋投降派的谴责和声讨!

对于这位抗金英雄，诗人是极其敬仰的。自华还写过一首《岳武穆王坟》：

> 莫须有狱杀英雄，坟在栖霞第几峰？半壁江山埋碧血，一生功业痛黄龙。饥餐胡虏悲歌壮，未报君仇怒发冲。墓木至今无北向，铁应羞铸

---

①林则徐：《赴戍登程口占示家人》，郭延礼选注：《近代六十家诗选》，山东文艺出版社1986年版，第71页。

佞臣容。①

岳飞坟，在杭州西湖。无数男女老幼，争相凭吊。清代有一首竹枝词写道："画罗纨扇总如云，细草新泥簇蝶裙。孤愤何关女儿事，踏青争上岳王坟。"连少女都争着前去敬奠，可见人民对这位抗金英雄的崇敬之深。自华这首诗赞扬了岳飞"壮志饥餐胡虏肉，笑谈渴饮匈奴血"的爱国精神，同时对忠臣良将惨遭诬陷、壮志未遂，也表示无比的惋惜与愤慨。"墓木至今无北向，铁应羞铸佞臣容。"岳飞的精忠报国与秦桧的不耻人类，十分鲜明地呈现在读者面前。

诗人一方面通过歌颂爱国志士和民族英雄，借以表达她的爱国情愫；另一方面，她对封建统治阶级的昏庸腐朽、荒淫误国又深表不满。自华写有一首《明皇秉烛夜游图》，首四句云："姚宋不作张韩死，功臣谁入图画里。丹青写出天宝年，风流道是三郎李。"画家们不画功臣和爱国将士，却画唐明皇秉烛夜游。自华首先对画家选择这样的题材就意含微词。接着诗人写了由杨玉环的"月貌花颜"，轻歌曼舞，到"纵欢自谓无尽期，忽地渔阳震鼙鼓"。字里行间，意存讽讥。诗的寓意在结尾部分：

荒淫自古倾社稷，莫夸花貌雪肌肤。临春结绮今安在，雷塘萤死青草芜。披图令我发长叹，可作千秋金鉴无。

诗人对封建皇帝贪恋女色、不理朝政进行了批判，"荒淫自古倾社稷，莫夸花貌雪肌肤"，这也是历史经验的总结。诗人为此图题诗的目的不是在欣赏它的艺术，而是借古鉴今，"披图令我发长叹，可作千秋金鉴无？"希望它能作为一面镜子，使后世从中吸取教益。这种认识和见解，出自旧时代的一位名门闺秀，应当说是十分可贵的。

（三）

记述与秋瑾的交往和友谊，歌颂并悼念秋瑾，是她诗词中的又一重要主题。

---

①此诗后刊《南社丛刻》第2集，文字与《听竹楼诗稿》有出入，兹据后者。

诗人在早期的作品中，曾热烈地追求知音；但出现在她诗词里，往往是无知音的苦闷。如“知音人不见，凉月上阑干”（《寄兰秋姊》）；“客中谁是伴，画里得知音”（《满廷芳·铁板豪情》）；“试向黄花问，千古几心知”（《水调歌头·冷雨疏烟候》）。在当时的社会中，像自华这样怀抱高洁、不同凡响的才女，是不易求得知音的。

1906年春，秋瑾经褚辅成介绍到浔溪女学任教，此时徐自华担任浔溪女学校长。两人一见如故，互敬互爱，后来结成莫逆。自华此时才感到自己真正找到了知音。

自华和秋瑾一样，她也是傲骨崚嶒的，但对秋瑾却异常敬佩。她说自己“平生风骨崚嶒甚，每到低头总为卿”[①]。称秋瑾为“仙才”，所谓“倾佩仙才绝俗群”[②]。秋瑾于自华也是赞誉满口，称她为“不栉进士”[③]；又在《读徐寄尘小淑诗稿》中云：“新诗读罢齿犹芬，大小徐名久已闻。今日骚坛逢劲敌，愿甘百拜作降军。”[④]正是这种相互间的倾慕和尊重，铸造了秋徐之间真诚的友谊。

秋瑾留日归国时，她已是革命团体光复会和同盟会的会员。为了掩护其革命身份，她一方面作教师，另一方面在社会上宣传男女平权，倡导妇女解放，在这点上于自华有很大影响。自华有诗记述她们相识后的欢愉情景，《赠秋璿卿女士》云：

每疑仙子隔云端，何幸相逢握手欢。其志须眉咸莫及，此才巾帼见尤难。扶持祖国征同爱，遍历东瀛壮大观。多少蛾眉雌伏久，仗君收复自由权。

萍踪吹聚忽逢君，所见居然胜所闻。崇嘏奇才原易服（君易男装），

①徐自华：《秋瑾轶事》，《小说林》第7期。

②徐自华：《送璇卿女士》，《中国女报》创刊号。

③秋瑾：《赠语溪女士徐寄尘和原韵》，《秋瑾集》，上海古籍出版社1979年新1版，第87页。

④《秋瑾集》第90页。

木兰壮志可从军。光明女界开生面，组织平权好合群。笑我强颜思附骥，国民义务与平分。

这两首诗，主要是赞颂秋瑾。自华赞她志高男子莫及，才华为女中魁首，又以花木兰、黄崇嘏推许秋瑾，并希望她能“组织平权好合群”、“仗君收复自由权”。从这两首诗中也可以看出自华女权思想的成长。诗末云：“笑我强颜思附骥，国民义务与平分。”她希望自己能跟随秋瑾一起前进，尽女国民的义务。

徐自华在秋瑾的帮助下，思想进步很快，同时也为她的创作增添了新的内容。这时期的作品，已不再像她早年那样多是闺中雅致和离情别绪的书写，像什么“晚妆理罢香盈袖，泽发新添茉莉花”（《晚妆》）；“窗外芭蕉映绿纱，瓷瓶净插白莲花。疏帘清昼闲无事，活火山泉试煮茶”（《夏日闲兴次兰湘姊元韵》）；或者“怪他溪上垂杨柳，不系来舟送去舟”（《和韵清韵寄兰湘姊元韵》）；也不再抒发她那百无聊赖的伤春悲秋：“风乍爽，暑全收，没来由。愁过春日，闷过长夏，病到新秋”（《诉衷情·年华容易水东流》），而是增添了现实的内容。在殖民主义竞相瓜分、祖国危亡日深的局势下，她对清王朝的反动统治日益不满。她“每因时局增烦恼”（《病中感怀》）、“愤世徒然泪满襟”（《剑山人苣苳子为题拙稿感而有作》），于国事颇具忧愤，并希望在国家危难时自己也有所作为：“愤时艰须展青云志”（《满江红·天不如人意》）。更可贵的是，诗人由对国事的忧愤，逐渐形成她反清的民主革命思想。尽管她的这种思想在秋瑾殉国前还未付诸实践，但这种倾向在她思想乃至创作上都有所表现。她写有《和鉴湖女侠感怀元韵》二首：

感怀岂独为悲秋，别有伤时一种愁。待毙可怜还束手，图荣不耻尽低头。问心莫道终无愧，交臂何堪竟事仇。好散千金交侠客，相从燕市买吴钩。

恨海谁填不竭波，新亭泪洒奈君何？悲歌颇觉知音少，浊酒难浇垒块多。作檄无才拚掷笔，从军有愿誓挥戈。壮怀未遂嗟髀肉，赢得年来半病魔。

现实的教育，使诗人逐渐认识到祖国危亡的时局，但多数人还是“待毙可怜还束手，图荣不耻尽低头”，诗人表示要散尽千金，广交侠客，也要随同秋瑾一起革命，“相从燕市买吴钩”，这对出身于封建家庭的徐自华来说，是思想上的一个飞跃。秋瑾曾有《柬徐寄尘》诗云：“何人慷慨说同仇，谁识当年郭解流？时局如斯危已甚，闺装愿尔换吴钩。”①自华今天果然想脱离封建家庭、走向革命了。第二首诗，诗人进一步表示了她参加革命斗争的愿望：“作檄无才拚掷笔，从军有愿誓挥戈”，我虽无才作讨伐清廷的檄文，但却有从军杀敌的志愿。“壮怀未遂嗟髀肉，赢得年来半病魔。”诗末二句流露了自华壮志未遂的伤感，但全诗的基调是积极向上的，表现了她民主革命思想的萌芽和成长。

秋瑾的殉国，对徐自华的刺激和影响极大，它使诗人更加清楚地认识到清王朝的残暴和黑暗，也激发与坚定了她参加革命斗争的决心。自华后来参加了“同盟会”和二次反袁斗争。1916年，袁世凯称帝，同盟、光复两会留沪会员商讨对策抵抗，图占苏州，自华与陈去病，乔装母子进香，辟室苏台旅馆，指挥一切，后因苏州警察所所长翻悔，转而镇压，计划失败。②

秋瑾就义后，家人未敢安葬，自华为了实践秋瑾生前“埋骨西泠”之约，冒着生命危险为秋瑾营葬，并与陈去病等人组织“秋社”，纪念秋瑾，这早已传为近代革命史上的佳话。自华还写了许多诗文悼念秋瑾，如《鉴湖女侠秋君墓表》、《祭秋女士文》、《挽秋女士》四章、《满江红·悼秋竞雄》等，介绍了秋瑾光辉的一生，对其性格品德，作了十分动人的描绘：“生平伉爽明决，意气自雄；读书敏悟，为文章，奇警雄健如其人，尤好剑侠传，慕朱家郭解为人。丰貌英美，娴于辞令；高谭雄辩，惊其座人。”又说，“在稠人广座，论议锋发，

①《秋瑾集》第90页。

②徐双韵：《记秋瑾》，见郭延礼编《秋瑾研究资料》，山东教育出版社1987年版，第227页。

志节矫然，人辄畏重之，无有敢一毫犯其词色者。”[1]这是多么动人的、光彩四射的英雄形象啊！诗人又写《祭秋女士文》悼念女友，其结尾云：“子固先逝，我岂长存？何敢不达，涕泪纵横。惟其文字之契，相知之深，感念平昔，不能忘情。子生明敏，死必英灵，魂兮归来，以慰余心！”[2]感情真挚沉痛，悼念深情，溢于字里行间。自华又写《哭鉴湖女侠》十二章，其第三章云：

慷慨雄谈意气高，拼流热血为同胞。忽遭谗谤无天日，竟作牺牲斩市曹。羞杀衣冠成败类，请看巾帼有英豪。冤魂岂肯甘心灭？飞入钱塘化怒涛。

这首诗赞扬了秋瑾“拼流热血为同胞”的革命精神，这一点颇有见地。因为秋瑾的牺牲不是为一家一姓之兴亡，也不是尽忠于某封建王朝，而是为了民族的解放和广大民众而献身，诚如明夷女史在《敬告女界同胞》中所云，在中国女界，“间有一二如梁红玉、秦良玉者，千百年不得其选。然皆为一姓之兴亡，而非为人民谋公益。至于以国民之权利，民族之思想，牺牲其性命，而为民流血者，求之吾中国，四千年之女界，秋瑾殆为第一人焉”。[3]这正是秋瑾作为一位资产阶级民主主义革命家区别于封建时代女英雄之所在和她的伟大之处。

自华于同题另一首中还揭露了清王朝在扬言“立宪”之时残杀爱国志士的罪行：“如何立宪文明候，妄逞淫威任独夫。”革命者是杀不完的，“冤魂岂肯甘心灭，飞入钱塘化怒涛。”诗人指出，秋瑾的牺牲将激励着更多的爱国青年走上革命的道路。这种积极的、巨大的革命影响，是反动派所始料莫及的。

大约在秋瑾殉国后不久，她还填过一首词《满江红·感怀》：

岁月如流，秋又去、壮心未歇。难收拾、这般危局，风潮猛烈。把酒痛谈身后事，举杯试问当头月。奈吴侬身世太悲凉，伤心切。　亡国恨，

---

①《秋瑾集》第188、189页。

②《神州女报》创刊号。

③见湘灵子编：《越恨》，1909年上海女报社刊。

终当泄；奴隶性，行看灭。叹江山已是，金瓯碎缺。蒿目苍生挥热泪，感怀时事喷心血。愿吾侪炼石效娲皇，补天阙。

这首词是步岳飞著名的《满江红·怒发冲冠》词韵而写的。上片由祖国的危亡、殖民主义的侵略，写到个人的身世。自华身世颇多不幸，青年即遭文君之痛，后好友秋瑾遇难，不久爱女早殇，“奈吴侬身世太悲凉，伤心切”，国难家痛，令人心碎。然而此时的诗人已具有反清的民主革命思想，故词的调子并不低沉，而颇多慷慨悲壮之音。起句“壮心未歇”，说明诗人并未因悲凉的身世而消磨了革命的志气。词的下片又从个人的身世回到祖国灾难深重的现实，过片“亡国恨，终当泄”，自华反清的革命思想更是溢于言表。祖国领土的惨遭瓜分，人民生活的苦难，清王朝的昏庸腐败，深深地刺激着她的心，使诗人心潮起伏。“愿吾侪炼石效娲皇，补天阙。”这里“娲皇”，指炼五色石补天的女娲氏，喻秋瑾。结拍抒写诗人将继承先烈秋瑾的遗志，完成“驱除鞑虏、恢复中华”之大业。在徐自华后期的创作中，这是一首有代表意义的作品，值得我们珍视。

1913年，窃取当时浙江都督要职的朱瑞，排斥异己，借故罢免革命党人褚辅成的职务。对朱瑞这种排斥忠良的行为，革命党人一时为之愤愤。诗人于此填有一首《贺新凉》，词前有小引：“慧僧先生解职归里，武林四十二会社咸争相祖饯，余更绘《西湖送别图》，倚声寄之。”词云：

潋滟明湖水，怎无端、晴漪映碧，骤含别意。报道先生归去也，一片帆飞天际。看岸柳、萧疏愁翠。记否年时秋惨淡，正奋身、革命风潮里。歼胡虏，拼一死。

神州光复差堪喜，一年来、民合政洽，心劳力瘁。砥柱中流肩负重，转瞬西风又起。忽摇动、莼鲈乡思。棋局纷争殊未稳，莫东山、高卧灰英志。应更为，苍生计。

这虽是一首赠别之作，但绝非一般应酬之词。它蕴含着丰富的革命内容。词从湖水晴漪映碧、骤含别意写起，很自然地点出褚辅成的离去。褚辅成，字慧僧，浙江秀水县人，系同盟会会员、革命志士。辛亥革命时，光复浙江有功，任政治部部长，并主管浙江民政。当时任浙江都督的朱瑞，为了安插亲信、排斥异己，竟将褚辅成劾免罢职。“令下，官场哗然。”[①]

朱瑞，这是一个投靠袁世凯的政客。他当年也是革命党，是被秋瑾吸收为光复会会员的。但此人步入青云后，翻脸不认人，根据袁氏政府的授意，下令将浙江都督府已经批准的秋瑾坟墓压低五尺并废除中立石像的就是他；后来他又设计残杀了革命党人王金发。徐自华认识朱瑞，为秋瑾的坟墓事她不仅与之据理力争过多次，而且还散发传单，揭露其出尔反尔。为此朱瑞恼羞成怒，扬言将对徐自华报复。此时朱瑞又要排挤革命志士褚辅成，自华的愤激是不言而喻的。

尽管如此，这首词却写得比较委婉、含蓄。“记否年时秋惨淡，正奋身革命风潮里。歼胡虏，拼一死”，这是写浙江光复时褚氏出生入死、浴血奋战的革命业绩。浙江光复之役在1911年秋，“秋惨淡”指此。过片三句，写光复后褚氏建国安邦的功绩。词的字面上是赞颂褚氏的革命功绩，但它更深刻的寓意，正是通过有功之臣的被贬，揭露朱瑞的倒行逆施和陷害忠良。诗人接着提醒褚氏，自然也是告诫革命党人：“棋局纷争殊未稳，莫东山、高卧灰英志”，现在正处于革命与反革命斗争激烈、胜败未分之际，切不可归隐东山、高枕无忧啊！意为不要丧失革命警惕。结句“应更为，苍生计”具有更深刻、更现实的含意。在革命党人中，当时一部分人确有功成身退的思想，还有人公开说：“革命军起，革命党消。”[②]也正是这种错误的思想和理论，为尔后袁世凯篡夺革命胜利果实造成了可乘之机。词结句力量很重，辞去革命职务，处身世外桃源对个人来讲，也许无关轻重；但作为一个革命者，则应当为革命、为全国人民着想。“更”字，一字千钧，加重了对革命者告诫的力量，也使全词的思想意义升华到一个新的高度。从这首词中，我们便可看出：随着革命思想的发展和现实的教育，徐自华已成为

①庄一拂：《褚辅成先生年谱初稿》1913年条。
②章炳麟：《民国光复》，见汤志钧编：《章太炎政论选集》下册，中华书局1977年版，第843页。

一个颇有见地的革命诗人。诗人在秋瑾殉国和辛亥革命前后所写的这类诗词，为她后期的创作增添了丰富的社会内容和深刻的思想意义。这也说明，一个作家思想水准的高低、生活环境的变化，对其创作具有何等重要的意义。

（四）

徐自华的诗，多数是短小的抒情诗，但写得生动，很有情味，很有意境。诗人善于用含蓄简洁的文字，描绘出一幅幅生活图景，尤善于捕捉意象，构成深远、优美的境界，给人一种很高的艺术享受。请看她的《西溪夜泛》：

轻舟才过板桥西，月色溶溶满小溪。一阵风来波面响，林间宿鸟尽惊啼。

这是写夜间泛舟小溪的画面：月光溶溶，照满小溪，闪烁着银色的涟漪。晚风吹动着溪水发出哗哗的声响，惊动了林间的宿鸟。这是一种多么幽静、优美、轻灵的境界啊！“林间宿鸟尽惊啼”，又给这一画面增添了生活的气息。再如《舟行即目》：

江流渺渺水浮天，风送轻舟箭脱弦。鸟影相随帆影后，近山断处远山连。

这是描写舟行江中的画面。风送轻舟，如箭脱弦，以致连空中的飞鸟都落伍了。末句“近山断处远山连”，更加衬托出船行之速。自华家乡语溪是著名的水乡，以舟代步。她对水乡的景色十分熟悉，加之她善于捕捉意象，组织诗的画面，故诗中画面优美、意境深远，她的许多写景的诗词都具有这一特点。

自华还善于在小诗中描绘人物形象，虽短短二十八字的七绝，诗中形象也生动、鲜明。她有《送坤娥从姑母归武林》：

才惊握别夜檠孤，又送青溪最小姑。笑慰垂髫娇妹子，莫弹珠泪湿罗襦（妹寄姑膝下，颇恋恋惜别）。

这首小诗，四句写了三个人物：坤娥、诗人和她的小妹，特别是小妹的形象十分鲜明。凝神闭目，一个低首垂泪、偎依在姑母膝下的少女形象仿佛出现在读者眼前。

在徐自华的诗词中，更多的是诗人自我形象的描写。她的诗词，特别是前期的作品，多是些短小的抒情之作。在这些作品中，十分传神而又富有诗意地塑造了自己的形象。她从自己的亲身感受出发，经过艺术锤炼，把生活现象典型化，且表现得比较含蓄，具有强烈的艺术感染力。看她的《减字木兰花》：

双泓秋水，长记年时生受处。欲写春娇，才近帘儿意已消。　　昨宵戏语，几度佯嗔还似喜。晓起妆慵，自爱横波镜里容。

这里是写她婚后美满生活的一个侧面。词中的少妇形象也就是诗人自己。诗人写的是美人的眼睛，然而也正是从她的眼神里，我们看到了她婚后生活的美满、幸福和喜悦。“双泓秋水”，一对多美的眼睛，清澈明亮。她以深情的眼神答谢夫婿：“长记年时生受处”，生受，烦劳，表歉谢意。但烦劳他什么呢？诗人未说。无非是闺中的韵事，如画眉之类，这是不必说的了。她想把这幸福的情景画下来，然而又不好意思，“才近帘儿意已消”，刚走近窗前，还未到书桌，又打消了原意。下片仍是写夫妻间的欢愉。过片二句，是回忆：“昨宵戏语，几度佯嗔还似喜”，小夫妻闺房生活的情态、声容刻画得惟妙惟肖。“佯嗔还似喜”，娇憨之态，跃然纸上。“晓起妆慵，自爱横波镜里容。”昨夜的欢乐，她犹记心头，晨妆懒理，却独自对着镜子在欣赏自己含情脉脉的眼睛。这是欣赏她的美，也是陶醉在幸福的回忆中。我们从这位天真活泼、温柔多情的少妇形象里，正可窥见她婚后的幸福与喜悦。

自华这类词写得都比较含蓄，也正因为比较含蓄，因而情味更浓，也更富有诗意，更给人以美的感受。如通过写新柳的“舞纤腰，含烟吐绣，青舒媚眼情初透”，来抒写“展翠颦，芳情乍透”的少妇思念丈夫的深情（《锦缠道·新柳二首》）；通过写抱琴美人怀念“知音人远”的无限愁闷，抒写诗人青年寡居的悲苦，写得缠绵悱恻、深沉蕴藉，有很强的艺术感染力。

诗词中写人物（包括自我形象），主要不在人物肖像的刻画和性格的描绘，而更重要的是通过人物在特定环境中的这种感情活动，来揭示人物的性格特点和内心的情愫。通过如上的举例可以看出，徐自华的诗词在这方面表现得很有特色。

自华诗词的艺术风格不完全相同。她的诗（特别是前期）主要是学唐人近体，而取其清新流畅的一面，故她的诗有唐人风韵，如：

一湾流水过桥东，倒影楼台入镜中。最爱夕阳溪上女，玉颜晕得小桃红。（《西溪杂咏》）

玉树芝兰愧谢家，夜灯相对结寒花。展书犹自围炉坐，侍婢擎来雪水茶。（《雨窗夜坐有怀兰湘姊四叠前韵》）

这都是她早期少女时代欢乐生活的剪影。调子明快，音韵和谐，如山泉中的淙淙流水，沁人心脾。后期的诗虽然风格上转入悲壮，但仍有唐人余韵，这正是她于唐人近体“愈长愈好，愈好愈专”的缘故。如悼秋瑾的一首七律：

重到西湖百感生，远山依旧翠眉横。填胸悲忿难浇酒，触目凄凉一哭卿。不见元龙湖海气，怎禁宋玉死生情。伤心独上栖霞岭，遥望江流呜咽鸣。（《八月二十二日重游西湖，感悼璿卿，怆然有作，用其〈感时〉诗元韵》）

诗人将满腔的痛苦悲哀一吐而出，如黄河呜咽，大海悲泣，慷慨悲壮，这也是她后期诗风的一个特点。我指出自华诗中的唐人韵味，并非说自华的诗是对唐诗形式主义的模拟，而是她对唐诗宝藏中丰富艺术营养的继承。如康有为对诗歌的要求所云：“汉唐格律周人意，悱恻雄奇亦可思。”[①]这之中有继承也有创新。这和明代李梦阳、何景明等人形式主义的复古模拟是有本质的不同的。

自华的词受李清照的影响，她十分欣赏并推崇李清照，她说自己“倚声愧乏易安词”（《水调歌头·冷雨疏烟候》）。她的妹妹、诗人徐蕴华以自华词比

---

①《与菽园论诗兼寄任公孺博曼宣》，见《康有为诗文选》，人民文学出版社1958年版，第264页。

易安，乃姊答诗云：“风鬟霜鬓都憔悴，敢望词宗李易安？”“敢”意为“岂敢”，足见自华对易安词的向往。自华的词也有许多学摹易安的痕迹。毋庸讳言，自华的词远没有达到李清照词的高度；但她的词在艺术风格上受易安“清丽其词”[①]的熏染，因而自华的词写得清新、婉丽，富有生活气息。随便举她的两首词为例：

髻挽慵来，两鬓斜簪茉莉。卷湘帘朱阑久倚。欲眠还未，却嫌他小婢频催，笑说宵深矣。（《风月柳·花送芬芳》下片）

梳成宫样，笑把夜飞蝉贴上。纤手轻拢，一任蓬松再整慵。（《减字木兰花·新妆对镜》下片）

这两首词的语言不唯独晓畅、清丽，且用字精确。古诗词篇幅小，用字必须精确，古人所谓“炼字”即指此。清代戏曲理论家李渔说过：“琢句炼字，虽贵新奇，亦须新而妥，奇而确。”[②]这也是讲的用字务须精确。古典诗词中往往因为一字之妙，便使作品生姿添色，且余味无穷。自华有词《卜算子·小病倏经旬》，其下阕云：

展纸欲临池，手战书难就。却怪秋风故入帘，不管人儿瘦。

这是写诗人小病中的情况。“小病倏经旬，无计消清昼”，身体微有不适，转眼就是十多天了。白昼难熬，于是想起铺纸写字。可我们的诗人毕竟是病体啊！偏偏又有一阵风吹入，手发抖，字写不成。词云：“却怪秋风故入帘，不管人儿瘦。”这一个“故”字，使词的意境全出，而全词也顿时灵活飞动。外面有风，吹入帘内，本是自然界常有的事；然而诗人病体未愈，提笔写字，身抖手战，是经不起风的；此时一阵风恰又送入帘内，这不是故意的吗？所以令我们的诗人不禁埋怨起来了：“不管人儿瘦”。“瘦”，既指身体单薄，亦兼指病体。

再如她的一首《诉衷情·年华容易水东流》云：“愁过春日，闷过长夏，

---

①李清照三十一岁小像立轴之题词，见《蕙风词话》卷四第15节。

②李渔：《窥词管见》。

病到新秋。”“愁”、“闷”、“病”三字，便把当时闺秀生活一年四季百无聊赖的情态活灵活现地表现出来了。他如“晚妆怜瘦影，镜掩菱花冷”（《菩萨蛮·篆烟扬碧和愁织》）中的“冷”字，对表现诗人孤寂、愁苦的情态，颇能曲尽其妙。一个字如美女首饰上一颗璀璨的明珠，它不仅可以加强词的表现力，浓化词的感情色彩，而且也可使全词增姿添色、大放异彩。

（五）

徐自华是南社著名的女诗人、女词人，南社领袖柳亚子和陈去病等人都很推许她的作品。柳亚子有《百字令·题寄尘女士〈忏慧词〉用定庵赠归佩珊夫人韵》，其上阕云：“奇才如许，有青绫障外、谢家琼树。生小女儿溪畔路，弄月评花闲住。《漱玉》新词，《断肠》旧恨，谁辨今和古。蛾眉绝世，人间脂粉如土。”[①]把她的词推许到可与李清照、朱淑真的词媲美，并极赞其才：“蛾眉绝世，人间脂粉如土。”秋瑾的同乡、南社著名诗人诸宗元有《五言二截句奉题寄尘女士词卷》，称自华为“石门有女士，巾帼而丈夫”；又说：“我读闺秀词，昔嗜庄莲佩。我读近人词，今慕徐忏慧。”[②]对徐氏作品也很赞赏。

自华的人品也很高，她的义葬秋瑾、赞助革命、慷慨助人，都传为美谈，在当时的女子中实属凤毛麟角。柳亚子有诗赞自华云：“一生一死交情在，季布红妆想见之。风雨年年秋侠墓，有人和泪读遗碑。”[③]称道她重友谊，尚然诺，并以女季布誉之。对于南社这样一位女诗人和女词人，读者是十分崇敬和赞佩的。

四、吕碧城的文学创作及其诗学观

在南社社员中，吕碧城是很有特色的一位女诗人和女词人。她少女时代即才

①《忏慧词》卷首题词。《徐自华诗文集》第237页。庄莲佩，即庄盘珠，字莲佩，江苏阳湖人，著有《秋水轩词》、《紫薇轩集》、《莲佩诗草》等。

②《徐自华诗文集》第238页。

③柳亚子：《巢南携寄尘女士〈听竹楼集〉见示题此奉寄》见《磨剑室诗词集》上册，上海人民出版社1985年版，第68页。

华横溢，“笔扫千人而不自矜”，为当时的许多著名学者、诗人所赞赏。龙榆生编《近三百年名家词选》以吕碧城为殿军，足见她在中国近代词史上的地位。

（一）

吕碧城（1883~1943），原名贤锡，又名兰清，字圣因，别署遁天、晓珠、信芳词侣等，晚年法号宝莲，安徽旌德（今芜湖）人。碧城出身于书香门第，父亲吕凤岐（字瑞田），光绪丁丑（1877）进士，曾任山西学政，亦喜爱文艺，著有《静然斋杂谈》、《石柱山农行年录》等。母严士瑜（字韵娥），亦工诗。家中建有长恩精舍，藏书3万卷。碧城姊妹四人，幼承家学，喜吟咏并有文采。其长姊吕湘（原名贤钟），字惠如，二姊吕美荪（贤鈖），字眉生，碧城排行第三，有淮南三吕之称，并有《吕氏三姊妹集》（光绪三十一年乙巳排印本）行世。碧城有妹坤秀（原名贤满，1888~1914），排行第四，亦工诗文。碧城幼聪慧，过目成诵，在吕氏姊妹中尤为杰出。她性格豪爽，敢藐视封建礼教。著名诗人樊增祥有致吕碧城书云：“得手书，固知吾侄（称碧城）不以得失为喜愠也。巾帼英雄，如天马行空。即论十许年来，以一弱女子自立于社会，手散万金而不措意，笔扫千人而不自矜，乃老人所深佩者也。”[①]由此可知碧城性格之一斑。

碧城父亲去世后，家道中衰，她随母亲住在旌德乡间，后来依靠在塘沽做官的舅父资助，受到较好的教育。光绪三十年（1904年）春夏之交，碧城欲自塘沽去天津探访女学，并约定与舅父署中秘书方某之夫人同行。临行，“被舅氏骂阻”，碧城于此忿甚，决定脱离舅父的樊篱，独立生活。[②]次日，她偷偷逃出，乘火车只身来天津。此时，她不仅无旅费，且行装亦无。年幼气盛，既知方夫人住天津《大公报》馆，乃驰函畅诉其困苦。此函为《大公报》总理英敛之所见，大加叹赏。英敛之亲去拜访碧城，邀请她来报馆与方夫人同住，并“委襄编

①见李保民：《吕碧城词笺注》，上海古籍出版社2001年6月版，第534页。

②《予之宗教观》，李保民：《吕碧城诗文笺注》，上海古籍出版社2007年8月版，第480页。

辑”[①]。此为吕碧城与英敛之认识之经过，也是她脱离封建家庭走向社会之始。英敛之（1867~1926），名华，字敛之，以字行，满族知识精英，系《大公报》创办人。吕碧城由英敛之介绍得识严复，又由严复介绍认识清政府学部大臣严修。同年，碧城主持天津女学堂，即因严修的推荐。天津女学堂为北方较早的正规女学，碧城为该校创办人之一，并“主讲习，综理教务”，光绪三十二年（1906）春又于公学增设师范科，“厘订课程，力求精进”，贡献良多，[②]故时人目碧城为“北洋女学界之哥伦布”。

吕碧城在当时北方女界中亦属凤毛麟角。光绪三十年（1904）初夏，秋瑾慕名自北京赴天津造访。二人相见，意气相投，当夜即同榻共眠。秋瑾此次来访碧城，是希望碧城与她“同渡扶桑，为革命运动”。碧城也是一位爱国者，但她的思想在当时仍属改良主义体系，“无满汉之见”，不赞成种族革命，所以没有与秋瑾同行。不久，吕碧城又来北京回访，地点是在绳匠胡同的杜若洲家。自然她们仍会谈到出国留学和祖国前途的问题。关于吕碧城这时的政治态度，她在《欧美漫游录·予之宗教观》中有如此的记述：

> 彼（秋瑾）密劝同渡扶桑为革命运动，予持世界主义，同情于政体改革而无满汉之见。交谈结果，彼独进行，予任文字之役。彼在东所办《女报》，其发刊词即予署名之作。后因此几同遇难，竟获幸免者，殆成仁入史亦有天数存焉。[③]

上文中“彼在东所办《女报》”，当指秋瑾创办的《中国女报》，但《中国女报》创刊于上海（1907年1月），此处所记有误，《发刊辞》也并非吕碧城所写，系秋瑾自撰。[④]吕碧城写了一篇《女子宜结团体论》，发表在《中国女报》

---

①《予之宗教观》，李保民：《吕碧城诗文笺注》，第480页。

②以上均见《北洋女子公学同学录·序》，李保民：《吕碧城诗文笺注》，第206页。

③李保民：《吕碧城诗文笺注》，第481页。

④见《中国女报发刊辞》，《秋瑾集》，上海古籍出版社1979年9月新1版，第12~13页。

第二期上，所谓“任文字之役”大约指此。该文论述了近年来中国女界因受到西方文明的冲击，少数妇女开始意识到女性自身的价值，而欲摆脱封建礼教的枷锁，以振兴女权。她说：

自欧美自由之风潮掠太平洋而东也，于是我女同胞如梦方觉，知前此之种种压制束缚无以副个人之原理，乃群起而竞言自立，竞言合群。或腾诸笔墨，或宣之演说，或远出游历，无不以自立合群为宗旨……若于男女间论之，则不结团体，女权必不能兴，女权不兴，终必复受家庭压制。诸君以为今日已脱男子之羁轭、登自由之新世界乎？盖犹未也……①

碧城认为，要想脱离男子的羁绊，实现男女平等、人格独立，就必须结成团体：“吾深望同胞急结成一完备坚固之大团体，一人倡而千百人附，如栽花然，一粒种发为千丈树，果其根柢深厚，生机活泼，则同根之树，必无此枝荣彼枝悴之理。吾女同胞特患狃于故态，不能结大团体耳！何患不收花簇文明之效果哉！”结团体即所谓“合群”，这是当时倡导妇女解放的正确主张。两年前（1905年）秋瑾就曾说过：“欲脱男子之范围，非自立不可，欲自立，非求学艺不可，非合群不可。”②妇女要想获得初步的人身自由和解放，必须结成团体，只靠单枪匹马的个人奋斗是难以成功的。吕碧城“合群”思想的主张正与秋瑾不谋而合，这固然说明她们两人观点的一致和思想感情的相通，同时也从一个侧面或明或暗地反映了秋瑾对吕碧城的思想影响。

吕碧城和秋瑾在当时妇女界是两位致力于女权运动的先驱者，恰如玉树琼枝，相辉并美。她们之间有书信来往，这从当年的《大公报》上已找到秋瑾致碧城书信的一些线索③；肯定吕碧城也有写给秋瑾的书信和诗词，这大约毁于

---

①《女子宜急结团体论》（原刊《中国女报》第2期），转引自李又宁、张玉法主编：《近代中国女权运动史料》上册，台北龙文出版社1995年7月版，第681~682页。

②《致湖南第一女学堂书》，《秋瑾集》第32页。

③在《大公报》1904年7月22日、8月26日的报上有秋瑾的两封残笺，经郭长海先生考证，是写给《大公报》编辑吕碧城的。

“六·六”之难了。1907年7月15日（光绪三十三年六月六日），秋瑾壮烈殉国，碧城也因登在《中国女报》上的那篇文章和与其交往“几同遇难”。数年后，吕碧城赴杭州游西湖，过秋瑾墓，回想起昔日的交往，感慨良多，赋七律《西泠过秋女侠祠次寒云韵》：

松篁交籁和鸣泉，合向仙源泛舸眠。负廊有山皆见寺，绕堤无水不生莲。残钟断鼓今何世？翠羽明珰又一天。尘劫未销惭后死，俊游愁过墓门前。

诗表达了对先烈秋瑾的悼念与敬佩之情。

1909年（宣统元年）南社成立，这是一个以宣传民主革命为宗旨的文学社团。吕碧城也加入南社，很活跃，并参加过南社两次在上海徐园的雅集。[①]

辛亥革命，推翻了统治中国人民两千年的封建帝制，成立了中华民国。1912年元旦，民国建元，吕碧城为之欢欣鼓舞，写了《民国建元喜赋一律和寒云由青岛见寄原韵》：“莫问他乡与故乡，逢春佳兴总悠扬。金瓯永奠开天府，沧海横流破大荒。雨足万花争蓓蕾，烟消一鹗自回翔。新诗满载东溟去，指点云帆尚在望。”全诗充满了一种喜悦欢快的情调，“金瓯”二句表达了吕碧城对辛亥革命推翻封建帝制、建立民国的肯定与赞扬。

（二）

吕碧城的诗，在当时代表了一种新的倾向。英敛之评为“清新俊逸，生面别开。”[②]看她的《书怀》：

眼看沧海竟成尘，寂锁荒陬百感频。流俗待看除旧弊，深闺有愿作新民。江湖以外留余兴，脂粉丛中惜此身。谁起平权倡独立，普天尺蠖待同伸。

碧城和秋瑾一样，都是女权运动的先觉者。她们吸取了西方的“天赋人权

①见柳亚子：《南社纪略·我和南社之关系》，《南社纪略》，上海人民出版社1983年版。

②英华：《吕氏三姊妹集·序》，李保民：《吕碧城词笺注》，第524页。

论”和自由平等的新学说，对男尊女卑的封建教条极为不满，力求冲破封建礼教束缚妇女的樊篱，提倡男女平权、女性独立，争当新国民。所谓“流俗待看除旧弊，深闺有愿作新民”，正是当时女性知识精英这种新的人生理想的反映。吕碧城极力主张女性自立，尝谓“自立即所以平权之基，平权即所以强种之本，强种即所以保国，而不至见侵于外人作永世之奴隶”[①]。可见碧城的女权主张又带有鲜明的爱国主义性质。

吕碧城对儒家传统文化中歧视妇女、男尊女卑的旧观念极为不满。她曾与近代一位思想家坦言她“极不佩服孔子”[②]，这大约与孔子曾说过“惟女子与小人为难养也”有关。封建伦理的“三纲”、“三从”，是旧礼教压迫女子的教条，碧城极力反对。[③]故吕碧城诗中也常常发出叛逆之声，为女子鸣不平。“大千苦恼叹红颜，幽锁终身等白鹇。”（《写怀》）碧城自幼性格倔强，不屈服于命运的安排，对封建礼教敢于反抗。她较早自觉地投身于女权运动，表现了极大的热诚。坚信“待看廿纪争存日，便是蛾眉独立时”（《写怀三首》之三），于女性独立抱有坚定的信念。当碧城投身于女权运动后，她表现得是勇往直前，义无反顾：“安得手提三尺剑，亲为同类斩重关。”（《写怀》）这种战斗者的风貌和献身精神在当时是十分值得称道的。批评家谓碧城胸中“固积有一腔忧世救民之热血，心之所蕴，发之于声，激昂志气，流溢于文字间，使读者一开卷而兴起国民之思想，文字之感人深矣！”[④]

碧城虽出身于官宦之家，接触的多系名门闺秀，但对于平民女子并不小视，她有《赠李苹香》和《道中偶成》两诗，前者不以苹香身世（诗妓）为贱，后者更直接歌颂劳动妇女。诗云：

---

①严复：《与甥女何纫兰书》之十七，《严复集》第3册，中华书局1986年版，第839页。

②严复：《与甥女何纫兰书》之十七，《严复集》第3册，中华书局1986年版，第839页。

③《敬告中国女同胞》，李保民：《吕碧城诗文笺注》，第133页。

④丁初我：《中国之女文学者》，《女子世界》第6、7期合刊。

捷足吴娘气亦雄，笋舆高驾耸危峰（该处肩舆者，多妇女，故云）。浮云半日销何处？尽在寒云翠篆中。

天平山，在苏州灵岩山北，山中奇峰怪石，道路险阻，行人多乘肩舆，而执役者多是妇女。诗赞扬吴中劳动妇女，充满着钦佩之意。

碧城的诗于国事亦多关注。1904年日俄战争爆发，辽东为其战场，这场狗咬狗的战争竟以中国辽东半岛为交战地，给中国人民带来了深重的灾难。碧城有《舟过渤海口占选一》云：

旗翻五色卷长风，万里波涛过眼中。别有奇愁消不尽，楼船高处望辽东。

诗中愁思满怀，抒发了诗人对这场战争给人民带来灾难的忧虑与无奈。她在另首《和铁花馆主见赠韵》之一云：“风雨关山杜宇哀，神州回首尽尘埃。惊闻白祸心先碎，生作红颜志未灰。忧国漫抛儿女泪，济世端赖栋梁才。愿君手挽银河水，好把兵戈涤一回。”诗中对西方殖民主义者侵略的焦虑，对力挽狂澜英雄豪杰的热切呼唤，都可窥见诗人的爱国主义情怀。丁初我评此诗曰：“胸中郁勃块磊之气，发此雄健豪爽之音，读之几忘为儿女之作。”

碧城关心国事，基于她对民生疾苦的关注：“霖雨苍生期早起，会看造世有英雄”（《和铁花馆主见赠韵》之二），“欲拟骚词赋《天问》，万灵凄恻绕吟坛”（《琼楼》），都是她关注民生灾难的自白。

碧城的诗中也有以旧风格含新意境者，她有《新体无题三首》，分别咏火车、外文和跳舞。如咏外国文字的一首：

梵语西来更有情，频传芳讯慰倾城。相如早证蜚蜞梦，变格簪花效蟹行。

簪花格，本喻女子书法娟秀者，西欧文字都是自左至右横写，故云“变格簪花效蟹行”。这类诗如黄遵宪的《今别离》一样，读起来总有一种新的风味。

碧城的诗在形式上也表现了一种革新的倾向。虽然她的诗还是用的旧体格律，为了表现思想内容的需要，她力求冲破旧形式的束缚。她在整齐的五言、七言中，有时融入一些三言、四言、九言，乃至十一言的长句。《九月三十日梦雪中一丹凤……》诗中，七言中杂有九言："凤兮凤兮德未衰，九苞耀采垂天来。倏然鹏程翔九万，不比孔雀五里一徘徊。又如行空腾骥足，无劳风人我马歌虺隤。是凤是仙是梦影，但觉云光叆叇青雯开。"句式的变化，强化了作品的抒情色彩，笔势的大开大阖，使作品更加流转飞动。她的另一首《蔻山赏雪歌》吸收了古代歌行体灵活多变的特点，句式长短不一，在较整齐的七言中杂有三言、五言、九言，最长的句子有十三字。

豆蔻山，在何处？阿尔伯脉云中路。阴霾寒锁春未来，忽放琪花千万树。不辨南枝与北枝，乱射珠光破银雾。有客浑如鹤，无春亦见梅。天机寸织悉缟素，仙山片砾皆琼瑰。我御飞车印鸿雪，搴裳欲行雪没膝。且作炉边煨芋谈，同怜海上飘萍迹。清游似此能有几，玄都重到亦可喜。知在华严第几天，侧身四顾心茫然。光迷银海通三界，须弥浩渺吾微芥。散乱天花著我身，霏琼滴粉将同化。愿化姑射仙姿莹，遗世辟谷圣之清。或化玉井之莲开太华，众芳俱属郐以下。或化龙女入道坐跏趺，缟衣素帔庄而姝。嗟我凡骨那能修到此，但作冰砂玉屑培护琪花此山里。更祝乾坤长此存虚白，傥教染色莫染赤。在天只许见朱霞，在地惟应见红萼。如为春色到人间，莫教染作苌弘血。五千盛会毗耶城，尽咳飞霙落瑶席。吁嗟乎！东瞻华夏西欧美，劫余未见天心悔。龙蛇起陆遍中原，舻舳横空穷四海。瑞雪由来被不祥，排云我欲呼真宰。

歌行体由于在句式上较少限制，长短都可采用，篇幅不限，音韵、格律也比较自由，故它适合于才气横溢的诗人。在古代诗人写的歌行体中，以鲍照、李白、杜甫、岑参、白居易的歌行体最有名。碧城是一位不同凡响的才女，感情充沛，气势豪迈，又有很高的古典文学素养，写起歌行来更是得心应手。她的这首《蔻山赏雪歌》，写于瑞士，诗缘事而发，写1928年冬登豆蔻山（阿尔卑斯山的一部分）赏雪的情景与感想。“阴霾寒锁春未来，忽放琪花千万树。不辨南枝与北枝，乱射珠光破银雾。”写大雪覆盖的山体，一片洁白，“忽放”句，令人不禁忆起岑参诗中的名句：“忽如一夜春风来，千树万树梨花开。”“有客”以下写诗人漫步雪中，雪没膝盖，于茶社脱湿履就炉烘干，得西人助并与之交谈。接着又写作者置身雪山中，大雪纷飞，如天女散花。全身著雪的诗人，如白鹤玉立，她感到能游此玄都仙境、须弥名山是人生最大的幸运。在这霏琼滴粉的银色世界，诗人幻想能与皑皑的白雪同化。“愿化”以下十二句，诗人以她丰富的想象，借用佛经中的典故，幻化出一个神奇美丽的仙境，或化作仙女姑射，或化作太华玉井之莲花，或化作龙女修禅成佛，缟衣素帔，与山中之雪相辉映。诗人借助长短不一的句式，字数从三言、五言、七言、九言直至十三言，参差错落，形成了舒卷自如、流美飞动的语言风格。诗中又数次换韵，跳跃多变，使全诗更加自由、舒展、挥洒自如，而又奇幻多姿、错落有致。

（三）

碧城的词比她的诗更有名，有《信芳词》行世，晚年编定《晓珠词》四卷。著名词论家龙榆生编选的《近三百年名家词选》以吕碧城为殿军，足见其在中国近代词史上的地位。碧城的词，继承了婉约派的传统，写得委婉缠绵、含蓄情深，她的《祝英台近》一阕，樊增祥赞为“稼轩‘宝钗分，桃叶渡’一阕不得专美于前”。词云：

> 缒银瓶，牵玉井，秋思黯梧苑。蘸渌搴芳，梦坠楚天远。最怜娥月含颦，一般消瘦，又别后、依依重见。　　倦凝眄，可奈病叶惊霜，红兰泣骚畹？滞粉粘香，绣屧悄寻遍。小栏人影凄迷，和烟和雾，更化作、一庭幽怨。

词写闺中少女思春的情怀，词丽情柔，缠绵悱恻。它通过梦境，表现得虚幻朦胧，给人以巨大的想象空间。[①]碧城少年温柔多情，集中多艳词；中年以后，

①钱仲联先生解读此阕，“疑是伤悼庚子年珍妃被那拉后命崔太监推坠井中死难事”（《清词三百首》，长沙：岳麓书社1992年版，第447页），亦可参。

她皈依佛教，颇有疚悔之意。词人在《晓珠词自跋》中云："右词二卷，刊于己巳（1929年）岁杪，迨庚午（1930年）春，予皈依佛法，遂绝笔文艺。然旧作已流海内外，世俗言词，多违戒律，疚焉于怀，乃略事删窜，重付锓工，虽绮语仍存，亦蕴微旨。丽情所托，大抵寓言，写重瀛花月、故国沧桑之感。年来十洲浪迹，瑰奇山水，涉览略遍，故于词境渐厌横拓，而耽直陟，多出世之想。闻颇有俗伧揣以凡情，妄搆谣诼，爰为诠释，以辟其误。西昆体晦，自作郑笺，恨未能详也。"碧城的词中绮语很多。碧城天资聪慧，风流倜傥，又濡染西风，爱自由，富幻想，写男女情思本是词的传统题材，碧城词自然也不例外。

碧城的词中也有写故国沧桑的，《汨罗怨·过旧都作》，词人过明故都南京，通过乌衣巷、终古垂杨、南朝往事、汉宫秦镜，唤起读者的故国之思。又有《陌上花·丹砂抛处》一阕，词咏木棉，中有"鄂君绣被春眠暖，谁念苍生无分？"从木棉的温暖想到人民的饥寒，这对于生活优裕的名门闺秀来说，也是难能可贵的。她的词《二郎神》一阕，更值得重视。词从杨深秀的遗画写起。词前有小引云："杨深秀所画山水便面，儿时常摹绘之，先严所赐。杨为戊戌殉难六贤之一，变政之先觉也。"词云：

> 齐纨乍展，似碧血、画中曾污。叹国命维新，物穷斯变，筚路艰辛初步。凤驭金轮今何在？但废苑、斜阳禾黍。矜尺幅旧藏，渊渟岳峙，共存千古。
>
> 可奈，鹰瞵蚕食，万方多故。怕锦样山河，沧桑催换，愁入灵旗风雨。粉本摹春，荷香拂暑，犹是先芬堪溯。待箧底、剪取芸苗麝屑，墨痕珍护。

这首词通过咏杨深秀的遗画，寄托着词人的哀思和悼念深情；同时也肯定了维新变法的进步意义。"物穷斯变"，是事物发展的历史规律。戊戌变法本在改革旧弊，实行新政，但新政刚开始推行，政变即发生，六君子死难。"筚路艰辛初步。"对变法失败表示惋惜。"凤驭"三句，充溢着对祖国危亡的忧虑。下片写祖国面临危局，多灾多难，锦绣河山，时时有被瓜分的焦虑，因此更加引起人们对六君子的缅怀和崇敬，自然对其遗画也更加珍惜："待箧底，剪取芸苗麝屑，墨痕珍护。"这首词，具有较深刻的思想意义。在当时，吕碧城能对戊戌变法这场以改革和救亡图存为主要政治内容的爱国运动有如此的认识，实在是难能可贵的。

碧城另有词《百字令》，词云：

排云深处，写婵娟一幅，翚衣耀羽。禁得兴亡千古恨，剑样英英眉妩。屏蔽边疆，京垓金币，纤手轻输去。游魂地下，羞逢汉雉唐鹉。　为问此地湖山，珠庭启处，犹是尘寰否？《玉树》歌残萤火黯，天子无愁有女。避暑庄荒，采香径冷，芳艳空尘土。西风残照，游人还赋《禾黍》。

这首词是吕碧城早年旅居北京时的作品。[①]据美国女画家卡尔著的《慈禧写照记》云：1904年8月，卡尔曾应慈禧之邀进宫为其画像，历时八个月，所作画像很多。此题下注"排云殿清慈禧后画像"，即可能出自卡尔之手。是阕借慈禧画像为题，揭露了她为贪图自己的享乐，竟挪用海军军费修建颐和园。"屏蔽边疆，京垓金币，纤手轻输去。"末句五字，字面平淡轻松，其锋芒却力透纸背。过片三句反讽诘问，这种华丽的仙境，歌舞湖山，还是人间尘世吗？然而面对国家的衰败，西风残照，游人只能伤心地赋《禾黍》、感叹祖国的危亡了。词委婉中寓讽刺，增强了作品的揭露力量。

五四运动后，碧城受新思潮的影响，赴国外留学。她只身重洋，翛然遐往，自亚洲而美洲，再至欧洲，途中游览名山秀川、古城丽都，计时一年，行程可绕地球一周，有《欧美漫游录》（又名《鸿雪因缘》）记其事。此时她还写了许多"海外新词"（均收入《吕碧城集》卷四），咏海外风光和异国风情，给人一种新的审美感受。诚如《分春馆词话》所云："（碧城词）缕述异国事物，开拓前

---

①见李保民：《吕碧城词笺注》，第33页。

人未有之词境，雄奇瑰丽，美不胜收，使人耳目为之一新。”[1]由于吕碧城到过欧美诸国，对域外风光具有真实的生活体验和艺术感受，故她的这类作品“能镕新入旧，妙造自然”[2]，意象瑰奇多姿，语言雄丽隽美，展现在读者面前的是一种奇美壮丽的境界。看她的《绛都春·拿坡里火山》：

禅天妙谛，证大道涅槃，薪传谁继？世外避秦，那有惊心咸阳燧。飙轮怒碾丹砂地，弄千丈红尘春翳。倦飞孤鹜，几番错认，赤城霞起。

凝睇，镌冰斲雪，指隔浦、迤逦瑶峰曾寄。火浣五铢，姑射仙人翔游袂。流金铄石都无忌。算世态、炎凉游戏。任教烧蜡成灰，早干艳泪。

词人笔下的拿坡里火山十分壮观。作者用了火烧阿房宫和“赤城霞起”等历史故事，来唤起人们的联想；又用芒特如地的雪景来衬托，红白相间，一雪一火，寒热对举，诚为宇宙奇观。再看她的另一阕《江城梅花引》（建尼瓦湖畔樱花如海，赋此以状其盛），词云：

搴霞扶梦下苍穹。怨东风，问东风。底事朱唇，催点费天工。已是春痕嫌太艳，还织就，花一枝，波一重。　一重一重摇远空。波影红，花影融。数也数也数不尽，密朵繁丛。恼煞吟魂，颠倒粉围中。谁放蜂儿逃色界，花历乱，水凄迷，无路通。

这首词写瑞士建尼瓦（日内瓦）湖畔樱花似海的浓丽盛况美景，有意境、有情致、有韵味。他如写游白琅克冰山的《念奴娇·灵娲游戏》，白琅克冰山为阿尔卑斯雪山主峰之一，山极险峻，终年积雪，十分壮观。再如咏滑雪竞技场景的《玲珑玉·谁斗寒姿》，写高耸入云、宏伟壮丽的巴黎埃菲尔铁塔的《解连环·万红深坞》，写纽约自由神铜像的《金缕曲·值得黄金范》，风姿各异，气象万千，读后一新耳目，令人眼界为之开阔，胸襟为之爽朗。她的这些海外词，

①转引自李保民笺注：《吕碧城词笺注》，第555页。按检《分春馆词话》原文，其评语系论黄遵宪海外诗，但论者朱庸斋认为碧城海外词亦能臻于此境。

②孤云：《评吕碧城女士〈信芳集〉》，转引自《吕碧城词笺注》第553页。

不仅扩大了传统词的审美范围，而且词采华美、富有情韵，具有颇高的审美价值，值得我们珍视。钱仲联先生在《近百年词坛点将录》中称“吕碧城近代女词人第一，不徒皖中之秀”。足见她在中国近代词史上的地位。

碧城的词也颇有激越雄丽的豪放之作，她有《法曲献仙音·题女郎看剑引杯图》，最初刊于1914年8月出版的《南社丛刻》第11集，题作《题虚白女士看剑引杯图》，词云：

绿蚁浮春，玉龙回雪，谁识隐娘微旨？夜雨谈兵，秋风说剑，梦绕专诸旧里，把无限忧时恨，都消酒樽里。　君认取，试披图英姿凛凛，正铁花冷射脸霞新腻。漫把木兰花，错认作等闲红紫。辽海功名，恨不到青闺儿女。剩一腔豪兴，聊写丹青闲寄。

词开篇从酒剑写起，绿蚁，酒面上浮起的绿色泡沫，借指酒；玉龙，剑名。酒剑，向为豪情壮志的象征，隐娘是唐传奇中著名的侠女，“谁识”句显露出词人以自己的豪情壮怀无人理解为憾。“夜雨”三句，紧承起拍而来，使主旨继续深化，“夜雨谈兵，秋风说剑，梦绕专诸旧里”。专诸（？~前515），春秋时吴国勇士，经伍子胥推荐，曾为吴公子光（即后来的吴王阖闾）刺杀王僚（事见《左传·昭公二十七年》及《史记·刺客列传》），此三句是词人豪情壮志的抒发。她虽以伤时忧国为念，但身为女子，无力为国分忧，只好把无限忧国恨都消融在酒里。不平之气，愤慨之声，透越纸背。过片三句，迎面而来的是一位英姿飒爽、手执利剑的靓丽女郎。“漫把木兰花，错认作等闲红紫。”木兰花，辛夷的别称，落叶乔木，开花时花似莲花而小如盏，紫苞红焰。这里语意双关，借指女英雄花木兰。意为不要把木兰女看作等闲之辈。在封建社会的政治生活中，女子虽有文才武略，但却被剥夺了“学而优则仕”的权利，她们空有报国宏志，无从施展。“辽海”二句，正是词人发出的感慨和遗憾。“剩一腔豪兴，聊写丹青闲寄”，满腔沸腾的热血，只好在这幅画中寄寓了。结拍看似平淡和缓，实则词人的伤时忧国之泪、愤懑不平之恨溢满词笺。

（四）

1920年吕碧城首次赴美，翌年入哥伦比亚大学学习美术，兼修英语。七月，卧病一周，撰日记体小说《纽约病中七日记》。

《纽约病中七日记》，这是吕碧城用白话写的一篇日记体小说，写于游学美国的1921年，后刊于在上海出版的《半月》杂志第2卷第12号至15号（1923年3月至4月），署名“圣因女士”。抒情性的自叙传小说是“五四”时期女性作家最常用的文体之一，冯沅君、卢隐、白采是这方面有代表性的作家（当然更为著名的要算创造社的郁达夫等人）。这篇小说，就其语言（指白话）的纯熟程度而言，在“五四”的女作家中当属上乘之作。于此也可见出吕碧城文学素养的深厚。

小说写“我”在纽约病中一周的日记，从七月九日生病到七月十五日晚收到上海的报纸。看了报纸知道国事糟得不可救药，心中纷乱如麻。在这七天中，“我”虽有病，但从不卧床休息，而是每日必外出。“我”善于交际，认识了一些外国朋友，既有纽约富豪帕尔德夫人，也有国会议员塔末理，其中写得最丰满、最动情的却是一位在跳舞场认识的工人汤姆。

汤姆是一个普通工人，是在跳舞场认识的。他很有礼貌，每次跳舞后，他都请“我”吃茶点或吃饭、看戏，他收入很低，故“我”很感谢他。有一次在舞场中，“我”被一位银行总理贝士林邀请跳舞，他是塞尔维亚首相的侄子，与“我”同住在一个旅馆中，所以彼此认识。在跳舞时正好遇到汤姆，汤姆很有礼貌地与“我”握手为礼。“我”本想舞会散后再和汤姆聊聊，因为每次他在跳舞场里正和别的朋友跳舞，看见“我”来了，就舍了他们来陪伴“我”，散会后且送“我”回寓。“我”感到遗憾的是，因“我的记性太坏，散会时偏偏忘记了”。“我”很想再见到汤姆时向他道歉，但此后再也没有机会。“我屡次仍到这个跳舞场来，再也遇不见他，他是从此绝迹了。”为此“我”心中十分不快。小说写道：“在形迹上，显见得我得了富朋友，就立时舍了穷朋友，但我并无此心，然而无可辩白，就连自问，也不肯恕我自己。从此我也没有再和贝士林来往，可是要想补过，也来不及了。”

吕碧城这篇《纽约病中七日记》，李保民先生首先发现并收入他的《吕碧城诗文笺注》，他指出这是“迄今为止发现的作者唯一的一篇完全用白话文写成的日记体写实小说”[①]。李先生谓《纽约病中七日记》是“写实小说”，我倒觉得把它视为一篇出色的抒情小说，更符合文本的实际。

《纽约病中七日记》属于“五四”以来抒情小说的类型。这类小说没有完整、统一的故事情节的叙述，主要是强化作品中抒情主人公“我”的情感体验和心灵感受。叙述者虽也记述了“我”在纽约一家旅馆病中七日的活动：客人来访、外出赴宴、参加舞会，以及旅馆内的人际交往；但她并不注重故事（事件）的叙述，也不追求故事中人物性格的塑造，而着重于“我”内心情感的抒发和小说中情绪氛围的营造。如十一日的日记，写她夜里做了一个梦：她抱着一棵白花盛开的树痛哭，“一恸而绝”，旨在抒发她身在国外，“如一粟飘在沧海”的那种孤独感和失落感。[②]小说中并非没有生趣盎然的场面和细节，如医生诊断中诙谐的谈话，来访者的出出进进，间或与访者“咭啦咕噜”大吵一通，还有理发店侍女的拍马奉迎、谈笑风生，纽约富豪席帕尔德夫人的晚餐，旅馆中那位满面堆笑、“金鬟婑媠”的女总管。小说作者并不把他们作为事件人物去刻意塑造，而只是作为一个个的道具，用来服务于营造抒情者的情绪。所谓抒情小说，其最大特点就是故事情节的淡化及叙述视角的内化。正是从这个意义上，我以为吕碧城写于“五四”时期的《纽约病中七日记》是一篇抒情小说。

（五）

除这篇白话小说外，吕碧城在文学上另一重要贡献是她数量可观的散文。依散文广义的界定，碧城散文可略分三类：一是游记；二是回忆性的散文；三是政论。

---

①《吕碧城诗文笺注·前言》，第15页。

②详见《吕碧城诗文笺注》第214~215页。

关于游记，这是20世纪初期（1900~1919）近代女性文学的新品种，它是近代女性走出闺房、面向社会、融入大自然的开始，也是展示她们旅途观光、生活感受、内心世界的一种文学形式，既有国内游记，也有国外游记。前者数量很多，只要我们翻阅一下近代的女性杂志（如《妇女时报》、《妇女杂志》之类）就可窥豹一斑。但对女性写的这类游记，至今少有文学史家关注，主要原因是它们大多刊载在百年来发黄变脆的报纸和杂志上，文本极不易搜求。关于女性写的国外游记，至今所能见到的仍如凤毛麟角，但由于这类游记作者的知名度相对较高，已逐渐进入少数研究者的视域，如单士厘的《癸卯旅行记》（1903）和《归潜记》（1910）、沈毓英[①]的《欧游笔记》等。

吕碧城的游记，既有国外游记，如《欧美漫游录》；也有国内游记，如《匡庐琐记》、《北戴河游记》等。碧城的游记很有特色，成就亦高，在近现代女性文学史上应占有一定的地位，但碧城向以词人著称，诗词创作的成就，遮蔽了她对游记文学的贡献，这是应予指出并希望引起文学史家关注的。

先谈她的国外游记《欧美漫游录》。吕碧城1926~1927年曾周游欧美，历时一载，绕地球一周。她在美国瞻仰旧金山三千年之古树，参观洛杉矶好莱坞明星之故居，渡大西洋，登巴黎之铁塔，探伦敦之大英博物院，访罗马之古迹，徜徉于建尼瓦湖（今译日内瓦湖）畔的湖光山色，旖旎风光，异国情趣，琳琅满目，美不胜收。作者用她那支生花妙笔，记录了世界各地的许多著名的自然景观和人文景观，大大开阔了当时读者的生活视野和艺术视野。无怪乎《欧美漫游录》在京津报纸发表后，受到广大读者的欢迎，一时有洛阳纸贵之誉[②]。

《欧美漫游录》共收国外游记54篇，其中有不少精彩的片断，如《大坎宁之山景》、《芒特儒之风景》、《建尼瓦湖之荡舟》、《雪山》、《火山》、《水城》、《维也纳之被困》、《途中所遇种种》、《重游瑞士》、《百花会之夜

①沈毓英，浙江归安人，女诗人沈毓珠（字星联）妹，王赉祺妻。

②凌启鸿：《跋信芳集》，见李保民：《吕碧城诗文笺注》，第503页。

游》，均是气象万千、声情并茂的记游佳作。她写瑞士芒特儒（今译蒙特勒）之雪山："迎面远峰环拱，琢玉堆琼，寒光四照，皆雪山也……时已六月，而积雪照眼，余寒侵胫"，可想见芒特儒终年积雪之奇观。她写拿坡里火山，也是绘声绘色。

距火山数里，尚未抵麓，即见地震之区半土半石翻裂堆积作深黑色，山麓则喷泻之泥面积甚广，虽已干燥，仍作流质融化状，浪纹叠叠，其暴发时惊骇之状，可以想见……山顶作莲花形，火井居中，恰如莲实，白烟滚滚，如晴云喷吐不已。隐现红色，若于夜间观之必明透全赤，纯然火也。体积甚巨，直冲天际，数十里外皆可见之。山头惟熊熊烈焰及巉巉焦石，绝无植物。吾人行处，砂砾松动，着履即流。同伴及引导人左右挟予于臂腋间，攀登莲瓣形之尖顶。其处较火口尤高，愈得纵观。[①]

描写国外自然风光的这类优美、传神的文字比比皆是。碧城有独特的审美眼光，有丰富的游览体验，加之她具有古典文学的深厚修养，遣词造句，十分讲究，她写火山的一段即可为证。尤为出色的，是她生动而传神地书写了游人的情趣和精神状态。瑞士日内瓦湖畔每年春夏之交举办花会一次，碧城适逢其胜，并加入了花会。花会时，男女艳装，"游人如织，灯彩烛天，湖面红绿缤纷，逐水光流颤，幽艳独绝"。参加花会的男女，每人手拿一纸袋，纸袋中装满彩色的纸片，随意向人投掷，如散花之舞，相互"攻击"，以为游戏。即值勤的警察亦被骚扰，例不禁止。

妇女著轻绡阔领之衣，有揭其领以彩片倾入者，有拍行人之肩，追其回顾则迎面猛掷一掬者。予亦被掷数次，目为之迷，乃掩面揉目而返，草草就寝。晨起，彩片遍枕席焉。次日赛会如昨，默计苟晚间出游不可无备，亦购彩片一袋，暗藏小篮中而覆以巾，以示无挑衅之意。途中有掷予者，则

①李保民：《吕碧城诗文笺注》，第405页。

倏报一掬，以为抵抗。有一掷即退者，有屡攻不已者，予亦奋勇追逐，循环报复，彼此缩颈揉目，或且嚏咳，盖纸片撒入口中也。方与某甲剧斗时，复来某乙乘隙攫予篮中之纸料，左右受敌，应接不暇。乃竟以篮倒向其脑额拍击，余料倾尽，方弃甲曳兵而走，观者大笑。众除嗢噱外不许交谈，故虽满街追逐嬉戏，均默无言语。而予以远客，竟与此邦人士无端哑战，殊得奇趣。是夕之游，不啻梦境也。①

这段记述生动形象、风趣横生，游记主人公机智活泼、勇敢善战的动人形象已跃然纸上。一位中国女子在外国人面前的这种落落大方、毫不示弱的表现，充分显示了中华民族女性的风采和光辉。

碧城的国内游记，流存于世者不多，现只见到《游庐琐记》和《北戴河游记》，但这两篇游记写景状物，出神入化，俱系佳作。

《北戴河游记》系1910年作者在北戴河养病时的作品，后刊于翌年六月份的《妇女时报》创刊号上。碧城在游记开头把北戴河比作西方美人，令人耳目一新：

“欲把西湖比西子，浓妆淡抹总相宜”。此二句于西湖之神态，殆摹拟尽矣，然犹系中国美人态也。若夫海滨之风景，清奇高抗，气象万千，有如西方美人，细腰捷足，曳长裾飘飘欲仙，令人见之，具潇洒出尘之想，则北戴河似焉。

这种审美体验与碧城在海外的生活经历有关。她到过世界各地，游历过许多名山大川，接触过众多西方女性，故有此喻。自然从中也可窥见碧城的神思妙想。再如，“次晨睡足，双眸甫豁，觉白光照耀遍室，乃海气涵映窗槛间，几疑身在舟中，泊于大洋，盖其舍背山面海也”。没有海洋航行体验的人是写不出这种感受的。

①见《欧美漫游录·百花会之夜游》，李保民：《吕碧城诗文笺注》，第467页。

吕碧城的游记占其散文的大宗，或写景，或记事，或抒情，或议论，写得都很有特色。上面提及的《北戴河游记》就是这几方面兼而有之的一篇美文。限于篇幅，我只能引海滨沐浴一段：

> 玕德璘等换衣毕，相率就海滩清浅处徐徐而下，余亦搴裳涉流，择礁石之平者，踞坐作壁上观焉。惟见浴者散于海面，而女子较多，散蜷发，攘皓腕，奋其轻躯，与海水相激战。波涛涌至，尽灭其顶，涛退始得复现。浪花多处，簇拥芙蓉，仿佛浴神化身千百，作水国之嬉游也。余为目眩神移久之，偶返顾己身，则裙裳为浪花所溅，湿其大半尚不觉也。俄而海水激礁石愈厉，浪花斗大砰击而来，飞琼迸玉，作四面之攻。余方顾而乐之，心暗忖：若观钱塘潮，较是为何若耶？蓦闻玕德璘呼曰：“君不速下，海潮生不得渡矣。”余遥视之，则海面浴者渐稀，已陆续登岸。玕德璘亦张其两臂，如鸟鼓翼，拍浪而来。余始急下，跋涉登岸，甘夫妇暨高文已易衣候立于岸，玕德璘亦至。入室易衣毕，乃相率归寓，余至是亦叹观止矣。爰于次日束装旋津，纪其游踪如此，且因之重有感焉：吾国人当炎夏之际，褦襶汗喘于市井之间，国有胜境，不知辟而游之，乃为他人捷足先登，反宾为主。彼今日之蜃楼海市，即吾昨日之断井颓垣也。嗟夫！又岂一北戴河为然哉！[①]

碧城曾在北戴河疗养，在当时的历史背景下能到北戴河疗养和海水浴场游泳的自然主要是贵族阶层，且多数为外国人。作者重点写“予”与几个外国朋友一起到海滨浴场的情景。文中写众女子更衣入水，“散蜷发，攘皓腕，奋其轻躯，与海水相激战”的矫健身影，碧城当时（1910年）大约尚不会游泳，只能踞礁石作“壁上观”，但裙裳为浪花所溅，已湿其大半。作者文末写的“有感”值得深思：北戴河是中国的避暑胜地，主要为外国人享受，国人于炎夏之际，汗流浃背，却无权、无力到此避暑。“嗟夫！又岂一北戴河为然哉！”在半殖民地的中

①李保民：《吕碧城诗文笺注》，第202~203页。

国，这种“反宾为主”的现象，这种人与人之间休闲生活的不平等，作者是颇有感慨的。其实，这种现象，在当时的中国，又何止北戴河一处呢！

在碧城游记中，最有特色的是她长于写人物，有故事，有情节，有对话，接近小说。她的《游庐琐记》尤为典型。文中写西童的调皮淘气，跃然纸上：“予室前有长廊，装以玻璃窗，左右隔以板壁，每室皆如此也。顾壁不甚高，其上皆通。一日，邻室西童数人架叠桌椅，欲跨壁而入，予止之曰：‘勿尔！否则余将告知尔母。’一童答曰：‘吾无畏！盖汝不识我母为谁。我母乃密昔斯台乐耳也。’予为失笑，乃按铃呼侍者，告以故。侍者往该室，吁长声叱之，如驱逐鸡犬。一阵履声蹴蹈，已群向林中奔去矣。”笔下天真顽皮的西童，如闻其声，如见其人。特别是游记中对德国青年威而思的描写尤为传神。“予”游山迷路，时已黄昏，正“伥伥何往”时，出现一游人：

方彷徨间，忽山麓之翠丛微动，一白衣西人款步而出，向予致辞曰：“予睹君于前山，为时久矣。君必迷途，愿为引导可乎？”予欣然谢之。询其姓氏，为威而思。彼语予时操英语，然予固辨其为德人也。伴予至旅馆门外，并以所采之紫花一握赠予而别。

午睡后，“予”觉山路途中“凉飔嫋嫋，砭人肌骨”，乃回寓取“黑绒大衣，披之而出”，正迎面遇上来访的威而思：

遇威而思于门次，盖为谒予来也。遂同行溪畔，于途间谈话，抵御碑亭，止而小憩，已暮山凝紫，一丸赤日艳如火齐，渐匿于湿霭间，返射作奇彩。威而思嘱予注目视之，时丹轮尚余半规，其堕力甚速，倏乃无睹。予慨然曰：“是不啻送人易箦也，我亦何乐乎视此。然彼固万劫不磨者，伊古以来，先我辈来此凭眺者，不知几千万人，皆逝而不返矣。”威曰：“君言固当，然何感慨之深也！”时欧战方启，威而思日盼捷音，而不知德意志帝国之命运同此将沉之旭日耳。予兴辞，威仍送予返寓。

在“予”将要离开庐山返沪时，她又去游三叠泉，途中疲劳，在寺中休息，

“予”就佛堂假寐：

> 已而僧来礼佛，膜拜诵经，且击磬焉。因室小，相距咫尺，梵音直贯耳膜，因自讶曰：吾身何为在此？讵梦境耶？四顾乱山积砾，荒渺无垠。一西人面白皙，微有短髯，因兵败国破愤而自戕，由巨石跃下，头颅直抵于地，有声砰然，即委身不动，盖已晕矣。须臾，勉自起立，予视其颅凹陷，盖骨已内碎而皮肤未破。予知其已无生理，钦其为殉国烈士也，乘其一息尚存之际，遽前与握手为礼。其人精神立焕，且久立不仆。予讶之，因问曰：“汝将何如者？”意盖谓生乎，死乎。其人答曰：“我为汝忍死须臾。”言甫竟，血从颅顶泛出，鲜如渥丹。予大骇，立时惊醒，则一梦耳。

这几段断断续续的文字，在我们眼前浮现出一位德国青年男子清晰的形象。这位德国青年对“予”有爱慕之意并心怀尊重，“予”与他首次会面是在游庐山归途迷路时，他忽然出现在“予”的面前，并云：“愿为引导可乎？”遂伴“予”至旅馆门外，并以所采鲜花相赠而别。次日午后，“予”又在门前遇到（威而思），他是专门“为谒予而来”，遂同行溪畔。至夕下，睹暮日将落，对日落西山，“堕力甚速”各抒己见。“予”接着评论说：“时欧战方启，威而思日盼捷音，而不知德意志帝国之命运同此将沉之旭日耳。”

特别是“予”在寺庙佛堂中做的那个梦更引起读者的思索和遐想：“予”对威而思因德国战败而殉国的爱国精神，表示钦佩，对其“久立不仆”坚毅神态也十分敬佩，“予”感激威而思的重情谊：“我为汝忍死须臾”。这种坚强的人格力量令“予”肃然起敬。

这个梦大概是出于“予”的想象，使故事的书写带有了传奇色彩。碧城的记述又给读者留下了悬念：这篇游记写于1917年9月由庐山返沪后，时第一次世界大战（1914~1918）尚未结束，德国胜败此时尚未分晓，对于德国的战败，碧城是如何知道的呢？这是否又验证了“诗人即预言家”的这句名言。

吕碧城另一类散文是回忆性的记叙文，如《访旧记》、《横滨梦影录》，这类散文最突出的特点是感情真挚、朴实、自然。作者写景状物，乃至写人，不论是自我形象还是他人，都是发自内心深处，这一点特别符合“性灵说”的要求，即“独抒性灵，不拘格套，非从自己胸臆流出，不肯下笔”[①]，她笔下所流淌的是一位女性真实的思想和情感。她散文中写的人，有的是旅游中遇到的，有的是她过去的朋友，都写得自然、真实，毫无造作的痕迹。她在《访旧记》中对昔日一位女友的回忆就很感人。

驱车入僻巷，茅屋土壁，与惨澹日光同色。小家女三五踯躅于短檐下，多着红布衫，足小如粽，而泥污殆遍。间有挟书袋者，即吾友之门徒也。已而抵校，屋宇稍整洁。一聋媪应门，余投以刺。俄顷，导予迳至吾友处，相见凄然，几不能语。风韵犹似当年，而憔悴骨立。盖女士以侯门丽质，赋《绿衣》之怨，大归后为某小学校长，菲衣粝食，与村娃伍，断送韶华于凄风苦雨中，已不知几历寒暑矣！[②]

一位受过新式教育的名门闺秀嫁给了一个纨绔子弟后而遭遗弃，这不仅是一位女性的悲哀，而实际上反映了一个普遍的社会问题。妇女解放虽倡导多年，但在20世纪20年代这类悲剧仍时有发生，不彻底推翻封建的社会制度，不彻底铲除封建的伦理制度，妇女解放、女权就只能是一句空话。文中质朴流畅的语言中蕴寓着丰富的历史内涵。

碧城受过良好的教育，于古典文学有很好的素养，她又擅诗词，故文笔优美华丽，富有很强的表现力。这里仍以《访旧记》为例，碧城追述当日这位女友在天津女校列队欢迎贵宾的队伍中见到尚未结缡的未婚夫时的情景：

同学中有黠者，目女士努其唇作哂状，而女士脸霞赪起，泛入蝤蛴之雪矣。[③]

---

①袁宏道：《序小修诗》，《袁中郎全集》（钟伯敬增定本）卷一。

②李保民：《吕碧城诗文笺注》，第209页。

③李保民：《吕碧城诗文笺注》，第210页。

聊聊二十余字，一位娇羞少女美丽动人的形象跃然纸上，文字典雅，又具有丰富的表现力，此其一也。

吕碧城散文的第三类是政论文。吕碧城是1900~1919年女性政论文学群体中有代表性的作家之一，她在天津的《大公报》、上海的《女子世界》和秋瑾办的《中国女报》等报刊上发表了若干政论，在当时有较大的影响。其代表作有《敬告中国女同胞》、《女子宜结团体论》、《兴女权贵有坚忍之志》、《兴女学议》、《教育为立国之本》、《论提倡女学之宗旨》、《论某督札幼稚园公文》等。概而言之，碧城政论文的主旨在批判封建礼教的男尊女卑、三从四德，破除束缚女子的一切陈规陋俗，大力倡导兴办女学，主张女性合群和独立，批判奴隶主义和贤妻良母，培养做女国民的资格，为妇女解放和民族解放尽到女子应尽的义务。她的这些卓识宏论，在当时方兴未艾的女权运动中具有积极导向作用和巨大的鼓舞力量。诚如天津的女性精英刘孟扬女士在读了她的《论提倡女学之宗旨》后所写的感想云：

> 今世明哲之士，亟思造就人材，以强国势，于是提倡女学，以立母教之基。乃顽谬之鄙夫，多因此怪诧惊疑，隐相挠阻。碧城女史忧之，爰为之抉柢披根，发明女学之益，其总纲为“普助国家之公益，激发个人之权利”二端。立言能见其大，析理不厌其详。以女子论女学，故亲切有味，耐人深思。至理名言，非同肤泛。最可佩者，以二旬之弱女子，竟能言人之所不能言，发人之所不能发。其词旨之条达，文气之充畅，直如急湍猛浪之奔流。而且不假思索，振笔直书，水到渠成，不事雕琢。此固目所亲见，而绝非假托者。吾因之不禁喜中国女界之有人，将来女学之兴当未可限量。吾敬碧城女史，因而不敢轻视中国之二万万女子焉。果有闻女史之言而兴起者，则女学昌明，女权大振，家庭中有好教育，国民中自有大英雄，尚虑国家不能强哉？[①]

①《书碧成女史〈论提倡女学之宗旨〉后》，李保民：《吕碧成诗文笺注》，第131~132页。

由此可见，碧城的政论在当时社会上特别是在女性读者中的影响。

碧城政论，长于论辩，条理清晰，逻辑性强，很有折服人的力量。她论述女子如何克服“自立”之阻力：

钢刃可折，不可使曲；匹夫可杀，志不可夺。彼强权者，亦视吾有牛马驯伏之性，故被以羁轭耳。若我有自立之性质，彼虽有极强之压力，适足以激吾自立之志气，增吾自立之进步，亦何虑乎？夫以二万万之生灵，五千年之冤狱，虽必待彼苍降一绝世伟人，大声疾呼，特立独行，为之倡率，终须我女子痛除旧习，各自维新，人人有独立之思想，人人有自主之魄力，然后可以众志成城，虽无尺寸之柄，自能奏奇功于无形，获最后之战胜。[①]

作者先以钢刃可折不可曲，匹夫可杀不可辱为喻，说明女子要想自立，争取解放必须要有志气。女子若有志气，决心自立，其男权压力愈强，愈能激发女子自立的勇气，进而辨明：如果仅仅想依赖上天为女界诞生一“绝世伟人”，为之倡导，那还不如二万万之女子同心合力，“痛除旧习，各自维新”，若能众志成城，虽手无寸铁，必“奏奇功于无形，获最后之战胜”。文章条分缕析，层层深入，环环紧扣，具有严密的逻辑性。

吕碧城的政论倾注着作者深挚的感情，有很强的艺术感染力。诚如丁初我在评论她的《论提倡女学之宗旨》中所说的：碧城文“皆以沉郁恳挚之情，发其激昂之声，阐其精确之理。从哲理上，从社会上，反复剖陈，洞若观火”[②]。在《敬告中国女同胞》一文中，她从中国传统文化中向以“好古遵圣、因循守旧”切入，剖析了鄙视、压制女子完全出于封建的、腐朽的陈规陋俗，对古人的言行，不论正确与否，不能有丝毫怀疑，一切“率由旧章”。她说：

凡我女子之生于中国，不克与男子平等，且卑屈凌辱，置于人类之外者，固为万世一定不移之例矣。盖中国以好古遵圣为癖，以因循守旧为法，

①《兴女权贵有坚忍之志》，李保民：《吕碧城诗文笺注》，第141页。

②丁初我：《文苑谈片》，《女子世界》第16、17期合刊，1905年。

于所谓圣贤之书，古人之语，一字不敢疑，一言不敢议。虽明知其理之不合于公，其言之不适于用，亦必守之，护之，遵之，行之。至一切教育、法律、风俗，明知其弊有损于世，明知其腐无补于今，亦不肯改革，曰古法也，曰旧章也。《传》曰："惟女子与小人为难养也。"乃竟侪女子于小人矣。孟子曰："必敬必戒，毋违夫子。以顺为正者，妾妇之道也。"《诗》曰："乃生女子，载寝之地。"因而有"夫纲"之说，因而有"三从"之义。设种种之范围，置层层之束缚，后世遂奉为金科玉律，一若神呵鬼护之不可移易者矣。只此"好古遵圣，因循守旧"八字，遂使我二万万之女子，永永沉沦，万劫不复矣。今欲超拔我二万万沉沦之女子，必须破此一定不移之旧例。欲破此一定不移之旧例，必须辟其好古遵圣，因循守旧之积习。否则闻导女子之自由，倡个人之权利者，必群起鼓噪之，排抑之。[1]

作者说，正是由于"好古遵圣、因循守旧"成为国人传统的观念，故才有"三纲"、"三从"之说，才有压制妇女、迫害妇女的陈规陋俗。作者又说："夫圣贤者，虽有过人之卓识，盖世之圣德"，但也"不免有缺陷处"，更何况时势在变迁，如一切皆按"古理"、"古法"而毫无"变革"，则社会就不可能前进。这种具有强烈批判色彩的言论，出现在"五四"前十五年的一位青年女子之口，不能不令人由衷的敬佩！

吕碧城为了批判"好古遵圣、因循守旧"的思维方式，文中她还引用了法国哲学家、思想家笛卡尔的话："若但以古人之耳目为耳目，以古人之心思为心思，则吾之在世界不成赘疣乎？审如是也，则天但生古人可矣，而复生此千百万亿无耳目、无心思之人，以蠕缘蠹蚀，此世界将安取之？"[2]

今人处世行为如皆以古圣贤为准，"以古人之耳目为耳目，以古人之心思为心思"，则社会将不可能有任何发展和进步，她说："笛氏之言，最能破学界之

①李保民：《吕碧城诗文笺注》，第133页。

②李保民：《吕碧城诗文笺注》，第134页。

奴性，实获我心。”此文发表于1904年，在20世纪初，在文中直接引用西方思想家论断的还较少，而这也正是“以欧西文思入文”的一个重要方面。

“以欧西文思入文”是梁启超“文界革命”的侧重点之一，这类的“欧西文思”，在吕碧城的游记如《欧美漫游录》和政论文中比比皆是，我们将此视为吕碧城散文文体革新的一个方面，称其为“女界新文体”，当不为无据。

（六）

在解读碧城的文学创作之余，我们还不能不赞佩其诗学主张。吕碧城是一位旷世才女，具有独立的人格和卓绝的识见。在诗学观上，她也是一位卓尔不群、具有真知灼见、敢于挑战世俗的女批评家。

中国古代，女性诗词遗产十分丰富，其中固然有若干崇尚阳刚之美、拔剑起舞、慷慨悲歌之作，但多数还是描写女性生活、抒写自我的篇什。在传统诗话中于此多有贬词。吕碧城有一段话恰恰是站在女性主义立场上对女性文学作了卓有见地的评论。她说：

> 兹就词章论，世多訾女子之作，大抵裁红刻翠，写怨言情，千篇一律，不脱闺人口吻者。予以为抒写性情，本应各如其份，惟须推陈出新，不袭窠臼，尤贵格律隽雅，情性真切，即为佳作。诗中之温李，词中之周柳，皆以柔艳擅长，男子且然；况于女子，写其本色，亦复何妨？若言语必系苍生，思想不离廊庙，出于男子，且病矫揉，讵转于闺人，为得体乎？女子爱美而富情感，性秉坤灵，亦何羡乎阳德？若深自讳匿，是自卑抑而耻辱女性也。[①]

根据女性主义的文学批评，女性文学不仅有它自身的文学传统，而且也有自己的文学批评标准。女性文学批评的基本原则是它要符合女性的性别条件、性别感受，以及女性的审美理想和审美需求。吕碧城正是抓住了这一点。她对女性书

①李保民：《吕碧城诗文笺注》，第476页。

写的要求就是基于女性的生活环境和生活感受，她颠覆了男权主义批评家所说的女子诗词“大抵裁红刻翠，写怨言情，千篇一律，不脱闺人口吻”的谬说，[①]而提出“予以为抒写性情，本应各如其份”的诗学主张，所谓“各如其份”，也就是要充分考虑到女性的性别（身份）、条件、需求和感受。吕碧城又进而指出：女性诗词，首先也要创新。“惟须推陈出新，不袭窠臼，尤贵格律隽雅，情性真切，即为佳作。”“格律隽雅，情性真切”，这两点正是从诗词创作的形式和内容两方面提出的基本要求。倘能如此，就是佳作。至于在艺术风格上偏重阳刚抑是阴柔，那并不重要。她说：晚唐诗人温庭筠、李商隐，宋代词人周邦彦和柳永，皆以“柔艳擅长”，在风格上偏重于阴柔、艳丽，但这并不影响他们在诗词创作上的成就。男性作家尚且如此，而女性作者“写其本色”，更是无可非议。而如果把书写题材或内容限制过死，以为“言语必系苍生，思想不离廊庙”，其在男性作家尚难免有矫揉造作之嫌，而这样要求女性书写更是不合情理。她说，“爱美而富情感”，这是女性的天性和优长，女子“性秉坤灵”，又何必模拟男性。若文学创作完全以男性为准，而无视自己的性别特征，那是女性的自卑和耻辱。吕碧城从女性主义立场来审视女性文学创作，这在当时男权文化的社会中是十分值得称道的，也是她女权思想在文学批评上的表现及其过人之处。

在传统文学批评界，又常以“绮语”诟病女性作家，虽《漱玉》、《断肠》之佳作亦难幸免，更何况一般女性诗词呢？所谓“绮语”，本为佛家语，一般借指涉及情爱或华丽的词语，在古代名人中，如唐玄宗时著名宰相宋璟、宋代政治家范仲淹、司马光，其诗文中“艳思丽藻”，世所共见，但这并无损于其为名贤，为什么对于女性诗词中的“绮语”却以为大逆不道而予以苛责呢？碧城认

---

①男性批评家多以“不脱闺人口吻”，“风格纤巧柔弱”为女性诗词之病。朱庸斋《分春馆词话》卷三第七九云：“徐乃昌刻闺秀百家词，录清人最多，有集传世者几近百人，大多为千篇一律之闺情词，纤巧无格，读之令人厌倦。”类此评论在传统批评家的《诗话》、《词话》中并不乏见。另一方面，又以“不类巾帼口吻”为女性诗词出类拔萃者，郑逸梅评论南社女诗人唐群英云：“她擅诗才，民初各报附刊纷载其诗，亦不类巾帼口吻。”（《南社丛谈》，上海人民出版社1981年版，第237页）

为，这除了说明这类批评者“仍蹈男女尊卑之陋习”外，还能作何解释呢？她又说：“况‘诗三百’多言情写怨之作，而一言以蔽之，曰‘思无邪’。”《诗经》是经孔子删定的，“先圣不以为邪，后世竖儒反从饶舌，真可谓不识时务矣”[①]。碧城这些反驳，不仅批判了男权主义批评家因袭男尊女卑观念的荒谬，而且也从根本上颠覆了以“绮语为世诟病”的诗学批评准则，在当日男权文化独霸诗坛的语境中，对吕碧城的这些卓识应给予充分的肯定。

在男性文化居于霸权地位的社会中，长期形成的男尊女卑的传统观念，迫使一部分女性中的佼佼者不甘于屈辱地位而幻想“越位”，最常见的就是女扮男装，即碧城所说的“古今中外不乏弃笄而弁以男装自豪者”，她认为“使此辈而为诗词，必不能写性情之真，可断言矣”[②]。此“断言”尚可商榷，但于此可见碧城在诗学批评上对性别的强调。倘令女子都唱“大江东去”，褒豪放而贬婉约，不仅排斥了文学风格的多样性，而且也使女性文学失去了性别的光彩。碧城所说的“女子写其本色”，这应是女性文学中必须坚持的另一条重要的美学原则及其批评标准。

（七）

吕碧城是近代著名的文学家，她的文学创作，丰富多样，有诗、词、散文、小说和诗论，而以词和散文的成就为高。她的词“能熔新入旧，妙造自然”[③]，“可以上比李易安，而又别辟蹊径”[④]；她的散文，游记很有特色，不仅具新思想、新意境，而且长于写人物，语言雄丽典雅，极具表现力；其政论文，雄辩滔滔，直抒胸臆，条理清晰，文笔酣畅，切中时弊，力敌千军，在当时如破晓之钟，启人心智，发人猛省。吕碧城的文学成就在中国女性文学史上占有重要的地

①李保民：《吕碧城诗文笺注》，第477页。
②李保民：《吕碧城诗文笺注》，第477页。
③孤云：《评吕碧城女士〈信芳集〉》，李保民：《吕碧城词笺注》，第553页。
④吴宓：《空轩诗话》，李保民：《吕碧城词笺注》，第555页。

位，值得我们珍视。

五、张昭汉的诗

在南社诗人中，张昭汉是颇有才华的一位。张昭汉（1883~1965），字默君，后以字行，一字漱芳，号涵秋，湖南湘乡人。她出身于一个书香门第，其父张通典（字伯纯）、母亲何承徽（字懿生）均工诗文，故昭汉自幼就受到诗的熏陶，并有“不栉进士”之称。又因父亲张通典曾与诗人陈三立、黄遵宪、何璞元诸人倡南学会，主张经世之学，后又参加同盟会，追随孙中山，因此在思想方面也给予昭汉以积极的影响。昭汉幼聪慧，过目成诵，平时好放言高论，为乡里惊叹。稍长，她即赴外地求学，先入南京金陵养正女学，后又考入上海务本女学，1907年（光绪三十三年），昭汉毕业于务本女学师范本科，任江苏省立粹敏女学教务长，时年24岁。后入南社，与吕碧城、徐自华、徐蕴华、唐群英、张汉英，同为南社中著名的女诗人。辛亥革命时，她在苏州创办《大汉报》宣传革命，又在上海组织神州女界共和协济社，任会长，倡导女权。1918年，张昭汉赴美考察教育，入哥伦比亚大学学习，1920年回国。后成为著名的社会政治活动家，对女性教育关注尤多。

张昭汉自幼就具有爱国思想，“爱民与爱国，心志雄且坚”（《闻粤东某女士创办女报，命名〈女镜〉，喜而有作》）。处在民族危亡之际，她的诗中多伤时忧国之泪。她有《辛亥暮春书感二律》之一云：

> 国破家亡复何求，泽畔行吟正则忧。愁去吹箫咽孤鹤，狂来击剑舞潜虬。虽无文字倡《民约》，剩有心肝照大洲。道自腴兮身自瘦，静观沧海滋东流。

诗写于辛亥革命前夕，国破家亡，忧心忡忡，诗人以屈原自勉，以龚自珍的“箫”“剑”为喻，抒发自己为国事担忧、为革命献身的高尚情怀。自己虽无卢梭《民约论》那样的鸿文高论倡导革命，对祖国却是赤心一片。末二句，表现了诗人对革命洪流终必到来的信念。果然，当年10月，武昌起义爆发，打响了推翻封建王朝的第一枪。

1911年，江苏光复，她和陈鸿璧等人创办了《大汉报》，积极宣传民主革命。《大汉报》主笔之一的王钝根先生欲返乡归隐，张昭汉写诗赠别。昭汉以国事为重，对王氏的返乡表示惋惜："中原莽莽正多事，遁隐何堪慰众黔。""铁笔纵横血泪在（先生主《大汉报》笔政，一月以来，多慷慨沉痛之作），尘缘淡泊道根深。平权参透如来偈，忧国时为正则吟。明日飘然任所适，白云沧海共无心。"（《辛亥仲冬赠别钝根先生返湘》）惋惜之情，溢满词间。

武昌起义后不久，有南北议和之说，目的在麻痹革命军的斗志，为袁世凯篡权作准备。在这场斗争中，张昭汉坚决反对议和。1912年初，袁世凯窃取大总统，胜利果实为其篡夺，昭汉反袁的主张未能实现，但报国献身的壮志仍不减当年。"茫茫家国恨，拚作醉吟诗。"（《南社雅集徐园席间偶作》）她另有七律《秋夜有感》，其后四句云："花魂惨淡香弥永，剑影依稀血未干。大好河山已如此，宁能不作梦中看。"其《花魂》一联自注云："是夕梦仗剑诛某民贼。"诗人梦中仍不忘为民除害，其革命精神穿越纸背。

面对当时的现实，张昭汉思想是极端痛苦和矛盾的，她有时甚至想退隐躬耕。学诸葛卧龙。《秋日感怀和家君衡山舟中望月韵》就表现了这种矛盾和苦闷。诗其一云：

> 哀感雄奇杂此胸，振衣高阜接天风。横流日下忧民国，艰巨从知在藐躬。诗思澹于秋水阔，剑光寒射晓星红。可怜片土无干净，何处躬耕学卧龙。

诗人是一位具有战斗精神的革命战士，面对民族危亡和多灾多难的祖国，她是不甘心隐居的，留在她思想感情深处的，只有更深的焦虑和痛苦。

民国后，军阀混战，各据一方，争权夺利，政治黑暗，生灵涂炭。面此现实，诗人异常悲愤："孤忧耿耿未消磨，满目疮痍可奈何！试问四年新政好，大江南北泪痕多。”（《绝句十二首和先君韵》）民国成立四年，所谓“新政好”，换来的却是“大江南北泪痕多”，人民的苦难也就可想而知。诗语反讽，强化了批判的力度。

张昭汉是一位民主革命战士，又是一位才女，她志气高洁，不愿与庸俗之辈为伍，“芝兰湘浦澹孤芳，耻与凡葩竞艳忙”（《绝句十二首和先君韵》），且“生无媚骨”，品格高尚，这在她的作品中也有多方面的表现。

第一，昭汉诗中有不少咏花之作，她最欣赏的是梅、白莲、水仙、竹，尤喜欢梅花，集中有与女友探梅之作多首，如《丁巳春邓尉探梅》十首、《庚午春梁溪探梅偕翼如》六首、《癸亥春武陵探梅归》，她喜欢梅的高洁和孤芳自赏，“万树梅花同气骨，漫山明月濯精魂。”（《海门叠门存韵》）昭汉的咏花诸诗，诗中众芳形象均含有诗人的影子：“柔丝缱绻心偏洁，逸韵风流气自纯。”（《白莲》）“坚贞独抱羞春木，古节无彫悟夙根”；“此君清绝难谐俗，避世相期老是村。”（《修竹》）“娇到十分无媚骨，瘦难一握惜冰肌。”（《水仙》）白莲的纯洁，修竹的坚贞、清绝，水仙的傲骨无媚，都是诗人品格的再现。

第二，诗人所交女友多志趣高洁、胸有壮怀之才女。在昭汉青少年时代的诗中绝少应酬之作。她诗中所提到的一些女友也多是才高识卓的女性。《南社丛刻》第二十二集，刊有她的《丁巳仲春偕陈吕唐诸君探梅邓尉，率赋十六绝，用志弗谖》，诗中的“陈吕唐诸君”，即陈鸿璧（1884~1966）、吕碧城（1883~1943）、唐佩兰，这三位既是女权运动的领军人物，又是著名的文学家。陈鸿璧是近代女性中最有成就的翻译家，吕碧城是近代女词人“第一”（钱仲联评语），唐佩兰也是诗人。昭汉与这些志同道合的女友感情很深。1918年，张默君出国考察教育，在国外，她时常想念曾在一起战斗过的女友，“兰芳菊秀盛群彦，怀佳人兮天一方。”她另有《己未秋纽约盼鸿璧书不至》、《秋夜次社英韵》，后诗是怀念她的另一挚友谈社英的。谈社英也是中国女权运动中的骨干和女性解放运动研究的专家。在张昭汉的怀友诗中，倾注着最深挚感情的是写给陈鸿璧的。她们是创办《大汉报》和神州女界共和协济社时的战友，同舟共济，相知很深。二人在文学上又有共同的爱好，曾合作翻译过两部外国小说，即美国白乃杰的《盗面》和英国查克的《斐乃杰奇案之一》。对于这位女友，20年后她仍不断相遇于梦中，“与子同仇宁九死，廿年相看鬓成丝”（《暮秋鏁掖闻国事旦亟梦鸿璧海上却寄兼晾翼如》）。

第三，默君诗集中的悼念之作，几乎全是悼念和吊唁为国牺牲的先烈的。这方面她有悼念辛亥革命先烈赵声（字伯先）的：“润州灵秀已销磨，空间鹤唳思英杰（过京口吊赵君伯先）。”（《癸丑暮秋偕璧子漫游长江歌以纪事》）有吊黄花岗七十二烈士的：“寥天碑雨洗南溟，花落花开万古馨。大汉鬼雄七十二，精魂直欲走雷霆。”（《吊黄花岗》）有哀悼宋教仁的：“争传渔父终兴汉，忍说桃园可避秦。养虎而今贻祸患，伤麟千古共酸辛。”（《悼遁初先生》）批判革命党人对袁世凯恶势力的妥协，养虎遗患，终至伤身，诗人的心情是极其沉痛的。稍后，她又有《甲寅春悼渔父太一》，是诗除了悼念宋教仁外，还悼念了南社诗人、革命烈士宁调元。宁调元（1883~1913），字太一，湖南醴陵人，他是一个杰出的革命战士，两次被捕入狱，始终表现了一个革命者坚贞的立场和革命乐观主义的战斗精神。他在《岳州被捕口占十截》中昂首高歌：“鬼雄如果能为厉，死到泉台定复仇。”对于宁调元的牺牲，诗人异常悲愤。其实，宋教仁、宁调元都是死于袁世凯的恶势力之手，二人又殉国于同年（1913年），翌年春，默君写了这首诗，悼念两位革命先烈和战友。

1932年春，日本进攻上海，在“一·二八”上海抗战中，中国军队伤亡惨重，默君写有《壬申春倭寇淞沪悼我阵亡诸将士》，诗云：

> 哀角曳斜阳，春淞咽恨长。乱骸湮瘦茫，万户哭新殇（寇炮毁闸北殆尽，杀人无算）。浩气撑天直，英风倒海凉。复仇期后死，仗剑立苍茫。

她的这类诗篇沉痛悲壮，充满着浩然正气，寄托着诗人沉痛的哀思，以及对后人殷切的期望："复仇期后死，仗剑立苍茫。"

在南社诗人中，张昭汉的诗风属于雄丽豪放的一派，与唐群英、张汉英的风格接近。默君志高气盛，才华横溢，喜作长篇古诗。她的五古《甲寅春西湖小麦岭吊吴子一粟墓》、《伊洛行》、七古《南岳篇》、《自题美人依马看剑图》、《癸丑暮秋偕璧子漫游长江歌以纪事》，均洋洋数百言，或千言，雄丽健迈，中有豪气，特别是后者，更是一首宏伟的长篇巨制。1913年暮秋，默君偕好友陈鸿璧作长江十日游，诗人自上海出发，入黄浦江，逆流而上，过镇江三山、经扬州、抵南京，仰望庐山五老峰，途经赤壁，抵武汉，登上汉阳的伯牙琴台，穿越汪洋似海的洞庭湖，诗人开始"拂袖翩然告倦游"了，准备掉转船头顺流而下。"十日归来意兴赊，挥毫落纸云涛卷。"在这首长诗中，作者把沿江的名胜古迹、文化名人、历史典故、国家兴亡、社会现实联系起来，既有深厚的历史感、浓郁的人文气息，而且对"形势无常世运转"的现实也有一定的感悟。另一方面，在这首长诗中，诗人对沿途自然风光和人文景观的描写也不乏点睛之笔。如"金焦两点翻银雪，驻马坡前晚潮咽。润州灵秀已销磨，空闻鹤唳思英杰。"写镇江形势兼吊辛亥先烈赵伯先。"长江天堑数湖口，马当杀气冲牛斗。忍将成败论英贤，临风犹闻龙虎吼。"写当年赣军之役战斗的声势和将士的勇敢，非常传神。江西都督李烈钧（1882~1946）在湖口宣布独立，组织讨袁军，发布讨袁檄文，"二次革命"拉开帷幕。虽然"二次革命"最终失败，但李烈钧与赣军将士英名远扬。再如，船到九江，作者想起当年被贬江州（今九江）的唐代诗人白居易《琵琶行》中"同是天涯沦落人"的感慨："凉飔萧萧芦荻鸣，仿佛琵琶呜咽声。天涯几辈不沦落，痴绝香山泪雨倾。"读后顿有一种深沉的历史感。诗中写诗人与陈鸿璧的舟中对饮："陈子不让元龙豪，对酒狂歌持紫螯。三斗既干呼余饮，吾为一笑倾葡萄。"两位女诗人豪爽的性格跃然纸上。默君的诗，不论是写景还是叙事都充满豪气，壮丽宏伟，具有浓郁的浪漫主义色彩。

张昭汉的诗写得很有气势，又灵动自然，陈衍序其诗，谓默君"天资颖悟，实足冠绝时流，故其抚时感事、投赠游览之作，类能推陈出新，脱羁绁而游行。其作书，行草神速，颇极南帖之美。尺牍寸楮，光彩照人，可不谓豪杰之士欤？”[①]陈三立称默君及其诗“天才超逸，格浑而韵远，为闺媛之卓荦不群、效古能自树立者”[②]。张昭汉的诗集和作品很多，主要的有《白华草堂诗》、《玉尺楼诗》、《红树白云山馆词》，台湾中华丛书编审委员会将其编为《大凝堂集》七卷行世，包括她的诗、词、文，凡30余万字。

六、杨令茀的中篇小说《瓦解银行》

20世纪第一个二十年（1900~1919）是中国女性文学由古典向现代的转型期，出现了许多新的可喜的文学现象，其中女性小说的成绩尤值得称道。

中国女性文学有着悠久的历史传统，成就辉煌，但多为抒情性的诗词歌赋，而叙事性的小说出现则迟至19世纪晚期。目前有文本可据的第一部女性小说是满族女作家顾太清（1799~1877）的《红楼梦影》（1877年出版），殊为珍贵。但在中国女性文学史上真正形成一个女性小说家群体，则是在20世纪第一个二十年。在这个群体中，杨令茀是值得关注的一位小说家。

杨令茀（1887~1978），字清如，近现代著名的画家、诗人，也是一位小说家。她出身于江苏无锡的名门望族，祖父杨廷俊是清代进士，曾任山东肥城知县，大伯父杨宗廉曾任山西布政使，三伯父杨宗瀚曾任上海机器织布局总办，又在无锡开办业勤机器纺织公司，成为近代无锡纺织业之开山。父亲杨宗济为当地名儒，曾任江苏溧阳县训导。她的长兄杨寿楠（味云）系北洋政府财政部次长，也是一位诗人。杨令茀生长在这样一个文化氛围十分浓厚的家庭里，自幼受到中国传统文化的熏陶，味云又“喜以诗古文辞教诸妹”[③]，加之令茀聪慧好学，熟

①《白华草堂诗·陈衍序》，《白华草堂诗》1934年刻本。

②陈三立：《张默君〈玉尺楼诗题词〉》，见《默君诗草》（1934年朱刻本）第二种《玉尺楼诗》；又见潘益民、李开军辑注：《散原精舍诗文集补编》，南昌：江西人民出版社2007年版，第323页。

③杨令茀：《韵荃三姊六旬寿序》，载《水远山长集》234页。

谙经史，喜爱古典诗词。稍长，入上海务本女学，接受新式教育。后曾留学欧美，通日文、英文、俄文和法文。就其成就而论，她的书画成就更高，且出名很早。令茀五岁时就有作品参展，被画界名流目为“神童”，后在北京与齐白石交往，经常出入于北京诗画名家之门，为京中名流樊增祥、陈师曾、林琴南、廉泉等人所赞赏，又入清故宫为画师。画品格调高雅，神韵超群，书法亦飞逸秀丽，笔力浑厚，20世纪20年代已卓然成家。“九一八”事变后，她摆脱了日本人的控制，以画展为名，赴德国，后辗转于加拿大、美国，在美国加州大学、斯坦福大学、蒙德莱国立军官学校、太平洋大学、华盛顿大学任教，1965年退休。退休后，她在美国加州的卡麦尔城开设“杨令茀画院”，1987年病逝于美国。著名画家张大千为她题写墓碑，赞颂其书画和爱国精神。

杨令茀画家的大名掩盖了她的其他成就。她的诗文，清丽秀美，人称其有“太白诗风”，一生有诗集多种，早年的《莪慕室吟草》（有1927年排印本），后又有《武英殿吟草》、《塞外吟草》、《美洲吟草》，后汇编为《山远水长诗集》（收入沈云龙主编的《近代中国史料丛刊续辑》第237种，台北文海出版社出版）。

关于她的小说，今天能看到的只有她的中篇《瓦解银行》（刊于《小说时报》第18期，1913年5月1日），这是20世纪初女性小说中难得的一篇优秀之作。杨令茀早年即长住上海、北京，广阔的公共空间，为她了解上层社会及金融界提供了更多的机遇，故她才能写出这种揭露性、批判性的小说。

小说《瓦解银行》写北京上流社会的一个金融诈骗案，旨在揭露民国初年社会的混乱，法律松弛，权贵政客趁机诈骗民财，扰乱金融市场，再借洋人的庇护，逃之夭夭。这类题材在此前的女性小说中尚无人涉及。中国第一部女性小说《红楼梦影》系《红楼梦》续书系列之一，严格地说，仍属古典小说的范畴。20世纪之后，中国女性文学正处于由古典向现代的转型期，女性小说从主题到形式都发生了新的变化。这时段的女性小说由于受20世纪初女权运动的影响，其主题大多是女性解放、女性婚恋、女性教育和女性独立，如王妙如的《女狱花》（1903）、黄翠凝的《姊妹花》（1908）、邵振华的《侠义佳人》（1909）、曾兰的《孽缘》（1915）和徐灵赋的《桃花人面》（1918）等。但放开眼界，将视点投向社会上层的金融界，借以揭露社会蛀虫危害国计民生的诈骗行径，在女性小说中，它还是第一部，仅就此而言，《瓦解银行》也应当引起我们的关注了。

《瓦解银行》在女性小说中不仅主题新颖，并具有一定的思想深度和揭露力量，而且在艺术上较之同类女性小说也更加成熟。从小说类型上分，这部小说应属中篇，它也是中国女性小说史上第一部中篇小说。《瓦解银行》在《小说时报》第18期发表时编者标“长篇名著”，但我以为它不是“长篇”，而是一个典型的中篇。它既不是只选取生活中“一个横断面”的短篇小说，也不像长篇小说那样完整地书写某一事件、某个人物历史的全过程，而是选择社会生活中一个重要的片断、场景作集中的描述。小说共十二章，布局严谨，结构紧凑，故事情节线索比较单纯：诸富商筹备开设银行，多方招股集资，进展顺利，集资300余万元存入英国银行，中途临时总理黄某因母病危回家并委托五大人全权代理，五大人乘机将全部股金转移至国外银行后逃之夭夭。诸股东诉讼无门，此事不了了之。故事梗概大体如此。从篇幅（约15 000字）和结构看应属中篇，类似于稍后（1921年）出现的鲁迅先生的《阿Q正传》。当然，20世纪初，在小说文体的长篇、中篇和短篇的界定上还不十分严格，特别是对于“中篇”还无明确的定义。在这种情况下，《瓦解银行》的出现，对于近现代中篇小说这一文体类型或不失其树立范式的意义。

《瓦解银行》的艺术结构，大体可分为六部分：（一）小说中的主角、某巨公之弟、一位西装革履的英俊少年五大人在众星捧月中出场，他自视清高，扬言不问商业事；但听众人言及筹办商业银行，他却极表赞成（第一、二章）。（二）借“青岛书来”，五大人召开“六国饭店会议”，开始以主人身份主持一切，但绝不居“总理”之位，此为他尔后金蝉脱壳之预谋，并暗中运筹帷幄

（第三、四、五、六章）。（三）五大人谎称某总长任股三万元，以此为诱饵，并扬言驰书青岛，为银行招募股东，又令原在京筹办诸公，均分赴各大城市召股。与此同时，五大人为掩人耳目，又乘机大造声势，于闹市建银行大楼（曹禺《日出》中就有这一插曲），于报纸登广告，函电纷驰，车水马龙。果然集资进展顺利，任股者踊跃，不多几时，集资300余万，均存在英商某银行（第七、八章）。（四）银行筹办正大展宏图，临时总理黄竹亭日理万机，辛苦异常，但佳音频至，神气倍增。正在黄某春风得意之时，忽接急电，家中八十老母暴病，促黄归。黄某无奈，只得回家。拟将银行一切机要和所集300余万资金委托五大人全权办理。五大人开始故作逊词，言事关重大，自身事务繁忙，实不能代理，请其另择贤者。经黄某再三恳求方允。于是黄某将母病事与在京诸股东说明，并将资金存折、股金收据、银行要件当晚存放于五大人处，此恰中了五大人的调虎离山计（电报系五大人伪造发出），至此小说进入高潮（第九章）。（五）黄某离京，抵家后知电报有诈，遭人暗算，乃急返京，寻五大人。五大人在黄某离京后，将全部集股资金转移至国外银行，携同著名交际花逃之夭夭，赴瑞士消夏去了（第十、十一章）。（六）诸股东已知受骗，而聚讼又苦无良策，京津各报也争载此新闻。五大人胞兄、某巨公扬言：驰电瑞士，促其弟归国，剖白此事，以保家声。只是但闻风声不见雨点。此时，临时总理黄某所延西人律师又败诉，众股东必欲令其倾家产抵偿。黄某见势不妙，乃重金贿某英商，在其庇护下，黄某潜赴大连，迂道逃往英国（第十二章）。故事至此结束，至于政府与外国交涉、追拿逃犯云云，终将因循了结而已。由如上介绍可略知小说的故事梗概，亦可看出作为中篇小说，作者在结构营造上的独具匠心。

《瓦解银行》在人物描写上亦有特色。小说人物设计主次分明，作品中虽然出场的人物很多，但作者用墨有重点。我们姑且不计数目众多的宾馆招待、银行筹备处的职员，还有某巨公公馆里的健仆、侍者；仅环绕在临时总理黄竹亭周围的资本家、股东也有六七人。有姓氏可据者，如蓝衣客瞿某、资本家朱某、赵某、周某、沈某等，至于故事进行中出现的名妓映月、京中交际花某女公子，亦有为小说生色增彩之处。但小说所集中描写的却只有两人：一个是一号人物某巨公之弟五大人，另一位是银行筹备处临时总理黄竹亭。小说作者是明写黄竹亭，暗写五大人。前台的一切筹划、应酬，自始至终，黄某必亲临现场，躬身料理，虽日理万机，身心疲劳不堪，他仍是春风满面，为完成筹备此银行大业可谓鞠躬尽瘁。小说对于一号人物五大人，除必要的正面描写（如介绍其家世、学历、外貌衣着等）外，主要是采用侧面描写，烘云托月。作者从众股东的仰视、称赞、信赖，以及黄总理因得其人之助而踌躇满志、春风得意来烘托五大人的聪明才智和大将之风。

这个人物善于伪装，以谦谦君子的面目出现在读者面前。在北京万牲园（影射圆明园）一登场，此人虽西装革履，“鼻架金丝之镜，襟针灿灿，领结艳艳，指头之钻石莹然……健仆数辈，鹄立以待”。五大人虽身为贵胄子弟，又自云曾留学欧洲，“中学西学，弥不淹博”，但待人谦逊，“和易可亲，绝无骄矜之气”，以是为众股东所敬佩。这位五大人虽心中念念于钻营投机，但在众股东面前于银行事开始谎称“无闻”，以示毫不关心之意。当众股东邀请他参加筹办银行事时，他又以“家兄拘教綦严，必请命后乃敢附骥”作答，稳重沉着，胸有成竹，处处给读者以忠厚、仁让之感。当这位五大人介入银行筹备之后，或运筹帷幄，或当众表演，高谈雄辩，令人折服，以致众股东均以此人为筹办银行之中流砥柱，特别是黄竹亭被其假象所迷惑，竟至感激涕零。当初众股东一致推选五大人担任临时银行总理，他则以本人“不才”、“另择贤者”见让，“万不承认”担任“总理”职务，这正是为他日后转移全部股金所施的障眼法。等待时机成熟之时，也就是他金蝉脱壳之日。果然不久，临时总理黄竹亭忽接“母暴病，火速回家”的电报。黄氏因回家心急，急中出错，将300余万股金存单全部交五大人保管，恰中了他的调虎离山之计（谎称母暴病的急电系五大人伪造）。结果黄总理一出京，五大人便席卷全部股金逃之夭夭，至此才暴露了这个金融大骗子的真相。

其实，小说中的五大人是一个典型的伪君子。他终日沉溺于犬马声色之中，与妓女厮混，他先已答应要娶歌妓停云为妾，后有了新欢，又遗弃了停云。停云之姊映月，想让在座的诸公为其妹求情缓颊，重归于好。而五大人却以权势者对弱势群体惯用的伎俩，诬映月“有神经病”，责令诸仆人将其强行拖出客厅。而后，这位五大人便在众股东面前，正襟危坐，侃侃而谈，表白自己目空一切，于北里烟花无有青目者，而歌妓停云自作多情，作桃叶渡江之请，而自己却毫无此意。又说：“脱人有视余作沾泥之絮者，不徒累余清望，吾兄闻之，且苛责。”（第八章）一副表里不一的伪君子形象，跃然纸上。这段描写在小说中虽属插曲性质，但对塑造贵人之弟五大人这个高级诈骗者形象确有锦上添花之妙。小说中五大人这一形象写得比较丰满，有血有肉，真实可信，这在20世纪初的女性小说中是相当成功的一例。

杨令茀不愧是一位画家，她深知在绘画中“烘云托月”的美学效果。上面在分析五大人这一艺术形象时已着重提到这一点。再如写五大人的新欢，即将双飞欧洲度暑的京中某交际花，也是采用“烘托”的手法，当她出现在济南德国旅馆西餐厅时，小说写道：

> 忽芳气袭人，霞光透帘幕，侍者开帘，一花冠长裙之女郎，翩然而入，花飞钏动，如万朵彩云，缭绕室中，镜屏耀之，举室皆丽。旅人委顿之时，倦目为之豁然开朗，举一时室中视线倾注此贵女，如被电掣，几不能转瞬……室中食客，手刀叉无不目注此贵女之座。女长身玉立，衣饰悉巴黎时制，然审之固中土产也。

从餐厅中的食客（多数为外国人）皆手刀叉不食美肴而全神专注此女郎，且目不转睛，“如被电掣”，足可说明此女郎之惊艳动人。这种善于运用“烘托”，确实收到了事半功倍的艺术效果。

《瓦解银行》的语言也有值得称道之处，它虽系文言，但文辞雅洁、隽永，极具表现力。小说第二章写在万牲园之西餐馆送五大人回府的一段文字：

……长谈一席，柳梢之月已倒影银塘矣。五大人开帘见之大惊，出怀中金时计视之，曰“吾奈何善忘若此！”急顾侍者曰“套车”。馆中侍者素稔贵人，趋承维谨，于是一片传呼伺候之声，倡之楼上，历级而降，阶下众仆，噭然应之。刹那之顷，则已手明灯，挟鞭筴，各执其物，列于楼下。五大人从容而起，辞谢主人。黄亟签账，群奉贵客下楼，分花拂柳，共莅园外。园外夜色沉沉，遥望平畴，已不辨楼台城阙，惟此门前明灯数十，列若繁星。一双套马车停于其间，车前药水灯二，尤闪烁如悬不夜之珠，使皓月夺魄。群客拱立罄折，目视贵人乘朱轮、驰怒马、鸣鸾和之铃，得得蹄声，踏破满地月明而去，群客亦鸟兽散。

这段文字极写五大人的阔绰、威风和背后的权势。五大人一声令下，馆中一片“侍候”之声，响彻全楼：“倡之楼上，历级而降，阶下群仆，噭然应之。”健仆垂手侍立，众股东忙着为贵人分花拂柳，五大人恰如天神下凡，然后乘朱轮、驰怒马，在“得得”的马蹄声中踏破明月而去。真是威风已极，排场已极。

意大利诗人但丁说：“作品善在于思想，美在于辞章雕饰”（但丁：《筵席》第124页）《瓦解银行》的作者很重视语言的修饰，小说语言的总体特色：精练、优美，具有浓郁的诗情画意。作者杨令茀有很深的古典文学素养，又是一位诗人，小说中不仅引用了若干前人的诗词，且用之妥帖，增添了小说语言的思想意蕴。小说每章的小标题也非常讲究，大多借用或化用古人名句。如第二章的标题是“风吹春水底事干卿”。《南唐书·冯延巳传》：“延巳有‘风乍起，吹皱一池春水，干卿何事？’”作者借此反讽。众人筹办银行本无五大人的事，他却乘机“大表赞成”，“底事干卿”，意含讽刺。第四章标题“高谈雄辩皆沉雄”，第五章标题“叱起海红帘底月”，第十二章标题“曲终人不见，江上数峰青”，是用龚自珍诗和唐诗中名句，由该诗句中的寓意揭示本章的思想意蕴，既醒目又典雅，也为小说增添了艺术的魅力。

杨令茀的《瓦解银行》出现在20世纪初期的女性小说中，不仅主题新颖，突破了女性小说传统的家庭、婚恋主题，而且在艺术上也有较高的成就，是这时期女性小说中一篇难得的佳作；放在“五四”女性精英小说中也毫不逊色。

七、中国第一位女性翻译文学家：薛绍徽

中国文学翻译始于近代，但女性介入文学翻译，从目前所掌握的材料看，当始于1900年。是年薛绍徽翻译了法国著名的科幻小说家儒勒·凡尔纳（Jules Verne，1828~1905）的《八十日环游记》（今译《八十天环游地球》）。这部小说1900年由上海经世文社出版。

薛绍徽（1866~1911），字秀玉，号男姒，福建侯官（今福州）人。她出身于一个书香门第，幼年即受过良好的教育。她年甫六龄，便跟母亲邵氏学画，八岁学诗，进步很快，又好音律，善洞箫玉笛，在闺中即以工诗、擅画、精音律播于乡里。年十五，她嫁给同邑福州船政学堂毕业生陈寿彭（1857~？，字逸儒，一作绎如），婚后夫妇感情很好，相敬如宾。陈寿彭，光绪二十八年（1902）举人，曾任邮传部主事，民国后（1917年）任海军部军法司代理司长。19世纪后期，曾随其哲兄、清末著名外交家陈季同（1852~1907）出国，通英文和法文。夫妇间耳濡目染，以是薛绍徽于外国文学和语言亦有了解。她在丈夫的帮助下开始译书，是近代最早有翻译作品问世的女翻译家。据陈寿彭为她写的《传略》中说：“嗣从寿彭游上海、宁波、江宁、广东，以译书、卖画佐生计，炊烟一缕，视笔墨为断续。”（转引自《福建女诗人传》）薛绍徽除译有《八十日环游记》外，另与陈寿彭译有英国厄冷著的小说《双线记》、《格致正规》十卷、《外国列女传》七卷。

薛绍徽还是当时一位著名的女诗人，诗名远播乡里，著有《黛韵楼遗集》（陈寿彭编，1914年陈氏家刊本），收《诗集》四卷、《词集》二卷、《文集》二卷。近代著名思想家、翻译家、诗人、诗论家严复、林纾、陈宝琛、陈衍分别为其诸集题签。今人林怡有《薛绍徽集》校刊本（方志出版社2003年出版）。薛绍徽还辑有《国朝闺秀词综》十卷，有功于女性文学文献。总之，她在中国女性文学史和中国女性翻译文学史上都占有一定的地位。

薛绍徽作为中国最早从事翻译活动的女性，她参与翻译西方小说和其他著作，并非偶然的。这与她所处家庭环境的文化氛围和生活理想有很大的关系。薛绍徽结婚后，在丈夫陈寿彭和夫兄陈季同的帮助和熏陶下，对西方文化有了一定的认识。早年自“谓九州之外无文字”的薛氏，在西方文明的撞击下，她开始感到自己知识的不足与狭窄。当她在上海、宁波诸大城市看到“汽轮电灯，又骇然欲穷其奥，觅译本读之”，并感叹“今而知天地之大，学力各有所精，我向者硁硁自信，失之固矣”（《八十日环游记》陈寿彭序）。对自我认知的反思和西学的向往，促使她的思想观念、知识价值系统在发生变化，这在她的文学创作中有明显的反映。如果说薛绍徽早年创作的诗词主要还是伤春悲秋、离情别绪等传统主题的话，在她丈夫游学英、法期间（1886~1889），书信的交流，研求西学的心得，给她的创作带来了新思想和新意境。绍徽的词《八宝妆》（绎如寄珍饰数事）及小序、《绕佛阁》（逸如夫子由锡兰寄贝叶梵字佛经）、《十二时慢》（金表）、《解连环》序、《黄浦滩观灯歌》，书写法国大革命，介绍西方民主议会制度，以及科技进步和西洋音乐，呈现出新的意蕴和气象。更值得一提的是她的那首《满江红·莽莽江天》，纪录并歌颂了中法战争中一批渔民盐贩在福建水师全军覆没的情况下夜袭法军、重创敌军后壮烈殉国的英雄业绩。“惜沉沦草泽国殇魂，谁搜辑？”这首词写于1889年，是年陈寿彭由英、法游学归国，于中元节偕夫人赴马江致祭，悼念马江战役中牺牲的英烈，途中听一驾船妇女讲述了一段鲜为人知的故事，于是薛绍徽写了这首《满江红》。以渔民林狮狮为首的这次抗法夜袭，清代史书中并无记载，属于民间传说，但这首词反映了中国人民反抗西方殖民主义侵略的民族精神则是可以肯定的。

与这首《满江红》相辉映的是她的另一阕《海天阔处·闻绎如话台湾事》

（1895），该词沉郁苍凉，忧思萦怀。词从清政府割台写起，1895年，甲午战争中国战败，将台湾、澎湖诸岛割让给日本，全岛人民异常悲愤，“若午夜暴闻轰雷，惊骇无人色，奔走相告，聚哭于市中，夜以继日，哭声达于四野，风云变色，若无天地”[①]。台湾人民表示：“愿人人战死而失台，决不愿拱手而让台。”[②]但割台已定，词人所表达的也只有悲愤和嘲讽，“莫问成功，可怜靖海，原来如此”。对清政府给以辛辣的讽刺。过片以“蓬莱蜃市”引起人们对台湾宝岛的回忆与热爱，面对日本殖民主义的“鲸吞”，而“戚、俞难再”，今天已难有戚继光、俞大猷这样的“抗倭”名将来抗击外来侵略者。末三句“对春潮夜涨，深惭漆室，为天忧杞。”词人自比漆室女，以不能奔赴国难为憾，对民族危亡的关注与忧虑，溢满词间。

薛绍徽的诗也不乏佳作，特别是后期一些书写时事的诗作尤值得关注。像《老妓行》（1902）、《金井曲》（1908）、《听王玉峰三弦歌》（1908）、《丰台老媪歌》（1909），在时事的描述中揭露了八国联军入侵的暴行，抒发了诗人对中华民族前途的焦虑，也表现了作者对当时政治风云的冷静与理智。

就薛绍徽所受的教育和知识结构而论，她仍属于传统的闺秀或才女，但时代的前进、西学的撞击、丈夫的濡染和自我的追求，使她不同于一般的清代闺秀而向着近代第一代知识女性转化。这突出地表现在她的翻译活动中。

在翻译体裁上，薛绍徽首先选择了小说，这是她在女性文学文体上的一大突破。如所周知，古代女性文学文体主要是诗词文赋而没有小说，中国第一部有文本可据的女性小说是近代女词人顾太清（1799~1877）写的《红楼梦影》，稍后，还有女作家陈义臣（1873~1890）的《谪仙楼》（此书存佚尚难以确定）。此外，20世纪前再没有女性小说问世。这里我们不禁要问：中国古代女性文学遗产十分丰富，即以清代而论，就有女性诗文集4 000余种，为什么女性小说如此

①江山渊：《徐骧传》，《小说月报》6卷3号。

②《中东战纪本末》，中国近代历史丛刊《中日战争》（一）第203页。

之少呢？原因自然很多，这里暂不一一论述。总之，在封建社会的主流意识形态看来，小说是“猥鄙荒诞”、“诲淫诲盗”、不登大雅之堂的低级文类，女子不能介入。而薛绍徽步入译坛的第一部译作就是小说，在文体上这一选择本身无异于“攻入男性堡垒的一次冒险”[①]；也是在文体上对男性霸权的一次挑战。薛绍徽首先翻译凡尔纳的小说《八十日环游记》，既反映了她文学观念上的卓识，也彰显出作为一位女性的卓尔不群。

《八十日环游记》是被称为“科学小说之父”的儒勒·凡尔纳（Jules Verne，1828~1905）的系列小说之一。凡尔纳一生写过60余部科学小说（今称科幻小说），总题为《在已知和未知的世界奇妙漫游》，广为传颂的有《气球上的五星期》（1863）、《地心游记》（1864）、《阿特拉斯船长的奇遇》（1864）、《从地球到月球》（1865）、《格兰特船长的女儿》（1867~1868）、《海底两万里》（1870）、《环游月球》（1870）、《八十天环游地球》（1873）、《神秘岛》（1874）、《十五岁的船长》（1878）等。凡尔纳的小说是真实性与大胆幻想的结合，他笔下的情景和人物，既有出色的现实主义的描写，又有着浓郁的浪漫主义的幻想色彩。他是一位“奇异幻想的巨匠”，有的评论家说他是一位“能想象出半个世纪以至于一个世纪之后才能出现的最惊人的科学成就的预言家”。他的科学小说故事情节惊险曲折，引人入胜，给人开启了一个广阔的科学天地。既丰富了受众有关天文、地理、海洋、生物、历史、民俗等方面的知识，又给读者以愉快的审美享受。凡尔纳的小说深受广大读者的喜爱，仅在法国本土的销售量就达2 000万册；同时，它还被译成多种文字在全球广为流播，受到不同肤色读者的欢迎。

《八十日环游记》（今译《八十天环游地球》）是薛绍徽的第一部译作，也是凡尔纳的小说译入中国的第一部作品，它具有双重的开创意义。小说原系

①科拉·卡普兰：《〈奥罗拉·利〉与其他诗》，载玛丽·伊格尔顿编：《女权主义文学理论》，湖南文艺出版社1989年版，第202页。

37章，薛绍徽译为37回，1900年由上海经世文社出版，署“逸儒口译、秀玉笔述”，系“林译式”的译品；1903年，改书名为《环球旅行记》，实系《八十日环游记》的翻刻本；同年，又有上海正中书局刊本，仍名《八十日环游记》。短短数年间，再版三次，可见这部小说在当时中国读者中受欢迎的程度。

《八十日环游记》写英人非利士·福格在维新会作叶子戏时论及环绕地球一周需80日即可，并愿与诸友打赌：说他能在80天内环绕地球一周，赌注为两万金镑。福格与仆人阿荣即刻自伦敦启程，经历了各种艰险和困难。在途经印度时还救了一个即将被火烧死、名叫阿黛的女子。环游中福格又被包探非克士误认为是劫银行的贼，一路追踪，颇多情趣。福格终于在80天内返回伦敦，并和阿黛结为夫妻。小说情节波澜起伏，始终紧扣读者的心弦。小说主人公福格在环游中必须严格地掌握时间，不能有半点耽搁，否则便使整个环游计划无法实现。但途中的种种障碍又接踵而至。他刚越过一个障碍或险阻，挽回了损失的时间，读者以为可以松一口气了，但接着又出现了另一个麻烦。尽管困难重重，福格并不灰心，仍然继续前进。由于福格善于应付各种突如其来的变化，机智果断，分秒必争，他终于在最后一秒钟出现在原先约定的、所有打赌者拭目以待的俱乐部里。

这部最早翻译的科学小说《八十日环游记》，其译入语虽系文言，但却相当忠实于原著。译者没有随意的删节和增添，我曾和中国青年出版社（1979年）出版的沙地先生的另一译本对照过，除文字更加精练外，几乎无懈可击。这在“译述”之风盛行的近代译坛是十分难能可贵的。这如果和梁启超翻译的凡尔纳的另一部小说《十五小豪杰》相比，那简直不可同日而语了。需要说明的是，《八十日环游记》的翻译，不是译自法文本，而是根据桃尔（M.Towel）和邓浮士（N.D.Anvers）的英译本转译的，后者是一个严肃的译本。

《八十日环游记》的翻译也表现了一种本土化的倾向。小说中人物姓名的翻译往往是中国化的名字，如将小说主人公的男仆Passe partout（意为“路路通”）译为“阿荣”，印度女子Aouda（艾娥达）则译为“阿黛”。这些名字显然载荷着译入语中某种约定俗成的文化内涵。

薛绍徽翻译的另一部长篇小说是英国小说家厄冷著的《双线记》（A Double Thread，一题《淡红金刚钻》），由中外日报馆1903年刊行。小说标为“爱情小说”，24回，分装3册。作者署厄冷，译者则署“逸儒口译，秀玉笔述”。厄冷，系英国19世纪的女小说家和女诗人Ellen Thorneycroft Fowler（1860~1929），《双线记》（1899）是她的成名作之一。

在薛绍徽的翻译活动中还值得关注的是她和丈夫陈寿彭编译的《外国列女传》（1906年金陵：江楚编译官书总局刊印），全书收外国妇女200余人（绝大多数为西方女性，也有少数亚洲和非洲女性），按其身份和职业分为十类：即女主、后妃、女官、闺媛、文苑、艺林、义烈、教门、私宠、优伎。译者介绍了西方各国女性精英的政治才能（如俄国女皇叶卡婕林娜）和事业成就（如女作家、女科学家、女演员），薛氏不再以传统道德中的贞节作为评价的基本标准，而是重视她们各方面的才能和贡献，并关注女性生活。在传统视线下认为惊世骇俗的东西，却也能从另一侧面彰显出女性的魅力。

《外国列女传》在编译之初，薛绍徽依据刘向《列女传》著例，每章之前有骈文小序，各传之后附论赞，对每位传主加以评论；但陈寿彭认为，此系传人传事，公论听之天下，“何必一己拘墟之意，强评与国人物哉！”故最后将评论全部删去。[1]作为介绍外国女性的传记资料，对于对此知之不多的薛绍徽来说，这样也许更客观一些；但这对考察薛绍徽的妇女观和批评标准无疑是一大损失和遗憾。尽管如此，《外国列女传》作为中国第一部系统地译介外国女性的书，在对外国女性传记史料缺乏了解的近代语境下，它的出现，恰好填补了外国妇女研究史料方面的一项空白，实在是值得学界珍视的一部译著。

---

①《外国列女传》陈寿彭《译例》页1下。

八、近代翻译文学史上一颗明亮的女星：陈鸿璧

在近代女翻译家中，陈鸿璧是成绩最突出的一位。她先后翻译西方小说10种（其中与张昭汉合译两种）。此外还有小品、随笔，在近代应当是一位很引人注目的女译者。由于学界对近代翻译文学研究的滞后，特别是对女性翻译家更是冷漠，以致陈鸿璧这个名字在今日之学界知道其人者也已经不多了。无怪日本研究清末翻译文学的资深学者中村忠行竟怀疑起她的性别来了。说陈鸿璧也像周作人发表译作署名“碧罗女史”一样，是一位男性的“假借”[①]。中村忠行想当然的结论自然是错误的。我猜想这位日本学者所持的“根据”主要是：中国一个普通的小女子，在20世纪初年，不可能译出七八种外国文学作品，且译文又相当忠实于原著，语言亦雅洁流畅。

无独有偶，在世界文学史上，怀疑女子写不出或译不出好作品的也还有人在，以致迫使女性发表处女作时不得不改用男性的名字，目的在易于取得杂志或出版社的认可。英国著名女作家艾米莉·勃朗特（Emily Bronte，1818～1848）在出版她的小说《呼啸山庄》时便署了一个男性的名字柯勒·贝尔。不止艾米莉，她的姐姐夏洛蒂、妹妹安妮，在最初发表小说时均署了一个男性的名字柯勒·贝尔。当她们的父亲知道此事，感到异常惊讶，问自己的女儿发表作品为什么用这样古怪的名字时，她们回答道：“因为人们愚蠢，谁也不相信女子能写出好书，所以我们就用男人的名字代替。”[②]

话再说回来，为了证明20世纪初这位十分有成就的翻译家陈鸿璧确系女性，除了寻找到若干她的生平资料外，我们又在百年前发黄变脆的《妇女时报》第5期（1912年1月23日）上发现了一张陈鸿璧的照片，题“苏州《大汉报》主笔陈鸿璧女士”；后来又在王蕴章编辑的《妇女杂志》第2卷第2号（1916年2月）上

---

①见中村忠行：《清末侦探小说史稿》，刊日本《清末小说研究》总第4号，第14页，1980年12月1日出版。

②见英国蒂姆·维克瑞著、李颂译：《勃勒特一家的故事》，外语教学与研究出版社、牛津大学出版社1988年出版，第67页。

发现了一张陈鸿璧画的国画，题“上海神州女学校校长陈鸿璧女士的画”。看来，陈鸿璧的性别不会有人再怀疑了吧！十年前，笔者曾撰文批评了日本学者中村忠行的武断之词。[①]

陈鸿璧（1884～1966），原名陈碧珍，广东新会人。她生在香港，长在上海，生活在一个比较开明的家庭中。父亲陈兆桐（字作琴），曾长期在招商局服务，充当翻译。他精通摄影术，并译印《万国舆图》，“为汉文世界地图之先导”[②]。鸿璧幼年曾受业于康有为弟子郑宪成（字希颀），熟读四书五经，[③]于中学亦有根基。她少年曾就学于上海中西女塾，后毕业于上海圣约瑟西童女校，是教会女学的高才生。1907年，她曾在上海女子中学和育贤女学校教英语，又担任过上海神州女学校校长。

陈鸿璧大约在教会学校毕业不久，就投身于文学翻译事业。她最早发表译作是在1906年，上海的小说林出版社出版了她翻译的历史小说《苏格兰独立记》和《印雪簃译丛》。此时她才22岁，正是一位才女创造奇迹的年代。接着，她又连续翻译了六七种小说，当时颇有影响。遗憾的是，辛亥革命后，她放弃了文学翻译，步入了新闻和政治领域。1911年12月21日，她和张昭汉（1884～1965，字默君，湖南湘乡人，近代女权运动的领军人物）、张侠魂等人在江苏省都督府所在地的苏州创办《大汉报》，旨在“张吾民族之气而助民国之成，并提倡民主主义，以亟图社会之升平，获共和之幸福”，曾写过报刊政论和妇女运动方面的文章，发表过《苏州光复之真相》和《光复时代女界活动史》（《神州女报》第2期，1912年）。陈鸿璧又与张昭汉等人组织“神州女界共和协济社”，她任实业部部长。她自己曾在上海北四川路（今四川北路）创办过爱华公司，该公司制作

①参见郭延礼：《一位被遗忘的近代女翻译家陈鸿璧》，刊《中华读书报》1998年6月17日。另，近年来陈鸿璧的侄子陈建宁先生已与我们取得联系，寄来了若干其姑母陈鸿璧的资料和照片，女性身份已定。

②《潮连乡志》卷五《人物略》。

③《潮连乡志》卷五《人物略·陈兆桐传》。

的“爱国女帽”曾风行一时。

“实业救国”之路在半殖民地半封建的旧中国是走不通的，上海的爱华公司倒闭。此后，陈鸿璧的主要精力转向教育。

受当时教育救国思潮的影响，陈鸿璧将其后半生无私地献给了教育事业。“五四”前后，她满腔热情地开始在上海创办广东幼稚园（陈氏系广东人），自任校长，兼教英语。此后，又在幼稚园的基础上发展为私立广东中小学，附设幼稚园，教学质量很好，得到上海教育界人士的好评。1932年，上海“一·二八”抗战失败，日军侵占上海，学校校舍毁于侵略者炮火，损失惨重。但这并未使陈鸿璧灰心丧气，她决心卷土重来，重建新校，继续办学。1937年，“八一三”淞沪抗战爆发，校舍再度被日本侵略军炸毁，在重重困难和沉重的打击下，陈鸿璧异常坚强，教育救国的信念毫不动摇。年逾半百的陈鸿璧又在爱文义路（今上海北京西路）租房上课，决不荒废学生的学业，直至上海解放。解放后，她仍然坚持在上海办学，任广东中小学校校长。因体弱多病，1953年辞去校长职务，后退休。

在陈鸿璧一生中，除了办教育外，其主要贡献还是她的文学翻译活动。她不仅在中国早期女性翻译文学史上占有突出的地位，而且对中国近代翻译文学也有重要的贡献。

陈鸿璧是20世纪初一位很有成就的女翻译家，据《桐荫簃译述一览》记载，陈鸿璧翻译小说八种，另有青年修养和幼儿读物六种，计14种18册（均先后出版）。她的翻译小说除大家所熟知的英国佳汉的科幻小说《电冠》、法国加宝尔奥的侦探小说《第一百十三案》和佚名的历史小说《苏格兰独立记》等三种外，还有侦探小说《薛蕙霞》和《盗面》①，哲理小说《捕鬼奇案》、德育小说《女儿镜》、义勇小说《新押衙》，在近代后期的译坛上颇有影响。

①《盗面》和《捕鬼奇案》（后者疑即英国查克的《斐乃杰奇案之一》），系与张昭汉合译。

由于陈鸿璧在女性中从事翻译活动较早，且翻译质量较高，一开始登上译坛就受到近代著名的文学理论家徐念慈（1875~1908）的青睐。如所周知，徐氏是当时近代四大小说杂志之一的《小说林》发起人之一，并任编辑主任，他最早关注陈鸿璧的翻译活动并给予支持。在《小说林》创刊号上，破天荒地同时连载了陈氏翻译的三部小说：即英国佳汉的科幻小说《电冠》，法国加宝尔奥的侦探小说《第一百十三案》和佚名的历史小说《苏格兰独立记》，并对《第一百十三案》逐章逐节地进行点评推荐，这在中国近代女性翻译文学史上恐怕也难找出第二例来，此为其一；其二，《小说林》共出版12期，每期都有陈鸿璧的翻译作品，连载以上三部长篇译作；其三，《小说林》又用8期的篇幅刊载她以《印雪簃簏屑》为总题的有关外国风土民情的逸闻奇事（编译）；其四，在《小说林》杂志创刊前，上海的小说林社1906年还出版了她译的英国维多夫人著的短篇侦探小说集《印雪簃译丛》①；其五，因《小说林》停刊，陈鸿璧所译的两部长篇小说《苏格兰独立记》和《第一百十三案》未能刊完，前者由小说林社出版了单行本，后者1909年由广智书局出版；其六，除以上译著外，陈鸿璧还译过法国嘉德耳的侦探小说《薛蕙霞》（1911年广智书局刊），并与张默君（即张昭汉）合译了白乃杰的《盗面》（1911年由广智书局、群益书局、千顷堂三家出版社同时推出）和英国查克的《斐乃杰奇案之一》（1911年广智书局出版）。由如上简略的叙述，不难看出，陈鸿璧在20世纪初的译坛上确是一位卓有成就的女翻译家。

陈鸿璧翻译的作品，特别是几部长篇小说，如科幻小说《电冠》、侦探小说《第一百十三案》、历史小说《苏格兰独立记》，用浅近的文言作译入语，不仅语言洗练、流美，较忠实于原文，而且在艺术上也有值得称道之处。

一是译文重视环境描写。环境，是文学作品中人物生活和事件发生的空间，也是构成小说的一个重要因素。在近代翻译作品中，往往将西方小说中大段大段

① 1907年2月22日的《时报》“广告”云：“是书共五案，无案不离奇详尽，令人击节不置。”

的环境描写（特别是自然环境和静态的心理描写）视为“累赘”或不符合中国人的欣赏习惯而删去，亦有将千余字的环境描写缩写成几句话。在这方面陈鸿璧颇忠实于原著。比如《第一百十三案》，小说第一章的开头就描写了银行周围的环境：

> 傅安德银行者，在巴黎柏鲁芬士路八十七号，层楼高耸，书记成群，不知者或疑为政务所也。楼下窗牖，皆护以坚粗铁栏，以防宵小。门前有弧形顶廊，有大玻璃门一扇，通至前庑。仆从三五辈，常立于此以候命。右手为公事室，有一狭道，可由此通至会计长之事务室。左手为书记及司簿者之办公所。顶廊之末处，有一盖玻璃小庭。庭中有门七八扇，通至他室，日常紧闭。惟于盛忙时，始一开之。行主傅安德之私室，乃在上层总公事房之上。由此有门，通至其私宅。另有一黑而狭之扶梯，通至楼下会计长之室。此室坚固异常，无论盗贼如何诡狡，即围而攻之，亦难即入。门壁皆以厚铁为之。火炉前有铁栏，有一大铁库，钉于墙内，坚大非常。使贫人见之，知积多金，罕有不动心者。库高六尺，阔四尺半，全以熟铁为之，分三面，另分数格，以防祝融氏之劫。库上钥匙，形式小而巧，然无足轻重。钥机处有活动之网钮，上刻二十六字母，此为全键之要也。盖无论何人欲开铁库，须先以一定之字母，扣于钮上，然后以匙开之，方能启。傅君之库，则以五字母为暗号，此五字又不时更换。知此五字者，惟傅君及会计长而已。二人各有一匙。似此稳妥，虽置天下之至宝于其中，亦可高枕无忧矣。所可惧者，此五字之暗号，为人所知耳。

这样坚固的铁库，只有银行主人傅安德和会计长毕柏鲁两人知道开库锁的密码并掌管钥匙，应当是万无一失了吧！可是会计长昨天晚上自法国银行取出的30万法郎，一夜之间却不翼而飞，且银行铁库的钥机处毫无破坏的痕迹，至此读者一定要问：30万法郎的盗窃者是谁？是掌管钥匙人中的二者之一，还是第三者？倘是第三者，他又是如何进入铁库的？这一连串的疑问，给读者留下了耐人思索的悬念。而这些悬念的产生正是基于译文开头部分的那段翔实的环境描写。

第二，译者擅长心理描写。《第一百十三案》写傅安德与毕柏鲁的对话，将30万法郎被盗后二人之心理和盘托出。徐念慈于此点评曰："傅安德对书记长（应为会计长）之语，其句法则委屈仁厚，其精神则奕奕如生。此等动人性情之语，于家庭教育小说中尤不多见，不意于侦探小说中遇之。是书之所以为杰作也。"[①]日本学者中村忠行也指出：《第一百十三案》的译文，"可算是在此之前中译的侦探小说作品中，属于最擅于心理描写的作品"。再如，《电冠》第二章，写蔡礼和与科学家高德士的交谈，其中也不乏出色的心理描写。

第三，翻译文本的结构艺术也与中国古典小说有异。小说中的叙事者已隐藏在幕后，"故事叙述中场景的转换不靠叙述者的明确提示，而是在跳跃的场景之间让读者自己体会其中的联系"[②]。这点对中国小说创作会有一定的冲击和影响。

陈鸿璧除文学翻译外，据目前的材料所见，她还译过马腾著的《妇女与家庭》（1926年出版）和"万有文库本"《科学的训练儿童法》，上海商务印书馆出版。但自此之后，她的文学翻译却见不到了。以陈鸿璧的双语水平和她过去翻译的成绩，民国后，她倘继续从事文学翻译，那她在中国女性翻译文学史上会占有更重要的地位，也会为后世留下更多优秀的译作。这不能不说是一件十分遗憾的事情。

九、黄翠凝的译作《牧羊少年》

在近代女翻译家中，黄翠凝是一位富有实力的译者。她既从事小说创作，又搞文学翻译。而且创作和译作都有较高的水平。

黄翠凝（1875~？），系广东番禺人，这里距广州很近，估计她曾在教会学

①《第一百十三案·第一章·觉我赘语》，《小说林》第1期第13页。

②杜慧敏：《晚清主要小说期刊译作研究（1901～1911）》，上海人民出版社2007年12月版，第388页。

校读过书，会英文，且能读能译。她早期的小说创作就明显地受到外国小说的影响。黄翠凝开始在文坛上亮相，据目前所知，是她1908年在《月月小说》总第21号上发表的侦探小说《猴刺客》。这篇小说写因两男一女的三角恋爱而导致的一个恶性案件。最后经侦探王敏卿侦破，刺客乃是被害者的情敌、美术家林国材训练有素的一只猴子。这篇小说明显地受到侦探小说鼻祖、美国作家埃德加·爱伦·坡（CE.Allan Poe，1809~1849）《莫格街血案》的影响。这部侦探小说的凶手就是一只凶猛的大猩猩。值得注意的是，爱伦·坡的《莫格街血案》发表于1841年，但“五四”前我国并没有它的中译本，黄翠凝所看到的文本只能是《莫格街血案》的英文本。这也是我们推断她学过英文的根据之一。

黄翠凝受外国文学的影响在她创作的小说中有多方面的反映。除上面谈到的《猴刺客》外，她还写过《离雏记》（刊《小说画报》第7号，1917年7月出版）和长篇小说《姊妹花》，前者在叙事人称上使用外国小说常用的第一人称，后者在叙事风格上也有模拟外国小说的痕迹。长篇小说《姊妹花》（上海改良小说社1908年版，1909年再版，列入“说部丛书”）共十一章，描写富家遗孀魏夫人无子，生有三女，长女冰姿，次女冰节，三女冰雪，均才貌出众，秀曼绝伦，人称“姊妹花”。小说演绎姊妹三人的爱情故事。长女冰姿、三女冰雪，先后订婚，婆家均资产丰厚。长女嫁后一年病逝，这便引起人们对魏家财产的窥伺。此时医学博士方春时和另一女学生宋红亭趁机而入，欲借婚姻达到其霸占魏家家产的目的。方、宋二人，狼狈为伍，挑拨离间，为达其卑鄙目的，最后竟杀死冰雪。此事为冰姿的小姑锦娘识破，杀冰雪的凶手正是追求锦娘的方春时，诱导者乃宋红亭。其真相大白后，方春时与宋红亭同时自杀。故事跌宕起伏，曲折有致，富有魅力，而心理描写尤为出色，明显受到外国小说的影响。

从黄翠凝的创作经历看，她是先喜欢西洋文学，读了若干英文小说，在外国小说的影响下，她自己开始写小说，后来又从事文学翻译。据目前所掌握的材料，黄翠凝翻译过两部长篇：一部是与留日学生陈信芳合译的由日文转译的《地狱村》，这是一部西洋小说（作者不详），日文的译者是日本人雨乃舍主人，1907年日本东京大学馆印行。黄翠凝与陈信芳将它转译成中文，刊于《小说林》杂志9至12期，共八章，未完，标“探奇小说”。《地狱村》写美国医学院医生威里夫暑假赴海上旅行，从纽约船业公司租赁一快艇，又雇一有经验的舵师沈冰惠，自纽约启程，游巡小岛间，在他们到达新西兰岛附近时，忽见舟后冒出一岬，舵师说，此岬名黑岩岬，岬中住一怪异人，向无人敢登此岬。传说此岛中有一美女和保卫她的一名黑奴，如有人敢进此岬必杀之。威里夫不相信舵师的话，继续钓鱼为乐，转瞬间忽有飓风吹来，天昏地暗，将舵师卷走，快艇被水覆没，一巨浪将威里夫抛至岬口，后获救。小说写威里夫获救后，在岛上与美女英姿遭遇大难的故事。这部小说的译入语是用的浅近的文言，今摘录一段，以见其译文的大概：

> 时日色过午，沈遥望西方之天空，谓将有飓风袭来，频促余归。余举首仰视，见天青一片，波静无纹，以沈言常荒唐不稽，殊不为应，投竿如故。越一时许，稳静不波之海面，渐起高浪，仰望天空，浮云之飞，捷于奔马，倒映水际呈乌黑色。余始知天色果变，急收钓具，准备归棹。讵知洪涛大作，舟反侧摇撼，已不克自主，风号浪滚，从西北袭来，如万马奔腾。深悔不听沈言，然已进退维谷矣。一浪由舟首撞过，舟起立如壁，二人不暇更言，竭力操舟，与恶风浪相战。无如一波未平，一波又起，忽一大浪，飞腾舟尾，把沈冰惠卷去。余魄骇魂离，知已无望，西顾沈已不知何往？相持不五分钟，舟卒覆没。余手抱木板，浮泅上下，自计万无生理，所冀离岬稍近，尽力泳去，或有一线之望耳。正支撑间，隆然一浪飞来。噫！此浪也，于余有极大之利用。盖将余身已送至岬口，余急以手攀岩石，努力耸身上，双足踹定，仰首往上一望。见岬嘴离海面高至四十余尺，无从缘上。

由这段译文可以看出译者具有较好的古典文学素养，语言洗练，遣词造句，稳妥准确，具写实风格。

在黄翠凝的翻译小说中，最有代表性的是她译的《牧羊少年》。

《牧羊少年》系一英国小说，小说分上中下三卷，1915年12月由上海中国图书公司和记发行。小说上卷15章，中卷13章，下卷14章，计42章。该书标“言情小说”，署“英国却而斯士著，番禺女士黄翠凝译述”。

小说写牧羊少年积·高顿的故事。积·高顿，系其亡友、另一牧羊少年的名字，他的真名是约翰·温葛，系英国烈芍·温葛男爵之侄。今男爵已逝世，据其遗嘱，男爵之爵位、遗产将由其侄约翰·温葛继承。倘约翰已死，则由男爵同族之远亲、伊雪打·温葛小姐继承。

约翰已居澳洲数年，改名亚打·坡顿，做放牧淘金的苦工，与另一青年名高顿者住在一起，二人感情很好，如同手足。后来他们遭盗贼抢劫，高顿为救亚打·坡顿（即约翰·温葛）被枪杀。约翰为了给亡友报仇，也是为了兑现亡友生前重托（照顾亡友之妹伊雪打），他决定用亡友“积·高顿”的名字，离开澳洲，回到英国。此后小说中的故事主体积·高顿，就是不愿披露自己真实身份和姓名的男爵爵位及遗产的真正继承人、男爵之侄约翰·温葛。

高顿来到男爵的温葛府邸，他看到了亡友的妹妹伊雪打。现在她是葛府的女主人、男爵爵位和遗产的继承者。高顿见伊雪打“大有能力，又得其姨母左右之，可不需他人保护”，十分高兴。他想：“吾何不乘彼未至，先时逃走”；但他又不愿马上离开。后来高顿留在温府，代原来的管家（管家生病）管理庄园，井井有序，为人称赞。不久，温府又出现了另一个青年，他冒充男爵同族远房亲戚，此人系斯路卑·奈敦。他为了霸占男爵的遗产，千方百计地与伊雪打接近，讨她的喜欢，企图与之结婚，达到她骗色骗财的目的。后来高顿和奈敦先后去伦敦办事，高顿无意中发现了在澳洲抢劫案中枪杀亡友的凶手电斯奴，此人正是奈敦雇用的帮凶。

奈敦欺骗伊雪打小姐，他借口来伦敦调查温葛家族的贫困者，其实就是为了结与电斯奴的这桩交易。后来电斯奴到了温葛庄园找奈敦要钱，奈敦为了摆脱电斯奴的要挟，企图杀人灭口，他深夜杀死了电斯奴，将尸体沉于岳斯池中。又想嫁祸于高顿，后来真相大白，他畏罪自杀。高顿洗清了奈敦对他的诬陷，恢复了男爵之侄的真实身份，与伊雪打·温葛小姐结婚。

作为一部翻译小说，《牧羊少年》忠实于原著，再现了小说中人物的精神风貌和内心世界。写得最好也是最花力气的是塑造了三个主要人物：伊雪打、高顿和奈敦。三人的性格绝然不同。伊雪打作为温葛府的女主人，年轻，无主见。她单纯质朴，心地善良，待人诚恳，对奴仆有同情感。她继承了男爵的遗产后，想到男爵同族的贫困者，她愿拿出收入子金的一半分给他们。她说："吾今既承袭男爵，则此财产各物，均属我矣。""吾以一弱女子承袭此钜产，恐福薄不能消受耳。今姑勿论。吾尚有一心愿，拟以此财产分给各亲族。"（卷上第5章）由此可见伊雪打之善良和爱心。她派奈敦赴外地去调查同族贫困者，列一名单，并愿出金钱救济他们。奈敦首次即以救济温葛家族的贫困者为名骗走了她250英镑，伊雪打不知内情，反感到给他们的太少了，我希望"同族中人，得遍受吾财，则吾心甚慰"（卷中第18章）。

积·高顿即约翰·温葛，他本是温府的第一继承人，但他为了纪念亡友，也是为了担当对亡友的承诺，照顾其妹伊雪打，他毅然放弃了烈芍·温葛男爵的爵位及财产继承权，用亡友积·高顿的假名在温府当了一名管理工人。他"身材修伟，气宇轩昂"，忠于职守，品质高尚，富爱心和同情心。在温府中他才能出众，待人诚恳，同时得到两位美女（伊雪打小姐和工人的女儿撷脱姑娘）的爱慕。他处处考虑别人的感受，很少想到自己，到温府不久，便受到温府主人和佣人的喜爱和尊重。高顿在管理家园期间，其才能和干练也颇为伊雪打称赞，二人便不知不觉地产生了感情。上面已提到，正在此时，温府又来了一位男爵的同族远房青年斯路卑·奈敦。他怀着不可告人的目的走到了伊雪打小姐的身边。

奈敦是小说中塑造的一个伪君子。此人面目秀美，擅长音乐，谈吐诙谐，他在未来温府前就拉拢伊雪打的姨母和司士打，作为取悦伊雪打的说客。但此人虚伪做作，一切极不自然。伊雪打评奈敦曰："然其谈吐一切，吾心颇憎恶之，似皆出诸矫揉造作者"；"吾恐其亦非出乎自然也"（卷上第5章）。他为了达到骗财骗色的目的，对伊雪打极力献媚，并表示愿为其效劳。后来在高顿离开温府后，他竟用花言巧语，欺骗了伊雪打的感情与之订婚，以达到他霸占温府巨产的目的。伊雪打年轻，缺乏生活经验和识辨能力。其实，奈敦本是一个盗首和骗子，他和凶手电斯奴有不可告人的交易。他曾用假名亚杜啡立宾臣与一农村姑娘结婚，后又将其遗弃。他为了再娶（伊雪打），又登报说亚杜啡立宾臣已死，让伊雪打信以为真，再无法追究。这一切，电斯奴均是见证人。奈敦之所以杀害电斯奴就是为了灭口，怕伊雪打了解此真相。这个人物集虚伪、自私和狠毒于一身，他的畏罪自杀是这类卑鄙小人的必然下场。

小说重视心理描写，这本是近代西洋小说艺术的一大特点。心理描写是塑造人物形象的一个重要的艺术手段。要深入地、细腻地表现人物的思想感情，心理活动的揭示是至关重要的。这种心理描写在伊雪打的形象塑造中表现得最为突出。伊雪打对高顿由开始的好印象而喜欢此人，后渐生爱慕之心。这位少女对高顿是想爱又不敢爱。高顿身材魁伟，精力充沛，为一英武之少年。他谈吐文雅，风貌英美，品德高尚，又有见识和办事能力，故伊雪打在感情上对高顿产生了很深的爱；但又想到他是一个流浪汉，又不知其历史，她又不敢爱。但爱情在少男少女心中如将要喷吐的火焰，是难以长久压抑的。一次在收获季节，伊雪打坐在车子上的麦秸秆上，险要坠地，她高呼高顿先生救命。高顿一见，急上前将伊雪打接住，正好落到了高顿的怀中。"高顿以两手紧抱之，徐置于地，此时二人相对而立，偎倚其间，至亲而至近。高顿一时面热如火，情不自禁，遂不觉以吻一亲伊雪打之樱唇。"（卷中第18章）

伊雪打被高顿吻后，她出于两人地位悬殊的考虑，"爱慕之心与羞恶之心"同时涌上心头，因此出现了极其矛盾的心理活动和由此而产生的怪异行动。小说是这样描写的：

高顿本为我府中雇用之工人，乃胆敢与主人亲吻，其罪诚不可逭，且彼亦自忘其为何如人矣。思至此，怒气忽又填胸，不可遏止。既又追想是时之情形，高顿绝不类狂暴无礼者，且其目中现出一种温柔媚态，至极可爱，几令人不能以言语形容之。迨后见其面色灰白，似极悔恨，又似于脉脉中恳求我原谅其罪，我何乃如是怒之。左右以思，益觉心绪如麻，纷乱不已。盖伊雪打有生以来，与男子接吻，除其父外，则与高顿为第一度矣。盖以其性情磊落，对于一切男子，初无感情，今忽遇此举，绝无预兆，直如从天发一至疾之飞矢，突如其来，其何能不惊惧且怒。虽然，高顿与伊雪打平日相遇，皆互蓄有一种不可解决之感情。高顿本为一极能自制之人，此次对于伊雪打，何竟不能自制，以至于此。此则由于伊雪打之吸力，战胜高顿之自制力故也。

时伊雪打之脑气，纷乱至于不可名状，乃欲竭力撇去之，别思快意之事，以减此愤怒。于是忽忆里地所言之手帕，遂又忖曰，然则当时高顿检取此帕，彼固私心爱我耶。思至此，忽颜色渐赪，徐研究此中意味甚确，乃自慰且喜，欲以高顿爱己之情形置之心底，而将其所怒者力撇去之。顾又屡试不能。瞬息间，又觉此羞愤事涌现心上。思曰：彼爱我乎？彼又何为爱我！复自解曰：或因我堕入彼怀中，致彼失去其自制力乎？伊雪打独坐旷野间，细细忖量，心中亦不自知是喜是怒。复思高顿乃一往来无定之流氓（即流浪汉），竟被亲吻，其可耻为何如？愈思愈骇，乃出手帕，欲一拭被污之唇。及巾方近吻，忽又不由自主缩手下垂，乃俯首曲腰，脉脉无语，觉此唇不特不污，且曾为高顿所亲，尤甚爱之。于是欣欣然自喜，而一腔怒气已消归无何有之乡矣。既而又思高顿必不复留此地，从此一别，恐无再见之日，心中不觉似有重忧。然辗转筹维，竟无可以挽回高顿之法，于是强制其忧，并极力撇去其心中所爱而不能爱之人，盖亦自知徒然痛苦，于事无益；且深恨当初无故遇之，今竟堕身情网不能跳出，而又将与其人隔绝，此中痛苦，知无已时。又回想高顿举止一切，及其笑貌声音，一一深印脑中，终不能抉之而出。又如高顿在此，则已心安而意适；倘高顿一去，则已对于世上，似无一可乐者矣。伊雪打思至此，肺叶亦为之震动。（卷中第19章）

对伊雪达这段长达两千字的心理描写，因篇幅所限，这里只能摘引其一部分，由此亦可看出《牧羊少年》在心理描写方面所取得的成功。

这部小说的译入语也是浅近的文言，文字精练而富有表现力，从上面所引的这段文字就十分清楚了。

黄翠凝是20世纪第一个二十年一位重要的文学家和翻译家。由于这一时段的女性文学研究尚处于拓荒阶段，对黄翠凝的翻译活动了解得很不全面，而有关她的生平，除从她的儿子张其讱（1895~1950）所留下的片言只语中，知其红颜薄命，青年即守寡，靠写作和翻译抚养儿子，此外，几乎全无所知。其子张其讱成为近代后期一位创造力十分旺盛的作家，他既写小说，又从事文学翻译。他还常与包天笑合作，用“毅汉”和“张毅汉”的署名发表著译。他创作与翻译的小说有80余种。这当然与他母亲黄翠凝的教育与培养是分不开的。“五四”后，张其讱在上海粤东中学教书（改名“张亦庵”），深受学生的欢迎。他多才多艺，除文学外，于音乐、美术、木刻均擅长。

附录一

20世纪初女性小说书写中的“以译代作”

20世纪第一个二十年（1900~1919），在中国文坛上出现了一个60人左右的女性小说作家群体，[①]这是中国文学史上首次出现的一道靓丽的风景线。在中国文学史上，女性文学取得了辉煌的成就，涌现了数量十分可观的女诗人、女词人，但在漫长的古代封建社会中，唯独没有女性小说家出现。[②]今天有文本为据的第一部女性小说，是满族女词人西林春（即顾太清，1799~1877）写的《红楼梦影》（1877），时间已是19世纪的后半期。因此，20世纪初中国第一代女性小说家群体，连同她们在创作实践中所出现的若干文学现象就具有很高的研究价值和重要的文学史意义。

一

20世纪初的女性小说家群体，其创造主体是中国第一代知识女性。[③]这个群体的成员主要由两部分人组成：一是中国早期的女留学生；二是教会学校和近代

---

①此为极保守的估计，因为有大量署名“某某女士”（恐为男性之“假借”）或署名极具女性色彩者，因为尚不了解其生平，不敢视为女性作家。为慎重起见，只能采取宁可漏网千人，不可错收一个的策略，特此说明。另，据我目前所占有的资料，现有小说三篇以上者的女性也有百人。

②中国古代为什么没有女性小说出现，原因见《20世纪初中国女性文学四大作家群体考论》，《文史哲》2009年第4期。

③我把20世纪初受过新式教育的女性称为中国第一代知识女性，此前未受过新式教育者泛称闺秀作家，详见《20世纪初叶中国女性文学的转型及其文学史意义》，《上海师范大学学报》2009年第6期。

女学堂毕业的女学生。她们都受过新式教育，具有自然科学、社会科学、外国语和音体美等方面的专业知识；她们的思想先进或超前，人生理想和行为规范也不同于19世纪和此前的闺秀作家。[①]由于第一代知识女性生活的时代正是20世纪初中国女权思潮和资产阶级民主革命运动蓬勃发展时期，她们所受的又是西方新式教育，再加上她们思想启蒙者的自我角色定位等等因素，这个女性小说家群体对学习西方有着强烈的、自觉的冲动和需求；同样，在文学创作上也不例外。

20世纪初的女性小说家，由于大多数都学过外语，其中有些人既从事创作，又从事翻译。这种两栖型的作家大约占女性小说家群体的四分之一，著名的有黄翠凝（1875~？）、黄静英、陈小翠（1902~1968）、汤红绂、刘韵琴（1883~1945）、黄璧魂（1875~1923）、毛秀英、凤仙女史、朱畹九、查孟词、高剑华（1890~？）、郑申华（1898~？）、高君珊等。这些女性多数是教会学校的高才生或留学生（也有的留学前曾就读于教会学校[②]），这种学习经历和文化背景使她们较多地接触到西方文化/文学，并阅读过一定数量的西方文学原著，因此在进行文学创作时，她们此前读过的西方文学作品中的故事情节、人物形象和表现手法，自觉或不自觉地进入了她们的创作思维活动，于是出现了模拟西方文学的现象。当然这种“模拟”也有程度的不同，有的只是模拟、学习西方文学中某些艺术技巧（如心理描写、环境描写、倒叙、第一人称等），这是近代小说变革中一个总的艺术走向，于此暂可不论。还有一种，即在文化背景、作品情节、人物形象等方面有明显的模拟、借用和移植；但又不注明源语作者和作品的名字，对于这后一种文学现象我们称之为“以译代作”，类似于西方翻译界所说的“隐性翻译”（covert translation）。据提出这一概念的西方翻译理论家朱莉

①20世纪之前的闺秀作家，如诗人左锡璇（1829~1891后）、左锡嘉（1830~？）姊妹、包兰瑛（1872~？），词人顾太清（1799~1877）、吴藻（1799~1862）、沈鹊应（？~1899），戏剧家刘清韵（1841~1916），诗人兼诗论家沈善宝（1808~1862）等，她们虽有家学渊源，文化素养很高，但均未受过新式教育，故我泛称为闺秀作家。

②近代女性作家先在教会学校读书，然后出国留学者大有人在，著名的有吴弱男、张默君、陈撷芬、胡彬夏、黄璧魂、杨令茀、薛琪瑛、林宗素等。

安·霍斯（Juliane House）的解说，"隐性翻译是通过生成与源文本功能对等的目标文本来隐藏其属于翻译文本的身份"，也就是说，隐性翻译虽然在一定程度上具有源语文本的"真实性"，但由于译者在翻译这些作品时必须对源语文本作符合本土文化特点和适应本土读者欣赏习惯的"改造"和"文化置换"，因此看上去这种"目标文本"就不大像源语文本，而更多地接近译入语文本。[①]黄翠凝[②]的处女作《猴刺客》（《月月小说》"周年纪典增刊号"，1908年10月[③]）在女性小说中较早表现出这一文学现象。

小说《猴刺客》写因两男（马伟生、林国材）一女（冯宝琴）的三角恋爱而导致的一个恶性案件。其中一男子（已与宝琴订婚的马伟生）被杀，经侦探王敏卿侦破，杀手乃是其情敌、美术家林国材训练有素的一只猴子。这篇小说明显地受到侦探小说鼻祖、美国作家埃德加·爱伦·坡（Edgar Allan Poe，1809~1849）的《莫格街血案》的影响。这部侦探名篇中的凶手就是一只凶猛的大猩猩。值得注意的是，黄翠凝的这篇小说，发表在1908年的《月月小说》上，据笔者的考察，此时，爱伦·坡的《莫格街血案》尚未译入中国，于此可见黄翠凝是从阅读《莫格街血案》原著中受到的启示。

如果说，黄翠凝的《猴刺客》还只是受到爱伦·坡《莫格街血案》（或译《莫格街谋杀案》）的影响，或者说有模拟该小说的痕迹而并非"以译代作"的话，那么这时段的某些女性小说家，如黄静英、陈小翠、颖川女士和以高剑

①关于"隐性翻译（Covert Translation）"的译文系采用熊辉先生的翻译文本，特此说明，并向熊先生致谢。见中国人民大学文学院编：《翻译与二十世纪中国文学研讨会论文集》，人民文学出版社2012年版，第342页。

②黄翠凝（1875~？），广东番禺人。她大约是教会女学的毕业生，外语很好。20世纪初，她开始在《小说林》、《月月小说》、《神州日报画报》、《小说画报》等刊物上发表小说，有创作，也有翻译。但红颜薄命，丈夫早亡，她靠稿费收入，将儿子张毅汉（名其切）培养成民初小说家和翻译家。黄氏著有长篇小说《姊妹花》（1908年上海改良小说社出版，次年2月再版，列入《说部丛书》），短篇小说有《猴刺客》、《奋回头》、《离雏记》等，另有翻译小说长篇《牧羊少年》、《地狱村》（与陈信芳合译）等。

③凡本文中出现的女性小说，为便于读者查考，首次出现时均注明刊出杂志和时间；再次出现时，不再注，只标注"见前"。

华（1889~？）为代表的《眉语》派作家的某些小说，就是典型的“以译代作”了。

黄静英，苏州人，早年就读于教会学校，毕业后任苏州宏志女学的外语教师，她是20世纪第二个十年（1910~1919）中一位重要的女性翻译文学家。她精通法文、英文，是继胡适之后最早全文翻译法国都德的小说*La Dernière Classe*（黄静英译为《最后之授课》，今通译《最后一课》）的女译者，且翻译质量相当高①，在中国近代翻译文学史上具有重要的意义，这里暂且不论。从黄静英的创作经历看，她是先从事文学翻译，在翻译过程中获得了若干启示和经验，而后又转向文学创作的。据目前手中有限的资料考察，她于1915年初，先在《礼拜六》上发表了两篇翻译小说，一篇是上面提到的都德的《最后一课》（第42期，1915年3月20日），一篇是侦探小说《五万元》（第41期，1915年3月13日）。此后不久，即同年冬和次年（1916）她又接连在《礼拜六》和《小说月报》上发表了七八个短篇（创作小说）。在这八个短篇小说中，其中至少有三篇属于“以译代作”。即《钓丝姻缘》（《小说月报》6卷10号，1915年10月25日）、《覆水》（《小说月报》6卷11号，1915年11月25日）和《独臂少尉》（《小说月报》7卷1号，1916年1月25日）。这些小说从文化背景、人物形象、场景布置到风土民情均是欧美化的，很明显是讲述的一个外国故事。但这些小说没有注明是译作，我们今天也已很难找到其对应的具体的原作。黄静英的这三篇小说均应属“以译代作”，这是20世纪初在中西文化交流的语境中所产生的一种特殊的文学现象。

《钓丝姻缘》写一对青年男女用钓鱼竿互相传递“情书”结为夫妇的故事。不仅小说中的结婚仪式（教堂牧师读礼文，男女双方回答）具有西方婚礼的宗教色彩，而且小说男女主人公的名字（男青年名华尔脱利立，女青年名阿塞来

---

①详见郭延礼：《都德〈最后一课〉的首译、伪译及其全文译本》，《中华读书报》2008年4月16日第9版。

史）、人物的外貌（"双瞳作蔚蓝色"、"黄金之发"）以及场景、餐具（"刀叉"）均是西方化的。读后让人感到作者就是演绎的一个西方故事。前面提到的她的《覆水》、《独臂少尉》也属于类此情况。

陈小翠[①]的《新妇化为犬》（《礼拜六》第78期，1915年11月27日），标"滑稽短篇"，小说名为创作，实则也是"以译代作"。小说中的主要人物：少年（新郎）名麦克司林达，侍者名阿塞。司林达为骗取其叔父答应给他的结婚财礼两万法郎，让他的仆人阿塞假扮成新娘赴教堂举行婚礼，并答应事成之后给假新娘一百法郎作酬谢。结婚仪式结束后，假新娘拿到法郎百镑，便急欲逃脱。众人追之，阿塞跑回家中，躺在床上，以被蒙头，假装生病。新郎的叔父和来宾均以为新娘病了，众人皆离去。稍后，新娘忽然跃窗而逃。此时新郎的叔父正走进喜房拟询问新娘的病情，司林达（新郎）怕暴露马脚，情急之下，将桌下熟睡之犬抱起，置于床上新娘被中。后其叔父发现，床上被子中是一条犬，他误以为新娘原是一女妖幻化为犬。于是便请人捉妖，并悬赏法郎百镑，后闹出一连串的笑话。这是一出闹剧，其讽刺意味是不言自明的。出语幽默，风格滑稽，明显地可以看出作者是根据过去从外文小说中读过的或留存在阅读记忆中的一个西方故事而改写的。20世纪初女性小说这种模拟倾向，一方面说明女性小说家急切希望从西方小说中吸取艺术营养，跳出中国传统小说的创作窠臼；另一方面也是为了拓宽女性小说的创作道路，促进女性小说创作的繁荣，于是风华正茂、富有开拓精神的新女性们尝试着另一途径："以译代作"。

"以译代作"在《眉语》女性小说家中更为普遍。《眉语》是一批近代知

①陈小翠（1902~1968），名璻，字小翠，又字翠娜，浙江钱塘（今杭州）人。其父是近代著名的小说家、戏剧家和实业家陈栩（1879~1940），文学家陈小蝶（1897~1989）是其长兄。陈小翠幼聪慧，又生活在文学世家。她幼年即能诗，发表小说《新妇化为犬》时年仅13岁。她曾在教会女学读书，不仅长于文学，亦善画，曾任上海画会编辑、上海画院画师。著有《翠楼吟草》、《翠楼文草》、《翠楼曲稿》。她著有长篇哀情小说《情天劫》（20章，上海文明书局1917年2月出版），小说《望夫楼》、《疗妒针》、《视听奇谈》，另有翻译小说《薰莸录》（初编上下册、续编一册，上海：中华书局1917年6月出版）等。

识女性于1914年在上海创办的文学杂志，以“消闲”、“游戏”为宗旨，主要刊登小说（以短篇为主）。《眉语》的主编是高剑华女士（1890~？），编辑马嗣梅、顾纫茝、梁桂琴、许毓华、梁桂珠、柳佩瑜、谢幼韫、姚淑孟、孙青未等10人均为女性。据目前所掌握的材料分析，在《眉语》群体中，有照片为据[①]和有生平可考者，其女性作者大约有15人左右。这些女性小说家大多是江浙一带人，受过新式教育，主编高剑华先就读于杭州女子师范学校，1910年又入北京师范学堂（北京女高校的前身），她的侄女许毓华也是新式学堂毕业，会英语。其他人也有类此学历，还有不少肄业于教会学校。她们大多数都学过外语，有的能阅读原版的外国小说。[②]于是就将存在脑海中这些外国故事片断经过筛选、改造而结构成新的小说，从故事架构、人物形象到小说中的文化氛围都含有西方文化的因子，在写作模式上也有明显地模拟外国小说的痕迹。

在《眉语》作家群中，我们仅以有照片为据的10位编辑为例，除顾纫茝无作品外，其余9人在《眉语》上共发表小说23篇，属于“以译代作”的有8篇，占《眉语》所刊以上9位女性小说家作品的三分之一。计有高剑华的长篇小说《梅雪争春记》（第13至18号，1915年10月至1916年3月[③]）、短篇《刘郎胜阮郎》（第1卷第7号，1915年4月）、《蝶影》（第1卷第10号，1915年7月），马嗣梅的《绣鞋儿刚半折》（创刊号，1914年10月），姚淑孟的《郎欤盗欤》（第1卷第3号，1914年12月），柳佩瑜的《郎情如水》（第1卷第12号，1915年9月），

①《眉语》主编高剑华、编辑部全体成员，以及主要作者徐张惠如等，均分别在《眉语》第1卷1号至3号、11号刊有照片。

②当时女子中学普遍设有外国语课程，有的学校还聘请外教讲授外语课。当时女子中学为四年制，在四个学年中，外国语的授课时间均为每周6学时，其总教学时数比国文还多。国文课四个学年的周学时分别为7、6、5、5，外语的对应课时为6、6、6、6，据女子中学课程表，详见朱有瓛主编：《中国近代学制史料》，上海：华东师范大学出版社1990年版，第373页；在教会小学中，58%的学校在四、五年级即开设英语课，见罗苏文：《女性与近代中国社会》，上海：上海人民出版社1996年12月版，第76页。另，教会女学（中学以上）对外语的要求更严格，要求达到四会：会听、会说、会写、会翻译（英译汉、汉译英）。

③《眉语》共出版18期，截止第18号，长篇《梅雪争春记》刊至第十四章，未完。

孙青未的《侬之心》（第1卷第3号），李惠珠的《菩萨心肠》（创刊号）均是写异国爱情故事和侦破案件的。这些小说书写的故事一般说都有所本，也可能就是一篇“隐性翻译”，由于该小说在发表时并未注明此篇是译述或改译自何人的作品，加之这些小说的源语文本又非名家名著，我们今天已无法确认它们的原著是何国何人的作品，此其一；其二，这些“以译代作”的题名均本土化了，从小说的题名也不可能知道与其相对应的源语文本。

女性小说中所出现的这些“以译代作”的文本，除小说的题材和思想意蕴具有西方文化精神外，其写作模式和艺术表现手法也多受到外国小说的影响。这点将在后面论述。

二

女性小说中这种“以译代作”文学现象的出现是有其社会和文化背景的。随着“西学东渐”的深入发展，特别是历史的车轮驶入20世纪之后，外国文学的新奇、陌生和浪漫也受到中国知识阶层的普遍关注，诚如鲁迅先生所描述的：“我们曾在梁启超所办的《时务报》上，看见了《福尔摩斯包探案》的变幻，又在《新小说》上，看见了焦士威奴（Jules Verne，即儒勒·凡尔纳）所做的号称科学小说的《海底旅行》之类的新奇。后来林琴南大译英国哈葛德（H. Rider Haggard）的小说了，我们又看见了伦敦小姐之缠绵和非洲野蛮之古怪。”[①]但翻译小说总是受到译者视野的局限，难以满足西方文学爱好者的需求，因此一部分具有阅读外国小说能力的知识女性就尝试着阅读源语文本的外国小说。

随着阅读的深入，她们对西方小说思想和艺术的理解也更加清晰与理性。为了扩大女性小说的视野范围，进一步促进女性小说的繁荣，她们以阅读、翻译外国小说为手段，经由她们的移植、过滤与改造，生成一种新的文本，[②]但她们既

①鲁迅：《祝中俄文字之交》，《鲁迅全集》第4卷，北京：人民文学出版社1981年版，第459页。

②从我所发见的“以译代作”的女性小说来看，其作者大多是既从事创作又搞翻译的双栖人才，或精通外语的女性。

不注明这种新的再生文本译自外国的某位作家，也不在所生成的新的文本上署明某人译，而直接以“某某著”的创作小说的面貌出现。20世纪初女性小说中这种“以译代作”的文学现象，它们有如下几点值得关注。

第一，女性小说“以译代作”出现的时间：笼统地说是在1900~1919年（1900~1919），但认真考究起来，“以译代作”的典型文本的问世主要是在第二个十年（1910~1919）。上面说过，“以译代作”的这种文学现象最初可上溯到黄翠凝的短篇小说《猴刺客》（1908），但《猴刺客》还不能算是完全意义上的“以译代作”（它的主导倾向还是对西方小说《莫格街血案》的模仿），而真正的“以译代作”始于《眉语》派作家马嗣梅的《绣鞋儿刚半折》（《眉语》创刊号，1914年10月），而这方面最典型、最具代表性的小说文本，是上面提到的黄静英、陈小翠，以及下面将要解读的《眉语》派代表作家高剑华、姚淑孟和柳佩瑜的作品。以上几位女性，她们都是小说家兼翻译家，其“以译代作”的小说均发表于1915~1916年间。

“以译代作”集中出现在20世纪第二个十年（1910~1919）这点并不难理解。如果说，第一个十年（1900~1909）能直接阅读西方小说原文的女性尚属凤毛麟角，随着近代女性教育的发展（请注意：且不可忽视教会女学的发展）和留学女性的增多，在女性作家群体中，能阅读西方小说原文的人愈来愈多；同时对外国小说的兴趣也愈来愈浓。许多女作家已着意模仿西方小说的写作模式，她们通过对源语文本的“置换”和改造，作出新的解读，并融入了她们的审美理想，而又以创作小说的面貌出现，这就是我们所说的“以译代作。”《眉语》派作家吴佩华女士在她模仿西方小说写的《怎当他兜的上心来》（《眉语》创刊号）正文前的一段“小引”道出了女作家的这种心情。文云：“近读欧西说部，竞尚描写，于平常情事中，寓警丽文字，曲曲传来，自然入圣。中国《红楼》、《西厢》诸大作，亦犹是也，是难能而可贵者。佩华仿之，亦画虎之类。然向往之心，于此略见。大雅君子，幸勿见笑。”不难看出女性小说家乐于模仿西方小说的心境。查孟词的侦探小说《宝石鸳鸯》(《小说大观》第1集，1915年8月)亦属"以译代作"，它应是20世纪初女性所写侦探小说中的上乘之作。

第二，"以译代作"小说的本土化。本土化，本是近代翻译文学中的一大特点，特别是近代翻译初期的译述和编译更是如此。就此角度而论，女性小说中的"以译代作"又近于"译述"和"编译"。

首先是篇名的本土化。从这类女性小说的篇名来看，很难晓得它是讲的一个外国故事。如高剑华的《刘郎胜阮郎》(见前)，刘郎、阮郎，本是中国古代一个神话故事中的两个人物。汉明帝永平元年，刘晨、阮肇两人入天台取谷皮，迷途不得返，后与仙女恋爱，见于鲁迅《古小说钩沉》本所辑《幽明录》。这个故事与高剑华的这篇小说所写内容完全无关。高氏小说是写英国乡村女子古伦娜在金钱诱惑下的堕落，贪欲、物欲的侵蚀人心，已蔓延到纯朴的农村，从而揭示了英国社会由于贫富悬殊、城乡差别所造成的恶果。小说实际所写的内容完全与它的题名(《刘郎胜阮郎》)无涉。高剑华发表该小说时，既不署原著者，也不注明是"翻译"，而公然视为"创作小说"。考其内容，实际上就是一篇"以译代作"。类似的例子还有一些，如《眉语》派作家柳佩瑜的短篇《郎情如水》(见前)，小说本是写一个外国的爱情故事，因两男爱一女而生的波折，其篇名与小说内容无涉，题目也本土化了。

"以译代作"题目的本土化还有一种情况，就是纯粹为"作秀"吸引读者，与文本内容并无大的关系。如马嗣梅的"以译代作"《绣鞋儿刚半折》(见前)，小说写法德交战期间，法租界一对新婚夫妇勃朗克和梅蕾自上海回国参加卫国战争的故事。勃朗克赴前线，梅蕾在后方先做火车司机，后任报纸记者。战事告急，勃朗克作为军官，身先士卒，奋勇杀敌。某日在战斗中勃朗克已神疲力惫，忽发现梅蕾来战地助战。勃朗克方欲问梅蕾由何处而来，而横飞的一敌弹同时击中二人。越数日，勃朗克渐清醒，已身在军医院中，后其妻梅蕾牺牲，"所遗者惟绣鞋半折"，这便是题名的由来。很明显，小说的题名，纯粹是作者的哗众取宠，即今之新谓“文字秀”。试想法国之女子赴战地助夫战斗，所穿之履不可能是中国手制的布鞋，即便是“布鞋”，也非“绣鞋”，又云“半折”，喻绣鞋之小，这里明显地折射出作者潜意识中嗜女子小脚（缠足）的封建意识。这使我联想起“眉语”派的掌门人、高剑华的小说《绣鞋埋愁录》（《眉语》第1卷9号）中的主人公秦少爷了。秦少爷虽也是反对科举、重视工商、实业的新派人物，但酷嗜三寸金莲，把未婚妻蘅芬“又尖又小、红香绣软、玲珑剔透”的绣鞋当成他夜里的亲密伴侣。不难看出部分女性作家灵魂深处残存的封建意识。

其次，“以译代作”文本中人物形象的本土化。

这类小说的主要情节虽是演绎的一个外国故事，但作品中的人物及形象描写却已本土化了，颖川女士的小说《郎颜妾臂》（《礼拜六》第63期，1915年8月14日）就属这种情况。这篇小说中的男女主人公已改为中国式的名字，分别为左飞理和霞莲，其肖像描写、发式服装也已中国化。但作者所书写的是发生在法国的一对英雄美女的爱情故事。男青年是一位雄姿英发、神采飞扬的青年军人，姑娘系一位名门美女。在一次舞会上，青年左飞理正式向霞莲求婚，但因男方家贫（“每年进款仅一百八十镑”）而遭姑娘拒绝。左飞理含痛离开霞莲后，发愤进入军队，又升为军官，奉命赴比利时助战。在战斗中他英勇顽强，杀敌很多。一次激战中，左氏面部负伤甚重，被送进战地医院。女主人公霞莲自拒绝了左飞理的求婚后，自己十分后悔，左飞理此次参军离开家乡时又与霞莲不辞而别。霞莲十分担心在前线的左氏的安危，遂也毅然投身红十字会，随往战地，希望能有见到爱人的一日。左氏负伤后，恰好住进霞莲姑娘战地服务的一所医院。当霞莲看到这个已昏迷不醒、满头为白布所裹、血肉模糊的负伤军官时，内心十分崇敬。她决心牺牲自己的一切挽救为国负伤战士的生命。愿以一双晶莹如玉之臂，移皮植于伤员面部，手术后，霞莲又精心护理，左氏得以保全面部。左氏病愈后，得知这一切，军医在他面前又称赞霞莲为“法兰西侠女”。至此左氏才知道自己的面容为什么能够保住，并深为霞莲这一舍己救人的美德而感动。二人至此友爱如初，并结为夫妻。小说讴歌了一位美丽少女献给卫国英雄的一片爱心。《郎颜妾臂》虽已部分地本土化，但从其整体来看，仍是一篇"以译代作"的小说。同一时期颍川女士所写的另外两篇小说《绿蓝记》（《礼拜六》第65期，1915年8月28日）、《火里鸳鸯》（《礼拜六》第66期，1915年9月4日），则和上面所谈到的黄静英、陈小翠的"以译代作"一样，即纯粹是演绎的一个外国故事，从小说人物姓名、发生地点、背景描写到故事的叙述均具有浓郁的西洋色彩，有点类似于近代翻译时期的译述、编译或改写。这又说明，女性小说中的"以译代作"，在其探索初期并没有固定的、统一的形式，而呈现了形态的多样性和不稳定性。

第三，女性小说作者并不回避或隐瞒这种"以译代作"的创作方式。其一，她们公开在这类小说文本署上"著者"的名字；其二，她们并不将这类"以译代作"的小说完全本土化，并敢于亮出这是一个外国故事[①]；其三，这类小说仍保留着原作的主要内涵：故事情节、主要人物的外国姓氏及其形体外貌特征，还有西方情调的风土民情。所有这一切均表明20世纪初女性作家的坦诚，以及对这种创作方式的心理认同。

三

既然"以译代作"是20世纪初女性小说中一种正常的文学现象，那么它对开拓这时段女性小说的视野、促进女性小说的发展有何具体影响呢？

首先，"以译代作"在思想观念上对近代女性小说带有一定的先导性和启蒙意义。

20世纪初女性小说中的"以译代作"，其思想视阈还是比较广阔的，如对

①姚淑孟的"以译代作"《郎钦盗钦》（《眉语》第1卷3号，1914年12月）开头即亮出这是一个外国故事。"都会愈繁盛，则盗贼愈充塞。世界各国所同病也。在欧洲秘密社会之多，无过于巴黎、伦敦……其势力骎骎与地方警察相对峙。盗中一二杰者，且足以颠倒有司，愚弄侦探，地方长官，亦无如之何也。……如吾所闻之伦敦大盗鲸刚者，其事迹奇艳动人，良足传，请略述之。"

青年男女爱国热情的礼赞（马嗣梅的《绣鞋儿刚半折》、颖川女士的《郎颜妾臂》，皆见前），追求人格独立、宣扬女性解放（孙青未的《侬之心》，《眉语》第1卷3号），对嫌贫爱富、视金钱为爱情的讽刺（黄静英的《覆水》，见前），歌颂匿名助人、不图回报的高风亮节（李蕙珠：《菩萨心肠》，《眉语》第1卷第3号），这里仅以书写婚恋主题的小说为例作如下解读。

纯粹以爱情为婚姻条件的小说在20世纪初的女性小说中还不多见，这当然与封建礼教的纲常伦理对女性作家的束缚有关。但在“以译代作”的小说中就彰显出爱情是男女婚姻首要条件的新观念。比如姚淑孟的“以译代作”《郎软盗软》（见前），小说中的男主人公鲸刚，本是伦敦的巨盗，武艺高强。他以除暴安良、伸张正义为天职，虽犯案累累，伦敦警察又倾巢而出，却从未破获。最近鲸刚又杀一惨无人道之厂主格迩孙。警署当局特派伦敦著名侦探长福托尼亚侦破此案，捉拿凶手。但日复一日，仍毫无端倪。而此时探长的女儿黛灵正与案犯鲸刚相恋，她深深地为这位英俊少年的济弱惩强、隐隐为人道之保障的侠义行为所感动，由敬而爱。这位以艳丽蜚声伦敦的美女黛灵用情甚专，决意许身鲸刚。黛灵虽知其父捉拿的案犯就是鲸刚，但她却毫不犹豫地站在鲸刚一边，并为其通风报信。在办案中，探长虽竭思尽虑，但屡屡失败，于是舆论大哗，探长亦惶惶不可终日，又为暗中明察秋毫的鲸刚所嘲弄。探长为遮羞，扬言与鲸刚决斗。当探长开枪误丧老丐后，又举枪向鲸刚时，黛灵纵身扑向爱人的怀中掩护了鲸刚，并恳请父亲同意他们相爱，小说结尾时，探长尊重了女儿的选择。在这篇小说中，作家强调了个人的认知、意志和情感在爱情中的地位和作用，爱我所爱，不计其他。黛灵虽还承受着父权社会表层伦理秩序的支配，但女性主体意志的坚持与抗争也是对父权伦理道德支配一切的反抗和颠覆。小说所折射出的这种婚姻自主、爱情至上的观念虽在西方社会中并不罕见，但在20世纪初的中国女性小说中还是比较少有的。这种爱情观在另一部“以译代作”的长篇小说《梅雪争春记》（见前）中也有反映。小说中的一对孪生姊妹梅珠、雪玉均爱上了她们的父亲要追杀的情敌爱唐纳克斯的儿子穹恩，但穹恩只爱梅珠，并不爱雪玉，而雪玉却不顾一切地去追求爱情，就连姐姐的爱人她也不放过，甚至毫不隐蔽地想一切办法公开与姐姐争夺对穹恩的爱。雪玉说："世间未婚男子如公共品物，既无一定归宿，那里禁得人人爱他？你既说（他，穹恩）是你的丈夫，你却并无律师证婚……"（第十一章）这种爱情至上和以个人意志、情感为主宰的婚姻观，正是西方资本主义上升时期民主、自由、平等思想的反映，在20世纪初的中国女性小说中还难以发现。在这部长篇小说中作家还对中国女子毫无自主权和人身自由进行了猛烈的抨击：

梅珠和雪玉已有二十一岁了，确是成人之年。照例，做父母到了这时，都要交还子女自由权的了。从此无论何事，父母都没有干涉的分儿，只得做个旁听罢了……凭你做子女的活了一千岁，也还在父母的势力之下；那女子更加可笑，有了父母还有翁姑，有了翁姑还有丈夫。哎，这样看来，竟比世界上的三等奴隶还不如呢！（第四章）

旧中国妇女由于深受封建礼教的约束，缺乏人身自由，一辈子都要受父母、公婆、丈夫的约束、管制，还不如三等奴隶的处境。宗法社会封建纲常伦埋对妇女的残酷迫害，即使在20世纪初也仍然存在。

在"以译代作"的女性小说中，尤值得注意的是女作家的性爱意识与欲望冲动。一般说，20世纪初的女性小说（包括男性作家的小说），在性爱描写上比较严肃，几乎没有关于性行为的污秽描写。在爱情活动中也往往是男性占主动，而女性多处于"被爱"的地位。个别小说中，即使有性爱的要求和冲动，在具体行为上也缺乏勇气和胆量。而在"以译代作"的小说中，女性在爱情活动中往往表现得较主动，或先向男性表白自己的爱情，或主动给男性以爱。黄静英的《独臂少尉》（见前）中，女主人公杜赛福尔登与少尉却克爱来纳为姨表兄妹，自幼两小无猜，但长大成人后却庄重起来，"两人虽有情愫，而未尝出之以口"，杜赛以艳丽名噪一时，且将来有巨额遗产承袭，可岁入六千镑，人皆羡之，争相结交。却克因参加卫国战争而失左臂，二人相遇后，却克因失左臂而自馁，杜赛却处处主动示爱，并语含深意云："我已有夫矣，哥亦知之否？"杜赛语后有意走近却克，相去不及咫尺，几闻呼吸之声。却克不敢动，目注视空袖，杜赛则"更进一步，唇吻相接，而婚约成矣"。类此的描写在"以译代作"的爱情小说中并非仅见。女性主体意识的强化、性爱意识的萌动，使"以译代作"的爱情小说更加情感化、人性化和世俗化。

高剑华的长篇小说《梅雪争春记》在爱情的书写上更有超前的描写。小说写英国青年的婚恋悲剧。莲娘原与爱唐纳克斯相爱，后因其父赌博输了，无钱还债，将莲娘抵押给了债主杜律恩。莲娘无法，只得与恋人纳克斯断绝关系，嫁给了富翁杜律恩。杜律恩很庆幸，娶了这样一位如花似玉的美女，朋友们也都非常羡慕他，但莲娘并不开心，总以未能嫁给意中人爱唐纳克斯为憾，因此对丈夫非常冷淡。婚后莲娘生了一对双生姊妹，作为母亲的她便全身心地抚养孩子，忘却了先前的往事。日子过得真快，转眼间两个女儿好几岁了，生得美丽可爱。有一天全家四口外出游玩，在野外莲娘正好碰上多年未见、也已娶妻生子的初恋爱人纳克斯一家四口。此时两人都非常尴尬，只是互相对视了一下，并未说话。从此纳克斯一心想找机会与莲娘相会。一天晚上，杜律恩外出，外门未关好，纳克斯偷偷地进了杜家的门，一见莲娘便低头亲吻，莲娘也顺势倒在他的怀中，多年郁积的感情烈火迅猛燃烧，无法控制的情欲冲动使二人双双出轨，尽情地享受了爱情的欢乐和幸福。对于双方这一越轨的举动，小说作者高剑华并没有作什么道德的批判，倒是站在了人性的立场蓄意为这对原来的恋人开脱。小说写道：

> 这时万籁无声，月光惨淡，那光景来得凄清寂寞，这个当儿正莲娘和爱唐纳克斯两下里深深的种了个孽因，渐次发生起来，就有后来那般恶果了。这也是人逢极处无可奈何，并非是安心要干那丧廉失耻的勾当。大凡男女的爱情愈生阻力，热度愈高，到得末了，免不得桑间濮上，成就了幽欢密爱。什么伤名败节的这句话，那里还顾得许多。这便是有情不遂的结果了。

小说作者虽然还不是站在女性主义立场对造成这一“孽果”的不合理的婚姻进行谴责和批判，但对父权社会把女性物化（女儿代父抵债）而带来的爱情悲剧是饱含同情热泪的，同时对有情人不能成眷属又抱有极大的遗憾。值得注意的是，女性作家的情欲想象，她们敢于书写女性主体的情欲需求，并把它视为是人性的自然和婚姻不合理所造成的后果。“以译代作”小说中这种开放的、自由的、人本的性爱意识，在我国近代女性小说中还是比较前卫的，它对20世纪初的女性小说创作不可能没有影响。

其次，在小说艺术上，“以译代作”拓宽了向西方文学学习的渠道。

20世纪之前的女性文学，就其文体而论仍属于古典文学的范畴，其文体形式的大宗还是旧体诗词、少量的传统戏曲（如刘清韵的《小蓬莱仙馆传奇》），而唯一有文本为据的顾太清的小说《红楼梦影》[①]（1877年出版）也仍属于古典小说《红楼梦》续书的系列，真正近代/现代意义上的女性小说的出现则是在20世纪之后。20世纪第一个十年（1900~1909），女性小说的数量很少，从目前发现的材料看，约10种左右，其中长篇小说就占了一半，而近代95%以上的女性小说（主要是短篇小说）都出现于第二个十年（1910~1919）。第一个十年不仅作品数量很少，而且在体制上也仍有因袭古典小说的痕迹。比如四部有代表性的长篇小说：王妙如的《女狱花》（1904）、黄翠凝的《姊妹花》（1908）、汤红绂的《蟹公子》（1909）、邵振华的《侠义佳人》（1909~1911），全是章回体小说。虽然它们在主题思想上是张扬女权、高呼妇女解放，主张不缠足、兴女学和女性独立，批判封建礼教和男尊女卑，但在文体上仍然没有完全脱离古典章回小说的章法：使用大体对仗的回目，在文本中，“话说”、“却说”、“看官”，以及“欲知后事如何，且听下回分解”之类的套语，更是屡见不鲜。女性短篇小说，虽然也出现了黄翠凝模拟外国小说的《猴刺客》（1908），但这只是个别的

① 相传女作家汪端（1793~1839）写过《元明佚史》、陈义臣（1873~1890）写过《谪仙楼》，但均无文本可据。

一例，其他几篇，从叙事模式上看仍然变化不大。

第二个十年，特别是1914年“以译代作”小说的出现有力地推动了女性小说创作总体的发展和繁荣，出现了1914~1919年女性小说创作的高峰期，尤其是1914~1916年，这三年小说创作的数量（主要是短篇）约占1900~1919年女性小说创作的百分之八十。这个高峰期不仅数量多，而且在艺术形式上也出现了显著的变革，在文本结构、叙事模式和表现艺术诸方面均呈现了向外国文学学习的新走向。这种变革主要有两个面向：一是在文本结构上由传统的原始要终的纵截法转向截取生活中“最精彩的一段”的横截法（也称“横断面”）。如秀英女士的《髯翁之遗产》（《礼拜六》第94期，1916年3月18日）、佩瑛女士的《雄辩之女学生》（《礼拜六》第78期，1915年11月27日）、志隐女士的《卖花女》（《小说新报》第10期，1915年11月）、畏尘女士的《咄咄人师》（《娱闲录》第5期，1914年9月）、黄静英的《钓丝姻缘》（见前）、吕韵清的《金夫梦》（《春声》第2集，1916年3月4日）、幻影女士的《农妇》（《礼拜六》第83期，1916年1月1日）都是选取生活中某一横断面，或书写人生的痛苦和欢乐，或礼赞女性的理想追求，或批判重男轻女的传统观念，或借生活中某一典型现象以警世，或探讨有关国计民生的问题。比如幻影的《农妇》，作者选取农村妇女难产这一人生片断，写一农村少妇生小孩时，因农村接生员无卫生知识，接生时产妇毒苗及血，以是丧命，“一年中以此病来院者，不可胜计，得救者虽多，不及治者亦过半，太可怜也”。从而揭示出农村缺医、缺乏卫生知识是导致产妇死亡过半的根本原因。小说全文约800字，时间是一天一夜，通过医院一位值班实习生“予”的口讲述了一少妇难产及死前悯及婆母、丈夫而毫不顾及自己的感人情景。作家艺术的触角捕捉了现实生活中这一典型事例，即截取了“最精彩的一段”（所谓“横断面”），虽篇幅不及千字，但构思新巧，运作灵活，已和古典短篇小说那种万变不离其宗的原始要终的纵截法的结构方式绝然不同了。

女性小说变革的第二个面向是叙事人称的变化。古代短篇小说的叙事基本上都是客观记录式的第三人称叙事，近代女性短篇小说，大量运用第一人称。特别是“以译代作”的女性小说更有了新的发展。如果说“以译代作”出现之前的女性短篇中第一人称主要还是以见闻录的叙事形式出现，那么这之后小说中的第一人称“余”、“我”已不是故事的串联者和旁观者，而是小说中的主要人物形象了。柳佩瑜的《郎情如水》（见前），小说使用第一人称，作品开头即云：“余名马克格尼尔也……余盖世界最快乐、最美满之一人。”然后自叙与玛琳相爱的故事。此篇的第一人称近似于自叙传。小说中的故事情节，不仅由“余”之口述，而且“余”本身就是故事中的第一号人物，这较之“以译代作”出现之前女性小说中大多数的“余”（“我”）仅作为故事的串联者和目睹者又大大前进了一步，使第一人称更能发挥其亲历和参与者的作用，直接抒发“我”的感受，凸显叙事者的主体性。第一人称叙事强化了小说的主观抒情色彩，便于表达人物内心的感情流动，再辅以女性细腻的心理描写，更有助于展现人物的内心世界。第一人称的“余”、“我”还拉近了小说人物与接受主体的距离，增强了作品的真实感。

值得注意的是，在20世纪的第二个十年（1910~1919）中，使用限知叙事的第一人称最多、最成熟的恰恰就是这些“以译代作”的女性作者。她们不仅用之于“以译代作”的文本中，而且在其原创的小说中也多使用限知叙事的第一人称。黄翠凝的《离雏记》（《小说画报》第7号，1917年7月）就是其中的一例。这篇小说以一个六岁的女孩“我”的视角讲述自己的母亲离家外出后所遭遇的不幸和苦难：奶娘的无情，嬷嬷的狠毒，不满周岁的小弟弟被她们折磨而死，这一切苦难让一个六岁的孩子以亲身经历来哭诉，把她心中的无限委屈、痛苦与深深的思母之情交织在一起，特别能引起读者的同情、哀悯与愤怒，这是第一人称的限知叙事特有的艺术魅力。他如“以译代作”群体中的原创小说，如高剑华的《春去儿家》（《眉语》第1卷3号）和《绣鞋埋愁录》（见前）、柳佩瑜的《萧郎》（《眉语》第1卷2号）、许毓华的《一声去也》（《眉语》创刊号）都能纯熟地使用第一人称，由此一点也可以看出“以译代作”对女性原创小说叙事艺术的影响。

四

“以译代作”，从比较文学的观点来看，它是属于AB两种文化相互交流中而产生的一种“正影响”，它有利于本土文学/文化的发展。如果拓宽视野，还可发现这种“以译代作”的现象也曾出现于“五四”时期的新诗创作中。如果再往前上溯，又会发现这种文化现象在近代早期一些史地著作中亦见端倪。比如魏源的《海国图志》、徐继畲的《瀛环志略》、王韬的《普法战纪》、《法国志略》，乃至梁启超介绍西方学说的《霍布斯学案》、《斯片挪莎学案》、《卢梭学案》等，均可归之于“以译代作”的写作模式或带有此种性质。

先谈“五四”新诗创作中的“以译代作”。

在“五四”新诗创作初期，也曾出现过类似的文学现象：“以译代作”。如所周知，胡适为寻求新诗的出路，在翻译诗歌上作了很大的努力，即想以翻译为突破口，探索新诗语言和形式的变革。他把翻译视为创新的手段，成功地翻译了外国诗歌《老洛伯》、《关不住了》和《希望》，还把它们收入自己的新诗创作《尝试集》中。并说《关不住了》是“我的‘新诗’成立的纪元”[①]。胡适毫不掩饰地把某些翻译诗歌视为创作，态度极其明朗。另外，也有些“五四”时期的著名诗人如闻一多（1899~1946）、徐志摩（1896~1931）、李金发（1901~1976）等，在其新诗创作初期都曾受到过外国诗歌的影响，也有人将其视为“模拟”和“移植”，今天我们可以称之为“以译代作”。像新诗研究者所指出的，闻一多为悼念其幼女闻立瑛的名篇《忘掉她》（1926年），就曾受到美国意象派诗人萨拉·蒂斯黛尔（Sara Teasdale，1844~1933）的诗作

①胡适：《尝试集·再版自序》，《胡适全集》第10卷，安徽教育出版社2006年版，第35页。

《让它被忘掉》的影响。还有他的名作《死水》，虽有学者后来回忆说，此篇系闻先生“偶见（北京）西单二龙坑南端一臭水沟有感而作”，但据美国研究中国现代文学的著名学者白之（Cyril Birch）教授发现，闻先生的这首《死水》与美国著名女诗人米蕾（Edna St. Vincent Millay，1892~1950）《〈十四行集〉13》的一首诗，在意象和词语方面“极为相近”（因篇幅所限，这里不再将闻诗与美国两位女诗人诗作的源语文本进行对比）。[①]再如徐志摩的《威尼市》（1922），也有人指出是受到德国诗人尼采（F. W. Nietzsche，1844~1900）的名篇《威尼斯》的影响，[②]还有李金发的《墙角里》也可能受到法国诗人魏尔伦（Verlaine，1844~1896）《情话》的影响。有人指出，这种模仿类似“抄袭”。其实这并不是抄袭。在文学创作中，特别是当一种新文体（如20世纪初的女性小说、“五四”时期的新诗乃至话剧）诞生时，其创作初期，影响、模仿是不可避免的。何况，闻一多、许志摩、李金发等人所“模仿”和“移置”的并不是某一外国诗人已经译成中文的翻译文本（按闻一多等三人发表他们写的以上这几首诗时，国内尚没有与其对应的外国诗歌的中文译本）。他们都是从过去阅读中留存在大脑中的源语碎片，在诗人灵感的驱动下进入创作思维活动，经过新的组合，创造而成为一首新的汉语文本。这种“以译代作”，其实是在文学创作活动中学习西方、吸取西方文学营养的一种特殊方式，也是促进一种新的文体在艺术上走向完善和成熟的催化剂。

“以译代作”本是新文体诞生初期很正常的一种现象，“五四”新诗创作者既不必回避，后来的评论家也不要视为缺乏创造力与艺术个性的“模仿”甚至“抄袭”。卞之琳在评论《翻译对于中国现代诗的功过》中说：胡适及其同道们曾经“通过模仿和翻译尝试，在‘五四’时期促成了白话诗的产生”[③]。这就充

---

①详见赵毅衡著：《对岸的诱惑（增编版）·中西文化交流记》，上海人民出版社2007年版，第32~36页。

②见毛迅：《〈威尼市〉：徐志摩早期诗艺中的一个疑点》，《文学评论丛刊》2000年第2期。

③卞之琳：《翻译对于中国现代诗的功过》，《卞之琳文集》中卷，安徽教育出版社2002年版，第551页。

分肯定了西诗翻译和“以译代作”对新诗（白话诗）产生的促进意义。

闻一多、徐志摩、李金发等诗人，他们处在当时生活的年代，大约仍基于对翻译的传统理解：创作第一，翻译第二；创作是原创，翻译是模仿。也或许是出于“影响的焦虑”[①]，他们都未谈过自己所写的《忘掉她》、《死水》、《威尼市》、《墙角里》等诗曾受到过外国诗歌的影响。即以闻先生的诗歌而论，他曾在美国留学多年，他的诗歌创作受到美国某些诗人的影响是很自然的事情。但闻先生从未提起自己的诗受到过美国诗人的影响，而评论家也认为闻一多的诗歌创作主要受到英国诗歌的影响，而他的格律诗特别是他的《死水》主要是受到霍斯曼、勃朗宁和丁尼生的影响。在赵毅衡教授发布美国白之教授新的发现之前，[②]谁也不知道闻一多的《死水》曾受到美国有“女拜伦”之称的诗人米蕾的影响；而闻一多本人也从未谈起过此事，但从源语文本与汉语文本的对照来看，说闻一多先生的《死水》受到过米蕾一首十四行诗的影响确是千真万确的事实。《死水》，这首中国新诗史上的名篇，就是闻先生“以译代作”的成功之作。这是一种新文体诞生初期正常的文学现象，是不足为怪的；更不予承认。

说到外国文学对中国现代文学的影响，这是不可否认的事实，就是富有独创性、标志着中国话剧走向成熟之作的曹禺的《雷雨》不是也受到过易卜生《群鬼》的影响吗？尽管剧作家曹禺并不承认。[③]但A文化/文学如何受B文化/文学的影响，是比较文学影响研究的重要课题之一，不论是已成名的大家或崭露头角的小将均不必回避。

对于作家的“模仿”和“影响”，我们也无需大惊小怪。在西学东渐的文化背景下，面对世界文学的经典，模仿是一种汲取西方文化精髓的特殊手段。自觉

①参阅陆建德：《模仿·独创·影响的焦虑》，《中华读书报》1999年7月28日。

②赵毅衡：《闻一多与美国“死水”》，《对岸的诱惑（增编版）·中西文化交流论》，上海人民出版社2007年版，第33页。

③曹树钧：《经典话剧〈雷雨〉诞生的曲折》，《文汇读书周报》2012年11月2日。

的含有革新因素的模仿，在一种新文体产生初期（如女性小说、白话诗、话剧）则带有创新的意义。须知：在文学创作中，模仿并非就意味着才能的低下，请咀嚼一下伏尔泰的名言："天才就是明智的模仿。"

写到这里，探索的激情又唤醒了残存于笔者脑海中的另一记忆。1906年，我国近代著名的艺术家、歌词作者李叔同（1880~1942）在日本出版的《音乐小杂志》创刊号上发表了一首《春郊赛跑》的歌曲。其歌词云：

跑跑跑，看是谁先到。杨柳青青，桃花带笑。万物皆春，男儿年少。跑！跑！跑！跑！跑！锦标夺得了。[①]

这首歌词在李叔同创作的70余首歌曲中是最自然流畅、明白如话的了，尤其适合少年儿童，称他为"白话诗"、"白话歌词"绝不是过誉。但1906年出现的这首"白话诗"，其基因仍来源于外国歌曲，即德国诗人哈恩（Karl Hahn）的一首歌曲的歌词《木马》，请看歌词第一段：

跳，跳，跳！小马跳舞了。骑着木马，骑着石马，马儿不要乱蹦乱跳！小马跳得好！跳跳跳跳跳。

1906年李叔同创作这首《春郊赛跑》时，国内并没有德国哈恩《木马》歌词的译文，李叔同在创作时，从阅读外国歌曲时留下的记忆碎片或文本形式感到它的自然流畅、朗朗上口，利用其外部形式（音步、节奏）写成了这首《春郊赛跑》。其实，这就是我国近代诗歌史上最早的（？）"以译代作"。它的出现比"五四"白话诗的诞生提前了13年。这也说明，随着中西文化的交流和融合，"以译代作"正是中国近现代文学转型期所出现的一种很正常的文学现象。

"以译代作"并不仅限于文学领域，倘拓宽视阈，还可发现在近代早期若干历史、地理著作中也有"以译代作"的现象。魏源的《海国图志》就是一部史地学著作中的"以译代作"。如所周知，《海国图志》的基础主要是据林则徐的

① 《音乐小杂志》系李叔同1906年2月在日本创办的刊物。创刊号上所刊登的《春郊赛跑》，署名"息霜"，即李叔同的笔名。参见郭长海、郭君兮编《李叔同集》，天津人民出版社2006年版，第166页。

《四洲志》，而《四洲志》系林则徐在广州组织外国人和通外语的中国人翻译的，其源语文本是英国人慕瑞（H. Murray）的《世界地理大全》。该书介绍了世界五大洲三十余国的地理、历史、政治等概况。书名之所以称“四洲志”，是把南、北美洲并称一洲；又一说系因袭佛书中的旧称。[①]《四洲志》当为《海国图志》的主要资料来源，[②]此其一。

其二，魏源的补充，主要是据外国传教士的资料。据统计，《海国图志》所引外国传教士的资料有十余种。[③]其中征引最多的是葡萄牙人马吉士著的《外国地理备考》和德国人郭实腊著的《万国地理全图集》（1838），前者计征引91处，约12万字，魏源对此书评价甚高，故征引最多；后者征引57处。

其三，《海国图志》主要组成部分之一的地图，包括海国沿革图、地球正背面图和各大洲分国地图，计78幅。这些地图全是选用的香港英国公司绘制的地图。

根据如上介绍，《海国图志》的三大资料来源均是翻译的外国人的著作、资料、图表。把它视为“以译代作”，也名副其实。正因为此书主要是用的外国人的资料，所以魏源称《海国图志》为“斯纯乎以夷人谈夷地也”[④]。又说：“此书何以异于昔人海图之书？曰彼皆以中土人谈西洋，此则以西洋人谈西洋也。”[⑤]“以夷人谈夷地”、“以西洋人谈西洋”，便可揭示出该书“以译代

---

①四洲，即四大洲，古印度传说，传入中国后为佛经所采用，唐玄奘《大唐西域记·序》云：“七金山外，乃咸海也，海中可居者，大略有四洲焉。”

②魏源在《海国图志叙》中说：“《海国图志》六十卷，何所据？——据前两广总督林尚书所译西夷之《四洲志》；再据历代史志及明以来岛志及近日夷图、夷语。”（《魏源集》，北京：中华书局1976年版，第207页）按在《海国图志》所引资料总量中，外国资料约占75%。

③主要有意大利艾儒略的《职方外纪》（1623）、比利时南怀仁的《坤舆图说》（1670）、瑞士滑达尔的《滑达尔各国律例》（1758）、东印度公司驻广州大班德庇时的《华事夷言》（1836）、美国祎理哲的《地球图说》（1848）、德国郭实腊的《贸易通志》（1840）、美国裨治文的《美理哥志略》（1838）、郭实腊主编的《东西洋考每月统纪传》（1833~1838）、英国马利逊的《外国史略》（1838）、《澳门月报》，以及正文中提到的《外国地理备考》和《万国地理全图集》等。

④魏源：《海国图志》卷四。

⑤魏源：《海国图志叙》，《魏源集》上册，第207页。

作”的实质。

王韬的《普法战纪》也应属于“以译代作”之类，该书开始写于普法战争爆发不久的1870年，写成一篇，即送香港的《华字日报》发表，战争结束后他将这些文稿编辑成书，初版于1873年，为14卷本，后又有扩充，成20卷本（1886年、1895年出版第2版、第3版）。该书材料的主要来源有三：据王韬自述，“大抵取资于日报（指外国报纸）者十之三”；“为张君芝轩所口译者十之四五”；“得之他处者十之二三。”[①]可以这样说，王韬《普法战纪》材料的主要来源是当时的外国报纸和国外有关著作的译文。这些译文的主要提供者是精通外语的张宗良（字芝轩）和陈言（字霭廷）。王韬的《普法战纪》基本上是在张、陈二氏所译外文资料基础上编写的。

王韬的另一本《法国志略》，它的最初蓝本是曾任江苏巡抚丁日昌的《地球图说》，该书是自美国人的著作而译入的文本，“其书自米利亚（即美国）人原本译出，识小略大，多所遗漏”[②]。丁日昌请王韬审订，王韬用了六个月的时间，将此书析为六卷，题名《法国图说》，1882年在香港出版。此后，王韬又增补新资料，如日本史学家冈本监辅：《万国史记》和冈千仞：《法兰西志》的日文资料，以及1890年代江南制造局出版的《西国近事汇编》，还有在华传教士的私人著述和有关中外文报刊资料，将《法国志略》增补为二十四卷本，题名《重订法国志略》[③]。但考察这部《法国志略》的资料来源：其蓝本《地球图说》系翻译自美国人的著作，中间经过王韬的两次编辑、修订，其功自不可抹灭；但其所增补、引用的资料主要还是英美在华传教士的著述、当时的外文报刊，以及经日本中转站而来的西方的历史资料。这样看来，如果我们将王韬的《法国志略》

①《法国志略·原序》，1982年香港版，第1页。

②《法国图说序》，王韬：《弢园文录外编》卷八，此处引自张岱年主编：《中国启蒙思想文库》本，沈阳：辽宁人民出版社1994年版，第331页。

③光绪十五年己丑（1889年）弢园老民校刊本。

也视为“以译代作”，似乎亦无不可。[1]

甲午战争的失败，对中国知识界的刺激极大，弹丸之地的日本竟打败了具有悠久历史文明的泱泱大国。残酷的现实，迫使人们认同日本学习西方的成功，并试图以日本为中介学习西方文化。当时的知识精英们，普遍认为翻译日本书籍是学习西方的捷径。康有为在《请广译日本书派游学折》中说：“日本与我同文也，其变法至今三十年，凡欧美政治文学武备新识之佳书，咸译矣”；梁启超说，“泰西诸学之书，其精者日人已略译之矣”[2]，再转译为汉文，则可收事半功倍之效。20世纪初以康有为、梁启超为代表的知识精英，为了向中国知识界介绍西方思想，先后写了很多论著。这里仅以梁氏为例，在他写的文章中虽署名梁启超著，但许多是以日本人的著作为蓝本或转述的日本人的译文，如上面提到的梁启超写的《霍布斯学案》、《斯片挪莎学案》和《卢梭学案》，其材料均源于日本学者中江兆民（1847~1901）译的西方哲学史著作《理学沿革史》（*Alfred Fouillée*: *Histoire de la Philosophie*，1875，见《中村兆民全集》第5、6卷，岩波书店，1986年4月30日出版）。梁启超出于思想启蒙的目的，通过日本“中介”摄取西方思想文化，已是中外学术界的共识，此处梁氏三《学案》只是举例，类此者还有若干，[3]亦可归入“以译代作”的写作模式。

为什么在近代的文学创作和学术著作中会出现“以译代作”现象及其写作模式呢？究其原因大体有如下几点：

第一，出于“师夷长技以制夷”的政治需求。在近代初期，遭遇殖民主义者的武力入侵，中国面临着空前的民族危机，在此历史语境中，少数有志之士已

[1] 王韬的西方史地著作，除上面已提到的《法国志略》、《普法战纪》外，尚有《美利坚志》、《俄志》、《法兰西志》、《西古史》、《西事凡》、《西学原始考》、《四溟补乘》等均可划入“以译代作”之例。

[2] 梁启超：《读〈日本书目志〉书后》，《饮冰室文集》第1册，中华书局1989年影印本，卷二，第54页。

[3] 除以上所列三篇外，尚有《近世文明初祖二大家（倍根、笛卡儿）之学说》、《法理学大家孟得斯鸠之学说》、《乐利主义泰斗边沁之学说》、《近世第一哲学家康德之学说》等，详见郑匡民著：《梁启超启蒙思想的东学背景》，上海书店出版社2003年版，第151、152页。

感悟到要想“御夷”、“制夷”必先了解西方、认识西方，而此时的中国学界恰恰又缺乏西方列强的文献资料，于是少数睁眼看世界的知识精英（如林则徐、魏源、徐继畲、王韬），为了挽救中华民族的危亡，勇敢地冲破传统的夷狄观念，开始自觉地利用西方的资料（通过精通外语的华人和来华的西方传教士翻译的中文资料），著书立说，以警醒国人。林则徐的《四洲志》、魏源的《海国图志》等均属此种情况。

第二，中国有翻译、传播西学的传统。明末清初以来，西学传入中国。所谓“明末清初”，主要指公元16世纪后期、17世纪和18世纪前期约两百年（1582~1773）的历史。这是中外文化交流史上出现的第一次较大规模的西学东渐。以利玛窦（1552~1610）、艾儒略（1582~1649）、汤若望（1591~1666）、南怀仁（1623~1688）为首的西方传教士与中国传统知识分子中的精英人物，如徐光启（1562~1633）、李之藻（1565~1630）、王徵（1571~1644）等人合作，通过译书介绍西方科学。当时的译书过程是先由传教士将西书口译成汉语，再由中国学者根据口译写成中文（有的还要再“润色”），这也就是史书上所说的“西译中述”。如利玛窦与徐光启合译的《几何原本》（1607），艾儒略与杨廷筠（1557~1627）合译的《职方外纪》（1623），汤若望与李祖白合译的《远镜说》（1626）即属此类。以上这类翻译文本虽然主要根据传教士的口译，但肯定也渗入了中国这些博学之士的理解。在一定意义上说，这些译成的文本也有几分类似于“以译代作”。但因为这类文本的主创者（著者）是外国学者，所以我们还不能称之为“以译代作”。但近代以来魏源的《海国图志》、徐继畲的《瀛环志略》、王韬的《普法战纪》，乃至梁启超的《卢梭学案》等，这些著作虽然也用了外国人翻译的资料和图表，但其文本整体已寓有编著者明确的写作意图，及其所要传达的思想观念和价值判断，故笔者把它们称为近代史地著作中的“以译代作”。

第三，随着近代翻译文学的发展，外国小说中西方女郎的浪漫多情、对爱情的热烈追求，侦探小说中的惊险神秘、悬念丛生，科幻小说中的神奇诡异、变幻莫测，深深地吸引着中国读者，尤其是素性温柔多情、向往传奇神话的女性接受主体，由喜爱外国小说进而萌生了模仿、学习外国小说的强烈欲望，在创作中她们开始还属于借鉴、模仿西洋小说的某些艺术手法（如倒叙、心理描写），进而发展到从汲取西方先进思想、叙事模式到表现技巧等全方位的学习、置换，这就是女性小说中“以译代作”产生的根源。

第四，从文学史的角度来考察，文学的变革、新形式的产生大多受到两种因素的影响：一是民间文学的影响，如古代诗歌中由四言发展到五言、七言，词、散曲的出现；二是外国文学的影响。[①]在中国文学由古典向现代的转型中，20世纪初的女性小说、“五四”新诗、近代现代话剧，它们的诞生和成长均受到过外国文学的影响，而“以译代作”的出现，正是在中西文化交流的语境中知识精英对强势的外国文学/文化影响中国本土文学/文化的回应。文学史发展的规律揭示我们：在文学发展中，没有外界的冲击力，就难以产生重大的变革。“以译代作”现象的产生正是西方文学/文化这一外力冲击的结果。

五

上面我对中国近代社会转型期的文学创作并推及人文社会科学领域中的“以译代作”现象作了历时性的梳理，并论述了它的文本形态及其主要特点，从而探讨了“以译代作”现象产生的社会语境和文学因素。现在我们再回到论文的正题上来。20世纪第二个十年（1910~1919）女性小说中所出现的“以译代作”现象，既是女性作家通过阅读源语文本汲取外国文学营养的一种特殊的学习手段，又是在西方文化/文学冲击下文学自身所发生的变化和创新。

“五四”之后，随着一代才女卢隐（1899~1934）、白薇（1894~1987）、冯

---

①见鲁迅：《且介亭杂文·门外文谈》，《鲁迅全集》第6卷，人民文学出版社1981年版，第95页。

沅君（1900~1974）、冰心（1900~1999）、凌叔华（1904~1990）等人的出现，“写我自己的生活”（卢隐语）成为当时女性小说家共同的艺术追求，“以译代作”也完成了它的使命，像太阳升起后的晨星隐退了。但“以译代作”的出现，在女性小说初期，它开拓了女性小说的视野，借鉴了外国小说的艺术经验，对女性小说的成长具有一定的积极影响，在女性小说发展史上有其不容忽视的作用和地位。对于这个至今尚未有人触及的文学现象，我希望能引起女性文学研究者和学术界的关注。本文的写作，旨在抛砖引玉，希望得到学界诸位方家的指正！

附录二

《影之花》的译者“竞雄女史”不是秋瑾

《影之花》是法国作家嘉绿傅兰仪（Charles Foleÿ，1861~1956）的一部长篇小说，写英国王子与法国一平民女子的恋爱史。小说原作为Fleur d'ombre，全书共20章，今所译为小说的前六章，为《影之花》上卷，乙巳六月（1905年7月）小说林社出版，平装，定价四角半（1906年又出版《影之花》中卷，未见实物）。译者署“竞雄女史译意，东亚病夫润词”。这位译者“竞雄女史”是谁呢？过去少有人破译。北京大学的朱静女士在其博士论文《清末民初外国文学翻译中的女译者研究》（北京大学2007年5月印刷，第13页）中称：此处的“竞雄女史”就是近代的著名女革命家、女诗人秋瑾。但我认为这里的“竞雄女史”不是秋瑾。

一

诚然，秋瑾（1877~1905）留学日本后，曾用过“竞雄”的名字。陈去病《鉴湖女侠秋瑾传》云：“时孙中山先生方创同盟会于江户，以君抱负宏远，首邀之入会，自是君更字竞雄。”其实，秋瑾第一次自日本返国期间，即1905年夏历三四月间，曾在绍兴印过《实践女学校附属清国女子师范工艺速成科略章启事》（见《秋瑾集》，上海古籍出版社1979年新1版，第9页）就用过“竞雄”的名字。此《启事》落款即有“秋竞雄启”四字。从目前所占有的资料分析：秋瑾到日本留学后就改"秋闺瑾"为"秋瑾"，字竞雄。"秋竞雄"三字最早见于文字记载当始于上面所提到的招生《启事》。[1]秋瑾字"竞雄"，这是历史事实。但问题在于，《影之花》的译者"竞雄女史"并不是秋瑾。其根据如下：

第一，《影之花》出版于1905年夏历六月，根据一般出版周期推算，译者完稿后交出版社的时间当在同年的春末或夏初；其翻译时间应当在这之前的两三个月，即1905年夏历年初至二三月间，此时秋瑾正在日本读书，或启程首次自日本返国，似无暇翻译文学作品。

第二，秋瑾不懂法语，这是最值得注意的一点。《影之花》是法国嘉绿傅兰仪的小说。从译者《影之花叙例》，知小说的译者译自法文原著。译者云："余浅涉法语，忘愚濡墨，含词蕴谊，愧未宣达，有负鸿裁，主臣主臣。"这些虽多是译者的谦辞和客套话，但译者懂法语这一点，是说得十分清楚的。可是秋瑾不懂法语，这是完全可以肯定的。

从秋瑾的学历来考察，她在1904年留日前，仍属于闺秀才女。秋瑾从一名闺中少妇走向社会，她虽然"读书敏悟，为文章，奇警雄健如其人"（徐自华：《鉴湖女侠秋君墓表》），亦善诗词，但她并未受过新式教育，更没有学过外语。1904年秋瑾在北京，她虽跟日本服部宇之吉的妻子服部繁子（1872~1952）学过短期的日语，到日本留学后，更集中精力学日语，也勉强可以翻译，她翻译过日本人的《看护学教程》（未完，见《秋瑾集》）。但秋瑾并不懂法文，这是了解她生平的人都知道的。

根据如上两点，我们完全可以断定：翻译《影之花》的这位译者竞雄女史，绝不是秋瑾。

二

有人说，《影之花》的译者是曾朴。提出此说的是北京大学比较文学与世界

---

①详见郭延礼著《秋瑾年谱》，齐鲁书社1983年版。

文学专业的博士马晓冬女士。见马晓冬的博士论文《文化转型期的翻译实践——作为译者的曾朴》附录四：《〈影之花〉的译者问题》。马晓冬的根据是，时萌编著的《曾朴著译考》中曾引了《曾朴所叙全目》（即曾朴著译目录），《全目》中有如下记录："傅兰仪著《影之花》四卷"（按曾朴所记"四卷"有误，实为上中下三卷，且下卷并未翻译和出版）。曾朴因曾参与过《影之花》的"润词"，在他晚年（1930）编的《曾朴所叙全目》中，把《影之花》归在他的名下，也大体说得过去。但如果认真考查起来，曾朴所记有误。我们判断一部著作的著译权，最权威的材料是原始的版本实物。《影之花》版权页，编译者署"竞雄女史、东亚病夫"二人。其正文第一页书名下则详署："竞雄女史译意，东亚病夫润词"，而在《影之花叙例》中，其全部文字均为"竞雄氏记"，无一字提到曾朴。这说明全书译者应当是"竞雄女史"，而不是曾朴，曾朴的贡献只是"润词"。

说到"润词"，这是近代翻译文学活动中的一个专门术语。其含义为具有较高语言表达能力者为未成名的新手译作或不成熟的翻译文本润色、修改。即改正翻译文本中的词语错误，对其文字不通顺、不符合中文语法者予以修饰。一般凡加"某某润词"者，"润词"者都较之"译者"、"译述"、"译意"者资格要老一些、名气要大一些。有的并非真的"润词"，只是署其"大名"而抬高译作的身价。这里我们以出版译作《影之花》的小说林社为中心，作一简略的举例分析。

小说林社在翻译小说上署名"润词"者，大体有如下两种情况：一种是译者资历浅或初次翻译外国文学作品，需借助他人的力量，译作才能发表出版；第二种，"润词"者系社会名流，署上他的名字，可为其译作扩大影响。

其实，这两种情况，实出于一种动机，均是借"名人效应"来达到顺利出版自己译作并借以抬高译作身价的目的。我们在分析时便不再加以区别。

小说林社成立不久，1904年夏出版了《福尔摩斯侦探案大复仇》（以下均简称《大复仇》），署"奚若译，黄人润词。"奚若（1880~1914），江苏元和（今苏州）人，1904年出版《大复仇》时，他还是东吴大学的学生，年仅24岁，而黄人（1866~1913）当时已是东吴大学的汉文教习，又是著名的文学家和文学理论家。而且他与小说林社的关系密切（《小说林发刊词》就是黄人写的），故奚若译完他的处女作《大复仇》后，署上"黄人润词"，这样此译作就较容易在小说林社出版。其实，黄人只会日文，他并不通英语，而奚若的《大复仇》是从英文本翻译的，所谓"黄人润词"，其实黄人很难对奚若的译作有什么"校正"、"修饰"，充其量只是从文字上"修饰"一二。在小说林社和尔后出版的《小说林》杂志上经常担任"润词"的人，除了黄人外，还有小说林社的总编辑徐念慈（1875~1908）、名流蒋维乔（1873~1958）、女权运动的首倡者金松岑（1874~1947，即金一）、《女子世界》的创办者兼主编丁祖荫（1871~1930，即丁初我）等。考查以上诸人的学历和知识结构，他们几位均只会日语或粗通日语，并不识西方语言。但他们之所以能在日后成为著名翻译家的陈鸿璧（1884~1966）、周作人（1885~1964）、奚若（1880~1914）等人译作上署上"×××润词"，其主要原因即如上述。此种用心和严复翻译《天演论》请古文大师吴汝纶写《序》一样，都是为了抬高译著的地位和扩大其影响。用胡适的话来说，就是"正如前清官僚戴着红顶子演说，很能抬高译书的身价"[①]。据我对近代翻译文本大体考察，凡后面署名"×××润词"者，绝大多数是虚摆设。他们既不能纠正译作的错误，亦很难说在译文上有多少润色。

三

在小说林社出版的译作中，署"×××润词"者绝大部分都是虚摆设，但仍有例外，那就是《影之花》的"润词"者曾朴。

曾朴（1871~1935）是近代著名小说《孽海花》的作者，据我目前不完全的

①胡适：《五十年来中国之文学》，《胡适文存二集》卷二，第115页。

考察，曾朴是小说林社骨干成员中唯一懂法语的一位策划者兼著译者。他在北京曾进入同文馆特班，学习法语。后来又在陈季同的指导下学习法国文学，称他是法国文学专家也不为过分。《影之花》署名“东亚病夫（曾朴）润词”，应该说他是当之无愧的。曾朴法文水平虽不算很高，但在小说林社群体中，他是唯一有资格担任小说《影之花》的“润词”者。

既然我们认定《影之花》的“润词”者是曾朴，那么它的译者“竞雄女史”又是谁呢？这是一个难以确认的问题。根据马晓冬女士论文中提供的线索，这位“竞雄女史”有可能是曾朴的妹妹曾季肃。1904年出版的《女子世界》第4期上曾刊登过一篇《女权为强国之元素》的文章，署名“常熟十三龄女子曾竞雄”[①]，考虑到曾朴与《女子世界》杂志主编丁初我的关系，此常熟女子有可能是曾朴的小妹曾季肃（这位聪慧好强且具女权意识的女子，别署“竞雄”也在情理之中）。又据曾季肃曾在上海爱国女学读书，说明她受过新式教育（亦学过外文），而从她曾破格考入金陵女子大学这一点来推测，她肯定具有一定的外语水平，也可能会法语，因为她在自己家中就可找到曾朴这样的法语教师。曾季肃日后主要从事教育工作，但她也翻译过英国作家哈代的小说《玖德》（今译《无名的裘德》），说明她喜爱外国文学。在《影之花》出版时，其署名（“竞雄女史译意、东亚病夫润词”）的确带有小说林社同人对这位家乡小才女的鼓励；但如认为“竞雄女史译意”，全系曾朴捉刀，而毫无曾季肃的参与和劳动，那也是缺乏根据的。在目前尚无更翔实的材料证明“竞雄女史”究为何人化名前，考虑到小说林社、《女子世界》杂志与曾朴诸多方面的因素和关系，把“竞雄女史”定为曾季肃，并作为《影之花》的一位女译者，也许距离真正的历史面目不会太远。我写此文全为抛砖引玉，希望有更多专家参与中国近代女性翻译文学史上这一疑案的解码。

①夏晓虹选编《〈女子世界〉文选》，贵州教育出版社2003年8月版，第141页。

附录三

秋瑾在中国妇女解放运动中的地位和贡献

秋瑾（1877~1907）是中国近代资产阶级民主主义革命时期杰出的女革命家和女英雄，同时也是中国妇女解放运动的先驱。郭沫若同志曾这样评价秋瑾道："秋瑾烈士是中华民族觉醒初期的一位前驱人物。她是一位先觉者，并把自己的生命奉献给了反封建主义和争取民族解放的崇高事业。她在生前和死后都起了很大的推动作用。"又说："秋瑾不仅为民族解放运动，并为妇女解放运动，树立了一个先觉者的典型。"[①]秋瑾为了宣传妇女解放，她披荆斩棘，战斗了一生，留在妇女解放运动史上的业绩是光辉夺目的。本文以秋瑾与中国妇女解放运动为题，试图对秋瑾的妇女解放思想、实践、特点，以及她在中国妇女解放运动史上的地位作一深入的探讨，这对开展中国妇女解放运动史的研究和全面地评价秋瑾，都将是有益的。

秋瑾出身于书香门第，是一位"名门闺秀"，自幼就受到封建"女诫"的教育。生在这种大家庭中的秋瑾，她对封建礼教给予妇女的束缚和压迫感受尤深，她曾说："读书世族的女子不自由更甚。"[②]笄年之后，由于遇人不淑，封建婚姻的痛苦和折磨，使她对封建宗法制度和纲常伦理更加憎恶和痛恨，她由反对封建家庭走上革命的道路。秋瑾又是一个"伟大的爱国主义者"[③]，她认识到，要

①郭沫若：《秋瑾史迹·序》，《秋瑾史迹》，上海古籍出版社1991年版，第1~4页。

②《精卫石》第二回，《秋瑾集》，上海古籍出版社1979年新版（下同），第134页。

③范文澜著：《女革命家秋瑾》，《中国妇女》1956年第8号。

争取妇女自身的解放，必先求得民族的解放，从而使她把民族解放和妇女解放结合了起来。秋瑾站在时代先进思想的高度，致力于妇女解放的宣传和实践。这便使她的妇女解放思想，带有鲜明的爱国主义和民主主义的特色，闪耀着彻底的反封建的批判锋芒，跳跃着时代和革命的脉搏，具有丰富的、深刻的思想意义，达到了资产阶级民主主义革命时期最高的水平。

一

秋瑾的妇女解放思想是异常丰富的，揭露封建旧礼教、旧传统、旧习俗对妇女的迫害是其重要内容之一。

秋瑾在她的作品中，声泪俱下地揭露、控诉了封建礼教对妇女的种种摧残和迫害，真实而深刻地反映了妇女在政权、族权、神权、夫权四大绳索束缚与桎梏下的不幸遭遇与痛苦。

作为一个女子，从呱呱坠地之后，就习惯地遭到父母和社会的冷遇："'晦气，又是一个没用的。'恨不得拿起来摔死。"[①]秋瑾通过弹词《精卫石》中黄鞠瑞落地后父亲的怒气冲冲、冷言恶语，揭开了女子悲惨命运的序幕：

> 丫环报喜主人晓，知府当时怒气滋："生个女儿何足道？也须这样喜孜孜（滋滋）。无非是个赔钱货，岂有荣宗耀祖时？"[②]

由于中国传统的重男轻女的恶习，女孩生下来就低男孩一等，这实在是不通人情的"人情"。千百年来，人们习以为常，毫不为怪。孩提时期，有的"父母明道犹相爱"，或"虽非珍爱亦怜之"[③]，日子还好过一些。稍长，封建的旧习恶俗像无形的枷锁，紧紧地套在了妇女身上。

缠足，这是从生理上对妇女进行摧残的开端，也是旧时代中国妇女身受的

① 《敬告中国二万万女同胞》，《秋瑾集》第4页。
② 《精卫石》第二回，《秋瑾集》第133~134页。
③ 《精卫石》第四回、第二回，《秋瑾集》第150、134页。

一种最普遍的苦痛。那条长长的缠足布，犹如一种慢性的刖刑，将健康的女子逐渐折磨成残废。早在清代，进步的文人就反对缠足，诗人袁枚、思想家俞正燮、《镜花缘》的作者李汝珍都反对缠足，到了近代，康有为、梁启超、谭嗣同等维新志士曾创立不缠足会，提倡天足，但这些多限于男子的活动。秋瑾则是以女子自身的痛苦体验，控诉了缠足对妇女肢体的残害。她说：

> 没到几岁，也不问好歹，就把一双雪白粉嫩的天足脚，用白布缠着，连睡觉的时候，也不许放松一点，到了后来肉也烂尽了，骨也折断了，不过讨亲戚、朋友、邻居们一声“某人家姑娘脚小”罢了。[①]

“某人家姑娘脚小”这句话具有多大的威力啊！为了讨这一虚名，千百万父母竟忍心将自己的女儿变成残废，传统的恶俗和习惯势力是多么顽固与可怕啊！

秋瑾极力反对这种摧残妇女的愚昧、落后而又野蛮的恶习，她在揭露缠足害处的同时，勇敢地号召妇女放足：“算三寸弓鞋太无为，宜改革。”[②]居京时她曾创办天足会，提倡放足运动，并说：“女学不兴，种族不强，女权不振，国势必弱。”而“欲兴女学，振女权，又必先自放足始”。[③]秋瑾把放足视为强种和振兴中华的起点，她这样认识问题，比前人确实是前进了一大步。秋瑾在东渡前夕，自己带头放了足，“放足湔除千载毒，热心唤起百花魂”。[④]并热情地希望广大妇女都能摆脱缠足的痛苦。这在以“三寸金莲”为标准美人的封建社会里，秋瑾敢于带头放足，该是需要多大的勇气啊！尤其可贵的，面此传统恶俗和习惯势力，秋瑾毫不示弱和气馁，她理直气壮地号召妇女起来兴师问罪：

> 陈后主兴了这缠足的例子，我们要是有羞耻的，就应当兴师问罪；即不然，难道他捆着我的腿？我不会不缠的么？[⑤]

---

①《敬告中国二万万女同胞》，《秋瑾集》第5页。

②《满江红·骯髒尘寰》，《秋瑾集》第110页。

③黄季陆主编：《革命人物志》第3集，1970年台北出版，第323页。

④《有感》，《秋瑾集》第87页。

⑤《敬告中国二万万女同胞》，《秋瑾集》第5页。

师出有名，说得多么理直气壮！妇女应当起来造反，反掉千百年来摧残妇女的这种败俗恶习。

转眼到了及笄之年，封建包办婚姻的灾难又降临到妇女头上。抨击旧式婚姻，也是秋瑾诗文中的一个重要内容。

在封建社会中，“父母之命，媒妁之言”是封建婚姻的法律准则和道德标准。《孟子·滕文公篇》：“不待父母之命、媒妁之言，钻穴隙相窥，窬墙相从，则父母国人皆贱之。”婚姻的不自由，是造成婚后悲剧和青年男女（尤其是女子）痛苦的主要原因。

> 到了择亲的时光，只凭着两个不要脸的媒人的话，只要男家有钱有势，不问身家清白，男人的性情好坏、学问高低，就不知不觉应了。[1]

这的确是封建包办婚姻的真实写照。只凭媒人的几句谎话就成了亲，且多数父母又“不择儿郎但择钱”，其结果是可想而知的，诚如《精卫石》第一回中所写的：

> 凌虐难当图自尽，服砒吊颈与投河。昏惨惨，枉死城中冤鬼哭；黑沉沉，祈天闺内罪囚多。真地狱，赛森罗，痛惜我女子何辜受折磨！[2]

这是一幅多么悲惨的画面啊！在这里，我们仿佛听到妇女痛苦的呻吟，悲哀的呼冤，也仿佛看到她们身上斑斑的血迹。这声声泪，滴滴血，正是对封建礼教最有力的控诉！

婚后妇女的命运是十分悲惨的。第一关是公婆。“若又遇了恶的姑嫜，讨了一房媳妇，好似牢头增了一个罪囚，又似南美洲的人增了一口（黑奴），种种虐待，务使你毫无生人之趣。儿子有罪，都归在媳妇身上；东西不见了，就说媳妇偷了，送娘家去了；儿子本不成材料的坏东西，反说我儿子本是好的，都是媳妇来了教坏了；家中或是生意折了本，或是死了人，有不顺遂之事，就是媳妇命

---

①《敬告中国二万万女同胞》，《秋瑾集》第5页。

②《秋瑾集》第129页。

不好的缘故。真如眼中钉，肉中刺一般，欲置之死地而后已。”[①]总之，一切晦气的事都安在儿媳妇身上。这里使我想起了鲁迅在《逃的辩护》中说的一段话：“古时候，做女人太晦气，一举一动，都是错的，这个也骂，那个也骂。”[②]一言以蔽之，认为妇女是一切祸害产生的根源。

历史的车轮已把我们带到了这么远，对于今天的青年来说，封建时代妇女所受的种种痛苦也许不那么容易理解，但在旧中国，儿媳妇的这种命运却是颇为典型的。秋瑾正是真实地描绘了旧社会妇女的这种悲惨境遇。

第二关是丈夫。古代丈夫是妻子的“天”，妻子对丈夫必须逆来顺受，孟子说：“女子之嫁也，母命之，往送之门，戒之曰：‘往之女（汝）家，必敬必戒，无违夫子！’以顺为正者，妾妇之道也。”[③]做妻子的顺从丈夫，所谓夫唱妇随，是封建社会的为妇之道。秋瑾在《敬告中国二万万女同胞》中写道：

> 到了那边，要是遇着男人虽不怎么样，却还安分，这就算前生有福今生受了。遇着不好的，总不是说“前生作了孽”，就是说“运气不好”。要是说一二句抱怨的话，或是劝了男人几句，反了腔，就打骂俱下；别人听见还要说：“不贤惠，不晓得妇道呢！”

丈夫游手好闲，吃喝嫖赌，妻子也不能说半个“不”字，否则，就“要说你是妒妇，捻酸吃醋，传为笑柄。”封建礼教就是这样把妇女束缚得紧紧的；并用什么“夫为妻纲”、“三从四德”等等封建教条毒化妇女，使妇女甘心当男子的奴隶、玩物。

纳妾制度，是迫害妇女和造成家庭不和的一个重要原因。俞正燮在《妒非妇人恶德论》中就反对纳妾，主张一夫一妻制[④]；李汝珍在《镜花缘》中也反对纳

① 《精卫石》第一回，《秋瑾集》第128页。

② 《鲁迅全集》第5卷，人民文学出版社1981年版，第9页。

③ 《孟子·滕文公篇》。

④ 《癸巳类稿》卷十三。

妾。但纳妾之风，在近代中国依然盛行。秋瑾不仅极力谴责纳妾的恶俗，而且在《精卫石》第四回中，通过黄氏、梁氏两家两种类型的妻妾关系：妻贤妾坏和妻妒妾弱，说明纳妾和一夫多妻的坏处。梁小玉有一段内心独白云：

> 难怪父亲原惧母，但何苦作孽纳偏焉？若无生母何生我？沦落生涯不值钱！各处都侧室专权欺结发，目无正室惯使奸。男子喜妾皆妒彼，一家吵得不安然。嫡房子女皆靠后，惟彼堂皇掌大权。如此妾妇原不好，难怪人人切齿焉。家室不和皆为此，夫妻反目受熬煎。[①]

秋瑾在《精卫石》中安排这样两种类型的妻妾关系，旨在说明纳妾制度的不合理，它是造成家庭不和的根源；而不管是哪一种类型，受害者都是妇女。

二

如果说，缠足、旧式婚姻、纳妾对妇女的束缚、戕害还是有形的话；那么，旧传统、旧意识、旧习俗这些无形的精神枷锁，对妇女的毒化和摧残就更为严重。

重男轻女，这是封建社会中最顽固的传统观念，秋瑾沉痛地说：

> 唉！可怜生作华胥国中女子，自幼至老，一生之境遇亦可想而知的了。并且重男轻女的风俗，男尊女卑的训语，数千年，父传子，兄诏弟，已成一种牢不可破的例规。[②]

“已成一种牢不可破的例规”，这真实地道出了旧社会重男轻女、男尊女卑的恶习已由来甚久。

因为重男轻女，父母不让女孩子读书。《精卫石》中黄鞠瑞偷偷地入了书房，学习成绩很好，但鞠瑞父亲黄知府知道后，十分“诧异”：

> “怎么鞠瑞也读起书来了？女子无才便是德，何必读什么书？这又是

① 《秋瑾集》第147~148页。

② 《精卫石》第二回，《秋瑾集》第134页。

她母亲的混账主意了。待我去讲她一顿，叫进鞠瑞去学针黹！女孩子又读什么书呢？”

女孩子是不应当读书的，因为“无用”，照黄知府的逻辑：“女子无才便是德，何必读什么书”呢？

秋瑾于此作了彻底的否定和批判，在她的作品中处处闪耀着反传统、反封建的思想光辉，时时表现出她对“重男轻女”、“女子无才便是德”等等腐朽观念勇敢的抗争。她有诗写道：“莫重男儿薄女儿，平台诗句赐蛾眉。吾侪得此添生色，始信英雄亦有雌。”[①]“肮脏尘寰，问几个男儿英哲？算只有蛾眉队里，时闻杰出。”[②]她还举了许多女中豪杰向男子示威：

> 木兰携手秦良玉，沈氏云英联袂偕。红玉荀灌诸葛妇，锦伞夫人洗氏随。平阳公主黄崇嘏，舌辩临风道韫才。卫娘持笔含春到，红线隐娘伏剑来。青州歃血三奇女，费氏韩娥共一堆。牛氏应贞能讲义，若兰苏蕙善机裁。赵女雪华宋蕙湘，淑英刘氏任妾崔。明末杨娥宋末金义妇，齐王氏共唐赛儿。封绚邵续符毛氏，邹保英之妻奚氏随。关妹左芬刘氏妹，班姬伏女一同排。更有魏娥高张陆，尽是忠魂毅魄魁。皇甫规妻同诸女伴，相携济济赴瑶台。[③]

秋瑾在这里举出了一系列中国历史上的才女、侠女和英雄豪杰，其中个别的虽难免鱼目混珠，但秋瑾旨在说明“算只有蛾眉队里，时闻杰出”的抗争意义是十分鲜明的。这里特别值得提出的，作者把两位农民起义的妇女领袖唐赛儿与齐王氏列在豪杰之中，更显示了秋瑾进步的政治观点。

谁说男尊女卑？谁说女子无才便是德？秋瑾以古代才女、女英雄、女豪杰的聪明才智，批判与否定了这些陈腐不堪的传统观念。

---

①《题芝龛记》，《秋瑾集》第55页。

②《满江红·骯髒尘寰》，《秋瑾集》第110页。

③《精卫石》第一回，《秋瑾集》第130页。

诚然，秋瑾有时片面地把男子和女子对立起来，甚至反过来扬女抑男。说什么“谪来尘世耻为男”[①]的看法不免有些偏颇，但正如毛泽东所说的：“矫枉必须过正，不过正不能矫枉。”[②]她的扬女抑男，正是对当时所流行的男尊女卑、重男轻女的一种批判和颠覆。

封建旧礼教对妇女最残酷的迫害是精神奴役，它利用传统的封建思想，什么“夫为妻纲”、“三从四德”、“夫唱妇随”、“从一而终”等等封建教条来毒害妇女，像《精卫石》第一回中所说的那样：“家庭中，又须夫唱妇方随，闺门不出方为美，内言出阃众人讥。”“三从自古牢为例，四德由来不可移，女儿守节须从一，男子无妨置众妻。”[③]秋瑾认为这是封建统治阶级撒下的“瞒天谎”，是“胡说”。但这种极荒谬、极陈腐的观念，在旧社会人们的头脑中却是根深蒂固的，它严重地毒害着妇女的灵魂。

封建旧礼教极讲究贞操，并大力表彰烈女、节妇。宋代的理学家认为，“妇女饿死事小，失节事大”。但他们所谓的“贞操”，无非是坑害女子的陷阱。因为它只是单方面地对女子的苛求，而男子可以不遵守。“男则姬妾罗侍，纵淫无忌；女一淫即罪至死。”[④]于此谭嗣同曾在他的名著《仁学》中猛烈地抨击过。秋瑾则更加具体而形象地揭露道：

> 还有一椿不公的事：男子死了，女子就要带三年孝，不许二嫁。女子死了，男人只带几根蓝辫线，有嫌难看的，连带也不带；人死还没三天，就出去偷鸡摸狗；七还未尽，新娘子早已进门了。[⑤]

问题更为严重的是，由于世世代代所形成的传统观念，使妇女虽身受其毒而不觉，或虽觉其痛苦而束手无策，听天由命，秋瑾沉痛地指出：有些女子“日以

① 《题芝龛记》，《秋瑾集》第55页。

② 《湖南农民运动考察报告》，《毛泽东选集》第1卷，北京：人民出版社1991年版，第17页。

③ 《秋瑾集》第126页。

④ 《谭嗣同全集》(增订本)下册，中华书局1981年版，第304页。

⑤ 《敬告中国二万万女同胞》，《秋瑾集》第5页。

搽脂抹粉，评头束足，饰满髻之金珠，衣周身之锦绣，胁肩谄笑，献媚于男子之前，呼牛亦应，呼马亦应，作男子之玩物、奴隶而不知耻，受万重之压制而不知痛，受凌虐折辱而不知羞，盲其双目，不识一个，梦梦然，恬恬然，安之曰：命也。"[①]这正是在封建礼教毒害下妇女本性异化的一种非常严重的问题。秋瑾之所以大声疾呼，就是为了唤醒沉睡在黑暗地狱中的广大妇女，不要再作"命运"的奴隶，闺中的"囚徒"。她在《中国女报发刊辞》中说：

世界有最凄惨、最危险之二字曰：黑暗。黑暗则无是非，无闻见，无一切人间世应有之思想行为等等。黑暗界凄惨之状态，盖有万千不可思议之危险。危险而不知其危险，是乃真危险；危险而不知其危险，是乃大黑暗。

这段文字就是说明广大妇女处在黑暗与危险之中而不觉其黑暗与危险，亦不觉其悲惨与痛苦。秋瑾认为这是女界最大的危险与不幸，所以，她要拯救广大妇女于水深火热之中。"吾若置身危险生涯，施大法力；吾毋宁脱身黑暗世界，放大光明。一盏神灯，导无量众生，尽登彼岸，不亦大慈悲耶？"意思是说，我与其在危险环境里生活，施展法力，解救自己，还不如离开黑暗世界，放大光明，引导群众前进。倘能以革命真理，引导她们脱离苦海，进入光明，这不是对妇女最大的"慈悲"吗？

诚然，秋瑾在这里，面对生活在十八层黑暗地狱里的广大妇女，颇有些救世主的味道：但在当时的历史条件下，她这种献身于妇女解放的英勇无畏的战斗精神，和"无非要警醒我同胞出火坑"的善良愿望，仍是十分可贵并具有进步意义的。

三

秋瑾不仅揭露与抨击了封建旧礼教、旧传统、旧思想、旧习俗对妇女的摧残

---

①《精卫石·序》，《秋瑾集》第121页。

和迫害，同时，她又站在时代先进思想的高度，初步地揭示了妇女受压迫、受剥削的根源，指出了妇女解放的路向。

首先，秋瑾指出男女的不平等、女子之所以受男子的束缚和压迫，除了受传统的重男轻女的恶俗以及封建纲常伦理的禁锢外，主要还是因为妇女经济不能独立，用她的话来说，就是缺乏“自立的基础”、“自活的艺业”。

男女天生并无区别，妇女的聪明和才智原是和男子一样的，但为什么女子习惯地、本能地依靠男子呢？秋瑾说：“这都是女子不谋自己养活自己的学问艺业，反去讲究缠脚装扮去媚男子，一身唯知依靠男子，毫无自主的性质的缘故。”[①]为探讨妇女问题的根源，她又以一个女子的身份，反躬自问，认为女子自身放弃责任也是一个很重要的原因。

自己不争气，而安之曰“命”，这是当时妇女典型的精神状态之一。妇女们总爱说：“我们女子不能自己挣钱，又没有本事，一生荣辱，皆要靠之夫子，任受诸般苦恼，也就无可奈何！”秋瑾尖锐地指出，这种安之曰“命也”的叹息，是一句“没志气的话”，是一种“听天由命”的旧观念。所以她说：“但凡一个人，只怕自己没有志气；如有志气，何尝不可求一个自立的基础，自活的艺业呢？”[②]

妇女要摆脱奴隶地位，就必须要有志气，要谋求、营造一个自己养活自己的经济基础。她在《致湖南第一女学堂书》中再次强调指出：“欲脱男子之范围，非自立不可，欲自立，非求学艺不可”。这种从经济上寻求妇女解放出路的观点，在当时来说是卓有见地的。

要准确地理解秋瑾这一观点深刻而丰富的思想意义，我们可举两部中外名著作一比较，这就是与秋瑾同时代的挪威戏剧《玩偶之家》（1879年）和稍后一点的鲁迅的小说《伤逝》（1925）。

---

①《精卫石》第一回，《秋瑾集》第128页。

②《敬告姊妹们》，《秋瑾集》第15页。

易卜生《玩偶之家》中的女主人公娜拉，在她觉醒之后毅然离家走出；但她走后结果如何呢？易卜生没有说。不过我们从她走出时外面是一片漆黑的夜来判断，她的前途是暗淡的。为什么？这就是娜拉"没有经济权"，一句话，没有可以自立的经济条件。鲁迅在《娜拉走后怎样》一文中说："所以为娜拉计，钱，——高雅的说罢，就是经济，是最要紧的了。自由固不是钱所能买到的，但能够为钱而卖掉。人类有一个大缺点，就是常常要饥饿。为补救这缺点起见，为准备不做傀儡起见，在目下的社会里，经济权就见得最要紧了。"①

鲁迅的小说《伤逝》，子君和涓生的悲剧说明了什么，子君为什么又回到她以前决然离开过的她父亲的家，"负着虚空的重担，在严威和冷眼中走着所谓人生的路"，原因仍是没有经济权，即没有"自立的基础，自活的艺业"。子君生活的时间已较秋瑾晚了一代（姑以二十年为一代计），在当时的中国，女子尚有此等命运，这便更可说明在二十世纪初，秋瑾有关妇女问题的这一卓识，是充满着多么深刻的哲理、具有多么重大的思想意义了！

如何从经济上寻求出路呢？秋瑾认为第一要兴办女学。女子有了知识，有了文化，学会工艺，就可以"做教习、开工厂"。在《精卫石》第五回中，秋瑾依照西欧各国女子就业情况，为女子自立、学艺描绘了一个蓝图：

> 有许多女子经商或教习，电局司机亦玉颜。铁道售票皆女子，报馆医院更多焉，银行及各样商家店，开设经营女尽专，哲学理化师范等，普通教习尽婵娟。人人独立精神足，不用依人作靠山。②

恩格斯说："妇女解放的第一个先决条件，就是一切女性重新回到公共的劳动中去。"③秋瑾主张妇女参加社会劳动，她认为这就是"自立的基础，自活的艺业"，这个观点是十分正确的。

---

①《鲁迅全集》第1卷，第161页。

②《秋瑾集》第159页。

③《马克思恩格斯选集》第4卷，第70页。

正是基于这种认识，秋瑾批判了妇女中“乐得偷懒，图安乐”的思想，这在上层社会的妇女中尤其如此。“男子说我没用，我就没用；说我不行，只要保着眼前舒服，就作奴隶也不问了。”她接着提醒道：“天下有享现成福的么？”秋瑾认为：贪图安逸，不想自谋生计，正是妇女受压迫的根源之一。她要求妇女“要帮着丈夫苦作，不要偷懒吃闲饭。”[①]秋瑾主张妇女参加劳动，自己养活自己，这一点是很鲜明的，她在写给长兄秋誉章的信中也说：“（与其）为人奴隶，何不自立？后日妹当可自食其力……”[②]自食其力，是自立的经济基础，倘经济上不能独立，妇女解放也就是一句空话，诚如鲁迅所说：“所以一切女子，倘不得到和男子同等的经济权，我以为所有好名目，就都是空话。”[③]

在当时封建思想统治极严酷的旧中国，妇女被压抑在十八层地狱，秋瑾羡慕西方资本主义国家的妇女是很自然的。她在《精卫石》第五回中说：“凡茶楼酒馆，如男子先坐，见女子须起立致敬。如坐车人满了，见女子入来，必须起身让座。女子则不然。彼国之女子何等尊贵！”[④]

但这只是问题的一面，或者说只是一种表面现象，因为在资本主义国家，真正的男女平等也是不存在的，她所描绘的那种“美丽文明的世界”也不过是日本和欧美教科书上的宣传。但妇女能从家庭中解放出来走上社会，并参加各种社会劳动，这在当时的秋瑾看来，无疑是值得羡慕和向往的。她希望中国妇女也能像西方资本主义国家的妇女一样，人人有工作，能劳动，自己养活自己，“也不致坐食，累及父兄、夫子了。一来呢，可使家业兴隆；二来呢，可使男子敬重，洗了无用的名，收了自由的福。”[⑤]秋瑾对妇女解放的憧憬和渴望，在当时无疑是具有进步意义的。

---

①《敬告中国二万万女同胞》，《秋瑾集》第6页。

②《致秋誉章书》其三，《秋瑾集》第35页。

③《关于女子解放》，《鲁迅全集》第4卷，第598页。

④《秋瑾集》第156页。

⑤《敬告姊妹们》，《秋瑾集》第15页。

合群，是秋瑾有关妇女解放的又一重要内容，也是她妇女解放思想的一大亮点。

秋瑾生活在19世纪末20世纪初封建的旧中国，当时的妇女受着政权、族权、神权、夫权四条绳索的束缚，因此要冲破封建囚笼，走向社会，走向光明，只靠个人单枪匹马的战斗是不行的，必须要“合群”——联合起来，共同战斗。秋瑾不止一次地说：“天下事靠（别）人是不行的，总要求己为是。”[①]又说：“欲自立，非求学艺不可，非合群不可。”[②]为此，她曾在日本重兴共爱会，目的就是为了团结留学生中的女同学；她创办《中国女报》，是“吾今欲结二万万大团体于一致”，又说，是为了“联感情，结团体，并为他日创设中国妇人协会之基础”[③]。提出建立中国妇人协会，并不始于秋瑾，但这一建议在中国妇女运动史上却具有重要的政治意义。由此，我们进而可以看出秋瑾的合群思想是有其明确的目的性的。

在旧礼教的思想统治十分严酷的旧中国，唤醒广大妇女，并进而把她们组织起来，这绝不是一件轻而易举的事，秋瑾为此做过许多苦口婆心的宣传和艰苦的组织工作；她不仅自己要做，而且还动员自己的女友也要作唤醒女界的工作。1904年她刚到日本不久，留日女学生陈彦安、孙多琨结业回国，秋瑾在送陈、孙二人回国的词《望海潮》中云：“智欲萌芽，权犹未复，期君力挽颓风，化痼学应隆。仗粲花莲舌，启聩振聋。唤起大千姊妹，一听五更钟！”秋瑾希望她们回国后宣传女权，提倡女学，唤醒沉睡在黑暗地狱中的女同胞。在当时的社会条件下，把妇女组织起来，这是很困难的，所以这一工作收效甚微，未能取得多大成绩，秋瑾在写给徐自华的诗中云：“忧国心先碎，合群力未曾。”[④]

---

①《敬告中国二万万女同胞》，《秋瑾集》第5页。

②《致湖南第一女学堂书》，《秋瑾集》第32页。

③《创办中国女报之草章及意旨广告》，《秋瑾集》第10页。

④《寄徐寄尘》，《秋瑾集》第91页。

“合群力未曾”，这不是秋瑾个人的责任，而是那个时代还没有为妇女解放提供必要的物质基础和社会条件。妇女解放是和整个社会革命联系在一起的，不从根本上消灭人压迫人、人剥削人的社会制度，真正的妇女解放是无法实现的。这一点，秋瑾在当时是不可能认识到的。

四

秋瑾在妇女解放运动中最突出的贡献，是她把妇女解放和当时的民主革命结合了起来，把妇女解放运动和当时汹涌澎湃的民族解放运动结合了起来。这不唯独是秋瑾革命思想中最光辉的部分，而且它达到了那个时代妇女解放思想的最高水平。

秋瑾在妇女解放问题上也主张自由平等、男女同权；但她和一般提倡女权的宣传者不同，秋瑾的男女平等观：主张妇女不仅享有与男子同等的权利，而且也负有与男子同等的义务，并且认为女子只有尽了女国民的义务，才能谈到真正的男女平等。所以她说：“要求男女平权，首先要做到男女平等的义务。”[①]秋瑾在写给女友的诗中不止一次阐述了这一观点：“英雄事业凭身造，天职宁容袖手观”；“今日舞台新世界，国民责任总应分”；“若再偷闲弃天职，安排娇骨用鞭挞。”[②]要求20世纪的妇女，首先要尽到做女国民的责任。

“女国民”，这是资产阶级革命派语汇中一个新名词，也是女权运动发展到一定阶段的新产物，具有鲜明的时代色彩。封建社会有人提出“国家兴亡，匹夫有责”，但这“匹夫”是不包括妇女的。秋瑾指出，拯救祖国危亡，女子要同男子分担同等的义务。她有首《勉女权歌》，可以看作这方面的代表作。

吾辈爱自由，勉励自由一杯酒。男女平权天赋就，岂甘居牛后？愿奋然自拔，一洗从前羞耻垢。若安作同俦，恢复江山劳素手。

① 王璧华：《秋瑾成仁经过》，《近代史资料》1957年，第2期。

② 《赠语溪女士徐寄尘和原韵》、《戏寄尘再叠前韵》，《秋瑾集》第87~89页。

旧习最堪羞，女子竟同牛马偶。曙光新放文明候，独立占头筹。愿奴隶根除，智识学问历练就。责任上肩头，国民女杰期无负。

“若安作同俦，恢复江山劳素手”，“责任上肩头，国民女杰期无负”。意思是说，要争取男女平等权，要做名副其实的女国民，必先肩负起拯救祖国危亡的神圣职责。这种“女国民”意识正是秋瑾女权思想和爱国情结的具现。所以她热切希望自己的女友：“我欲期君为女杰，莫抛心力苦吟诗”；“时局如斯危已甚，闺装愿尔换吴钩”。

马克思、恩格斯曾经引述过傅立叶的一句名言：“妇女解放的程度是衡量普遍解放的天然标准。”[①]反过来说，没有社会的解放和民族的解放，妇女解放也就是一句空话。秋瑾从革命实践中逐渐体悟到这一真理。所以她主张妇女要获得解放，必先肩负起国民的职责，要战斗、要革命，投入民族解放的洪流，为此不惜牺牲自己的一切。诚如鲁迅所说的：“在真的解放之前，是战斗……解放了社会，也就解放了自己。”[②]对于秋瑾这一光辉的思想，郭沫若予以高度的评价，他说：“我认为秋瑾所走的路正是‘娜拉’的答案。‘求得应分的学识与技能以谋生活的独立，在社会的总的解放中争取妇女自身的解放，在社会的总解放中担负妇女应有的任务，为完成这些任务，不惜以自己的生命作牺牲’，——这就是那答案的内容。”[③]

秋瑾1905年先后参加了光复会和同盟会，这两个革命组织共同的政治使命都是“驱除鞑虏，恢复中华”，因此秋瑾所从事的妇女解放事业，实际上是她所献身的民族解放事业的一部分。秋瑾此时不仅从理论上认识到即使实现了男女平等，不推翻反动的清王朝，妇女也只能如男子一样忍受着残酷的民族压迫和封建统治；另一方面，从革命实践中，秋瑾也看到了妇女在革命中的作用及其地位。

① 《马克思恩格斯全集》第2卷，第250页。

② 《关于女子解放》，《鲁迅全集》第4卷，第598页。

③ 《秋瑾史迹》，上海古籍出版社1991年版，第2~3页。

马克思说："每个了解一点历史的人也都知道，没有妇女的酵素就不可能有伟大的社会变革。"[①]像有的富家姊妹积极为革命筹饷，还有许多妇女利用自身的方便为革命通风报信，掩护革命机关，也有的参加红十字会救护伤员，乃至投笔从戎。丰富的革命实践，使她正确地提出了把妇女解放与民族解放结合起来的光辉命题。她在《精卫石》第一回中写道：

扫尽胡氛安社稷，由来男女要平权。人权天赋原无别，男女还须一例担。女的是生前未展胸中志，此去好各继前心世界间。务使光明新世界，休教那毒氛怨气再迷漫。男的是胡虏未灭遗恨在，今番好去报前冤。男和女同心协力方为美，四万万男女无分彼此焉。唤醒痴聋光睡国，和衷共济勿畏难。锦绣江山须整顿，休使那胡尘腥膻满中原。[②]

这里更明确地指出：女子和男子同样都有拯救祖国危亡、参加当前推翻清王朝革命斗争的神圣职责。"男和女同心协力方为美，四万万男女无分彼此焉"，男女同心协力投身于当前的民主革命斗争，为实现"驱除鞑虏、恢复中华"、建立资产阶级民主共和国而战斗，这也是秋瑾倡导女权、致力妇女解放的政治目标。作为体现秋瑾妇女解放纲领的《精卫石》，由于是残篇，我们无法看到文本中完整的形象描绘，但从现存的回目中完全可以窥见她的这一理想：如"拍手凯歌中共欣光复，同心革敝政大建共和"，明确地提出了革命胜利后建立资产阶级民主共和国的问题。在妇女解放问题上，秋瑾所体现出来的这类政治见解是十分光辉的。

秋瑾妇女解放思想的深刻意义，还在于她不仅提出了正确的主张，而且又以她献身革命的实践，为她的这一思想增添了绚丽的色彩和英雄的光辉。

秋瑾为了赢得妇女的解放，她首先从社会的解放和民族的解放入手。她英勇地投身于推翻清王朝的斗争并组织武装起义；在起义失败身陷囹圄时，她表现出

① 《马克思致路德维希·库格曼》，《马克思恩格斯全集》，第32卷，第571页。
② 《秋瑾集》第130~131页。

一个革命者临难勿苟、视死如归的高贵品质。秋瑾以她青春的鲜血，开创了中国妇女解放运动史上女子为革命而断头的新纪元。她在《致王时泽书》中写道：

……且光复之事，不可一日缓，而男子之死于谋光复者，则自唐才常以后，若沈荩、史坚如、吴樾诸君子，不乏其人，而女子则无闻焉，亦吾女界之羞也。愿与诸君交勉之。[1]

秋瑾认为，在中国革命史上，流血牺牲者都是男性，这是妇女的耻辱。为了唤醒全国女同胞，并激励她们前进，秋瑾是想做中国第一个为革命流血的女英雄，“中国妇女还没有为革命流过血，请从我秋瑾开始吧！”[2]秋瑾这种甘赴国难、勇于牺牲的革命献身精神，是永远值得后人敬佩和学习的。

赫尔岑在《终结和开始》一文中曾这样评论过俄国十二月党人：“这是一些从头到脚用纯钢铸成的英雄，是一些奋勇的战士，他们自觉地赴汤蹈火，以求唤醒年轻的一代，走向新的生活，洗净在刽子手和奴才中间生长起来的子弟身上的污垢。”[3]秋瑾就是这类“用纯钢铸成的英雄”中的一个。她以自己献身妇女解放和民族解放的革命实践，唤醒了辛亥革命时期一代青年妇女，以她纯洁的鲜血，洗净了她们身上的“污垢”，使一些“出身于封建或资产阶级家庭”的“女学生、家庭妇女和职业妇女”，以及“富商的寡妇和侍妾”、“逃避盲婚的少女”，叛离家庭，走上革命的道路。[4]诚如一位自称“明夷女史”的作者所说：“吾知继秋瑾之后者，将闻风接踵而起，崇拜之，欣慕之，女界革命之传播，必速于置邮而传命。今日者，特其起点而已。政府诸公，果能举二万万之女子而尽杀之，斯已耳；否则，民智大开，禁闭乏术，人人可以革命，即人人可为秋瑾，是不啻杀一秋瑾而适以生千百秋瑾。一秋瑾易杀，而千百秋瑾难除也。”[5]这种

①《致王时泽书》，《秋瑾集》第47页。

②范文澜著：《女革命家秋瑾》，《中国妇女》1956年第8号。

③列宁：《纪念赫尔岑》，《列宁论文学与艺术》，人民文学出版社1983年版，第125~126页。

④赵连成：《同盟会在港澳的活动和广东女子界参加革命的回忆》，《辛亥革命回忆录》（二）第313页。

⑤明夷女史：《敬告女界同胞》，见湘灵子编：《越恨》，1909年上海女报社印行。

积极的革命影响，不仅给辛亥革命增添了助力，而且对推动中国近现代妇女解放运动沿着革命的航向前进，也有不容忽视的积极作用。

五

上面我们对秋瑾的妇女解放思想进行了论述。由如上的阐述中我们可以看出它具有三大特色：

一是反封建的彻底性。

秋瑾作为一个女子，对封建旧礼教、旧思想、旧习俗给予妇女的束缚和迫害是有深切体认的，她本人婚姻的不幸遭遇，所嫁非偶，更加深了秋瑾对这种痛苦的感受。因此她对封建旧礼教、封建纲常伦理和一切恶风旧俗的批判，是十分勇敢而激烈、深刻而犀利的，诸如缠足、封建婚姻、恶姑、夫权、封建纲常、男尊女卑，以及女子无才便是德等等，凡是压制、迫害妇女的一切陈规陋习和精神网罗，无不在她的批判、扫荡之列，表现了一个革命女性对封建秩序和封建伦理道德观念的彻底反叛，以及英勇无畏的战斗精神。因此，秋瑾的这些批判，不论就其广度与深度，都超过了她同时代的康有为、梁启超、谭嗣同、宋平子和资产阶级革命派的理论家们。

秋瑾反封建的彻底性，还表现在她的言行一致上。近代有些进步的文人，他们也提倡男女平权，也批判封建旧礼教及其纲常伦理；但有的人说是说，做是做，言行并不完全一致。比如，在《大同书》中大力倡导男女平权、猛烈抨击封建统治阶级视妇女“为私”、“为玩具”的康有为，在因戊戌政变流亡国外时，也有小妾陪同；还有那位因“苏报案”而名噪一时的陈范，在被通缉而逃亡日本时，也带着两个侍妾。这种言行不一致的情况，在当时的知识分子中并非只是康、陈等少数人。“五四”时期，有位“只手打孔家店的老英雄”吴虞，他抨击封建礼教，倡导家庭革命，主张父子、夫妻平等，并反对多妻主义，由于他言论的激进，在当时的影响之大，是遐迩闻名的。但吴虞在自己家里却是一个十足的封建专制家长，他对待女儿，禁锢甚严，几近专制暴君。他一生纳妾三人，一九一三年，吴虞时年五十九岁，尚纳一个十六岁的彭姓女为妾，言行是大相径庭的。[①]秋瑾反封建的彻底性在于她不仅能言之，而且能行之。她以自己的实践，表明了她对束缚、压迫妇女的一切封建思想和宗法制度的挑战和叛逆；反映了那个时代一位先进女性的彻底的觉醒。

秋瑾对封建网罗的冲决是勇敢而坚决的，她带头放足，并毅然脱离封建家庭，出国留学，这是极不容易的。尤其是在只允许男子出妻、休妻而女子却只能“从一而终”的旧中国，秋瑾敢于提出与当时尚居京官的纨绔子弟丈夫“开谈判离婚”[②]，这该是需要多大的勇气啊！

秋瑾在日本留学时，女学生陈撷芬将奉父命嫁广东富商廖翼朋为妾，留学生曾为之大哗。秋瑾召集全体女留学生开会，谓事关全体女同胞名誉，要陈撷芬取消婚约。陈谓“事出父命，不得不从”。秋瑾说：“逼女作妾，即是乱命！”[③]回答得多么义正词严、理直气壮。后在秋瑾等人的帮助与声援下，陈撷芬果然取消了这桩封建婚姻。由此即可证明秋瑾反抗封建婚姻的彻底性和坚决程度！再如，她帮助过陈范两个侍妾脱离其范围；还帮助过为丈夫欺压、凌辱并后来被遗弃的女子蔡竞和崇明岛一胡姓女子，这固可表明秋瑾为人豪侠的性格，同时也可窥见她在妇女解放问题上反封建的彻底性。

秋瑾妇女解放思想的另一特色是浓郁的爱国主义。

秋瑾在她还是一个少女时，就深深地为国事担忧。她写于1900年的《杞人忧》，面对帝国主义的侵略烽火，她以古代鲁国漆室女自喻，“漆室空怀忧国恨，难将巾帼易兜鍪”。她虽有忧国之恨，但迫于当时封建礼教对妇女的束缚，使她无法脱下闺装，换上战袍，去征战杀敌；特别是在她的《宝刀歌》、《黄海

---

①唐振常：《章太炎吴虞论集》，四川人民出版社1981年版，第134~139页。

②《致秋誉章书》其五，《秋瑾集》第39页。

③冯自由：《鉴湖女侠秋瑾》，转引自郭延礼编：《秋瑾研究资料》，山东教育出版社1987年版，第96页。

舟中日人索句并见日俄战争地图》、《鹧鸪天·祖国沉沦感不禁》等诗词中，诗人对祖国面临瓜分危境的忧心如焚，以及为祖国不惜抛头颅、洒热血的那种昂扬的、英勇无畏的献身精神，都是秋瑾爱国主义思想真诚的表露。

秋瑾这种爱国精神在她的妇女解放思想中也有表现。

首先，秋瑾总是把妇女解放与国家联系起来，目的在养成妇女的国家观念。她认为，妇女如获得解放，参加各种社会工作，便可造福于国家；“或任教师，或任保姆，灿祖国文明之花，为庄严之国民之母，家庭教育之改良，社会精神之演进，无量事业，无量幸福，安知不胚胎于今日少数之女子”①。又说：“人人皆执一艺以谋身，上可以扶助父母，下可以助夫教子，使男女无坐食之人，其国焉能不强也？”②秋瑾总是把妇女解放的出路、前途和祖国的富强、文明结合起来：“爱国心肠如火烈，国自强而家不贫。”这在当时，比起那些高喊男女平等、提高女权，把妇女视为“花瓶”的人们，不知要高明多少倍，其动机更是相去甚远、不可同日而语的；即使在今天，对于某些只知有“小家庭”而不晓得有“大家”、“祖国”的人们，仍然不失其教育意义。

其次，秋瑾还认为妇女解放是以祖国强盛为前提的，国家亡了，妇女悲惨的命运也就可想而知。这在民族危亡日深、国家惨遭帝国主义瓜分的当时，是具有深刻的现实意义的。她在《敬告中国二万万女同胞》中说：“我们自己要不振作，到国亡的时候，那就迟了。”所以她认为女子必须关心国事、热爱祖国，投身于当时日益高涨的民主革命运动中去。她曾以为国事担忧的鲁国漆室女自比，并在诗词中多次赞扬对国家有贡献的女英雄花木兰、梁红玉、秦良玉等人，她自己也说：“我虽是个没有大学问的人，却是个最热心去爱国、爱同胞的人。”③这些地方都鲜明地体现了秋瑾的妇女解放思想中的爱国主义特色。

---

①《实践女学校附属清国女子师范工艺速成科略章启事》，《秋瑾集》第9页。

②《致湖南第一女学堂书》，《秋瑾集》第32页。

③《秋瑾集》第13页。

秋瑾妇女解放思想的第三个特色，是它鲜明地受西方资产阶级上升时期进步思想家卢梭、斯宾塞等人的影响，并带有西方近代资产阶级民主主义的色彩。

秋瑾对束缚妇女的封建礼教、传统恶俗的批判，和她以前的思想家不同。比如关于缠足，清代袁枚等人也进行过批判。袁枚反对缠足，主要认为缠足不美，似侧重美学的观点。他在《答人求娶妾》中云："从古诗书所载，咏美人多矣，未有称及脚者……李后主使窈娘裹足，作新月之形，相传为缠足之滥觞，然后主亡国之君，矫揉造作，何足为典？"[①]袁氏除认为缠足并不美外，又说李后主为亡国之君，不足为训；倘发明缠足者是"圣君贤相"，是否就可据以为典而长久地缠下去呢？这种批判显然不得要领，也缺乏说服力；清代另一位学者俞正燮批判缠足道："古有丁男丁女，裹足则失丁女，阴弱则为仪不完。"[②]他从劳动力的观点反对缠足，较之袁枚是进了一步，但仍未击中要害。到了近代，又有人从国家体面出发反对缠足，因为外国人耻笑并丑化中国小脚。[③]应当说，这些批判都是肤浅和不彻底的。

秋瑾反对缠足，主要着眼于生理学和人道主义。她认为缠足有害身体健康，女子的难产、气痛病均与此有关，原因是"血脉不活，骨骼痹塞不灵之故。如是天足，常常运动……我包你没有这等病了"。秋瑾是从生理学的视角来看缠足的危害；缠足又极不人道，《精卫石》第一回说："纵然是母亲爱惜如珍宝，缠足时，那管娇儿痛与疼；泪淋淋，哀告求饶全不听，宛然仇敌对头人。戕残骨肉何其忍，一似犴庭受刖刑。痛女子，自小何辜受此罪，模糊血肉步伶仃。"[④]这是从人道主义的观点反对缠足加诸妇女的痛苦。

秋瑾还指出缠足于后代发育、健康不利。所以她说："强国强种全靠

---

①《小仓山房尺牍》卷五，第8页。

②《书旧唐书舆服志后》，见《癸巳类稿》卷十三。

③《倡办顺德戒缠足会序》，见李又宁、张玉法主编：《近代中国女权运动史料》（1842~1911）下册，台北龙文出版社股份有限公司1995年版，第846页。

④《秋瑾集》，第127页。

女”[①]，这和“母健而后肥，培其先天而种乃进也”[②]一样，都是从西方进化论者“物竞天择，适者生存”的观点派生出来的。

再如，秋瑾主张男女平权，也受西方资产阶级“天赋人权”学说的影响。法国资产阶级启蒙思想家卢梭说：“每个人都生而自由、平等”[③]；1789年的法国《人权宣言》云：“在权利方面，人们生来是而且始终是自由平等的。”[④]秋瑾的男女平等学说就是接受了西方卢梭等人的影响。她说：“殊不知天生男女，四肢五官，才智见识，聪明勇力，俱是同的；天职权利，亦是同的。”[⑤]“上天生人，男女原没有分别。”她又说：

> 近日得观欧美国，许多书说自由权，并言男女皆平等，天赋无偏利与权。[⑥]

这便更清楚地说明秋瑾的妇女解放思想是接受了西方的某些影响。

另外，秋瑾主张兴办女学，反对包办婚姻，要求女子应有财产继承权等[⑦]，大多是从西方资产阶级思想武库中学来的（其中也受日本妇女解放运动的影响）。还有秋瑾所崇拜的女英雄，除本国的外，也有西方国家的豪杰，像法国的罗兰夫人、俄国的苏菲亚、美国的斯托夫人、法国的如安——圣女贞德等。秋瑾自己也承认她的妇女解放思想是受了“欧风美雨”的影响。她在《精卫石·序》中说：“可怜女界无光彩，只恹恹待毙，恨海愁城。湮没木兰壮胆，红玉雄心。蓦地驰来，欧风美雨返精魂。脱范围奋然自拔，都成女杰雌英。飞上舞台新世界，天教红粉定神京。”这便使秋瑾的妇女解放思想带有西方近代资产阶级民主

---

①《精卫石》第五回，《秋瑾集》，第155页。

②严复：《原强》，见王栻主编：《严复集》第1册，中华书局1986年版，第28页。

③《社会契约论》，商务印书馆1980年版。

④转引自周一良等主编：《世界通史》(近代部分)上册，人民出版社1962年版。

⑤《精卫石》第一回，《秋瑾集》，第126页。

⑥《精卫石》第五回，《秋瑾集》，第155页。

⑦《精卫石》第四回，《秋瑾集》，第152页。

主义的特色。

六

秋瑾的妇女解放思想在中国妇女解放运动史上占有突出的地位。这是因为：

（一）戊戌变法前后，许多著名的思想家如康有为、梁启超、谭嗣同等人都有关于妇女解放问题的言论，他们猛烈地抨击过封建的纲常伦理、男女不平等；还组织不缠足会，倡导女学，于妇女解放是有启蒙功绩的。但因为他们都是男性，从严格的意义上，这还算不上妇女运动。梁启超曾经说过："女权运动能否有意义有价值，第一件就要看女子切实自觉自动的程度如何。"而戊戌前后，女子以独立的姿态致力于妇女运动者，几乎难以找到。所以这之后，秋瑾以女子的身份从事妇女解放运动就具有了新的意义。

（二）秋瑾首先是以革命者的姿态登上历史舞台的，而她致力于妇女解放则是她政治革命的一个组成部分，这便使她所从事的妇女工作始终沿着革命的方向前进；她还提出了十分深刻的历史命题：即把妇女解放和民族解放结合起来，达到了那个时代妇女解放思想的最高水平，在中国妇女解放运动史上具有划时代的意义。

（三）秋瑾是辛亥革命时期著名的女革命家和女诗人，她又是中国第一个为资产阶级民主革命而献身的女英雄，秋瑾崇高的声望和历史地位，使她有关妇女解放的宣传和实践，具有深刻和广泛的影响，特别是对于辛亥革命时代女子的从军参政更有积极的促进作用。长期从事妇女运动的谈社英在其专著《中国妇女运动通史》第二章《辛亥革命时代》中指出：辛亥革命时代，在秋瑾精神的影响下，女子从军参政，风行一时，当时的妇女团体较著者有女子军事团、女子光复军、女子北伐队、女子军、女子国民军、女子决死队、同盟女子经武练习队、女子尚武会、浙江女子军和女子暗杀队等[①]。名震神州的女子北伐队，在其《发

①《中国女子运动通史》，南京共鸣社1936年版，第30页。

起宣言》中云："于是倾奁倒箧，大集军资，扫穴犁庭，共除虏虐。乃看革命功成，克奏罗兰伟业；待到共和局定，聊慰秋瑾幽魂。"[①]浙江女子军的领导人尹锐志，更在为其先师秋瑾复仇的口号下，组织浙江女子军助攻杭州，尹锐志、尹维俊姊妹表现得尤为英勇[②]。于此足见秋瑾的革命影响。

总之，秋瑾妇女解放思想中深刻而卓越的见解，她丰富而光辉的实践活动，以及她在中国近代革命史上杰出的地位和巨大的影响，使秋瑾在中国妇女解放运动史上占有更为显著和突出的地位。

①转引自《中国女子运动通史》第33页。

②见《中国女子运动通史》第36页和严济宽编：《中国民族女英雄传记·尹锐子传记》。按据笔者考查，尹锐志并非秋瑾学生。

附录四

辛亥革命前全国女学一览表

名 称	地 址	创办时间	创办人及其他
中国女学堂	上海	1898年5月31日	经元善等
苏州兰陵女学	苏州	1901年	徐江兰陵
务本女塾	上海	1902年	吴馨（怀疚）
爱国女学校	上海	1902年冬	蔡元培、蒋观云、经元善、林獬、林宗素等
广东私立公益女学	上海	1902年	马励芸、杜清池、张竹君等
严氏女学堂	天津	1902年	严修　私立
胡氏女子小学	无锡偃桥	1902年	胡和梅　私立
争存女子学堂	常州	1902年	顾实、何承宪等
景梅女校	苏州	1902年	初名景梅女塾　私立
嘉定普通女学校	嘉定	1902年	黄许臣等
顺德女学堂	广东顺德	1902年	赖振寰
广东女学堂	广州	1903年	汪千仞，二年后因经费短绌，由马励云女士擘画；改为绅维女学
城东女学堂	上海	1903年	杨士照（白民）
铜梁县女学堂	四川铜梁县	1903年	黄德润等
嘉兴爱国女学社	嘉兴北门外	1903年7月20日	

（续表）

名　称	地　址	创办时间	创办人及其他
喀拉沁女学	北京	1903年	喀拉沁
群雅女塾	江苏同里红塔埭	1903年10月	杨纫兰（锡纶）
振兴女学	天津福安里	1903年	
潘氏半日女塾	嘉定	1903年	潘性初
爱华女学	嵊县	1903年	谢飞麟、胡大俊创办，尹锐志、尹维俊、谢莲英、徐湘筠均为该校学生
民立女学堂	南昌	1903年	沈戢时等创办，蔡本张女士为总理，私立
重庆女师范学堂	重庆	1903年	
明华女学	上海	1903年	秦毓鎏、陶赓然
开群女校	上海	1903年	张志鹤
宗孟女学	上海大南门外	1904年	陈婉衍、童同雪等
育贤女学校	上海	1904年	张竹君
湖南第一女学堂	长沙	1904年	龙绂瑞、俞经贻、徐玉屏等
广东育贤女工厂分院	上海新马路胜业里第五弄	1904年	张竹君
山东女学堂	济南	1904年	王伯安
贞德女学校	广州	1904年	徐佩瑶
天津女学堂	天津	1904年	吕碧城出任总教习
天津民立第一女子小学堂	天津	1904年	张正峰等
旅宁第一女学堂	南京	1904年	沈凤楼、张通典、沈婉庆等。后该校改为粹敏女学。张昭汉曾任该校教务长。

（续表）

名　称	地 址	创办时间	创办人及其他
杭州公立女学堂	杭州	1904年2月	高白淑夫人
淑慎女学堂	长沙	1904年	曾广蓉（李光地儿媳）创办，1905年改为李氏家塾
明道女学堂	绍兴	1904年	王某等
苏苏女校	苏州葑门	1904年	苏英
敬节学堂	武汉	1904年	张之洞
贞文女校	杭州	1904年	惠兴（一作惠馨），后改为“惠兴女学”
民立女学堂	九江	1904年	徐廷兰、蔡懋星
容县龙胆女学	广西容县	1904年	
贵阳达德女学校	贵阳	1904年	黄齐生等
竞化女学校	常熟	1904年	屈荆才、徐念慈、丁初我、金松岑等曾任教于此校
明华女学校	同里	1904年	
培萼女校	吴江积谷仓	1904年	王振之
西路女学校	常德	1904年	朱淑彝　私立
景珠女学校	长沙县治东北清泰都影珠山麓	1904年	陈保彝
杭州东城女蒙塾	杭州	1904年	王梅伯
江西女学塾	南昌	1904年	宋爱德
汉口淑慎女学	汉口	1904年	陈某
嵊县女学堂	浙江嵊县	1904年	冯晓春
石门公立文明女塾	石门县崇福镇	1904年	韩澄聘吕韵清女士为教习

（续表）

名　称	地　址	创办时间	创办人及其他
黄岩女学校	浙江台州	1904年	王幼玉等
明强女塾	常熟	1904年	周惠莲
福州蚕桑女学堂	福州	1904年	陈某创办、叶在畴夫人高氏为监督
隆昌女学堂	隆昌	1904年9月	黄绍前、萧韶九
竞仁女子师范学堂	上海	1904年	私立
浙江女子师范学堂	杭州	1904年	邵敬章、孙智敏等创办
福建女子初级师范学堂	福州	1904年	
自立女工传习所	上海	1904年9月16日	俞树萱
上海女子蚕桑学堂	上海	1905年	史家修
不缠足会附设第一幼女学堂	湖北	1905年	端方等
福州乌石山女塾	福州	1905年	陈弢庵夫人等
女子中西医学院	上海	1905年	张竹君、李平书
豫教女学堂	北京	1905年	沈钧、服部宇之吉等
竞志女学	无锡	1905年2月	侯鸿鉴（侯夫人系校长并兼舍监），分师范、中学、小学三部
扬州女工传习所	扬州	1905年	吴逵民
杭州工艺女学堂	杭州	1905年	张章逵、高孙嶷
启明女学	上海	1905年	邹弢曾任教于此校
淑慎女学堂	奉天	1905年	陈嘉乐之母
苏州大同女学	苏州	1905年	张秉生夫妇
清华女学	松江	1905年	夏昕渠

（续表）

名 称	地 址	创办时间	创办人及其他
扬州第一幼女学堂	扬州	1905年	郭坚忍
秀野女学校	松江	1905年	朱小鹤
开明女学校	松江	1905年	叶润春、周澄清
振英女塾	无锡	1905年10月	私立
何氏女塾		1905年	何志霄
芜湖女子公学	芜湖	1905年	
启秀女学堂	武昌	1905年	初系私立，又设女子师范预备科
幼女学堂	武昌	1905年2月	武昌不缠足会
崔氏女学	山东栖霞	1905年	牟梅孙夫人
开封女学堂	开封	1906年	朱举宅
四川女学堂	北京	1906年	
北京崇实女学堂	北京	1906年	
志诚女学堂	山东潍县	1906年	
江南女子公学	南京	1906年	吕惠如
四川女工师范讲习所	成都	1906年	赵渔卿、姚建勋
北洋女医学堂	天津	1906年	天津卫生局
产科女学堂	杭州	1906年	梅福禄
兰仪官立女子小学堂	河南兰仪	1906年	舒树基等
浔溪女学	湖州南浔镇	1906年	张弁群
民立女子中学堂	上海	1906年	包天笑曾在此校任职
竞化女学堂	安徽	1906年	张振埙等

（续表）

名 称	地 址	创办时间	创办人及其他
北洋女子师范学堂	天津	1906年	傅增湘
半园女学	常州	1906年	私立
辅延学校女学部	江阴	1906年	公立
粹化女学	常州	1906年	刘翊宸、庄蕴宽　公立
争存女学	常州	1906年	公立
幼慈女学校	无锡	1906年	私立
敬业附设女塾	江阴	1906年	公立
明强女学校	乐清	1906年	陈梦熊、敖嘉熊
外城女学传习所	北京丞相胡同	1906年8月13日	江亢虎
安徽全省公立女子师范学堂	芜湖	1906年	阮强、李德膏创办
湖北省女子师范学堂	武昌	1906年	
奉天女子师范学堂	盛京	1906年	
东牟女学堂	山东登州	1906年	
手工传习所	扬州	1906年	吴稺中、吴剑秋
山西女学堂	太原	1907年	冯济川等
幼女学堂	哈尔滨	1907年	林传甲夫妇
振华女学	苏州	1907年	谢长远女士创办，金松岑曾任教于此校
雅阁女校	陕西	1907年	阎培索夫妇
正本女学校	萍乡	1907年9月	监督王昌国，教习王勣化、刘兰和
内城女学传习所	北京石驸马大街	1907年3月初9	江亢虎 私立
京师女子师范学堂	北京	1907年	学部设立

（续表）

名　称	地　址	创办时间	创办人及其他
国秀女学	上海	1908年3月	姚幽兰
江西省立女子师范学堂	南昌	1908年	
云南省立女子师范学堂	昆明	1908年	由原中医学堂改办
初级女学	山东博山	1908年	
存诚女学	烟台	1908年	梁善川
天足会附设女学	威海	1908年	威海卫天足会
兰州女子小学堂	兰州学院街	1908年	邓宗水
义务女学校	江西	1908年	蔡敬襄　私立
官立女子师范学堂	武昌	1908年6月	
四川省城女子师范学堂	成都	1909年	由原私立淑行中学改办
匡秀女学校	江西	1909年	殷崇光　私立
中城女学传习所	北京	1909年1月6日	江亢虎　私立
文明绣业女学	长沙	1910年	曾杰、焦达峰
官立初等女学堂	山东潍县	1911年	
女子初等小学	山东夏津	1911年	
清真第一女子两等学堂	山东益都	1911年	

附录五

主要参考书目

一、本书研究女性作家的主要文本资料（近代报刊、诗文集、长篇创作、翻译文本）

《知新报》（1897年·澳门，何廷光、康广仁创办）

《无锡白话报》（1898年·无锡，裘毓芳等创办）

《女学报》（1898年·上海，中国女学会会报，潘璇等主编）

《女报·女学报》（1899年·上海，1902年续出，陈撷芬主编）

《女子世界》（1904年·上海，丁初我、曾孟朴主编）

《音乐小杂志》（1906年·日本，李叔同创办）

《中国新女界杂志》（1907年·日本东京，燕斌主编）

《天义》（1907年·日本东京，何震等主编）

《中国女报》（1907年创刊·上海，秋瑾主编）

《神州女报》（1907年·上海，陈以益主编）

《中国妇人会小杂志》（1907年·北京，北京中国妇人会主办）

《女学生》（1909年·上海，杨白民主办）

《妇女时报》（1911年·上海，包天笑、陈冷血主编）

《女铎报》（1911年·上海，林贯红主编）

《女子白话旬刊》（1912年·北京，唐群英、沈南雅主编）

《神州女报》（1912年·上海，张昭汉、汤国梨主编）
《女子报》（1912年·上海，沈佩贞主编）
《女界报》（1912年·成都，曾兰主编）
《万国女子参政会旬报》（1913年·上海，张汉英、陈德晖主编）
《香艳杂志》（1914年·上海，新旧废物主编）
《妇女杂志》（1915年·上海，王蕴章等主编）
《新小说》（1902年·东京，梁启超创办）
《新新小说》（1903年·上海，陈景韩、龚子英主编）
《绣像小说》（1903年·上海，李伯元主编）
《月月小说》（1906年·上海，庆琪、吴趼人等主编）
《小说林》（1907年·上海，徐念慈、黄人主编）
《小说时报》（1909年·上海，包天笑、陈景韩等主编）
《南社丛刻》（1910年·上海，柳亚子等主编）
《小说月报》（1910年·上海，王蕴章、恽树玉等主编）
《中华小说界》（1914年·上海，沈瓶庵主编）
《小说丛报》（1914年·上海，徐枕亚、吴双热主编）
《礼拜六》（1914年·上海，王钝根等主编）
《七襄》（1914年·上海，小凤、陈倦鹤主编）
《眉语》（1914年·上海，高剑华主编）
《小说海》（1915年·上海，黄山民主编）
《小说大观》（1915年·上海，包天笑主编）
《春声》（1916年·上海，姚锡钧主编）
《直隶第一女子师范校友会会报》（1916年·天津，白眉初等主编）
《小说画报》（1917年·上海，包天笑、钱病鹤等主编）
《新青年》（1915年·上海→北京）

《民立报》（1910年·上海，于右任主办）

《申报》（1872年·上海，英国人美查创办）

《新民丛报》（1902年·日本横滨，梁启超创办）

《浙江潮》（1903年·日本东京，孙翼中、蒋智由等编辑）

《江苏》（1903年·日本东京，秦毓鎏、张肇桐、陈去病等编辑）

《东方杂志》（1904年·上海，李圣五等主编）

《河南》（1907年·日本东京，刘积学主编）

《民呼日报图画》（1909年·上海，张聿光编辑）

《新申报》

吴藻著：《花帘词》，徐乃昌《小檀栾汇刻百家闺秀词》第5集，清光绪二十二年（1896）南陵徐氏刻本。

吴藻著：《香南雪北词》，刻本同上。

张璋编校：《顾太清奕绘诗词合集》，上海古籍出版社1998年版。

沈善宝著：《名媛诗话》（十五卷本），上海古籍出版社，2002年《续修四库全书》本。

刘清韵著：《小蓬莱仙馆传奇》，光绪庚子（1900年）上海藻文书局石印本。

林怡点校：《薛绍徽集》，北京：方志出版社2003年版。

张默君著、余祖坤校点：《白华草堂诗》，《清代闺阁诗集萃编》本（第10集），北京：中华书局2004年版。

施淑仪著：《施淑仪集》，北京：人民文学出版社2011年版。

《秋瑾史迹》，上海古籍出版社1991年版。

《秋瑾集》，上海古籍出版社，1979年、1997年版。

郭延礼辑校：《徐自华诗文集》，北京：中华书局1990年版。

周永珍编：《徐蕴华林寒碧诗文合集》，北京：社会科学文献出版社1999

年版。

李保民笺注：《吕碧城词笺注》，上海古籍出版社2001年版。

李保民笺注：《吕碧城诗文笺注》，上海古籍出版社2007年版。

单士厘著、陈鸿祥点校：《受兹室诗稿》，长沙：湖南文艺出版社1986年版。

单士厘著：《癸卯旅行记》（“走向世界丛书”本），长沙：岳麓书社1985年版。

单士厘著：《归潜记》（“走向世界丛书”本），长沙：岳麓书社1985年版。

云槎外史（顾太清）著：《红楼梦影》，北京大学出版社1988年版。

黄翠凝著：《姊妹花》，上海：改良小说出版社1908年初版、1914年再版。

王妙如著：《女狱花》，“中国近代小说大系”本，南昌：百花洲文艺出版社1993年版。

南浦蕙珠女士著：《最近女界现形记》，45回，上海：新新小说出版社1909、1919年版。

次眉女士著：《双泪痕》，上海：进步书局1915年版。

次眉女士著：《玉如意》，上海：文明书局1915年版。

陈小翠著：《情天劫》，上海：中华图书馆1917年版。

韵琴女士著：《韵琴杂著》，上海泰东图书馆1916年版。

吕韵清著：《石姻缘》，上海文明书局1917年版。

波罗奢馆主人编：《中国女子小说》，上海：广益书局1919年版。

红绂女士著：《蟹公子》，见《民呼日报图画》1909年5月11日至1909年6月26日。

高剑华著：《梅雪争春记》（14章，未完），《眉语》第13~18号（1915年11月7日~1916年4月3日）。

【法】儒勒·凡尔纳著、薛绍徽等译：《八十日环游记》，上海经文社1900年出版。

【法】儒勒·凡尔纳著、薛绍徽等译：《双线记》，上海中外日报馆1903年版。又光绪二十九年（1903）武林印刷所版。

陈寿彭、薛绍徽编译：《外国列女传》，南京金陵江楚编译总局1906年版。

【法】嘉宝尔著、陈鸿璧译：《薛慧霞》，上海：广智书局1909年版。

【法】嘉宝耳著、陈鸿碧译：《一百十三案》，上海：国光印刷厂1910年版。

陈鸿璧译：《苏格兰独立记》三卷，上海：小说林社1908年版。

【英】维多夫人著、陈鸿璧译：《印雪簃译丛》，小说林杂志社1906年11月版。

贝莎·克莱原著、刘韵琴译：《乳姊妹》（据菊持幽芳日文本转译），上海：中国图书公司和记1916年初版。

【英】却而斯士著、黄翠凝译：《牧羊少年》上中下三卷，上海：中国图书公司和记1915年12月版。

汤红绂：据小波日文本重译《无人岛大王》，见《民呼日报图画》1909年4月26日至1909年5月10日。

【日】押川春浪著、汤红绂女士译：《旅顺土牢之勇士》，见王瀛洲编：《爱国英雄小史》下编，1917年版。

【日】龙水斋贞一原著、汤红绂女士译：《女露兵》，见王瀛洲编：《爱国英雄小史》下编，1917年版。

【日】押川春浪原著、吴江弱男译：《大魔窟》，小说林社1906年版。

【法】嘉绿傅兰仪著、竞雄女史译：《影之花》上卷、中卷，小说林社1905、1906年版。

无著者署名、陈鸿璧译：《苏格兰独立记》第一、二、三卷，小说林社1906、1908年版。

【挪威】易卜生著、吴弱男译：《小爱友夫》，《新青年》4卷6号。

【英】王尔德著、薛琪瑛译：《意中人》，《青年杂志》第二卷2 号（1915年10月15日~1916年10月1 日）。

【英】王尔德著、沈性仁译：《遗扇记》，《新青年》5卷6号、6卷1、3号。

二、专著、专书

《马克思恩格斯选集》第2卷、第4卷，北京：人民出版社1995年版。

恩格斯：《反杜林论》，北京：人民出版社。

《列宁全集》第23卷，北京：人民出版社。

《毛泽东选集》第1卷，北京：人民出版社1991年版。

科拉·卡普兰：《〈奥罗拉·利〉与其他诗》，玛丽·伊洛尔顿编：《女权主义文学理论》，长沙：湖南文艺出版社1989年版。

赵毅衡著：《对岸的诱惑（增编版）·中西文化交流记》，上海人民出版社2007年版。

夏晓虹著：《晚清文人妇女观》，北京：作家出版社1995年版。

夏晓虹著：《晚清女性与近代中国》，北京：北京大学出版社2004年版。

【日】须藤瑞代著、【日】须藤瑞代、姚毅译：《中国“女权”概念的变迁》，北京：社会科学文献出版社2010年版。

刘慧英著：《民权启蒙与民族国家话语》，北京：人民文学出版社2013年版。

王绯著：《空前之迹——1851~1930中国妇女思想与文学发展史论》，北京：商务印书馆2004年版。

张莉著：《浮出历史地表之前——中国现代女性写作的发生》，天津：南开大学出版社2010年版。

薛海燕著：《近代女性文学研究》，北京：中国社会科学出版社2004年版。

胡晓真著：《才女彻夜未眠——近代中国女性叙事文学的兴起》，北京：北京大学出版社2008年版。

李奇志著：《清末民初思想和文学中的“英雌”话语》，武汉：湖北教育出版社2006年版。

杜慧敏：《晚清主要小说期刊译作研究》（1901~1911），上海人民出版社2007年12月版。

中国人民大学文学院编：《翻译与二十世纪中国文学研讨会论文集》，北京：人民文学出版社2012年版。

刘熙载：《艺概》，《艺概笺注》，贵阳：贵州人民出版社1986年版。

龚自珍著：《龚自珍全集》，上海：中华书局上海编辑所1959年版。

魏源著：《魏源集》，北京：中华书局1976年版。

魏源编著：《海国图志》，开封：中州古籍出版社1999年版。

王韬著：《弢园文录外编》，“中国启蒙思想文库本”，沈阳：辽宁人民出版社1994年版。

王韬编：《法国志略》，1982年香港版。

潘益民、李开军辑注：《散原精舍诗文集补编》，南昌：江西人民出版社2007年版。

汤志钧编：《康有为政论集》，北京：中华书局1987年版。

《康有为诗文选》，北京：人民文学出版社1958年版。

梁启超：《饮冰室合集》，北京:中华书局1989年影印本。

王栻主编：《严复集》，北京：中华书局1986年版。

郭长海、郭君兮编：《李叔同集》，天津人民出版社2006年版。

金一著：《女界钟》，上海古籍出版社2003年版。

柳亚子等编：《南社丛刻》1~22集，扬州：江苏广陵古籍刊印社1996年影印本。

柳亚子编：《南社丛刻第二十三集第二十四集未刊稿》，北京：社会科学文献出版社1994年版。

柳亚子编著：《南社纪略》，上海人民出版社1983年版。

柳亚子著：《磨剑室诗词集》，上海人民出版社1985年版。

柳亚子著：《磨剑室文集》，上海人民出版社1993年版。

顾明华主编：《南社女诗人归编》，北京:团结出版社2014年版。

王秀琴编：《历代名媛文苑简编》，上海商务印书馆1946年版。

莫世祥编：《马君武集》，武汉：华中师范大学出版社1991年版。

虞和平编：《经元善集》，武汉：华中师范大学出版社1988年版。

郭长海、金菊贞编：《高旭集》，北京：社会科学文献出版社2003年版。

高铦等编：《高燮集》，北京：中国人民大学出版社1999年版。

张枬、王忍之编：《辛亥革命前十年间时论选集》，北京：生活·读书·新知三联书店1963年版。

夏晓虹编选：《〈女子世界〉文选》，贵阳：贵州教育出版社2003年版。

钱仲联选注：《清词三百首》，长沙：岳麓书社1992年版。

《孙中山全集》第二卷，北京：中华书局1986年版。

《蔡元培全集》，北京：中华书局1984年版。

《鲁迅全集》第4、6卷，北京：人民文学出版社1980年版。

胡适：《五十年来中国之文学》，《胡适文存》二集·卷二，上海亚东图书馆1924年11月版。

《胡适全集》第10卷，合肥：安徽教育出版社2006年版。

黄保定等编：《胡适书评序跋集》，长沙：岳麓书社1987年版。

《吴虞集·附录（曾兰作品）》，成都：四川人民出版社1985年版。

《卞之琳文集》中卷，合肥：安徽教育出版社2002年版。

胡文楷编著：《历代妇女著作考》，上海古籍出版社1985年版。

谭正璧著：《中国女性文学史话》，天津：百花文艺出版社1984年版。

陈东原著：《中国妇女生活史》，北京：商务印书馆1998年版。

冼玉清：《广东女子艺文考》，长沙：商务印书馆1941年版。

钱谦益编撰：《列朝诗集小传》，上海古籍出版社2008年版。

阮元编：《两浙輶轩录》，清光绪十六年（1890年）浙江省局重刻本。

舒新城著：《近代中国留学史》，台北：中国出版社1973年版。

卢燕贞著：《中国近代女子教育史》，台北：文史哲出版社1989年版。

杜学元著：《中国女子教育通史》，贵阳：贵州教育出版社1995年版。

谈社英著：《中国妇女运动通史》，上海:妇女共鸣社1936年版。

刘巨才著：《中国近代妇女运动史》，北京：中国妇女出版社1989年版。

裔昭印等著:《西方妇女史》，北京：商务印书馆2009年版。

阿英著：《晚清小说史》，北京：人民文学出版社1980年版。

阿英著：《小说闲谈四种》，上海古籍出版社1985年版。、

阿英著：《晚清文艺报刊述略》，上海：古典文学出版社1958年版。

李又宁、张玉法主编：《近代中国女权运动史料（1842~1911）》，台北：龙文出版社1995年版。

徐辉琪等编：《中国近代妇女运动历史资料（1840~1918）》，中国妇女出版社1991年版。

罗苏文著：《女性与近代中国社会》，上海人民出版社1996年版。

李又宁、张玉法编：《中国妇女史论文集》，台北：商务印书馆1988年版。

中国第二历史档案馆编：《中华民国史档案资料汇编》（二），南京：江苏人民出版社1981年版。

阿英编:《晚清戏曲小说目》，上海文艺联合出版社1954年版。

朱有瓛主编：《中国近代学制史料》第三辑，上海：华东师范大学出版社1990年版。

李楚材编：《帝国主义侵华教育史资料》，北京教育科学出版社1987年版。

【日】樽本照雄编：《新编增补清末民初小说目录》，济南：齐鲁书社2002年版。

上海图书馆编：《中国近代期刊篇目汇录》，上海人民出版社1965~1984年版。

【英】蒂姆·维克瑞著、李颂译：《勃勒特一家的故事》，北京：外语教学与研究出版社、伦敦：牛津大学出版社1988年版。

车若水编著：《脚气集》，《笔记小说大观四编》卷七。

姚灵犀：《采菲录》，上海：上海书店出版社1998年版。

钱秉雄、钱三强：《回忆伯母单士厘》，见《受兹室诗稿》，长沙：湖南人民出版社1986年版。

包天笑著：《钏影楼回忆录》，台北：龙文出版社股份有限公司1990年版。

黄季陆主编：《革命人物志》第三集，1970年台北出版。

三、论文单篇

范文澜：《女革命家秋瑾》，《中国妇女》1956年第8号。

【法】狄德罗：《论戏剧艺术》，《文学理论译丛》1958年第1期。

钟叔河：《第一部女子出国记》，见钱单士厘《癸卯旅行记·归潜记》，“走向世界丛书”，长沙：岳麓书社1985年版。

夏晓虹著：《晚清两份〈女学报〉的前生今世》，《现代中文学刊》（上海）2012年第1期。

朱静：《清末民初外国文学翻译的女译者研究》，《国外文学》（北京大学）2007年第3期。

廖秀真：《清末文学在学制上的演进及女子小学教育的发展》，见李又宁、张玉法主编：《中国妇女史论文集》第2辑，台北：商务印书馆1988年版。

简姿亚：《论辛亥革命时期知识女性的办报活动及其特点》，《湖南工程学院学报》2004年第4期。

郭延礼：《一位被遗忘的近代女翻译家陈鸿璧》，《中华读书报》1998年6月17日。

【日】中村忠行：《清末侦探小说史稿》，刊日本《清末小说》总第4号（1998年12月1日）。

郭延礼：《南社女作家吕碧城的文学创作及其诗学观》，《文学遗产》2010年第3期。

郭延礼、郭蓁：《南社女性作家论》,《学术研究》（广州）2011年第2期。

郭延礼：《20世纪初中国女性文学四大作家群体考论》，《文史哲》2009年第4期。

郭延礼：《20世纪初叶中国女性文学的转型及其文学史意义》，《上海师范大学学报》2009年第6期。

郭延礼：《都德〈最后一课〉的首译、伪译及其全文译本》，《中华读书报》2008年4月16日第9版。

毛迅：《〈威尼市〉：徐志摩早期诗艺中的一个疑点》，《文学评论丛刊》2000年第2期。

陆建德：《模仿·独创·影响的焦虑》，《中华读书报》1999年7月28日。

曹树钧：《经典话剧〈雷雨〉诞生的曲折》，《文汇读书周报》2012年11月2日。

秋宗章：《六六私乘》、《六六私乘补遗》，原载《东南日报·吴越春秋》，见郭延礼编：《秋瑾研究资料》，济南：山东教育出版社1987年版。

陈去病：《南社长沙雅集纪事》，《太平洋报》2012年10月10日。

高旭：《南社启》，《神州日报》1907年12月2日。

明夷女史：《警告妇女界同胞》，湘灵子编：《越恨》，上海女报社1909

年版。

吴秀峰、张瑞莹：《关于秋瑾烈士出生地的考据》，《云霄县文史资料》第3辑（内部出版）。

徐双韵（即徐小淑）：《记秋瑾》，见《秋瑾研究资料》，济南：山东教育出版社1987年版。

徐自华：《秋瑾轶事》，《小说林》第7期（1907年）。

陶在东：《苗山今昔谈·秋瑾遗闻》，见郭延礼编著：《解读秋瑾》，济南：山东教育出版社2013年版。

《中东战纪本末》，中国近代历史丛刊《中日战争》第一册，新知识出版社1956年版。

江山渊：《徐骧传》，《小说月报》6卷3号。

丁初我：《文苑谈片》，《女子世界》第16、17期合刊（1905）。

吴芙：《班昭〈女诫〉注释序》，《无锡白话报》第3期（1898年5月）。

薛绍徽：《创设女学堂条议并叙》，《求是报》第9期（1897年12月）。

胡彬（夏）：《论中国之衰弱女子不得辞其责》，《江苏》第3期（1903年6月25日）。

龚圆常：《男女平权说》，《江苏》第4期（1903年6月25日）。

后记

中国女性文学研究是受到海外学者的启示而开始进军这一学术领域的，首先是中国现当代女性文学研究的崛起，并取得了较好的研究成绩。古代女性文学研究迈出的步子不大，突破性的成果也较少。近代女性文学研究，较早起步的是北京大学的夏晓虹教授，并取得了显著的成绩，其代表作是《晚清文人妇女观》、《晚清女性与近代中国》，但晓虹教授的侧重点在近代女性文化（女性教育、女性报刊、女性生活）。对于近代女性文学，特别是对于20世纪第一个二十年（1900~1919）女性文学的转型及转型中女性文学的崛起，在新世纪初，学术界对此问题的研究还相对滞后；而关注与发现被历史尘封的这一时段（1900~1919）的女性作家，尤为欠缺。正是有鉴于此，新世纪以来，我比较关注近代后期的女性文学研究。

我关注近代女性文学研究，其原因之一，就是源于我自己研究工作中的短板所致。20世纪80~90年代初，我写过一部《中国近代文学发展史》（以下简称《发展史》），鉴于以往中国文学史写作中的常规，我为自己提出了一个新的学术目标：力争在《发展史》中强化三个方阵。一是要强化少数民族文学方阵，把少数民族文学融会到中华民族文学史的整体格局中；二是要重视翻译文学，把翻译文学作为中国文学史中一个重要的组成部分；三是要关注近代女性文学，让更多的女性作家从历史尘封中浮出地表。

《发展史》已于20世纪90年代初出版。现在看来，预设中所要强化的三大方阵，前两个基本上做到了。第一，《发展史》是将少数民族文学融入中华民族文学大格局中论述的第一部"中国近代文学史"，该书写入了满、蒙古、壮、回、维吾尔、藏、白、彝、侗、土家、布依、哈萨克十多个少数民族三十余位作家的文学活动，打破了中国文学史多系汉族文学史的传统格局。最近学界提出"中华文学"建构的命题，目的也是为了发掘、展现中国多民族文学的光辉与贡献。第二，将近代翻译文学写入中国文学史，我并不是第一人，胡适、陈子展等先生的近代文学史中均写到翻译文学，但他们的书主要是讲林纾和严复的翻译。《发展史》除专章讲林纾、严复外，又增加了《近代翻译文学的兴起》、《辛亥革命时期至五四前的翻译文学》等章节，以六节的篇幅论述了近代的翻译诗歌、小说、童话和戏剧，并对苏曼殊、马君武、辜鸿铭、周桂笙、徐念慈、陈景韩、包天笑、周瘦鹃、伍光建、吴梼、曾朴、周氏兄弟、刘半农、陈独秀等人的翻译活动作了较详细的论述，较之同类的《文学史》，于近代翻译文学应当说给予了足够的重视。研究翻译文学的著名专家谢天振教授2000年提出：翻译文学应是中国文学史的重要组成部分，我在20世纪的90年代已先期实践了他的这一学术观点。令我感到不安的是，唯独于女性文学，《发展史》存在着很多缺憾。《发展史》虽然也写到了汉、满、蒙古族的十几位女作家（有女诗人、女词人、女散文家、女戏剧家、女翻译家），就数量而言，它是目前出版的几部《中国近代文学史》中收入女性作家最多的一部。但关键的一点，我没有把握住近代后期，即20世纪第一个二十年（1900~1919）女性文学的基本状况及其主要特点，没有明确地意识到这二十年是中国女性文学由古典走向现代的转型期，忽略了这一时段女性文学四大作家群体的存在，即女性小说家群、女性翻译文学家群、女性政论文学家群、南社女性文学家群。其原因，一是自己有关这时段女性文学资料储备的不足；二是学界对这一时段的女性文学还处于蒙昧阶段。新世纪以来，我开始关注女性文学，通过查找资料，发现20世纪初，不仅有女性小说、女性政论、女性翻译、女性诗歌，而且还各有一个作家群体存在。2007年5月应复旦大学古代文学研究所邀请，我在讲演中首次提出了“20世纪第一个二十年（1900~1919）中国女性文学四大作家群体”这一文学史概念，而后又通过阅读可能找到的文本，逐渐完善这一“假说”。2009年我在《文史哲》第4期上发表的《20世纪初中国女性文学四大作家群体考论》，就是对这一概念的认定。近几年来，我和郭蓁经常到北京国家图书馆、北京大学图书馆、首都图书馆、中国社科院文学所图书馆、上海图书馆、山东省图书馆去查找资料，在百年前发黄变脆的旧报刊中披沙淘金，果然有了一定的收获。这里有一点需要说明的，就是作家的性别鉴定。由于20世纪初的这批女性作家（特别是女性小说家和翻译家）知名度很低，多数名不见经传，因此在性别确认上有很多困难，致使许多署名女性色彩很浓的作者（如清芬、琼泣、碧霞、雪梅、慧君、慧子、漱英、陈莲痕、陈梅君、陈梅卿、董皙香、董香岩、胡碧痕、胡嫣红、华琴珊等），因无法考证她们（他们）的确切生平，大量地被淘汰，不能进入女性作家队伍，这是一个很大的损失和遗憾。也正因为对相当一部分女性作家的生平不了解，便难以考定某位女性作者发表作品时曾用过哪些笔名，这都给这时段的女性文学研究带来了重重困难。这部书中所论述的女作家，都是经过严格的性别鉴定而入选的，我相信大约不会有“男性假借”的混入。令人感到高兴的是，最近几年来已有若干青年学者（包括在读博士生）开始关注20世纪第一个二十年（1900~1919）这一时段的女性文学，并有研究成果发表，实在可喜可贺！

本书的若干章节是与本课题组成员、清华大学人文学院郭蓁副教授合写的，或由她收集资料，或由她写初稿，或参与商定写作提纲。本书承蒙“国家社科基金《中国女性文学转型期（1900~1919）的文学创作及其文学史意义》（11BZW085）项目资助”（书出版时改今题）。这里还需说明的，在我申报2011年国家社科基金课题前，我还承担过山东省社科规划项目《20世纪第一个二十年四大女性文学创作群体研究》，后者系国家社科基金项目的重要组成部分，即本书中的第四章《20世纪第一个二十年（1900~1919）中国女性文学四大作家群体》。当此书即将出版之际，对于国家社科基金办和山东省社科规划办给予该课题的支持和帮助，我们表示诚挚的感谢。在出版过程中又得到山东教育出版社总编陆炎女士的大力支持，责编李广军先生也付出了辛勤的劳动，谨在此一并表示谢意！至于书中的不足与错误，敬请方家批评赐教！

郭延礼

2015年10月于山东大学